À l'inimitable – et irremplaçable – Mary Stewart.

« En Irlande, l'inévitable ne se produit jamais, mais l'inattendu survient constamment. »

John Pentland Mahaffy[1]

« Il y a dans toute foule des hommes que l'on ne distingue pas, et qui sont de prodigieux messagers. »

Antoine de Saint-Exupéry, *Vol de nuit*

« Écoute bien. »

Ghost Town

1. Notre traduction (ainsi que celles d'autres citations en anglais mises en exergue, sans note spécifique en bas de page). (*NdT*)

interférence [ɛ̃.tɛʁ.fe.ʁɑ̃s] – n. f.

1. Phénomène qui résulte de la superposition d'ondes de même nature et de fréquences égales (ou voisines), et qui se manifeste par une variation dans l'espace ou dans le temps de l'amplitude de la résultante des ondes.
2. Rencontre, conjonction de deux séries de phénomènes distincts.
3. (Au fig.) Rencontre de deux ou plusieurs phénomènes qui agissent conjointement, souvent pour se modifier, se renforcer ou se contrarier.

Chapitre premier

« Je ne veux à l'union de deux âmes sincères admettre empêchement... »

William Shakespeare, *Sonnet 116*[1]

Le temps que Briddey se gare dans le parking souterrain de Commspan, son téléphone indiquait qu'elle avait reçu quarante-deux textos. Le premier, bien sûr, était de Suki Parker, et les quatre suivants de Jill Quincy. Tous disaient en gros : « Je meurs d'envie de savoir ce qui s'est passé ! » Celui de Suki s'exclamait : « J'ai entendu dire que Trent Worth t'a emmenée à l'*Iridium* ?! »

Ça ne m'étonne pas de toi, songea Briddey. Suki était le téléphone arabe officiel de Commspan. Autrement dit, à cet instant, toute la boîte était au courant. Heureusement que le règlement de l'entreprise ne comprenait aucune clause interdisant les relations amoureuses entre collègues : Trent et elle n'auraient jamais pu garder leur histoire secrète. Briddey espérait toutefois que leur soirée de la veille le resterait, au moins jusqu'à ce qu'elle ait informé sa famille. *Si elles ne sont pas déjà au courant.*

Elle fit défiler ses autres messages. Il y en avait cinq de sa sœur Kathleen, huit de sa sœur Mary Clare, et neuf de Tante Oona, qui lui rappelait qu'une lecture de poèmes gaéliques avait lieu samedi soir au club des Filles d'Irlande.

Je n'aurais jamais dû lui donner ce smartphone, regretta Briddey. Qui aurait cru que sa grand-tante en comprendrait l'usage ? Elle ne savait même pas régler son enregistreur numérique. Ni ses horloges. C'était sans compter sur le désir de Tante Oona de la harceler sans cesse avec les

1. Traduction de Roger Ellrodt. (*NdT*)

Filles d'Irlande. Elle avait demandé à Maeve de lui montrer comment utiliser l'appareil, et voilà qu'elle envoyait à Briddey une vingtaine de textos par jour sur le sujet.

La jeune femme lut les autres messages en diagonale, mais aucun d'entre eux ne commençait par : « C'est pas vrai ! Tu n'y penses pas sérieusement ? »

Tant mieux. Cela lui laissait le temps de réfléchir à ce qu'elle allait leur dire, même si elle devrait faire vite, étant donné la rapidité des moyens de communication modernes. Elle fit défiler les derniers messages pour voir s'il y en avait un de Trent. En effet. Il disait simplement : « Je t'aime. Appelle-moi dès que possible. » Elle en avait très envie, mais, plus elle s'attardait dans le parking, plus Jill – voire pire, Suki – risquait d'apparaître et de la soumettre à un interrogatoire en règle, alors qu'elle était arrivée de bonne heure précisément pour l'éviter. Il lui faudrait attendre de s'être réfugiée dans son bureau pour parler à Trent.

Une fois sortie de sa voiture, elle marcha d'un pas rapide jusqu'à la porte principale, jetant un coup d'œil aux autres véhicules pour voir qui était déjà là. La Porsche de Trent n'était visible nulle part. Elle ne vit pas non plus la voiture de Suki, ni celle de Charla, son assistante, ce qui était une bonne chose. En revanche, elle repéra la Prius de Jill, garée à côté de la vieille Honda de C.B. Schwartz.

La voiture de ce type était là en permanence. Briddey le soupçonnait d'avoir élu domicile dans son labo et de dormir sur le canapé défoncé qu'il semblait avoir ramassé sur un trottoir. Mais, d'habitude, Jill arrivait en retard, et Briddey ne serait pas surprise qu'elle soit venue tôt exprès pour lui faire subir la question. Elle l'attendait sûrement dans le hall d'entrée, prête à lui sauter dessus. *Je vais devoir passer par l'entrée latérale,* se dit Briddey, changeant ses plans, *et prier pour que personne ne me repère.*

Personne ne la vit. L'ascenseur était désert, tout comme le troisième étage. *Tant mieux*, se félicita Briddey en pressant le pas dans le couloir. En l'absence de Charla, elle pouvait se rendre directement dans son bureau, barricader sa porte et chercher comment annoncer la nouvelle à sa famille avant que tout le monde commence à la bombarder d'appels pour lui demander : « Pourquoi n'as-tu pas répondu à mes messages ? As-tu des ennuis ? »

Surtout Tante Oona, qui concluait toujours que quelque chose de terrible avait dû lui arriver, et qui se mettait à téléphoner à tous les hôpitaux du pays. *Cette fois, elle sera convaincue de la justesse de sa prémonition*, pensa Briddey en tournant dans le couloir pour se diriger vers son bureau.

— Briddey ! appela Jill Quincy depuis le bout du couloir.

Si près du but, regretta Briddey. Elle se demanda si elle avait le temps de rejoindre son bureau avant que Jill la rattrape, mais celle-ci accourait déjà vers elle, s'exclamant :

— Te voilà enfin ! Je t'ai envoyé des textos toute la matinée ! Je ne t'ai pas vue arriver. (Elle s'arrêta à la hauteur de Briddey, hors d'haleine.) J'étais en bas, dans le hall, mais j'ai dû te rater. À ce qu'il paraît, Trent Worth et toi êtes allés dîner à l'*Iridium* hier ! Alors, cette soirée ?

Je ne peux rien te dire, songea Briddey. *Pas tant que je n'ai pas parlé à ma famille.* Elle ne pouvait pas non plus se taire, sans quoi toute la boîte serait au courant dans quelques secondes de son refus d'en parler.

— Viens, dit-elle en entraînant Jill dans le local des photocopieuses pour ne pas être entendue des collègues de passage.

— Alors ? répéta Jill dès que Briddey eut fermé la porte. Il t'a demandée en mariage, c'est ça ? Oh, mon Dieu, j'en étais sûre ! Tu es une sacrée veinarde. Sais-tu combien de femmes tueraient pour être fiancées à Trent Worth ? Et toi, tu as réussi à lui mettre le grappin dessus ! Au bout de six semaines à peine !

— Je ne lui ai pas « mis le grappin dessus », se défendit Briddey, et il ne m'a pas demandée en mariage.

Mais Jill ne l'écoutait pas.

— Fais voir ta bague ! piailla-t-elle. Je parie qu'elle est magnifique !

Elle saisit la main de Briddey puis, voyant qu'aucun bijou n'ornait son doigt, elle demanda :

— Où est-elle ?

— Nous ne sommes pas fiancés, rétorqua Briddey.

— Comment ça ? Dans ce cas, pourquoi t'a-t-il emmenée dans un endroit comme l'*Iridium* ? Un jeudi ? Oh, je sais ! Il t'a demandé de faire une AEC, pas vrai ? C'est encore mieux que de se fiancer ! (Elle étreignit Briddey.) Je suis si heureuse pour toi ! J'ai hâte de le raconter à tout le monde !

Elle se dirigea vers la porte.

— Non, s'il te plaît !

Briddey la retint par le bras.

— Pourquoi ? s'étonna Jill en plissant les yeux d'un air suspicieux. Ne me dis pas que tu as refusé !

— Non, évidemment, répliqua Briddey. C'est juste que…

— Quoi ? C'est le plus beau parti de Commspan ! Il doit être dingue de toi, s'il t'a proposé de le faire. Et toi, tu dois être dingue de lui aussi, sinon tu n'aurais pas accepté. Alors, où est le problème ?

Elle dévisagea Briddey.

— J'ai compris, poursuivit-elle. Tu es déçue qu'il ne t'ait pas demandé de faire cette AEC, *et* de devenir sa femme en même temps, c'est ça ?

Ça aussi, tout le monde le saurait à Commspan.

— Non, pas du tout, se justifia Briddey. Il préfère attendre d'avoir fait l'AEC pour se fiancer. Comme ça, je saurai à quel point il m'aime quand il me fera sa demande.

— Ça alors, je n'ai jamais rien entendu de plus romantique ! Je n'y crois pas ! Il est beau, il veut s'engager, et *en plus* il est romantique ! Sais-tu à quel point c'est rare ? Les types avec lesquels je sors sont tous des phobiques de l'engagement ou des menteurs, voire les deux. Tu as tellement de veine ! C'est grâce à tes cheveux. Les hommes adorent les rousses. Je devrais peut-être me teindre. (Elle fronça les sourcils.) Je ne sais toujours pas pourquoi tu ne veux pas que j'en parle.

— C'est à cause de ma famille. Je n'ai pas encore trouvé comment leur annoncer la nouvelle.

— Quoi, tu crains leur réaction ? Mais Trent est si parfait ! Il a une excellente situation, une magnifique voiture, alors que ta sœur Kathleen ne sort qu'avec des minables… Ou est-ce par rapport à l'AEC ? Tout le monde affirme que c'est sans danger !

— C'est vrai, répliqua Briddey. Mais ma famille est assez…

— Surprotectrice ?

Non, indiscrète et intrusive.

— C'est ça, alors ne dis rien tant que je ne les ai pas mises au courant, d'accord ?

— À condition que tu me racontes tous les détails croustillants ! s'exclama Jill. Je veux savoir pour quand c'est prévu, et…

La sonnerie de Trent retentit sur le téléphone de Briddey. Pourtant, rien ne garantissait que ce soit lui. La dernière fois qu'elle avait rendu visite à sa famille, sa nièce Maeve avait bricolé son appareil de sorte que, lorsque ce devait être Trent, une fois sur deux, ça ne l'était pas. Briddey n'avait pas su remettre tout en ordre.

Au moins, l'excuse était toute trouvée pour fuir cette conversation.

— Désolée, dit Briddey, je dois voir qui c'est. (Elle jeta un coup d'œil à l'écran.) Écoute, il faut que je réponde. (Elle ouvrit la porte du local des photocopieuses et s'engagea dans le couloir.) Promets-moi…

— Mes lèvres sont scellées, l'interrompit Jill. Mais toi, tu dois promettre de tout me raconter !

— Compte sur moi.

Briddey se détourna pour que Jill ne voie pas qu'elle rejetait l'appel. Le téléphone plaqué contre son oreille, elle dit « Allô ? » avant de marcher d'un pas pressé dans le couloir, jusqu'à être hors de vue.

Elle rangea le portable dans sa poche, ce qu'elle regretta aussitôt en voyant Phillip, du service logistique, foncer droit sur elle.

— Le téléphone arabe raconte que Trent Worth et toi allez faire une AEC, déclara-t-il.

Comment est-ce possible ? s'interrogea Briddey. *J'ai quitté Jill il y a dix secondes.*

— Waouh ! Exactement comme le quarterback Tom Brady ! s'enthousiasmait Phillip. Félicitations, c'est génial ! Mais j'espère que vous n'allez pas le faire avant que ton ami Trent ait une meilleure idée pour le nouveau téléphone qu'une mémoire augmentée et un écran incassable. Il paraît qu'Apple se prépare à sortir un smartphone exceptionnel. Dans ce contexte, Trent ne peut pas se permettre d'être hospitalisé...

— L'AEC ne demande pas une intervention lourde, commença Briddey, mais Phillip ne l'écoutait pas non plus.

— Il faut rester prudent, reprit-il. Commspan pourrait bien être le prochain Nokia. (Il se lança dans un historique des faillites d'entreprises de smartphones.) Une petite boîte comme la nôtre ne fait pas le poids... à moins de présenter quelque chose de révolutionnaire, un tout nouveau concept que nous devons vite trouver, sinon...

Allez, Tante Oona, supplia Briddey. *D'habitude, tu appelles toutes les cinq minutes. Où es-tu quand j'ai besoin de toi ?*

Son téléphone sonna. *Merci*, souffla-t-elle.

— Je dois prendre cet appel dans mon bureau, l'informa-t-elle. On se voit à la réunion de 11 heures.

Sur ce, elle s'éloigna.

Ce n'était pas Tante Oona qui l'avait sauvée, mais Mary Clare. Sitôt après que Briddey eut laissé l'appel aller sur messagerie, elle reçut un texto de Maeve. « Je vais bien, disait-il. Ne fais pas attention à ma mère. »

En d'autres termes, sa famille n'était toujours au courant de rien. Quel soulagement ! Même si Briddey était désolée pour sa nièce. Quel était le problème, cette fois ? Les jeux vidéo ? La boulimie ? Le cyberharcèlement ? Mary Clare se faisait toujours un sang d'encre pour sa fille, alors que c'était une enfant de neuf ans parfaitement normale.

En fait, c'est le seul membre de cette famille qui soit à peu près sain d'esprit, conclut Briddey.

Assurément, Mary Clare ne l'était pas, obsédée en permanence par les devoirs de sa fille, ses notes, son inscription éventuelle dans une université prestigieuse, ses amis, ses habitudes alimentaires – Mary Clare était persuadée que Maeve était anorexique –, et ses lectures trop rares : même si – ou peut-être parce que – Mary Clare tenait à tout prix à lui imposer *Les Quatre Filles du docteur March* et *Alice au Pays des merveilles*.

La semaine précédente, Mary Clare s'était convaincue que sa fille envoyait trop de textos et, la semaine d'avant, qu'elle mangeait trop de céréales sucrées, ce qui ne collait pas vraiment avec l'anorexie. Ce jour-là, c'étaient sûrement les selfies nus. Ou le hantavirus.

Pour Maeve, Briddey devrait vraiment appeler Mary Clare et tenter de la calmer, mais pas sans avoir trouvé comment lui parler de l'AEC. Le temps pressait. À cette heure, la moitié de Commspan devait être au courant, et un collègue cracherait forcément le morceau la prochaine fois que Tante Oona « ne ferait que passer » avec Maeve pour lui montrer à quoi ressemblait la petite dans son nouveau costume de danseuse de gigue, et la convaincre d'assister à un quelconque événement organisé par les Filles d'Irlande…

Oh, non, voilà que Suki, le téléphone arabe en personne, sortait du bureau des ressources humaines ! Briddey envoya valser la bienséance pour courir se réfugier dans son bureau. Elle ouvrit brusquement la porte et se jeta à l'intérieur… presque dans les bras de son assistante.

— J'ai bien cru ne pas tenir jusqu'à ton arrivée, se plaignit Charla en la stabilisant. Tu as un million de messages, et je veux tout savoir à propos d'hier soir ! Tu as tellement de chance de faire une AEC !

Plus vite que l'éclair, songea Briddey. *Si Commspan veut une forme de communication révolutionnaire, ils devraient concevoir un appareil inspiré de notre téléphone arabe.*

— Je n'ai pas vu ta voiture dans le parking, fit-elle remarquer.

— Nate m'a déposée, expliqua Charla. J'aimerais bien le convaincre de faire une AEC. Ce serait génial de savoir s'il m'aime ou pas. Quelle chance tu as, tu n'auras plus à te soucier de ça ! Je passe mon temps à essayer de savoir s'il m'aime sincèrement quand il me le dit, s'il le ressent réellement, ou s'il est juste pressé de raccrocher. Par exemple, hier soir, il…

— Tu as dit que j'avais des messages. De qui ?

— La plupart sont de ta sœur Mary Clare, de ta tante et de ton autre sœur. Je les ai tous transférés sur ton ordinateur. Il me semblait que tu leur avais demandé de ne pas t'appeler au travail.

— Exact, confirma Briddey. (*Mais elles ne m'ont pas écoutée. Comme d'habitude.*) Leur as-tu parlé ?

Elle redoutait la réponse de Charla, mais celle-ci nia de la tête.

Ouf, sauvée !

— Si elles rappellent, reprit Briddey, ne leur dis rien à propos de l'AEC. Je n'ai pas encore eu l'occasion de le leur annoncer, et je veux qu'elles l'apprennent de ma bouche.

— Elles vont être folles de joie !

On parie ?

— Et les autres messages, de qui sont-ils ? demanda-t-elle.

— Trent Worth a appelé et a demandé que tu le contactes dès ton arrivée, tout comme Trish Mendez, et l'assistante de Rahul Deshnev. Art Sampson veut que tu regardes tout de suite son mémo concernant l'amélioration de la communication interservices et que tu lui fasses part de tes suggestions. C'est sur ton ordinateur. Alors, quand Trent te l'a demandé, as-tu sauté de joie ?

— Oui, répondit Briddey. Si quelqu'un vient ou appelle, dis que je serai disponible après la réunion.

Elle referma la porte de son bureau et appela Trent. Il ne répondit pas.

Elle lui envoya un texto puis laissa un message demandant de la rappeler. Elle tenta ensuite de joindre l'assistante de Rahul Deshnev avec le même résultat. Enfin, elle appela Trish Mendez.

— C'est vrai que Trent Worth et toi allez faire une AEC ? s'enquit cette dernière.

— Oui, soupira Briddey.

Je doute que la communication interservices ait besoin d'être améliorée.

— C'est merveilleux ! se réjouit Trish. C'est prévu pour quand ?

— Aucune idée. Trent aimerait que ce soit le docteur Verrick qui la fasse, et…

— Le docteur Verrick ? Sans blague ! Ce n'est pas lui qui a fait Brad et Angelina ?

— Si. Sa liste d'attente est très longue et je ne sais pas quand il nous programmera un rendez-vous, alors l'opération…

— Il a aussi fait Caitlyn Jenner, non ? l'interrompit Trish. Et Kim Kardashian, mais ça n'a pas marché, car elle est tombée amoureuse de quelqu'un d'autre, j'ai oublié son nom. Il a joué dans le dernier *Avengers.*

Briddey en avait pour la journée. Elle plaça le téléphone près de son bureau et frappa deux coups légers sur le plateau.

— Entrez ! dit-elle avant de remettre l'appareil contre son oreille. Écoute, mon rendez-vous est là. Je peux te rappeler ?

Elle raccrocha. Avec l'impression de tomber de Charybde en Scylla, elle vérifia les vingt-deux messages laissés par sa famille – correction : les trente et un messages – pour s'assurer que personne ne savait encore rien, en commençant par Mary Clare, au cas où celle-ci aurait décrété que Maeve était possédée par le démon.

Toutefois, elle n'avait pas prévu d'exorcisme, juste lu un article sur Internet concernant l'influence négative sur les filles des rôles masculins et féminins dans les films. Elle voulait savoir si Briddey pensait qu'il fallait empêcher Maeve de les regarder en ligne.

Eh bien, bonne chance, songea Briddey. Elle lut en diagonale les messages de Kathleen. Tous disaient : « Je dois te parler de Chad », dernier petit ami en date d'une longue liste d'odieux personnages. Les messages de Tante Oona, à l'exception de trois « Où es-tu, ma petite fée ? », lui rappelaient que Sean O'Reilly prévoyait de lire *La Disparition des Gaëls* à la réunion des Filles d'Irlande, à laquelle toute la famille se rendait.

Si elles ne sont pas chez moi, à essayer de me dissuader de faire l'AEC. Dès qu'elles apprendraient la nouvelle, elles ne manqueraient pas de s'y employer. Elles n'aimaient pas Trent, comme elles le lui avaient clairement fait comprendre lorsque Briddey était allée dîner chez Tante Oona le samedi précédent.

Mary Clare estimait qu'il passait trop de temps sur son smartphone, et pas assez à l'écouter se tracasser pour Maeve. Kathleen le trouvait trop riche et trop beau pour être encore célibataire, par conséquent il y avait anguille sous roche. Même Maeve qui, en temps normal, dans les discussions familiales, prenait le parti de Briddey, avait grimacé en décrétant : « Il est trop bien peigné. J'aime les hommes qui ont les cheveux en bataille. »

Bien sûr, Tante Oona avait une dent contre Trent parce qu'il n'avait pas d'origines irlandaises, bien qu'elle-même n'ait jamais, de toute son existence, posé un orteil sur l'île verte. Non que cela se remarquait en la voyant, ou en l'entendant. Ses cheveux roux grisonnant enroulés en chignon, elle s'exprimait avec une sorte d'accent tout droit sorti des *Cendres d'Angela*, ou d'un vieux film de Bing Crosby. Elle portait des jupes amples en tweed, des pulls irlandais été comme hiver, et un foulard sur la tête dès qu'elle se rendait à ses sempiternelles réunions des Filles d'Irlande. « Plus personne en Irlande ne s'habille comme ça depuis un siècle ! aurait voulu lui crier Briddey. Et tu n'es pas irlandaise ! Ton contact le plus direct avec la tourbe consiste à regarder le film *L'Homme tranquille* sur TCM ! »

Mais cela n'aurait servi à rien. Tante Oona se serait contentée de serrer son chapelet sur sa poitrine généreuse en implorant saint Patrick et la sainte mère de Briddey de pardonner ces paroles impies, puis elle aurait redoublé ses efforts pour mettre sa petite-nièce en ménage avec un « bon gars irlandais ». Comme Sean O'Reilly, quarante ans, le crâne dégarni, qui vivait toujours chez sa mère… une Fille d'Irlande, elle aussi.

Je ne veux pas de Sean O'Reilly, ni d'aucun « gars » vieillissant fourgué par Tante Oona, pensa Briddey. *Ni des tire-au-flanc de Kathleen. C'est pour cette raison que je sors avec Trent. Et que nous allons faire une AEC, peu importent vos arguments.*

Elle essaya encore de rappeler Trent ; apparemment, il était toujours en ligne. Sa messagerie était désormais pleine. Elle lui envoya un mail.

Erreur. Quand elle cliqua sur « ENVOYER », dix-neuf nouveaux mails apparurent sur son écran, ayant tous pour objet, à l'exception de trois : « Une AEC ! Félicitations ! » Les trois exceptions étaient de Tante Oona – « Tu devrais vérifier ton téléphone. Il y a sûrement un problème » ; « As-tu eu un accident ? » – et de Maeve : « Tu dois parler à Maman. Elle refuse de me laisser regarder *Le Bal des douze princesses* et *La Reine des neiges*. Et *Raiponce*, qui est mon film préféré avec *Hordes de zombies* ! »

Heureusement que Mary Clare ignore que Maeve regarde des films de zombies, sinon on aurait droit à une vraie crise d'apoplexie, songea Briddey.

Son téléphone sonna.

— Où es-tu ? demanda Trent. J'ai essayé de te...

— Salut ! dit-elle avec empressement. Tu n'imagines pas à quel point je suis contente de t'entendre. J'ai passé une merveilleuse soirée.

— Moi aussi, répliqua-t-il. Tu n'imagines pas à quel point tu m'as rendu heureux.

— Et à quel point nous serons heureux tous les deux quand nous...

— Justement, à ce propos, je crains d'avoir une mauvaise nouvelle. J'ai appelé le cabinet du docteur Verrick. D'après sa secrétaire, ils n'ont pas de place avant la fin de l'été.

— On savait que la liste d'attente était longue...

— Elle a dit qu'on avait de la chance d'être pris si vite : certains patients doivent attendre un an.

— Ce n'est pas grave, modéra-t-elle, on a le temps...

— Eh bien, moi, je ne l'ai pas ! Ça fout tout en l'air ! explosa-t-il. Excuse-moi, tu n'y es pour rien, chérie. C'est juste que je voulais qu'on soit connectés dès maintenant pour que je puisse... pour que tu puisses savoir ce que je ressens...

— Bien sûr, c'est frustrant.

— Oui ! J'essaie de voir si on peut nous prendre d'ici le mois de mai. En attendant, on a de la paperasse à... Désolé, je dois prendre cet appel, s'interrompit-il. Attends. (Elle ne l'entendit plus pendant une minute, puis il reprit la ligne.) Où en étais-je ?

— Tu parlais de paperasse.

— Ah, oui. La secrétaire va envoyer un dossier médical et des questionnaires. Il faudra que tu les remplisses et les rendes au plus vite. Comme ça, s'il peut nous prendre plus tôt, on sera prêts. De mon côté, je dois trouver un plan B si je n'arrive pas à joindre Schwartz.

— C.B. Schwartz ?

— Oui. Il est censé proposer des idées pour le nouveau téléphone que je dois présenter à la réunion de ce matin, mais ça fait deux jours que je lui envoie des mails, en vain. Il ne décroche pas non plus son téléphone.

Je ne sais pas ce qui se passe. Quand on lui parle, une fois sur deux, on dirait qu'il n'entend rien. Il a l'air dans un autre monde. Hamilton prétend que c'est un génie – le prochain Steve Jobs –, mais à mon avis c'est un détraqué.

— Mais non, tempéra Briddey. Il est juste un peu excentrique. Et c'est vrai qu'il est très intelligent.

— Unabomber aussi était quelqu'un de très intelligent, objecta Trent. Espérons que ce n'est pas un tueur potentiel, et qu'il aura suffisamment de génie pour se pointer avec des idées qui nous maintiendront à flot, le temps que celle sur laquelle je bosse soit prête. Sinon, on est morts. On doit avoir quelque chose à présenter quand Apple sortira son nouvel iPhone, et maintenant que…

Ses paroles cessèrent soudain. Briddey crut qu'il avait reçu un autre appel, mais quelques secondes plus tard il déclara :

— Désolé, je n'avais pas l'intention de te faire partager mes soucis.

— Ne t'en fais pas, je comprends. L'enjeu est de taille.

Il laissa échapper un rire empreint de dureté.

— Tu n'imagines pas à quel point, oui.

Sa voix fut de nouveau coupée.

— Trent ? Tu es là ? Que s'est-il passé ?

— La réception est mauvaise, répondit-il. Ce que je voulais dire, c'est que je souhaite que tout – le téléphone, l'AEC, tout – soit parfait pour nous, et je ne supporte pas de devoir attendre qu'on soit ensemble pour de bon. Je t'aime si fort.

— Je t'…

— Écoute, j'ai un autre appel, on se voit à la réunion. En attendant, regarde tes mails. Je t'ai envoyé quelque chose.

C'était vrai : un bouquet virtuel de roses dorées en bouton, qui s'épanouissaient en de luxuriantes fleurs jaunes avant de se transformer en papillons.

Comme c'est gentil ! songea Briddey en les regardant virevolter sur l'air de *I Will Always Love You.*

Les papillons se transformèrent de nouveau pour former les mots : « Maintenant que tu as dit oui, nos problèmes se sont envolés ! »

Sauf que je n'ai encore rien dit à ma famille. Il faut vraiment que j'y réfléchisse, avant qu'elles débarquent parce que je n'aurai pas répondu à leurs messages.

On frappa à la porte. *Zut ! les voilà*, pesta Briddey. Mais c'était impossible : elles ne frappaient jamais et se contentaient d'entrer. Ce devait être Charla.

— Entre, lança Briddey.

Son assistante ouvrit la porte et se pencha à l'intérieur, l'air perplexe.

— Art Sampson et Suki Parker veulent que tu les appelles dès que possible, annonça-t-elle. Et tu as un message de C.B. Schwartz.

Espérons que ce sont ses idées pour le nouveau téléphone.

— L'as-tu transféré sur mon ordinateur ? l'interrogea Briddey.

— Non, je veux parler d'un message. (Charla lui tendit un bout de papier plié, comme si c'était un serpent venimeux.) Il l'a écrit à la main. C'est fou. Qui fait encore ça, de nos jours ?

— C'est un génie, rétorqua distraitement Briddey en prenant le mot.

— Ah bon ? Tu en es sûre ? Il ne répond jamais à ses mails.

Le mot disait : « Il faut que je te parle. C.B. Schwartz. » S'il était à court d'idées pour le nouveau téléphone, mieux valait lui parler avant la réunion, de manière à prévenir Trent.

Elle demanda à Charla le numéro de son labo et le composa. Personne ne répondit. Elle n'eut pas non plus la possibilité de laisser un message.

— Passe-moi son numéro de portable, dit-elle à son assistante.

— Ça ne servira à rien, l'informa celle-ci, on ne capte pas dans le sous-sol où est son labo.

— Et notre fonction texte vocalisé ?

— Ça ne marche pas en bas.

C'était ridicule : cette application avait été spécialement conçue pour les zones où la réception était mauvaise.

— Donne-moi quand même son numéro, au cas où il ne serait pas dans son labo.

— Il y est toujours.

— Dans ce cas, je vais lui envoyer un texto, dit Briddey.

Charla lui donna le numéro à contrecœur.

— À mon avis, ça ne sert à rien. Il n'a jamais son portable sur lui. D'après Suki, il le laisse éteint. (Elle fronça les sourcils.) Tu ne vas pas m'envoyer lui porter un message, dis ? Il fait super froid en bas, et il n'y a personne à part lui. Il me flanque la frousse, cette manière qu'il a de rôder en sous-sol et de ne jamais adresser la parole à personne… Comme ce type qui vit dans un cachot, dans le film *Le Bossu de Notre-Dame*.

— Tu veux dire *Le Fantôme de l'Opéra*, la corrigea Briddey. Le Bossu de Notre-Dame vit dans un clocher, pas dans un cachot. Et C.B. n'est pas bossu.

— Non, mais il me file quand même les jetons. Moi, je crois qu'il a un grain.

— Mais non.

Charla n'avait pas l'air convaincue :

— Il porte une montre au poignet, insista-t-elle. Qui fait ça de nos jours ? Et il s'habille comme un clodo.

Briddey ne put la contredire : c'était vrai. Même comparé au style Silicon Valley décontracté en vigueur à Commspan – chemises de flanelle, jeans, baskets –, C.B. avait un look épouvantable, comme s'il avait pris au hasard, sur le présentoir d'une friperie, des vêtements dans lesquels on aurait dit que quelqu'un avait dormi. Ce qui était sûrement le cas.

— Suki dit qu'il ne croit pas aux échanges de mails et aux réunions interservices, poursuivit Charla. Quant aux écouteurs qu'il porte en permanence, ils ne sont branchés à rien. Je l'ai même déjà vu parler tout seul. Et si c'était un tueur en série et qu'il entrepose les cadavres de ses victimes dans son labo ? Personne n'en saurait jamais rien. Il fait tellement froid, en bas.

Ne sois pas ridicule, songea Briddey. *On est à Commspan. Ça se saurait en une nanoseconde.*

— Bon, tueur en série ou pas, je dois lui parler et je n'ai pas envie de descendre jusque dans son labo. Continue à essayer de le joindre, déclara Briddey avant de retourner dans son bureau pour envoyer un texto à C.B.

Durant les cinq minutes qu'avait duré son absence, neuf nouveaux mails ayant pour objet « Félicitations ! » s'étaient accumulés, ainsi que douze messages vocaux, dont un de Darrell, du service informatique – il pensait que faire une AEC était « totalement phénoménal » – et un de l'assistante de Rahul Deshnev, qui voulait absolument que Briddey la rappelle dès que possible. Elle s'exécuta avec l'espoir de s'entendre dire que la réunion était reportée, mais, lorsqu'elle l'eut au bout du fil, l'assistante s'enthousiasma :

— Je suis tellement contente que tu fasses une AEC ! Greg et moi, on vient d'en faire une, et c'est encore mieux que ce que dit la pub. Maintenant, on a une relation complètement ouverte et honnête. On n'a plus de secrets l'un pour l'autre, et on ne se dispute jamais. Quant au sexe, c'est fantastique ! Greg…

— Excuse-moi, mon rendez-vous de 9 h 45 vient d'arriver, l'interrompit Briddey.

Elle raccrocha. *Après tout, peut-être que descendre voir C.B. ne serait pas une mauvaise idée.* En restant ici, elle n'aurait pas une minute de tranquillité. Comme on ne captait rien au sous-sol, personne ne l'appellerait ni ne lui enverrait de textos. De plus, puisque Charla croyait que C.B. était une sorte de créature monstrueuse sortie tout droit d'un film d'horreur, elle ne risquait guère de s'aventurer dans son antre pour lui transmettre un message.

Cerise sur le gâteau, C.B. n'avait pas de portable sur lui et ne consultait jamais ses mails. Il ne serait pas au courant pour l'AEC, et elle ne perdrait pas de temps à en discuter avec lui. Elle verrait ce qu'il voulait, puis se rendrait dans l'une des pièces de stockage pour réfléchir au calme à la façon dont elle annoncerait la nouvelle à sa famille.

Elle se dirigea vers la porte et faillit se cogner à Charla, qui déclara :

— Suki Parker vient de rappeler, ainsi que ta tante Oona, qui veut te parler de la lecture de poèmes. Ta sœur Mary Clare est sur la ligne une.

— Dis-leur que je suis en réunion, soupira Briddey. Je descends au labo de C.B. Schwartz.

— Mais comment vais-je réussir à te joindre ?

Tu ne pourras pas, pensa Briddey.

— Je serai de retour d'ici à 10 h 30, la rassura-t-elle.

— OK, concéda Charla d'un ton hésitant. Tu es sûre que tu dois y aller ? Toute seule ?

— S'il tente de m'assassiner, je le frapperai avec une stalactite de glace, la rassura Briddey.

Pour s'assurer que Charla ne la suivrait pas, elle ajouta :

— J'ai réfléchi à ce que tu as dit. Je crois que tu as raison. Il ressemble un peu au Bossu de Notre-Dame… ou au type des films *Saw*.

— Oui, carrément ! Tu es certaine que ça va aller ?

À cent pour cent. Si j'arrive à descendre sans que personne me retienne. Elle ouvrit la porte du bureau et jeta un coup d'œil prudent dans le couloir, persuadée que Suki l'attendrait. Mais, pour une fois, la « chance des Irlandais » sans cesse invoquée par Tante Oona lui sourit : le couloir et les ascenseurs étaient vides, et elle parvint à rejoindre le sous-sol sans croiser personne.

Les portes de l'ascenseur s'ouvrirent sur un désert de béton dégageant une forte odeur de congélateur. Pas étonnant que personne n'y vienne. Il y faisait un froid de canard. Des cristaux de glace s'étaient formés sur la porte métallique du labo de C.B., sur laquelle un écriteau disait : « Danger – entrée interdite – expérience en cours ». Un autre, écrit à la main, précisait : « Privé – oui, ça s'adresse à vous ». Quand Briddey regarda à travers la vitre grillagée de la porte donnant sur le labo, elle vit C.B. vêtu d'un caban, d'un cache-nez en laine et de mitaines. Il était aussi en short et en tongs. Penché sur une paillasse, armé d'un fer à souder, il s'affairait sur un circuit électronique.

Briddey se félicita que Charla ne l'ait pas accompagnée : l'allure de C.B. était encore plus épouvantable que d'habitude. Il avait une barbe de deux jours et les cheveux encore plus en bataille qu'à l'accoutumée. *Il plairait sûrement à Maeve*, s'amusa Briddey.

À première vue, il avait dû encore une fois passer la nuit ici. *Tant mieux*, songea Briddey en frappant à la porte métallique. *Ainsi, il n'aura pas entendu parler de l'AEC ce matin*. Il n'aurait peut-être rien entendu de toute façon, étant donné qu'il portait ses écouteurs, comme Charla l'avait mentionné.

Le jeune homme ne leva pas les yeux. Elle frappa de nouveau, sans résultat. Après avoir ouvert la porte, elle entra, s'avança jusqu'à l'endroit où il se tenait et agita les mains devant lui.

— C.B. ? Hé oh ! Tu es là ?

En la voyant, il ôta brusquement ses écouteurs.

— Quoi ?

— Désolée de te déranger en plein travail, dit-elle en souriant. Tu voulais me parler ?

— Oui, répondit-il. Tu n'envisages tout de même pas de faire une AEC, non ?

Chapitre 2

« Si chacun s'occupait de ses affaires, grommela la Duchesse d'une voix rauque, le monde tournerait beaucoup plus vite qu'il ne le fait. »

Lewis Carroll, *Alice au Pays des merveilles*[1]

— Qu... ? Quoi ? Comment ? balbutia Briddey, stupéfaite. Qui t'a dit que j'allais faire une AEC ?

— Tu plaisantes, j'espère ? répliqua C.B. en posant son fer à souder. Tout Commspan le sait ! Si tu veux mon avis, je crois que tu as perdu la boule. N'es-tu pas déjà assez bombardée d'informations, entre les mails, les textos, Twitter, Snapchat et Instagram ? Te voilà prête à te faire opérer du ciboulot pour en entendre davantage ?

— L'AEC n'implique pas une opération du cerveau. C'est une intervention chirurgicale bénigne...

— Durant laquelle ils te font un trou dans la tête pour que ta raison se fasse la malle. Mais c'est inutile, puisque visiblement tu l'as déjà perdue ! Te rends-tu compte à quel point l'EEC est dangereuse ?

— L'AEC, le corrigea-t-elle. L'EEC est une sorte d'explosif.

— Oui, eh bien, attends-toi à ce que ça te saute à la figure, rétorqua-t-il. Imagine que le scalpel glisse et que le docteur te coupe le mauvais nerf ! Tu pourrais finir paralysée, ou te retrouver à l'état de lég...

1. *Les Aventures d'Alice au Pays des merveilles* suivi de *La Traversée du Miroir et ce qu'Alice trouva de l'autre côté* (titres en anglais : *Alice's Adventures in Wonderland* et *Through the Looking-Glass*), de Lewis Carroll, Livre de Poche, Classiques, 2009. Traduction de Laurent Bury. (*NdT*)

— C'est une intervention totalement sûre. Le docteur Verrick en a fait des tas sans qu'il n'y ait jamais aucun problème.

— Pour lui, oui. Il se fait un fric fou en persuadant les couples qu'il faut lire dans les pensées de l'autre. Ce n'est pas parce qu'un toubib en costume Armani, chaussé de mocassins italiens, te dit qu'il peut le faire que…

— Il se trouve que le docteur Verrick est un chirurgien très respecté, dont la réputation en amélioration neurologique est internationale. Et l'AEC ne donne aucune aptitude à lire dans les pensées de l'autre. Elle augmente la capacité à se connecter émotionnellement à son partenaire.

— À se connecter émotionnellement ? Les gens ne savent plus s'embrasser ni coucher ensemble ?

— Je ne compte pas en discuter avec toi, répondit sèchement Briddey. Ce ne sont pas tes oignons.

— Si, figure-toi. Tu es la seule personne avec qui je peux parler ici, et si tu deviens un légume…

— Ne devrais-tu pas plancher sur le nouveau téléphone ? La réunion interservices a lieu dans une heure…

— J'y travaille, justement.

— Oh, c'est ça ? demanda-t-elle en désignant le circuit électronique qu'il soudait.

— Non, répliqua-t-il. Ça, c'est le panneau de commande de mon radiateur d'appoint. (Il tendit le doigt vers une grosse boîte métallique à l'arrière de laquelle des fils pendaient.) Comme tu peux le constater au vu du froid polaire qui règne ici, il déconne encore. J'essaie de le réparer, sans succès. À propos, tu veux une veste ?

Il se dirigea vers le canapé pour fouiller dans le tas de vêtements et de couvertures qui y étaient entassés.

— Non, ça va, dit-elle, bien qu'elle commençât à frissonner.

Elle regarda autour d'elle. Les murs étaient couverts de schémas et de listes punaisés, de toutes sortes de panneaux « Privé », d'une affiche du film *Scanners*, et d'un poster d'une pin-up, star du cinéma des années 1940. Les paillasses étaient aussi encombrées que les murs : il s'y empilait des ordinateurs portables, des disques durs, ainsi que des smartphones éventrés. Une radio en plastique rose dotée d'un bouton, à l'ancienne, trônait sur un téléviseur plus vieux encore, et sur le sol s'entrelaçaient des câbles et des fils électriques. Elle ne repéra aucun cadavre, mais qui savait ce que recélaient tous ces placards ?

C.B. lui tendit une veste militaire vert kaki délavée pas très propre.

— Et ça ?

— Non merci, dit-elle. Pour en revenir au téléphone, tes propositions seront-elles prêtes pour la réunion ? Sinon, il faut prévenir Trent…

— Oublie Trent. Sais-tu combien de patients meurent chaque année sur le billard, durant une opération du cerveau ?

— Je te l'ai dit, ce n'est pas une opération du cerveau, c'est une intervention bé...

— Soit. Sais-tu combien de patients meurent chaque année durant une (il dessina des guillemets avec les doigts) « intervention bénigne » ? N'as-tu jamais vu de photos de ces starlettes sur TMZ qui se retrouvent le nez à moitié fondu, avec en gros titre « Les ratés de la chirurgie esthétique » ?

— Une AEC, ce n'est pas de la chirurgie esthétique.

— Dans ce cas, pourquoi tout le monde à Hollywood en fait ? Tu pourrais aussi choper un staphylocoque ou une bactérie nécrosante. Les hôpitaux sont de vrais nids à microbes. Ce sont des endroits horribles : bassins hygiéniques, perfusions, blouses ouvertes dans le dos... Je les fuis comme la peste, et toi aussi, tu devrais.

— Je...

— Ils pourraient te donner une surdose d'anesthésiant. Ou pire : l'opération pourrait se passer exactement comme prévu, parce que la télépathie est une très mauvaise idée.

— Ce n'est pas de la télépathie..., bafouilla-t-elle, mais il enchaîna aussitôt :

— Il vaut mieux ne pas savoir. Crois-moi. Surtout ce que pensent les hommes. C'est une vraie fosse septique, là-dedans. C'est encore pire que ce qu'ils disent sur Internet, et tu sais à quel point c'est déjà horrible.

— On est censés discuter de tes propositions pour la réunion...

— C'est ce que je fais, se défendit-il. Commspan promet la même chose : plus de communication. Mais ce n'est pas ce que les gens veulent ! Ils sont déjà bien trop sollicités : ordinateurs portables, smartphones, tablettes, réseaux sociaux... Ils sont connectés en permanence. Et, tu sais, en ce qui concerne les relations amoureuses, être trop connecté peut poser un problème. Les amoureux ont besoin de communiquer moins, et non davantage.

— N'importe quoi.

— On parie ? Dans ce cas, pourquoi chaque fois qu'on dit : « Il faut qu'on parle », ça se finit mal ? Toute l'histoire de l'évolution est fondée sur nos efforts pour empêcher la transmission d'informations : camouflage, homochromie, encre projetée par les pieuvres, mots de passe cryptés, secrets d'entreprise, mensonges. Oui, le mensonge, surtout. Si les gens voulaient réellement communiquer, ils diraient la vérité, mais ils ne le font pas.

— C'est faux, objecta-t-elle.

Il lui vint alors à l'esprit qu'elle avait envoyé un texto à sa famille prétextant qu'elle était en réunion, et dit à l'assistante de Rahul Deshnev que son rendez-vous de 9 h 45 était arrivé.

— Ils mentent constamment, disait C.B. Sur Facebook, sur eHarmony, et même en face. « Oui, le rapport est terminé. J'ajoute juste la touche finale. » « Non, je ne trouve pas que cette robe te grossisse. » « Bien sûr que je veux y aller. » « Bien sûr » : ça, c'est la preuve ultime qu'on ment. « Bien sûr que je n'ai pas couché avec elle. » « Bien sûr que j'apprécie ta famille. » « Bien sûr que tu peux me faire confiance. »

— C.B…

— Et tu sais à qui les gens mentent le plus ? À eux-mêmes. Ils sont experts en aveuglement. Donc, même si tu fais cette EEC et que tu entendes les pensées de Trent, à quoi ça t'avancera ?

— On ne peut pas entendre les pensées des…, dit-elle, frustrée. Je te l'ai dit, l'AEC ne rend pas télépathe ! Ça ne fait qu'augmenter les capacités à ressentir les émotions de son partenaire.

— Qui sont encore moins fiables que les pensées ! Les gens ressentent toutes sortes d'émotions dingues : la vengeance, la jalousie, la haine, la rage. N'as-tu jamais eu envie de tuer quelqu'un ?

Si, songea Briddey. *En ce moment même.*

— Pour autant, ressentir des pulsions meurtrières ne fait pas de toi une criminelle. De même qu'avoir des émotions positives ne fait pas de toi une sainte. Je parie que même Hitler éprouvait de la compassion pour son chien. Si tu avais eu un aperçu de ses émotions à cet instant, tu te serais dit : « Tiens, il est drôlement sympa, ce gars-là ! » Sans compter que les gens ne savent pas ce qu'ils ressentent. Ils se persuadent qu'ils sont amoureux, alors qu'ils ne le sont pas, ils…

— Je ne suis pas venue là pour entendre tes théories sur l'amour, l'interrompit-elle. Ni sur Hitler. Je suis venue parce que j'ai supposé que tu voulais me parler de tes propositions pour le nouveau téléphone.

— Justement, je t'en parle. Ce qu'il faut aux gens, c'est communiquer moins, et non davantage. (Il se dirigea vers la pin-up des années 1940.) Tu n'es pas d'accord, Hedy ?

Trent a raison, songea Briddey. *Il est marteau.*

— Hedy Lamarr, expliqua C.B. en tapotant le poster de la jointure de son doigt. Une grande star d'Hollywood pendant la Seconde Guerre mondiale. Entre deux films, elle consacrait son temps libre à la conception d'un système de saut de fréquence pour les transmissions radio afin d'empêcher les Allemands de localiser nos torpilles.

Il retourna à sa paillasse.

— Elle a réussi. Son appareil a même été breveté. Malheureusement, la technologie qui l'aurait fait fonctionner n'avait pas encore été inventée. Elle a dû attendre cinquante ans, puis ils ont utilisé son appareil pour concevoir les téléphones portables. Quel dommage. Mais elle avait eu la bonne idée.

—C'est-à-dire ?

—Essayer de cacher les messages, au lieu de les transmettre. Si tu veux avoir une relation vraiment épanouissante avec ton petit ami, il faudrait faire une anti-AEC, et non…

—Je refuse de discuter de ça, trancha Briddey. As-tu oui ou non quelque chose à me montrer ?

—Oui. (Il se précipita sur son ordinateur portable et se mit à taper sur le clavier. L'écran se couvrit de chiffres.) Imaginons qu'il y ait quelqu'un à qui tu ne souhaites pas parler, ou que tu veuilles absolument travailler sur quelque chose sans être dérangée.

Comme ce matin, pensa Briddey malgré elle.

—Avant, tu pouvais dire que tu n'avais pas pu répondre à temps, ou que tu n'avais pas eu le message, reprit C.B., mais, grâce aux progrès de la technologie, ces excuses ne sont plus valables. Ce téléphone te prévient donc quand ton ex ou ton patron appelle…

Ou ma famille, songea-t-elle.

—… et te propose toutes sortes d'options. Tu peux bloquer l'appel et renvoyer un message à ton interlocuteur disant : « Votre appel ne peut aboutir. » J'ai appelé cette fonction la « ZoneMorte ». Ou tu peux choisir d'être coupée après deux phrases. Ou encore, si tu détestes vraiment la personne, tu peux avoir recours à la fonction « Blackbouler », qui renvoie automatiquement l'appel au service des cartes grises, ou au menu d'accueil de Commspan : « Tapez "1" si vous souhaitez parler à quelqu'un qui ne saura absolument pas vous renseigner. Tapez "2" si vous voulez rester là toute la journée à vous demander sur quel bouton appuyer. » (Il cliqua pour faire apparaître une nouvelle fenêtre.) Quant à cette fonction, que j'ai baptisée « l'appli SOS », elle permet, en touchant discrètement le côté du téléphone, de le faire sonner. Ainsi, tu peux prétendre qu'on cherche à te joindre et que tu dois prendre cet appel.

Je regrette de ne pas avoir disposé de tout ça ce matin, quand je parlais à Jill Quincy. Et à Phillip.

—J'ai appelé ce modèle de téléphone « le Sanctuaire », annonça C.B. Rapport au Bossu de Notre-Dame et autres monstres difformes à qui on me compare, je crois.

Briddey rougit.

—Comment es-tu au c… ?

—Tu vois de quoi je parle quand je dis qu'il y a trop de communication ? (Il tapota l'écran de l'ordinateur.) Alors, qu'en penses-tu ? Du téléphone, je veux dire. Je ne te demande pas si je suis le Bossu de Notre-Dame.

Je trouve que c'est un projet merveilleux, pensa-t-elle en imaginant à quel point ses relations avec sa famille en seraient facilitées. Mais ce n'était pas ce dont Commspan avait besoin.

— Trent veut un téléphone qui permette d'améliorer la communication, pas de l'inhiber.

— C'est exactement ce que je craignais, marmonna-t-il.

Il se pencha de nouveau sur son circuit électronique.

— Donc… tu n'as rien de ce genre ?

— Oh, si, j'ai ce qu'il lui faut. Une application qui traduit ce que tu dis en ce que l'interlocuteur veut entendre. Mettons que je t'écrive un texto disant : « À la base, tu es stupide de te faire opérer du cerveau, et tu l'es encore plus pour le motif puéril de vouloir connaître l'amour véritable. » Le téléphone enverra : « Waouh ! Trent t'a demandé de faire une AEC ! Comme c'est romantique ! » J'ai appelé cette appli « ToutGober ».

— Bon, ça suffit, rétorqua Briddey. Cette conversation est terminée. (Elle se dirigea vers la porte.) Si tu as d'autres propositions – sérieuses, j'entends –, envoie-les à Trent avant la réunion. Sinon, tu dois l'appeler pour le prévenir. La réunion est à 11 heures. Tu as une heure.

— Non, lança-t-il derrière elle après qu'elle eut claqué la porte. Il est déjà 10 h 20.

Oh, non, il ne restait que quarante minutes avant la réunion, et elle n'aurait plus l'occasion de réfléchir à ce qu'elle allait dire à sa famille. Quand elle rentrerait chez elle, elle les trouverait toutes campées à l'attendre devant son immeuble, voire dans son appartement.

Il faut que je fasse changer la serrure, se rappela-t-elle. *Et que je décide une bonne fois pour toutes comment le leur dire.* Malgré la présence de C.B., le sous-sol restait le meilleur endroit pour réfléchir. Elle retourna dans le couloir, dépassa l'ascenseur et rejoignit le couloir suivant, à la recherche d'une pièce de stockage dans laquelle se réfugier.

Après avoir tenté d'ouvrir une demi-douzaine de portes, elle en trouva une qui n'était pas fermée à clé, mais la pièce était remplie de cartons au point qu'on pouvait à peine pousser le battant. Toutefois, elle n'avait pas besoin d'espace, mais d'intimité, et…

— Te voilà enfin ! s'exclama Kathleen. Je t'ai cherchée partout !

— Kathleen ? s'étonna Briddey en reculant d'un air coupable contre la porte. Qu'est-ce que tu fais là ?

— On était mortes d'inquiétude ! Tu n'as répondu à aucun de nos messages, et Tante Oona m'a appelée pour dire qu'elle pressentait qu'un malheur t'était arrivé. Je suis donc venue aux nouvelles.

— Je ne savais pas que vous aviez appelé, mentit Briddey. J'ai passé la matinée au sous-sol et on ne capte rien ici. Comment as-tu su que j'étais là ?

—Charla. Elle a dit que tu étais descendue voir le Bossu de Notre-Dame. Je suppose que c'est le type échevelé qui travaille par là-bas, dit Kathleen en indiquant le labo de C.B., même si je le surnommerais plutôt le Yeti étant donné le froid qu'il fait dans son antre. Au fait, il m'a donné ça pour que tu le donnes à Trent. (Elle tendit à Briddey une clé USB et un bout de papier plié.) Sais-tu s'il est libre ?

—Quoi, C.B. ? s'exclama Briddey en dépliant le mot. Tu veux rire ?

Le mot disait :

« Excuse-moi d'avoir dit que tu étais stupide. Voici une autre proposition pour la réunion. Ne t'en fais pas, ton petit ami va adorer. C'est le rêve de tout accro à la communication.

Signé C.B.

P.-S. Je ne retire rien de ce que j'ai dit sur l'AEC. C'est une *très mauvaise* idée. Jure-moi que tu ne la feras pas sans y avoir bien réfléchi.

P.P.-S. Pose-toi la question : QFHL ? »

« QFHL » ? Elle n'avait pas le temps de se creuser la tête pour trouver la signification de ces initiales. Elle devait se débarrasser de Kathleen avant qu'elle parle à quelqu'un. *Si je la fais monter au premier puis sortir directement par le parking,* songea-t-elle, *avec un peu de chance, on ne croisera personne.*

—Je suis sérieuse, disait Kathleen. Je le trouve plutôt mignon. Du moins il le serait, s'il faisait l'effort de se coiffer.

Briddey la mena vivement vers l'ascenseur.

—Je croyais que tu sortais avec Chad ?

—Oui, mais je ne sais pas… (Elle soupira.) C'est pour ça que je t'ai appelée ce matin. On s'est disputés hier soir.

Quelle surprise ! De tous les minables avec qui Kathleen était sortie, Chad remportait la palme. Cependant, sa priorité du moment n'était pas d'intervenir, mais de faire disparaître sa sœur. Aussi continua-t-elle à marcher.

—Je l'ai surpris en train d'envoyer un texto cochon à une fille, confessa Kathleen. Avec mon téléphone. Quand je le lui ai mis sous le nez, il s'est fâché et il est parti brusquement en me laissant au bord de la route. Ce n'est qu'après que je me suis aperçue que mon téléphone était resté dans sa voiture.

Elles arrivèrent devant l'ascenseur. Briddey appuya sur la flèche du haut.

—Me voilà donc en pleine nuit, à la recherche d'un téléphone pour demander qu'on vienne me chercher. (L'ascenseur arriva. Elles s'y engouffrèrent.) Tu sais qu'on ne trouve plus aucun téléphone public nulle part ?

Briddey appuya sur le bouton « 1 ». L'ascenseur se mit en branle.

— Alors, comment as-tu fait ?

— J'ai fini par en trouver un devant une supérette, expliqua Kathleen, mais je n'avais pas de monnaie ! J'ai donc dû rentrer à pied, et pendant tout ce temps je ne cessais pas de penser : « Il faut que je rompe avec lui. »

— Je suis d'accord. Il le faut.

— Je sais. Mais tu vois, il est vraiment amoureux de moi.

C.B. avait raison : les gens étaient bien experts en aveuglement. L'ascenseur tinta, la porte s'ouvrit. Par miracle, il n'y avait personne.

— En as-tu parlé à Mary Clare ? s'enquit Briddey en menant Kathleen vers le parking, d'un pas décidé.

— J'ai essayé, mais elle était trop tracassée par Maeve pour m'écouter.

— Quel est le problème avec Maeve ?

— Oh, rien. Mary Clare pense qu'elle passe trop de temps sur Internet. Elle a peur qu'elle devienne accro, je crois.

Elles atteignirent la porte.

— Écoute, dit Briddey. J'aimerais beaucoup qu'on discute, mais j'ai une réunion dans une demi-heure, et avant je dois jeter un coup d'œil à la proposition de C.B. Dis à tout le monde que je vais bien. Je vous appellerai après le boulot. (Elle ouvrit le battant pour Kathleen.) Salut.

— Attends, répliqua Kathleen. J'ai une question à te poser. Pourquoi ne pas nous avoir dit que tu comptais faire une AEC ?

Hein ?

— Je… On a décidé ça hier soir seulement, balbutia Briddey, et ce matin je devais aller voir C.B.

— De toute la matinée, tu n'as pas eu le temps d'envoyer un simple texto ou un mail ? s'offusqua Kathleen d'un ton sarcastique. Tu n'as même pas répondu à nos appels !

— Je ne pouvais pas ! Je te l'ai dit : on ne capte rien en bas. Je n'ai pas eu l'occasion de l'annoncer à qui que ce soit.

— Sauf au Bossu, apparemment. Comment s'appelle-t-il, déjà ?

Judas, songea Briddey avec amertume.

— C.B., répondit-elle. C.B. Schwartz. Je suppose que c'est lui qui t'a parlé de l'AEC. Ou bien c'est Charla ?

— Ni l'un ni l'autre. C'est Maeve.

— Maeve ? s'étouffa Briddey. Comment l'a-t-elle su ?

— Par Facebook ou Twitter, j'imagine.

Effectivement, elle passe trop de temps en ligne, pensa Briddey.

— Maeve n'a rien dit à Tante Oona, j'espère ?

— Non, mais elle a posté la nouvelle sur sa page Facebook.

— Mais Tante Oona n'est pas sur Facebook.

— Si. Maeve lui a créé un compte.

Oh, non ! se lamenta Briddey. *Alors elles sont toutes au courant.*

— Et comment a réagi Tante Oona ?

— Comme à son habitude. « Par le sang sacré de saint Patrick et de tous les saints d'Irlande, qu'a-t-elle fait ? »

— Rien pour le moment, se défendit Briddey. Trent m'en a parlé hier soir.

— Et tu as accepté sa demande ? Alors que vous êtes ensemble depuis six semaines à peine ?

— Je te rappelle que tu t'es fiancée à Alex Mancuso après deux rendez-vous seulement.

— Oui, et c'était une erreur.

Une erreur ? Quel euphémisme ! Il avait déjà une femme… et trois condamnations à son casier.

Kathleen insista :

— C'est juste que je ne veux pas que tu commettes la même erreur que moi. Tu ne connais pas assez Trent pour t'engager à ce point…

— C'est pour ça qu'on va le faire. Pour mieux se connaître. L'AEC…

— Ne gaspille pas ta salive, l'interrompit Kathleen. Tu me raconteras au dîner. Tante Oona a invité toute la famille à manger du ragoût irlandais et des *crubeens*.

Pour une séance d'interrogatoire par l'Inquisition irlandaise, ajouta Briddey en pensée.

— Je ne peux pas. Trent…

— … sera en réunion jusqu'à 22 heures, finit Kathleen. Tante Oona a déjà appelé sa secrétaire, donc tu ne peux pas prétexter qu'il t'emmène dîner ailleurs. On se retrouve là-bas à 18 heures.

Elle s'éloigna et se retourna un instant plus tard pour demander d'un ton plaintif :

— Il faut vraiment que je rompe avec Chad, pas vrai ?

— Oui, confirma Briddey.

— Tu as raison. À tout à l'heure, chez Tante Oona. Et que saint Patrick t'accompagne partout où tu vas, ma petite fée, ajouta gaiement Kathleen.

Elle partit.

Il était 10 h 50 et Briddey devait vérifier la clé USB de C.B. avant la réunion pour s'assurer que son contenu n'avait rien à voir avec le Sanctuaire ni tout autre projet contraire à la communication. Elle prit la direction de son bureau et fut immédiatement alpaguée par Lorraine, du service marketing, qui tenait à lui dire à quel point elle trouvait merveilleux que Trent et elle fassent une AEC.

— Comment as-tu réussi à le persuader ? l'interrogea-t-elle.

— Je n'ai pas eu à le faire : c'est l'idée de Trent.

— Tu plaisantes ? Comment est-ce possible ? La plupart des hommes n'avouent même pas qu'ils ressentent des émotions, alors les exposer… Gina – tu sais, l'assistante de Rahul Deshnev – a failli avoir recours au chantage pour convaincre Greg de faire la leur. D'après elle, ça valait le coup. Elle dit n'avoir jamais été aussi heureuse et détendue.

C'est parce qu'elle n'a pas l'obligation d'être ailleurs à cet instant précis, songea Briddey.

— Je suis en retard pour une réunion…, commença-t-elle.

— J'y vais aussi, l'interrompit Lorraine en l'entraînant vers la salle de réunion. Gina avait peur que ça ne marche pas. Elle soupçonnait Greg de la tromper. Pour tout t'avouer, j'en étais persuadée, moi aussi. Suki m'a raconté que…

Briddey se dégagea :

— Oh, j'avais oublié : je dois retourner dans mon bureau parler à mon assistante.

— Tu n'as pas le temps, on est déjà à la bourre, objecta Lorraine en la prenant par le bras. Donc, comme je le disais, on avait tout faux : Greg ne voyait personne d'autre. Ils se sont connectés, et d'après elle leur relation n'a jamais été aussi parfaite. Plus de malentendus, plus de signaux mal interprétés ni de secrets. Oh, regarde, tout le monde est prêt.

C'était vrai. Le premier point à l'ordre du jour étant la proposition de C.B., Briddey n'eut pas l'occasion de vérifier la clé avant de la donner à Trent. Heureusement, ce n'était pas le Sanctuaire ni l'application ToutGober, mais un projet d'appli que C.B. avait appelée « TchatPlus ». Celle-ci offrait la possibilité de mener deux conversations téléphoniques en même temps.

— Plus besoin de mettre votre interlocuteur en attente ou de lui dire que vous le rappellerez. Fini les : « Désolé, je dois répondre à cet appel », ou : « Dommage, je ne peux pas te parler maintenant. » Avec TchatPlus, vous pourrez communiquer en permanence avec tout le monde.

Très drôle, C.B., pensa Briddey. Cependant, tout le monde adorait le concept, Trent inclus. Depuis le bout de la table, il lui envoya un texto : « C'est exactement ce qu'il nous faut. Merci de le lui avoir soutiré. As-tu rempli les formulaires du docteur Verrick ? »

Elle lui répondit : « Je le ferai juste après la réunion. » Il envoya : « Mieux vaut ne pas attendre. La réunion pourrait s'éterniser. »

Il n'avait pas tort. Aussitôt, ses collègues commencèrent à faire des suggestions pour adapter TchatPlus afin de mener plus de deux conversations simultanées. La discussion se prolongea près de deux heures et ils durent commander leur déjeuner. Briddey en profita pour remplir le premier questionnaire du docteur Verrick. Celui-ci portait sur tous les domaines, de son historique médical à ses préférences alimentaires, en passant par la couleur de ses cheveux, de ses yeux, et ses passe-temps favoris.

Le document rempli, elle se concentra de nouveau sur la réunion.

Art Sampson disait :

— TchatPlus me plaît bien, mais cette nouvelle appli suffira-t-elle à concurrencer le nouveau téléphone d'Apple ? Nous sommes une petite entreprise. Si le nouvel iPhone est le grand changement de paradigme que tout le monde s'accorde à désigner comme tel, pouvoir parler à plusieurs personnes en même temps me semble insuffisant.

La réunion dégénéra en conversations croisées tandis que chacun spéculait sur le nouveau téléphone d'Apple et les moyens d'en savoir plus.

Il suffit d'envoyer Suki, tout simplement, pensa Briddey. Elle s'apprêtait à transmettre par texto sa plaisanterie à Trent quand il lui envoya : « Hamilton veut me voir. Je t'appelle après. Je t'aime. N'oublie pas les formulaires. » Puis il la laissa écouter les diverses hypothèses, ce qui promettait de durer des heures.

C.B. a raison d'éviter les réunions, reconnut-elle. Elle sortit le deuxième questionnaire, même si elle doutait que s'empresser de le remplir eût un effet quelconque. En faisant des recherches en ligne sur le docteur Verrick, elle avait constaté que la liste de ses clients comptait non seulement des stars hollywoodiennes, mais aussi des sportifs célèbres, des membres de la royauté – apparemment, il avait œuvré sur le prince William et Kate –, ainsi que les P.-D.G. d'une dizaine d'entreprises américaines figurant dans le top cinq cents en chiffre d'affaires. Trent et elle avaient déjà de la chance d'être inscrits sur liste d'attente, et il était peu probable que le docteur Verrick les fasse passer avant David Beckham ou le sultan de Brunei. Juste au cas où, elle s'attaqua au questionnaire : une batterie complète de tests ayant pour objectif de mesurer sa sensibilité, son empathie, et la compatibilité du couple.

Je n'aurai jamais le temps de finir ça aujourd'hui, se lamenta-t-elle, mais le temps que s'achève le débat pour savoir si Apple bluffait ou les espionnait, à quel point ce serait contraire à l'éthique, et qui pourrait jouer les taupes pour eux chez Apple, Briddey put finir les tests, les renvoyer au cabinet du docteur Verrick, et commencer à répondre à ses mails, ne tenant pas compte du flot de messages que lui avait adressé sa famille.

Il y en avait deux de C.B., l'un ayant pour objet : « Que ferait Hedy Lamarr ? »

C'était donc ça, QFHL, songea-t-elle. *Évidemment.*

Il avait mis dans son mail un lien vers un long article sur les réalisations de Hedy Lamarr en matière de saut de fréquence. Dans le deuxième mail, il lui donnait un lien vers un article de presse intitulé « Un habitant de l'Iowa meurt des suites d'une intervention chirurgicale sur ses cuticules ».

Quand, à 16 heures, la réunion se termina enfin, Briddey se retrouva assaillie par des bonnes âmes louant le beau parti qu'était Trent, et désireuses d'apprendre comment ils s'étaient débrouillés pour figurer sur la liste d'attente du docteur Verrick.

— Nous, on n'a même pas pu s'inscrire sur la liste d'attente de la liste d'attente, se plaignit Lara de la compta.

Beth, du contrôle qualité, s'enthousiasma :

— L'AEC est la meilleure chose qu'on ait jamais inventée !

Si tu pouvais le dire à ma famille et à C.B., ce serait super, pensa Briddey en retournant dans son bureau. Elle se demanda quelle excuse fournir pour éviter le dîner. Un rapport de dernière minute à rédiger ? Un collègue qui se serait cassé le bras, qu'elle devait conduire aux urgences ? Une épidémie de hantavirus ?

Quel que soit son prétexte, elle devait le trouver vite. Il était déjà 16 h 30, et elle n'aurait pas été étonnée que Tante Oona envoie Kathleen à Commspan en fin de journée pour s'assurer qu'elle ne se défilerait pas.

Charla se tenait à la porte de son bureau.

— Ça vient d'arriver pour toi, annonça-t-elle en désignant un bouquet de camélias rose pâle. De la part de Trent Worth.

Elle tendit la carte à Briddey. « J'ai hâte de te voir, lut-elle, et j'ai hâte d'être au jour où je n'aurai plus à te le dire, car tu le sauras déjà. Trent. »

— Tu as tellement de veine ! répéta Charla. Nate ne m'envoie jamais…

— Des messages ? l'interrompit Briddey.

— Non, mais ta famille…

— Appelle-les et dis-leur que j'ai un imprévu, dit Briddey en passant à côté d'elle, une réunion urgente, n'importe quoi, et que je ne pourrai pas assister au dîner.

Sur ce, elle ouvrit la porte.

Et tomba sur le clan réuni. Elles étaient toutes là : Tante Oona dans sa jupe de tweed et son gilet de laine, son tricot sur les genoux, flanquée de Mary Clare et de Kathleen. Maeve était assise en tailleur dans un coin, à même le sol.

Je vous en supplie, faites qu'elles n'aient pas entendu ce que je viens de dire, pensa Briddey.

—Une réunion urgente, alors ? demanda Tante Oona avec un accent irlandais encore plus prononcé qu'à l'accoutumée.

—Je vais chercher d'autres chaises, répliqua Briddey avant de rejoindre Charla à son bureau.

—Je leur ai dit que tu étais très occupée…, commença Charla.

Mais elles ne t'ont pas écoutée, songea Briddey. *Je sais. J'ai le même problème.*

—Tout va bien, Charla, dit-elle tout haut.

—Veux-tu que j'aille leur chercher du café ou autre chose ? proposa l'assistante.

—Non, répondit Briddey en se demandant si elle devait lui dire de venir dans cinq minutes pour lui rappeler un rendez-vous urgent.

Mais elle doutait que sa ruse fonctionne, et il fallait bien qu'elle en finisse… de préférence sans que Charla écoute à la porte. Briddey l'autorisa donc à rentrer plus tôt et retourna dans son bureau, prête pour l'affrontement.

—J'ai eu le pressentiment qu'à cause du travail tu ne pourrais pas être des nôtres ce soir, déclara Tante Oona dès que Briddey eut fermé la porte sur Charla. C'est pourquoi nous avons pensé qu'il valait mieux venir ici pour te parler de cette AOC.

—AEC, la corrigea Maeve dans son coin. AOC, c'est un label alimentaire. AEC, ça veut dire…

—Et comment suis-je censée savoir ce que ça veut dire, alors que la principale intéressée ne se donne même pas la peine d'informer les siens qu'elle va en faire une ? Avec un Anglais, en plus !

—Trent et moi allons subir une intervention bénigne qui nous permettra de ressentir mutuellement nos émotions et de mieux communiquer en tant que couple.

—Que les saints nous protègent ! s'exclama Tante Oona en se signant. La communication, dis-tu ? Et depuis quand un Irlandais a-t-il besoin de se faire opérer pour ça ? Parler, est-ce trop demander à un Anglais ?

—Non, bien sûr. L'AEC ne remplace pas les autres formes de communication, elle les améliore.

Briddey se lança dans une tirade expliquant que l'AEC créait un chemin neuronal qui rendait les partenaires plus réceptifs aux émotions de l'autre. Mais Tante Oona ne voulut rien entendre.

Les bras croisés sur son ample poitrine, elle marmonna :

—C'est contre nature, voilà ce que c'est.

— C'est aussi une pratique moyenâgeuse ! s'insurgea Mary Clare. Accepter de se faire lobotomiser juste pour plaire à un homme ! Quel genre de message transmets-tu à ta nièce ?

Aucun, apparemment, pensa Briddey en regardant Maeve. La fillette, absorbée par son smartphone, ne semblait rien suivre de la conversation.

— Ce n'est pas une lobotomie, se défendit la jeune femme, et ce n'est pas pour Trent que je le fais, mais pour notre bien à tous les deux.

Mais Mary Clare ne l'écoutait pas.

— C'est déjà assez grave que Maeve soit constamment exposée aux clichés, où les femmes faibles et impuissantes sont légion, insista-t-elle, mais quand il s'agit de sa propre tante ! Je passe mon temps à essayer de protéger ma fille de tout ce qui peut altérer son intelligence et son indépendance…

— Elle veut parler des princesses Disney, intervint Maeve d'un air dégoûté en levant les yeux de son écran. Tante Briddey, elle refuse de me laisser regarder *Raiponce* simplement parce que Flynn vient à son secours ! Mais parfois les gens ont besoin qu'on leur vienne en aide…

— Tu vois ? dit Mary Clare à Briddey. Elle a déjà intégré l'idée qu'une fille doit se contenter de rester les bras croisés, à attendre l'homme providentiel, parce qu'elle est incapable de se sauver elle-même.

— Parce qu'il arrive que ce soit impossible ! s'énerva Maeve. Quand on est attachée, par exemple. Ou transformée en statue de glace. Les hommes aussi peuvent avoir besoin d'être secourus, comme dans *Raiponce,* quand la sorcière tue…

— Allons silence, mon p'tit faon, l'interrompit Tante Oona en tapotant le bras de Maeve. On n'est pas dans un conte de fées. Nous devons nous préoccuper d'une affaire de vie ou de mort…

— Ce n'est pas une affaire de vie ou de mort ! s'insurgea Briddey. L'AEC est sans risque…

— Oh, et j'imagine que c'est ce Trent qui te l'a dit. Depuis quand les Anglais disent-ils la vérité, je te demande un peu ! De fieffés menteurs, voilà ce qu'ils sont…

— Trent n'est pas un fieffé menteur, ni anglais d'ailleurs. Sa famille vit aux États-Unis depuis des générations.

— Tout comme la nôtre. Et dirais-tu que nous ne sommes pas irlandais ? s'emporta Tante Oona. Que feras-tu ensuite, hein ? Tu abandonneras le nom de Flannigan, et tu teindras tes cheveux roux en brun ? Par le sang sacré de saint Patrick, jamais je n'aurais cru voir un jour l'enfant de ma sainte nièce désavouer ainsi son héritage ! Tu es irlandaise, ma fille. C'est dans ton sang, et ça ne sert à rien de le nier. Comme ça ne sert à rien de nier que ton Trent est au fond de lui un Anglais, au cœur cruel, vil et menteur. Des canailles doublées de séducteurs, tous autant qu'ils sont. Si tu pouvais te dégotter un brave gars irlandais…

— Peu importe qui sont les ancêtres de Trent, intervint Kathleen. C'est la personne, qui compte.

Merci, songea Briddey.

— En plus, il est très sexy, poursuivit Kathleen. Et j'adore sa voiture. Moi, je sortirais bien avec lui.

Ce qui n'était pas un argument valable, étant donné le genre d'hommes que Kathleen fréquentait.

Mary Clare le fit aussitôt remarquer, et ajouta :

— Pour ma part, je ne comprends pas ce qu'on peut trouver à un homme qui insiste pour qu'on subisse une chirurgie du cerveau comme condition préalable à un contrat de mariage. Qu'est-ce que tu lui trouves, Briddey ?

Eh bien, pour commencer, songea-t-elle avec colère, *il est fils unique, et sa famille à lui ne s'incruste jamais sans avoir été invitée. Ils ne jacassent pas non plus à propos d'un pays dans lequel ils n'ont jamais mis les pieds. Ils pensent que chacun doit s'occuper de ses affaires. De plus, son immeuble est équipé d'un digicode et d'un portier. Quand nous serons fiancés, j'emménagerai chez lui pour avoir enfin un peu d'intimité. Vous ne pourrez plus surgir comme vous le faites dès que vous en avez envie, ni me dicter ma conduite.*

Mais elle ne pouvait pas dire cela. Tante Oona en aurait fait une attaque. Elle ne pouvait pas non plus avouer que, ce qu'elle aimait aussi chez Trent, c'était qu'il n'était pas irlandais.

Il était tout le contraire des rustres irresponsables et négligés que fréquentait Kathleen, et des « braves gars » ayant déjà passé la date de péremption et dominés par leur mère avec lesquels Tante Oona essayait de la mettre en ménage. Surtout, il était l'exact opposé des sales types avec lesquels elle était sortie jusque-là. Il était soigné et bien habillé ; son travail était lucratif, il n'était pas avare de compliments, l'emmenait dans des endroits charmants, lui envoyait des fleurs. Et n'écrivait pas de textos cochons à d'autres femmes.

Quel mal y a-t-il à vouloir un petit ami qui n'abandonne pas sa dulcinée devant une supérette, au beau milieu de la nuit ? s'interrogea-t-elle. *À vouloir une vie où les gens préviennent avant de venir et ne débarquent pas constamment au bureau sans y avoir été conviés ?*

Ça non plus, elle ne pouvait pas le dire. Même si elle le voulait, personne ne l'écouterait. Mary Clare était occupée à donner l'ordre à Maeve d'éteindre son smartphone. Kathleen disait : « Trent me rappelle quelqu'un, mais je ne sais plus qui, » et Tante Oona racontait la prémonition qu'elle avait eue à propos de l'AEC de Briddey.

Tu as tout le temps des prémonitions, songea la jeune femme, agacée. *Elles sont aussi authentiques que ton accent irlandais.* De l'avis de Briddey, les aptitudes psychiques de Tante Oona, qu'elle appelait son « don de seconde vue » et qui selon elle était génétique, se limitaient à prédire que les petits amis de Kathleen étaient « des opportunistes et des infidèles », ce qui n'était guère risqué, et que le téléphone s'apprêtait à sonner. « Mary Clare va appeler, annonçait-elle d'un ton théâtral. Je le sens au fond de moi. Elle s'inquiète pour Maeve. »

Comme Mary Clare s'inquiétait toujours pour Maeve et appelait Tante Oona au moins vingt fois par jour pour lui faire part de ses craintes, inutile d'être médium pour savoir que ça allait se produire. Le reste du temps, ses prémonitions, intuitions et autres visions de catastrophes imminentes étaient totalement erronées.

— J'ai un mauvais pressentiment concernant ton AAC, ma petite fée, dit-elle.

— AEC, corrigea Maeve sans lever les yeux de son téléphone. AAC, c'est « apprentissage anticipé de la conduite ». On peut y aller, maintenant ? Je meurs de faim.

— Bien sûr que tu as faim, mon pauvre petit faon, la plaignit Tante Oona. L'heure du thé est passée depuis longtemps.

Elle proposa de descendre à la cafétéria pour « casser une petite croûte », ou en d'autres termes poursuivre le débat à portée de voix de la moitié des employés de Commspan. Briddey n'eut aucun mal à imaginer ce que Suki, *alias* le téléphone arabe, ferait de toute cette matière, aussi accepta-t-elle d'aller dîner.

— Et ta réunion urgente ? s'enquit Tante Oona.

— Je vais l'annuler, répondit Briddey d'un air lugubre.

Dans une dernière tentative pour leur échapper, elle suggéra de les retrouver là-bas.

Raté. Tante Oona insista pour monter en voiture avec elle, vantant pendant tout le trajet les mérites du beau gars irlandais qu'était Sean O'Reilly et regrettant, apparemment sans ironie, que Mary Clare se mêle autant des affaires de Maeve.

— Pourquoi ne laisse-t-elle pas cette pauvre enfant en paix ? Maeve n'a pas une seconde de tranquillité.

Au cours du dîner, sa grand-tante et ses sœurs ressortirent tous les arguments contre l'AEC et en ajoutèrent de nouveaux : Trent nourrissait un motif caché pour vouloir lui faire subir cette opération ; ce pouvait bien être un péché mortel aux yeux de l'Église, et aucun Irlandais respectable ne demanderait…

— C'est faux, se défendit Briddey. Enya l'a fait avec son fiancé, et Daniel Day-Lewis…

— Et si Enya et Daniel Day-Lewis t'avaient demandé de sauter d'un pont, tu l'aurais fait aussi ? s'emporta Tante Oona.

— Je crois qu'elle devrait le faire, intervint Maeve.

— Quoi, sauter d'un pont ? demanda Kathleen.

— Maeve, je t'ai déjà parlé des dangers de la pression de la mode…, commença Mary Clare.

Maeve ne leur prêta pas attention.

— Si Tante Briddey se fait faire une AEC, elle saura comment Trent est réellement, dit-elle. Comme dans *La Reine des neiges* : Anna croit que le prince est gentil et amoureux d'elle, alors que non, il veut juste son royaume. Il essaie même de la tuer.

— Raison de plus pour que je t'interdise de regarder des Disney, rétorqua Mary Clare. C'est bien trop violent !

— Ce n'est pas violent ! s'exclama Maeve avec véhémence. Ce que je veux dire, c'est que parfois, au fond, les gens sont différents de ce qu'ils laissent paraître. Si Tante Briddey fait l'AEC, elle découvrira qui Trent est vraiment, et elle ne l'aimera plus. Elle se trouvera un autre petit ami, qui soit gentil.

— Elle peut obtenir le même résultat sans se faire charcuter, décréta Tante Oona, qui aussitôt se lança dans les risques des opérations vécus par les Filles d'Irlande. La cousine de Sean O'Reilly s'est fait opérer de la jambe, sauf qu'ils lui ont coupé la mauvaise !

J'aurais dû demander à C.B. de mettre son appli SOS sur mon téléphone, regretta Briddey. *J'en aurais bien besoin en ce moment même.*

Son appareil sonna.

— Désolée de te déranger, dit la voix de Charla, mais C.B. Schwartz vient d'appeler chez moi pour savoir si tu as bien reçu les propositions qu'il t'a envoyées ce matin, pour le téléphone.

Merci, C.B., songea Briddey.

— Oui, répondit-elle. Non, c'est bon. J'arrive.

— Tu n'es pas obligée d'aller à Commspan, dit Charla, perplexe. Il veut juste s'assurer que tu les as eues.

— Je comprends. J'y vais tout de suite, conclut Briddey avant de raccrocher. Excusez-moi, je dois y aller, dit-elle au clan en enfilant son manteau. Un problème au bureau que je dois résoudre.

Sa famille insista pour l'accompagner jusqu'à sa voiture.

— L'intervention est prévue pour quand ? demanda Mary Clare.

— La fin de l'été, répondit Maeve.

— Comment le sais-tu ? s'étonna Briddey.

— C'était sur Facebook.

— La fin de l'été, répéta Tante Oona d'un air songeur. Tant mieux, ainsi tu as le temps de réfléchir encore…

Dis plutôt que tu auras le temps d'essayer de me faire changer d'avis, pensa Briddey en s'éloignant au volant de son véhicule. *Quand j'aurai épousé Trent, je n'aurai plus jamais à subir un de ces dîners-interrogatoires. J'emménagerai chez lui et je donnerai pour consigne au portier de vous interdire d'entrer, à vous et au reste du monde, pour enfin avoir la paix.*

Sitôt hors de vue, elle se gara pour appeler Charla et lui expliquer son attitude. La famille n'avait pas perdu de temps : Tante Oona lui avait déjà envoyé un texto disant qu'un neveu d'une des Filles d'Irlande était mort d'une opération des varices. Il y avait aussi un texto de Kathleen : « Je viens juste de me rappeler à qui Trent me fait penser : Kurt. »

Kurt, ancien petit ami de sa sœur, lui avait juré un amour éternel avant de disparaître dans la nature avec ses cartes de crédit. Briddey supprima les deux messages puis composa le numéro de Charla. Elle tomba sur sa messagerie. *Je l'appellerai en rentrant*, songea-t-elle. Sitôt arrivée chez elle, elle sortit son téléphone pour tenter une nouvelle fois de la joindre.

Son appareil sonna immédiatement.

Je parie que Charla a consulté sa messagerie, se dit Briddey. Elle répondit même si c'était la sonnerie de Trent.

Erreur : c'était Mary Clare.

— On vient de rentrer à la maison. Maeve s'est enfermée dans sa chambre, se plaignit-elle.

Si tu étais ma mère, je ferais pareil, songea Briddey.

— Elle a mis un écriteau sur sa porte qui dit : « PRIVÉ – ÇA S'ADRESSE À TOI, MAMAN. JE NE PLAISANTE PAS. »

Ça me rappelle ce qui est écrit sur la porte du labo de C.B., s'amusa Briddey.

— Au moins, elle s'affirme, et tu n'as pas à te soucier qu'elle soit du genre à s'écraser, la rassura-t-elle.

Mary Clare ne tint pas compte de cette remarque.

— Qu'est-ce que je vais faire ? Si ça se trouve, elle se drogue, là-dedans. Ou peut-être qu'elle regarde des *snuff movies*.

— Son film préféré est *Raiponce*. Elle ne regarde pas de *snuff movies*.

— Tu n'en sais rien. Elle est si précoce ! Elle passe presque tout son temps libre sur son téléphone ou son ordinateur portable. J'ai lu un article qui disait que cette génération se débrouille si bien en informatique qu'il est impossible à leurs parents de les comprendre, et encore moins de les contrôler. Sais-tu comment installer une caméra-espion ?

— Non, répondit Briddey d'un ton ferme. Je dois te laisser, Trent appelle sur l'autre ligne.

Elle raccrocha. Son téléphone sonna aussitôt. *Si jamais c'est Tante Oona…*, songea-t-elle.

Mais c'était Trent.

— J'ai une excellente nouvelle ! claironna-t-il. Je viens d'avoir le docteur Verrick, et les AEC qu'il avait prévu de faire à Paris ont été annulées. Il va pouvoir avancer la date de notre rendez-vous.

— Au mois de mai ? demanda Briddey en pensant : *C'est encore dans deux mois. Ça veut dire que j'aurai droit à trois milliards de coups de fil, mails et textos, et je ne sais combien de séances d'interrogatoire par l'Inquisition irlandaise. Je n'y arriverai jamais.*

— Non, répliqua Trent. Son planning est complètement chamboulé à cause de cette annulation. Il peut nous prendre mercredi prochain !

Chapitre 3

« Ne vivez plus fragmentairement. Reliez. »
E.M. Forster, *Howards End*[1]

Garder secrète la date de l'opération, même quelques jours, se révéla un défi colossal, surtout après que le cabinet du docteur Verrick eut envoyé un formulaire de pré-admission via l'adresse mail professionnelle de Briddey, et que Charla l'eut vu. Celle-ci lui demanda aussitôt si la date de l'AEC avait été avancée.

Briddey parvint à la convaincre qu'il n'en était rien, que l'hôpital devait s'y prendre des mois à l'avance pour laisser le temps aux compagnies d'assurances d'enregistrer la demande, mais il s'en fallut de peu. Briddey n'avait toujours pas trouvé comment demander un congé sans déclencher le téléphone arabe, d'autant qu'une AEC requérait de rester une nuit en observation. Avec le lancement imminent du nouvel Apple, tout le monde essayait de trouver un concept digne de le concurrencer, et personne n'obtenait de congé ; encore moins presque deux jours entiers. Toutefois, quand elle eut fait part de ses craintes à Trent par texto, il lui répondit de ne pas s'inquiéter, que tout était réglé.

C'était vrai, et cela tenait du miracle : pas la moindre fuite, si bien que personne ne l'alpagua dans les couloirs pour lui demander comment ils avaient réussi à obtenir une date si proche. Il restait quand même une difficulté : Briddey devait se rendre à l'hôpital pour procéder à des analyses de sang sans être vue des collègues de Commspan – *avec ma veine, je vais tomber sur Suki* –, et sans que sa famille soit au courant.

1. *Howards End, le legs de Mrs. Wilcox*, d'E.M. Forster, éditions Christian Bourgois, 1992. Traduction de Charles Mauron. (*NdT*)

Mais Maeve vint à son secours. Sa crise de rébellion, engendrée par l'interdiction de regarder *Raiponce*, s'était prolongée à l'école : elle avait récolté une heure de colle pour avoir lu le dernier tome de la série *Refuge secret* en classe.

« Je déteste les adultes, écrivit-elle à Briddey par texto. Avec eux, on n'a le droit de rien faire. » Quand Briddey suggéra gentiment qu'elle aurait quand même pu ranger son livre quand l'institutrice le lui avait demandé, Maeve répliqua : « Comme je l'ai dit à Maman, je ne l'ai pas entendue. »

Apparemment, elle avait aussi dit à Mary Clare que la raison pour laquelle elle ne l'avait pas entendue était qu'elle « pensait à autre chose ». Cette explication, provoquant une bouffée d'angoisse maternelle, déboucha sur un rendez-vous avec l'institutrice de Maeve, le conseiller de l'école, un pédopsychologue et un ORL.

Briddey put prendre le prétexte d'une séance de thérapie familiale pour justifier la présence de sa voiture à l'hôpital quand elle s'y rendit pour ses analyses. L'agitation de sa famille autour de Maeve lui laissa le temps de préparer son sac pour la nuit, de le mettre à l'abri dans le coffre de sa voiture et de laisser quelques consignes à Charla, à qui elle avait dit qu'elle se rendait à une réunion l'après-midi du mercredi dans le centre-ville, et à une conférence le jeudi. Charla avait pour tâche de répondre aux mails urgents.

Kathleen lui avait envoyé une pub pour un séminaire sur la « connexion spirituelle » animé par une voyante appelée Lyzandra de Sedona, accompagnée d'un mot disant : « Si tu y vas, tu n'auras plus besoin de passer par la chirurgie pour lire dans les pensées de Trent. » Tante Oona lui avait envoyé un mail pour la sortie prochaine des Filles d'Irlande au spectacle *Riverdance* (« Sean O'Reilly y va ! »). Et C.B., qui soi-disant ne croyait pas aux mails, lui en avait envoyé douze : quatre concernant des opérations bénignes qui avaient abouti à la mort du patient, sept sur les effets secondaires de l'AEC, et un fait divers sur un homme qui avait tué sa femme par arme à feu quand ils avaient échoué à se connecter.

Le mercredi matin, Briddey écrivit un mail aux membres de sa famille pour les informer qu'elle serait en réunion au cours des deux prochains jours (« Je t'en supplie, Tante Oona, n'appelle pas les hôpitaux si je ne réponds pas au téléphone ! ») puis elle activa la réponse automatique de sa messagerie (« Bridget Flannigan est absente jusqu'au… »). Son portable éteint, elle essaya de ne pas penser à tous les mensonges qu'elle accumulait.

Cela durerait jusqu'au lendemain après-midi, pas plus. Sitôt rentrée de l'hôpital, elle leur dirait qu'une occasion de dernière minute s'était présentée, ce qui expliquerait qu'elle n'ait eu le temps de prévenir personne.

D'ici là, elles verraient bien que l'AEC était sans danger, que Trent et elle nageaient dans le bonheur. Ça leur clouerait le bec. Il fallait juste qu'elle quitte le bâtiment discrètement.

Elle avait prévu de se rendre chez Trent à 11 heures, d'y laisser sa voiture et d'aller à l'hôpital avec lui, mais il l'avait appelée à son arrivée au bureau pour lui dire que sa réunion avec Graham Hamilton se prolongeait, et qu'il la retrouverait là-bas.

— N'est-on pas censés faire ça ensemble ? avait-elle demandé.

— Il ne s'agit pas de faire une soudure entre nous, chérie, l'avait-il raisonnée. L'un de nous doit passer en premier. Ton opération est prévue à 13 heures, la mienne à 14 heures. J'arriverai largement en avance. Ensuite, nous serons connectés, et nous n'aurons plus à nous soucier de rien. Tout sera parfait.

Il avait raison. De plus, mieux valait qu'ils se rendent à l'hôpital séparément. S'ils quittaient Commspan à la même heure, les gens feraient vite le rapprochement. Ce changement de plan l'obligea à trouver une solution pour sa voiture. Prendre un taxi était exclu : elle ne pouvait pas laisser son véhicule toute la nuit dans le parking sans que Suki à l'œil de rapace le remarque, et, si elle allait chez elle pour prendre un taxi de là-bas, et qu'un membre de sa famille surgisse alors qu'elle leur avait dit être en réunion...

Elle ne pouvait pas non plus se garer à l'hôpital. Avec sa veine, Mary Clare s'y rendrait avec Maeve pour consulter un spécialiste quelconque et ne manquerait pas de repérer sa voiture. Non, il lui faudrait se garer ailleurs et, de là, prendre un taxi qui l'amènerait à l'hôpital.

Elle devait donc partir maintenant. Ce qui impliquait un nouveau mensonge. Encore fallait-il être inspirée. Une contravention à régler ? Non, Charla voudrait savoir où et quand elle l'avait récoltée. Un procès en tant que juré ? Un rendez-vous chez le dentiste ?

Elle se rendit dans le bureau de Charla.

— Suki est là aujourd'hui ? demanda-t-elle.

— Non.

Parfait. Ses chances de s'éclipser discrètement venaient de grimper en flèche. À moins que Suki soit à l'hôpital.

— Elle n'est pas malade, au moins ? s'enquit-elle.

— Non, elle est juré dans un procès.

Prétexte que j'ai failli choisir, songea Briddey. *Ouf, après-demain, je pourrai cesser de mentir, je suis trop nulle pour ça.*

— Tu avais besoin d'elle ? l'interrogea Charla.

— Non, ça peut attendre. J'aimerais que tu montes aux archives pour demander à Jill Quincy de t'aider à trouver tout ce qu'on a sur les brevets des trois derniers iPhone d'Apple.

Sitôt Charla sortie, Briddey déposa ses consignes sur le bureau, vérifia que le couloir était vide et marcha d'un pas rapide vers l'ascenseur, se demandant s'il valait mieux emprunter l'escalier, histoire d'assurer ses arrières.

Mais Charla et Jill se trouvaient aux archives, Suki était enfermée en toute sécurité dans un tribunal, et C.B. ne quittait jamais son antre.

Sauf ce jour-là, bien évidemment. Pire : elle était dans la cabine et avait déjà appuyé sur le bouton quand il surgit brusquement dans l'encadrement de la porte, échevelé et légèrement essoufflé.

— Content de t'attraper au vol.

— Si tu veux me parler de ton appli TchatPlus, dit-elle, tout le monde a adoré.

— Bien évidemment, répliqua-t-il d'un air dégoûté. Non, ça concerne autre chose. C'est important.

— Malheureusement, je n'ai pas le temps, dit Briddey en appuyant sur le bouton activant la fermeture des portes. J'ai rendez-vous en ville dans dix minutes.

— C'est bon, je ferai le trajet avec toi, insista-t-il en se faufilant entre les portes coulissantes. As-tu lu les mails que je t'ai envoyés sur l'EEC ?

— Oui. Maintenant que je sais que les effets secondaires de l'AEC sont la sciatique, la perte de mémoire à court terme, les verrues plantaires, les ulcères de l'estomac, le syndrome rotulien, et une exclusion de *La Bachelorette*, j'ai décidé que je devais en faire une à tout prix. J'ai toujours rêvé de me faire évincer d'une émission de téléréalité.

— C'est bien ce que je craignais. Mais, tu sais, il y a aussi un risque que ça provoque des CI.

Si tu crois que je vais te demander ce que ça veut dire, tu te fourres le doigt dans l'œil.

Il avait dû parvenir à la même conclusion, car il ajouta :

— Des conséquences imprévisibles.

— Quoi, par exemple ?

— Qui sait ? C'est la nature même des conséquences imprévisibles. On ne sait pas du tout à quoi s'attendre jusqu'à ce qu'elles se produisent, et alors il est trop tard. Pense à la Prohibition. Ou au DDT. Au début, ça paraissait une idée formidable, puis regarde le résultat : Al Capone, et une hécatombe de piafs. Ou pense à Twitter. Qui aurait cru que ça deviendrait un tremplin pour Daech, ou #ChatsIntolérablementMignons ? Regarde tous ces immigrants irlandais qui trouvaient génial d'embarquer sur le *Titanic* pour aller en Amérique. S'ils avaient songé à ce qui pouvait se passer…

— En résumé, tu dis que, si je fais cette AEC, je risque de heurter un iceberg ?

— C'est possible. On ne peut pas prédire ce qui peut arriver. Imagine que tes cheveux roux repoussent blancs, après qu'ils t'auront rasé la tête pour l'opération ?

— On ne va pas me raser la tête. Ils entrent par la nuque.

— Tout comme la guillotine. Et si jamais ils te font un trou au mauvais endroit, et que tu finisses par être incapable de communiquer tout court ? Si jamais tu tombes dans le coma, que le docteur te vole tes organes et les vend sur le marché noir ?

— Il ne va pas voler mes organes. Écoute, ça me touche que tu t'inquiètes autant, mais je sais ce que je fais.

— Dit-elle en montant à bord du *Titanic*. OK, disons que c'est le cas, que l'opération se passe bien, que vous découvrez tout l'un sur l'autre, mais que ça ne te plaît pas. La communication n'est pas tout, tu sais. Je te garantis que connaître les pensées intimes de Hitler ne l'aurait pas rendu plus sympathique à tes yeux. Ça pourrait se vérifier pour ton petit ami.

— Ça ne sera pas comme ça, protesta Briddey en levant les yeux vers les numéros des étages au-dessus de la porte de l'ascenseur.

Elle pria pour que le « P » de parking se mette à briller.

— Et si l'AEC ne marche pas ? Ne devez-vous pas être liés émotionnellement pour vous connecter ? Et si vous ne l'étiez pas ? D'ailleurs, c'est quoi, être « liés émotionnellement » ? On dirait un concept tiré de *Cinquante Nuances de Grey*. Pourquoi ne pas simplement dire qu'il faut être amoureux l'un de l'autre ?

Elle allait rester coincée avec lui dans cet ascenseur pour l'éternité.

— Et s'il était lié émotionnellement à quelqu'un d'autre ? s'acharna C.B. Sa secrétaire, par exemple ?

— Ethel Godwin a au moins soixante ans, répliqua-t-elle.

— Oui, eh bien, il arrive que des personnes très mal assorties tombent réellement amoureuses, mais bon, passons. Et s'il en pinçait pour Jan, de la compta ? Ou pour Suki ? Laisse tomber, mauvais exemple. S'il était amoureux de Suki, toute la Terre serait au courant. Et s'il aimait Lorraine, du marketing ? Ou Art Sampson ?

— Il n'est pas amoureux d'Art…

— Et si vous *pensiez* seulement être liés émotionnellement, mais qu'en réalité vous ne le soyez pas ? Après tout, les gens se fourvoient souvent. Hitler croyait sûrement être un gars hyper sympa…

— C'est quoi, cette fixation sur Hitler ? explosa Briddey.

— Désolé. C'est ce qui arrive quand on passe trop de temps sur Internet. Les discussions en ligne incluent toujours Hitler. Ce que je veux dire, c'est que même si l'AEC marche, elle ne résoudra pas forcément tous tes problèmes. Elle pourra même t'en créer quantité de nouveaux.

— Je te remercie, j'y penserai, répliqua-t-elle. Bon, de quoi voulais-tu me parler ?

— De quoi je voulais te parler ? répéta-t-il d'un air interdit.

— Oui. (Elle regarda de nouveau les numéros des étages.) Tu disais vouloir me parler de quelque chose d'urgent. À moins que la fausse idée que Hitler avait de lui-même soit l'urgence ?

— Non, répondit C.B. quand le « P » au-dessus de la porte s'illumina.

Enfin.

— J'ai trouvé d'autres idées pour le Sanctuaire, reprit-il. Comme une appli qui permet, quand les gens t'envoient des photos de leur bébé ou de leur chat intolérablement mignon, de les faire disparaître.

Comme j'aimerais que ça t'arrive tout de suite, songea Briddey en s'avançant pour être prête à franchir la porte dès que celle-ci s'ouvrirait. Un jour.

— J'ai aussi eu l'idée d'une appli pour raccrocher, poursuivit-il.

Les portes coulissantes s'ouvrirent.

— On en parlera la semaine prochaine. Appelle Charla et prends rendez-vous, rétorqua Briddey avant de se faufiler entre les portes pour foncer vers le parking.

— Je t'accompagne jusqu'à ta voiture, proposa C.B. en accélérant l'allure pour la rattraper. Tu te souviens qu'autrefois, quand on était fâché contre quelqu'un, on pouvait aboyer « Au revoir ! » dans le combiné et raccrocher violemment ? Non seulement ça faisait du bien, mais en plus ça contribuait à faire passer le message.

Je n'aurais pas dû me garer si loin, regretta Briddey en pressant le pas.

— Et tu sais qu'aujourd'hui, tout ce qu'on peut faire, c'est cliquer sur un icone ? Ce qui est loin d'être aussi satisfaisant au plan émotionnel. J'ai mis au point une appli qui fait le bruit super fort de quand-on-raccroche-violemment.

Elle arriva à sa voiture, se félicitant d'avoir rangé son sac de nuit dans le coffre et non sur la banquette arrière.

— J'ai encore quelques détails à régler, l'informa C.B. Je veux m'assurer qu'il n'y ait pas d'effets secondaires.

Ha ha, très drôle.

— En parlant de raccrocher, reprit-il, c'est aussi un inconvénient de la télépathie. Il n'y a aucun moyen de raccrocher pour se couper de l'autre personne.

— Pour la dernière fois, l'AEC ne rend pas télépathe !

— Tu n'en sais rien. C'est la nature même des conséquences imp…

— Écoute, l'interrompit-elle en ouvrant sa portière. Même si j'adorerais rester discuter une fois de plus de ce qu'est l'AEC, je dois vraiment y aller. J'ai une réunion en ville…

— Tu mens.

Elle le regarda, horrifiée. D'une manière ou d'une autre, Suki avait fini par savoir où Briddey allait, alors même qu'elle était assise dans un tribunal, à des kilomètres de là. Si elle l'avait dit à C.B., elle l'avait dit à tout le monde. Et c'était donc sur Facebook. L'Inquisition irlandaise allait surgir dans le parking souterrain d'une minute à l'autre.

— C-comment ? balbutia-t-elle.

— Je le vois sur ta figure et à la manière dont tu as presque couru jusqu'à ta voiture. Tu n'as qu'une hâte : te débarrasser de moi.

C'est vrai, songea-t-elle, soulagée.

— Écoute, j'apprécie tes conseils…

— Non, c'est faux. Tu penses que je me mêle de ce qui ne me regarde pas. Mais, quand on voit quelqu'un marcher droit vers une falaise à pic, on est obligé d'intervenir.

— Je ne marche pas droit…

— Ça, c'est ce que tu crois.

— Pourquoi ? Parce que je vais finir comme un patient de la série *Coma* ? Ou me taper un syndrome rotulien ? Donne-moi une seule bonne raison pour que je ne fasse pas cette AEC. Une qui ne concerne ni le trafic d'organes ni la lobotomie. Une raison crédible.

— Ouais, marmonna-t-il. C'est bien le problème. (Il la regarda avec sérieux.) Écoute, Briddey, être connecté, ce n'est pas aussi génial que ça en a l'air. Tu crois que tu veux savoir ce que pensent les autres…

— Briddey ! appela Charla en se hâtant de traverser le parking pour les rejoindre, agitant un bout de papier.

Oh, non, s'affola Briddey. *Si c'est un message de Trent, et qu'il mentionne l'hôpital…*

Elle s'avança pour l'intercepter, mais Charla était déjà arrivée à la voiture, et dit, hors d'haleine :

— Je suis contente de t'avoir rattrapée. Ta sœur Mary Clare a appelé. Elle a dit que tu devais la rappeler immédiatement. C'est urgent.

Avec elle, ça l'est toujours, pesta Briddey.

— A-t-elle précisé de quoi il s'agissait ?

— Non, répondit Charla. (Elle regarda C.B.) Excusez-moi, je ne voulais pas vous déranger.

— C.B. allait partir, dit Briddey. (Elle le dévisagea avec insistance.) N'est-ce pas ?

Il frappa le haut de la portière du plat de la main.

— En effet, confirma-t-il.

Il remit ses écouteurs et s'éloigna, les mains dans les poches.

Charla se pencha vers Briddey et chuchota :

— Est-ce qu'il t'ennuyait ?

Oui, pensa Briddey. Elle secoua la tête.

— Non.

— Oh. Quand je t'ai entendue crier, j'ai eu peur qu'il soit en train de te harceler sexuellement, ou quelque chose dans le genre.

— Non. On parlait d'une idée pour le nouveau téléphone.

— Oh. (Charla jeta à C.B. un regard soupçonneux.) Il est tellement bizarre. Ses cheveux…

— Dis à ma sœur que je l'appellerai dès que possible, l'interrompit Briddey.

Elle monta dans sa voiture, ferma la portière, mit le contact, fit un signe de la main à Charla, sortit en marche arrière de sa place de stationnement et s'éloigna avec le sentiment d'avoir échappé d'un cheveu à une catastrophe. Et il fallait encore qu'elle survive à sa conversation avec Mary Clare.

Elle devait absolument l'appeler, au cas où ce serait une véritable urgence, et non pas la dernière obsession de sa sœur à propos de Maeve. Mais, si c'était vraiment une urgence, et qu'elle doive reporter l'AEC ? Il n'y aurait pas d'autre créneau avant des mois. *Et je ne supporterai pas qu'on tente encore de m'en dissuader*, songea-t-elle. D'un autre côté, si Tante Oona avait eu une crise cardiaque…

Briddey tergiversa ainsi durant tout le trajet jusqu'à l'hôtel *Marriott*. Tandis qu'elle se garait, elle décida enfin d'allumer son portable et d'appeler Mary Clare depuis le parking souterrain, en espérant que la réception serait mauvaise.

Elle ne l'était pas. La voix de sa sœur lui parvint claire comme du cristal :

— Ah, enfin, c'est toi ! Je ne sais pas quoi faire. L'institutrice de Maeve vient de m'apprendre que le livre que Maeve lisait en classe n'était pas de la série *Refuge secret*, mais *Les Chroniques des voix obscures* ! Pourquoi lirait-elle une horreur pareille ?

— Tous les CM1 lisent ça, la rassura Briddey. C'est comme *Apocalypse Girl*, ou *Hunger Games*. Je croyais que tu trouvais qu'elle passait trop de temps sur Internet, et que tu voulais qu'elle lise…

—Mais pas ce livre-là ! Sais-tu de quoi ça parle ? D'une ado schizophrène qui entend des voix. Maeve affirme n'avoir pas entendu l'institutrice quand celle-ci lui a parlé. Et si c'était parce que les voix qu'elle entendait dans sa propre tête l'en avaient empêchée ?

Oh, pour l'amour du ciel ! s'emporta Briddey en pensée.

—Maeve n'entend pas de voix…

—Tu n'en sais rien ! l'interrompit Mary Clare. J'ai lu sur Internet que les symptômes de la schizophrénie peuvent se manifester dès l'âge de sept ans, et dans *Les Chroniques des voix obscures* l'héroïne entend des voix qui lui ordonnent de tuer sa mère…

—Oui, et dans *Hunger Games* l'héroïne pourchasse des gens avec un arc et des flèches. Ce n'est pas non plus ce que fait Maeve.

—Dans ce cas, pourquoi refuse-t-elle de me dire à quoi elle pensait ? Quelque chose se trame, je le sais. Dis-moi, pourrais-tu passer la prendre demain à la sortie de l'école et l'emmener faire les boutiques, pour qu'elle te parle… ?

—Non, répondit Briddey. J'ai des réunions sur les deux jours à venir. Mais je serai disponible la semaine proch…

—La semaine prochaine, il sera peut-être trop tard. Les premiers signes de pathologie mentale peuvent apparaître très rapidement, et si on ne la diagnostique pas immédiatement…

—Maeve n'a aucune pathologie mentale ! Elle n'est ni sourde ni anorexique, et elle n'envisage pas de se couper les cheveux et de les vendre pour récolter de l'argent et permettre à son père de revenir à la maison.

—Se couper les cheveux ? s'écria Mary Clare. Pourquoi ferait-elle… ?

—C'est dans *Les Quatre Filles du docteur March*, l'informa Briddey. Tu as insisté pour que Maeve le lise, me semble-t-il. Ce ne sont que des livres, Mary Clare. Tu devrais te réjouir qu'elle lise au lieu de taguer les murs de son école, d'allumer des incendies ou de se faire recruter par des terroristes sur Internet.

—Des terroristes ?

—Elle ne se fait pas recruter par des terroristes, se corrigea Briddey. C'est juste pour te montrer que ta réaction est ridicule. Maeve va très bien. Bon, je dois te laisser.

—Attends, dit Mary Clare. Tu n'as toujours pas changé d'avis au sujet de l'AEC ? Car j'ai lu un article sur Internet qui disait que ça ne durait pas, qu'il fallait la refaire tous les trois mois…

—Tu m'en parleras plus tard. Quoi ? demanda Briddey comme si elle s'adressait à quelqu'un d'autre. Oui. Tout de suite. Désolée, Mary Clare. Il faut que j'y aille.

Elle raccrocha.

Son téléphone tinta aussitôt. Elle s'assura que ce n'était pas un texto de Trent – c'était Kathleen – et éteignit son téléphone. Elle sortit son sac du coffre, prit l'ascenseur pour rejoindre le hall d'entrée de l'hôtel et sauta dans un taxi en direction de l'hôpital. Pour se faire moins remarquer, elle donna pour consigne au chauffeur de la déposer devant l'entrée latérale.

Elle aurait aussi bien pu passer par l'entrée principale. Une fois à l'intérieur, on l'informa qu'elle devait se rendre au guichet d'enregistrement des patients, qui se trouvait en plein milieu du hall d'entrée. Elle remplit les formulaires d'admission aussi vite que possible puis, pendant qu'on scannait sa carte d'assurée, elle contint son impatience en scrutant les alentours d'un œil anxieux.

Une auxiliaire vint enfin la chercher. Elle l'appela par son nom d'une voix forte. Briddey se hâta de la suivre, soulagée de se soustraire aux regards. L'auxiliaire la mena à l'étage, dans une salle d'examen où une infirmière replète et joviale lui accrocha un bracelet d'identification en plastique.

— Oh là là, quelle magnifique chevelure rousse vous avez ! s'exclama la femme, admirative. L'AEC est une opération de routine, et vous êtes entre d'excellentes mains avec le docteur Verrick. Inutile d'être nerveuse.

Vous plaisantez ? songea Briddey. *C'est la première fois depuis le début de la journée que je ne le suis pas !*

— Vous avez beaucoup de chance que ce soit lui qui vous opère, reprit l'infirmière. Il est très demandé.

Elle tendit à Briddey une blouse d'hôpital et sortit pour qu'elle se change.

Briddey s'exécuta puis alluma son téléphone pour voir si Trent lui avait écrit. C'était le cas. Tout comme Kathleen, qui lui donnait les noms de trois autres médiums, et C.B., qui lui envoyait des liens vers des articles sur les conséquences imprévisibles ayant découlé de la combinaison de drogues fen-phen, du thalidomide, de la révolution industrielle ; le tout illustré d'une image de Marie-Antoinette se faisant conduire à la guillotine.

Maeve aussi lui avait envoyé un texto, en lettres majuscules : « QU'EST-CE QUE TU AS RACONTÉ À MAMAN ? » Les mots tremblaient presque d'indignation, ce qui ne signifiait qu'une chose : Mary Clare lui était tombée dessus avec les terroristes.

Je suis vraiment désolée, Maeve, s'excusa Briddey en pensée. Elle lut ensuite le texto de Trent : « Suis en route. On se voit après l'opération. »

Elle s'apprêtait à lui répondre quand l'infirmière reparut. Elle lui prit le téléphone des mains et déclara :

— Nous allons ranger ça dans un casier, avec vos vêtements et votre sac à main.

L'infirmière procéda à des examens de routine et lui demanda de signer un document déchargeant le docteur Verrick et le personnel de l'hôpital de toute responsabilité si l'AEC échouait et/ou si la connexion n'était finalement que temporaire. Briddey signa aussi un papier listant tous les effets secondaires possibles de l'intervention : thrombose coronaire, hémorragie, convulsions, paralysie, perte de la vie.

Pas un mot concernant un état végétatif, cela dit. Ou un vol d'organes.

Tu vois, C.B. ? songea-t-elle en signant les formulaires. *C'est totalement sans danger.*

— Maintenant, on va vous installer sur le brancard, dit l'infirmière.

Elle aida Briddey à y monter, la recouvrit d'une couverture blanche, plaça un oxymètre au bout de son doigt, inséra une perfusion intraveineuse sur le dos de son autre main, et accrocha à la potence à perfusion une poche de solution saline.

— Savez-vous si Trent est arrivé ? s'enquit Briddey.

— Je vais me renseigner, répondit-elle.

Elle sortit et revint un instant plus tard avec un homme à l'allure distinguée.

— Je vous présente le docteur Verrick, dit-elle.

Puis elle s'adressa au médecin :

— Voici Mlle Flannigan.

Heureusement que C.B. n'est pas là. Ni Maeve. Son costume de prix et sa Rolex correspondaient tout à fait à l'image du chirurgien plastique spécialisé dans les célébrités que C.B. avait dépeinte. Ses cheveux légèrement grisonnants sur les tempes étaient encore plus soigneusement peignés que ceux de Trent.

Toutefois, ses manières étaient chaleureuses et rassurantes, et il semblait sincèrement content que Trent et elle aient recours à une AEC.

— Je vous garantis que cette intervention ajoutera une toute nouvelle dimension à votre relation, affirma-t-il. (Il en expliqua le déroulement, lui indiquant exactement ce qui allait se passer et l'éclairant sur le fonctionnement de l'AEC.) Je vais commencer par vous, et je ferai ensuite M. Worth. Avez-vous des questions, mademoiselle Flannigan ?

— Oui : combien de temps cela va-t-il prendre ?

— La procédure prend environ une heure, mais vous serez en imagerie presque tout ce temps. L'intervention en elle-même…

—Non, je veux dire : combien de temps après l'intervention Trent et moi serons-nous capables de ressentir les émotions de l'autre ? de savoir si ça a marché ?

—Oh, ne vous en faites donc pas pour ça, répliqua-t-il. M. Worth et vous avez atteint une note de compatibilité extrêmement élevée aux tests d'intelligence et d'empathie. Je vous retrouve au bloc. (L'air ravi, il la regarda en souriant.) Parfait.

Il tapota le brancard et partit avant qu'elle ait pu répéter sa question.

Elle interrogea donc l'infirmière.

—En général, il faut compter vingt-quatre heures après l'intervention pour que les patients établissent le contact, répondit-elle.

En d'autres termes, il lui faudrait mentir deux jours encore.

—Est-il arrivé que ça se produise plus tôt ? demanda Briddey, pleine d'espoir.

—Non, l'œdème doit se résorber et votre organisme évacuer d'abord l'anesthésiant. Mais, comme le docteur Verrick considère que vous êtes une excellente candidate pour l'AEC, vous n'avez aucun souci à vous faire.

Plus facile à dire qu'à faire, surtout quand l'infirmière sortit un rasoir électrique.

—Vous n'allez pas me raser la tête ? s'inquiéta Briddey en se souvenant des propos de C.B. sur la repousse de cheveux blancs.

—Et vous priver de vos magnifiques boucles rousses ? Oh, non, certainement pas. Je vais juste dégager une toute petite zone sur votre nuque.

Pour faciliter la pénétration de la guillotine, songea Briddey. Elle avait dû le dire tout haut, car l'infirmière déclara :

—L'anesthésiste va vous administrer un léger sédatif pour vous détendre.

Mais cela ne la détendit pas le moins du monde. Elle ne pensait qu'à une chose : tous ces liens envoyés par C.B. sur les patients décédés au cours d'une intervention, en particulier quand l'anesthésiste lui demanda :

—Avez-vous déjà eu une réaction allergique à un anesthésiant ?

Elle comptait lui répondre par la négative, mais le sédatif devait déjà faire effet, car elle lui demanda s'ils avaient l'intention de la plonger dans le coma pour lui voler ses organes.

—Absolument pas ! dit-il en riant.

—Quand pourrai-je voir Trent ? l'interrogea-t-elle.

Elle n'entendit pas la réponse : elle s'était endormie directement sur le brancard.

Manifestement, elle n'était pas censée le faire : ils tentèrent aussitôt de la réveiller, tapotant sa main non perfusée et l'appelant :

— Bridget ? Bridget !

— Désolée, s'excusa-t-elle d'une voix pâteuse. J'ai dû m'assoupir…

— Vous êtes en salle de réveil, l'informa la voix. (Ce n'était pas la même infirmière.) Comment vous sentez-vous ?

— Quelle heure est-il ?

— Un peu plus de 15 heures. Comment allez-vous ? Des nausées ?

— Non.

— Des maux de tête ?

— Non.

On lui posa de nombreuses autres questions. Briddey dut y répondre correctement, car, tandis qu'elle fermait les yeux, l'infirmière déclara :

— Vous vous en sortez très bien. Vous allez rester encore un peu ici, en salle de réveil, juste pour s'assurer que tout va bien.

Quand Briddey rouvrit les yeux, elle se trouvait dans une chambre double, avec une fenêtre. D'après l'infirmière venue vérifier sa perfusion, il était 17 heures.

On a déjà dû m'opérer, pensa-t-elle, groggy, alors même qu'elle n'avait aucun souvenir d'avoir été emmenée au bloc, ni aucune douleur à la nuque. Certes, c'était une intervention bénigne, mais n'aurait-elle pas dû ressentir quelque chose ? Elle voulut vérifier si elle avait un bandage, mais ses mouvements étaient restreints par la perfusion enfoncée dans sa main. Au moins, elle pouvait la bouger, ce qui prouvait qu'elle n'était pas paralysée. *Tu avais tort, C.B.*, songea-t-elle dans un demi-sommeil. *L'opération s'est déroulée à merveille. Très bientôt, Trent et moi…*

Elle s'interrompit, retenant son souffle. Elle avait entendu quelque chose.

Trent ? appela-t-elle. Elle se rappela alors que la connexion n'aurait pas lieu avant au moins vingt-quatre heures après l'intervention.

J'ai dû entendre le patient d'à côté, se raisonna-t-elle. Toutefois, lorsqu'elle souleva légèrement la tête pour jeter un coup d'œil dans le lit voisin, elle constata qu'il était vide, une pile de draps soigneusement pliés dessus.

Dans ce cas, le bruit avait dû provenir du couloir, mais elle savait qu'il n'en était rien. Il s'était produit dans cette pièce, tout près d'elle. Ce devait forcément être Trent. *Tu es là ?* appela-t-elle. Elle attendit, osant à peine respirer.

Oui, entendit-elle.

C'est impossible, songea-t-elle. L'AEC ne permettait pas de lire dans les pensées de son partenaire. Elle rendait juste capable de percevoir ses émotions.

Je n'ai pourtant pas rêvé, s'obstina-t-elle. Cependant, avant qu'elle analyse ce qui la rendait si certaine d'avoir entendu une voix, elle fut frappée par une explosion d'émotions : un mélange de plaisir, d'inquiétude et de soulagement. Des émotions qui n'étaient pas les siennes, et qui appartenaient sans le moindre doute à quelqu'un d'autre.

C'est Trent, se dit-elle. Le docteur Verrick avait dit que leur note de compatibilité était extrêmement élevée ; peut-être était-ce la raison pour laquelle ils avaient pu se connecter avant les vingt-quatre heures habituelles. *Trent ?* appela-t-elle.

L'explosion d'émotions disparut brusquement.

Je communiquais avec lui ! jubila-t-elle. Le soulagement la submergea. Jusque-là, elle ne s'était pas rendu compte à quel point les avertissements de C.B. l'avaient inquiétée. *Je t'ai entendu*, lança-t-elle joyeusement. *Et toi, tu m'entends ?*

Pas de réponse. *Bien sûr que non*, pensa-t-elle. *Il faut que je lui envoie des émotions, et non des mots.* Elle ferma les yeux et essaya de lui transmettre de la reconnaissance, de l'amour et du bonheur.

Toujours rien. Avant qu'elle ait pu faire une deuxième tentative, une infirmière vint l'examiner et lui posa la même série de questions qu'en salle de réveil.

— Le tournis, la nausée ?

— Non.

Elle enroula un brassard autour de son bras pour prendre sa tension.

— Vous sentez-vous désorientée ?

— Non. Êtes-vous sûre… ? commença Briddey, mais l'infirmière avait déjà fourré son stéthoscope dans ses oreilles.

Elle dut attendre que la femme l'aide à enfiler une robe de chambre, l'accompagne aux toilettes – épreuve durant laquelle Briddey comprit que, finalement, la tête lui tournait –, puis qu'elle l'ait réinstallée dans son lit pour demander :

— Êtes-vous sûre qu'il faut attendre vingt-quatre heures avant que l'AEC marche ?

— Oui, répondit l'infirmière. (Elle lui répéta les mêmes explications que sa collègue au sujet de l'œdème et de l'anesthésie.) Il ne se passera rien avant demain au plus tôt.

— Mais j'ai cru sentir…

— Vous rêviez sûrement. L'anesthésie provoque toutes sortes de rêves étranges. Je sais que vous avez hâte d'établir le contact avec

M. Worth, mais vous devez d'abord laisser à votre organisme le temps de se remettre, et le meilleur moyen d'y arriver, c'est de vous reposer. Voici le bouton d'appel. (Elle montra à Briddey l'interrupteur attaché à son oreiller.) Si vous avez besoin de quoi que ce soit, appelez.

C'est ce que j'ai fait, songea-t-elle, *et Trent m'a répondu. Je l'ai senti. Il faut que je lui parle, que je sache si lui aussi l'a senti. Je dois trouver le numéro de sa chambre.* Mais l'infirmière était déjà partie. Briddey tripota maladroitement le bouton d'appel. Avant qu'elle le presse, l'infirmière revint avec un énorme bouquet de roses.

Elle lui montra la carte de Trent, qui disait : « Plus qu'un jour et nous serons inséparables ! »

Ça prendra peut-être moins de temps, se réjouit Briddey. Elle demanda à l'infirmière qui plaçait les roses sous la fenêtre :

— Dans quelle chambre se trouve M. Worth ?

— Je vais me renseigner, répondit-elle. (Elle revint un instant plus tard.) Il est toujours en salle de réveil.

Bien entendu. Briddey avait oublié que l'opération de Trent avait eu lieu juste après la sienne.

— Il faut que je lui parle.

— Il n'est pas encore sorti de l'anesthésie. Vous lui parlerez plus tard. Pour le moment, il faut vous reposer, déclara l'infirmière d'un ton ferme.

Elle éteignit le plafonnier.

Il a dû se réveiller quelques minutes et se rendormir, songea Briddey, *c'est pourquoi il n'a pas répondu la deuxième fois.*

Elle aussi avait légèrement sommeil, comme si elle allait s'assoupir d'un instant à l'autre. *L'infirmière avait raison, je suis encore dans le cirage et…* Elle s'endormit avant d'avoir fini de formuler sa pensée.

À son réveil, il faisait noir. *Quelle heure est-il ?* se demanda-t-elle en cherchant son téléphone à tâtons. Elle se souvint alors qu'elle ne l'avait pas : elle était à l'hôpital. La nuit venue, et l'esprit beaucoup plus clair, elle comprit qu'elle avait dormi des heures, ce que lui confirma le silence qui régnait dans le couloir : aucun bruit de pas, aucune voix d'infirmière, aucune annonce par interphone. Tout l'étage était endormi.

Cependant, quelque chose l'avait tirée du sommeil. Comme la première fois, elle eut la nette impression d'avoir entendu une voix. Trent était à coup sûr réveillé de l'anesthésie, à présent. Avait-il essayé de se connecter à elle ? *Trent ?* appela-t-elle.

Pas de réponse. Une minute plus tard, elle entendit le bourdonnement sonore d'un interphone dans le couloir, suivi de bruits de pas. Avait-elle entendu un bruit réel – une porte qui claque, un patient appelant une infirmière –, qui l'avait réveillée ? Était-ce un bruit de ce genre, combiné à son imagination et aux effets de l'anesthésie, qu'elle avait perçu la première fois ?

Cela lui avait semblé si réel, et si différent de ce qu'elle avait imaginé des émotions de Trent ! Elle s'était attendue à le sentir ravi de s'être connecté, mais pas soulagé. Trent n'avait strictement aucun doute sur l'AEC. L'explosion d'émotions comprenait aussi de la surprise, de l'incertitude et de l'amusement. Ainsi que d'autres choses, si rapidement étouffées qu'elle n'avait pu les identifier. En revanche, l'incertitude et la surprise ne faisaient aucun doute. *Craignais-tu au fond de toi, comme moi, que ça ne marche pas ?* lança-t-elle.

Pas de réponse.

Elle attendit pendant une longue minute dans les ténèbres, aux aguets. Puis elle appela : *Tu es là ? Tu m'entends ?*

Oui.

Je savais que je l'avais entendu ! se réjouit-elle. Elle comprit alors à qui la voix lui faisait penser. *Mais ça ne peut pas être lui ! C'est impossible. L'AEC ne rend pas télépathe…*

Apparemment, si, répliqua-t-il. Cette fois, plus de doute sur l'identité de cette voix. Horrifiée, Briddey plaqua une main sur sa bouche.

Je t'avais dit qu'il pouvait y avoir des conséquences imprévisibles, dit C.B.

Chapitre 4

« — Je peux, du vaste abîme, appeler les esprits.
— Ah çà ! je le peux aussi, ou n'importe qui d'autre !
Mais est-ce qu'ils viennent quand vous les convoquez ? »
William Shakespeare, *Henri IV, première partie*[1]

Je vous en supplie, dites-moi que je rêve, se désespéra Briddey, mais elle savait que non. Elle sentait le tiraillement désagréable de la perfusion dans la main qu'elle avait plaquée sur sa bouche ; elle entendait le « bip » de la machine de surveillance à côté de son lit.

La voix de C.B. lui répondit : *Hélas non, à moins que je sois moi aussi endormi. Ce qui n'est pas le cas. Non, désolé, on est vraiment en train de discuter.*

— Mais comment est-ce possible ? se demanda Briddey tout haut.

C'est ce que je voudrais savoir, dit C.B. *Je t'avais prévenue, pas vrai ? Encore heureux que je n'aie pas cherché à te dissuader de sauter d'un pont, car tu ne m'aurais pas écouté non plus. Tu as foncé tête baissée, malgré mes avertissements, et tu as fait cet EEC…*

— Ce n'est pas un EEC !

Oui, eh bien, tout dépend du point de vue qu'on adopte. Où es-tu exactement ? À l'hôpital ?

— Oui, répondit-elle. Et toi ?

1. Titre en anglais : *Henry IV, Part 1*. Acte III, scène I, version en français dans *Histoires* (vol. I), William Shakespeare, *Œuvres complètes*, édition bilingue de chez Robert Laffont, collection « Bouquins », 1997. Traduction collaborative de Louis Lecocq, Jean-Claude Sallé et Léone Teyssandier. (*NdT*)

Dans mon labo. À Commspan, précisa-t-il. S'il disait vrai, il se trouvait à des kilomètres de là. Ils étaient donc en plein échange télépathique. Ce qui était littéralement impossible.

Apparemment pas, objecta C.B. *Je t'ai dit que faire cette intervention était une très mauvaise idée, qu'il pouvait y avoir des CI, mais tu ne m'as pas écouté, et maintenant te voilà connectée à moi au lieu de Trent.*

—Je ne suis pas connectée à toi !

Dans ce cas, tu appelles ça comment ?

—Je ne sais pas ! Le docteur Verrick a dû se tromper dans les branchements quand il...

Le cerveau n'a pas de câbles.

—Au niveau des synapses, du circuit, je n'en sais rien !

Ça ne marche pas comme ça.

—Qu'est-ce que tu en sais ? Tu n'es pas neurochirurgien. Le docteur Verrick a épissé les mauvaises synapses, ce qui fait qu'au moment d'appeler Trent je me suis retrouvée connectée à toi.

Ce qui fait de moi... un mauvais numéro ? À propos de Trent, où est-il ? Comment se fait-il qu'il n'ait pas réagi quand tu l'as appelé ?

—Je ne sais pas ! gémit-elle. Oh, mais comment ça a pu arriver ?

Je t'avais prévenue qu'il pouvait y avoir des conséquences imprévisibles.

—Mais pas de la télépathie ! insista-t-elle. Ça n'existe même pas !

Euh... à ce sujet, Briddey, il faut que je t'avoue quelque chose. Sa voix était si proche, c'était comme s'il se tenait au pied de son lit.

Mais oui, c'est ça ! songea-t-elle, tout à coup convaincue. Il n'était pas à Commspan ! Il s'était introduit dans sa chambre pendant qu'elle dormait et se cachait quelque part. Tout ça faisait partie d'une grosse blague.

Je me cache ? demanda-t-il. *De quoi parles-tu ? Où ça ?*

Sous le lit, pensa-t-elle. *Ou derrière les rideaux*. Mais, lorsqu'elle alluma au-dessus de son lit, elle constata que les rideaux ne descendaient pas plus bas que la fenêtre. Quant au long drap qui séparait les deux lits, il était repoussé contre le mur, trop fin pour dissimuler qui que ce soit.

Il pourrait être allongé derrière l'autre lit, ou se planquer dans la salle de bains, ou encore dans le placard, s'obstina-t-elle. Mais alors pourquoi sa voix lui semblait-elle si proche ?

Exactement, répliqua C.B.

—Tu projettes ta voix, déclara-t-elle d'un ton accusateur. Comme un ventriloque.

Il rit. *Un ventriloque ? Tu plaisantes, pas vrai ?*

—Non, dit-elle en s'asseyant.

Elle balança les jambes sur le côté du lit dans l'intention de fouiller les lieux, mais ces mouvements brusques firent tanguer la pièce. Elle se recoucha.

— Tu ferais mieux de sortir, menaça-t-elle en cherchant à tâtons le bouton d'appel attaché à son oreiller. Sinon, j'appelle l'infirmière.

J'éviterais, à ta place. Il est 3 heures du matin et elle ne sera pas très contente de voir que tu es réveillée. Et elle fera carrément la tronche quand tu lui diras que tu entends des voix. Après quoi, elle appellera le docteur Bidule et il…

— Quoi ? Il viendra ici et te jettera dehors ? Tant mieux ! (Elle appuya sur le bouton.) Je tiens à voir ça.

Moi aussi, rétorqua C.B., *surtout que je suis à l'autre bout de la ville.*

— Si c'est vrai, mais je n'y crois pas une seconde, alors il comprendra qu'il y a un problème. Il trouvera une solution.

Peut-être. Ou peut-être qu'il te transférera dans l'unité psychiatrique. De toute façon, il le dira à Trent.

Oh, bon sang, Trent ! Elle n'avait pas songé à sa réaction. Elle tripota le bouton pour voir si elle pouvait annuler l'appel. Trop tard. L'infirmière était déjà là, et elle avait effectivement l'air fâchée. Elle le serait encore plus si Briddey avouait l'avoir fait venir pour rien. Aussi dit-elle :

— Désolée de vous avoir appelée. J'ai fait un cauchemar. Il y avait un homme dans ma chambre. Avec un couteau. Dans la salle de bains.

Elle pensa : *Qu'est-ce que je fais si elle ne va pas vérifier ?*

Mais l'infirmière le fit. Elle ouvrit en grand la porte de la salle de bains et alluma pour que Briddey voie l'intérieur, puis fit de même avec le placard : il ne contenait que la robe de chambre d'hôpital que Briddey avait enfilée plus tôt.

— Vous voyez ? Il n'y a personne. (L'infirmière revint près du lit.) Ce n'était qu'un mauvais rêve. (Elle prit le dossier médical de Briddey et y nota quelque chose.) La confusion est un état normal après une opération. C'est dû à l'anesthésie. Ça provoque souvent des rêves étranges. Vous avez peut-être vu entrer une auxiliaire ou une aide-soignante. Voulez-vous que je vous aide à aller aux toilettes ?

Pas maintenant que je sais que C.B. n'y est pas, songea Briddey. Elle chercha un objet à faire tomber pour que l'infirmière regarde sous le lit, mais ne trouva rien qui soit à sa portée.

— Non, ça va, répondit-elle.

— Essayez de dormir, l'encouragea la femme.

Elle éteignit la lumière.

— Ça ne vous dérange pas de laisser allumé ? demanda Briddey en prenant à dessein une voix tremblante. Ou alors… pouvez-vous vérifier le reste de la chambre avant de partir ? S'il vous plaît… Je sais que ce n'était qu'un cauchemar, mais je dormirais beaucoup mieux si vous le faisiez.

De plus, si je dors, je n'appuierai pas sur le bouton d'appel et je vous ficherai la paix, ajouta-t-elle en silence. L'infirmière avait dû parvenir à la même conclusion, car elle ralluma et alla regarder sous les deux lits, ainsi que dans le coin à l'autre bout de la pièce.

— Vous voyez ? dit-elle en revenant vers Briddey. Il n'y a rien du tout. Bonne nuit.

Elle éteignit de nouveau et sortit, fermant la porte derrière elle.

— Merci ! lança Briddey.

Elle resta là, étendue dans le noir, essayant de trouver une explication logique à ce qui s'était passé. C.B. n'était pas dans sa chambre. L'infirmière avait-elle raison ? Sa voix n'était-elle qu'un rêve provoqué par l'anesthésie ?

Ça doit être ça, conclut-elle. Après tout, C.B. s'était tu à l'arrivée de l'infirmière.

Sympathique, cette théorie, mais non, dit C.B., sa voix plus proche et plus distincte que jamais. *Et quelle infirmière digne de ce nom t'ordonnerait de te rendormir alors qu'un tueur en série est peut-être en train d'errer dans l'hôpital ? Moi, je ne lui ferais pas confiance.*

Mais comment fait-il ? s'interrogea Briddey, au désespoir. *Il m'a mise sur écoute.* Il avait caché un micro et des enceintes quelque part dans sa chambre.

Je t'ai mise sur écoute ? s'étonna C.B. *Tu es folle ?*

Non. C'était parfaitement logique. Voilà pourquoi il était resté muet en présence de l'infirmière : parce qu'elle l'aurait entendu ! Avec un micro, il pouvait savoir si Briddey était seule ou non. Elle se redressa, ralluma et se mit à fouiller la pièce du regard, à la recherche d'un dispositif caché.

Briddey, je ne t'ai pas mise sur écoute !

— Menteur.

Cela expliquait tout : comment il savait ce que disait l'infirmière, et…

Je n'ai pas entendu ce qu'elle disait, l'interrompit-il. *J'ai entendu ce que tu pensais toi en l'écoutant parler. Quand tu as une conversation, tu penses non seulement à ce que tu dis, mais aussi à ce que tu entends. De plus, quand aurais-je pu m'occuper de tout ça ? Je ne savais même pas que tu allais te faire opérer, jusqu'à il y a quelques minutes.*

— Je ne sais pas, répliqua-t-elle, mais tu l'as fait.

Il pouvait avoir caché le matériel n'importe où : dans la doublure des rideaux, sur le rebord de la fenêtre, dans les roses que Trent avait envoyées.

Elle observa le bouquet, les yeux plissés, à la recherche de câbles compromettants.

Cela dit, il n'y aurait pas forcément de câbles. C.B. pouvait avoir mis au point un système sans fil. C'était un génie de l'informatique…

Je te remercie. Je ne pensais pas que tu l'avais remarqué, dit-il sèchement. Sa voix ne venait pas de la fenêtre. Elle était directement dans son oreille.

C'est dans mon oreiller, songea-t-elle. Elle le tâta, à la recherche d'un renflement anormal. Rien. Elle ôta la taie, la secoua, puis inspecta la tête du matelas.

Rien non plus. Ça devait être minuscule, et il pouvait l'avoir collé n'importe où ! Sur la cloison au-dessus du lit. Ou sur la carafe d'eau. Sur le dossier médical, la boîte de mouchoirs, ou bien…

Je n'ai pas mis de micro sur ton haricot à vomi, se défendit C.B. *Je…*

Il cessa brusquement de parler. *Pour que sa voix ne me guide pas jusqu'au micro*, pensa-t-elle en prenant le haricot.

Il n'y avait rien dessus, ni sur la carafe d'eau. Si c'était sur la cloison, jamais elle ne le trouverait : celle-ci était couverte de boutons, d'interrupteurs et de prises de courant, tous pouvant se révéler être un micro. Le seul moyen de prouver qu'il avait mis la chambre sur écoute, c'était d'en sortir et de s'éloigner. Elle regretta de n'avoir pas demandé à l'infirmière dans quelle chambre ils avaient mis Trent une fois réveillé. Elle aurait pu aller lui raconter ce qui se passait, et il découvrirait le micro. Et ferait virer C.B. de Commspan.

Mais elle ignorait dans quelle chambre Trent était, et rappeler l'infirmière lui parut une mauvaise idée. Il lui faudrait donc se rendre dans le couloir, en s'éloignant suffisamment pour être hors de portée. Elle se redressa, plaça les jambes sur le côté du lit et attendit un moment pour voir si la chambre tanguait de nouveau. Quand elle fut sûre que non, elle se leva avec prudence et utilisa sa potence à perfusion pour se stabiliser.

Oh, non, qu'allait-elle faire de sa perfusion ? La potence était sur roulettes. Elle pouvait l'emporter, mais si c'était là-dessus que C.B. avait caché le micro, quitter cette chambre ne servirait à rien.

Elle allait devoir ôter sa perfusion. Et si la machine de surveillance se mettait à sonner, alertant les infirmières ? *Je vais attendre d'avoir enfilé ma robe de chambre et mes chaussons*, songea-t-elle. Elle se dirigea vers le placard en traînant la potence.

La fine robe de chambre en coton y était, mais pas les chaussons. *Ils doivent être sous le lit.* Elle vérifia l'encolure et la ceinture du vêtement puis l'enfila avec difficulté. Elle parvint à glisser un bras dans une manche.

L'autre devrait attendre qu'elle ait retiré la perf. Elle retourna vers le lit et se pencha pour voir si ses chaussons étaient dessous.

Si elle ne s'était pas retenue à la potence à perfusion, elle serait tombée. La chambre devint soudain blanche puis vacilla. Briddey dut s'agripper à la potence jusqu'à ce que le tangage cesse, puis elle chercha le bord du lit à tâtons.

Elle s'assit et respira un grand coup. Inutile d'essayer de chercher ses chaussons. Même si elle les trouvait, elle serait incapable de se pencher pour les attraper. Elle n'avait pas à aller loin dans le couloir, juste assez pour être hors de portée des micros de C.B.

Je peux le faire pieds nus, se dit-elle. Elle se concentra sur le problème de la potence à perfusion. Elle ne trouva pas d'interrupteur marche-arrêt, mais il y avait bien un bouton presque tout en haut. Elle appuya dessus avec précaution, s'attendant à entendre la machine sonner.

Il n'en fut rien. Le système s'arrêta, et la lumière verte s'éteignit. *Ouf.* Elle arracha le sparadrap collé sur le dos de sa main pour regarder l'endroit où l'aiguille de la perfusion était plantée.

C'est dingue, la réprimanda une partie logique de son cerveau. *Tu viens de subir une opération. Arracher ta perf et te balader dans les couloirs n'est pas sans risques.*

C'est exactement ce que C.B. espère, pensa-t-elle, *que je sois coincée avec son matériel.*

Elle ôta l'aiguille.

Ce fut moins désagréable qu'elle ne l'aurait cru, mais elle saigna abondamment. Elle remit le sparadrap, appuya dessus pour endiguer le saignement, passa le bras dans la manche de sa robe de chambre, éteignit la lumière pour que l'infirmière ne remarque pas qu'elle était réveillée, et avança à tâtons jusqu'à la porte, priant pour ne pas se cogner dans quelque chose.

Elle ne rencontra aucun obstacle, mais mit une éternité à atteindre le battant. Quand elle l'ouvrit, la lumière qui inondait le couloir l'aveugla momentanément. Elle plaça sa main en visière et scruta les lieux. Aucune infirmière ni aucune aide-soignante en vue. Presque toutes les portes étaient fermées ou à peine entrouvertes, les chambres plongées dans l'obscurité. C'était bien le milieu de la nuit.

Briddey tendit l'oreille un instant puis avança dans le couloir, reconnaissante qu'une rampe ait été fixée le long du mur. Le couloir faisait un coude juste après la chambre suivante. Si elle arrivait à le franchir…

Elle regretta de ne pas avoir de chaussons. Le carrelage était glacé. Elle avait une drôle de sensation sur la nuque, là où on avait dû l'opérer.

Ce n'était pas douloureux. *Du moins pas encore,* s'inquiéta-t-elle avant d'accélérer le pas.

—Infirmière Rossi, dit une voix sortant de nulle part. (Affolée, Briddey regarda partout autour d'elle avant de comprendre qu'elle venait d'un interphone.) Veuillez vous présenter au poste des infirmières.

Briddey s'arrêta, guettant un bruit de pas. Rien. L'infirmière Rossi devait se trouver dans un autre couloir. Briddey se remit en route. Elle n'aurait jamais cru qu'avancer de quelques mètres demanderait tant d'énergie et lui prendrait tant de temps. L'angle du couloir atteint, elle se sentit aussi épuisée que si elle avait couru un marathon.

Tout va bien, se rassura-t-elle en jetant un coup d'œil au-delà. *Il faut juste t'éloigner encore un peu.* Après la chambre suivante, sur la droite, il y avait une salle d'attente meublée de fauteuils et de canapés. Si elle arrivait à l'atteindre, elle pourrait s'y asseoir.

Toutefois, cela impliquait de traverser le couloir. Elle regretta de ne pas avoir emporté la potence à perfusion pour s'y accrocher. Elle avança en titubant, se tenant au mur, et constata avec horreur que le dos de sa main était couvert de sang.

Le sparadrap n'avait pas tenu. Elle épongea le sang avec la ceinture de sa robe de chambre avant de laisser tomber. *Tu pourras endiguer le saignement quand tu seras dans la salle d'attente. Pour le moment, tu dois…*

Dans la salle d'attente? intervint la voix de C.B. *Où es-tu? Pourquoi as-tu quitté ton lit?*

Oh, bon sang! songea-t-elle en levant les yeux vers les plaques du plafond. Il avait aussi mis des micros dans le couloir!

Que fais-tu dans le couloir? demanda-t-il avec sévérité. Sa voix était aussi distincte que lorsqu'il lui parlait dans la chambre. *Tu viens de te faire opérer…*

Va-t'en! dit-elle en regardant frénétiquement autour d'elle. Si le couloir était aussi sur écoute, la salle d'attente le serait également. *Je vais devoir descendre dans le hall,* décida-t-elle.

Dans le hall? s'affola C.B. *Non mais, qu'est-ce que tu fabriques?*

Je vais là où tu n'auras pas planqué de micros, répliqua-t-elle en passant d'un pas chancelant devant la salle d'attente.

Je te le répète, je n'ai planqué aucun micro nulle part. Briddey, écoute-moi! Tu dois retourner dans ta chambre…

À tes micros et à tes enceintes? Non merci. Il devait bien y avoir un ascenseur quelque part qui lui permettrait de descendre dans le hall.

Briddey, c'est de la folie d'errer dans les couloirs, dans ton état. Bon sang! si j'avais su que tu réagirais ainsi, je n'aurais jamais… Il faut que tu me dises où tu es!

Pourquoi ? Pour que tu truffes l'endroit de micros, là aussi ? s'indigna-t-elle en accélérant le pas, bien déterminée à ne plus être à sa portée. Cela lui donna encore plus le tournis, et le léger inconfort qu'elle ressentait sur la nuque se mua en douleur.

Une lumière clignota au-dessus de la porte juste devant elle. Le patient qui occupait la chambre avait appuyé sur le bouton d'appel, et une infirmière ne tarderait pas à apparaître. Il fallait décamper. Pour aller où ? Toujours aucun ascenseur en vue.

— Infirmière ! appela une voix féminine depuis la chambre.

Briddey entendit un bruit de pas dans le couloir, venant de la direction qu'elle prenait.

Je dois me cacher, songea-t-elle, paniquée. Elle passa en vitesse devant la chambre de la patiente pour rejoindre la pièce suivante, essayant de ne pas prêter attention à ses vertiges et à la voix de C.B. qui se faisait insistante dans son oreille : *Dis-moi où tu es. Je t'en supplie.*

Si elle pouvait ne serait-ce qu'atteindre la pièce suivante, elle s'y cacherait le temps que l'infirmière parte.

— Infirmière ! appela de nouveau la femme.

L'interphone aboya :

— Docteur Black, veuillez vous présenter au poste des infirmières.

Le bruit de pas à l'approche s'accéléra jusqu'à courir, et Briddey se précipita maladroitement sur la porte.

Ce n'était pas une chambre. Un écriteau sur le battant disait : « RÉSERVÉ AU PERSONNEL ». C'était donc sûrement une salle de détente pour les infirmières, ou un placard, mais elle devait saisir sa chance. Elle ouvrit la porte.

C'était un escalier qui descendait. Elle se faufila à l'intérieur de la cage et tira le lourd battant derrière elle sans le fermer complètement, le retenant pour l'empêcher de claquer et d'attirer l'attention de l'infirmière qui s'approchait.

Cette dernière passa rapidement dans le couloir jusqu'à être hors de vue. Briddey attendit une minute de plus pour s'assurer de ne pas être entendue. L'interphone répéta : « Appelez le docteur Black… » Elle relâcha le battant.

Celui-ci se ferma, interrompant l'interphone en pleine phrase. Briddey se félicita d'avoir attendu avant de fermer la porte, car celle-ci claqua avec un bruit sec. *Tant mieux. Ça veut dire que j'entendrai si quelqu'un entre. Et je peux prendre cet escalier pour descendre dans le hall.*

Elle s'engagea sur les premières marches. Il faisait encore plus froid ici que dans le couloir. Les marches de béton glaçaient ses pieds nus. Pour ne pas tomber, elle dut s'agripper à la rampe métallique glaciale. La tête lui tournait de plus en plus. Elle n'arriverait jamais à rejoindre le hall.

Tu n'es pas obligée d'y aller. Puisqu'elle n'entendait plus l'interphone une fois la porte fermée, les micros que C.B. avait cachés dans le couloir ne l'atteindraient plus. Elle vacilla sur les dernières marches avant d'arriver au palier et préféra s'asseoir.

Erreur. Sa robe de chambre toute fine ne la protégeait en rien du froid qui montait du béton. Elle se mit aussitôt à frissonner.

Ça a intérêt à marcher, songea-t-elle.

Elle ouvrit la bouche et se ravisa. Elle serra fort les paupières.

C.B. ? lui envoya-t-elle. *Tu m'entends ?*

Pas de réponse.

J'en étais sûre, fulmina-t-elle. *Tu vas regretter de m'avoir fait un coup pareil. Je le dirai à Trent, et il va…*

Briddey ? appela C.B. dans son oreille. *Dieu merci ! Où es-tu ? Est-ce que tu vas bien ?*

Non, pensa-t-elle. *Non !*

Je suis en route pour l'hôpital, dit-il. *J'arrive tout de suite.*

Chapitre 5

« Eh bien, si j'ai appelé le mauvais numéro, pourquoi répondez-vous ? »

James Thurber, *The Thurber Carnival*

Où es-tu ? répéta C.B. d'une voix si proche et si distincte que c'en était impossible. *Es-tu toujours dans le couloir ?*

Pour ne plus l'entendre, Briddey plaqua ses mains sur ses oreilles, sachant, avec une certitude si forte qu'elle en avait la nausée, que cela ne sevirait à rien.

Dis-moi, la supplia-t-il. *Es-tu descendue dans le hall ?*

Elle plongea alors la tête entre ses mains et resta assise dans l'escalier glacé en pensant : *C'est vrai. C.B. est vraiment dans ma tête. Mais comment est-ce possible ? Ça n'existe pas, la…*

On s'en souciera plus tard, répliqua C.B. *Pour le moment, il faut que tu me dises où tu es pour que je t'aide à retourner dans ta chambre.*

Elle avait dû penser : *Je n'arriverai pas à y retourner*, car il dit : *Ça va aller, ne pleure pas. Ne bouge pas. Je m'en occupe.*

— Je ne suis pas en train de pleurer ! s'indigna-t-elle, mais c'était un mensonge.

Des larmes coulaient sur ses joues. Elle les essuya du dos de la main.

Tout va bien se passer, la rassura C.B. *Je te le promets.*

Comment ça ? songea-t-elle. *Je suis connectée à C.B. Schwartz.*

Sur ce, elle éclata en sanglots.

La porte au-dessus d'elle s'ouvrit avec fracas. Une aide-soignante s'écria :

— C'est bon, elle est là !

À sa suite, une horde de membres du personnel médical aboyaient des ordres et s'offusquaient :

— Comment a-t-elle fait pour aller jusqu'ici ? Ça vous arrive de surveiller vos patients ?

— Merde, on est cuits si le docteur Verrick l'apprend !

Le docteur Verrick ? Oh, non, s'il l'a dit à Trent...

Ils la bombardèrent de questions :

— Êtes-vous tombée ?

— En êtes-vous sûre ?

— Vous êtes-vous cogné la tête ?

Ils s'agenouillèrent auprès d'elle pour examiner le bandage sur sa nuque.

— Vous êtes absolument certaine que vous n'avez pas trébuché et que vous ne vous êtes pas cogné la tête ? répéta l'un des internes en lui touchant la joue.

Lorsqu'il ôta ses doigts, ils étaient tachés de sang.

Je m'en suis mis plein la figure en essuyant mes larmes, songea-t-elle. Elle baissa les yeux sur sa blouse d'hôpital, elle aussi maculée de sang.

— Je ne suis pas tombée, insista-t-elle. J'ai saigné en ôtant ma perfusion.

Elle leur montra le dos de sa main.

L'interne la saisit.

— Et pourquoi avez-vous fait ça ?

— Je ne sais pas. Je..., commença-t-elle, à la recherche d'un prétexte plausible, mais il ne semblait pas en attendre un.

Il était déjà en train d'écouter son cœur et d'ordonner à l'infirmière de mettre une autre perfusion en place.

Celle-ci s'exécuta, tamponnant le sang sur la main de Briddey, ce qui ne fit qu'empirer les choses. Sa peau était couverte d'hématomes. Le temps que l'infirmière l'examine, décide de piquer l'autre main et mette la perfusion en place, Briddey, complètement frigorifiée, claquait des dents.

— Allez chercher une couverture, ordonna l'interne à une auxiliaire à l'air très jeune. Et quelque chose pour ses pieds. (Il se retourna vers Briddey.) Regardez ici, dit-il en indiquant un point au milieu de son front. (Il éclaira ses yeux l'un après l'autre.) Savez-vous où vous êtes ?

— Oui. Dans l'escalier de l'hôpital.

— Vous rappelez-vous comment vous êtes arrivée ici ?

Oui, songea-t-elle. *J'essayais d'échapper aux micros que C.B. a cachés dans ma chambre.* Elle attendit que C.B. proteste.

Mais il resta silencieux. Il n'était pas non plus arrivé en courant dans l'escalier, même s'il disait être en route. Il ne l'avait pas trouvée. C'était l'aide-soignante qui l'avait découverte, peut-être parce que l'infirmière était passée dans sa chambre pour vérifier sa perfusion et avait constaté sa disparition. Dans ce cas, la conversation que Briddey avait eue avec C.B. dans l'escalier pouvait fort bien être encore un rêve provoqué par un résidu des anesthésiants.

Voire pire. Et si, pendant l'intervention, le docteur Verrick avait coupé un nerf auquel il n'était pas censé toucher, et que la voix de C.B. soit la conséquence d'une hémorragie cérébrale ? C.B. avait voulu l'avertir des complications, mais elle ne l'avait pas écouté, et voilà qu'elle se retrouvait avec des lésions neuronales.

L'interne l'observait d'un air inquiet.

— Oui, dit-elle, je me souviens comment je suis arrivée ici.

Elle sut aussitôt que c'était une erreur. Cela signifiait qu'elle avait arraché sa perf et qu'elle était venue ici de son plein gré. La prochaine question qu'il ne manquerait pas de lui poser serait : « Où comptiez-vous aller ? »

— C'est-à-dire que… je me souviens d'avoir quitté mon lit…, reprit-elle, puis… (Elle fronça les sourcils, comme si fouiller dans sa mémoire exigeait d'elle un effort.) J'ai dû me tromper de porte en sortant de la chambre, alors que je voulais aller aux toilettes…

Toutefois, l'interne ne parut pas satisfait de cette explication.

— Qu'y a-t-il dans le hall ? demanda-t-il. Quand votre petit ami a téléphoné, il a dit que vous l'aviez appelé et aviez parlé du hall. Il craignait que vous y descendiez.

L'infirmière acquiesça.

— Il a dit qu'il avait peur que vous ayez pris l'escalier.

Ce n'est donc ni l'anesthésie ni une lésion cérébrale, conclut Briddey. *C'est la réalité. La télépathie existe.*

Elle aurait dû se sentir soulagée, sans doute, mais c'était encore pire qu'un cauchemar. Si elle les laissait poursuivre leur interrogatoire, son infirmière allait se rappeler que Briddey n'avait pas son téléphone, qu'elle n'avait pu appeler personne. Et que son petit ami était lui-même hospitalisé, en train de récupérer d'une AEC lui aussi, sans son portable. Alors, elle toucherait vraiment le fond.

— Heureusement qu'il nous a conseillé d'aller voir dans l'escalier, disait l'infirmière, car on l'emprunte rarement. Pourquoi avez-vous… ?

— Je n'en sais rien, répondit Briddey en attrapant le bras de l'interne d'une main tremblante. Oh oh, je crois que j'ai la tête qui tourne.

Cela suffit pour qu'on la laisse tranquille. L'interne cessa de lui poser des questions et distribua des ordres. Ils l'aidèrent à remonter les marches, l'installèrent dans un fauteuil roulant et la ramenèrent dans sa chambre en un temps record.

Elle frissonnait toujours.

— J'ai tellement froid, murmura-t-elle tandis que l'infirmière la bordait.

— Pas étonnant, répliqua celle-ci. Cet escalier est un vrai congélateur. (Elle accrocha la nouvelle poche à la potence à perfusion.) Dès que j'ai fini, je vous apporte une couverture de plus.

— Vous avez de la chance que votre petit ami ait téléphoné, intervint l'auxiliaire. Vous auriez pu rester là des heures. On ne savait même pas que vous n'étiez plus dans votre chambre.

L'infirmière lui jeta un regard assassin.

— Va chercher une couverture, dit-elle d'un ton sévère.

L'auxiliaire décampa. Sitôt qu'elle fut partie, Briddey déclara :

— Vous n'êtes pas obligée de le dire au docteur Verrick, n'est-ce pas ? J'étais dans le coaltar à cause de l'anesthésie, désorientée...

— C'est ce qu'a dit votre petit ami quand il a appelé, confirma l'auxiliaire en réapparaissant dans l'encadrement de la porte, sans la couverture. Il paraissait si bouleversé ! Il a dit que si on ne vous retrouvait pas immédiatement, il allait tout casser dans l'hôpital.

— Je croyais t'avoir dit d'aller chercher une couverture, trancha l'infirmière.

— Je ne sais pas où elles sont.

— Elles sont... Laisse tomber. Je vais te montrer dans une minute.

Elle s'empara du dossier de Briddey.

Si elle le regarde, elle va voir que j'ai eu une AEC et comprendre que mon petit ami a dû en avoir une aussi.

— Pouvez-vous aller me chercher cette couverture, s'il vous plaît ? demanda Briddey d'une voix plaintive. J'ai vraiment très froid.

— J'y vais tout de suite, dit l'infirmière. Le bouton d'appel est juste là. (Elle l'accrocha au drap, près de la main de Briddey.) Appelez si vous avez besoin de quoi que ce soit. Promettez-moi de ne plus vous échapper dès que j'aurai le dos tourné, d'accord ?

Je n'ai nulle part où aller, songea Briddey, impuissante. *Où que j'aille, il sera toujours là, dans ma tête.*

— Je serai sage, promis.

— Parfait, approuva l'infirmière avant de sortir.

Quelques secondes plus tard, une élève infirmière fit son entrée, apparemment pour remplir la carafe d'eau de Briddey, en réalité pour vérifier comment elle allait. Une minute plus tard, un autre interne vint lui poser les mêmes questions que le premier. Il fut suivi d'un aide-soignant armé d'une serpillière.

Mais aucune auxiliaire ne revint avec une couverture supplémentaire. Briddey recommença à claquer des dents.

— Pourrais-je avoir une couverture ? demanda-t-elle à l'aide-soignant.

— Je vais dire à votre infirmière de vous en apporter une, promit-il.

Il sortit.

Je pensais qu'ils ne partiraient jamais, dit C.B. *Ça va ?*

— Oui, mais pas grâce à toi, rétorqua-t-elle avant de jeter un coup d'œil angoissé vers la porte.

Si quelqu'un arrivait et la surprenait à parler toute seule, il ne manquerait pas de prévenir le docteur Verrick.

Va-t'en, pensa-t-elle. *Tu m'as déjà causé assez de problèmes.*

Écoute, Briddey, je suis sincèrement désolé. Si j'avais su qu'entrer ainsi en contact avec toi te ficherait une telle frousse, je n'aurais jamais…

Fait une AEC ?

Quoi ? demanda C.B. sans comprendre.

C'est la seule explication. Quand l'as-tu faite ? Dès que tu as su que Trent et moi allions en faire une ?

Quoi ? Mais pourquoi est-ce que j'aurais fait une AEC ? C'est moi qui essayais de t'en dissuader, tu te souviens ?

C'était peut-être une ruse pour me dégoûter. Comme ça, je n'aurais jamais su que toi aussi, tu voulais en faire une.

C'est ça, répliqua-t-il, sarcastique. *Je me suis dit : « Oh, se faire percer la tête pour échanger des émotions me paraît une excellente idée ! Je crois que moi aussi, je vais le faire. »*

— Non, dit-elle tout haut à cause de la colère. Pour m'empêcher de…

L'élève infirmière qui avait rempli sa carafe d'eau passa la tête par la porte.

— Avez-vous besoin de quelque chose ? s'enquit-elle.

Elle doit faire le pied de grue devant ma porte depuis tout à l'heure, pour m'empêcher de m'enfuir, pensa Briddey.

Ce qui est tout à fait sensé, répliqua C.B., *étant donné que tu es manifestement incapable de veiller sur toi-même.*

Sur ce, les dernières lueurs d'espoir qu'elle nourrissait s'éteignirent, car l'élève infirmière ne manifesta aucun signe montrant qu'elle avait entendu C.B. Elle regardait Briddey d'un air soucieux.

— Tout va bien ?

Non, songea Briddey.

— Oui, dit-elle. J'essayais de trouver le bouton d'appel. Pouvez-vous vous renseigner à propos de la couverture supplémentaire qu'on est censé m'apporter ?

— Oh, bien sûr, répondit l'élève infirmière avant de disparaître.

Bien joué, la félicita C.B. dès que l'autre fut partie, *mais à partir de maintenant tu ferais mieux d'éviter de me parler à voix haute.*

Je n'ai aucune intention de te parler tout court, rétorqua-t-elle. *Je n'arrive pas à croire que tu aies fait ça.*

Mettons les choses au point. Tu crois que j'ai appris que Trent et toi alliez avoir une AEC, et que j'ai décidé de le doubler ? Comment l'aurais-je fait, vu que le docteur Bidule a une liste d'attente longue comme le bras ? Et quand ? Je t'ai vue ce matin, à Commspan.

Tu aurais pu te précipiter ici et soudoyer un patient pour qu'il te donne sa place, ou… Une pensée horrible la frappa. Et s'il s'était fait passer pour Trent auprès du docteur Verrick ? Cela expliquerait pourquoi elle n'entendait pas Trent : parce qu'il n'avait jamais fait l'AEC, et C.B. lui parlait non depuis Commspan, mais depuis ici…

Tu veux rire ? s'offusqua C.B. *Dans les hôpitaux, on fait très attention à opérer la bonne zone, mais aussi et surtout le bon patient. Crois-tu aussi que j'aie volé sa carte d'identité, que je l'aie ligoté dans mon labo, tout ça pour subir une opération dont je t'ai répété maintes fois que c'était une très mauvaise idée ? Et tu oublies un truc : le couple n'est-il pas censé être lié émotionnellement pour que l'AEC fonctionne ?*

Si tu sous-entends que toi et moi sommes liés émotionnellement…

Ce que je dis, d'après ce que tu m'as raconté sur l'AEC, c'est que ça n'aurait servi à rien que j'en fasse une, à moins que…

Chut, l'interrompit-elle. *Elle revient avec ma couverture.*

Elle ne m'entend pas, tu te souviens ? Ni toi. Sauf si tu oublies de ne pas parler à haute voix.

Ce n'était pas l'élève infirmière, mais le médecin de garde, accompagné d'une nouvelle infirmière.

— Il paraît que vous êtes allée vous promener cette nuit, dit le médecin d'un ton jovial en examinant son dossier. Des effets secondaires ?

Oui, dit C.B. *Un énorme complexe de persécution.*

La ferme.

— Non, répondit-elle.

— Plus de vertiges ? (Il se lança dans une multitude de questions.) Vision dédoublée ? Maux de tête ?

Proférer des accusations ridicules ? dit C.B.

Va-t'en.

Le médecin et l'infirmière l'observaient d'un air soupçonneux. *Oh, c'est pas vrai*, se lamenta-t-elle. *Ai-je dit ça tout haut?*

Non, répondit C.B.

Alors ils avaient dû lui poser une question. Qu'elle n'avait pas entendue à cause de C.B., parce qu'il lui parlait.

—Désolée, vous disiez? demanda-t-elle.

—Je vous demande si vous éprouvez des sensations inhabituelles. Des fourmillements, un engourdissement?

—Non.

Si elle disait être engourdie, ils s'inquiéteraient d'une pression sur ses nerfs. L'œdème précédemment mentionné pouvait-il exercer une pression et engendrer des complications? Ou bien pouvait-il relier deux circuits? Les circuits électroniques adjacents se croisaient souvent les uns les autres, provoquant des interférences avec le signal, de sorte qu'on se retrouvait avec des chaînes ou des stations de radio différentes de celles sur lesquelles on était censé être branché. Peut-être les circuits neurologiques fonctionnaient-ils de la même manière, et que la voix de C.B. était une sorte d'interférence consécutive à l'intervention.

—Voyez-vous flou? demandait le médecin.

—Non.

Il feuilleta le dossier, vérifia son bandage, puis conclut:

—Très bien. Essayez de dormir. Et fini les balades nocturnes. Si vous devez aller aux toilettes, appuyez sur le bouton d'appel.

Il s'apprêta à quitter la pièce.

L'infirmière, jusque-là restée silencieuse, demanda:

—Puis-je vous être utile?

—Oui, répondit Briddey. Je veux bien une couverture. Je suis morte de froid.

Oh oh, dit C.B. *Tu n'aurais pas dû dire ça.*

Il avait raison. L'infirmière et le médecin échangèrent un regard inquiet, puis le médecin revint au pied de son lit.

—Avez-vous des frissons? l'interrogea-t-il avec insistance.

—Non, c'est juste qu'il faisait froid dans l'escalier, et je…

Il ne mordait pas à l'hameçon. Le médecin voulut à tout prix écouter ses poumons, et d'après ses questions il était sans aucun doute persuadé qu'elle avait contracté une pneumonie. Briddey dut le convaincre qu'une radio des poumons était inutile, qu'elle n'avait aucune difficulté à respirer, qu'elle n'avait pas l'intention de quitter son lit, encore moins d'errer dans l'hôpital pieds nus, et qu'il n'y avait aucune raison de raconter tout ça au docteur Verrick.

Enfin, après avoir procédé à une dernière auscultation pulmonaire, le médecin partit et l'infirmière dit :

— Je vais demander à votre infirmière de vous apporter une couverture.

À son tour, elle quitta la chambre.

Briddey attendait de C.B. qu'il se manifeste aussitôt, mais il n'en fit rien. L'infirmière n'apporta pas non plus de couverture. Au bout de dix minutes, Briddey se dit qu'elle avait dû oublier, et, malgré le tollé qu'elle déclencherait si on la surprenait de nouveau debout, elle était sur le point d'aller chercher la robe de chambre dans le placard quand elle entendit une infirmière arriver. Pas trop tôt. Encore un peu, elle aurait réellement attrapé une pneumonie.

Sauf que ce n'était pas l'infirmière. C'était C.B. Elle reconnut le contour négligé de ses cheveux, éclairés par la lumière du couloir.

— Que fais-tu ici ? demanda-t-elle. Va-t'en !

— Je ne peux pas, souffla-t-il en poussant la porte. Il y a un aide-soignant dans le couloir qui passe la serpillière. Il a failli me surprendre. Tu ne voudrais pas qu'il dise à Trent qu'il a vu un homme étrange sortir de ta chambre en pleine nuit, non ?

Elle se redressa.

— Pourquoi… ?

— Chut, dit C.B. en portant un doigt à ses lèvres. Il est juste là, dehors. (Sur la pointe des pieds, il se dirigea vers la porte et tendit l'oreille une minute.) OK, il est parti vers le poste des infirmières.

Il ferma complètement la porte et se planta au pied du lit.

Briddey alluma. C.B. avait l'air encore plus débraillé qu'à Commspan, ses cheveux noirs complètement ébouriffés. Son tee-shirt et son bas de jogging étaient tout froissés, comme s'il les avait pris en quatrième vitesse dans le tas de vêtements sur le canapé de son labo. La capuche de sa veste était à moitié rentrée dans son col.

— Pourquoi es-tu venu ici ? siffla Briddey.

— Je voulais être sûr que tu allais bien, répondit-il. Désolé d'avoir mis si longtemps. Quand je suis arrivé, ils t'avaient déjà ramenée dans ta chambre, et il y avait plein de monde autour. J'ai dû attendre qu'ils partent ; ensuite j'ai eu du mal à passer discrètement devant le poste des infirmières. Bon, tu vas bien ?

— Oui, souffla-t-elle, les sourcils froncés.

Il lui parlait. À voix haute. Le soulagement fut instantané. Finalement, elle avait bel et bien rêvé.

Eh non, malheureusement, dit C.B. *Je ne suis pas non plus ventriloque.* Il désigna la carafe d'eau. *Si tu veux une preuve, je peux boire cette eau et te parler en même temps. Non, attends, les ventriloques savent le faire, donc ça ne prouverait rien.*

—En effet, confirma-t-elle.

Elle fut tout de même convaincue, car il restait là, à la regarder d'un air inquiet, sans prononcer le moindre mot. Malgré tout, elle le recevait cinq sur cinq.

Il s'assit sur le lit, à ses côtés.

Elle s'écarta de lui.

—Non mais, tu te crois où ?

Chut. L'aide-soignant, tu te souviens? Il détourna la tête et dégagea sa nuque. *Tu vois, pas de zone rasée, pas de points de suture, pas de cicatrice.*

—Montre-moi l'autre côté.

Ça ne peut pas être de l'autre côté. La partie du cerveau que l'AEC…

—Montre-moi.

Comme tu veux, concéda-t-il. Il tourna la tête et souleva ses cheveux de l'autre côté. Aucune zone rasée.

Il se leva. *Et maintenant, tu me crois? Je n'ai pas fait d'AEC en urgence, je n'ai pas mis ta chambre sur écoute, et je ne t'ai pas fourré un talkie-walkie dans le crâne pendant que le docteur Bidule avait le dos tourné. J'étais juste assis dans mon labo, à m'occuper de mes affaires, quand tu as commencé à me parler.*

—Ce n'est pas à toi que je m'adressais, mais à Trent.

Oui, eh bien, tu aurais dû être plus précise. Tout ce que j'ai entendu…

—Arrête avec ça. Ça fout les jetons. Parle-moi normalement.

—OK, chuchota-t-il après avoir jeté un coup d'œil vers la porte. Tout ce que je t'ai entendu dire, c'est: « Tu es là ? » et, comme j'étais là, j'ai répondu.

—Mais tu n'étais pas censé être là ! De toute façon, qu'est-ce que tu fais ici ? Je croyais que tu détestais les hôpitaux.

—C'est vrai. D'ailleurs, ton cas me conforte dans mon opinion : ils ne savent même pas où sont leurs patients, et ils s'escriment à les faire mourir de froid. (Il scruta les alentours.) La vache, on se gèle encore plus ici que dans mon labo.

—L'infirmière qui est venue tout à l'heure va m'apporter une couverture.

—On parie? C'était la jolie petite brune, non? (Briddey ne s'abaissa pas à lui répondre.) Elle a quitté son poste il y a un quart d'heure. Quant aux autres membres du personnel, ça fait vingt minutes qu'ils discutent au poste des infirmières pour savoir s'ils appellent le docteur Bidule ou non…

—Le docteur Verrick.

— … pour l'informer de ta petite escapade.

— Et alors, qu'ont-ils décidé ?

— Je ne sais pas. Ils étaient encore en plein débat quand je suis arrivé, mais c'était cinquante-cinquante entre ceux qui voulaient attendre demain matin et ceux qui préféraient ne rien dire.

Pourvu qu'ils optent pour le deuxième choix, songea-t-elle. Toutefois, s'ils étaient tous réunis au poste des infirmières, jamais elle n'aurait sa couverture. Elle avait dû le dire tout haut sans s'en rendre compte, car C.B. ôta aussitôt sa veste et la passa sur ses épaules.

— Tiens. Ça va mieux ?

— Oui.

Elle resserra les pans autour d'elle.

— Mais… qu'est-ce que c'est que ça ? s'exclama-t-il en regardant sa main. Tu es couverte de bleus ! (Il la lui saisit.) Je croyais que tu allais bien !

— Oui, je vais bien, affirma-t-elle en retirant promptement sa main. Ce n'est rien.

— Tu t'es fait ça en enlevant la perf, non ?

— Non. L'infirmière a dû s'y prendre à plusieurs reprises pour me piquer.

— Mentir, ça ne marche pas quand on est télépathe, lui reprocha-t-il. Je peux lire dans tes pensées, rappelle-toi. Écoute, Briddey, je suis sincèrement désolé. Je ne voulais pas te faire peur, surtout pas au point que tu fasses n'importe quoi. Je sais que se retrouver tout à coup capable de converser avec quelqu'un par la pensée a de quoi surprendre…

— De quoi surprendre ? répéta-t-elle, sa voix montant dans les aigus. De quoi surp…

— Chut, ils vont t'entendre !

— Justement ! Je veux qu'ils appellent le docteur Verrick et lui disent qu'il y a eu un problème, pour qu'il…

— Quoi, qu'il te perce un autre trou dans la tête ?

— Non, pour qu'il répare son erreur ! Qu'il décroise nos circuits et me débarrasse de ces… ces interférences parasites…

— Ce ne sont pas des interférences, l'informa C.B. Ça ne marche pas comme ça. Même si…

Il fronça les sourcils.

— Ah, tu reconnais que ça pourrait être des interférences, dit-elle. Si c'est ça, le docteur Verrick peut décroiser les circuits, ou décoller les synapses, et reconnecter les bons.

Elle tendit la main vers le bouton d'appel.

— Non, ne fais pas ça.

— Pourquoi ?

— Parce que, comme tu l'as dit toi-même, les gens ne croient pas à la télépathie. Même s'ils y croyaient, l'AEC ne rend pas télépathe. Imaginons que tu dises au docteur que tu entends ma voix dans ta tête. Soit il te transférera à l'unité psychiatrique, soit il te dira : « Mais, pour qu'une telle connexion se produise, il faut que vous soyez liés émotionnellement. Si vous entendez M. Schwartz, cela signifie que vous êtes tous les deux… »

— Il ne dira pas ça, l'interrompit-elle. Je lui expliquerai ce qui s'est passé…

— C'est-à-dire ? Que tu as appelé ton petit ami, et que c'est quelqu'un d'autre qui a répondu ? Laisse tomber Verrick. Pense à Trent : comment va-t-il réagir à cette explication ?

C.B. avait raison. Si elle avouait à Trent qu'elle était connectée à un autre homme, qui plus est à C.B…

— Sympa, s'offusqua-t-il.

Tu n'étais pas censé entendre ça.

— Je sais. D'où mes mises en garde : la télépathie est une très mauvaise idée.

— Je voulais seulement dire…

— Je sais exactement ce que tu voulais dire. Je lis dans tes pensées, ne l'oublie pas ! C'est bon. J'ai bien conscience d'être un parfait loser comparé à un jeune loup à la carrière en plein essor, qui conduit une Porsche. Mais ça aurait pu être pire. Pense à tous ces mecs louches, ces pervers, ou à ces tarés persuadés d'avoir été enlevés par des extraterrestres. Tu aurais pu te retrouver connectée à l'un d'eux ! Ou à un tueur en série armé d'un couteau de boucher, comme celui dont tu as parlé à l'infirmière. Ou à un fanatique religieux convaincu que la fin du monde est pour mardi prochain.

C'est déjà la fin du monde, pensa-t-elle.

— Mais non, loin de là, marmonna-t-il.

— Comment ça ?

— Rien. Tu disais ?

— Tu as raison. Je ne peux pas le dire à Trent. Pas tant que je ne sais pas ce qui a provoqué ce phénomène, et que je n'ai pas trouvé comment me soigner. Toi non plus, tu ne dois rien lui dire, ni aux collègues de Commspan.

— Je serai une tombe. Je ne tiens pas à ce que quiconque soit au courant. La moitié de Commspan me prend déjà pour un psychopathe, je n'ai aucune envie de les conforter dans leur opinion. (Il baissa les yeux sur elle.) Tu n'en as parlé à personne d'autre ? Ton infirmière, ou les gens qui t'ont ramenée dans ta chambre ?

— Non…

— Tant mieux. Ne dis rien. Je crois que je ferais mieux d'y aller avant que quelqu'un arrive. (Il se dirigea vers la porte, puis revint vers le lit.) Ma veste, lui rappela-t-il en la lui ôtant des épaules. Tu ne voudrais pas que Trent te demande où tu l'as eue.

— En effet, dit Briddey, même si elle commençait tout juste à se réchauffer. Merci pour…

Mais il était déjà parti.

C.B. ? appela-t-elle en silence.

Il ne répondit pas.

Au moins, je suis sûre qu'il n'en parlera pas à Trent, se rassura-t-elle en s'entourant de ses bras. Il tenait autant qu'elle à ce que cela reste secret. Elle avait perçu un réel soulagement dans sa voix quand elle lui avait dit n'avoir informé personne.

Pourquoi ? se demanda-t-elle. Malgré ses affirmations, elle avait du mal à imaginer qu'il puisse être affecté par l'opinion d'autrui, et il ne lui semblait pas du genre à avoir une petite amie…

Un bruit de pas lui parvint du couloir. Elle se hâta d'éteindre, s'allongea, ferma les yeux et adopta une respiration légère et régulière pour faire croire qu'elle dormait. Elle attendit que l'infirmière ou l'auxiliaire allume.

La personne ne le fit pas. Elle entra dans la pièce et se posta à côté du lit.

— Donne-moi ce drap, souffla C.B. en se penchant pour l'ôter lui-même.

— Mais qu'est-ce que tu fiches ? chuchota-t-elle, furieuse. (Elle agrippa son drap et, dans un geste de protection, le ramena contre elle.) Je ne sais pas ce que tu t'imagines, mais…

— Je n'imagine rien du tout, je t'ai juste apporté une couverture, se défendit-il. Je l'ai chauffée au micro-ondes, donc il faut qu'elle soit directement en contact avec toi.

— Oh.

Briddey tira sur le bas de sa blouse d'hôpital pour recouvrir ses jambes et écarta le drap. C.B. étala la couverture sur elle.

C'était merveilleusement chaud. Elle cessa aussitôt de frissonner.

— Je te remercie, soupira-t-elle.

— De rien, dit-il en replaçant le drap sur elle. Même si tu croyais que j'allais t'agresser.

— Je n'ai pas…

— Si. Je lis dans tes pensées.

— Comment pourrais-je l'oublier ? demanda-t-elle avec amertume. Crois-tu qu'il y ait une possibilité… ?

Elle s'interrompit. Il regardait vers la porte, la tête inclinée, comme s'il avait entendu quelque chose.

— On vient ? l'interrogea-t-elle.

— Non, mais il faut que j'y aille avant qu'ils arrivent, souffla-t-il. On reparlera de tout ça demain matin et on réfléchira à ce qu'on peut faire.

Après avoir jeté un coup d'œil de part et d'autre du couloir, il se faufila par la porte entrouverte.

En attendant, repose-toi, reprit-il. *Et interdiction de te balader.*

Je ne bougerai pas, songea-t-elle, à moitié endormie, blottie dans la chaleur de la couverture. *Je compte rester là pour toujours.* Puis : *C'était vraiment gentil de sa part d'aller me chercher une couverture. Il n'est pas si affreux.*

Exactement ce que j'essayais de te dire, affirma la voix de C.B., surgie de nulle part. *Je le répète : tu aurais pu tomber sur bien pire. Tu aurais pu être connectée à quelqu'un qui ignorait où se trouvaient les couvertures.*

Et le micro-ondes, ajouta-t-elle en s'enfonçant plus profondément encore dans la couverture. *Maintenant, va-t'en. Tu m'as dit de me reposer, mais comment veux-tu que je le fasse si tu jacasses constamment ?*

C'est juste. Bonne nuit. On se verra – ou plutôt on communiquera – demain matin.

J'espère bien que non, songea Briddey. Elle s'inquiéta aussitôt de savoir s'il l'avait entendue. Il ne répondit pas. Elle sentit une différence dans le silence, comme s'il était parti pour de bon.

Si seulement elle pouvait le faire disparaître une bonne fois pour toutes ! Qu'allait-elle faire si c'était impossible ? Si elle en parlait à Trent, il la croirait amoureuse de C.B. Mais, si elle mentait et disait qu'elle ne captait rien du tout, Trent penserait que l'AEC n'avait pas marché.

Cependant, Trent ne s'attendait pas à communiquer avec elle avant vingt-quatre heures, ce qui lui laissait encore un peu de temps pour réfléchir. Mais vingt-quatre heures à compter de quand ? De son intervention à elle ? De celle de Trent ? De leur réveil de l'anesthésie ? Son opération avait été programmée à 13 heures, et d'après le docteur Verrick, durait une heure. À 14 heures le lendemain, cela ferait donc vingt-quatre heures au plus tôt.

Tu as jusqu'à cette heure-là pour trouver ce que tu vas dire à Trent, et jusqu'à demain matin pour décider de ce que tu diras au docteur Verrick. De toute évidence, les infirmières avaient préféré ne pas le réveiller à cette heure indue, sans quoi il serait déjà là.

Peut-être que, d'ici à demain matin, tout sera rentré dans l'ordre. L'œdème se sera résorbé, et la voix de C.B. aura disparu. Dans le cas contraire, la couverture était merveilleusement confortable, et sa situation lui paraîtrait forcément moins désespérée à la lumière du jour. *Il faut juste que j'arrive à dormir et que C.B. ne m'interrompe plus*, songea-t-elle dans un demi-sommeil. Tout à coup, elle entendit un bruit de pas.

Il se dirigeait droit vers sa chambre. *Dégage, C.B. !* lança-t-elle, mais ce n'était pas lui.

C'était le docteur Verrick.

— Bonjour, mademoiselle Flannigan, la salua-t-il. Alors, racontez-moi ce qui se passe.

Chapitre 6

« Il vaut toujours mieux dire la vérité, à moins évidemment que vous ne sachiez vraiment bien mentir. »

Jerome K. Jerome, *The Idlers' Club*[1]

— Docteur Verrick ! s'exclama Briddey en essayant de s'asseoir. Elle se souvint alors que c'était le lit qu'elle devait relever, et tant mieux. Elle avait failli lui demander : « Que faites-vous ici ? » Trouver les commandes du lit pour lui donner la bonne inclinaison lui laissa le temps de se raviser :

— Je ne pensais pas que vous seriez encore ici si tard !

Il la regarda attentivement et sourit.

— Vous voulez dire si tôt. J'ai deux AEC prévues à 6 heures. Vous savez, la journée d'un chirurgien commence à l'aube.

Pourtant, ce n'est pas l'aube. On est au milieu de la nuit. Ou peut-être pas. Dommage qu'elle n'ait pas son téléphone pour vérifier l'heure. Impossible de la déduire de l'apparence du docteur Verrick : il était aussi impeccable que la veille.

— Comment vous sentez-vous ? s'enquit-il.

Question difficile, songea-t-elle. S'il n'était pas au courant de sa petite escapade, elle devrait se contenter de répondre : « Bien. » Mais, s'il l'était, elle lui devait quelques explications…

Pas du tout, intervint C.B. *Règle numéro deux du bien mentir : « Ne jamais en dire plus que le strict nécessaire. »*

La ferme.

1. Citation empruntée de la *Petite Histoire des mots d'esprits célèbres*, ouvrage collectif, Omnibus, 2014. Traduction non attribuée. (*NdT*)

— Je me sens encore un peu dans les vapes, dit-elle au docteur. Et… euh…

Attendant la suite, le docteur Verrick se pencha vers elle.

— Groggy, poursuivit-elle d'un ton prudent. Légèrement désorientée.

— C'est normal, commenta le docteur Verrick. C'est un effet secondaire courant de l'anesthésie.

Il prit son ordinateur portable et regarda son dossier, sur lequel figurait très certainement sa balade nocturne.

— Avez-vous vu Trent ? demanda-t-elle pour détourner son attention. Comment va-t-il ?

Le docteur Verrick l'examina encore plus soigneusement. L'appréhension la submergea. Et s'il était arrivé quelque chose à Trent ? Cela expliquerait pourquoi il n'avait pas répondu quand elle l'avait appelé, et la présence du docteur en pleine nuit. Tous les avertissements de C.B. concernant les dommages neuronaux et l'état végétatif lui envahirent l'esprit.

— Est-ce que Trent va bien ? répéta-t-elle avec angoisse.

— Oui, bien sûr, répliqua le docteur Verrick. (La surprise apparemment sincère qui avait percé dans sa voix la rassura.) Je l'ai vu en salle de réveil. Il allait très bien. Maintenant, la question est de savoir comment vous allez, vous. (Il sortit un stéthoscope de la poche de sa blouse, ausculta son cœur et ses poumons, prit son pouls puis la fit se pencher en avant.) Des douleurs ? demanda-t-il en exerçant une légère pression sur l'incision.

Elle secoua la tête.

— Parfait. Tout m'a l'air en ordre. Il y a un petit œdème, mais c'est normal. Des vertiges ?

— Non.

— Des nausées ? demanda-t-il avant de poursuivre avec la litanie de symptômes désormais familière à Briddey.

Elle répondit chaque fois par la négative.

— L'infirmière Jordan a signalé que vous avez eu une période de confusion quand vous avez quitté votre lit pour vous rendre aux toilettes.

J'en étais sûre. Ils lui ont tout raconté.

— Elle a dit que vous erriez dans le couloir, précisa-t-il. Que s'est-il passé exactement ?

Ça dépend de ce que vous a dit l'infirmière. Lui avait-elle rapporté qu'elle avait enlevé sa perfusion et qu'on l'avait retrouvée dans l'escalier, ou seulement qu'elle s'était promenée ? *C.B. se trompe quand il affirme que lire dans les pensées est une très mauvaise idée. Ça aurait été bien pratique maintenant.*

— Je ne me souviens pas vraiment. (Elle fronça les sourcils comme si elle fouillait dans sa mémoire.) Je me rappelle être sortie du lit... et, je ne sais comment, j'ai fini dans le couloir...

— Où comptiez-vous aller? l'interrogea le docteur Verrick. Vouliez-vous rejoindre M. Worth?

Comment n'y ai-je pas songé plus tôt? se demanda Briddey. C'était le prétexte parfait! Elle s'inquiétait au sujet de Trent, et, dans un état second, elle avait tenté de trouver sa chambre. Était-il encore temps de se servir de cette excuse?

Non, répondit C.B. dans sa tête. *N'essaie pas. Règle numéro un du bien mentir: « S'en tenir à une seule histoire. »*

Va-t'en, pensa-t-elle.

Je veux juste t'aider. Être incohérent, c'est ce qui finit toujours par piéger les menteurs. Ils racontent un truc à quelqu'un, puis autre chose à quelqu'un d'autre...

Chut, dit-elle, mais il avait raison. Elle leur avait déjà raconté qu'elle s'était perdue en cherchant les toilettes. De plus, le docteur Verrick la regardait d'un air curieux.

— Non, dit-elle. Quand je me suis rendu compte que j'étais dans le couloir, j'ai voulu retourner dans ma chambre, mais j'ai dû me tromper de chemin et faire un détour.

— C'est ce que vous cherchiez à faire quand vous avez pris l'escalier? Retourner dans votre chambre?

— Oui. Je sais que ce n'est pas logique. C'était comme dans un rêve: ce qu'on y fait nous semble sensé, alors que ça ne l'est pas.

Ce qui expliquait sa présence dans l'escalier. Cependant, si on avait parlé au docteur du coup de fil passé à l'hôpital pour les informer que c'était là qu'ils la trouveraient, car elle essayait de descendre jusqu'au hall, quelle explication pourrait-elle donner?

Aucune, dit C.B. *Tu plaides l'ignorance. Je doute que les infirmières lui aient rapporté ces détails. Ce serait une preuve de leur incompétence.*

Espérons que tu aies raison.

Le docteur Verrick l'observait de nouveau, sourcils froncés.

— L'escalier est très éloigné de votre chambre, même si vous aviez fait un détour, constata-t-il. Êtes-vous sûre que vous ne cherchiez pas à fuir?

— Fuir? répéta-t-elle en priant pour que le docteur n'ait pas tout à coup l'idée d'écouter son cœur, qui battait à cent à l'heure.

—Oui. (Il regarda son dossier.) Vous avez dit à l'une des infirmières que vous pensiez qu'un homme armé d'un couteau se cachait dans votre chambre.

—Ah, oui ! s'exclama-t-elle en essayant de masquer son soulagement. J'ai fait un cauchemar, c'est tout. J'étais encore pas mal dans le coaltar.

Le docteur Verrick ne parut pas convaincu.

—Le premier contact émotionnel d'un patient avec son partenaire peut provoquer un choc. Le réflexe est de fuir…

Ou de l'accuser d'avoir mis la chambre sur écoute, railla C.B., *ou encore d'être ventriloque.*

Briddey ne réagit pas à ses lazzis.

—Le premier contact ? demanda-t-elle au docteur. Je croyais que vingt-quatre heures au moins après l'intervention étaient nécessaires pour qu'il ait lieu.

—En réalité, il faut plus longtemps que ça : on compte vingt-quatre heures à partir du moment où le patient sort de l'anesthésie.

Ouf, tant mieux, songea Briddey. *Dans ce cas, j'ai jusqu'à 15 heures aujourd'hui pour me connecter à Trent.*

—Toutefois, avant que cela se produise, il peut y avoir des contacts diffus, parcellaires. Le délai est alors très variable ; il dépend de la sensibilité du patient et de l'intensité de son attachement émotionnel. Certains de mes patients ont eu leur premier contact temporaire à peine douze heures après l'intervention. C'est peut-être ce qui s'est passé avec vous. (Il vérifia le dossier.) Oui, vous avez parlé de l'homme au couteau juste après le délai des douze heures.

Malgré tout, cela n'expliquait pas pourquoi elle avait entendu C.B. dès son réveil de l'anesthésie.

Réfléchis, dit C.B. *Tu as entendu ce qu'il a dit. Ça dépend de l'intensité de l'attachement émotionnel.*

La ferme.

—Ces contacts sporadiques peuvent n'être ressentis que par l'un des deux partenaires, disait le docteur Verrick, et prendre toutes sortes de formes : une conscience temporaire de la présence du partenaire, l'impression d'être touchée, un sentiment de joie… Ou des sensations plus négatives : de la peur, des frissons le long du dos, l'impression d'une intrusion. Avez-vous expérimenté quelque chose de ce genre ?

Tout à fait, songea Briddey.

Ces propos l'incitaient à penser qu'après tout il valait peut-être mieux tout lui raconter. Manifestement, elle n'était pas la première patiente à avoir éprouvé toutes sortes de sensations inhabituelles à la suite d'une AEC. Entendre une voix ne serait pas si surprenant. Le docteur serait peut-être à même de lui expliquer ce qui avait provoqué cette erreur de connexion, et de la réparer.

Et de le dire à Trent, ajouta C.B.

Non, il ne dira rien. Il ne peut pas, c'est un médecin. Il a fait serment de confidentialité, ce qui veut dire qu'il sera contraint de garder pour lui tout ce que je lui confierai.

Ça ne l'empêchera pas de poser des questions à Trent, ce qui éveillera ses soupçons. Même s'il n'est au courant de rien, comment penses-tu justifier une deuxième opération ?

Ce n'était pas faux. Trent exigerait de savoir ce qui se passait.

— J'aimerais que vous me racontiez exactement ce cauchemar, disait le docteur Verrick. Cet homme, à quoi ressemblait-il ?

— Il était grand, massif, répondit Briddey. Avec une barbe broussailleuse, et un tatouage de crotale sur le bras.

Bravo, la félicita C.B.

— Et les cheveux en bataille.

Alerté, le docteur Verrick leva les yeux.

— Était-ce quelqu'un que vous connaissez ?

Regarde ce que tu me fais faire, dit Briddey. *Il a des soupçons !*

La faute à qui ?

La tienne. Boucle-la, sinon il va comprendre que je discute avec quelqu'un.

Comme tu voudras. Salut.

Le docteur Verrick la regardait, dans l'expectative.

— Vous l'avez reconnu, n'est-ce pas ?

— Euh… non… (Elle se mordit la lèvre et fronça les sourcils.) Attendez. Maintenant que j'y pense, il y avait un homme qui ressemblait à ça dans un film que j'ai vu la semaine dernière. Un type qui suivait les femmes… (Elle émit un hoquet.) Oh, suis-je bête ! C'est de là que doit venir mon cauchemar. C'est ce film ! Même le couteau était pareil.

— De mon point de vue, ça ressemble plus à un rêve dû à l'anesthésie qu'à un semblant de contact, décréta le docteur Verrick.

Ouf ! je l'ai échappé belle.

— Vous n'avez donc expérimenté aucune des sensations que je vous ai décrites ? Une présence, une émotion étrangère, un sentiment d'intrusion ?

— Non, rien de tout ça.

Elle avait dû lui sembler convaincante, car il hocha la tête et déclara :

— Tout m'a l'air en ordre. Par sécurité, je vais procéder à quelques examens supplémentaires, mais vous devriez pouvoir rentrer chez vous aujourd'hui. En attendant, je voudrais que vous travailliez sur la connexion avec votre partenaire.

Avec grand plaisir.

—Comment je fais ?

—Vous le visualisez et vous l'appelez avec vos émotions. L'AEC a créé un chemin neuronal potentiel entre vos émotions et celles de votre partenaire, mais il faut le mettre en place, en lui parlant. Dites-lui par exemple : « Es-tu là ? Je t'aime ! » Et prononcez son nom, pour diriger vos émotions vers lui.

Pourquoi me donne-t-il ces consignes seulement maintenant ? Si j'avais su que j'étais censée l'appeler par son nom, rien de tout cela ne serait arrivé.

—Vous parlez d'un chemin. Vous voulez dire… comme un sentier, dans un bois ? demanda-t-elle en imaginant une piste à peine marquée qui devenait de plus en plus visible à mesure qu'on l'empruntait.

—Non, répondit le docteur Verrick. Il faut plus le voir comme une boucle de rétroaction. Chaque signal que vous envoyez sera renforcé par celui qu'il vous renverra, et chaque tour du circuit va solidifier la connexion de manière exponentielle, jusqu'à la rendre permanente et exclusive.

Ce qui signifie qu'il ne fallait pas que je parle avec C.B. comme je l'ai fait, se réprimanda Briddey.

—Ne cessez pas d'envoyer des signaux, que vous receviez une réponse ou non, lui conseilla le docteur. Au début, ils sont souvent trop faibles pour qu'on les détecte. (Il referma son ordinateur portable.) Des questions ?

Oui, songea-t-elle, *mais aucune que je puisse vous poser.*

—Non, répondit-elle.

—Si vous avez besoin de quoi que ce soit, ou si vous pensez avoir un premier contact mais que vous n'en soyez pas certaine, n'hésitez pas à m'appeler. Voici mon numéro. (Il lui tendit une carte.) Je veillerai à ce que les examens soient faits rapidement pour que vous puissiez rentrer chez vous.

Il sortit. Épuisée, Briddey se laissa retomber sur les oreillers.

Ouf, c'est terminé ! songea-t-elle. Là-dessus, le docteur réapparut.

Son cœur commença à s'affoler, mais il n'était revenu que pour l'informer qu'il avait planifié les examens et qu'elle devait utiliser le bouton d'appel si elle voulait quitter son lit.

—Je tiens à ce que vous vous reposiez, insista-t-il. Il faut du temps à votre organisme pour qu'il s'adapte. Le mieux à faire, c'est de dormir autant que possible.

Non, le mieux à faire, c'est d'établir une boucle entre Trent et moi. Et cesser d'alimenter celle qui nous relie, C.B. et moi. Elle devait se connecter à Trent et envoyer des signaux sur le chemin, jusqu'à ce que celui-ci prenne le pas sur celui qu'elle avait établi avec C.B., et que sa connexion avec ce dernier s'affaiblisse puis disparaisse.

Ça ne marche pas comme ça, intervint C.B.

Qu'est-ce que tu en sais? rétorqua-t-elle.

Se souvenant alors qu'elle ne devait pas entretenir leur connexion, elle répéta sa question tout haut.

Parce que Verrick se trompe quand il parle du temps nécessaire pour «établir un chemin neuronal», et de «premiers contacts parcellaires et sporadiques», précisa C.B. *Toi et moi, on a pu se parler sans aucun problème dès le début, et ce n'était pas vingt-quatre heures après l'intervention. Alors pourquoi aurait-il raison sur ce point?*

— Parce que c'est un spécialiste. Il a pratiqué des centaines d'AEC, et il s'y connaît bien mieux que toi en fonctions neurologiques.

Oui, eh bien, ça, c'est une question de point de vue. Déjà, l'activité neuronale…

— Je m'en fiche. Je ne te parle plus, dit-elle en regrettant de n'avoir aucun moyen de lui raccrocher au nez.

Tu vois, je t'avais bien dit que la télépathie était une très mauvaise idée.

— Va. T'en.

Elle se tourna sur le côté avec détermination.

Trent, je t'aime, dit-elle dans son oreiller. *Tu es là? À toi, Trent.*

Ça ne marche pas comme ça non plus. Vous n'êtes pas des pilotes de chasse: «Night Fighter au Baron rouge, vous me recevez? À vous, Baron rouge», l'imita-t-il. *«Des Zéro droit devant vous.» «Bien reçu…»*

— Barre-toi, l'interrompit-elle. Je suis sérieuse.

Je plaisantais. Écoute, Briddey…

— Non. Va-t'en et ne me parle plus.

OK. Mais avant, il faut que je te dise…

— Non. Rien de ce que tu me dis ne m'intéresse le moins du monde.

Elle empoigna son oreiller, regretta de ne pas pouvoir le lui jeter à la figure, et le pressa fort contre ses oreilles.

Trent! appela-t-elle. *Je dois établir le contact avec toi. Maintenant! Où es-tu?* Malgré les railleries de C.B., elle répéta: *J'appelle Trent. Tu me reçois, Trent? À toi.*

Rien, pas même un frémissement, et encore moins un sentiment de joie… inexplicable ou pas.

Ça ne fait pas encore vingt-quatre heures, se rassura-t-elle. Elle s'assit pour regarder le panneau derrière le lit, espérant y trouver une horloge, en vain. Elle regretta de ne pas avoir demandé au docteur Verrick la permission de récupérer son téléphone pour savoir l'heure qu'il était, mais aussi envoyer un texto à Trent pour savoir s'il avait ressenti quelque chose.

Et si elle demandait à l'infirmière ? Même si le docteur Verrick avait justifié sa présence par les opérations qu'il avait programmées ce matin-là, il régnait encore à l'étage une atmosphère calme et silencieuse, comme en pleine nuit, et Briddey ne voulait plus attirer l'attention sur elle. *Tu pourrais demander l'heure à C.B.*, songea-t-elle. *Il a une montre.*

Mais tu n'es pas censée lui parler, se reprit-elle. *Tu vas devoir attendre le retour de l'infirmière.* Pendant ce temps, elle travaillerait à l'élaboration de son chemin neuronal. *Trent, tu m'entends ? Je t'aime*, lança-t-elle à plusieurs reprises, tendant l'oreille dans l'espoir de recevoir un signe de lui.

Elle n'entendit rien, ni la voix de Trent ni celle de quelqu'un d'autre, pas même une annonce dans l'interphone, pendant ce qui lui parut des heures. Elle dut s'assoupir de nouveau, car l'étage se retrouva soudain plongé dans l'agitation : voix, roulettes, cliquetis métalliques des plateaux et autres objets. Elle huma aussi une délicieuse odeur de café. C'était donc l'heure du petit déjeuner. On viendrait forcément lui rendre visite.

Mais personne ne vint. Pas même C.B. *Peut-être sa voix était-elle un effet secondaire de l'œdème.* Avec précaution, Briddey tâta le bandage sur sa nuque pour voir si le gonflement s'était résorbé. Ou alors, peut-être que ses efforts pour entrer en contact avec Trent avaient corrigé le problème. Dans ce cas, elle devait s'exercer encore en attendant qu'on lui apporte son plateau-repas.

Personne ne le fit. Elle eut l'impression que plusieurs heures s'étaient encore écoulées quand quelqu'un apparut enfin. Ce n'était pas une infirmière, mais un technicien de laboratoire venu lui faire une prise de sang.

— Est-ce l'un des examens demandés par le docteur Verrick ? s'enquit Briddey.

— Oui, répondit-il en comparant son bracelet d'identification à l'ordonnance.

— Savez-vous quels sont les autres tests que je vais devoir faire ?

— Non. Il faudra poser la question à votre infirmière.

— Oh. Avez-vous l'heure ?

Il tordit son poignet partiellement recouvert par un gant de latex pour consulter sa montre.

— 7 h 08.

Parfait. Il lui restait encore huit heures pour s'entraîner à contacter Trent avant que ce dernier commence à envisager qu'il y ait un problème. Si elle arrivait à communiquer avec lui plus tôt, alors…

— Ça va piquer un peu, prévint le technicien.

Il lui piqua le doigt.

Et si Trent la contactait le premier ? D'après le docteur Verrick, le tout premier contact pouvait être à sens unique.

Peut-être que Trent est déjà connecté avec moi, songea-t-elle. Si c'était le cas, il lui aurait envoyé des textos. Elle devait récupérer son téléphone.

— Serait-il possible qu'on me rende mon portable ? demanda-t-elle au technicien.

— Je vais me renseigner.

— Et pouvez-vous demander si j'ai droit à un petit déjeuner ? Je n'ai rien mangé depuis l'opération, hier.

— Je vais voir, répliqua le technicien en ôtant ses gants qu'il jeta à la poubelle. (Il s'apprêtait à partir en poussant son chariot lorsqu'il se ravisa.) Vous n'allez pas vous enfuir en mon absence, n'est-ce pas ?

Apparemment, l'hôpital était doté d'un téléphone arabe aussi performant que celui de Commspan. Tout le monde à l'étage était déjà au courant de son escapade. *Pourvu que Trent ne sache rien.*

— Non, bien sûr que non, dit-elle.

— Je reviens tout de suite.

Ce qu'il ne fit pas, mais apparemment il avait transmis les demandes à une infirmière de garde, car celle-ci vint lui dire :

— Nous allons récupérer votre portable. Vous faut-il autre chose ?

— J'ai une question, dit Briddey. J'ai cru comprendre que, parfois, une connexion par AEC ne durait p…

— Ça ne vous arrivera pas, l'interrompit l'infirmière d'un ton rassurant. Vous n'avez même pas encore…

— Je sais, mais si jamais ça ne durait pas, combien de temps cela prendrait-il ?

— À ma connaissance, ça ne s'est produit qu'une fois, au bout de quatre mois.

Cette réponse ne l'aidait pas vraiment.

— De plus, ce n'était pas un patient du docteur Verrick, précisa l'infirmière. Ne vous en faites pas, cela ne vous arrivera pas. À part ça, vous avez droit à un petit déjeuner, mais seulement quand les examens seront terminés.

Dans ce cas, j'espère qu'ils vont se dépêcher, je meurs de faim!

Mais elle resta encore seule à peu près une heure de plus. L'aide-soignant apparut alors pour passer la serpillière dans les toilettes.

C'est aussi pour ça que j'ai une sainte horreur des hôpitaux, dit C.B. *Personne ne vient quand on en a besoin, mais, quand tu veux qu'on te fiche la paix, ils sont tous là, à t'enfoncer des aiguilles dans la peau, à aspirer ton sang, à te réveiller pour te donner des somnifères…*

—Va-t'en, siffla Briddey. J'essaie de me connecter avec Trent.

Dois-je comprendre que ce n'est pas encore fait? Ton numéro de « Night Fighter appelle Baron rouge » n'a pas marché?

—Pas encore, souffla-t-elle avec raideur, mais ça ne saurait tarder. Si tu cesses de me parler.

Tu ne veux même pas que je te fasse part de mes découvertes sur la télépathie? J'ai fait des recherches toute la nuit.

—Et alors, qu'as-tu découvert?

Que tu avais raison: la télépathie n'existe pas. Du moins selon Wikipédia, qui comme chacun sait est une source toujours fiable. J'ai lu qu'à ce jour aucune preuve scientifique n'a établi l'existence de la communication par la pensée.

Quand comprendrai-je? se demanda Briddey.

—Va-t'en, dit-elle à voix haute.

Cependant, il est possible d'entendre des voix, poursuivit C.B. *Cela peut être provoqué par un traumatisme du lobe temporal, une tumeur au cerveau, un manque de sommeil, des médicaments hallucinogènes, des acouphènes, ou la folie. En parlant de folie, ils ont mené une étude sur des gens sans antécédents psychiatriques qui sont allés dire à un médecin qu'ils entendaient des voix, sans autres symptômes. Tous ont immédiatement été diagnostiqués comme schizophrènes et internés d'office. Ce qui n'est guère surprenant, étant donné que la principale cause des hallucinations auditives – c'est Wikipédia qui le dit, pas moi – est la schizophrénie.*

—Sauf que, chez moi, ce ne sont pas des hallucinations.

C'est ce qu'affirment tous les schizophrènes. Y compris Jeanne d'Arc, dont plusieurs psychiatres modernes ont conclu qu'elle souffrait de schizophrénie.

—Mais les schizophrènes n'entendent-ils pas des voix horribles leur demandant de se faire du mal et de tuer des gens?

Normalement si, mais pas dans le cas de Jeanne d'Arc. La voix lui intimait de sauver la France, et apparemment elle s'entendait bien avec.

—C'est différent, insista Briddey. Elle croyait s'adresser à Dieu.

Non, à un ange, rectifia C.B.

—Ce que je veux dire, c'est que ses voix n'étaient pas réelles.

Pour Jeanne, si. Elle en parlait comme quelque chose de naturel. Ses gardes ont attesté l'avoir entendue dans sa cellule mener des conversations parfaitement sensées, parlant et répondant comme s'il y avait vraiment quelqu'un d'autre. Ce qui n'a pas empêché les psys de la déclarer démente. C'est donc une bonne chose que tu n'aies rien dit au docteur Verrick. À ta place, je ne dirais rien non plus à Trent. Une petite amie à l'asile de fous ruinerait ses chances de promotion.

— Va-t'en, répéta-t-elle. Et ne me parle plus.

Je voulais seulement me rendre utile. Je ne voudrais surtout pas…

Heureusement, une aide-soignante arriva juste à ce moment-là pour emmener Briddey en fauteuil roulant au service de radiologie, sans quoi elle aurait complètement perdu patience. Elle passa l'heure suivante à subir une radio du crâne et des poumons. De toute évidence, on ne l'avait pas crue quand elle avait nié s'être cogné la tête dans l'escalier, et on s'inquiétait de son état mental. Elle se félicita de n'avoir pas révélé au docteur Verrick qu'elle entendait la voix de C.B., même si cela l'obligeait à admettre que son collègue avait raison. Cela ne voulait pas dire qu'il cherchait à se rendre utile, ou qu'il n'avait pas inventé les résultats de ses prétendues recherches.

Il faut que je parte pour pouvoir moi aussi faire des recherches, pensa-t-elle en attendant avec impatience son autorisation de sortie. Mais elle devait attendre l'analyse de ses radios, puis qu'un technicien lui fasse un électroencéphalogramme et qu'un autre médecin se penche sur les résultats.

— Le docteur Verrick veut aussi vous faire passer un scanner, lui annonça l'infirmière.

— Du cerveau ? s'étonna Briddey, au bord de la panique.

— C'est juste un examen de routine, commença l'infirmière, mais Briddey n'entendit pas la suite.

Elle pensait : *Ils vont découvrir que je suis télépathe. Il faut à tout prix que je m'en aille.*

— C.B. ! souffla-t-elle sitôt l'infirmière partie. Ils vont me faire passer un scanner !

Je sais, répliqua-t-il d'une voix si posée que ça la rendait folle. *Ne t'inquiète pas. L'activité cérébrale ne se voit pas au scanner. Ça ne montre que les hématomes, les tumeurs, les phénomènes anormaux…*

— Et tu ne considères pas la télépathie comme un phénomène anormal ?

Pas de ceux détectés par le scanner ordinaire. Pour observer le fonctionnement cérébral, il faudrait qu'ils fassent un fCAT ou alors un imCAT. Avec un scanner ordinaire, tout ce qui apparaîtra, c'est la matière du cerveau, et les éléments du type caillot ou hémorragie intracrânienne. Ils n'ont aucun moyen de déceler que tu es télépathe.

— Tu es sûr et certain qu'ils ne verront pas notre chemin neuronal ? demanda-t-elle, puis elle entendit Trent énoncer clairement :

— Que dis-tu à propos de notre chemin neuronal ?

Oh, formidable ! s'enthousiasma Briddey. *Nous sommes connectés !*

Eh non, encore raté, dit C.B.

Elle regarda vers la porte. Trent se tenait dans l'embrasure, l'air perplexe. On n'aurait jamais dit qu'il sortait d'une intervention. Vêtu d'un chino et d'une chemise repassée, il avait soigneusement peigné ses cheveux blonds. Même le bandage sur sa nuque était impeccable.

— Trent ! s'exclama-t-elle en portant une main à sa chevelure emmêlée.

— Je te dérange ? demanda-t-il en entrant. (Il regarda d'un air curieux l'autre lit inoccupé et la salle de bains déserte.) À qui parlais-tu ?

— À personne, répondit-elle en essayant d'arranger sa blouse d'hôpital. J'étais juste…

Depuis combien de temps l'écoutait-il ? S'il l'avait entendue dire « Tu es sûr et certain qu'ils ne verront pas notre chemin neuronal », comment le justifier ?

Ne dis rien, dit C.B. *J'insiste, les explications…*

Va-t'en, rugit-elle intérieurement.

— Je pensais à voix haute, c'est tout, dit-elle à Trent. À propos de…

— Une seconde, l'interrompit-il en plaquant son portable à l'oreille. Allô… ? Qui est-ce ? (Il tendit son téléphone devant lui pour voir l'écran.) Allô ?

— Qui était-ce ? s'enquit Briddey.

— Aucune idée, répondit-il en glissant l'appareil dans sa poche de chemise. Tu disais… (Son portable sonna de nouveau.) Désolé. Oui ! Ethel, que se passe-t-il ? Quand veut-il qu'on se voie ? (Une pause.) OK, 10 heures, c'est noté. Je serai de retour d'ici-là. Merci.

Il raccrocha.

— C'était ma secrétaire. Hamilton veut encore me voir. (Il s'approcha du lit.) Pardon pour toutes ces interruptions. Tu t'apprêtais à me dire que tu parlais dans le vide.

— Non, je…

Qu'est-ce que tu fiches ? hurla C.B. dans sa tête. *Ne…*

Barre-toi, pensa-t-elle, puis elle s'adressa à Trent :

— C'est à toi que je parlais. D'après le docteur Verrick, t'appeler à haute voix aiderait à établir un chemin neuronal.

— Et alors ? demanda Trent avec empressement. Ça aide ? As-tu ressenti quelque chose ?

— Non.

Ses épaules s'affaissèrent : il était visiblement déçu.

— Le docteur Verrick a dit que ça pouvait prendre au moins vingt-quatre…

— Je sais, s'impatienta-t-il, mais il faut que… (Il se tut, l'air chagriné.) Excuse-moi. C'est juste que… cette connexion compte énormément pour moi.

— Pour moi aussi, dit Briddey. *Tu ne soupçonnes pas à quel point.*

— D'après l'infirmière du docteur Verrick, il est possible que nous soyons connectés plus tôt que les couples moyens, si l'on se base sur les résultats incroyables de notre batterie de tests. Apparemment, il nous prédit un niveau de communication plus intime, plus profond que la plupart des autres couples. (Il fronça les sourcils, comme s'il venait seulement de remarquer la blouse d'hôpital de Briddey.) Comment se fait-il que tu ne sois pas habillée ? Ne me dis pas qu'ils ne t'ont toujours pas donné ton autorisation de sortie ! Je vais voir ce qui cloche.

— Non, dit Briddey en le retenant. (La dernière chose dont elle avait besoin, c'était qu'il apprenne de la bouche des infirmières ce qui était arrivé la nuit précédente.) Ils veulent me faire passer encore quelques examens avant de me renvoyer chez moi.

— Pourquoi ? s'étonna Trent, aussitôt alarmé. Il y a un problème avec ton AEC ? des complications ?

C'est le mot, commenta C.B.

Va-t'en.

— Non, dit-elle à Trent, tout va bien. J'ai adoré les roses que tu m'as envoyées. Elles sont magnifiques.

Mais Trent ne se laissa pas distraire.

— Si tout va bien, pourquoi ont-ils besoin de faire des tests ? D'ailleurs, quel genre de tests ?

Si elle lui parlait du scanner, il s'affolerait pour de bon, et elle ne trouva aucun examen bénin à mentionner.

— Je ne sais pas, répondit-elle.

Mauvaise pioche, dit C.B.

— Tu ne sais pas ? s'indigna Trent en dégainant son téléphone. J'appelle le docteur Verrick.

Qu'est-ce que je disais, renchérit C.B.

— Non, tu ne peux pas l'appeler, protesta Briddey sans trouver aucun prétexte.

Il va passer la matinée au bloc, proposa C.B.

— Il m'a dit qu'il passerait la matinée au bloc, répéta Briddey comme un perroquet.

Et il a dit que c'étaient juste des examens de routine.

— Et il a dit que c'étaient juste les examens de routine pour un patient qui venait de faire une AEC.

Non, non, non ! Il faut en dire le moins possible !

— Ils ne m'ont pas fait passer d'examens, à moi, commenta Trent. (Il observa Briddey avec attention.) Me cacherais-tu quelque chose ?

Oui, songea-t-elle, et cela dut se voir sur sa figure, car il ajouta :

— Qu'y a-t-il, chérie ? Tu peux me le dire.

Je ne m'y risquerais pas, intervint C.B. *Tu te souviens de ce type qui a abattu sa femme d'une balle, juste parce qu'ils ne parvenaient pas à se connecter, même pas parce qu'elle avait établi la connexion avec un autre ? Et ça, c'est si Trent ne te prend pas pour une cinglée. N'oublie pas l'étude sur les gens qui prétendaient entendre des voix.*

— Je ne te cache rien, affirma Briddey avec fermeté. Tout va bien, Trent. Le docteur Verrick me l'a confirmé lors de sa visite.

— Alors pourquoi t'a-t-il prescrit ces tests ?

Il est juste extrêmement prudent.

— Il est juste extrêmement prudent, le rassura-t-elle. C'est pourquoi il est si réputé comme chirurgien : il est très consciencieux.

— Tu as raison, convint Trent. Malgré tout, je préférerais quand même t'accompagner.

Non ! s'alarma Briddey.

— Non, tu… Ça pourrait prendre toute la matinée, balbutia-t-elle. Tu connais les hôpitaux. Tout prend des plombes. Et ta réunion ?

Trent avait déjà sorti son portable et faisait défiler des écrans.

— Tu passes avant n'importe quelle réunion, déclara-t-il sans lever les yeux. En plus, s'il y a un problème, je ne vois même pas l'intérêt d'en faire…

Il s'interrompit et reprit plus posément :

— Ce que je veux dire, c'est que je serais si inquiet pour toi que je serais incapable de faire une bonne présentation.

— Je vais très bien, martela-t-elle en se creusant les méninges pour trouver une raison qui le convaincrait de partir. Inutile que tu restes. Si tu annules cette réunion, Hamilton…

— Pourrait croire qu'il y a un hic, dit-il d'un air songeur.

Puis il sembla revenir à lui :

— Avec le projet, j'entends. Tu as raison. On ne voudrait pas qu'il se mette cette idée en tête. Je ferais mieux d'aller le voir. Tu es sûre que ça va aller, toute seule ?

Je ne suis pas toute seule, pensa-t-elle. *Et c'est bien dommage.*

— Oui, ça ira. Vas-y.

— D'accord, dit Trent. Je reviens dès que la réunion est terminée pour te reconduire chez toi. (Il se dirigea vers la porte.) Si tu es prête plus tôt, envoie-moi un texto.

— Compte sur moi. Oh, attends, je ne peux pas. Je n'ai pas mon portable. J'ai demandé qu'on me le rende, mais…

— Je vais voir avec eux en sortant, dit-il. Préviens-moi quand tu sauras quel genre d'examens ils prévoient. Et appelle-moi dès que tu sens un frémissement de connexion, même si je suis en pleine réunion.

— Entendu, promit-elle, mais d'après l'infirmière il faut que l'œdème se résorbe, et que l'anesthésiant…

— Je sais, je sais, et ça prend au moins vingt-quatre heures, mais quelque chose me dit que nous allons nous connecter très bientôt. (Il s'arrêta devant la porte.) Tu es vraiment sûre que ça va aller ?

— Oui, va-t'en, maintenant. Tu vas être en retard à ta réunion !

Le technicien allait débarquer d'une minute à l'autre pour l'emmener passer au scanner, et si Trent apprenait de quel type d'examen il s'agissait…

— Tu me jures que tu m'envoies un texto dès que… ? commença-t-il, mais la sonnerie de son portable l'interrompit. Je dois répondre, dit-il en s'engageant dans le couloir. Worth à l'appareil. Qu'as-tu trouvé ?

— N'oublie pas mon téléphone ! lui lança Briddey, mais il avait déjà disparu.

À mon avis, il ne t'a pas entendue, commenta C.B.

Vas-tu t'en aller ?

Reçu cinq sur cinq, Night Fighter. Terminé.

Sur ce, il partit, ou bien il la ferma pendant un moment, même si Briddey craignait qu'il soit encore là, et qu'il ait raison à propos de la distraction de Trent.

Cependant, une auxiliaire apparut quelques minutes plus tard avec son téléphone et un bouquet de violettes. Sur la carte qui l'accompagnait, deux silhouettes trinquaient au champagne, et on lisait : « À notre connexion : la preuve que notre amour est réel ! »

Oh, ne dis pas ça, songea Briddey avec une grimace avant de déverrouiller son téléphone.

Elle avait déjà reçu deux textos de Trent : « As-tu passé tes tests ? » et : « Une connexion ? », et cinquante et un de sa famille.

Elle répondit à Trent : « Merci pour les magnifiques violettes ! » Puis elle se pencha sur les messages de Kathleen. La moitié d'entre eux disaient : « Il faut que je te parle de Chad ! De toute urgence ! » L'autre moitié était des articles sur des AEC ratées, dont un de TMZ concernant celle d'une star de l'émission de téléréalité *Une union de rêve* avec un certain footballeur de l'équipe des Denver Broncos. La star commentait : « J'aurais dû savoir dès l'instant où la connexion a échoué qu'il me trompait. On ne ment pas avec l'AEC. »

J'ai eu raison de ne rien dire à Trent, songea Briddey. Elle tapa « scanner » dans le moteur de recherche.

C.B. avait dit la vérité : l'examen ne révélait qu'une image des tissus mous du cerveau, et non l'activité cérébrale. Quand on la descendit quelques minutes plus tard pour le faire, le technicien lui donna en gros les mêmes explications.

— Tout a l'air normal, dit-il à Briddey.

Ouf! pensa-t-elle. *Maintenant, je vais pouvoir sortir.*

Mais, lorsqu'elle retourna dans sa chambre, l'infirmière l'informa que le docteur Verrick devait d'abord voir les résultats de ses examens avant de délivrer son autorisation de sortie.

— Dans ce cas, puis-je avoir un petit déjeuner ? demanda Briddey.

— Je vais me renseigner, répondit l'infirmière.

Briddey redressa son lit en position assise et s'exerça de nouveau à appeler Trent par l'esprit. Elle eut beau être particulièrement vigilante, au cas où il lui enverrait une émotion ou un indice de sa présence, elle ne perçut absolument rien.

Cependant, elle n'entendait pas non plus C.B. Peut-être ses efforts avaient-ils permis d'affaiblir la boucle de rétroaction, voire de l'éliminer totalement, avec un peu de chance.

Tout ce qu'il me reste à faire, c'est d'en créer une nouvelle avec Trent, se dit-elle. Elle redoubla ses efforts, en vain. Seul son appétit augmentait. Où donc était passé son petit déjeuner ?

Elle interrogea l'infirmière venue vérifier sa perfusion, ainsi que l'auxiliaire chargée de faire son lit, mais son plateau-repas avait dû connaître le même sort que la couverture réclamée la nuit précédente. Elle essaya une fois de plus de se connecter à Trent, sans succès, puis déverrouilla son téléphone et parcourut les autres messages envoyés par sa famille. Grossière erreur. Mary Clare était désormais persuadée que Maeve discutait en ligne avec des terroristes. « Ça explique tout. Elle ne sort jamais de sa chambre, et elle a changé le code PIN de son portable. Quand je lui demande ce qu'elle fait, elle refuse de répondre. »

C'est compréhensible. Chaque fois qu'elle te répond, tu imagines le pire. Pauvre Maeve. Briddey se sentit coupable envers sa nièce d'être à l'origine de cette nouvelle source d'inquiétude, même si, durant ces deux journées cruciales, Mary Clare avait eu l'esprit occupé par des terroristes. À l'évidence, le code PIN modifié prouvait que Maeve savait se débrouiller.

Malgré tout, c'était injuste pour la petite. *Je parlerai à Mary Clare dès que j'aurai établi la connexion avec Trent. Et que je serai sortie d'ici.*

Toutefois, il semblait que ce moment ne viendrait jamais. Dix heures, puis 10 h 30 passèrent sans qu'on lui apporte de petit déjeuner ni le feu vert du docteur Verrick. Il était près de 11 heures quand une toute nouvelle infirmière apparut pour lui annoncer :

— Vous pouvez rentrer chez vous. Nous sommes en train de remplir votre dossier. Votre fiancé vient-il vous chercher ?

Briddey s'apprêtait à répondre : « Oh, nous ne sommes pas encore fiancés » quand elle se rendit compte que ça n'avait aucune importance.

Ce qui comptait, c'était de quitter les lieux et de se connecter à Trent.

— Oui. Dois-je l'appeler maintenant ?

L'infirmière acquiesça.

— Dites-lui que vous serez prête dans environ une demi-heure.

Briddey téléphona à Trent. Elle tomba sur sa messagerie. Il devait être encore en réunion. Elle lui envoya un texto : « Appelle-moi » avant d'essayer de le contacter par la pensée. *Ils me laissent sortir. Tu peux venir ?*

Pas de réponse à aucun de ces deux messages, ce qui n'était pas plus mal étant donné que la demi-heure se prolongea en quarante-cinq minutes puis une heure. On distribua les plateaux-déjeuner, qu'elle n'eut pas le plaisir de se voir servir, et à 12 h 15 une élève infirmière passa la tête dans l'encadrement de la porte pour demander :

— C'est vous qui avez réclamé une couverture supplémentaire ?

Oui, songea Briddey. *La nuit dernière.*

— Non, répondit-elle. Je suis censée rentrer chez moi. Pouvez-vous vous renseigner pour savoir ce qui se passe ?

— Je vais voir. Je reviens tout de suite.

Elle ne revint pas. Dix minutes plus tard, Briddey rappela Trent. Toujours pas de réponse. Elle envoya un autre texto : « Appelle-moi », puis, comme Trent ne se manifestait toujours pas, elle composa le numéro de son bureau.

Sa secrétaire décrocha.

— Bonjour Ethel, c'est Briddey Flannigan. Trent est-il encore en réunion ?

Quand Ethel répondit par l'affirmative, elle poursuivit :

— J'aimerais que vous lui transmettiez un message. Il a peut-être éteint son téléphone par mégarde.

— Il ne l'a pas sur lui, dit Ethel.

— Comment ça ? Il ne s'en sépare jamais.

—C'est une réunion sécurisée. Les ordinateurs et téléphones portables y sont interdits.

—Dans ce cas, pouvez-vous lui porter un message ? s'enquit Briddey.

—Malheureusement non. Ça aussi, c'est interdit.

La direction devait vraiment redouter les éventuelles fuites concernant le nouveau téléphone.

—Puis-je moi-même vous rendre service ? proposa Ethel.

Envoyez quelqu'un me chercher, pensa Briddey, mais si Ethel le faisait, tout Commspan serait au courant. Elle se demanda si elle ne devait pas demander à la secrétaire de venir la chercher elle-même. Elle n'était pas du genre à commérer. En réalité, elle était la seule à ne pas cancaner à Commspan, et elle ferait tout pour aider Trent. Toutefois, si on la voyait quitter son service en pleine journée, ses collègues ne manqueraient pas de s'interroger sur sa destination, surtout avec la chape de plomb qui entourait la réunion de Trent. En définitive, ça parviendrait forcément aux oreilles de Suki.

—Non, je vous remercie. Demandez-lui juste de m'appeler quand il sortira de sa réunion, dit Briddey avant de raccrocher.

L'infirmière arriva avec les vêtements de Briddey et une liasse de documents à signer.

—Avez-vous réussi à joindre votre fiancé ? s'enquit-elle.

—Oui, mais il est occupé. Ce n'est pas un problème, je vais conduire moi-même.

L'infirmière secoua la tête.

—Non, interdiction de conduire pendant vingt-quatre heures. Consignes du docteur Verrick.

Pourtant, Trent a eu le droit de conduire, lui ! s'indigna Briddey.

—Dans ce cas, je vais appeler un taxi.

—Vous n'avez personne d'autre qui pourrait vous raccompagner ?

Si je réponds « non », ça veut dire que vous ne me laisserez pas sortir ? s'inquiéta Briddey.

—Je pourrais appeler ma sœur.

Elle raconterait que Kathleen était en route, qu'elle voulait l'attendre en bas, puis elle appellerait un taxi depuis le hall.

—Dites-lui qu'elle peut se garer devant l'entrée principale et appeler le bureau, déclara l'infirmière. Nous nous chargerons de vous descendre pour la rejoindre.

—Je n'ai pas vraiment besoin…

—Règlement de l'hôpital. Nous avons l'obligation de vous descendre dans le hall en fauteuil roulant.

Son plan tombait à l'eau. À qui pouvait-elle demander de venir la chercher ? Personne de chez Commspan, bien sûr. Ni Kathleen, ni Mary Clare, ni Tante Oona. Ni les Filles d'Irlande. *Dommage que Maeve ne soit pas en âge de conduire*, regretta-t-elle en se creusant les méninges pour trouver qui appeler. *Trent, ce serait le moment idéal que tu quittes ta réunion et que tu parles à ta secrétaire.*

Son portable sonna. *Youpi !* Elle s'empressa de répondre.

— Pourquoi ne décroches-tu pas ? s'insurgea Kathleen. J'essaie de t'appeler depuis hier !

— J'étais en conférence.

— Toute la nuit ? objecta Kathleen, mais heureusement elle n'attendait pas d'excuses. Il fallait que je te parle. J'ai suivi tes conseils, j'ai rompu avec Chad, et voilà que Tante Oona essaie de me caser avec Sean O'Reilly. Qu'est-ce que je vais faire ? Il ne m'est jamais venu à l'esprit que...

— Écoute, Kathleen, l'interrompit Briddey, j'ai besoin que tu me rendes un grand service. Je...

— Et voilà, dit l'infirmière en arrivant avec un fauteuil roulant. Vous êtes prête ?

— Attends une seconde, Kathleen. (Briddey pressa l'appareil contre sa poitrine pour ne pas être entendue de sa sœur.) Je cherche encore quelqu'un pour me raccompagner.

L'infirmière afficha un air perplexe.

— Votre fiancé ne vous a-t-il pas appelée ? Il est là.

Oh, super ! se réjouit Briddey.

— Je lui ai dit de rapprocher sa voiture et de nous retrouver devant l'entrée principale. Êtes-vous prête ?

— Oui. (Elle reprit la communication.) Kathleen, écoute, je dois te laisser, j'ai une réunion.

— Attends, dit Kathleen, que voulais-tu que je fasse pour toi ?

— Je t'en parlerai plus tard. Salut.

Briddey raccrocha avant que Kathleen ait le temps de lui poser d'autres questions. Elle prit son manteau et son sac.

L'infirmière l'aida à s'asseoir dans le fauteuil, abaissa le repose-pieds métallique, et posa sur les genoux de Briddey les consignes postopératoires, son haricot, sa boîte de mouchoirs et son bouquet de violettes. Elle demanda à une aide-soignante de prendre les roses et la carafe d'eau, puis elle poussa Briddey dans le couloir pour rejoindre l'ascenseur, sans cesser de l'abreuver d'instructions :

— Reposez-vous cet après-midi et ce soir. Pas d'activités intenses dans les prochaines quarante-huit heures. Ne vous penchez pas, ne soulevez pas de charges. (L'ascenseur tinta ; les portes s'ouvrirent sur le hall.) Et pas de stress. Ne vous en faites pas pour la connexion avec votre fiancé. Le délai peut varier considérablement, surtout si vous êtes tendue ou fatiguée. Si c'est le cas, ça peut retarder le premier contact.

Ou pas, songea Briddey en pensant au timing parfait de l'arrivée de Trent. Quand l'infirmière avait dit qu'il avait appelé, Briddey avait supposé qu'il était sorti de sa réunion et qu'Ethel Godwin lui avait transmis le message, mais peut-être avait-il perçu ses appels mentaux ?

Lorsqu'elles arrivèrent dans le hall, l'infirmière lui fit franchir les portes vitrées toujours en fauteuil. Une fois dehors, elle dit :

— Nous y sommes.

La voiture de Trent n'était pas encore là.

— Il doit être..., commença Briddey.

Elle s'interrompit en repérant la vieille Honda garée dans l'allée. *On dirait le tas de boue de...*

C.B. en sortit. *Madame,* dit-il, *votre carrosse est avancé.*

Chapitre 7

« — Vient-il toujours quand vous l'appelez ? demanda-t-elle presque en un murmure.
— Oui ! bien sûr ! »

Frances Hodgson Burnett, *Le Jardin mystérieux*[1]

— *Qu'est-ce que tu fiches ici, C.B. ?* s'offusqua Briddey, agrippée aux accoudoirs du fauteuil roulant.

Il avait l'air à peine plus présentable que la nuit précédente. Il s'était rasé, mais il avait une casquette du métro de Londres vissée sur la tête, et ni son tee-shirt d'un marron délavé ni la chemise à rayures qu'il portait par-dessus n'étaient rentrés dans son pantalon. Les lacets défaits de ses brodequins pendouillaient.

Je te sauve la mise, répondit-il en avançant d'un pas tranquille.

— Tout est prêt ? demanda-t-il à l'infirmière.

S'ils avaient été seuls, Briddey l'aurait fusillé du regard.

Je croyais que tu fuyais les hôpitaux.

C'est vrai. Tirons-nous d'ici.

— Dois-je rapprocher la voiture ? s'enquit-il auprès de l'infirmière.

— Non ! répondit Briddey.

L'infirmière dut prendre sa véhémence pour la confirmation qu'elle pouvait marcher jusqu'à la voiture : elle enclencha le frein du fauteuil et s'agenouilla pour relever le repose-pieds afin que Briddey puisse se mettre debout.

1. *Le Jardin mystérieux* (titre en anglais : *The Secret Garden*) de Frances Hodgson Burnett, éditions Delachaux et Niestlé, Neuchâtel, 1921. Traduction de Mme Jean Vallette. (*NdT*)

La jeune femme jeta un regard noir à C.B. tandis que l'infirmière s'occupait de l'appareil. *Je ne suis pas prête à partir,* dit-elle. *Et tu ne m'as toujours pas dit ce que tu fichais ici.*

Tu as appelé pour dire que tu avais besoin d'un chauffeur.

Ce n'est pas toi que j'appelais, c'était Trent.

Oui, eh bien, une fois de plus, il ne t'a pas entendue. Qui sait quand il sortira de sa réunion et verra tes textos ? C.B. prit le sac qu'elle avait sur les genoux. *Je me suis dit que j'étais mieux que rien. À moins que tu veuilles appeler tes sœurs. Ou Suki. Je suis certain qu'elle serait ravie de venir te chercher… dès qu'elle aura posté l'info sur son blog. Et envoyé quelques tweets.*

Il n'avait pas tort.

En plus, l'infirmière ici présente me prend pour ton fiancé, reprit C.B. en désignant d'un signe de tête la femme qui en avait fini avec le repose-pieds et se redressait.

Tu lui as dit que tu étais mon fiancé ? s'indigna Briddey.

Non, elle l'a supposé. Alors comment vas-tu lui expliquer que tu ne veux pas rentrer avec moi ? Surtout après ton attitude bizarre de la nuit dernière ! Ils pourraient changer d'avis et décider de te garder en observation.

L'infirmière les scrutait d'un air curieux.

— Vous vous sentez bien ? demanda-t-elle à Briddey.

— Oui, répondit gaiement la jeune femme. C'est juste que je ne peux pas me lever avec tout ce bazar sur les genoux.

— Oh, excuse-moi, chérie, dit C.B. en prenant, en plus du sac, le bouquet de violettes, le haricot, et les roses de Trent.

Il fourra le tout sur la banquette arrière puis revint, passa son bras autour de Briddey et l'aida à se lever.

— Tu es prête, mon cœur ?

Je ne suis pas ton cœur, fulmina Briddey. Elle aurait adoré se libérer de son bras, mais l'infirmière se tenait juste à côté.

C'est comme si j'étais en train d'être kidnappée, songea-t-elle. *Je veux désespérément appeler au secours, mais je ne peux pas, parce qu'un pistolet est collé sur mon flanc.*

Puis-je te rappeler que c'est toi-même qui as mis ce pistolet là ? rétorqua C.B. en l'aidant à rejoindre la voiture. *C'est toi qui voulais cette AEC. Maintenant, aie l'air d'avoir envie de rentrer, sinon elle ne voudra jamais te laisser partir. Tu veux t'en aller, oui ou non ?*

Oui. Elle devait aller à Commspan pour se connecter à Trent.

Dans ce cas, je te conseille de prendre un air ravi.

— Je suis si contente de rentrer, dit Briddey en adressant un sourire radieux à l'infirmière. Merci pour tout.

Bravo, c'est bien, ironisa C.B. en ouvrant la portière de sa Honda.

Sa voiture était aussi bordélique que sa coiffure. Des papiers et des emballages de fast-food étaient éparpillés par terre et sur les sièges.

— Désolé, je n'ai pas eu le temps de nettoyer, s'excusa-t-il en s'empressant de les ramasser pour les mettre sur la banquette arrière.

Il installa Briddey sur le siège passager et ferma la portière. Une fois au volant, il quitta sa place de stationnement et se dirigea vers la sortie. *Je n'apprécie pas que tu me traites de kidnappeur, au fait*, dit-il en attendant de pouvoir s'insérer dans le flot de la circulation. *J'essaie juste de t'aider.*

— Tant mieux, dit-elle en sortant ses clés de son sac. Dans ce cas, dépose-moi au *Marriott*. J'ai garé ma voiture là-bas. C'est à quelques rues d'ici. Tourne à gauche.

Désolé, répliqua C.B., *ça ne va pas être possible. Tu as entendu l'infirmière : tu n'es pas censée conduire pendant vingt-quatre heures.*

— Elle n'a rien dit, mentit Briddey avant de se souvenir qu'il lisait dans ses pensées. De toute façon, tu sais bien que le personnel soignant prend toujours mille précautions. Tu le vois, je suis en pleine forme…

Ce que je vois, ou plutôt ce que j'entends, c'est qu'il y a déjà eu une conséquence imprévisible à la suite de ton opération. Qui sait s'il n'y en aura pas d'autres ? Des évanouissements ? Des crises ? Ta tête pourrait très bien se détacher en plein milieu de Union Boulevard. Je ne tiens pas à être responsable d'un tel drame.

— Comme tu voudras, concéda-t-elle.

Je vais le laisser me ramener à Commspan et j'appellerai un taxi pour aller récupérer ma voiture.

Elle craignit aussitôt que C.B. ait aussi entendu ça.

Mais peut-être que non, car il répondit : *Super. Allons-y.* Il se pencha en avant, attendant de pouvoir tourner dans la rue.

— Une minute, dit Briddey. D'abord, tu dois promettre de me parler à voix haute.

Pourquoi ? Parce que tu crains que communiquer par la pensée « renforce notre chemin neuronal » ? Ça ne marche pas comme ça.

— Comment le sais-tu ?

J'ai fait d'autres recherches sur Internet.

Et qu'as-tu… ? commença-t-elle à demander, curieuse. Elle se ressaisit et l'interrogea à voix haute :

— Et qu'as-tu trouvé ?

Je te raconterai sur la route.

— Non. On ne va nulle part, trancha-t-elle. (Elle déboucla sa ceinture de sécurité et attrapa son sac sur la banquette arrière.) Coupe le moteur. Soit on parle à voix haute, soit je descends et j'appelle un taxi.

Tu crois vraiment qu'un chauffeur de taxi acceptera de prendre quelqu'un sur le trottoir, avec un bracelet d'identification au poignet et un haricot à la main ?

—Dans ce cas, j'irai à pied.

—OK, OK, on va parler à voix haute. Maintenant, on peut y aller ?

—Oui, répondit-elle.

Elle se carra sur son siège.

Il sortit de l'allée dans un rugissement de moteur et, une fois dans la rue, enclencha le clignotant.

—Où est-ce que tu vas ? s'étonna Briddey. Ce n'est pas par là, Commspan !

—On ne va pas à Commspan.

Oh, c'est pas vrai, il est réellement en train de me kidnapper! s'affola-t-elle.

—Mais bon s… je ne suis pas en train de te kidnapper ! se défendit-il. Je te ramène chez toi. Ordres du docteur. Quand je leur ai dit que j'étais venu te chercher, l'infirmière m'a recommandé de te conduire directement chez toi pour que tu te reposes. Tu viens de subir une opération du cerveau, je te rappelle.

—J'ai dit à mon assistante que je serais de retour avant midi.

—Dis-lui que ta réunion a pris du retard, répliqua-t-il.

Mais, plus son absence à Commspan se prolongerait, plus cela susciterait d'interrogations, et…

—Alors, dis à ton assistante que tu es de retour, et que tu passes d'abord me voir au labo, car j'ai une nouvelle application à te montrer, et ça risque de te prendre le reste de la journée.

—Et si quelqu'un appelle pour savoir où j'en suis ?

—Impossible. Souviens-toi, on ne capte rien en bas.

—C'est donc ce que tu fais ? demanda-t-elle. Tu dis aux gens que tu es dans ton labo alors qu'en réalité tu prends ta journée ?

—Seulement quand je dois raccompagner discrètement chez elle une personne qui sort de l'hôpital, dit-il en lui adressant un grand sourire.

Mais il faut que je me connecte à Trent, pensa-t-elle.

—Raison de plus pour rentrer chez toi, insista-t-il. Sinon, au boulot, tu n'auras pas une minute à toi. Voyons voir, tu es partie depuis 10 heures hier matin. Ça représente quoi, mille neuf cents mails auxquels il faut répondre ? Sans parler des mémos. Et des messages téléphoniques. De plus, tu veux absolument que quelqu'un nous voie arriver ensemble et en informe Suki ?

—Suki n'est pas là. Elle est juré dans un procès.

— Non, elle est revenue. Le prévenu ne s'est pas présenté.

— J'habite sur South Sherman. Tu prends Union Boulevard, puis Linden. Tourne à gauche ici.

— Je sais. Je lis dans tes pensées, rappelle-toi, dit-il en tournant promptement à droite.

— J'ai dit à gauche !

— Je sais. Je passe d'abord au *MacDo*. À moins qu'on t'ait finalement servi un petit déjeuner ?

— Non, avoua-t-elle. (Elle se rendit compte qu'elle était littéralement affamée.) Tu lis vraiment dans mes pensées. Merci.

— De rien, dit-il en empruntant l'allée du drive-in.

Il arrêta la voiture et recula sur son siège pour laisser Briddey se pencher devant lui et commander un Big Mac avec des frites.

— Tu ne réalises pas à quel point tu as de la chance d'être tombée sur moi, commenta-t-il en se garant devant le guichet. Tu aurais pu…

— Me connecter avec un vrai kidnappeur, l'interrompit-elle, oui, je sais.

— Tout à fait. Ou avec une de ces personnes qui disent en grimaçant : « Sais-tu ce qu'il y a dans les Big Mac, exactement ? » Ou avec quelqu'un qui n'a pas de voiture. Dans ce cas, comment serais-tu rentrée chez toi ? À ce propos, tu dois envoyer un texto à Trent pour lui dire de ne pas venir te chercher. Ce serait dommage qu'il se pointe à l'hôpital.

Et qu'il apprenne qu'elle était déjà partie avec un type qui s'était fait passer pour son fiancé. Elle s'empressa de sortir son téléphone, appuya sur le numéro de Trent, puis s'immobilisa. Quel nom allait-elle lui donner ? Il fallait bien qu'elle désigne quelqu'un.

— Non, rien ne t'y oblige, fit remarquer C.B. Tu oublies la règle numéro deux : ne dis que le strict nécessaire. Opte simplement pour : « Finalement, tu n'as pas besoin de venir me chercher. »

— Mais, s'il demande qui…

— Il ne le fera pas, lui assura C.B. Il supposera que tu t'es débrouillée seule, avec ta voiture. Il ne sait pas que l'infirmière t'a interdit de conduire.

— Votre commande, monsieur, dit le jeune homme au guichet.

C.B. régla la note et le gamin lui tendit le sac. Briddey voulut le prendre.

— Pas tant que tu n'as pas envoyé le texto à Trent, dit C.B. Il pourrait quitter sa réunion d'une minute à l'autre.

Il avait raison. Elle contempla son portable, essayant de réfléchir à ce qu'elle allait dire. « J'ai trouvé quelqu'un pour me ramener à la maison » ? Non, ça l'inciterait à demander qui…

— Oh, bon s... ! Je vais le faire, trancha C.B. en lui prenant le téléphone des mains en échange du sac. Mange.

— Qu'est-ce que tu écris ?

— « Inutile de venir me chercher à l'hôpital. Problème du transport réglé. » Où est le numéro de Charla ?

Elle le lui indiqua.

— « Je suis de retour, récita-t-il tout en tapant, en réunion avec C.B. Schwartz concernant sa nouvelle appli. Reporte tous mes rendez-vous de cet après-midi à demain matin. »

Il appuya sur « ENVOYER », éteignit le téléphone et le lui rendit.

— Et voilà. Maintenant, mange.

Briddey plongea une main avide dans le sac tandis que C.B. quittait le *McDonald's* pour prendre la direction de son appartement.

— Tu t'apprêtais à me raconter ce que tu avais appris en ligne.

— Pour commencer, j'ai découvert qu'on trouvait tout et n'importe quoi sur Internet.

— Je ne plaisante pas.

— Moi non plus. Tu n'as pas idée des énormités qu'on y lit : des gens qui croient entendre les voix de Napoléon ou de John Lennon.

— Et de Hitler, certainement, ajouta Briddey.

C.B. la gratifia d'un sourire ravi.

— Exactement. Certains affirment aussi entendre leurs animaux de compagnie. Et leurs plantes. Ils sont également persuadés de pouvoir apporter la paix dans le monde en pensant tous en chœur : « Donnez une chance à la paix. » Entre ces illuminés et les cinglés qui croient communiquer avec des Martiens ou l'esprit de Ramtha, pas étonnant que la télépathie soit mal vue.

— Tu n'as donc trouvé personne qui en ait réellement fait l'expérience ?

— Ce n'est pas ce que j'ai dit. Certains faits semblent authentiques...

— Et... ? l'encouragea Briddey.

— Et, malheureusement, la plupart étayent la théorie du docteur Verrick à propos de l'attachement. Presque tous les faits vérifiés concernent des gens qui entretenaient un lien affectif évident. Parents, époux, enfants, amants.

Tout en conduisant, il relata ces exemples.

Le 6 avril 1862, en pleine nuit, Patience Lovelace entendit son fiancé l'appeler. Un mois plus tard, elle recevait une lettre de son commandant l'informant qu'on lui avait tiré dessus à cet instant précis, à la bataille de Shiloh, et qu'il était mort quelques minutes plus tard. En 1897, lors d'un voyage en train, Tobias Marshall entendit sa femme énoncer distinctement : « J'ai besoin de toi. » Deux jours plus tard, il recevait un télégramme lui annonçant qu'elle avait accouché avec six semaines d'avance.

— Ces histoires se ressemblent toutes, commenta C.B. en jetant un coup d'œil vers Briddey. Une mère entend son fils se plaindre qu'il fait noir et humide, et il s'avère qu'il est tombé au fond d'un puits. Un homme entend la jeune fille dont il est amoureux soupirer : « Hélas, jamais plus nous ne nous reverrons » et découvre qu'elle est morte subitement. Un fils entend sa mère l'appeler alors qu'elle rend son dernier soupir, à plusieurs milliers de kilomètres de là.

Briddey avait entendu des dizaines d'anecdotes de ce genre. D'après Tante Oona, son arrière-arrière-grand-mère avait entendu un jeune homme de sa connaissance s'écrier : « C'est fini pour moi ! » au moment de son décès, pendant la bataille de Ballynahinch.

— Il y avait un lien affectif entre eux, n'est-ce pas ? demanda C.B.

— Oui, reconnut Briddey à contrecœur. Mais tu as dit que c'était « presque » toujours le cas. Ça sous-entend que tu es tombé sur des cas où les gens n'avaient pas d'attaches émotionnelles, non ?

— Oui, mais ceux-là...

Il s'interrompit pour demander :

— Où dois-je tourner ?

— À Jackson, dit-elle. Ceux-là quoi ? As-tu trouvé des exemples où les gens ne se connaissaient pas ?

— Oui. Quelques personnes sans lien les unes avec les autres ont affirmé avoir entendu des appels au secours au moment où le *Titanic* sombrait. Même chose avec le *Lusitania* et l'*Empress of Ireland*.

— Eh bien, voilà, notre connexion doit être du même ordre.

— J'en doute. La plupart de ces témoins ont rapporté avoir entendu ces cris une fois seulement la nouvelle du désastre publiée dans les journaux. Plusieurs d'entre eux se sont révélés être des médiums professionnels qui cachaient, disons, des arrière-pensées. À ce propos, savais-tu qu'il y en avait un parmi les passagers du *Titanic* ? Il ne devait pas être très compétent, sinon il ne serait jamais monté à bord.

— Mais, parmi ces exemples, certains ont-ils été authentifiés ? insista Briddey.

C.B. scrutait la rue en face à travers le pare-brise.

— Où dois-je tourner ? demanda-t-il. À ce feu-là ?

Je croyais que tu pouvais lire dans mes pensées, railla-t-elle.

— Non, le prochain. Tu prendras à gauche.

Briddey attendit qu'il lui réponde, mais il resta silencieux. Après avoir dépassé un pâté d'immeubles, elle l'interrogea :

— Alors, quels étaient ces cas authentiques à propos des naufrages ?

Toujours pas de réponse.

— C.B. ?

— Hein ? Quoi ? Excuse-moi, je pensais à un truc que je dois faire quand je t'aurai déposée. Tu disais ?

— Je t'ai demandé quels étaient les cas authentifiés.

— Quel était *le* cas, non pas les cas. Et ce n'était pas… C'est là que je tourne, non ?

— Oui, dit-elle. (Sur ce, il tourna immédiatement à droite.) Non, pas à droite ! À gauche. (Elle pointa un doigt.) Mon appartement est dans cette direction.

— Désolé. Je vais jusqu'à la prochaine rue et je rebrousserai chemin.

Elle secoua la tête.

— C'est un sens interdit. Fais demi-tour dans une allée.

— Je ne peux pas, dit-il, en lançant un coup d'œil au rétroviseur. Il y a quelqu'un qui arrive.

Il conduisit sur deux pâtés, revint en sens inverse et tourna enfin dans sa rue.

— Ton immeuble est loin ? s'enquit-il.

— C'est le deuxième sur la… Oh, non !

— Quoi ?

— Ma sœur Kathleen. Elle va chez moi. Dépêche-toi ! s'écria-t-elle en se tassant sur le siège. Avance ! Elle va te reconnaître. Vite !

— OK, OK.

Il reprit la direction de Linden. Briddey se redressa pour regarder en arrière.

— On n'est pas dans un film d'espionnage, commenta C.B. Elle ne va pas se lancer à ta poursuite. En plus, elle ne t'a pas vue. Elle ne s'est même pas retournée quand on est passés. Au fait, où suis-je censé aller ?

— Je ne sais pas. À un endroit où je peux patienter en attendant qu'elle renonce et rentre chez elle.

— Mon appart, ça te va ?

— Certainement pas, s'indigna Briddey. Roule sur quelques centaines de mètres et gare-toi.

— Me garer ? Encore mieux, dit-il en prenant la contre-allée suivante et en se garant à côté d'un terrain vague. Et maintenant ?

— As-tu un couteau de poche ? s'enquit Briddey en prenant son sac de toile à l'arrière.

— Non. Pour quoi faire, d'abord ? Je te l'ai dit, elle ne nous poursuit pas, et quand bien même, tu n'aurais pas besoin d'un couteau pour te défendre.

— C'est pour enlever mon bracelet d'identification, expliqua Briddey en fouillant dans son sac.

— Pourquoi ? Si on attend ici qu'elle s'en aille...

— Quelqu'un d'autre pourrait venir pendant que je rentre chez moi. (Elle continua à fouiller.) Le bracelet est la preuve irréfutable que j'ai été hospitalisée.

— Comme l'hématome où tu as enlevé ta perf sur le dos de ta main, fit remarquer C.B. Que comptes-tu faire ? Mettre des gants ?

— Peut-être, répliqua-t-elle en continuant à chercher ses ciseaux.

Il la regarda faire un moment ; elle ne trouvait rien. Il finit par dire :

— Au fait, combien de temps devons-nous poireauter ici ? Non pas que ça m'ennuie. La vue est sympa... (D'un geste large, il désigna le terrain vague couvert de mauvaises herbes.) On a de la musique romantique... (Il se pencha en avant, alluma le vieil autoradio et en tourna le bouton, faisant osciller l'aiguille du curseur entre crachotements statiques, extraits de musique country, rap et discours conservateur.) Je pourrais passer ma journée ici sans problème. Mais combien de temps faut-il pour frapper à une porte et comprendre qu'il n'y a personne ?

— Tu ne connais pas ma famille, déclara Briddey. Elles ont toutes une clé, et aucun respect de l'intimité. Un peu comme toi. Kathleen va entrer et vérifier chaque pièce pour s'assurer de mon absence, puis elle va essayer de m'appeler. Quand elle n'arrivera pas à me joindre, elle téléphonera à Charla et lui demandera si elle sait où je suis. Elle va rester chez moi au moins une demi-heure. Si elle ne décide pas de se poser en attendant mon retour...

Pendant ce temps, l'heure tournait. Tout ce temps qu'elle aurait pu consacrer à établir un chemin neuronal pour se connecter à Trent avant le délai des vingt-quatre heures ! Elle regretta de ne pas pouvoir entendre la voix de Kathleen comme elle entendait celle de C.B. Ainsi, elle saurait ce que mijotait sa sœur, et pourrait rentrer chez elle en toute sécurité.

— Tu plaisantes, pas vrai ? demanda C.B., perplexe. Tu voudrais réellement entendre les pensées de ta sœur ? (Il secoua la tête.) Les gens croient toujours qu'être télépathe, ce serait comme dans une charmante comédie romantique où l'on découvrirait des secrets utiles pour arriver à ses fins. Ou savoir qui sont ses ennemis. Sais-tu ce qu'il en serait, en vérité ?

— Quoi ? demanda Briddey, puisqu'il allait le lui dire de toute façon.

Elle n'avait aucun moyen de le faire taire.

—Bien vu! répliqua C.B. triomphalement. Les gens pensent toujours qu'ils pourraient se servir de leur don comme on ouvre ou on ferme un robinet, pour n'entendre que ce qu'ils ont envie d'entendre. Mais ça…

—Ne marche pas comme ça.

—Tout à fait. Tu ne choisirais pas forcément qui tu entends. Tu ne recevrais peut-être pas ta sœur. Tu pourrais aussi bien tomber sur…

—Je sais, un kidnappeur, ou quelqu'un qui déteste le *MacDo*.

—Ou l'un de ces cinglés que les schizophrènes entendent, du genre à t'ordonner de massacrer des gens. Tu ne pourrais pas non plus choisir d'entendre ce que tu veux. Tu pourrais découvrir des choses que tu préférerais ignorer. Ou ce qu'on pense réellement de toi. Tu te souviens, pendant tes années collège, la fois où tu as surpris par hasard une conversation dans les toilettes et que tu as entendu ta meilleure amie déblatérer sur ton compte? Ce serait ça, être télépathe. Être obligée d'écouter des gens que tu n'as aucune envie d'entendre…

Comme moi qui suis coincée avec toi, pensa-t-elle. Mais elle n'avait pas d'autre option Si Kathleen la repérait, elle perdrait encore plus de temps à lui expliquer pourquoi C.B. la ramenait chez elle. Elle allait devoir rester là et écouter C.B. jusqu'au départ de sa sœur.

—Et c'est tant mieux, renchérit le jeune homme en tournant le bouton de l'autoradio qui crachotait encore, avant de l'éteindre. Parce que j'ai quelque chose à te dire.

—Sur le *Titanic*?

—Non. Et ça ne concernait pas le *Titanic*, mais un destroyer de la Seconde Guerre mondiale. De toute façon, ce n'est pas de ça que je veux te parler.

—Parce que ça prouve que des gens sans aucun lien affectif peuvent se connecter, et que tu ne veux rien me dire là-dessus.

—Non…

—Dans ce cas, raconte.

—Bon, OK, concéda-t-il. En 1942, une fille de dix-sept ans, à McCook, dans le Nebraska, écoute la radio en compagnie de sa sœur mariée, Betty, et de l'amie de sa sœur, Mme Rouse, quand tout à coup elle se lève et s'écrie: «Oh, le navire coule! Il faut qu'on l'aide!» Mme Rouse pense que la fille s'est endormie et qu'elle rêve. Elle répond: «Il n'y a pas de navire, ici! Tu es à McCook, dans le Nebraska.» La fille rétorque: «Je sais, mais je l'entends! Il est dans l'eau! On doit l'aider, Betty! Mme Rouse! Oh, accrochez-vous! Tenez bon!» Quand enfin elles parviennent à la calmer, la fille leur raconte qu'elle a entendu un marin l'appeler en s'écriant : « Au secours ! Nous avons été torpillés par un U-Boot ! »

» Elles lui ont demandé qui était cet homme. Elle l'ignorait, elle n'a pas reconnu sa voix. Elle ne voyait vraiment pas qui cela pouvait être. Elle ne connaissait personne dans la marine. Elle a tout consigné dans son journal intime ; sa sœur a fait de même dans une lettre destinée à son mari, qui était dans l'armée. Toutes les deux avaient noté l'heure.

— L'heure exacte à laquelle le navire du marin a coulé, supposa Briddey.

— Oui, dans l'Atlantique Nord, mais elles n'avaient aucun moyen de le savoir, car les informations annonçant les pertes navales étaient censurées. Aucun journal n'a parlé du naufrage.

— Le marin avait donc appelé au secours alors qu'il se noyait, et elle l'a entendu, comme ça. Comme toi, tu m'as entendue.

— Pas tout à fait, rectifia C.B. Et il ne s'est pas noyé. Alors qu'il était grièvement brûlé, il a été secouru par un croiseur après s'être accroché à une épave pendant quatorze heures. Il a dit au médecin du navire que, s'il avait tenu aussi longtemps, c'était grâce à la voix d'une jeune fille inconnue qui l'encourageait. Une fille de McCook, qui avait mentionné une certaine Betty et une Mme Rouse.

— Et il ne connaissait personne de ces noms-là à McCook.

— Il ne connaissait personne tout court à McCook. Ni dans le Nebraska. Jusqu'à ce que la guerre éclate, il n'avait jamais quitté l'Oregon.

— Cette connexion a donc eu lieu entre deux personnes qui n'avaient aucun lien affectif, conclut joyeusement Briddey. *Ça, je pourrais le dire à Trent.*

— Laisse-moi terminer, enchaîna C.B. Quand le marin a quitté l'hôpital naval, il est parti à la recherche de la jeune fille pour la remercier. Quand il l'a retrouvée, il s'est rendu compte que, finalement, il la connaissait. Il l'avait vue à North Platte, alors qu'il allait prendre son train pour être mobilisé. Elle distribuait des bonbons et des cigarettes aux soldats. Ils avaient bavardé quelques minutes.

— Ça ne veut pas dire que…

— Ils se sont mariés trois jours après leurs retrouvailles. Je suppose donc qu'il y avait tout de même une sorte de lien affectif entre eux.

Par là, tu sous-entends qu'il y en a un entre nous aussi. Tu peux me croire, c'est totalement faux. Je suis amoureuse de…

— Je ne sous-entends rien du tout. Je dis juste que, si tu parles de ça à Trent et qu'il se renseigne sur Internet, c'est le genre d'histoire sur lequel il risque de tomber. Ça ne l'aidera pas franchement à le convaincre que notre connexion est la simple conséquence d'une erreur de raccordement de neurones.

—Alors, que proposes-tu ?

—D'essayer de gagner du temps. De me laisser de la marge pour...

—Pour quoi ? Trouver d'autres anecdotes de marins, de médiums et de gens qui tombent dans des puits ?

—Non, pour comprendre ce qui se passe et ce qui l'a provoqué.

—Ce qui l'a provoqué ? On le sait ! C'est l'AEC...

—Ah oui, vraiment ? Aucune des personnes dont je t'ai parlé – Patience Lovelace, Tobias Marshall ou la fille de McCook et son marin – n'avait subi d'AEC, ni même de traumatisme crânien. Moi non plus, d'ailleurs. Et, parmi ceux qui ont eu recours à une AEC, personne n'a vécu ce genre d'expérience.

—Ça, tu n'en sais rien. Peut-être que c'est arrivé, mais que personne n'a rien dit.

—Tu crois réellement que Jay Z et Beyoncé garderaient un truc aussi énorme pour eux ? Ou Kim Kardashian ? Elle en parlerait aux médias. Elle en ferait une émission de téléréalité.

—Tu disais qu'ils se feraient interner.

—Pas les célébrités. Les gens pensent déjà qu'elles sont folles à lier. Tu es la seule patiente ayant subi une AEC à qui c'est arrivé. On peut donc supposer que ce n'est pas l'opération qui a provoqué ce phénomène. Tant que nous n'aurons pas trouvé ce qui l'a réellement déclenché...

—Il n'y a pas de « nous ».

— Oui, eh bien, va dire ça à ton petit ami, railla C.B. Écoute, tout ce que je demande, c'est que tu ne dises rien ni à Trent ni au docteur Verrick tant qu'on n'a pas trouvé ce qui l'a provoqué et ce qui va arriver ensuite...

—Comment ça, ce qui va arriver ensuite ?

Mais il ne l'écoutait pas. Il fixait son regard sur la rue.

—Quoi ? Qu'est-ce qui se passe ? l'interrogea Briddey, effrayée à l'idée qu'il ait aperçu Kathleen. C'est ma sœur ?

Il ne répondit pas.

—C.B. ?

—Non, dit-il brusquement avant de mettre le contact.

—Qu'est-ce que tu fais ?

—Je te ramène chez toi. (Il s'éloigna du trottoir et reprit la direction de l'appartement.) Ne t'inquiète pas, on s'assurera d'abord que ta sœur est bien partie. (Il appuya sur le champignon jusqu'à la rue de Briddey et se gara juste à l'angle.) Quelle voiture a-t-elle ?

—Une Kia blanche.

Il sortit.

— Reste ici, dit-il avant de s'élancer au coin de la rue.

Il revint presque aussitôt.

— Elle est partie, annonça-t-il en remontant dans la voiture pour redémarrer.

— Tu en es sûr ?

— Certain.

Il se gara devant l'immeuble de Briddey et ouvrit sa portière.

— Tu n'es pas obligé de descendre, fit remarquer Briddey.

— Tu ne vas pas porter tes affaires toute seule.

Il lui tendit le bouquet de violettes et le haricot, récupéra le reste – dont les roses de Trent – sur la banquette arrière, grimpa l'escalier quatre à quatre puis redescendit pour l'aider.

Une fois dans l'appartement, il posa les roses sur la table basse et emporta le reste dans la chambre.

— J'ai trouvé ça sur le lit, annonça-t-il en revenant avec un message qu'il lui tendit.

Le mot était de Kathleen : « Désolée de t'avoir loupée. Quel service avais-tu à me demander ? Appelle-moi. »

— À ta place, j'éviterais, conseilla C.B. D'après l'infirmière, tu dois te reposer. As-tu besoin de quoi que ce soit avant que je parte ? Un thé ?

— Non, ça va, répondit-elle.

Il se dirigea aussitôt vers la porte, manifestement pressé de partir. Pourquoi ? Où devait-il aller ?

— Faire d'autres recherches, déclara-t-il en ouvrant le battant. S'il arrive quoi que ce soit – un frémissement de connexion à Trent, comme a dit le docteur Verrick, ou si ta tête se détache –, préviens-moi.

Sur ce, il descendit l'escalier en vitesse.

Briddey referma la porte et regarda l'horloge. 13 h 45. Il lui restait une heure et quart pour se connecter à Trent avant qu'il commence à se poser des questions. Elle alluma son téléphone pour voir s'il lui avait laissé un message, puis elle l'éteignit pour éviter de recevoir un appel de Kathleen. Elle se rendit dans la cuisine.

Elle tira une chaise et s'assit à table, mains jointes, paupières closes.

Trent, appela-t-elle. *J'entre en contact avec Trent.*

J'ai oublié de te dire, intervint C.B., *cette appli dont on discutait…*

Quelle appli ?

Celle que je t'ai montrée dans mon labo cet après-midi, pendant que tu étais injoignable. Règle numéro trois du bien mentir : préparer une histoire au cas où on te poserait des questions.

Je croyais que d'après toi il était inutile de…

Il ne fit aucun cas de son objection.

C'était une appli à utiliser avec Twitter. Pour les fois où on envoie un tweet qu'on n'aurait pas dû. Ça le retient automatiquement pendant dix minutes, le temps qu'on se dise : « Bon sang ! où avais-je la tête ? Je ne peux pas poster ça ! » Ensuite, ça l'efface avant que ça apparaisse chez tout le monde et que ta carrière soit bousillée. Je l'ai baptisée « ToutBienPesé », ce que tu devrais faire si tu songes encore à te confier à Trent ou au docteur Ver…

Je croyais que tu avais des recherches à faire, l'interrompit Briddey. Au cas où il aurait l'idée de revenir, elle alla à la porte d'entrée et tourna le verrou. Elle regretta qu'il n'y en ait pas un qui puisse la protéger de sa voix.

Voyons, dit C.B. *Et si tu avais encore besoin d'un chauffeur ?*

Je n'en aurai pas besoin.

Peut-être que si. On ne sait jamais. Si c'est le cas, tu sais comment me joindre.

Ha ha, très drôle. Elle retourna dans la cuisine et reprit sa place.

Trent, tu m'entends ? appela-t-elle. *Où es… ?*

On frappa à la porte. *Si c'est toi, C.B.*, songea-t-elle, *dégage.*

— Briddey ? appela Mary Clare en frappant de nouveau. Ouvre, il faut que je te parle ! C'est urgent !

Chapitre 8

« Personne n'attend l'Inquisition espagnole. »
Monty Python's Flying Circus

— Briddey, tu m'entends ? lança Mary Clare derrière la porte. Il faut que je te parle de Maeve. Ne fais pas semblant d'être absente, je sais que tu es là. Tu as mis le verrou.

En effet, sinon tu serais déjà entrée, pensa Briddey en traversant la pièce pour lui ouvrir.

Je ne ferais pas ça, à ta place, l'avertit C.B. *Ton bracelet d'identification, tu te souviens ?*

— Une minute ! J'arrive tout de suite, Mary Clare !

Briddey se précipita dans la cuisine pour prendre un couteau.

Et tu ferais bien de t'occuper de cet hématome, aussi.

Briddey s'empara d'un couteau à viande, trancha le bracelet en plastique, le fourra tout au fond de la poubelle, puis courut à la salle de bains chercher un pansement pour sa main.

Aucun n'était assez large. *Prends une bande élastique*, conseilla C.B. *Ainsi, tu pourras prétexter un syndrome du canal carpien.* Mais Briddey n'avait pas ça en stock. Elle dut se résigner à poser sur sa main une compresse de gaze, avec le sentiment décourageant que cela ne ferait qu'attirer l'attention.

Ce fut le cas. Quand Briddey ouvrit la porte, Mary Clare s'exclama :

— Pourquoi as-tu mis autant de… ? Oh ! mais qu'est-il arrivé à ta main ?

— Rien, répondit Briddey. Je me suis coupée en…

Elle ne trouva pas le moindre prétexte expliquant comment elle aurait pu s'infliger une blessure à cet endroit.

Inutile, la rassura C.B. *Règle numéro deux : pas d'explications. Ça ne fait que t'enfoncer davantage.*

Va-t'en, siffla Briddey en pensée.

— J'ai crevé en rentrant de la réunion, se justifia-t-elle, et…

— Il va falloir m'expliquer comment tu as fait pour te couper avec un pneu.

— Pas avec le pneu, avec le cric.

— Avec le cric ? Parce que tu changeais le pneu toi-même ? Pourquoi n'as-tu pas appelé l'assistance dépannage ? Ou Trent ?

— Je ne captais pas…

— Tu plaisantes ! Où étais-tu ?

Je t'avais prévenue, dit C.B.

Oh, la ferme ! rétorqua sèchement Briddey.

— Tu disais que tu devais me parler de Maeve. Que s'est-il passé ? S'est-elle de nouveau enfermée dans sa chambre ?

— Oui. Tu t'es coupée profondément ? Montre.

Mary Clare voulut lui prendre la main.

Pas étonnant que Maeve s'enferme dans sa chambre, songea Briddey en retirant brusquement sa main avant que sa sœur la saisisse.

— Je vais bien, insista-t-elle. Parle-moi de Maeve.

— Elle refuse de m'ouvrir. Quand j'ai voulu aller sur sa page Facebook pour voir ce qui se passait, j'ai vu qu'elle m'avait enlevée de sa liste d'amis. Je savais que je n'aurais pas dû la laisser se créer un profil ! Toi, tu es amie avec elle, non ?

— Oui…

— Bien. Alors tu peux me laisser consulter sa page. (Mary Clare se dirigea vers l'ordinateur de Briddey.) C'est quoi, ton mot de passe ?

Briddey jeta un coup d'œil à l'horloge. Quatorze heures passées. Les vingt-quatre heures étaient presque écoulées. Si elle ne donnait pas son mot de passe à sa sœur, celle-ci ne décollerait jamais.

Tu veux rire ? s'insurgea C.B. *Tu n'as pas le droit de la laisser violer la vie privée d'une gamine, comme ça !*

Comme toi tu violes la mienne ? rétorqua Briddey. Mais il avait raison. Maeve ne le lui pardonnerait jamais.

— Mary Clare, je refuse de te laisser espionner Maeve de mon ordinateur. Si elle t'a retirée de sa liste d'amis, elle a dû faire pareil avec moi.

— C'est vrai. Tu sais crocheter une serrure ?

— Non. Je croyais que tu comptais installer une caméra-espion.

— C'est fait. Maeve l'a bidouillée pour que ça diffuse des vidéos YouTube en permanence, déplora Mary Clare.

Briddey dut se mordre l'intérieur des joues pour ne pas sourire.

— On va devoir faire venir un serrurier, disait Mary Clare. Tu en connais un ?

— Non, et, même si c'était le cas, je ne t'aiderais pas à entrer par effraction dans la chambre de ta fille, trancha Briddey.

— Et si elle planifiait un rendez-vous avec un terroriste au moment où nous parlons ?

— Elle ne prévoit pas de rendez-vous avec…

— Tu n'en sais rien. Ce n'est pas parce que tout va bien en apparence que c'est réellement le cas.

C'est vrai, se dit Briddey.

— Il pourrait se tramer toutes sortes de choses qu'on n'envisage même pas. On lit constamment des articles sur des enfants qui ont des problèmes, dont les parents n'ont jamais rien soupçonné. J'ai lu un truc sur un gamin de dix-huit ans qui dirigeait une société internationale de blanchiment d'argent depuis l'ordinateur de sa chambre ! Ses parents ne se doutaient de rien.

— Maeve n'est pas à la tête d'une société de blanchiment d'argent. Elle a neuf ans.

— Alors qu'est-ce qu'elle fabrique ? Pourquoi me refuse-t-elle l'accès à sa chambre ? Et pourquoi cette soudaine obsession pour la lecture ?

— Je te l'ai dit, toutes les filles de son âge lisent *Les Chroniques des voix obscures*.

— Non, non, ça, elle l'a terminé. Maintenant, elle lit un bouquin appelé *Le Jardin mystérieux*. Tu connais ? De quoi ça parle ?

D'une fillette de neuf ans qui jouit d'une grande liberté et qui n'a pas de mère.

— Il n'y a pas de zombies là-dedans, au moins ? s'inquiéta Mary Clare.

— Non. C'est un classique de la littérature jeunesse victorienne. Avec une héroïne courageuse. Écoute, Mary Clare, si tu te fais tant de souci à propos de ses lectures, pourquoi ne pas les lire toi-même ? s'enquit Briddey.

Si sa sœur était occupée à bouquiner, elle n'aurait plus le temps de harceler cette pauvre Maeve.

— Bonne idée, commenta Mary Clare d'un air songeur. Ça n'explique toujours pas pourquoi elle m'a retirée de sa liste d'amis. Ni pourquoi elle ne veut pas me laisser entrer dans sa chambre.

Il faut que je me débarrasse d'elle, pensa Briddey. *Je ne vais plus avoir le temps.*

— Et si je lui téléphonais pour discuter avec elle ?

— Mieux : appelle-la avec Skype, proposa Mary Clare, enthousiaste. Comme ça, on verra si elle planque quelque chose dans sa chambre.

Quoi ? Des piles de billets en attente d'être blanchis ?

— Je ne peux pas l'appeler tant que tu es là, dit Briddey. Elle saura que l'idée vient de toi.

— Je resterai hors champ pour qu'elle ne me voie pas.

— Non. Rentre chez toi. Je l'appellerai tout à l'heure. (*Quand je serai enfin connectée à Trent.*) En échange, tu dois me promettre de ne plus être constamment sur son dos, comme une mère poule psychotique.

— Je ne suis pas une… Tu sais, tu devrais vraiment consulter pour ta main. Tu as peut-être besoin de points.

— Et arrête d'être sur mon dos, tant qu'on y est, répliqua Briddey.

Elle poussa sa sœur sur le palier, ferma la porte et s'appuya contre le battant en songeant : *Pas trop tôt. Trent, s'il te plaît, entre en contact avec moi avant qu'il arrive autre ch…*

On frappa à la porte.

Je t'ai dit que tu aurais mieux fait de venir chez moi, la sermonna C.B. *Il y a beaucoup moins de passage.*

Va-t'en, dit Briddey en ouvrant la porte.

C'était encore Mary Clare.

— Il y a un problème avec ton téléphone, affirma-t-elle. Je viens d'essayer de t'appeler : impossible de te joindre.

— Qu'est-ce que tu voulais ?

— Te dire que, si tu n'arrives pas à tirer les vers du nez de Maeve quand tu lui parleras, tu peux lui proposer de l'emmener au *Carnaval Pizza* puis au cinéma.

Voir un film sans princesse, je suppose, songea Briddey avant de tenter de refermer la porte.

— Si ton cric était rouillé, tu risques d'attraper le tétanos. Il faudrait que tu te fasses faire une injection…

— Au revoir, Mary Clare, trancha Briddey en fermant la porte.

— N'oublie pas de vérifier ton téléphone ! lança sa sœur.

— Oui ! répondit Briddey.

Puisque Mary Clare reviendrait à la charge si elle n'arrivait pas à la joindre, Briddey ralluma son portable.

Il sonna immédiatement.

— J'ai oublié de te dire un truc, déclara sa sœur. Tu n'envisages plus de faire cette AEC, pas vrai ? Parce que j'ai lu un article sur les effets secondaires, c'est terrible !

J'aurais dû demander à C.B. d'installer son appli qui renvoie automatiquement les appels au service des cartes grises, regretta-t-elle.

— Au revoir, Mary Clare, répéta-t-elle.

Elle raccrocha et s'assit sur le canapé.

Allez, Trent, je t'en supplie, avant qu'elle rappelle.

Son téléphone sonna. C'était Maeve.

—Maman a dit que tu voulais me parler.

—En effet. Ça te dirait qu'on déjeune ensemble la semaine prochaine ?

—C'est l'idée de Maman ? s'enquit sa nièce.

Briddey la voyait presque plisser les yeux.

—Pas du tout, feignit-elle.

C'est officiel, je mens à tout le monde.

—Si, insista Maeve. Elle est persuadée que je cache quelque chose, et elle pense que je vais me confier à toi.

—Est-ce que tu caches quelque chose ?

Maeve émit un soupir dégoûté.

—Tu es aussi nulle qu'elle ! Je parie que toi aussi, tu crois que je discute avec des terroristes ! Ils décapitent les gens ! Comment peut-elle envisager une seconde que je parle à des tarés pareils ?

—Ce n'est pas ce qu'elle pense, la rassura Briddey. Elle s'inquiète juste parce que les terroristes ne montrent pas toujours leur vrai visage aux enfants. Parfois, on peut être sympa en apparence alors qu'au fond on ne l'est pas du tout.

—Je sais, dit Maeve, comme…

Elle s'interrompit. Tout à coup, Briddey regretta de ne pas être sur Skype pour voir l'expression de sa nièce.

—Comme qui ? l'interrogea-t-elle.

—Euh… Tu jures de ne rien dire à Maman ?

Oh, bon sang ! s'affola Briddey. *Maeve discute vraiment avec un terroriste en ligne !*

—Je le jure. À qui penses-tu ?

—Au capitaine Davidson, répondit Maeve. C'est le flic dans *Zombie Death Force*. On croit que c'est un gentil, puis on découvre que non, en fait c'est lui qui a créé l'armée des zombies.

Elle anticipa la question que Briddey s'apprêtait à lui poser :

—Maman m'interdit de regarder des films de zombies. D'après elle, ça me donne des cauchemars.

—Et c'est vrai ?

—Tout le monde dans ma classe en regarde.

Ce qui n'était pas une réponse. Toutefois, Briddey n'était pas en position de lui faire la morale et de dire : « Si tout le monde dans ta classe sautait d'un pont, tu le ferais aussi ? »

— Où as-tu regardé *Zombie Death Force* ? préféra-t-elle demander.

— Chez Danika. Ses parents ont Netflix. Je t'en supplie, ne dis rien à Maman. Elle péterait un câble.

En réalité, Mary Clare serait peut-être soulagée d'apprendre que sa fille ne s'apprêtait pas à rejoindre Daech ou à lancer sa société de blanchiment d'argent, mais Briddey promit :

— Je ne dirai rien, mais promets-moi que, si tu as des soucis ou si quelque chose te tracasse, tu nous en parleras, pour qu'on puisse t'aider.

— Et si vous ne pouvez pas ? demanda Maeve.

Une fois de plus, Briddey regretta de ne pas voir le visage de sa nièce.

— Si on ne peut pas quoi ? s'enquit-elle avec prudence.

— M'aider. Par exemple, quand on se fait mordre par un zombie, ça ne sert à rien d'en parler puisqu'il n'y a pas de solution. Quoi qu'il arrive, on devient un zombie. C'est même mieux de ne pas le dire, sinon les gens essaient de vous aider et finissent par être mordus à leur tour.

— T'est-il arrivé quelque chose de ce genre, Maeve ? Quelque chose qui te fait croire qu'on ne peut pas t'aider ?

— Quoi ? C'est pas vrai, je ne peux strictement rien vous dire, à Maman et à toi, sans que vous deveniez dingues ! Je parlais d'un film ! Je vais très bien !

Malgré tout, après que Briddey eut raccroché, elle afficha la page Facebook de Maeve, par précaution. Elle n'y trouva rien, à l'exception d'un post qui disait : « Ma mère me rend complètement maboule. Elle n'arrête pas de me demander ce qui ne va pas. J'ai beau lui répondre "rien", elle refuse de me croire. Parfois, je voudrais bien être orpheline, comme Cendrillon. » Ce que Mary Clare ne manquerait pas d'interpréter comme une tendance matricide chez sa fille. *Même si, dans ce cas précis, ce serait parfaitement justifié.*

Elle avait perdu plus d'une demi-heure à discuter avec Mary Clare et Maeve, et il ne lui restait que dix minutes pour se connecter à Trent avant l'expiration du délai. Elle doutait que cela suffise pour créer un chemin neuronal, mais elle essaya quand même.

Rien. Quinze heures puis 16 heures sonnèrent sans le moindre signe de Trent, en pensée ou par texto. Il n'était tout de même pas encore en réun…

Son portable sonna.

C'était encore Mary Clare.

— Alors, tu as parlé à Maeve ? Qu'as-tu découvert ?

— Qu'elle va bien. Je ne peux pas en parler maintenant…

— Est-ce qu'elle t'a dit au moins pourquoi elle se cloîtrait dans sa chambre ?

— Oui. Elle a une tonne de devoirs à faire, et elle s'enferme pour éviter les distractions, mentit Briddey en espérant que Mary Clare saisirait son allusion.

Il n'en fut rien.

— Bon sang, j'en étais sûre ! Elle est débordée par son travail scolaire. L'autre jour, j'ai lu que les profs donnaient beaucoup trop de devoirs et que ça provoquait des crises d'angoisse, de la dépression…

— Au revoir, Mary Cla…

— Non, attends. Quand l'emmènes-tu déjeuner ?

— On n'a pas fixé de date.

— Ça pourrait être samedi.

— Non, impossible…, commença Briddey, mais sa sœur ne l'écoutait pas.

— Son cours de danse irlandaise se termine à 11 heures, poursuivait-elle. Tu peux aller la chercher à 11 h 30. Kathleen est là. Elle veut te parler.

Elle lui passa le téléphone avant que Briddey ait eu le temps de raccrocher.

— J'ai essayé de te joindre tout l'après-midi, l'informa Kathleen. Je crois qu'il y a un problème avec ton portable. Tu disais que tu voulais que je te rende un service ?

Briddey avait complètement oublié.

— Non, je pensais avoir besoin de toi, mais en fait non.

— Oh, répliqua Kathleen. On aurait dit que tu étais désespérée ; je pensais que tu étais peut-être revenue à la raison et que tu avais décidé de ne plus faire l'AEC, que Trent s'était fâché, qu'il t'avait larguée comme Chad l'a fait avec moi, et que tu voulais qu'on te raccompagne.

— Non, dit Briddey.

— Oh. Alors, c'était quoi, ce service ?

— Rien, aucune importance. Tu as trouvé comment ne pas sortir avec Sean O'Reilly ?

— Non. C'est pour ça que je comptais sur ta rupture avec Trent, pour que tu puisses sortir avec lui à ma place.

— Je ne compte pas rompre avec Trent.

Même si lui le voudra peut-être, si notre connexion échoue, ou s'il apprend que je communique avec C.B.

— Tante Oona ne lâche pas l'affaire, se plaignit Kathleen. Tu sais comment elle est. Je vais devoir me dégotter un petit ami, et vite. J'ai regardé les sites de rencontres, tu sais, Match.com et OKCupid. Il y en a un qui s'appelle Flamme. Qu'est-ce que tu en penses ?

— Que c'est parfait si tu t'appelles Jeanne d'Arc.

— Sinon, il y en a un autre qui s'appelle LancezLesDés. Leur théorie, c'est qu'aucun algorithme établi sur les profils et la compatibilité ne marche. Selon eux, les chances de tomber amoureux ne sont pas meilleures que si on tirait au sort un nom dans un chapeau. Ce qui est vrai. Tu te souviens de Ken, le type que j'avais rencontré sur eHarmony ? On avait des tonnes de points communs, et pourtant on a rompu.

— Si on ne crée pas de profils, comment casent-ils les gens ensemble ?

— Ils ne le font pas. Ils te collent un type au hasard. Tu en penses quoi ?

Que c'est le pire concept que j'aie jamais entendu, songea Briddey, ce qu'elle formula tout haut.

— Vraiment ? Pourquoi ? Je trouvais ça sympa.

Pas du tout. J'en sais quelque chose, pensa Briddey. Elle répliqua :

— Et si tu te retrouves avec un chieur ? (*Qui te répète à l'envi que tu aurais pu tomber sur largement pire.*) Ou imagine que Sean O'Reilly s'y inscrive.

— Zut ! je n'y avais pas pensé. Il vaut peut-être mieux que je me mette sur Tinder, alors. Ou sur Hit'n'Ms.

Hors de question que Briddey lui demande ce que c'était, mais qu'importe, Kathleen se lança malgré tout dans une description du site.

— Écoute, il faut que j'y aille, l'interrompit Briddey, Trent…

— Attends, Tante Oona vient d'arriver. Elle veut te dire un mot.

Sans blague, songea Briddey.

— Bonjour, Tante Oona.

— Comment vas-tu, ma petite fée ? Je me suis fait un sang d'encre toute la journée. J'ai eu la prémonition que quelque chose de grave t'était arrivé.

C'est le cas, se dit Briddey, *mais ce n'est pas ce que tu crois.*

— Il ne s'est rien passé, Tante Oona, je vais très bien.

— Tu as abandonné l'idée de faire cet AVC, j'espère ? Tu te souviens de Peggy Boylan, des Filles d'Irlande ? D'après elle, la fille de sa voisine a perdu l'ouïe à la suite de cette opération. Elle est sourde comme un pot, maintenant.

Quelle chance, railla Briddey.

— Tante Oona, je dois te laisser. Trent vient d'arriver.

Elle raccrocha et vérifia l'heure : déjà 16 h 45 ! Elle éteignit son téléphone et s'assit à la table de la cuisine. Elle ferma les yeux, joignit les mains devant elle et se mit à appeler : *Trent ? Tu m'entends ? C'est Briddey. Je cherche à contacter Trent.*

Elle continua ainsi pendant l'heure suivante, lançant des appels, tendant l'oreille, recommençant, mais rien ne se produisit, alors même que le délai des vingt-quatre heures après l'anesthésie était largement écoulé. Elle fut surprise que Trent ne l'ait pas appelée pour le lui signaler.

Ton portable est éteint, se souvint-elle. Quand elle vérifia ses messages, le seul qu'elle trouva fut celui de Maeve qui gémissait : « Qu'est-ce que tu as raconté à Maman ? Elle parle de me trouver un PROF PARTICULIER ! »

Trent n'avait donc perçu aucune de ses tentatives de contact. Peut-être était-il encore en réunion, sans possibilité de lui envoyer un message. Pourtant, réunion sécurisée ou pas, s'il avait senti quoi que ce soit, il aurait certainement trouvé le moyen de le lui faire savoir.

Sa secrétaire téléphona à 18 h 30 pour l'informer qu'il était toujours en réunion, ce qui expliquait pourquoi il ne l'avait pas rappelée.

— Savez-vous quand ça va se terminer ? s'enquit Briddey.

— Non, mais ils ont commandé leur dîner, donc à mon avis ils ne seront pas sortis avant 20 heures au plus tôt.

Tant mieux, songea Briddey. *Ça me laisse encore un peu de temps.* Elle eut beau se remettre à l'ouvrage deux heures de plus, les mains si fortement jointes que ses articulations blanchirent, elle n'entendit ni ne sentit Trent.

Elle n'entendit pas non plus C.B. Maintenant qu'elle y pensait, il s'était écoulé un bon moment depuis sa dernière remarque sur le fait qu'il y avait moins de passage chez lui. Quand était-ce, six heures auparavant ? Impossible qu'il ait consacré tout ce temps à « faire des recherches ». Conclusion : soit elle avait effacé le chemin, soit l'œdème qui avait provoqué l'interférence avait fini par se résorber. Voire les deux.

Motivée, elle se remit à appeler Trent… en vain. *Peut-être que je m'y prends mal*, songea-t-elle au bout d'une heure. Elle regretta de n'avoir personne auprès de qui se renseigner. Il était bien sûr hors de question qu'elle s'adresse au docteur Verrick, et la seule personne de sa connaissance à avoir fait une AEC était l'assistante de Rahul Deshnev. Si elle l'interrogeait, le lendemain, tout Commspan serait au courant. Elle allait devoir chercher des informations sur le Net.

Elle tapa « AEC échec de la connexion » dans le moteur de recherche, mais les seuls liens qu'elle trouva concernaient la rupture amoureuse de la star d'*Une union de rêve*, et deux autres meurtres provoqués par une absence de connexion.

Ça m'aide beaucoup, songea Briddey. Elle essaya « connexion AEC », ce qui ne donna rien, puis « blogs connexion AEC ».

Un certain nombre de résultats s'affichèrent, mais aucun des blogueurs n'avait eu de difficultés à se connecter, ni la moindre idée de la façon dont ils s'y étaient pris. « C'est arrivé, voilà tout », écrivait l'un d'entre eux. Une autre disait : « Au début, j'étais stressée, mais finalement c'était facile. Tout à coup, j'ai senti l'amour de Jack m'envelopper, comme s'il m'avait prise dans ses bras. Je me sentais tellement rassurée ! »

Tous affirmaient que ça s'était produit « plus vite qu'ils ne l'avaient espéré » et aucun des blogs ne parlait de conversations. Briddey tapa « télépathie AEC ».

« Essayez avec l'orthographe "télépathie qu'est-ce que c'est ?" », proposa le moteur de recherche. La définition du mot figurait en haut de page : « Transmission de pensées ou d'impressions quelconques d'une personne à une autre en dehors de toute communication par les voies sensorielles connues. »

« En dehors des voies sensorielles connues », c'est exactement ça, songea Briddey.

— Non, je ne voulais pas la définition de « télépathie », dit-elle à voix haute.

Elle tapa de nouveau « télépathie AEC », puis seulement « télépathie ».

C.B. avait raison. On trouvait tout et n'importe quoi sur le Net. Briddey tomba sur la publicité « Lyzandra de Sedona » que Kathleen lui avait envoyée, qui décrivait les « dons psychiques » de Lyzandra. Celle-ci promettait d'ouvrir vos chakras, de modifier votre compréhension de la nature de la communication, et – rien que ça – de vous connecter à l'univers.

Briddey vit d'autres publicités du même genre, ainsi que l'étude des « voix entendues » dont C.B. lui avait parlé. Selon lui, tous les participants avaient été diagnostiqués schizophrènes. C'était faux. Les deux à n'avoir pas reçu cette étiquette avaient été classés dans la catégorie « cas sévère de trouble bipolaire ».

De plus, C.B. n'avait pas exagéré en ce qui concernait le facteur « lien affectif ». Briddey ne trouva pas le moindre cas de télépathie où une personne avait communiqué avec un parfait inconnu, et encore moins avec quelqu'un qu'elle ne supportait pas. Chaque cas répertorié concernait les membres d'une même famille, des amis, des amoureux ou des fiancés.

Dans ce cas, pourquoi est-ce que je n'arrive pas à me connecter à Trent ?

Après avoir lu plusieurs autres comptes-rendus délirants sur les effets positifs de l'AEC aux plans romantique et sexuel, elle finit par trouver quelque chose d'utile : « Mon amie Adanna et son copain se sont tout de suite connectés, mais nous, non. J'avais peur que ça veuille dire que Paul ne m'aimait pas. D'après le médecin, le problème venait du fait que je ne me concentrais pas assez. Il a dit que je devais me focaliser sur Paul et ne penser à rien d'autre. Une fois que j'ai eu appliqué ces consignes, la connexion s'est produite immédiatement. »

— Ne penser à rien d'autre, murmura Briddey en se souvenant de toutes les distractions qui l'avaient perturbée ce jour-là : entre C.B., le scanner, les sites de rencontres de Kathleen, le blanchiment d'argent, les médiums, les U-Boots et les zombies…

Pas étonnant qu'elle n'ait pas réussi à communiquer avec Trent.

Elle essaya une fois de plus, concentrée sur lui et uniquement sur lui, bien déterminée à chasser toutes les pensées parasites. Malgré tout, elle ne sentit rien, hormis un effroi grandissant à mesure que la soirée avançait. La réunion de Trent devait être terminée depuis longtemps, à présent. Et si son silence était dû au fait qu'il avait conclu, ayant échoué à se connecter, qu'elle ne l'aimait pas ?

Quand enfin il l'appela, à 23 heures, le soulagement de Briddey était tel qu'elle pouvait à peine parler.

—Excuse-moi, sincèrement, dit-il. Je viens à peine de sortir de la réunion et je n'avais aucun moyen de te joindre, car la direction nous avait interdit de…

—Je suis au courant, l'interrompit-elle. Ta secrétaire m'a prévenue quand elle a vu que vous alliez finir tard.

—Ah oui ? Tant mieux. Comme ça, tu n'as pas passé ta soirée à te demander pourquoi je ne t'avais pas contactée, déclara-t-il. J'étais dans tous mes états à l'idée de te laisser à l'hôpital, ce matin.

Oh, non. Il va me demander comment je suis rentrée ici.

Mais il ne le fit pas.

—Alors, tes examens, ça a donné quoi ? s'enquit-il.

—Rien. Tout est normal. Et ce n'est pas parce qu'on ne s'est pas encore connectés que…

—Alors toi non plus, tu n'as encore rien senti ?

—Non.

—Merde, j'espérais… Le docteur Verrick a dit que la réception pouvait se faire à sens unique au départ, et j'ai cru que c'était ça : que toi, tu me recevais, mais pas moi. Mais, si toi non plus tu n'as rien reçu… On aurait dû être connectés il y a huit heures. Il faut appeler le docteur Verrick.

Surtout pas !

—Vingt-quatre heures, ce n'était pas le délai pour se connecter, expliqua-t-elle. C'est après ce délai, au plus tôt, qu'on pouvait l'être, mais ça peut prendre beaucoup plus de temps. Quand t'es-tu réveillé de l'anesthésie ?

—Je ne sais pas. En milieu d'après-midi ?

—Dans ce cas, pas étonnant qu'on n'ait encore rien senti. La moyenne pour se connecter est de quarante-huit heures, et d'après mon infirmière ça peut prendre encore plus longtemps.

—C'est-à-dire ?

Elle se demanda quel chiffre elle pouvait avancer sans éveiller ses soupçons.

—Soixante-douze heures.

—Soixante-douze heures ? Mais ça représente trois jours ! Je ne peux pas attendre…

Il avait dû prendre conscience de l'impatience de son ton, car il se reprit :

—Désolé, c'est juste que j'ai tellement envie qu'on soit connectés ! Et le docteur Verrick était très enthousiaste par rapport à nos excellents résultats aux tests. On aurait dû être en contact plus tôt que la moyenne des couples.

—Pas forcément. Selon mon infirmière, il y a plein de paramètres à prendre en compte : le temps de cicatrisation de la plaie, celui qu'il faut au cerveau pour développer son chemin neuronal, le degré de concentration des patients…

—La concentration, répéta Trent. Voilà le problème. Avec cette réunion et le souci que je me faisais pour toi, j'ai été incapable de me concentrer. Je vais venir…

Non, pensa Briddey. C'était déjà assez difficile de l'empêcher de se douter de quelque chose au téléphone. Elle en serait totalement incapable s'il venait chez elle. Trent n'aurait pas besoin d'être connecté à elle pour capter son angoisse.

—À mon avis, ce n'est pas une bonne idée, objecta-t-elle. L'infirmière m'a donné les consignes du docteur Verrick : beaucoup de repos les deux premiers jours qui suivent l'opération. Cela accélérera la cicatrisation.

—Ce qui accélérera la mienne, c'est de te voir. J'ai envie de te prendre dans mes bras, d'être avec…

Non ! Si par hasard C.B. n'était pas parti, ce serait une catastrophe.

—Non, le docteur Verrick a dit pas de sexe tant qu'on n'est pas connectés.

—Tu veux rire ? Si on est physiquement en contact, la connexion mentale se fera obligatoirement plus vite.

—Ça ne marche pas comme ça. Le docteur Verrick m'a dit que les couples se connectent plus rapidement lorsqu'ils sont séparés, car être ensemble représente une distraction. Selon lui, quand les deux partenaires sont dans la même pièce, ils repassent à la conversation à voix haute comme mode de communication, et leurs chemins neuronaux ne se développent pas. Alors que, s'ils sont séparés et qu'ils veuillent communiquer, ils sont obligés de se connecter. Du coup, ça se produit plus vite.

Je t'en supplie, tombe dans le panneau, ajouta-t-elle en silence.

— C'est logique, j'imagine, commenta Trent. Se connecter est notre priorité absolue. Si rester séparés peut aider à accélérer les choses… C'est d'accord, je ne viendrai pas ce soir.

Ouf, merci !

— Je passerai demain matin. On prendra le petit déjeuner ensemble, avant d'aller au boulot. À ce propos, as-tu dit à Charla qu'on a fait l'AEC hier ?

— Non, j'ai prétexté que j'avais des réunions.

— Tu ne lui as pas dit qu'on allait à l'hôpital ?

— Non.

— En as-tu parlé à quelqu'un d'autre ?

— Non, répéta-t-elle, craignant que sa prochaine question soit : « Et la personne qui t'a ramenée chez toi ? C'était qui, au fait ? »

Mais Trent se contenta de répliquer :

— Parfait. Écoute, il faut que ça reste notre secret pour le moment, alors ne dis rien aux collègues, OK ?

— OK, répondit-elle, soulagée que tout Commspan ne soit pas déjà au courant, et que sa famille ne découvre rien sur Facebook à ce sujet.

Apparemment, Trent pensait lui devoir une explication, car il poursuivit :

— Le lancement du nouvel iPhone est un sujet très sensible pour la direction, et, s'ils apprennent qu'on a fait une AEC, ils pourraient croire que je ne suis pas engagé à fond sur le projet. Tu comprends, chérie, n'est-ce pas ?

— Oui, évidemment, répliqua Briddey. Mais tu es sûr qu'on peut garder le secret ? Ils ont dû remarquer ton pansement sur la nuque, non ?

— Uniquement ceux qui ont assisté à la réunion. Je leur ai dit que j'étais passé chez le coiffeur et qu'il m'avait coupé. J'ai prétexté être à une réunion en ville hier. Ma secrétaire est la seule à savoir que j'étais à l'hôpital, et je lui ai dit de tenir sa langue.

Elle n'aura pas à se donner cette peine, songea Briddey. Suki était un véritable génie en matière de rapprochements, et, si elle voyait la main de Briddey bandée…

— On l'annoncera plus tard, reprit Trent. Une fois qu'on sera connectés. À demain, 7 h 30. Si on est en contact, on fêtera ça. Dans le cas contraire, on appellera le docteur Verrick pour connaître les raisons de ce retard.

Alors je ferais mieux de veiller à ce qu'on se connecte dès ce soir.

Sitôt que Trent eut raccroché, elle éteignit son portable et se mit à envoyer des pensées avec acharnement, dans l'espoir que Trent se concentrait lui aussi, qu'elle recevrait un signe.

Rien du tout. Elle était si épuisée que ses paupières se fermaient toutes seules, alors pour se concentrer… *Peut-être est-ce justement ça, le problème,* pensa-t-elle. L'infirmière lui avait recommandé de se reposer, disant que la fatigue pouvait retarder leur connexion. Si elle grappillait ne serait-ce que quelques heures de sommeil…

Mais dormir se révéla tout aussi impossible. Elle était trop préoccupée. Comment allait-elle convaincre Trent de ne pas appeler le docteur Verrick si, le lendemain matin, il n'y avait toujours pas de connexion ? Et si le contact se produisait bel et bien, et que Trent découvre ses échanges avec C.B. ? Comment le persuader qu'il n'y avait aucun lien affectif entre elle et lui ?

Après s'être tournée et retournée dans son lit, Briddey finit par se lever. Elle se prépara une tasse de chocolat et tenta une nouvelle fois d'appeler Trent par la pensée. Toujours rien. Elle retourna se coucher… et se torturer l'esprit. Le lendemain, Trent ne manquerait pas de lui demander : « Si tu n'as dit à personne que tu étais à l'hôpital, comment es-tu rentrée ? »

Non, il ne dira pas ça, se corrigea-t-elle fermement. *C.B. avait raison. Trent supposera que je suis rentrée par mes propres moyens, tout simplement…*

Oh, non ! Ma voiture ! s'affola-t-elle en se redressant dans son lit, droite comme un i. *Je l'ai laissée au* Marriott *!*

Elle l'avait complètement oubliée. Elle devrait aller la récupérer à la première heure le lendemain. Non, ça n'irait pas, Trent avait prévu de venir pour le petit déjeuner. S'il ne voyait pas sa voiture, il demanderait où elle était.

Briddey devait y aller tout de suite. Elle regarda le réveil : 3 h 46. Trouverait-elle un taxi à une heure pareille, et, si oui, le parking de l'hôtel serait-il ouvert ?

Ouaip, confirma C.B. *J'ai vérifié, c'est ouvert toute la nuit.*

Chapitre 9

« Night Fighter à Dawn Patrol
Night Fighter à Dawn Patrol. »

Comment voler un million de dollars

Je t'avais prévenue que tu aurais peut-être encore besoin d'un chauffeur, dit C.B.

Sa voix surgissant d'un coup de l'obscurité fit sursauter Briddey, exactement comme la première fois qu'elle l'avait entendue à l'hôpital. Elle dut réprimer son envie d'allumer et de fouiller la pièce du regard.

Qu'est-ce que tu fiches ici ? demanda-t-elle avec véhémence.

Ce que je... ? C'est toi qui m'as appelé ! rétorqua-t-il, indigné. *Et ne va pas me raconter que tu appelais Trent, parce que je t'ai entendue dire que tu devais récupérer ta voiture avant qu'il découvre sa disparition.*

Je ne vous appelais pas, ni toi ni Trent, se défendit-elle. Elle alluma sa lampe de chevet. *Je me parlais à moi-même.*

Oui, eh bien, je ne suis pas sûr que tu puisses continuer à le faire. Mais tu as raison : il faut récupérer ta voiture avant que Trent se demande comment tu es rentrée de l'hôpital sans elle. Sauf que, si je t'emmène maintenant et qu'un collègue de Commspan nous surprenne, on va se demander ce qu'on fait tous les deux à l'hôtel à trois heures et demie du matin.

Et alors, que proposes-tu ? l'interrogea-t-elle. Elle se souvint que, chaque fois qu'elle communiquait avec lui de cette manière, elle renforçait leur chemin neuronal. Elle répéta sa question à voix haute.

Je propose d'attendre jusqu'à 6 heures. On ne pourrait pas justifier une sortie à cette heure-ci. En revanche, c'est correct pour se mettre en route quand on a une réunion prévue de bonne heure. Tu peux te rendormir, je viendrai te chercher à cinq heures et demie, qu'en penses-tu ?

— Mais…

Tu seras de retour à 6 h 45 au plus tard.

Trent ne devait pas venir avant 7 h 30.

— Mais si jamais Trent et moi sommes connectés d'ici là ?

Dois-je comprendre que, pour l'instant, il n'en est rien ?

— Malheureusement.

Pas même un frémissement ?

— Non, mais le contact pourrait s'établir d'un moment à l'autre.

Alors Trent sera si fou de joie qu'il ne remarquera même pas la disparition de ta voiture, ou bien ce sera le cadet de vos soucis.

— Comment ça ?

Si Trent entend tes pensées, il saura que tu es connectée à moi. S'il ne perçoit que tes émotions, comme c'est censé être le cas avec une AEC, tu seras encore plus dans la panade, car quelque chose me dit que Trent prendrait assez mal le fait d'avoir une connexion de deuxième choix.

Mais, s'il ne perçoit que mes émotions, pensa-t-elle, *je n'aurai pas à lui révéler que je discute avec toi.*

Tu rigoles, j'espère ? S'il perçoit tes émotions, il voudra savoir pourquoi tu te sens coupable et inquiète au lieu de nager dans le bonheur. Et puis, ne te voile pas la face : tu es nulle en mensonges.

— Dégage, répliqua Briddey.

Bien reçu, déclara-t-il. *Je viens te chercher à 5 h 30 pour t'emmener au* Marriott. *Je te raconterai sur le trajet ce que j'ai découvert. J'ai poursuivi mes recherches.*

— Tu as trouvé ce qui a provoqué ça ?

Possible. Je t'expliquerai tout à l'heure. En attendant, dors. L'infirmière t'a dit de te reposer, n'oublie pas.

Oui, songea-t-elle.

Elle se recoucha. Cependant, le sommeil la fuyait. Son cerveau tournait à plein régime. Et si elle se connectait à Trent uniquement via des émotions ? Comment expliquerait-elle les bouffées d'angoisse qu'il ne manquerait pas de percevoir, et l'impression qu'elle lui cachait quelque chose ?

Trent ressentira aussi l'amour que j'éprouve pour lui, se rassura-t-elle, *et il saura que je n'aime pas C.B.*

Si toutefois ils se connectaient. Cela faisait désormais trente-huit heures qu'elle était sortie de l'anesthésie, et toujours aucun signe de Trent. Qu'avait découvert C.B. ? Qu'il s'agissait réellement d'interférences ? Ou de quelque chose de plus grave ? Et s'il avait appris qu'une fois le chemin neuronal établi il était impossible de l'effacer ? D'après le docteur Verrick, c'était une boucle de rétroaction. Et si, une fois en place, elle s'intensifiait jusqu'à être trop puissante pour s'arrêter ?

Quand elle en eut assez de se triturer ainsi les méninges, elle se tourna sur le côté et regarda le réveil : 4 h 18.

— C.B. ? appela-t-elle. Qu'as-tu découvert ? Avec tes recherches ?

Il me semblait que tu devais te reposer, lui reprocha-t-il.

— Je dois d'abord savoir ce que tu as appris.

Ah, je comprends. Tu n'arrives pas à dormir, donc tu as décidé de me priver de sommeil, moi aussi.

De sommeil ? Elle le croyait dans son labo.

Eh non. Je suis au lit, comme toi.

Elle eut soudain la vision de lui allongé, cheveux en bataille sur l'oreiller. Elle s'assit d'un coup, les couvertures pudiquement ramenées sur sa poitrine.

Oh, mais bon s… ! jura-t-il, dégoûté. *Tu n'es pas obligée de faire ça !*

Les couvertures toujours serrées contre elle, elle plongea au pied du lit pour prendre sa robe de chambre.

Ce n'est pas de la vision aux rayons X, c'est de la télépathie !

— Je m'en fiche, cracha-t-elle en enfilant la robe de chambre.

Tu sais que tu as un comportement totalement irrationnel ? fit-il remarquer tandis qu'elle se rendait dans le salon pieds nus. *Rien ne te force à… Où vas-tu ? S'il te plaît, dis-le-moi. Je n'ai pas envie de voler une fois de plus à ton secours dans un escalier parce que…*

— Je vais dans la cuisine, l'interrompit-elle d'un air digne. Me préparer une tasse de thé.

Elle prit un mug dans le placard, y versa de l'eau, le plaça dans le four à micro-ondes puis attendit en regrettant que ce soit si long. Elle avait les pieds glacés.

À qui la faute ? Si tu étais restée au lit, tu aurais chaud au lieu de… Tu as peur que je te fasse quoi, au juste ? Je suis pratiquement à l'autre bout de la ville !

— Qu'as-tu découvert ? exigea-t-elle. Grâce à tes recherches ?

Que se comporter comme une folle n'est pas une bonne idée. Tu pourrais finir à l'asile. Ou sur le bûcher.

— Je ne rigole pas.

Moi non plus. J'ai réfléchi au fait que Jeanne d'Arc entendait plusieurs voix. J'ai voulu vérifier si d'autres saints étaient dans le même cas. Il y en a eu quelques-uns : saint Augustin, saint Brendan le Navigateur, et ces bons vieux saint Patrick et sainte Brigide.

— Mais ils…

Croyaient parler à Dieu ou à des anges, ou encore à la Vierge Marie. Je sais, dit-il. *Et si ce n'était pas le cas ? Et s'ils s'adressaient en réalité à une personne ordinaire, et que ce n'ait pas été une expérience mystique, mais de la télépathie ? Ils l'ont peut-être pris pour une voix sainte parce que c'était la seule explication plausible, ou l'unique moyen d'éviter le bûcher.*

— Mais je croyais que Jeanne d'Arc…

Oui, pour elle, ça a moins bien fonctionné.

Le four à micro-ondes tinta. Briddey sortit le mug, y plongea un sachet de thé et l'emporta dans le salon.

— Même si c'était de la télépathie, déclara-t-elle en s'asseyant dans un coin du canapé, en quoi cette information nous est-elle utile ?

Eh bien, déjà, ça nous indique que la télépathie existe, et qu'on ne souffre pas d'une sorte d'hallucination collective. Par ailleurs, ça signifie que ça remonte à loin. Saint Patrick a vécu au V*e* *siècle. La voix lui a dit de retourner en Irlande et d'y planter un arbre, ce qu'il a interprété comme l'ordre d'y bâtir une église, mais si ça se trouve il discutait avec un jardinier. Quant à Jeanne d'Arc, elle taillait peut-être une bavette avec un fervent ennemi des Anglais.*

— Tu n'as aucun exemple de télépathe à une époque plus récente que le Moyen Âge ? s'inquiéta Briddey.

Si. Patience Lovelace et Tobias Marshall. Et cette fille à McCook, dans le Nebraska, avec son marin.

— Je parlais de l'époque contemporaine.

Non. S'il y a de vrais télépathes de nos jours, ils font profil bas. Ce qui n'a rien de surprenant. Si les gens apprenaient que la télépathie existe, ils deviendraient mabouls. Le gouvernement, Wall Street, les médias… Imagine, plus besoin de mettre les téléphones sur écoute ou de suivre les célébrités au téléobjectif. Il suffirait de lire dans leurs pensées pour savoir où elles vont. Les politiciens pourraient aussi lire les pensées de leurs adversaires, ou des procureurs. On pourrait savoir ce que pensent les jurés. Sans parler de la NSA et des militaires. Chacun voudrait en tirer profit. Du coup, le secret est bien gardé.

— Et les médiums ? demanda Briddey en songeant au mail que Kathleen lui avait envoyé sur Lyzandra de Sedona. Ils prétendent être télépathes, non ?

Ils « prétendent », c'est le mot. Soit ce sont des charlatans, soit ils pratiquent inconsciemment la lecture à froid.

Elle regretta qu'il ait prononcé le mot « froid » : cela lui rappela à quel point ses pieds étaient glacés.

— La lecture à froid ? répéta-t-elle en calant ses pieds sous elle. Qu'est-ce que c'est ?

Une technique consistant à deviner des choses d'après les expressions du visage et le langage corporel. Et en posant des questions choisies. « Je reçois un message d'un membre de votre famille… Une femme ? Dont le prénom commence par un B… ou un M… ou peut-être un C… » Pendant tout ce temps, ils observent tes réactions jusqu'à frapper juste, ou que tu t'exclames « C'est ma sœur Kathleen! » Et toi, tu t'émerveilles qu'ils soient ainsi capables de lire dans les pensées.

Il la divertit en lui expliquant d'autres tours de passe-passe utilisés par les voyants et autres parapsychologues pendant qu'elle buvait son thé à petites gorgées, puis qu'elle avalait un bol de céréales : codes secrets, cartes marquées, complices dans le public chargés de recueillir des informations et de les communiquer au « télépathe » sur scène, par le biais de micros et oreillettes cachés… *Comme tu m'as accusé de l'avoir fait la nuit dernière.*

— Mais tous ne sont pas des charlatans, objecta Briddey. Qu'en est-il de ceux qui collaborent avec la police ?

Du flan, eux aussi. Même si ce ne sont pas des escrocs, ça ne fait pas d'eux des télépathes. Ils prétendent pouvoir retrouver des victimes de meurtres, qui de toute évidence ne peuvent rien dire. Idem *pour les diseurs de bonne aventure… et les voyants, qui se disent capables de prédire ce qui va arriver.*

Comme Tante Oona avec ses prémonitions, et qui affirme savoir à l'avance qui va téléphoner, songea Briddey.

Ceux-là se disent devins, un art tout aussi factice que les autres domaines du paranormal, sauf la télépathie : télékinésie, projection astrale, régression dans des vies antérieures… À ce propos, j'ai trouvé un autre argument pour ne rien dire à Verrick, ajouta-t-il. *Ton nom.*

— Mon nom ? Tu veux dire Flannigan ?

Non, ton prénom. As-tu déjà entendu parler de Bridey Murphy ?

— Non. Qui est-ce ?

Je vais te le dire pendant que tu t'habilles.

— Pendant que je m'habille ? Pourquoi ?

Parce que je viens te chercher, tu as oublié ? Et nous allons au Marriott.

— Mais je croyais que tu avais dit 5 h 30.

En effet. Il est déjà 5 h 15, et je suis à une dizaine de rues de chez toi.

— Oh, dit-elle.

Elle se hâta de poser son bol de céréales et s'extirpa du canapé. Elle avait complètement perdu la notion du temps. Elle se précipita vers sa chambre, dénouant sa robe au passage, puis s'immobilisa.

Oh, bon s… ! jura C.B. *Je ne regarderai pas, OK? Même si je ne vois rien. Je te l'ai dit, je n'ai pas de vision aux rayons X. Toi, tu ne me vois pas, que je sache ?*

— Non.

Mais il avait su qu'elle était au lit, et qu'elle était dans l'escalier à l'hôpital. Et, à l'instant, il avait su qu'elle avait commencé à se déshabiller et qu'elle s'était interrompue. Comment était-ce possible ?

Parce que je t'entends penser.

Mais pourquoi ? Elle ne l'entendait que lorsqu'il s'adressait à elle, alors que lui semblait capable de lire tout ce qui passait par l'esprit de Briddey.

Si tu ne veux pas que je sache que tu es en train de te déshabiller ou de prendre une douche, n'y pense pas, conseilla-t-il.

— OK, dit-elle en ôtant sa robe de chambre et en enlevant sa chemise de nuit par la tête.

Elle songeait à quel point elle serait soulagée une fois qu'ils ne seraient plus connectés. Elle tendit la main vers son soutien-gorge.

Même s'il serait plus honnête de te dire que je n'ai pas besoin d'être télépathe pour t'imaginer en train de te déshabiller, commenta C.B. sur le ton de la conversation.

D'un geste brusque, elle s'empara de ses vêtements, gagna la salle de bains d'un pas furieux et claqua la porte, même si ça ne servait à rien. Inutile aussi de lui dire quel individu abject et dégoûtant il était.

J'ai essayé de t'avertir que c'était une vraie fosse septique, là-dedans.

— Barre-toi, siffla-t-elle, même si ça non plus, ça ne servait à rien. Tout de suite.

Je dois d'abord te parler de Bridey Murphy. C'était une femme au foyer, dans les années 1950. Elle s'appelait Virginia Tighe.

— Tu viens de dire qu'elle s'appelait Bridey Murphy, rectifia Briddey en essayant d'enfiler son soutien-gorge sans y penser, ce qui était plus facile à dire qu'à faire.

C'est ainsi qu'elle disait s'appeler. Sous hypnose. Elle a raconté au thérapeute qu'elle vivait en Irlande. Dans les années 1800.

— Les années 1800 ? s'étonna Briddey en mettant un sweat-shirt et en prenant son jean.

Ouaip. Elle avait toutes sortes de preuves. Des détails que Virginia Tighe ne risquait pas de connaître sur la vie en Irlande à cette époque. Elle parlait avec un accent à couper au couteau…

Ce qui ne prouve rien, objecta Briddey. *Il n'y a qu'à voir Tante Oona.*

Elle connaissait aussi tout un tas de contes et de chansons traditionnelles. Elle a chanté Danny Boy *au thérapeute et lui a parlé de sa maison à Cork, de l'église qu'elle fréquentait, et même de son propre enterrement.*

Briddey parvint à enfiler son jean et à mettre ses chaussures pendant qu'il parlait. Elle noua ses cheveux avec un chouchou.

— Son propre enterrement ?

Oui. Le thérapeute était persuadé que Virginia avait eu une vie antérieure et qu'elle était la réincarnation de cette Bridey Murphy, conclut C.B.

— Eh bien ? demanda Briddey au bout d'une minute. La suite ? Je suppose que c'était du bidon.

Pas de réponse.

— C.B. ? appela Briddey.

Toujours rien.

C.B. ? Tu es là ?

Oui, répondit-il. *Prête ?*

— Oui, dit-elle en attrapant son manteau et son sac. Où es-tu ?

Ici.

Elle ouvrit la porte d'entrée. Appuyé contre le chambranle, il portait un sweat à capuche et un pantalon baggy. Encore une fois, il était coiffé comme l'as de pique.

Merci, dit-il. *Toi aussi, tu es pas mal.* Il lui tendit un sac en papier plat.

Tiens.

— Qu'est-ce que c'est ?

— Un pansement taille XL. Pour cacher ton bleu.

— Je croyais que tu conseillais de mettre une bande élastique.

— C'était avant que tu racontes à ta sœur que tu t'étais coupée.

— Mais elle ne sera pas au *Marriott*, ni à Commspan…

Il fit la grimace.

— Facebook, tu te rappelles ? Et Instagram, Vine, Snapchat, iChat, youChat et OnChatTous, et FaceTime, Tumblr, Whisper… Même si ta sœur n'a rien posté, quelqu'un d'autre le fera, et si tu racontes que tu as un syndrome du canal carpien… (Il haussa les épaules.) Règle numéro quatre du bien mentir : rester cohérent dans son histoire.

— OK, concéda-t-elle.

Elle déchira le paquet. Il secoua la tête.

— Il faut qu'on y aille. Tu feras ça dans la voiture. Tu as ton ticket de parking ?

— Oui.

— Alors c'est parti.

— Chut, souffla-t-elle. Tu vas réveiller mes voisins.

C'est toi qui as insisté pour qu'on se parle à voix haute, fit-il remarquer en la suivant dans l'escalier, puis à l'extérieur.

Il faisait nuit ; la rue était déserte. Malgré tout, une fois dans la Honda de C.B., Briddey s'efforça de claquer discrètement la portière. C.B. mit le contact ; aussitôt, l'autoradio s'enclencha, beuglant une chanson.

Briddey plongea pour l'éteindre, se trompa de bouton et tomba sur de bruyants crachotements statiques, puis sur un journaliste qui brailla

« … de la pluie pour ce week-end », suivi d'un « … suspension de séances au Congrès cette semaine », quand enfin elle parvint à leur clouer le bec.

— Ne t'en fais pas, personne n'a entendu, la rassura C.B. en quittant le trottoir. Tout le monde dort. Sauf celles qui mentent à leur petit ami. D'ailleurs, tu ferais peut-être bien de t'entraîner pour la règle numéro cinq : ne pas avoir l'air coupable. Si tu veux faire carrière dans le mensonge, il faut apprendre à afficher une expression neutre. Comme Bridey Murphy, qui a complètement roulé son thérapeute.

— Ah bon ?

— Oui. Il était convaincu qu'elle disait la vérité. Il a écrit un bouquin sur sa vie antérieure, a donné des interviews dans la presse, est passé à la télé avec elle. Il a même diffusé des enregistrements de ses séances pour que les gens entendent la voix de Bridey. Ça a fait sensation. C'est alors que les journalistes se sont mis à creuser l'affaire. Résultat : il n'y avait aucune trace d'une Bridey Murphy née à Cork à cette époque, pas d'église avec le nom cité, et les paroles de *Danny Boy* n'ont été écrites qu'en 1910. Quand ils ont fait des recherches sur les origines de Virginia Tighe, ils ont découvert qu'elle avait une tante et une voisine irlandaises qui lui avaient raconté des histoires et appris les chansons – et sûrement l'accent – quand elle était petite. Le cas a été officiellement déclaré comme une imposture, et la réputation du thérapeute a été flinguée, tout comme celle des médecins et scientifiques impliqués dans le paranormal. Joseph Rhine inclus.

— Joseph Rhine ? Qui est-ce ?

— Un scientifique respecté de l'université Duke, jusqu'à ce qu'il procède à une série d'expériences sur la télépathie dans les années 1930. Il mettait un sujet dans une pièce puis lui demandait de regarder des cartes de Zener : tu sais, celles qui ont des symboles colorés comme une étoile verte, un carré noir, des vagues bleues ? Il devait se concentrer sur la carte et envoyer des images à un autre sujet, dans une autre pièce. Tout ça réalisé de manière très scientifique, dans les conditions de laboratoire. Mais le docteur Rhine ne s'en est pas mieux sorti que le thérapeute de Bridey Murphy : ses recherches ont été discréditées, on l'a qualifié de fou, et depuis, aucune personne respectable ne veut toucher à la télépathie, pas même avec un bâton de trois mètres de long.

— Et tu crois que le docteur Verrick aura la même réaction, même si j'arrive à le convaincre que je dis la vérité ?

— Je *sais* qu'il aura la même réaction. Son cabinet tourne rond et il compte quelques célébrités parmi ses patients. Il ne voudra pas prendre le risque de tout perdre, même si ça veut dire t'accuser de mentir.

Ou d'avoir perdu la boule, pensa-t-elle, découragée. Tout ce que C.B. disait était vrai. Si elle avouait être télépathe, personne ne la croirait. Difficile de leur en vouloir. Si Charla lui racontait qu'elle entendait des voix, Briddey penserait qu'elle blaguait ou délirait. Ou qu'elle avait une grave pathologie mentale. *Je ne peux donc rien dire au docteur Verrick. Ni à Trent, car il croirait que C.B. et moi avons un lien émotionnel. Que suis-je censée faire ?*

— Gagner du temps, dit C.B. Le délai de quarante-huit heures sera écoulé à 15 heures cet après-midi, et il peut se passer beaucoup de choses d'ici là. En attendant, je vais creuser la question des interférences et chercher des cas de télépathie impliquant des gens n'ayant aucun lien affectif, pour que tu puisses en parler à Trent. Hitler s'intéressait au paranormal. S'il était télépathe, on n'a plus de souci à se faire : tout le monde le détestait.

Ils étaient presque arrivés au *Marriott*. Il faisait jour à présent, mais les rues étaient encore quasiment désertes. Briddey se demanda si, finalement, 6 heures du matin, ce n'était pas trop tôt pour récupérer sa voiture.

— Non, il y aura quelques personnes qui auront un vol à prendre. Ça va aller, la rassura C.B.

Elle se demanda une fois de plus pourquoi il pouvait lire en elle comme dans un livre ouvert tandis qu'elle n'avait accès à ses pensées que quand il voulait communiquer avec elle. Quand il s'interrompait au beau milieu d'une phrase, comme cela se produisait régulièrement, elle n'arrivait même pas à deviner la suite de ce qu'il allait dire. Pourquoi ? Et venait-il de l'entendre penser ça ?

Si c'était le cas, il ne le montra pas : il était occupé à s'insérer dans la file du drive-in du *Starbucks*.

— Tu prends quoi ? demanda-t-il.

— Rien. Tu te souviens que Trent vient pour le petit déjeuner ?

— C'est ce que tu m'as dit, répliqua-t-il.

Il répéta :

— Tu prends quoi ?

Puis il poursuivit dans sa tête : *Je ne parle pas du petit déjeuner. Dans ce cas, je t'aurais emmenée chez un traiteur sympa qui fait d'excellents bagels. C'est pour te couvrir. Tu vois ?*

Il désigna de l'autre côté de la rue un homme qui se dirigeait vers l'entrée d'un immeuble de bureaux, un gobelet *Starbucks* à la main. *Si quelqu'un te repère à l'hôtel, tu donneras l'impression d'aller à une réunion et d'avoir pris un café en chemin. Alors, qu'est-ce que ce sera ?*

— Un grand café latte, répondit Briddey.

C.B. passa la commande puis ajouta en silence : *Je vais te déposer au coin de la rue, près de l'entrée, comme ça on ne nous verra pas ensemble, d'accord ?*

Non, songea Briddey. *Pas d'accord du tout. C'est comme si on agissait en douce parce qu'on aurait une liaison amoureuse.*

Mais non. Je vois au moins deux ou trois différences majeures. Veux-tu que je les énumère ?

Grâce au serveur, elle n'eut pas à trouver une réplique :

— Votre grand café latte.

C.B. saisit le gobelet, le donna à Briddey, regagna la rue et prit la direction de l'hôtel.

— J'ai regardé le plan du hall sur Internet, au cas où tu n'aurais pas fait attention quand tu t'es garée. Tu dois passer devant l'accueil et tourner à gauche. Les ascenseurs sont juste là. Préviens-moi quand tu auras récupéré ta voiture et que tu seras sur le retour. Et aussi si tu te connectes à Trent ou si tu as ressenti quelque chose de bizarre.

— Pourquoi ? demanda Briddey, suspicieuse.

— Parce que ça pourrait être un indice. Plus on a d'informations, plus on augmente nos chances de comprendre ce qui se passe. (Il prit à droite juste avant le *Marriott*.) Il faut donc que tu m'avertisses dès que tu perçois quelque chose, une émotion, un bruit, ou ces frémissements dont le docteur Verrick a parlé. N'importe quoi, même si ça paraît anodin.

— OK, accepta Briddey. Mais pourquoi dois-je t'avertir ? Je croyais que tu lisais dans mes pensées.

— Oui, eh bien, je n'ai pas le temps de t'écouter toute la journée. J'ai d'autres chats à fouetter : des téléphones à concevoir, des gens à conduire, se justifia-t-il en se rapprochant du trottoir pour se garer.

Briddey posa son café latte, attrapa son sac et s'apprêta à ouvrir la portière.

Attends, dit C.B.

Elle s'immobilisa, la main sur la poignée. C.B. regardait fixement dans le rétroviseur intérieur.

— Tu as vu quelqu'un de Commspan ? s'inquiéta-t-elle, nerveuse.

Il prit une minute pour répondre :

— Non, tout va bien. N'oublie pas ça.

Il lui donna son café latte. *Et si Trent ne vient pas et que tu changes d'avis pour le petit déj' – ou pour la liaison amoureuse –, appelle-moi.*

— C'est ça, compte là-dessus, rétorqua-t-elle avant de claquer la portière et de s'éloigner.

Elle pressa le pas jusqu'à l'angle de la rue puis hésita. Gobelet *Starbucks* ou pas, elle s'apprêtait tout de même à entrer dans un hôtel et à quitter le parking à 6 heures du matin. Si un collègue de Commspan la grillait…

Personne ne te remarquera, intervint C.B.

Qu'est-ce que tu en sais ? Ne me dis pas que tu lis dans leurs pensées, à eux aussi !

Pas besoin pour savoir que personne ne te verra, insista-t-il. *Je travaille à Commspan moi aussi, tu te souviens ?*

Et alors ?

Tu comprendras quand tu auras tourné le coin de la rue.

Effectivement : à l'entrée du *Marriott*, une file de gens avec leurs bagages attendaient un taxi, les yeux rivés à leur smartphone. Lorsqu'elle se faufila entre eux, personne ne leva le nez.

Tu vois, dit C.B.

Elle entra dans le hall, lui aussi noir de monde. Chacun réglait sa note ou, comme les gens à l'extérieur, était absorbé par son téléphone. Briddey passa devant l'accueil puis se dirigea vers l'ascenseur menant au parking souterrain. Une fois arrivée au niveau de son véhicule, elle comprit que personne ne l'avait regardée, pas même le gardien : celui-ci avait pris son ticket et son argent sans quitter des yeux le jeu vidéo auquel il jouait sur son téléphone.

Briddey quitta le parking et prit la direction de Linden avec un soupir de soulagement. Il n'était que 6 h 15. De retour chez elle, elle aurait encore trois quarts d'heure devant elle avant l'arrivée de Trent, durant lesquels elle travaillerait sur sa connexion.

C'était sans prendre en compte la circulation. Deux rues après avoir tourné dans Linden, elle se retrouva coincée dans un bouchon, en pleine heure de pointe. *Pas de panique*, se rassura-t-elle. *Tu peux te concentrer sur ta connexion pendant le trajet.*

Mais elle devait focaliser son attention sur le trafic, car pratiquement tous les automobilistes discutaient au téléphone ou ralentissaient pour écrire des textos, levant les yeux trop tard pour voir que le feu avait changé de couleur, ce qui les obligeait à freiner à la dernière seconde. *C.B. n'a pas tort*, songea Briddey. *Les gens communiquent beaucoup trop.*

Hélas, Trent et elle semblaient exclus. Durant le long trajet jusque chez elle, elle ne reçut rien venant de lui. Pas même un texto, alors que d'habitude il lui écrivait sitôt réveillé. Elle jeta un coup d'œil à l'horloge du tableau de bord. *Il va être 7 h 30*, pensa-t-elle. *Il est forcément réveil… Oh, non, 7 h 30 ! S'il débarque avant moi…*

Tu lui diras que tu es allée chercher le petit déj', proposa C.B.

Ce qui en réalité était une bonne idée, même si ça signifiait arriver chez elle encore plus tard. Tandis qu'elle courait dans les rayons du supermarché, attrapant œufs et jus de fruit, elle se rappela avoir laissé son ordinateur allumé. S'il affichait toujours les articles sur la télépathie, et que Trent le voie…

Elle rentra chez elle à toute allure, priant pour ne pas voir la Porsche de Trent déjà garée, même s'il était 7 h 40. Rien en vue. Tant mieux. Les courses dans les bras, elle grimpa l'escalier en vitesse, fourra le tout dans le réfrigérateur, afficha son fil d'actualité, ôta son manteau, le jeta dans sa chambre et alla préparer une omelette.

Alors qu'elle cassait les œufs, il lui vint à l'esprit que Trent lui envoyait toujours un texto pour la prévenir d'un retard. *À moins qu'il l'ait fait sans que je le voie. Parce ce que je n'ai jamais rallumé mon téléphone.*

En effet, sitôt son appareil branché, elle trouva deux textos de Trent : « Pas encore de connexion. Je ne crois pas que ça aide d'être séparés » et : « Je ne serai pas là pour le petit déj'. Réunion avec Hamilton. »

— Ouf ! murmura-t-elle.

Alors même qu'elle exprimait son soulagement, un nouveau texto de lui arriva, demandant qu'elle l'appelle une fois arrivée au boulot. Il descendrait et l'accompagnerait jusqu'à son bureau.

« Mauvaise idée, si on veut garder notre AEC secrète, répondit-elle par texto. Moins on nous voit ensemble, mieux c'est. Ça pourrait leur rappeler qu'on a prévu de faire une AEC, et avec ça + ton pansement, ils ne mettront pas longtemps à comprendre. »

Son téléphone sonna une seconde après qu'elle eut envoyé le message. C'était Mary Clare :

— Il faut reporter ton déjeuner avec Maeve samedi.

Son déjeuner avec Maeve samedi ? Elle avait complètement zappé.

— Notre club de lecture mères-filles se réunit de 11 à 13 heures, poursuivit Mary Clare. J'ai suivi tes conseils.

— Mes… ?

— Tu m'as dit de lire ce que lisait Maeve. J'ai pensé qu'un club de lecture était la solution idéale pour savoir ce qui se passait dans sa tête. On se dira pourquoi on a aimé tel livre, et en quoi on s'identifie aux problèmes qu'il soulève. On va commencer par *Les Chroniques des voix obscures*, et la semaine prochaine on attaquera *Le Jardin mystérieux*.

Oh, pauvre Maeve, songea Briddey pendant que Mary Clare continuait à jacasser sur les gens qu'elle avait invités à les rejoindre.

— Bon, tu pourras passer la prendre à 13 h 15, conclut Mary Clare.

Elle raccrocha avant que Briddey puisse lui dire qu'elle ne serait peut-être pas disponible. Presque immédiatement, elle reçut une réponse de Trent : « Tu as raison. Mieux vaut qu'on ne nous voie pas ensemble. »

Dieu merci. Briddey s'étonnait de ressentir un tel soulagement. Tout l'intérêt de l'AEC était de les rapprocher, Trent et elle, et voilà qu'elle se donnait un mal de chien pour le tenir éloigné d'elle. *Tu parles d'une conséquence imprévisible!*

Je t'avais prévenue que l'EEC..., dit C.B.

Était une très mauvaise idée, je sais. Qu'est-ce que tu veux?

J'ai fait de nouvelles recherches.

Sais-tu si les circuits du cerveau peuvent subir des interférences?

Non, mais j'ai trouvé d'autres infos sur les hallucinations auditives. Normalement, elles ne commencent pas avec une voix, mais un bruit de coups frappés, de pluie qui tombe, ou des chuchotements. Les voix ne viennent qu'après.

En quoi est-ce censé nous aider?

Je me demandais juste si tu avais entendu quelque chose de ce genre, sans comprendre que c'était un début de connexion. Alors?

Non. Maintenant, va-t'en. J'essaie de me connecter à Trent.

C'est faux, objecta-t-il. *Tu parlais à ta sœur. Je lis dans tes pensées, rappelle-toi.*

Tu vas arrêter avec ça? demanda-t-elle sèchement.

Donc tu ne parlais pas avec ta sœur?

Si, avoua Briddey, *mais j'avais l'intention de me connecter à Trent. Alors va-t'en.*

Ce qu'il fit, pour revenir à la charge cinq minutes plus tard en disant: *Les hallucinations auditives peuvent aussi commencer par la perception d'une odeur distinctive, comme celle des fleurs ou du pain frais. As-tu senti quelque chose de bizarre?*

Non, répondit-elle. *Dégage.*

Cette fois, il partit pour de bon. Après avoir éteint son téléphone, Briddey put se concentrer sur Trent en prenant sa douche, en se préparant pour le bureau puis sur le trajet pour rejoindre Commspan. Sans résultat notable. En chemin, elle ne reçut aucune émotion de lui. Pas davantage d'odeurs bizarres, de pluie qui tombe ou de parfum de roses.

Voilà qu'elle allait devoir affronter Jill Quincy, Phillip et Charla, et s'empêtrer encore dans les mensonges. Elle n'avait plus qu'à croiser les doigts pour que Trent ait raison lorsqu'il affirmait que personne n'était au courant de leur AEC; même si, avec Suki l'inquisitrice, il était quasiment impossible de garder un secret. De plus, Charla avait vu Briddey parler à C.B. dans le parking souterrain. Elle allait débarquer avec son énorme pansement sur la main et le prétexte ridicule de s'être coupée en changeant un pneu; prétexte qui, grâce aux réseaux sociaux, était sûrement déjà largement diffusé. Se rendre au bureau le lendemain du soir où Trent lui avait demandé de faire une AEC était déjà une épreuve. Mais ça, ce serait pire. Dix fois pire. Peu importait l'avis de C.B. : elle aurait vendu père et mère pour savoir où chacun se trouvait et ce qu'ils pensaient.

Préparée au massacre, elle gara sa voiture et entra dans les bureaux. Malgré le couloir désert, elle n'avait pas fait dix pas que deux secrétaires surgirent du local des photocopieuses en bavardant. Elle entendit l'une dire à l'autre :

— Tu es au courant que… ?

Je sais que Suki ne goberait pas l'excuse de Trent d'une coupure chez le coiffeur, songea Briddey. Elle tourna pour battre en retraite, mais, arrivant dans l'autre direction, Art Sampson fonçait droit sur elle.

— Oh, tu es de retour. Tant mieux. Où étais-tu, hier ?

— Hors site, répondit-elle en se souvenant des conseils de C.B. : s'en tenir au strict nécessaire.

— Oh, alors tu n'es sans doute pas au courant, toi non plus. Il se passe un truc, mais je n'ai pas réussi à savoir quoi.

Ah, nous y voilà.

— Tu n'as pas entendu parler d'éventuels licenciements ? poursuivit-il.

— Des licenciements ? répéta-t-elle, perplexe. Non.

— Ouf, tant mieux ! Je craignais que la direction ait décidé que le nouvel iPhone signerait notre perte et qu'il soit prévu d'en remercier certains.

Non, je crois que la rumeur est un peu plus personnelle que ça, pensa Briddey. Mais Lorraine se joignit à eux et chuchota sur le ton de la confidence :

— À ce qu'il paraît, ils pensent qu'un espion a infiltré Commspan et essaie de voler le contenu du projet Hermès.

— Le projet Hermès ? s'étonna Briddey. Qu'est-ce que c'est ?

— Un nouveau projet d'Hamilton. D'après Rahul Deshnev, c'est en rapport avec notre nouveau téléphone, et ça doit être énorme, car ils prennent mille précautions pour qu'il n'y ait aucune fuite.

— Ou alors c'est du bluff pour débusquer l'espion, intervint Phillip en arrivant à leur hauteur.

— Ou une diversion pour qu'on ne se rende pas compte qu'ils n'ont rien pour concurrencer Apple, décréta Art Sampson d'un ton lugubre. Et on va tous perdre notre boulot.

Le temps que Briddey parvienne à rejoindre son bureau, une bonne demi-heure plus tard, elle avait appris 1) qu'un espion s'était infiltré à Commspan, sûr et certain, mais qu'on ne l'avait pas encore démasqué,

2) que Commspan avait mis la main sur le cahier des charges du nouvel iPhone – probablement parce que eux-mêmes avaient un espion chez Apple – et que le nouveau téléphone de leur concurrent allait les laminer, 3) que Commspan allait être vendu à Apple et/ou à Motorola, 4) que Commspan allait racheter Motorola et/ou BLU, et 5) que le projet Hermès quel qu'il soit allait laminer Apple.

À ce stade, Briddey se moquait bien de savoir qui disait vrai. Elle était juste soulagée qu'ils soient tous focalisés sur ces rumeurs et non sur Trent et elle. Personne ne semblait avoir remarqué son pansement ni ne l'avait interrogée à ce sujet. Pas même Charla qui, avant même que Briddey ait franchi le seuil, l'accueillit avec un :

— Tu sais ce que c'est, toi, le projet Hermès ?

— Non, répondit Briddey en triant ses messages.

— Oh, j'espérais que tu serais au courant, vu que Trent participe aux réunions.

— A-t-il appelé ce matin ?

— Non.

Tant mieux, se félicita Briddey.

— Ils ont eu une réunion interminable hier, ça a pris toute la journée, et ça ne s'est fini qu'à 22 heures, expliquait Charla. Personne ne connaissait l'ordre du jour. En tout cas, c'était top secret. Sécurité ultra-renforcée pendant la réunion, tous ceux qui y ont participé sont muets. Même Suki n'a pas réussi à savoir de quoi ça parlait.

C'est une première, songea Briddey.

— D'après elle, ils ont trouvé quelque chose qui va créer un vrai changement de paradigme et rendre le smartphone obsolète, s'enthousiasma Charla. Comme une smart-bague.

— Ou une smart-tiare, proposa Briddey d'un ton sarcastique. Ou un tatouage.

— Un tatouage ? Ah bon ?

— Non, répliqua Briddey. Je plaisantais. Dis à Art Sampson que je dois reporter notre réunion à demain.

— Demain ? Mais c'est samedi.

— Alors à lundi. Ai-je eu d'autres messages ?

— Oui, confirma Charla en consultant sa tablette. Ta sœur Mary Clare a appelé pour demander si elle devait servir du vin à son club de lecture. Selon elle, c'est une chose qui se fait dans les clubs, mais elle a lu un article sur l'augmentation de l'alcoolisme chez les élèves de primaire.

Briddey leva les yeux au ciel. Son appel ne concernait toutefois pas l'AEC, ce qui laissait espérer que Mary Clare n'était pas encore au courant.

— Ta sœur Kathleen veut que tu la rappelles, poursuivit Charla. C'est à propos des rencontres par Internet. Ta nièce Maeve a également téléphoné. Elle est très fâchée contre toi. D'après ce que j'ai compris, maintenant, elle ne peut même plus bouquiner en paix.

— Comment donc ? s'exclama Briddey en feignant la surprise. Pas de message de Tante Oona ?

— Non, répliqua Charla. Elle attend dans ton bureau.

Chapitre 10

« Si je suis la poêle, alors ça, dehors, c'est le feu. »
Alice (mini-série télévisée, créée par Nick Willing, 2009)

— Tante Oona est dans mon bureau ? paniqua Briddey. Que veut-elle ?

— Aucune idée, répondit Charla. Elle a seulement dit qu'elle devait te parler. Quand je lui ai signalé que tu n'étais pas encore arrivée, elle a dit qu'elle attendrait.

Ce qui ne pouvait signifier qu'une chose : Tante Oona avait, d'une façon ou d'une autre, découvert l'AEC de Briddey.

— Je lui ai demandé de te laisser un message, précisa Charla, mais elle a dit que c'était personnel.

— Pas de problème, la rassura Briddey.

Elle entra dans son bureau, où Tante Oona était stoïquement assise, son sac posé sur les genoux.

— Quel bon vent t'amène ? demanda Briddey d'un ton enjoué.

— Maeve. (Tante Oona secoua la tête d'un air tragique.) Pauvre petit faon. Depuis quinze jours, j'ai un mauvais pressentiment à son sujet.

— Oh, pour l'amour du ciel ! Tante Oona, quoi que Mary Clare t'ait raconté, ce n'est pas vrai. Maeve va très bien. Elle sait se débrouiller.

— Oui, c'est sûr, la plupart du temps. Mais si jamais elle se retrouvait dans une situation où elle ne le puisse pas, je crains qu'elle ne se tourne pas vers sa mère, vu comment Mary Clare…

— … réagit de manière totalement disproportionnée à tout ce qu'on lui dit ?

— Exactement. C'est horrible d'être désespérée et de ne pas pouvoir se confier à âme qui vive, pas même à ceux qui vous sont le plus chers.

Ça, je ne peux pas dire le contraire, songea Briddey.

— C'est pour cette raison que je suis venue te voir, poursuivit Tante Oona. D'après Mary Clare, tu as prévu d'emmener Maeve déjeuner samedi. J'ai pensé que ce serait l'occasion de dire à ce pauvre agneau qu'elle peut t'ouvrir son cœur, que tu seras une tombe.

— J'essaierai, mais…

— Le lui dire, c'est une chose. L'en convaincre, c'en est une autre. C'est pareil avec Kathleen. (Elle secoua la tête.) Je l'ai avertie que ces idioties sur Internet n'étaient pas une façon de se dégotter un brave gars. Remplir des questionnaires et se fonder sur des photos ! « Les gueules d'ange, ça va cinq minutes, lui ai-je dit, mais ce qu'il te faut, c'est un bon gars irlandais. »

Comme ce cher Sean O'Reilly, le cheveu rare et toujours chez maman ? demanda Briddey en silence.

— Mais, apparemment, un gars au grand cœur ne lui suffit pas. Il faut qu'ils soient « compatibles ». Compatibles ! se moqua Tante Oona. « Kathleen, lui ai-je dit, si à aucun moment tu n'as envie de lui fracasser le crâne, alors tu n'es pas amoureuse, c'est juste une passade. » Vous, jeunes femmes, ne devriez pas être en quête d'un homme qui soit « compatible », mais qui soit là quand on a besoin de lui.

Je doute que « là quand on a besoin de lui » figure sur le questionnaire d'OKCupid, se dit Briddey.

— A-t-il un grand cœur ? C'est ça, la vraie question, insista Tante Oona. « Serait-il prêt à risquer sa vie pour moi ? Et moi, serais-je prête à faire de même pour lui ? » (Elle pointa un index vers Briddey.) En parlant de risquer sa vie, j'espère que tu as changé d'avis au sujet de cette opération stupide. Je vois bien à ta tête que non. Tout ce que j'ai à dire là-dessus, c'est…

Et c'est reparti, soupira Briddey intérieurement.

— Que lorsqu'un *leprechaun* te propose une marmite pleine d'or, tu te dis qu'il y a anguille sous roche. (Elle se leva.) Je te laisse, maintenant.

Prise de court, Briddey balbutia :

— V-vraiment ?

Elle se maudit intérieurement.

— Oui, répondit Tante Oona en posant son sac sur le bureau de Briddey pour fouiller à l'intérieur. Je dois donner le devoir de sciences de Maeve au gentil p'tit gars qui l'a aidée à le faire. (Elle sortit une pochette vert vif.) C.D., il s'appelle.

Quoi ?

— Tu veux dire C.B. ?

— Oui, c'est ça. Où se trouve son bureau, dis-moi ?

Briddey mit un certain temps à assimiler l'information.

— Maeve connaît C.B. ?

Tante Oona acquiesça.

— Il l'a aidée pour un projet qu'elle avait à faire à l'école. Sur les smartphones. Elle a eu un A, et elle tenait à lui montrer son essai.

La dernière chose que Briddey voulait, c'était que Tante Oona aille discuter avec C.B. Il savait qu'elle ne tenait pas à ce que sa famille soit au courant pour l'AEC, mais il n'aurait pas à la mentionner : il lui suffirait de parler de l'hôpital, ou d'avoir reconduit Briddey chez elle, et Tante Oona comprendrait le reste. S'il commençait à évoquer saint Patrick qui entendait des voix, ou Jeanne d'Arc…

— Je veillerai à ce qu'il voie l'essai de Maeve, proposa Briddey en tendant la main pour prendre la pochette.

— Non, non. Je ne vais pas t'ennuyer avec ça, tu es occupée. Dis-moi juste où est ce C.T.

— C.B., Tante Oona, rectifia Briddey.

Au cas où sa tante espérait que ce soit « un bon gars irlandais », elle ajouta :

— C.B. *Schwartz*. Il est en réunion. Je lui donnerai l'essai de Maeve dès qu'il aura terminé.

Après quelques dernières critiques de Tante Oona sur les goûts discutables de Kathleen en matière de rencontres, et sa suggestion que Briddey s'entretienne avec le père O'Donnell avant qu'elle « fasse quelque chose qu'elle regretterait concernant l'AFC », Briddey finit par récupérer l'essai de Maeve, et Tante Oona prit enfin congé.

La jeune femme releva ses mails puis apporta l'essai à Charla.

— Il faudrait descendre ça à M. Schwartz. Dis-lui que c'est ma tante qui le lui transmet, de la part de Maeve.

Charla le prit à contrecœur.

— Il ne mord pas, si c'est ce qui t'inquiète.

— Ce n'est pas ça, se défendit Charla. Je me demande seulement pourquoi elle ne l'a pas descendu elle-même, tant qu'elle y était.

— Pourquoi, ma tante est allée voir C.B. ?

— Oui. Du moins, elle a demandé où le trouver. Je lui ai dit qu'il devait être dans son labo. Elle a insisté pour savoir s'il n'était pas en réunion. J'ai répondu qu'il n'allait pas aux réunions. Puis elle m'a demandé comment accéder à son labo, alors je le lui ai expliqué. Je n'aurais pas dû ?

Non.

— Je l'ai prévenue qu'il pouvait être… Tu sais…, enchaîna Charla en faisant tourner son index près de sa tempe pour signifier la folie. Aurais-je dû essayer de la dissuader d'y aller ?

Et comment, songea Briddey.

— Non, bien sûr que non. Si quelqu'un appelle, prends le message.

Elle reprit l'essai des mains de Charla et se dirigea vers le labo en l'appelant : *C.B., ma tante est-elle en bas avec toi ?*

Pas de réponse.

Ne lui parle pas, ordonna-t-elle en tournant dans le couloir pour rejoindre les ascenseurs. *Dis-lui que tu dois te rendre à une réunion*. Elle se retrouva face à Phillip, de la logistique.

— Ah, tu tombes bien ! s'exclama-t-il. C'est quoi cette rumeur sur Commspan qui va lancer un smart-tatouage ?

Alors là, on doit avoir battu le record, songea Briddey. *La nouvelle s'est répandue presque aussi rapidement que sera celle de mon AEC si Tante Oona...*

— Je t'en supplie, ne me dis pas qu'on va se lancer là-dedans, gémit Phillip. Je suis concepteur en téléphonie mobile, pas tatoueur !

— Je suis sûre que non, le rassura Briddey. Écoute, je suis à la bourre pour une réunion...

— Alors, j'espère que tu dis vrai, sinon je vais être viré, dit Phillip, les yeux rivés sur le pansement qui lui barrait le dos de la main. Tu es certaine de n'être au courant de rien concernant cette histoire de smart-tatouage ?

— Absolument sûre. (Elle résista à l'envie de cacher sa main.) Pourquoi ne pas interroger Suki ? proposa-t-elle.

Sur ce, elle s'échappa et reprit : *C.B., réponds-moi. Ma tante est-elle en bas avec toi ?*

Effectivement, et on a une discussion très sympa.

C.B..., commença-t-elle, puis elle entendit la voix d'Art Sampson se plaindre :

— J'ai cinquante-neuf ans. Si je me fais virer, je ne retrouverai jamais de boulot.

Je ne peux laisser personne d'autre me mettre le grappin dessus, songea Briddey. Elle se précipita dans le local des photocopieuses pour attendre que Sampson soit passé.

Elle aurait mieux fait de regarder d'abord à l'intérieur : Jill y était.

— Tu tombes à pic ! s'exclama celle-ci. C'est quoi, toutes ces rumeurs sur le projet Hermès ? Qu'est-ce qu'ils ont trouvé ?

— Je ne sais pas, répondit Briddey en gardant un œil sur la porte pour voir passer Art Sampson.

— Pourtant, Trent bosse dessus, non ?

— Oui, mais c'est secret.

— Je sais, mais dans le couple, secret ou pas, on se dit tout.

Pas toujours, tempéra Briddey.

— D'après Suki, ils ont trouvé un concept révolutionnaire en matière de communication, qui bouleversera tout le paradigme actuel.

Toujours aucun signe d'Art Sampson. Il avait dû partir dans la direction opposée. Briddey ne pouvait pas attendre davantage. Elle colla son portable à son oreille comme s'il avait sonné, et déclara :

— Phillip, non, je n'ai pas oublié. J'arrive tout de suite. Désolée, s'excusa-t-elle auprès de Jill.

Elle se précipita hors du local et fonça vers l'ascenseur.

C.B., réponds-moi, lança-t-elle en arrivant devant les portes. *Je ne veux pas que tu parles à ma tante !*

Pas de réponse.

Elle appuya sur la flèche du bas. *C.B. Je ne plaisante pas.*

Les portes de l'ascenseur s'ouvrirent. Derrière elle, elle entendit Art Sampson se lamenter : « … encore six ans avant de pouvoir prendre ma retraite ». Elle se tourna pour voir à quelle distance il se trouvait.

— Briddey ! (Trent sortit de l'ascenseur.) Enfin, je te trouve ! Il faut qu'on parle.

Je tombe de la poêle dans le feu, ma parole, se désola Briddey en regardant à regret les portes se refermer.

— Trent ! Que fais-tu ici ? Je croyais qu'on s'était mis d'accord pour qu'on ne nous voie pas ensemble, et je viens d'entendre Art Sampson…

— On a de plus gros ennuis qu'Art Sampson. Je ne ressens toujours rien. Et toi ?

Si, pensa-t-elle. *De l'appréhension, de la frustration, du désespoir, et, à cet instant précis, de la panique.*

— Non, répondit-elle.

— C'est bien ce que je craignais. On doit appeler le docteur Verrick.

— Mais ça ne fait pas encore quarante-huit heures, tempéra Briddey.

Et je dois descendre avant que C.B. crache le morceau à Tante Oona.

— J'ai fait des recherches en ligne sur les connexions par AEC, disait Trent. En moyenne, ça prend vingt-huit heures. Il y a un problème.

Il dégaina son téléphone.

— Tu ne peux pas l'appeler ici ! avertit Briddey en jetant des coups d'œil anxieux dans le couloir. On pourrait t'entendre.

— Tu as raison. (Trent rappela l'ascenseur.) On va le faire de mon bureau.

— Et ta secrétaire ?

— Elle ne dira rien. C'est la discrétion incarnée.

— Mais je dois aller à une réun…

—Décale-la. C'est plus important.

—Et je dois descendre donner ce rapport à Lorraine du service marketing, insista-t-elle en lui agitant sous le nez le devoir de sciences de Maeve. Ça ne peut pas attendre. Je…

D'un geste posé, Trent le lui prit des mains.

—Je vais demander à Ethel de le lui porter. Et de décaler ta réunion.

Là, c'était pire que de tomber de la poêle dans le feu. C'était la cuisine tout entière qui s'embrasait.

—Impossible, protesta Briddey, acculée. Que *ta* secrétaire annule *ma* réunion provoquerait toutes sortes de commérages.

—Dans ce cas, elle téléphonera à *ton* assistante pour *qu'elle* l'annule, décréta Trent en rappelant l'ascenseur.

—Non, très mauvaise idée. Charla est amie avec Suki. Elle va forcément lui en parler. Si on nous voit monter tous les deux dans ton bureau… Vas-y, toi. Je vais transmettre ce rapport à Lorraine et je te rejoins ensuite.

Les portes de la cabine s'ouvrirent. Briddey récupéra le devoir et s'empressa de s'y engouffrer.

—Attends-moi pour appeler le docteur Verrick, qu'on lui parle ensemble, dit-elle en pressant le bouton de fermeture des portes.

Trent les retint d'une main.

—Tu penses en avoir pour combien de temps?

Juste ce qu'il faudra pour éloigner Tante Oona de C.B., songea-t-elle.

—Cinq minutes. Dix, tout au plus. Maintenant, vas-y, avant qu'on nous voie.

—Très bien, concéda Trent en dégageant sa main. Mais…

Les portes se fermèrent pour de bon.

Briddey appuya aussitôt sur le bouton et attendit avec impatience que l'ascenseur descende. À la seconde où les portes s'ouvrirent sur le sous-sol glacial, elle bondit hors de la cabine et se précipita vers le labo de C.B.

Il y faisait encore plus froid qu'avant. À genoux dans un coin, C.B. démontait le radiateur.

Salut, lança-t-il sans lever les yeux.

—Où est ma tante? l'interrogea Briddey.

Là-dedans, dit-il en désignant un placard en métal. *Je l'ai découpée en morceaux pour la faire rentrer dans un tiroir. Parce que je suis…* Comme Charla, il fit tourner son index près de sa tempe. *Tu vois ce que je veux dire.*

—Je suis sérieuse! Et cesse de communiquer avec moi par la pensée. Parle tout haut.

—Ah oui, j'avais oublié. Il ne faudrait surtout pas renforcer notre chemin neuronal. À ton avis, où est ta tante? Elle est partie. Elle devait aller à l'école de Maeve pour voir un conseiller, quelque chose de ce genre. (Il se leva, une pièce du radiateur à la main.) Dommage. On avait une discussion vraiment sympa.

Oh, la barbe!

—Que lui as-tu dit? Tu ne lui as pas parlé de nous, j'espère?

—Moi? s'offusqua-t-il. C'est toi qui n'arrêtes pas de vouloir tout dire aux gens. Je suis celui qui essaie de te dissuader!

—Alors, sur quoi portait cette « discussion sympa » ?

— Principalement sur Maeve. Elle me remerciait aussi de mon aide.

—Pourquoi ne m'as-tu pas dit que Maeve et toi travailliez ensemble sur son devoir de sciences?

—Je pensais qu'elle te l'aurait dit. Et, si tu te souviens bien, nous avions des préoccupations plus importantes, toi et moi. Comme évoquer les raisons pour ne pas faire cette AEC.

Elle fit mine de ne pas l'avoir entendu.

—Maeve a été votre seul sujet de conversation avec Tante Oona?

—Non, nous avons aussi parlé de toi. D'après elle, tu devrais larguer Trent et te trouver « un brave gars irlandais ».

Génial.

—Et qu'as-tu répondu?

—Que j'étais d'accord. Elle m'a aussi parlé des projets de rencontres sur Internet de Kathleen. Et elle avait quelques conseils à me donner en matière de rencards.

—Lesquels? demanda Briddey avec appréhension.

—Ça, c'est entre elle et moi.

—Tu n'as pas mentionné le fait que tu m'avais accompagnée au *Marriott*? Ni que tu m'avais ramenée de l'hôpital?

—Non, on a juste parlé rendez-vous galants et évoqué les membres de ta famille. Elles sont très gentilles, d'ailleurs. Un peu surprotectrices, peut-être, mais elles ne veulent que le meilleur pour toi. Tu as de la veine de les avoir.

De la veine?

—Oui. Tout le monde n'a pas une famille attentionnée, tu sais. Moi, par exemple.

—Dans ce cas, je te fais cadeau de la mienne. Tu es sûr que tu n'as pas parlé d'autre chose? Du fait que j'aie fait l'AEC, ou…

—Non, l'interrompit-il en se dirigeant vers la paillasse pour prendre un tournevis. On a un peu discuté de Sean O'Reilly. Et des

Filles d'Irlande. (Il fit face au radiateur, s'accroupit et entreprit de dévisser le panneau latéral). Ah oui, et on a aussi causé prémonitions.

— Tu as interrogé Tante Oona sur ses prémonitions ?

Il finit de dévisser le panneau avant de poursuivre :

— Non, c'est elle qui a abordé le sujet. Elle parlait du coup de main que j'ai donné à Maeve, et elle a mentionné sa « prémonition » à propos du fait que Maeve avait besoin d'aide. Celle-ci s'était révélée vraie. Du coup, je lui ai demandé des précisions. Elle m'a parlé de sa « seconde vue », qu'elle a décrite comme une sorte de clairvoyance, mais qui selon moi est une combinaison de lecture à froid et d'estimations. (Il leva les yeux vers Briddey.) Ne t'en fais pas. Elle ne se doute de rien.

Il ramassa une vis.

— Puisque tu tiens toujours à garder ton AEC secrète, j'imagine que Trent et toi ne vous êtes pas encore connectés ? supposa-t-il.

Tu sais très bien que non.

— Pas même un murmure ? Une odeur, un bruit de pluie qui tombe ? Sainte Deoch entendait « des doux airs de chanson » venus du ciel avant de capter des voix. As-tu entendu des chansons angéliques ? *Angel from Montgomery ? Johnny tu n'es pas un ange ? Teen Angel ?*

— Non, rien du tout, répondit Briddey, mais le délai de quarante-huit heures n'est pas encore écoulé. Je suis certaine que nous serons connectés d'ici là.

— Bien sûr.

— Qu'est-ce que tu sous-entends ? Tu penses qu'on ne va jamais y arriver, c'est ça ? demanda Briddey d'un ton accusateur. Et pourquoi ? Veilles-tu personnellement à l'empêcher ?

— Et comment m'y prendrais-je ?

— En me bloquant, d'une manière ou d'une autre, répliqua-t-elle. (Elle observa le radiateur démonté.) En interférant dans les circuits.

— Je te l'ai dit, le cerveau n'a pas de « circuits ». D'ailleurs, il me semblait justement que c'étaient des interférences qui avaient provoqué notre connexion, donc elles ne sont pas censées vous empêcher de vous connecter, Trent et toi.

— Il existe d'autres moyens d'interférer. Comme insister pour communiquer par la pensée. Ou m'interrompre chaque fois que je tente de me connecter à Trent, pour que je ne puisse pas l'atteindre.

Ça ne marche pas comme ça, marmonna C.B.

— Tu vois ? C'est exactement ce que tu es en train de faire. Tu essaies de renforcer notre boucle pour qu'elle devienne si puissante qu'il me soit impossible de l'effacer !

— Oh, bon s… ! Je ne cherche pas à t'empêcher de te connecter à Trent. J'ai autre chose à faire, figure-toi, se défendit-il en se penchant de nouveau sur son radiateur. Comme réparer ce truc-là avant de mourir congelé. D'ailleurs, n'as-tu pas une réunion avec ton petit ami ?

Elle avait complètement oublié qu'elle était censée rejoindre Trent dans son bureau. Elle monta l'escalier en courant, priant pour qu'il n'ait pas pris les devants et décidé d'appeler le docteur Verrick sans elle.

Il l'avait fait, mais n'avait pas réussi à le joindre.

— J'ai dit à la réceptionniste que c'était urgent, expliqua Trent à Briddey. Elle a répondu qu'il n'était pas à son cabinet aujourd'hui et m'a prié de laisser un message. Un message ! Ma secrétaire est en train de chercher le numéro de son cabinet à l'hôpital.

— Ce n'est pas un peu risqué ? l'interrogea Briddey, nerveuse.

— Je te l'ai dit, cette femme est la discrétion incarnée.

— Mais si jamais Suki…

Ethel Godwin frappa à la porte et l'ouvrit.

— J'ai trouvé le numéro, monsieur Worth, annonça-t-elle.

— Merci, dit Trent. (Il composa le numéro de l'hôpital.) Non, la semaine prochaine, ce n'est pas possible. On doit le voir aujourd'hui… Quand sera-t-il de retour… ? Y a-t-il un numéro de portable où je peux le joindre… ? Oui, c'est une urgence !

Il raccrocha.

— Le docteur Verrick est absent. Il est quelque part en train de faire une AEC – ils n'ont pas précisé où – et il ne rentrera peut-être que la semaine prochaine.

Ouf! je l'ai échappé belle, soupira Briddey intérieurement en essayant de cacher son soulagement.

— Ils ont refusé de me donner son numéro de portable, poursuivit Trent. Tu ne l'aurais pas, par hasard ?

Si, songea-t-elle. D'ailleurs, pourquoi ne l'avait-il pas donné à Trent ? Finalement, c'était une aubaine.

— Non.

— Merde. Je vais voir avec Ethel s'il y a un autre moyen de le contacter, par son cabinet de Los Angeles, ou via sa secrétaire…

Son portable tinta.

— Désolé. C'est Hamilton. Il veut me voir sur-le-champ. Je t'envoie un texto dès que j'aurai réussi à joindre le docteur Verrick, promit-il.

Sur ce, il partit.

Briddey prit la direction de son bureau avec l'impression que « la chance des Irlandais » dont parlait toujours Tante Oona l'avait accompagnée. Par bonheur, le docteur Verrick devait être à Manhattan ou à Palm Springs, Trent avait dû partir à la hâte sans avoir le temps de demander à Ethel de dégotter le numéro de la secrétaire, et apparemment C.B. avait dit la vérité en affirmant que Tante Oona ne se doutait de rien, car elle ne reçut aucun texto incendiaire de sa part. Quant à ceux de Kathleen et de Mary Clare, qu'elle lut en attendant l'ascenseur, l'une lui demandait si elle devait s'inscrire sur Sparks, HookUp.com, Cnnect, ou les trois, tandis que l'autre voulait savoir quel filtre Internet installer sur l'ordinateur de Maeve.

L'ascenseur arriva juste à temps pour que Briddey évite de parler à Art Sampson, qu'elle entendit dire, pile au moment où les portes se refermaient sur elle : « Normalement, la discrimination due à l'âge est illégale, mais tu paries combien que je serai le premier à être viré ? »

La chance continua à lui sourire. Trent lui envoya un texto à 14 heures l'informant qu'il participait à une réunion sécurisée qui l'occuperait sûrement le reste de la journée. Il serait donc dans l'impossibilité d'essayer de joindre de nouveau le docteur Verrick aux heures de bureau. Ou d'appeler Briddey à 15 heures, paniqué, quand le délai des quarante-huit heures serait écoulé sans qu'ils se soient connectés. Ce qui arriva effectivement.

Cerise sur le gâteau, à 15 h 30, elle reçut un mail disant qu'en raison de nouveaux éléments en rapport avec le projet Hermès tous les membres du personnel devaient être présents le lendemain de 10 à 16 heures.

Le message ne précisait pas la nature de ces « nouveaux éléments », omission qui ne manqua pas de plonger tout Commspan dans une frénésie de suppositions et d'hypothèses qui, jusqu'au soir, occupa l'esprit de chacun ; exception faite d'Art Sampson, qui s'empressa d'avancer leur réunion à samedi matin. Briddey l'entendit se lamenter au sujet de licenciements possibles lorsqu'elle rejoignit sa voiture. Elle put quitter les lieux sans que personne remarque son pansement ou l'interroge sur l'AEC.

Devoir travailler le samedi signifiait également que son déjeuner avec Maeve tombait à l'eau, et qu'elle n'aurait pas à affronter un interrogatoire familial en allant la chercher ou en la ramenant.

J'appellerai Mary Clare sitôt rentrée, pensa-t-elle, avant de se raviser. Sa sœur lui proposerait peut-être de passer le soir même pour parler à Maeve, et elle devait consacrer son temps à essayer de se connecter à Trent.

À condition que C.B. lui fiche la paix. Il avait dû prendre ses reproches à cœur, ou bien il était toujours affairé sur son radiateur, car il n'intervint pas de toute la soirée.

Ou peut-être qu'il n'a pas pu le réparer, songea-t-elle en se préparant à aller au lit, *et qu'il est mort congelé.*

Si tu veux tout savoir, déclara C.B., *j'étais en train de faire des recherches.*

Sur Bridey Murphy ? Ou sur Jeanne d'Arc ?

Sur Jeanne, répondit-il. *Elle n'entendait pas qu'une seule voix. Elle a commencé par entendre sainte Catherine puis, plus tard, saint Michel et sainte Marguerite.*

Ou alors elle n'était pas restée cohérente dans ses histoires, constata Briddey. *Peut-être qu'elle mentait...*

Sauf qu'elle a préféré finir sur le bûcher que revenir sur ses allégations. J'ai aussi fait des recherches sur le docteur Rhine. Tu disais vouloir un cas de télépathie qui ne date pas du Moyen Âge, et je pense en avoir trouvé un.

Ah oui ? s'étonna-t-elle avant de se ressaisir. *Il fait ça dans le seul but de m'empêcher de me connecter à Trent.*

— Je n'ai pas envie que tu m'en dises plus. Va-t'en.

Il n'écoutait pas. *J'ai lu les comptes-rendus de ses tests de Zener, et ce n'est pas pour rien que le résultat de ses recherches a été discrédité. Il a considéré comme correctes presque toutes les réponses qui ont été données, et ses cartes Zener étaient si fines qu'on voyait au travers...*

Il est comme ma famille, se désola-t-elle en écoutant ses jacasseries. *Il débarque à n'importe quelle heure, se mêle de mes affaires, n'a aucun respect pour mon intimité... Pas étonnant qu'il les apprécie.*

Ce qui lui donna une idée pour lui clouer le bec. Elle appela Kathleen et lui demanda comment se passaient ses rencontres en ligne.

— Finalement, je me suis inscrite sur Cnnect, OKCupid et sur Sparks, raconta Kathleen. Pour choisir quelqu'un sur Sparks, il suffit de tapoter la photo de son profil. Donc je tapote celle d'un type, on sort boire un verre, et là... ça ne fait pas cinq minutes qu'on est ensemble qu'il tapote déjà les photos d'autres nanas ! Du coup, j'ai décidé qu'il me faut un site plus sérieux. Comme JustDinner. Ou Lattes'n'Love.

Lattes'n'Love ? intervint C.B. *C'est une blague, j'espère ?*

La ferme, trancha Briddey.

— Lattes'n'Love ?

— C'est pour ceux qui pensent qu'aller dîner c'est déjà trop s'engager, expliqua Kathleen. Quoique, si un type hésite à s'engager pour dîner, on est en droit de se demander s'il ferait un bon petit ami. D'un autre côté, je suis sûre que Sean O'Reilly n'y sera pas inscrit. À mon avis, il ne sait même pas ce qu'est un latte. Ou alors peut-être que je devrais m'inscrire sur SeulementUnBrunch ? C'est un peu le même concept que JustDinner, avec des cocktails.

C'est clair qu'à ce stade, picoler devient une nécessité, commenta C.B.

Dégage, insista Briddey.

— Mais se retrouver juste pour un café, ce n'est pas assez long, soupira Kathleen.

Au cours de l'heure suivante, elle compara par le menu les mérites d'un rencard autour d'un brunch plutôt qu'un café. Seul point positif : au bout d'un moment, C.B. se découragea et partit.

J'aimerais pouvoir en faire autant, regretta Briddey en bâillant.

À 23 heures, Kathleen raccrocha enfin. Briddey regarda sur son portable si Trent avait tenté de la joindre. Elle ne trouva qu'un message de sa part l'informant qu'il n'avait toujours pas réussi à contacter le docteur Verrick. Apparemment, ce dernier était au Maroc pour faire une AEC sur un cheik et une de ses épouses.

Encore mieux que ce que j'espérais, se réjouit Briddey. Une fois couchée, elle se rendit compte à quel point elle était fatiguée. Elle s'endormit sitôt la tête posée sur l'oreiller, pour être réveillée ce qui lui parut une minute plus tard par la sonnerie du téléphone.

C'était Trent.

— Habille-toi, dit-il. J'ai enfin réussi à joindre le docteur Verrick. On a rendez-vous avec lui à minuit.

Chapitre 11

« Vous ne comprenez vraiment pas un mot de ce que je dis. »

French Kiss

— À minuit ? répéta Briddey, persuadée d'avoir mal entendu. Mais… je le croyais au Maroc.

— Il y est, confirma Trent.

— Ah, on va faire une vidéoconférence, finit-elle par comprendre.

— Oui, mais il a dit qu'il voudrait peut-être faire des examens, c'est pourquoi la discussion doit avoir lieu à son cabinet.

Des examens ? Comme un autre type de scanner ?

— Je te donne l'adresse, disait Trent. Il faut que tu partes tout de suite pour être là-bas à minuit.

Il raccrocha avant qu'elle ait pu trouver un prétexte pour ne pas y aller. Toutefois, si Trent était sur le point de s'entretenir avec le docteur Verrick, il fallait qu'elle y soit pour empêcher le chirurgien de dire à Trent qu'il n'avait jamais conseillé de rester séparés ou de ne pas avoir de rapports sexuels. Et si le docteur voulait leur faire passer un fCAT ? D'après C.B., cet examen montrait l'activité du cerveau. Pourrait-il voir qu'elle et lui étaient connectés ?

C.B. ! appela-t-elle en sortant du lit pour s'habiller. *Tu es là ?*

Qu'est-ce qu'il y a ? répondit-il aussitôt. *Que se passe-t-il ? As-tu entendu la voix de quelqu'un d'autre ?*

Tu veux savoir si je me suis connectée à Trent ? Non.

Elle lui exposa la situation.

Quoi ? Mais quel genre de médecin planifie des rendez-vous au beau milieu de la nuit ?

Ce doit être à cause du décalage horaire avec le Maroc, supposa-t-elle en mettant ses chaussures. *Il faut que tu me parles…*

Du docteur Rhine ? J'ai poursuivi mes recherches sur lui.

Non, pas du docteur Rhine. Selon Trent, le docteur Verrick voudra peut-être nous faire passer des examens. S'il compte programmer un scanner cérébral de type fCAT, y a-t-il un risque qu'il voie que toi et moi sommes connectés ?

Non, répondit C.B. avec assurance.

Il me semblait t'avoir entendu dire que ça montrait l'activité cérébrale.

Oui, mais seulement en termes très généraux : la mémoire d'un côté, le langage de l'autre… Ça ne montre pas à quoi tu penses.

Et l'autre examen dont tu avais parlé ?

L'imCAT ? Ça permet d'avoir une image plus détaillée de l'activité synaptique, mais je crois que ça s'arrête là.

Peux-tu te renseigner, histoire d'en être sûr ? demanda Briddey en enfilant son manteau. *Je regarderais bien moi-même, mais il faut que je parte tout de suite si je veux être à l'heure au rendez-vous…*

Sans compter que, si tu essaies de faire ces recherches sur ton téléphone au volant, il y a des chances que tu finisses entre quatre planches, prévint-il. *OK, je vais voir ce que je trouve.* Il partit et fut de retour avant qu'elle ait rejoint sa voiture pour lui demander : *À quel endroit ton rendez-vous est-il prévu ? À l'hôpital ?*

Pourquoi ? s'enquit Briddey avec angoisse. *Dois-je comprendre qu'un scanner montrant les pensées existe bel et bien, et que l'hôpital en a un ?*

Non, je m'inquiète juste du fait que Trent et toi risqueriez de tomber sur une infirmière qui dira : « Hé, ce n'est pas vous la patiente qu'on a retrouvée sans sa perf dans l'escalier, l'autre nuit ? »

Briddey n'y avait pas songé. *Non, ce sera au cabinet du docteur Verrick.*

En pleine nuit. Es-tu sûre qu'il ne va pas te plonger dans le coma pour te voler tes organes ?

Sûre et certaine, confirma Briddey en pensant que ce serait peut-être préférable. Au moins, elle n'aurait plus à s'empêtrer dans le mensonge.

Elle monta dans sa voiture et prit la direction du centre-ville, se demandant si elle serait à l'heure, mais les rues étaient quasiment désertes. Elle avait presque atteint sa destination quand C.B. intervint de nouveau en lançant : *Dawn Patrol à Night Fighter, vous me recevez ? Night Fighter.*

Alors, qu'as-tu trouvé ? l'interrogea Briddey.

Tu n'as aucun souci à te faire. Il n'y a même pas de scanner au cabinet du docteur Verrick, alors encore moins un appareil fCAT ou imCAT.

Mais il pourrait me dire d'aller à l'hôpital pour en faire un.

Même si c'était le cas, ça ne lui montrerait pas que tu es télépathe. L'imCAT est plus précis au niveau de l'activité synaptique que le fCAT, mais ça reste assez basique. Ce n'est pas comme Google Earth, où chaque centimètre carré a été cartographié. Si on donne au patient un problème de maths à résoudre, une certaine zone du lobe frontal va s'éclairer. Si on lui diffuse une chanson, ce sera le cortex auditif. Mais ça ne va pas plus loin. Ça ne montre quand même pas le contenu de tes pensées.

Pourtant, n'y avait-il pas un article récent à propos d'un scanner capable de prendre les pensées en photo ? On a demandé au sujet de penser à un aigle, et le scanner en a montré l'image…

En effet, dit C.B., *mais les images ressemblent plus à des taches d'encre qu'à des photos. On les interprète comme on veut. Mais imaginons qu'il existe un scanner qui photographie très précisément tes pensées. Ça ne leur indiquerait toujours pas à quoi tu penses.*

Comment ça ? Si…

Prends ton aigle. Tu pourrais te souvenir de l'un de ceux que tu as vus au zoo, ou penser à l'emblème de l'équipe de foot de Philadelphie, au totem des boy-scouts, ou encore au film L'aigle s'est envolé. *Et jamais ça ne leur montrerait celui dont je t'ai parlé par télépathie.*

Mais, si la même image apparaissait au même moment dans nos cerveaux respectifs, ça nous trahirait, insista Briddey. *Même avec l'imCAT, ils verraient que quelqu'un est en train de me parler. Les centres du langage et de l'audition seraient actifs, et…*

J'éviterai de te parler au moment de l'examen, voilà tout, promit C.B. *Même si je le faisais, ils croiraient que tu te souviens d'une conversation. Ou que tu te parles à toi-même. Donc, à moins que Verrick cherche spécifiquement une preuve de télépathie, ce qui ne sera pas le cas, il ne remarquera rien d'anormal. La seule manière pour lui de savoir que nous discutons, c'est qu'on le lui dise. Tu n'as vraiment aucun souci à te faire. Sauf pour ce qui est de te donner rendez-vous à une adresse mystérieuse, au beau milieu de la nuit.*

L'adresse n'a rien de mystérieux. Et Trent sera là, objecta-t-elle en garant sa voiture sur le parking.

Cependant, il n'y avait aucun autre véhicule. De toute évidence, Trent n'était pas arrivé. De plus, le bâtiment était plongé dans l'obscurité.

Je le répète, marché noir et trafic d'organes, l'avertit C.B. *À ta place, je me ferais la malle avant que les aides-soignants débarquent armés de chiffons imbibés de chloroforme.*

Briddey fut extrêmement tentée de suivre ce conseil et d'envoyer à Trent le texto suivant : « J'y suis, il n'y a personne. » Toutefois, avant qu'elle ait pu sortir son téléphone, le hall d'accueil s'éclaira. Une infirmière déverrouilla la porte d'entrée et lui fit signe :

— Mademoiselle Flannigan ? Venez. Le docteur vous attend.

— M. Worth va arriver, lui aussi, précisa Briddey.

L'infirmière acquiesça et lui fit traverser le hall d'accueil pour la mener dans une pièce meublée d'un bureau, d'une table d'examen recouverte de papier à usage unique, et, au mur, d'un gigantesque écran haute définition. L'infirmière procéda aux examens de routine et observa les points de Briddey.

— L'incision cicatrise bien, déclara-t-elle en changeant son pansement pour un autre, plus discret. Pas de signe d'infection ou d'œdème.

Elle enchaîna avec les mêmes questions qu'on lui avait posées à l'hôpital :

— Des douleurs ? Des vertiges ? L'impression d'être désorientée ?

— Non, tout va bien, répondit Briddey.

— Sauf que vous ne vous êtes pas encore connectés, c'est bien cela ? Quand avez-vous fait l'AEC ?

— Mercredi.

L'infirmière le nota.

— On va vous mettre en relation avec le docteur Verrick dans une minute, précisa-t-elle avant de partir.

Un instant plus tard, un jeune homme en blouse arriva.

— Bonsoir, la salua-t-il. Je suis le technicien médical du docteur Verrick. Si vous voulez bien monter sur la table d'examen, je vais vous préparer.

La préparation en question consistait à placer plusieurs caméras autour de Briddey afin que le chirurgien puisse voir à la fois son visage et sa nuque. Le jeune homme fixa ensuite des capteurs à ses poignets, ses bras et sa poitrine, puis, sur son ordinateur portable, il afficha l'image d'une autre salle d'examen.

— Dès que nous serons prêts, j'appellerai le docteur Verrick, expliqua le technicien en branchant les derniers cordons.

— On n'attend pas M. Worth ? s'enquit Briddey.

— Je vais me renseigner, dit-il avant de sortir.

Si c'était comme à l'hôpital, il y en avait pour des heures.

Tant mieux, intervint C.B. *Ainsi, je vais pouvoir te parler du docteur Rhine.*

Tu m'as dit que le résultat de ses recherches avait été discrédité, répliqua Briddey.

C'est vrai, et c'était mérité. Il a clairement sélectionné ses données. Il affirmait que ses sujets mettaient un certain temps avant d'être en pleine possession de leurs capacités télépathiques, puis que celles-ci diminuaient en cas de fatigue. Autrement dit, il n'a retenu que les périodes où les réponses étaient correctes.

Donc ses sujets ne pouvaient pas réellement lire dans les pensées ?

Sans doute que non. À l'exception d'un seul. Il a obtenu des résultats incroyables aux tests de Zener.

Alors, crois-tu que c'était un véritable télépathe ?

Difficile à dire. Pendant plusieurs semaines, il a eu d'excellentes notes, puis tout à coup, il est retombé au niveau de la chance, voire en dessous, et il y est resté. Comme je l'ai dit, Rhine a trafiqué les données, donc peut-être qu'en réalité cet homme n'était pas télépathe…

Ou bien ?

Ou bien il a décidé qu'il ne voulait pas que ça se sache, et il a cessé de coopérer. Selon moi, il a compris ce qui se passerait si Rhine prouvait ses capacités, et il ne voulait pas finir diseur de bonne aventure au cirque, cobaye de laboratoire, ou être soumis à la question…

Ou brûlé vif, ajouta Briddey, sarcastique.

Exactement. Il a eu raison. Dire au…

Chut, l'interrompit Briddey. *Le technicien est de retour.*

Il ne m'entend pas, lui rappela C.B. Il se tut malgré tout à l'arrivée du jeune homme.

— Le docteur Verrick veut vous examiner la première, l'informa-t-il en tapant des touches du clavier.

Le chirurgien apparut à l'écran, assis à un bureau, face à un ordinateur portable.

— Vous m'entendez ? demanda le technicien au docteur. (Quand ce dernier répondit par l'affirmative, il ajusta légèrement la réception du son et de l'image.) Voilà, à vous de jouer, docteur, conclut-il avant de sortir.

— Mademoiselle Flannigan, la salua le chirurgien. (Comme toujours, il semblait ravi de la voir.) Comment vous sentez-vous ?

— Bien, répondit Briddey d'un ton prudent.

— Apparemment, M. Worth et vous n'avez pas encore réussi à vous connecter. Cela n'a rien d'anormal. Pour bien des couples, ça peut prendre jusqu'à cinq jours, voire davantage.

Dommage que Trent ne soit pas là pour l'entendre, regretta Briddey.

— Tout a l'air en ordre, la rassura le docteur en regardant son écran. La zone opérée cicatrise parfaitement. Aucun signe d'infection, aucun gonflement. (Il leva les yeux.) Êtes-vous sûre de ne pas vous être connectée ? Comme je vous l'ai dit à l'hôpital, le premier contact peut être faible et intermittent, une sensation fugace et diffuse qui n'excède pas une ou deux secondes. Vous n'avez rien ressenti de ce genre ?

— Non.

— D'autres sensations, peut-être ? Une impression subite de froid, ou de chaud ? Des fourmillements, une odeur ?

On dirait C.B., pensa-t-elle.

— Non.

— De la musique ? Une voix ?

— Une voix ? répéta Briddey en se raidissant brusquement.

— Oui, plusieurs de mes patients ont rapporté que leur connexion émotionnelle était si intense qu'ils croyaient entendre leur partenaire les appeler. (Il la scruta attentivement.) Avez-vous entendu ce genre de choses ?

Briddey songea : *Si d'autres patients ont entendu des voix, il ne me prendra pas pour une schizophrène si je le lui dis.*

Lui dire ? s'affola C.B. *Tu ne peux pas...*

Si les patients du docteur Verrick ont déjà entendu des voix, insista Briddey, *alors peut-être qu'il en connaît les causes, et qu'il peut y remédier.*

Il a dit que ces gens avaient entendu la voix de leur partenaire, pas de n'importe qui. Tu veux qu'il raconte à Trent que... ?

Il n'a pas le droit d'en discuter avec Trent. La confidentialité médecin-patient, ça te parle ?

C'est ce que croyait Bridey Murphy, et elle s'est retrouvée en couverture du magazine Life.

Tu vas cesser de me parler de Bridey Murphy ? demanda-t-elle sèchement. À voix haute, elle dit :

— Docteur Verrick, je...

— Docteur ? appela la voix de l'infirmière de l'autre côté de la porte, avant de passer la tête dans l'entrebâillement.

— Qu'y a-t-il ? s'enquit le chirurgien, comme s'il se trouvait dans la pièce.

Tu ne comptes pas sérieusement lui en parler, dit C.B. *Pense à ce qui est arrivé à Jeanne d'Arc...*

Chut, siffla Briddey en essayant d'écouter les propos de l'infirmière.

— Brad se demandait s'il pouvait faire entrer M. Worth dès maintenant, dit-elle. Il doit être de retour à l'hôpital à 1 heure du matin au plus tard.

Le docteur Verrick eut l'air contrarié.

— Oui, d'accord.

Pourquoi l'infirmière ne peut-elle pas elle-même accompagner Trent ? s'étonna Briddey. À peine finissait-elle de formuler sa pensée qu'un technicien apparut en poussant un chariot métallique sur lequel étaient posés un écran plus petit et un ordinateur portable. Il le fit rouler à côté de la table d'examen, brancha des cordons et tapota le clavier.

Je n'y crois pas ! s'insurgea C.B. *Il t'oblige à quitter ton lit et à faire tout ce trajet alors que lui se contente d'assister au rendez-vous à distance ?*

Trent est très occupé, modéra Briddey, sur la défensive. *Le projet Hermès est d'une importance capitale.*

Tu ne crois pas si bien dire, répliqua C.B.

Comment ça ?

Il fit semblant de ne pas entendre sa question. *Te rends-tu compte à quel point la situation est ridicule ?* demanda-t-il. *Ces types ne sont même pas là !*

Toi non plus, rétorqua-t-elle. *Au moins, sur Skype, on peut cliquer sur « déconnexion ».*

C'est vrai, admit C.B. *Tu marques un point.*

De manière surprenante, il comprit l'allusion et partit.

— C'est bon, dit le technicien à l'image du docteur Verrick. Ils sont prêts, du côté de M. Worth. Appuyez juste sur « ALT CONTROL » et « VID2 », puis sur « ENTRÉE », et vous serez connecté à lui.

Si seulement me connecter à lui pouvait être aussi simple, soupira Briddey intérieurement.

— Merci, Brad, dit le docteur Verrick.

Le technicien partit, mais le chirurgien n'esquissa pas un geste pour afficher l'image de Trent. Au lieu de quoi, il se leva, s'assit sur un coin de son bureau et se pencha vers Briddey pour s'approcher, comme s'il était physiquement avec elle dans la pièce.

— Désolé pour cette interruption, s'excusa-t-il. Je vous demandais si vous aviez entendu M. Worth vous appeler, ou vous parler.

Une fois que tu auras craché le morceau, tu ne pourras plus reculer, tu en as conscience ? l'interrogea C.B.

Chut.

— Plus le patient est sensible du point de vue empathique, expliquait le docteur, plus la connexion et la forme que prennent les émotions sont complexes : sensations tactiles, bruits, mots...

Alors, tu vois ?

Je vois quoi ? demanda C.B. *Il raconte n'importe quoi. Tu l'as entendu : « Le premier contact peut être faible et intermittent. » Mon œil. Toi et moi étions totalement connectés dès le départ. Et, d'après lui, la connexion est impossible avant un délai de douze heures, ce qui à l'évidence est faux. Il ne sait pas de quoi il parle.*

En tout cas, il en sait plus que toi.

Puis, à voix haute, Briddey déclara :

— Docteur Verrick, vous dites que les personnes sensibles émotionnel...

L'écran devint bleu.

C'est toi qui as fait ça ? s'offusqua Briddey.

Fait quoi ?

Tu sais exactement de quoi je parle.

Le technicien ouvrit la porte.

— Désolé, s'excusa-t-il en se précipitant sur l'ordinateur portable. Ça doit être un problème de signal. (Il tapota le clavier.) Ça va reprendre dans une seconde.

Un instant plus tard, l'image du docteur Verrick réapparut à l'écran. Le technicien supposa que Trent participait à la conversation, car son image s'afficha sur l'autre écran. Après quoi, il s'excusa :

— Désolé pour le retard, monsieur Worth. Ça a bugué. Vous m'entendez ?

— Oui, répondit l'image de Trent. (Il était chez lui, assis sur le canapé. Il regarda Briddey.) As-tu dit au docteur qu'il faudrait nous prescrire un scanner du cerveau pour voir ce qui retarde notre connexion ?

Non !

Trent se tourna vers l'image du docteur Verrick.

— Y a-t-il eu un problème avec son AEC ? insista-t-il. Quand vous avez décidé de la garder pour faire d'autres examens…

Le docteur va lui dire qu'il l'a fait à cause de ta balade nocturne, l'avertit C.B. *Vite, demande-lui si le stress pourrait être un facteur !*

— Nous avons tous les deux été pas mal sous pression au travail, s'empressa de dire Briddey. Le problème pourrait-il venir de là, docteur ?

— Absolument. Nombre de facteurs peuvent interférer avec la connexion : le stress, le manque de sommeil, le manque de…

— Si vous alliez pointer le manque de lien affectif, ça ne peut pas être ça, l'interrompit Trent. Je sais que c'est la raison principale de l'échec de la connexion des couples, mais je suis à cent pour cent engagé émotionnellement envers Briddey, et je sais qu'il en est de même pour elle. Ni elle ni moi n'avons quelqu'un d'autre dans notre vie, n'est-ce pas, chérie ?

Trent et le docteur Verrick se tournèrent tous deux vers elle.

Un téléphone sonna. Trent sortit son appareil de sa poche.

— Excusez-moi, docteur, il faut à tout prix que je réponde.

— Bien sûr, répondit le chirurgien.

Il appuya sur un bouton du clavier de son portable. L'écran de Trent devint noir.

— On a cet énorme projet au bureau, se justifia Briddey, et…

Le docteur Verrick balaya ses excuses d'un geste de la main.

— En fait, c'est mieux ainsi. J'ai des questions à vous poser auxquelles vous répondrez peut-être plus facilement en l'absence de M. Worth.

Votre ami a raison : neuf fois sur dix, si les couples ne parviennent pas à se connecter, c'est à cause d'un lien affectif insuffisant. Cela pourrait-il être votre cas ?

— Bien sûr que non, se défendit Briddey avant de se souvenir que, selon C.B., commencer ses phrases par « bien sûr que » était la preuve irréfutable qu'on mentait.

Elle s'étonna qu'il n'intervienne pas pour la gratifier d'un commentaire sarcastique.

— N'auriez-vous pas, par le passé, vécu une histoire d'amour dont vous ne seriez pas encore complètement remise ? l'interrogeait le docteur. Ou y aurait-il quelqu'un d'autre envers qui vous éprouveriez peut-être aussi des sentiments ?

— Absolument pas.

— En êtes-vous sûre ? Il n'est pas rare que des gens se croient amoureux du partenaire avec qui ils ont fait l'AEC mais que, en réalité, ils nourrissent des sentiments pour un autre. Il arrive même que le patient n'en soit pas conscient.

Ainsi, crier sur les toits qu'elle n'était pas amoureuse de C.B. ne servirait à rien. Le chirurgien penserait seulement qu'elle « n'en avait pas conscience ». C.B. avait vu juste : elle ne pouvait pas se confier à lui.

— Je n'ai de sentiments que pour Trent, décréta-t-elle avec fermeté. Et je n'ai aucun doute. Je suis aussi engagée que lui dans notre relation.

— Dans ce cas, il y a de grandes chances que le retard de votre connexion ne soit que ça : un retard. (Il l'observa avec attention. N'aviez-vous pas une question à me poser avant que l'on soit interrompus ?

Plus maintenant, songea Briddey.

— Vous y avez déjà répondu, dit-elle.

— Et vous êtes certaine de n'avoir reçu ni émotion ni sensation, sous toutes les formes que je vous ai décrites ?

— Tout à fait.

Il acquiesça et appuya sur une touche de son clavier. L'image de Trent réapparut à l'écran. Il avait l'air contrarié.

— Veuillez m'excuser, déclara le docteur Verrick. Il y avait un problème de connexion.

— Briddey, lui as-tu dit que le retard ne pouvait pas venir de notre lien affectif ? demanda Trent.

— Oui.

— Alors que se passe-t-il exactement, docteur ? Ça va faire trois jours !

— Comme je le disais à Mlle Flannigan, ce n'est pas un délai inhabituel, précisa le chirurgien. Cela peut prendre quatre à cinq jours, voire plus.

— Plus ? répéta Trent, horrifié. Jusqu'à combien de temps ?

— Impossible de le prévoir. Les variables sont très nombreuses. (Le docteur regarda Trent avec intérêt.) Toutefois, cela ne se fera pas si vous essayez de forcer. La tension et l'anxiété modifient l'alchimie cérébrale et rendent impossible la création des canaux neuronaux nécessaires, ce qui engendrera davantage de stress. Cela se produit fréquemment chez les couples qui essaient d'avoir un enfant. Plus ils se donnent du mal, plus la fécondation devient difficile. Il est essentiel de rompre ce cercle vicieux.

— Comment faire ? demanda Trent, impatient.

— Vous devez vous détendre et laisser les choses suivre leur cours naturellement. Je vais vous prescrire des anxiolytiques, et je veux que vous cessiez de penser à votre connexion. Focalisez-vous sur autre chose. Lisez, regardez la télévision, jouez aux jeux vidéo. Allez au restaurant, à un match de basket ou au cinéma... Tout ce qui vous distraira de votre connexion.

— Et les relations sexuelles ? l'interrogea Trent avant que Briddey puisse l'en empêcher. D'après Briddey, vous préconisez d'éviter les rapports les premiers jours...

— J'ai dit que c'était l'infirmière qui me l'avait dit à l'hôpital, intervint la jeune femme.

— Non, c'est faux, objecta Trent. Je m'en souviens parfaitement. Tu as dit que le docteur Verrick...

— J'ai répété les propos de l'infirmière qui voulait que je me repose à la suite de l'opération, avant...

— Ce qui est un bon conseil, intervint le docteur Verrick. Mais je ne vois pas pourquoi les rapports sexuels seraient un problème à ce stade, du moment que ça se passe naturellement et que ça n'engendre pas de stress.

Et comment serait-ce possible ? s'inquiéta Briddey, au désespoir. *Qu'on ait des rapports pendant que C.B. écoute...*

Tu n'as pas à t'en faire pour ça, la rassura C.B. *Je ne suis pas complètement maso.*

Oh, pensa-t-elle, à la fois surprise et troublée, mais aussi, de manière étonnante, flattée. Elle se sentit rougir.

Je vous en supplie, faites qu'il n'ait rien perçu de tout ça, songea-t-elle. *Il va croire...*

— Mademoiselle Flannigan ? l'appela le docteur en la regardant d'un air curieux.

Rougissait-elle ? Pourvu que non !

— Oui ? demanda-t-elle en s'efforçant de prendre un ton ferme. Désolée, vous disiez ?

— Le docteur t'a demandé si tu avais d'autres questions, dit Trent avec impatience.

— Oh. Non, je crois avoir compris ce que nous sommes censés faire.

— Et vous, monsieur Worth, avez-vous des questions ?

— Non.

— Bien. Je vous ai prescrit du Xanax à tous les deux. Je veux que vous vous détendiez. Pas de stress, pas d'anxiété, et ne pensez plus à votre connexion. Lâchez prise. Cela arrivera naturellement, affirma-t-il avant d'éteindre l'écran de Trent.

— Merci, docteur, dit Briddey en se levant de la table d'examen pour prendre son manteau.

Mais il n'en avait pas fini avec elle.

— Je veux que vous m'appeliez immédiatement si vous expérimentez n'importe quel contact, même léger et fugace. (Il lui redonna son numéro de portable.) Des images, des bruits, des sensations de toutes sortes, que vous pensiez qu'il s'agisse d'un contact ou pas. L'une de mes patientes a connu une sensation de froid si intense qu'elle s'est traduite par des mots. Elle a entendu son fiancé dire : « Ferme la porte, on se gèle. » Avez-vous vécu quelque chose de ce genre ?

— Non.

— Tout à l'heure, vous m'avez demandé de répéter ma question. Étiez-vous en train d'expérimenter une sorte de contact à ce moment-là ?

Zut ! je rougissais bel et bien, constata-t-elle.

— Non, répondit-elle d'un ton résolu.

Le docteur Verrick fronça les sourcils.

— En êtes-vous certaine ? Vous aviez l'air surprise et… (il hésita, comme s'il cherchait le mot juste) … émue. Radoucie. Comme si vous veniez d'entendre quelque chose qui…

L'écran s'éteignit.

Sauvée in extremis, soupira Briddey.

— Docteur Verrick ? appela-t-elle, dans le doute. Vous m'entendez ? Moi, je ne vous reçois plus. On dirait qu'on a perdu le contact.

Pas de réponse.

Tant mieux. Tire-toi de là pendant que tu le peux, pensa-t-elle. Elle attrapa son manteau et son sac à main puis se faufila hors du bureau. Le hall d'accueil était désert. Briddey hésita, se demandant si elle devait attendre son ordonnance, mais elle ne voulait pas que l'infirmière se rende compte que la communication avec le chirurgien avait été coupée et qu'elle rappelle le technicien.

En plus, se dit-elle sur le trajet du retour à travers les rues noires et dépeuplées, *l'anxiété n'est pas le problème, à l'évidence. J'en ai éprouvé beaucoup ces derniers jours, et ça ne m'a pas empêchée de me connecter à C.B. Il faut l'admettre, le docteur Verrick raconte n'importe quoi.*

Au moins, en affirmant que la connexion pouvait prendre plusieurs jours, il avait octroyé à Briddey un délai supplémentaire pour qu'elle contacte Trent, ce qu'elle comptait bien mettre à profit. Elle l'appela continuellement sur le chemin du retour et jusque tard dans la nuit, puis de bonne heure le samedi matin, sans résultat. Les seuls contacts qu'ils eurent furent la série de textos qu'il lui envoya alors qu'elle se rendait au travail : « J'essaie d'avoir des billets pour *Appel manqué* » suivi de : « Pas de bol. C'est complet » et : « On se retrouve pour le déjeuner à la cantine ? »

Ce qui lui rappela qu'elle devait téléphoner à Mary Clare sitôt arrivée à Commspan pour annuler son déjeuner avec Maeve. Toutefois, avant même qu'elle atteigne le parking souterrain, Mary Clare la devança :

— Changement de programme, annonça-t-elle. Maeve est malade.

— Qu'est-ce qu'elle a ? s'enquit Briddey. La grippe ?

— Non, elle n'a pas de fièvre. Elle n'a aucun symptôme. Je m'inquiète vraiment pour elle.

Mary Clare dans toute sa splendeur.

— Si elle n'a aucun symptôme, alors comment sais-tu qu'elle est malade ?

— Parce qu'elle me l'a dit. On prenait le petit déjeuner – elle était en forme à son réveil, ce matin – et on parlait du club de lecture mères-filles, quand tout à coup elle a posé sa cuillère et a dit : « Je ne me sens pas bien. Je crois que je ferais mieux de m'allonger. » Là-dessus, elle est allée dans sa chambre et a fermé la porte. Je lui ai demandé si elle avait mal au ventre, ou si elle avait des douleurs quelconques, mais elle dit que non. À mon avis, c'est l'appendicite.

Moi, je crois plutôt que c'est la perspective de devoir se farcir ce club de lecture.

— Ce n'est pas l'appendicite, objecta Briddey. Elle aurait de la fièvre, et mal au côté droit.

— Pas si l'appendice a explosé. J'ai regardé sur Internet. Si elle ne va pas mieux d'ici deux heures, j'appelle une ambulance.

Pauvre Maeve, s'apitoya Briddey en entrant dans le parking.

La voiture de C.B. était déjà là, de même que celle de Trent. Et celle de Suki. Briddey se sentait trop fatiguée pour les affronter tous. Y compris Art Sampson, dont elle entendit la voix à l'instant où elle entra dans l'immeuble :

— Si je suis viré, se lamentait-il, je ne tiendrai jamais jusqu'à soixante-cinq ans avec mes économies.

Briddey n'attendit pas de savoir où il était. Elle se précipita vers l'escalier et se hâta de rejoindre son bureau.

— Je voudrais que tu appelles le poste d'Art Sampson pour annuler notre réunion de 11 heures, dit-elle à Charla. Décale-la à la semaine prochaine.

— Son assistante a déjà téléphoné pour la mettre lundi matin, l'informa Charla.

— Oh. Tant mieux. Des messages ?

— Oui. Deux ou trois de ta sœur Kathleen. La secrétaire de Trent a appelé pour dire que vous aviez une réservation au *Luminesce* ce soir à 20 heures, et que Trent passerait te prendre à 19 heures.

— Merci, dit Briddey.

Elle se dirigea vers son bureau, espérant qu'aucun membre de sa famille ne s'y trouvait déjà. Derrière elle, elle entendit : « Un latte décaféiné. »

Par réflexe, elle se retourna en pensant : *Si Charla va chercher un café, j'en prendrais bien un, moi aussi.* Mais son assistante, assise à son bureau, tapait sur son clavier.

Ça devait être quelqu'un dans le couloir, supposa Briddey en se tournant vers la porte. Mais il n'y avait personne.

J'ai entendu ça dans ma tête, s'enthousiasma-t-elle. *Enfin, c'est arrivé ! Je me suis connectée à Trent ! Et pas seulement au plan émotionnel... Avec des mots !* C.B. s'était trompé en parlant de connexion de deuxième choix. Trent et elle allaient pouvoir discuter ensemble, exactement comme elle le faisait avec C.B.

Trent, tu m'entends ? Moi, je t'entends, lança-t-elle.

Pas de réponse.

Peut-être que ça ne marche que de mon côté, conclut-elle. Elle commença à lui écrire un texto, puis se ravisa au dernier moment. Si c'était bien Trent, pourquoi avait-il parlé de latte décaféiné ? Il détestait les latte, et il ne buvait jamais de décaféiné. Qui plus est, ce n'était pas sa voix.

C.B., c'est toi qui as dit ça ? appela-t-elle, même si la voix ne ressemblait pas non plus à la sienne.

— Il y a un problème ? s'enquit Charla.

Briddey faillit lui demander : « As-tu entendu quelqu'un parler à l'instant ? », mais, en plus de la lueur de curiosité dans le regard de son assistante, elle remarqua sa main prête à saisir son téléphone, sans aucun doute pour envoyer un texto à Suki comme : « La chef se comporte bizarrement » ou pis : « La chef entend des voix. »

— Non, tout va bien. Je viens juste de me souvenir que j'avais quelque chose à faire. Mets mes appels en attente, répliqua Briddey avant d'entrer dans son bureau et de fermer la porte.

Un grand, dit la voix, toujours à peine perceptible. *Non, sans mousse...*

Briddey s'interrompit brusquement. Cette fois, le doute n'était plus permis : c'était bien dans sa tête. Ce qui voulait dire, malgré une modulation qui n'était pas la sienne et des paroles surprenantes, que c'était forcément Trent. Il était probablement en train d'envoyer Ethel Godwin chercher du café pour les gens avec qui il était en réunion, et sa voix intérieure ne ressemblait pas à sa voix audible.

Pourtant, celle de C.B. n'est pas différente, songea-t-elle. Et elle n'avait jamais été faible, même au début. Briddey l'avait entendue très distinctement, sans jamais être interrompue en pleine phrase, comme si on les avait déconnectés...

Déconnectés. *C'était bien Trent, et si ça a coupé de cette manière, c'est parce que C.B. crée des interférences sur notre connexion.*

C.B. ! lança-t-elle. *Réponds-moi ! Je sais que tu es là.*

Tu n'es pas obligée de crier, fit remarquer C.B. *Je t'entends. Que se passe-t-il ?*

Tu oses me poser la question ? s'offusqua-t-elle. *Tu bloques Trent ! Inutile de le nier. Je l'ai entendu !*

Tu as entendu Trent ? demanda C.B. Il semblait totalement stupéfait. *Comment ça ? Tu as perçu ses émotions ?*

Non, j'ai entendu sa voix, précisa-t-elle. *Malgré tes tentatives pour m'empêcher de...*

C'était quand ? Non, laisse tomber. J'ai quelque chose à te dire. Tout de suite. Il faut que tu descendes dans mon labo.

Pour que tu m'expliques comment tu t'y es pris pour nous empêcher de... ?

Où es-tu ? Dans ton bureau ? Elle avait dû penser « *Oui* », car il enchaîna : *Reste là. J'arrive.*

Elle ne comptait pas le laisser débiter d'autres mensonges, que ce soit dans son bureau ou ailleurs. Elle attrapa son téléphone, informa Charla qu'elle descendait à la cafétéria et prit la direction du bureau de Trent en empruntant l'escalier pour éviter de croiser C.B. *J'aurais dû parler de la télépathie à Trent dès le départ*, regretta-t-elle en grimpant les marches à toute allure puis en courant dans le couloir pour rejoindre le bureau de son ami. *Je n'aurais jamais dû laisser C.B. me convaincre de...*

Lorsqu'elle passa devant la salle de réunion, une main surgit de la porte et la saisit par le poignet.

— Mais qu'est-ce qui vous pr... ? glapit-elle avant de voir que c'était C.B.

— Chut, souffla-t-il. D'abord l'hôpital, et maintenant ça ! Quel mot n'as-tu pas compris dans « Reste là » ?

— Lâche-moi ! cracha-t-elle en essayant de se libérer.

— Pas tant qu'on n'aura pas parlé.

Il voulut l'entraîner dans la salle de réunion.

— Tu ne peux pas me kidnapper comme ça ! s'indigna-t-elle en jetant des regards frénétiques à la ronde, cherchant de l'aide.

— Et c'est reparti pour le fantasme du kidnapping, railla C.B. C'est quoi, ton problème ?

— *Mon* problème ? répéta-t-elle, furieuse, en tentant d'écarter les doigts qui lui enserraient le poignet. (Elle lui décocha un coup de pied dans le tibia.) C'est toi qui te comportes comme le Fantôme de l'Opéra !

— Le Bossu de Notre-Dame, la corrigea-t-il. (Il cessa de l'entraîner.) C'est bon ! s'exclama-t-il bruyamment. On va le faire ici, devant tout le monde. C'est ce que tu veux ? Je viens de voir Suki arriver…

— Chut, l'interrompit Briddey.

Elle le laissa l'entraîner dans la salle de réunion. Sitôt à l'intérieur, C.B. la relâcha, prit le signet « Réunion en cours – ne pas déranger » suspendu à la poignée et entrouvrit la porte juste assez pour le placer à l'extérieur. Puis il alla vers la table de conférence prendre du papier et un rouleau de scotch. Briddey observa la porte, évaluant le temps qu'il lui faudrait pour rejoindre le bureau de Trent avant que C.B…

Non, trancha celui-ci en se postant lestement entre la porte et elle. *Je lis dans tes pensées, tu te souviens ?* Il scotcha la feuille sur la vitre et tira l'un des fauteuils autour de la table.

— Assieds-toi.

— Je vais rester debout, merci.

Elle croisa les bras.

— Comme tu voudras. Quand exactement as-tu entendu Trent ?

— Il y a quelques minutes.

— C'était la première fois ?

— Oui.

— Et tu es sûre que c'était lui ? Qu'a-t-il dit ?

— Ça ne te regarde p…

— Qu'a-t-il dit ? cria C.B. Il faut que je le sache, Briddey.

— Pour que tu puisses le bloquer.

— Je ne le bloque pas !

— Alors pourquoi sa voix a-t-elle coupé brusquement, sans raison ? Parce que tu la brouillais, voilà pourquoi. Il a quand même réussi à passer au travers, mais ça explique pourquoi sa voix m'est parvenue si faible, et pourquoi elle ne ressemblait pas à la sienne…

C.B. bondit aussitôt sur cette remarque.

— Comment ça, elle ne ressemblait pas à la sienne ? Tu n'as pas pensé que c'était la voix de Trent dès la première fois ?

—Non, grâce à tes interférences ou je ne sais quels trafics auxquels tu t'adonnais.

Il fit mine de n'avoir pas entendu.

—Dis-moi ce qu'il a dit.

—Pourquoi ? demanda-t-elle d'un ton hargneux. Je croyais que tu pouvais lire dans mes pensées.

Il ne tint pas non plus compte de ce sarcasme.

—Dis-moi. Ses propos exacts.

Quelque chose dans son attitude la contraignit à répondre :

—La première fois, il a dit : « Un latte décaféiné. » J'ai pensé que ça venait de quelqu'un dans le couloir.

—Tu es sûre que ce n'était pas le cas ?

—Oui, car un instant plus tard, j'étais dans mon bureau, la porte fermée, et je l'ai entendu dire « un grand », suivi de « sans mousse ».

— Comme s'il passait commande au *Starbucks*, supposa C.B.

La voyant acquiescer, il ajouta :

—As-tu eu l'impression qu'il s'adressait à toi ?

—Non, avoua-t-elle.

Et ne t'avise pas de me raconter que Trent est lié émotionnellement à une serveuse du Starbucks.

—C'est tout ? Tu n'as entendu personne d'autre ?

—Non. À part toi, bougonna-t-elle.

Elle le vit se détendre. *Parce qu'il bloquait Trent.*

—Je t'assure que non ! Quand tu disais que sa voix était déformée, qu'est-ce que ça signifiait ? En quoi était-elle différente de la voix de Trent ? Était-elle plus grave ? plus nasale ? Avait-elle un accent ?

—Non, répliqua-t-elle en fronçant les sourcils, fouillant dans sa mémoire.

Elle ne se souvint d'aucune caractéristique particulière, rien qui lui permette de l'identifier ou de la distinguer de toute autre…

Merde, jura C.B. *C'est ce que je craignais.*

—J'aurais dû… (Il s'interrompit et désigna le fauteuil qu'il avait tiré.) Assieds-toi. S'il te plaît. J'ai à te parler.

Il paraissait si sérieux qu'elle lui obéit.

—Quoi, qu'est-ce qu'il y a ? s'inquiéta-t-elle. Quel est le problème ?

Il tira un autre fauteuil et s'assit en face d'elle, penché en avant, genoux écartés, mains jointes entre eux.

—J'aurais dû te le dire avant, mais je pensais… Tu n'entendais que moi, et j'espérais que ça resterait peut-être comme ça, surtout qu'il s'était écoulé pas mal de temps et que rien ne s'était produit. Je…

Mais pourquoi est-ce que ça met autant de temps? intervint une voix agacée. Par réflexe, Briddey jeta un coup d'œil vers la vitre occultée, pensant que quelqu'un voulait entrer dans la salle, puis elle se rendit compte que C.B. n'avait pas regardé de ce côté. Ni donné le moindre signe qu'il avait entendu cette question.

C'est Trent, songea-t-elle, même si sa voix était toujours différente. Au moins, c'étaient des propos qu'il aurait pu tenir.

Je suis là, dit-elle. *Je t'entends.*

— Tu entends qui ? demanda C.B. en voulant lui prendre la main. Briddey, viens-tu d'entendre quelqu'un parler ?

— Oui. Trent. Il a demandé pourquoi notre connexion était si longue à venir.

— Ah oui ? Il a employé le mot « connexion » ?

— Non, reconnut-elle, mais c'est ce qu'il voulait d...

— Dis-moi exactement. C'est important.

— Il a dit : « Mais pourquoi est-ce que ça met autant de temps ? »

— Cette voix, était-ce la même que celle du latte ?

Ce n'était pas la même, bien qu'elle ne sache pas expliquer en quoi elles étaient différentes. C'était juste une impression.

— Non, parce que tu interférais avec...

Elle s'interrompit. C.B. l'observait, mais il n'était pas sur la défensive. Il semblait plutôt compatissant, comme s'il avait une mauvaise nouvelle à lui annoncer.

— Quoi ? demanda-t-elle.

— Ce n'était pas Trent.

— Comment ça, ce n'était pas Trent ? Tu sous-entends que j'imagine des choses ?

— Non. Hélas.

— Mais que veux-tu dire ? C'était forcément lui ! Qui voulais-tu que ce soit ?

Il prit un air encore plus grave.

— N'importe qui, répondit-il.

— N'importe qui ? Mais comment ça ? Que veux-tu dire ?

— Que ça aurait pu être quelqu'un de Commspan qui patientait pendant que son ordinateur démarrait, ou un futur père qui se demandait pourquoi l'accouchement de sa femme prenait autant de temps. Ou un automobiliste qui attendait que le feu passe au vert.

— Pourtant, tu es certain que ce n'était pas Trent qui se demandait pourquoi on n'était toujours pas connectés, fit-elle remarquer avec colère. Pourquoi ?

— Parce que tu n'as pas reconnu sa voix. Ça veut dire que c'était un inconnu, tout comme la personne que tu as entendue commander le café latte.

— Tu dis que j'ai entendu *deux* inconnus ?

— Oui, et ce n'est que le début. Dans les deux ou trois jours à venir, tu vas en entendre beaucoup plus...

— Et comment sais-tu tout ça, exactement ? demanda-t-elle, mais elle avait déjà la réponse. Toi aussi, tu les as entendues. Ces autres voix.

— Oui. Et elles ne sont pas agréables. Je dois t'apprendre à...

— Tu as entendu d'autres voix, l'interrompit-elle, songeuse. De personnes qui te sont totalement étrangères. Et, aussitôt, tu as su que le fait de s'entendre l'un et l'autre n'avait aucun rapport avec un lien affectif quelconque. Tu savais qu'une autre cause devait avoir provoqué ce phénomène. Pourtant, tu n'as rien dit.

— Bon, écoute, je me rends compte que j'aurais dû t'en parler plus tôt...

— Plus tôt ? Tu aurais dû m'en parler immédiatement ! Dès que c'est arrivé. C'est-à-dire quand, exactement ?

— Briddey...

— De toute évidence, tu entends ces autres voix depuis assez longtemps pour comprendre un tas de choses. Autrement dit, tu dois les entendre depuis un bon moment. Depuis combien de temps ?

Depuis le jour où il m'a ramenée de l'hôpital, songea-t-elle en se répondant à elle-même. *C'est comme ça qu'il a su que Kathleen ne nous avait pas vus à l'appartement. Et qu'il savait qu'on ne risquait rien à y retourner, parce qu'il l'a entendue penser qu'elle partait.*

— Ou est-ce que ça remonte à avant, quand j'étais encore à l'hôpital ? s'enquit-elle. Évidemment. C'est comme ça que tu as su que l'infirmière avait quitté son service, et que le personnel se demandait s'il fallait informer le docteur Verrick ou pas de ma tentative de fuite.

Il avait affirmé les avoir entendus en passant devant le poste des infirmières, mais c'était faux. Il avait lu dans leurs pensées. C'est pourquoi il avait parlé de Jeanne d'Arc, qui entendait plus d'une voix : pour que Briddey lui dise si elle vivait la même chose.

— Tu as commencé à entendre d'autres voix dès la première nuit, juste après avoir entendu la mienne, n'est-ce pas ?

Il prit à nouveau son air compatissant.

— Non.

Oh, mon Dieu. Il les entendait – ainsi que la sienne – avant l'opération de Briddey ! C'était comme ça qu'il l'avait surprise en train de quitter le travail pour se rendre à l'hôpital. Et qu'il avait su avant tout le monde qu'elle allait faire une AEC.

— Depuis quand entends-tu des voix ? demanda-t-elle avec insistance.

— Briddey…

— Réponds-moi. Depuis quand ?

Il inspira profondément.

— Depuis que j'ai treize ans.

Chapitre 12

« Quand j'eus l'âge de treize ans, j'eus une voix de Dieu pour m'aider à me gouverner. Et la première fois, j'eus grand-peur. »

Jeanne d'Arc[1]

— Treize ans ? répéta Briddey, essayant d'intégrer la nouvelle.

C.B. hocha la tête.

— Trois semaines après mon anniversaire, et deux mois après que j'ai commencé ma puberté. Je te laisse deviner ce qui, selon moi, avait pu déclencher la télépathie. Même si, en classe, on lisait aussi *Jamais je ne t'ai promis un jardin de roses*, qui parle d'une ado schizophrène, et que je me suis demandé si ça pouvait être ça. À l'époque, je n'étais pas au courant pour Jeanne d'Arc, ni pour tous les autres saints qui avaient entendu leurs premières voix au même âge que moi.

— Tu entends des voix depuis l'adolescence, commenta Briddey.

Ça expliquait tout : son caractère solitaire, Charla qui disait l'entendre parler tout seul, ses écouteurs reliés à rien. Elle comprenait mieux pourquoi il n'avait pas paru surpris à l'hôpital, pourquoi il avait tout de suite accepté l'idée qu'ils communiquaient par télépathie. Parce que c'était ce qu'il faisait depuis l'âge de treize ans.

— Non, tu te trompes. J'entends des voix depuis l'âge de treize ans, rectifia-t-il. Je ne leur parle pas. Ça, c'est plus récent.

— Récent comment ?

— Très récent.

1. Citation en français empruntée du *Procès de Jeanne d'Arc*, de Robert Brasillach, Gallimard, 1941. (*NdT*)

— Tu veux dire que je suis la première personne avec qui tu communiques ? D'ailleurs, que veux-tu dire par « des voix » ? Combien de voix ? Entends-tu tous les collègues de Commspan ?

Bien sûr que oui. Il avait probablement écouté ce qui se disait pendant les réunions sur le projet Hermès et devait bien rigoler devant les mesures de protection prises pour empêcher Apple de découvrir quoi que ce soit à propos du nouveau…

— Ça ne marche pas comme ça, l'interrompit C.B. Tu n'as aucun contrôle sur ce que tu entends. Ça se produit, comme il y a une minute, quand tu as entendu le type se demander pourquoi c'était si long. Les voix viennent, c'est tout. Et elles continueront à le faire, c'est pourquoi il faut que je t'apprenne à les bloquer…

— J'en étais sûre, dit-elle. Tu bloquais Trent !

— Merde à la fin ! jura C.B. en passant la main dans ses cheveux. Pour la dernière fois, je ne bloque pas ton stupide petit ami ! Je veux t'aider à bloquer les voix. Tu dois ériger un rempart contre elles, et il faut le faire maintenant, avant que tu commences à en entendre d'autres. Tu as entendu la première aujourd'hui ; il nous reste donc un jour ou deux avant que ça se corse, mais bâtir ses défenses prend du temps. Il va falloir que je t'apprenne à…

— Même si j'étais convaincue que tu ne tentais pas d'entraver notre connexion, à Trent et à moi, ce qui n'est pas le cas, intervint-elle froidement, il est évident que tu l'entends. Autrement dit, tu sais à quel point il m'aime et les efforts qu'il fournit pour entrer en contact avec moi. Pourtant, tu n'as rien dit. Et tu t'es bien gardé de m'expliquer pourquoi je t'entendais. Tu m'as raconté que c'était parce qu'un lien affectif nous unissait…

— Non, tu as mal compris. J'ai dit que c'est ce que *Trent* croirait. Et ça ne s'est pas passé comme ça. Je ne t'ai rien dit la première nuit parce que j'avais peur que tu flippes complètement. Tu avais déjà arraché ta perf et tu t'étais enfuie, tellement tu étais choquée de m'avoir entendu. Si je te dévoilais tout, je craignais que tu te jettes dans la cage d'ascenseur ou quelque chose de ce genre.

— Et depuis ?

— J'ai essayé de t'en parler quand je t'ai ramenée de l'hôpital…

— C'était avant-hier.

— Je sais. J'aurais peut-être dû t'en parler avant…

— *Peut-être ?*

— Bon, d'accord, j'aurais dû, mais j'espérais ne pas avoir à en arriver là. J'étais la seule personne que tu entendais. Je me suis dit que l'AEC ne t'avait peut-être rendue que partiellement télépathe, que tu n'entendrais personne d'autre…

— Que tu pourrais me persuader que nous étions liés émotionnellement, et que je tomberais dans tes bras ?

— Non, bien sûr que non…

— Ou du moins, tu t'es servi de cet argument pour me dissuader de tout déballer à Trent. Bien sûr. C'est pour ça que tu m'as raconté ces histoires d'amoureux à l'agonie, de marins torpillés et de McCook dans le Nebraska. Tu m'as parlé de Bridey Murphy et de l'étude sur les gens qui affirmaient entendre des voix pour me convaincre que le docteur Verrick me prendrait pour une folle. Tu as fait tout ce que tu as pu pour m'empêcher de le leur dire.

— Tu as raison, c'est vrai. Parce que…

— Parce que tu ne voulais pas qu'ils découvrent ta télépathie, enchaîna-t-elle. C'est à ça qu'a servi ton manège : la couverture chaude, me déposer chez moi, m'emmener récupérer ma voiture… Tu voulais t'assurer de mon silence. Tu te fichais bien des conséquences que ça aurait sur moi et ma relation avec Trent, qu'il pense que l'échec de notre connexion serait dû au fait que je ne l'aimais pas, et qu'il décide de rompre avec moi. Peu importait. Tout ce qui comptait pour toi, c'était de garder ton précieux secret !

— « Précieux », marmonna-t-il. Ce n'est pas franchement le qualificatif que j'aurais employé. Briddey, écoute…

Il se leva et fit un pas vers elle. Elle leva une main pour l'arrêter.

— Non, je *refuse* de t'écouter. (Elle avait failli mordre à l'hameçon. Et dire qu'elle commençait même à l'apprécier !) Je n'arrive pas à croire que tu aies pu me faire ça. Je pourrais te tuer ! s'écria-t-elle avant de se précipiter sur la porte.

— Briddey…, dit-il en tendant la main pour la retenir.

— Ne me touche pas, espèce de menteur, connard, sale… sale…, balbutia-t-elle, incapable de trouver une insulte qui traduise sa rage. Sale *bossu* ! (Elle ouvrit la porte en grand.) Et ne t'avise pas de me suivre !

Elle sortit d'un pas furieux de la salle de réunion et marcha dans le couloir, fouillant dans sa poche à la recherche de son téléphone. Elle devait trouver Trent, il fallait lui dire que…

Briddey, non, tu ne peux pas…, dit C.B.

Elle fit volte-face pour l'affronter. Le couloir, désert, s'étendait devant elle.

Dégage, répondit-elle avec véhémence.

Tu ne peux pas partir comme ça, insista C.B. *Il faut que je t'apprenne à te protéger. Quand tu auras commencé à entendre les voix pour de bon, ce sera beaucoup plus difficile de mettre en place tes défenses.*

Je n'ai pas l'intention de te laisser m'apprendre quoi que ce soit, fulmina-t-elle, même si elle avait conscience de n'avoir aucun moyen de l'en empêcher. *Je déteste être télépathe*, pensa-t-elle.

Oui, et ça va encore moins te plaire dans les prochains jours si tu ne me laisses pas…

Te laisser faire quoi ? Me raconter toujours plus de mensonges ?

Je ne mentais p…

Alors tu faisais quoi ? Toutes ces prétendues recherches pour essayer de trouver ce qui provoquait la télépathie !

J'ai réellement fait des recherches. Je les ai juste faites… avant. Tout ce que je t'ai dit sur les voix est vrai…

Pourquoi devrais-je te croire ? l'interrompit-elle. *Tu m'as menti sur tout ! Je parie que tes grands discours sur les défenses et les remparts ne sont qu'une tentative d'interférence pour m'empêcher de me connecter à Trent.*

Ça ne…

Marche pas comme ça ? demanda Briddey d'un ton amer. *C'est ce que tu me répètes sans cesse. Et comment savoir que ce n'est pas un mensonge, ça aussi ?*

Parce que…

Je ne veux pas le savoir. Maintenant, barre-toi, ordonna-t-elle en sortant son téléphone, *sinon j'appelle la police et je leur dis que tu me harcèles. Je vais obtenir une ordonnance restrictive contre toi !*

Étant donné les circonstances, je doute que ce soit très utile.

Je suis sérieuse, cracha-t-elle en faisant défiler la liste de ses contacts sur son portable. *J'appelle la police.*

Non, tu bluffes. Je lis dans tes pensées. Tu appelles Trent. Ce qui est une très mauvaise idée.

La mauvaise idée, c'était de ne lui avoir rien dit dès le départ. Elle appuya sur le numéro de Trent.

Elle tomba directement sur sa messagerie. Elle appela son bureau. Sa secrétaire répondit :

— Oh, Briddey. Malheureusement, il est en réunion sécurisée.

Ça, c'est ce que vous croyez, songea Briddey. *Avec la télépathie, la sécurité n'existe pas. Il faut que j'avertisse Trent.*

— Puis-je vous être utile ? demandait Ethel.

Non.

— Pouvez-vous lui dire de m'appeler dès que la réunion sera terminée ?

— Bien sûr. Avez-vous eu son message disant qu'il passerait vous prendre à 19 heures pour vous emmener dîner ?

— Oui.

Tu sors dîner? intervint C.B., horrifié. *Au restaurant? Impossible. Tu dois te tenir éloignée de ce genre d'endroit!*

Éloignée de Trent, tu veux dire. Car, si nous sommes ensemble, il se pourrait qu'on se connecte, et ça ficherait en l'air tes petits plans pour nous séparer.

Non, parce qu'il faut à tout prix que tu évites les lieux fréquentés, rectifia C.B. *Les restaurants, les cinémas, les théâtres, les églises, les matchs de foot, les fêtes. Dans une foule, tu… Il faut que tu organises tes défenses maintenant, avant que les voix se rapprochent. Je dois t'apprendre à ériger un mur.*

Il m'en faut un immédiatement. Contre toi! pesta Briddey, aussitôt terrifiée à l'idée d'avoir parlé tout haut.

Mais Ethel disait calmement:

—Je dirai à M. Worth de vous appeler dès qu'il sortira.

—Je vous remercie, répliqua Briddey. Vous ne savez pas combien de temps cette réunion est censée durer, par hasard?

—Non, répondit Ethel.

Elle avait dû percevoir l'anxiété chez Briddey, car elle ajouta:

—Est-ce que tout va bien?

—Oui, évidemment, répondit Briddey avec légèreté. Je me demandais juste.

Après avoir raccroché, elle resta debout à contempler son téléphone. Devait-elle rappeler Ethel pour savoir où se tenait la réunion, frapper à la porte et exiger de parler à Trent? Tout ce qu'elle risquait de récolter, c'était qu'ils se fassent virer tous les deux. *Je ne suis pas obligée d'en arriver là,* pensa-t-elle. *J'ai un autre moyen de le contacter. Et je n'ai pas l'intention de laisser C.B. m'empêcher de le faire.*

Trent, appela-t-elle. *Es-tu là? Il faut que je te parle.*

Là encore, mauvaise idée, l'avertit C.B. *La dernière chose à faire, c'est de t'ouvrir aux contacts quels qu'ils soient. Les voix…*

Je veux *entendre des voix. Ce sera toujours mieux que d'entendre la tienne!*

Tu changeras rapidement d'avis. Jusqu'à présent, tu n'en as entendu que deux ou trois, mais d'autres vont arriver. Elles seront de plus en plus fréquentes, et dans un jour ou deux, tu entendras ces pensées en permanence.

Comme toi, tu entends les miennes? Toutes ces fois où elle croyait qu'il était parti, alors qu'en réalité il était tapi dans un coin de sa tête, à l'espionner comme un sale voyeur! *Tu m'as écoutée sous la douche,* l'accusa-t-elle. *Espèce de pervers!*

Très bien. Insulte-moi tant que tu veux, mais il faut que tu m'écoutes…

Non, rien ne m'y oblige. Je ne sais pas contre quoi tu essaies de me mettre en garde, en tout cas ça ne peut pas être pire que toi ! Va-t'en, et ne m'approche plus jamais !

Tu ne dois pas te rendre dans les lieux fréquentés, ni prendre de produits relaxants : alcool, calmants... Le docteur Verrick t'a-t-il prescrit quelque chose ? Du Xanax ou du Valium, par exemple ?

Ça ne te regarde pas, rétorqua-t-elle. Quand retiendrait-elle qu'il lisait dans ses pensées ?

Bien joué, commenta-t-il. *Partir était le bon choix. S'il te faxe son ordonnance, ne va pas acheter ce qu'il t'a prescrit.*

Je ne t'écoute pas, dit-elle. Elle se mit à chanter : *La la la la...*

Cette stratégie ne sera pas du tout efficace contre les voix, de même que te boucher les oreilles. La seule chose qui march... Merde !

Quoi ? demanda-t-elle d'un ton soupçonneux. *Trent essaie-t-il une fois de plus de me contacter ?*

Non, répondit C.B., mais elle eut l'impression qu'il ne l'écoutait plus vraiment. *Merde. Un malheur n'arrive jamais seul, comme on dit*, marmonna-t-il. *Écoute, promets-moi que tu ne feras rien tant qu'on n'en aura pas discuté. C'est important.* Sur ce, il se tut.

Tant mieux, se félicita Briddey, au cas où il l'écouterait toujours ; ce qui ne l'aurait guère surprise. Elle reprit la direction de son bureau en marchant au milieu du couloir, de crainte qu'il lui tende un piège et l'attende, prêt à lui sauter dessus, dans le local à photocopieuses ou dans l'espace détente réservé au personnel.

Il n'en fut rien, et heureusement elle ne rencontra personne, même si juste avant d'arriver à son bureau elle entendit Art Sampson se lamenter : « ... ne peut pas vivre avec ce que j'ai économisé ».

Le pauvre, apparemment il errait sans fin dans les couloirs en prédisant les éventuels licenciements à qui voudrait l'entendre. *Ce ne sera pas moi*, songea Briddey en plongeant dans son bureau. Elle avait déjà assez de soucis comme ça.

À commencer par Charla. En la voyant, celle-ci se leva, inquiète, et demanda :

— Est-ce que ça va ?

— Oui, bien sûr, répondit Briddey en voulant la contourner.

— Tu as l'air drôlement... Tu viens de te disputer ?

Elle devait avoir l'air aussi furieuse qu'elle le sentait. Mieux valait trouver un prétexte si elle voulait éviter que Charla raconte à Suki que Trent et elle avaient rompu.

— Oui. Avec Art Sampson. Ça l'énerve de devoir travailler un samedi.

Charla fronça les sourcils.

— Art Sampson ? Mais il n'est pas là.

— Pas là ? répéta Briddey, surprise.

— Non. C'est pour ça que son assistante a appelé pour annuler : il est malade et n'a pas pu venir aujourd'hui.

Pourtant je l'ai entendu, songea Briddey.

Charla l'observait d'un air soucieux.

— Tu es sûre que ça va ?

— Oui. Bien sûr. Il a dû passer prendre des dossiers.

— Pourquoi serait-il venu s'il était malade ? Et pourquoi son assistante ne les aurait-elle pas envoyés par mail ?

— Je ne sais pas, concéda Briddey en se souvenant un peu tard des règles du bien mentir de C.B.

Elle alla dans son bureau et ferma la porte avant d'envenimer la situation. Elle ne venait pas d'entendre Art Sampson dans le couloir. Ce n'était qu'une voix dans sa tête. Était-ce déjà le cas la veille ?

Elle avait dit à C.B. avoir commencé à entendre d'autres personnes aujourd'hui seulement, mais, si Art Sampson en faisait partie, elle s'était trompée. Elle les entendait depuis la veille au matin. D'après C.B., encore un jour ou deux et elle entendrait plus de voix qu'elle ne pourrait le supporter. C'était donc peut-être… ce jour. *S'il disait la vérité. Si ce n'était pas encore un stratagème pour m'empêcher de prévenir Trent.* Cependant, elle se demanda si elle devait avertir C.B.

Pas tant que je ne serai pas sûre et certaine qu'Art Sampson n'est pas venu ce matin, se raisonna-t-elle. Pour le savoir, elle appela son bureau.

On lui confirma son absence. Il était malade. Cinq minutes plus tard, Briddey l'entendit s'exclamer : *D'abord les licenciements, et maintenant la grippe. C'est pas juste !* Puis un instant plus tard : *Où est cette fichue aspirine ? Elle a dit que c'était dans l'armoire à pharmacie.* Preuve qu'il était bel et bien chez lui.

Toutefois, elle n'entendit plus le type au latte décaféiné, ni la personne qui avait demandé : *Pourquoi est-ce que ça prend autant de temps ?* Au moins, entendre Art Sampson en plus de C.B. faciliterait son passage aux aveux auprès de Trent. Il était rigoureusement impossible qu'Art et elle entretiennent un lien affectif.

Pas plus qu'avec Lorraine du service marketing, qui surgit dans son esprit pour affirmer : *Il y a un espion ici, à Commspan, ça ne fait aucun doute. Je me demande bien qui c'est. Ma chef, sûrement. J'espère qu'elle se fera prendre et mettre à la porte. Il faut que j'envoie un texto à Jeremiah des ressources humaines pour avoir son avis. Il est trop mignon.*

Si seulement Trent pouvait intervenir, lui aussi ! Mais il ne le fit pas. Ni C.B., et heureusement. *Peut-être qu'il a enfin compris que je n'écouterai plus ses mensonges*, décréta-t-elle.

Cela dit, il n'avait pas menti sur toute la ligne. Certes, elle entendait plus de voix, et apparemment au hasard. Essayer de continuer à écouter Lorraine et de *ne pas* entendre Art Sampson n'eut aucun effet sur ses capacités à percevoir ce qu'ils disaient, ce qui l'inquiéta un peu. Si C.B. disait vrai sur ce point, était-il aussi sincère en lui intimant de ne pas se rendre dans les lieux trop fréquentés ?

À l'évidence, il lui avait donné cette consigne parce qu'il ne voulait pas qu'elle retrouve Trent au restaurant. Art Sampson et Lorraine posaient moins de problèmes. Entendre leur voix n'était pas pire que ce qu'elle vivait tous les jours en rejoignant son bureau. En fait, c'était mieux. Elle n'avait plus besoin de trouver un prétexte pour se débarrasser d'eux, et c'était plutôt amusant de savoir que Lorraine détestait sa chef et en pinçait pour un collègue des ressources humaines.

Charla entra pour lui annoncer que Jill Quincy voulait la voir et qu'elle avait reçu un mail de Trent. Quand Briddey l'ouvrit, elle vit que c'était une pub pour les alliances de chez *Tiffany*. « Pour te donner du grain à moudre en attendant notre dîner. »

Ça veut peut-être dire que sa réunion est terminée, en déduisit Briddey. Toutefois, quand elle lui téléphona, elle n'obtint pas de réponse et, quand elle regarda l'heure d'envoi du mail, elle constata que c'était plus tôt dans la journée.

Elle monta voir Jill, se demandant si elle entendrait également sa voix. D'ailleurs, pour qui en pinçait-elle ? *Attention, tu commences à ressembler à Suki*, se sermonna-t-elle. Quelle catastrophe ce serait si Suki se mettait à entendre les pensées des autres, elle aussi !

Plus personne ne serait à l'abri. Il fallait admettre que C.B. ne se trompait pas quand il affirmait que la télépathie pouvait être dangereuse. Et perturbante. À l'exception d'Art Sampson, qui était absent, il lui était impossible de distinguer les vraies voix de celles qui résonnaient dans sa tête. Quand elle entendit Phillip dire : « Briddey Flannigan », elle ne ralentit pas, mais il la rattrapa :

— Tu ne m'as pas entendu ? Je voulais te demander : sais-tu en quoi consiste le projet Hermès ? On m'a dit que c'était une smart-casquette de baseball.

Ce qui était sûrement mieux qu'un smart-tatouage.

— Je ne suis au courant de rien, répondit-elle. J'ai entendu toutes sortes d'hypothèses. Excuse-moi, j'ai une réunion.

Elle accéléra le pas.

— Ah, je vois. Tu ne veux pas en parler, commenta Phillip.

Elle n'eut aucun moyen de savoir s'il l'avait dit ou pensé. Par conséquent, elle ne sut pas si elle devait répondre ou pas.

Peut-être que les schizophrènes ne sont pas fous, à la base. Peut-être qu'ils finissent par perdre la raison à cause du stress provoqué par l'impossibilité de faire la différence entre les voix réelles et les autres.

Ce fut un soulagement d'arriver au bureau de Jill et de s'asseoir en face de la personne à qui elle s'adressait, pour la voir ou non remuer les lèvres. Même si cela ne se révéla pas nécessaire : de toute leur entrevue, elle n'entendit pas les pensées de Jill, ni de personne d'autre.

— Bon, tu m'enverras l'analyse ? demanda sa collègue à la fin de leur entretien.

— Oui, acquiesça Briddey en se levant, prête à partir.

— Je suppose que Trent et toi avez prévu quelque chose d'excitant pour ce soir ?

J'espère bien que non, songea Briddey.

— Il m'emmène juste au restau. Au *Luminesce*.

— Oh, tu as une de ces veines ! J'ai toujours voulu y aller ! Je suis sûre que vous allez passer une merveilleuse soirée.

Une merveilleuse soirée, répéta Briddey d'une humeur lugubre, reprenant la direction de son bureau. *J'en doute, maintenant que je vais devoir avouer à Trent que j'entends des voix…* Le positif, c'est qu'elle allait enfin cesser de mentir, et…

— Briddey, dit la voix de Jill.

Elle se retourna, croyant que sa collègue avait oublié de lui dire quelque chose, mais le couloir était désert.

C'était la voix mentale de Jill, conclut Briddey. *Ça fait cinq voix. Non, six en comptant celle de Phillip s'il a seulement pensé que j'étais au courant du projet Hermès.*

C.B. ne lui avait pas menti sur ce point : elle entendait bel et bien de plus en plus de voix.

« Non, on ne fait rien de folichon ce soir, dit Jill d'une voix sarcastique, en imitant Briddey. *Trent m'emmène* juste *au* Luminesce, *le restau le plus sélect de toute la ville. » Oh, je giflerais bien cette petite dinde qui passe son temps à se vanter !*

Je ne me vantais pas ! protesta Briddey. *C'est toi qui m'as demandé ce que j'avais prévu.*

J'en ai ras le bol de l'entendre parler de son parfait petit ami et de sa parfaite vie stupide !

Mais c'est toi qui as abordé le sujet, se défendit Briddey, humiliée… et horrifiée de savoir ce que Jill pensait réellement d'elle. Elle fut soulagée d'entendre à nouveau la voix d'Art Sampson qui s'inquiétait encore à propos de son assurance santé. Mais, lorsqu'elle eut regagné son bureau et que Charla la regarda avec un grand sourire, elle se demanda : *Est-ce que toi aussi, tu me détestes ?*

— Tu as plusieurs messages, l'informa Charla. Ta sœur Mary Clare a appelé pour dire que ta nièce va mieux, mais qu'elle se fait toujours du mouron pour elle. Et Kathleen a téléphoné pour dire qu'elle avait décidé de s'inscrire sur Lattes'n'Love. Je ne sais pas ce que c'est.

— Un site de rencontres. Pour ceux prêts à s'engager pour un café, mais pas pour un déjeuner.

— J'aimerais bien savoir si Nate a envie de s'engager, répliqua Charla tristement.

Briddey se surprit à faire volte-face et à la regarder avec attention, se demandant si Charla venait de prononcer cette phrase à voix haute ou pas.

— La secrétaire de Trent a appelé pour te prévenir que la réunion se prolonge et que tu peux rentrer. Il passera te prendre chez toi à 19 heures. Oh, et on a livré ça pour toi, ajouta-t-elle en désignant un bouquet de camélias rose pâle.

La carte qui l'accompagnait disait simplement : « À ce soir. Trent. »

— Merci, dit Briddey.

Elle prit les fleurs et se rendit dans son bureau, se préparant à capter d'autres remarques fielleuses.

J'espère qu'elle ne va pas rentrer trop tard, entendit-elle Charla dire. *Elle a l'air crevée.*

Briddey fut si reconnaissante de ne pas avoir eu droit à une remarque cruelle qu'elle revint sur ses pas et dit :

— Tu peux t'en aller, Charla. Je vais finir.

Elle n'entendit plus la voix de son assistante ni aucune autre tandis qu'elle terminait ses tâches puis allait à sa voiture. Rien de C.B. non plus, ce qui était tout aussi bien. Ethel Godwin l'appela alors qu'elle quittait sa place de parking pour lui faire part d'un changement de programme : Trent ne passait plus la prendre. Elle devait le retrouver au théâtre.

— Au théâtre ? s'étonna Briddey.

— Oui, finalement, il a pu avoir des places pour *Appel manqué*. Du coup, vous allez voir la pièce et vous irez dîner ensuite. (Elle donna à Briddey le nom et l'adresse du théâtre.) Le lever de rideau est à 20 heures.

Si C.B. ne voulait pas qu'elle aille au restaurant, il voudrait encore moins qu'elle se rende au théâtre. Elle se réjouit qu'il n'intervienne pas pour lui sortir un nouveau sermon, surtout avec une telle circulation. Jamais elle ne serait rentrée à temps pour se doucher et se changer.

D'ailleurs, comment allait-elle se déshabiller, sachant que C.B. serait peut-être en train de l'espionner ?

Après tout, peut-être aurait-elle dû écouter ses conseils pour savoir comment tenir les voix à distance. Elle aurait pu s'en servir pour le bloquer, lui. Quelle image avait-il utilisée ? Monter un mur ? *Je le ferai, c'est certain. Il sera en plomb, au cas où C.B. m'aurait aussi menti pour la vision aux rayons X.*

La circulation se fit de plus en plus dense. Devant elle, les lumières rouges des freins commencèrent à s'allumer successivement. Elle mit son clignotant pour changer de file.

— Mais tu te crois où ? lui aboya un étranger juste dans l'oreille.

Paniquée, elle tourna vivement la tête pour voir qui était assis à l'arrière. Des coups de klaxon retentirent : elle se rendit compte qu'elle avait fait un écart. Le cœur battant, elle réintégra sa file initiale, articulant en silence un « Désolée » à l'intention de l'automobiliste qu'elle avait failli emboutir. Il lui adressa un geste obscène puis la dépassa en faisant rugir son moteur. *T'as eu ton permis dans une pochette-surprise ?* brailla la voix.

Il n'y a personne à l'arrière, se dit-elle, le cœur toujours à cent à l'heure. Ce n'était qu'une voix, comme le type au latte décaféiné.

Malgré tout, elle dut fournir un effort réel pour maintenir son regard sur la route. Elle attrapa son téléphone et le garda dans sa main tout en empruntant la sortie.

Et le clignotant ? Tu te décides ? Tu te mets dans cette file ou pas ?

Ce n'est pas à moi qu'il parle, se raisonna Briddey avec fermeté. Au bout de la voie, elle tourna à droite.

Sitôt qu'elle le put, elle se gara le long du trottoir, déverrouilla son portable, fit défiler la liste de ses contacts jusqu'au numéro de la police, le doigt prêt à appuyer au cas où quelqu'un la menacerait avec un pistolet, puis elle se retourna.

Personne. *C'était juste un type qui râlait après un autre conducteur*, songea-t-elle, soulagée. Elle regagna l'autoroute, encore tremblante de colère, même si ces propos n'étaient pas dirigés contre elle.

Putain, mais les gens ! s'écria-t-il un kilomètre plus loin. *Regarde-moi ça ! Retourne à l'auto-école !* Aussitôt après, une autre voix geignit : *Pff, à ce rythme, je n'aurai jamais fini mes livraisons avant 20 heures !*

Il doit être coincé dans le même bouchon que moi, pensa Briddey avant de l'entendre ajouter : *Si je n'avais pas fait cette livraison de fleurs à Commspan, je ne serais pas coincé dans ce…* Elle n'entendit pas la suite, mais il s'agissait clairement de la personne qui lui avait livré le bouquet de Trent.

Si je prends cette sortie, je peux déposer les roses et ensuite le bouquet mortuaire, dit-il. Quelques secondes plus tard, Art Sampson intervint à nouveau, toujours inquiet au sujet d'un licenciement. Son soliloque accompagna Briddey jusque chez elle avec, de temps à autre, des interjections de l'automobiliste furieux et de Jill. Il n'en fallut pas plus pour convaincre la jeune femme de ne pas prendre le volant pour se rendre au théâtre.

Sitôt arrivée à son appartement, elle appela un taxi puis sauta dans la douche, visualisant une barricade autour d'elle au cas où C.B. l'écouterait à son insu. Elle s'étonna de la longueur de son silence. Que faisait-il, et pourquoi avait-il dit « Merde, un malheur n'arrive jamais seul » ? Cela voulait-il dire… ?

Non mais, regarde-moi ça ! s'exclama une voix. Par réflexe, Briddey attrapa une serviette.

— Allez-vous-en ! cria-t-elle, la serviette serrée contre elle, brandissant la bouteille de shampooing comme si c'était une arme.

Ce n'était que le fleuriste, qui disait : *La moitié des tiges sont cassées ! Je vais devoir retourner à la boutique.*

C'est ridicule, songea Briddey. Elle fut soulagée de n'entendre personne en se séchant les cheveux, en enfilant sa petite robe verte en taffetas et en accrochant les boucles d'oreilles en diamant offertes par Trent. Elle enroula ses cheveux en un chignon flou, mit du mascara et du rouge à lèvres, puis se lança à la recherche de sa pochette de soirée argentée.

Son téléphone sonna. *Pourvu que ce ne soit personne de la famille*, supplia-t-elle. *J'ai eu ma dose.*

C'était le taxi. Elle dit au chauffeur qu'elle descendait tout de suite, ouvrit un dernier tiroir où, par chance, elle trouva ladite pochette, y fourra bâton de rouge à lèvres, peigne, carte bancaire, clés et téléphone, puis dévala l'escalier. Le taxi avait déjà roulé sur quelques centaines de mètres quand elle se souvint qu'ils ne mangeraient qu'après la pièce. Si elle n'arrivait pas trop tard, elle aurait peut-être le temps de passer au *Starbucks*.

Mieux valait ne pas y compter : dès qu'ils eurent tourné dans Linden, ils avancèrent cul à cul. *Normal*, songea Briddey. *On est samedi soir.* Elle se félicita d'autant plus de ne pas avoir à conduire.

— Putain de merde ! jura le chauffeur un pâté d'immeubles plus loin. Vous avez vu cette circulation ? C'est un cauchemar !

— Je sais, dit Briddey en contemplant la mer de feux arrière rouges qui s'étendait devant elle.

— Vous dites ? s'enquit le chauffeur en jetant un coup d'œil dans le rétroviseur intérieur.

Elle se pencha en avant et posa les mains sur le siège avant.

— J'ai dit : « Je sais. »

— Qu'est-ce que vous savez ?

Oh, zut ! songea-t-elle. *Il ne l'a pas dit tout haut.*

— Rien. Désolée, s'excusa-t-elle.

— Vous allez bien ? demanda le chauffeur en fronçant les sourcils.

— Oui, répondit-elle. (Elle tenta de sourire.) Je parlais toute seule.

Dès qu'ils se remirent à rouler, elle voulut se décaler pour voir si le chauffeur remuait les lèvres la prochaine fois qu'elle entendrait parler. Mais ce ne fut pas nécessaire : elle reconnut les autres voix.

Et si Commspan licencie, je parie que Motorola fera pareil, se lamentait Art Sampson. *Si je dois encore supporter ma chef ne serait-ce qu'une journée...*, ruminait Lorraine. Et le fleuriste disait : *J'espère juste que je n'aurai plus de livraisons à faire là-bas.*

Quelques centaines de mètres plus loin, elle entendit Jill dire : *Je me tape un bol de nouilles pour le dîner tandis que madame va au* Luminesce*! C'est tellement injuste. Parce qu'elle est rousse, elle se croit irrésistible ? À tous les coups, ce n'est même pas sa couleur naturelle.*

C.B. ne mentait pas sur ce point non plus, concéda Briddey. *C'est comme se retrouver coincée dans les toilettes du collège, à écouter ses copines médire sur soi.*

J'ai déjà fait quatre livraisons en une semaine pour ce type, Worth, dit le livreur. *Il doit la tromper à tour de bras. Ou alors elle refuse de céder à ses avances et il essaie de l'amadouer...*

« Trent m'emmène dîner au Luminesce*! »* se moqua Jill d'un ton empreint de mépris. *« Trent m'emmène dîner à l'*Iridium*! » « Trent et moi, on va faire une AEC ! »*

— Désolé pour la circulation, déclara le chauffeur de taxi. Je vais voir si je trouve un autre itinéraire. (Il tourna dans Lincoln, où il put mieux rouler sur plusieurs rues, jusqu'à devoir s'immobiliser complètement.) C'est à quelle heure, votre représentation ?

— Vingt heures.

Mais peu importe. Trent et moi n'irons pas voir la pièce. Avec toutes ces voix qui jacassent dans ma tête, je n'arriverai jamais à me concentrer.

Comme pour enfoncer le clou, elle entendit soudain Phillip dire : *... rousse dans la voiture ressemble à Briddey Flannigan. Worth ne va pas me faire croire qu'il veut faire cette AEC pour se connecter à son esprit. Il le fait pour le sexe... Moi-même, je la mettrais bien dans mon lit...*

La télépathie, c'est l'horreur, pensa Briddey. *Plus tôt j'en parlerai à Trent, mieux ce sera.* Il lui faudrait le persuader de laisser tomber *Appel manqué* et d'aller quelque part où elle pourrait tout lui expliquer.

Pourvu qu'il la croie. *Même moi je n'y croyais pas, au début*, se dit-elle en se rappelant comment elle avait soupçonné C.B. d'avoir caché des micros dans sa chambre d'hôpital, et de lui jouer un tour cruel.

C'était le cas, songea-t-elle en sentant sa colère se raviver. Trent la soupçonnerait-il de la même manière ? L'accuserait-il d'avoir trouvé une excuse bidon pour expliquer l'échec de leur connexion ? Pire, la prendrait-il pour une folle ?

Non. Bien sûr qu'il te croira. Il t'aime. Si C.B. t'a raconté cette histoire sur les gens qui entendent des voix déclarés automatiquement schizophrènes, c'est pour t'empêcher de te confier à Trent.

Elle se pencha vers l'avant pour voir à quelle distance du théâtre ils se trouvaient : c'était encore loin. Elle regarda son téléphone : 19 h 30.

— Je fais de mon mieux, marmonna le chauffeur.

— Je sais bien, répliqua-t-elle en pensant tout à coup : *Mince, et si ça aussi, il l'avait pensé ?*

Apparemment, il avait parlé à voix haute, car il dit :

— Ne vous en faites pas. Je vous déposerai à l'heure.

Il donna un coup de klaxon et avança dans la file de gauche en faisant rugir le moteur, ne laissant que quelques millimètres entre sa voiture et celles qui l'entouraient.

Briddey se tassa sur son siège. Elle se demanda si elle n'allait pas finir le trajet à pied, mais il faudrait que le taxi se gare près du trottoir pour la faire descendre, et ils finiraient sûrement écrasés tous les deux. De plus, il valait peut-être mieux qu'elle arrive en retard. Si la pièce avait déjà commencé, ce serait plus facile pour elle de convaincre Trent d'aller discuter ailleurs. Si la circulation pouvait rester aussi infernale durant la prochaine demi-heure...

Toutefois, après trois cents mètres de coups de klaxon et d'accrochages évités de peu, le flot de véhicules se fendit en deux, telle la mer Rouge s'ouvrant devant Moïse. Le chauffeur fit une embardée au niveau de l'entrée du théâtre et la déposa :

— Je vous avais bien dit qu'on serait à l'heure.

Et vous avez tenu parole, répliqua Briddey intérieurement en observant le trottoir bondé de spectateurs. *Malheureusement.*

À l'évidence, les gens n'étaient pas pressés d'entrer. Ils restaient dehors, en petits groupes, à fumer, bavarder, saluer des amis. Briddey jeta un coup d'œil à son téléphone. Il n'était que 19 h 45.

Trent n'était visible nulle part. *Peut-être est-il coincé dans les bouchons, lui aussi*, espéra-t-elle. Si lui était en retard, ce serait encore mieux. Elle régla la course et entra dans le théâtre.

Elle s'arrêta presque aussitôt. Le vaste hall d'entrée était bondé. *C.B. m'a déconseillé les endroits fréquentés.* Cependant, s'il craignait que ça déclenche d'autres voix, il n'en fut rien. Les seules qu'elle entendit furent celles des personnes qui l'entouraient : elles discutaient de la circulation et de la pièce de théâtre.

— Tu sais de quoi ça parle ?

— Non, mais elle a été primée.

— J'adore ton manteau !

— … un vrai cauchemar pour arriver jusqu'ici.

Elle sillonna le hall, à la recherche de Trent. Se faufilant entre des groupes de femmes élégantes et d'hommes en costume, elle contourna la file d'attente pour le vestiaire et les tee-shirts-souvenirs puis vérifia l'escalier, où les gens tendaient leurs billets à des ouvreurs avant d'entrer dans la salle. Aucun signe de Trent. Tant mieux.

— Mais où est-elle ? s'impatienta quelqu'un juste derrière elle. (En se retournant, Briddey vit qu'il s'agissait d'une femme d'âge mûr parée de fourrure.) Il va être l'heure d'y aller. Si on rate le premier acte à cause d'elle…

— Ne t'en fais pas, répliqua son ami. Je lui ai dit que si nous n'étions pas dans le hall à son arrivée, c'est que nous serions dans la salle, et que son billet l'attendrait à l'accueil.

Briddey n'avait pas envisagé la possibilité que Trent y ait déposé son billet. Elle se fraya un chemin à travers la foule et, une fois au guichet, donna son nom. L'homme derrière la vitre feuilleta des enveloppes dans une boîte puis demanda :

— Flannigan, dites-vous ?

— Oui, confirma Briddey. Ou peut-être Worth.

Il chercha à la lettre W pendant que la queue s'allongeait derrière elle.

— Bon sang ! s'exclama une femme dans l'oreille de Briddey. À ce rythme, je vais crever d'ennui !

Briddey se tourna pour s'excuser, mais la personne qui se trouvait derrière elle était un homme âgé. Derrière lui, il y avait deux jeunes filles dont la discussion animée portait sur la comédie musicale *Hamilton*, qu'elles s'apprêtaient à voir la semaine suivante. La seule femme dans les parages était une jolie blonde. Ça ne pouvait pas venir d'elle puisqu'elle adressait un grand sourire au jeune homme qui lui faisait l'historique des lieux. *C'est la dernière fois que je laisse Jane me fixer un rencard*, regretta la même voix féminine. *Je tombe toujours sur des gros nazes.*

C'est une nouvelle voix, conclut Briddey. Elle reporta son attention sur l'homme à l'air stressé derrière la vitre. De toute évidence, il venait de lui parler.

— Pardonnez-moi, s'excusa Briddey. Vous disiez ?

Je me fous de la date de construction de ce théâtre et des acteurs qui y ont joué, râla la blonde. *Je savais que j'aurais dû insister pour qu'on prenne d'abord un café.*

— Mademoiselle, l'appelait le guichetier. Mademoiselle !

— Désolée, dit Briddey.

— J'ai dit que je n'avais pas de billet à ce nom. (Il se pencha pour regarder derrière elle.) Personne suivante s'il v…

Si on s'était d'abord rencontrés autour d'un café, je ne me serais pas retrouvée coincée avec lui toute la soirée. Peut-être que je pourrai m'éclipser à l'entracte.

— Alors, tu te bouges ? s'impatienta l'homme âgé. Il t'a dit qu'il n'avait pas ton billet. (Choquée par sa grossièreté, Briddey fit volte-face pour le dévisager, mais il la regardait poliment, de même que les autres personnes de la file.) Pour l'amour du ciel ! tu vas rester plantée là toute la soirée ?

Je l'entends penser, lui aussi.

— Personne suivante, insista le guichetier, agacé.

Briddey se rendit compte qu'elle se tenait toujours devant le guichet.

— Excusez-moi, dit-elle en s'écartant sur le côté.

Il y en a qui en tiennent une couche, fit remarquer l'homme. *Qu'est-ce qu'elle fichait ?*

J'étais occupée à entendre des voix, répondit Briddey en pensée.

C.B. l'avait prévenue de se tenir éloignée de ce genre d'endroit, et à présent elle comprenait pourquoi. À l'intérieur du théâtre, la foule s'était encore densifiée. Par conséquent, il fallait à tout prix qu'elle persuade Trent d'aller dans un endroit calme.

Je ne tiendrai jamais jusqu'à l'entracte, geignait la blonde. *Peut-être devrais-je demander à ce maniaque du théâtre de m'acheter un programme. J'en profiterai pour filer.*

Excellente idée, songea Briddey. *Je vais retourner dehors et attendre le lever de rideau pour faire mon apparition. Je dirai à Trent que j'étais coincée dans les bouchons et que je suis arrivée en retard.* Elle traversa la foule pour se diriger vers la porte devant laquelle le chauffeur de taxi l'avait déposée.

Hé, regarde où tu vas ! aboya une voix féminine. Puis une autre voix, celle de Trent sans le moindre doute, l'appela : *Briddey ! Briddey !*

Oh, non ! paniqua-t-elle. *Ce n'est pas le moment d'établir le contact avec moi !*

— Briddey ! répéta-t-il. (Il se tenait là, devant elle, le sourire aux lèvres.) Tu ne m'as pas entendu ? Ça fait cinq minutes que je t'appelle.

— Non, je… C'est trop bruyant, ici, balbutia-t-elle. Pourrions-nous aller dans un lieu plus tranquille ? Il faut que je te parle de…

— Écoute, il y a un petit changement de programme.

Oh, quel soulagement ! Finalement, il n'a pas pu avoir de places.

— Tu ne devineras jamais, chérie, poursuivit-il. (Il la mena à travers la foule pour rejoindre l'escalier.) Pendant ma réunion avec Hamilton, j'ai mentionné qu'on sortait ce soir et que je n'avais pas réussi à obtenir de billets pour cette pièce. Il a dit que sa femme et lui y allaient et a insisté pour qu'on se joigne à eux. N'est-ce pas formidable ?

Chapitre 13

« Cette fois, les voix ne mirent pas leur grain de sel, comme si elle n'avait rien dit, mais à sa grande surprise, elles pensèrent toutes en chœur. »

Lewis Carroll, *La Traversée du Miroir*[1]

— J'espérais te voir dans ta robe noire, dit Trent à Briddey en fronçant les sourcils. Elle est beaucoup plus discrète et raffinée. Oh, tant pis. (Il la prit par le bras et montra brièvement leurs billets à l'ouvreur.) Les Hamilton nous attendent au bar en mezzanine.

— Mais je croyais que nous ne serions que tous les deux…, commença Briddey.

— Moi aussi, répliqua-t-il avec empressement en l'entraînant dans le hall intérieur. Mais difficile de dire « non » au boss, pas vrai ? Tu sais combien le projet Hermès est important. Et sa femme a très envie de te rencontrer.

— Oui, mais il faut qu'on…

— Je sais, il faut qu'on se détende pour réussir à se connecter, finit-il pour elle en la menant vers l'escalier, à l'autre bout. (Des flèches pointées vers le haut indiquaient l'accès à la mezzanine, aux balcons et aux toilettes des dames.) Mais on peut à la fois se détendre et faire bonne impression à Hamilton. L'un n'exclut pas l'autre.

Oh, que si.

— De plus, c'est exactement le genre de sortie que le docteur Verrick nous a recommandé. Si nous n'étions que toi et moi, nous serions

1. *Les Aventures d'Alice au Pays des merveilles* suivi de *La Traversée du Miroir et ce qu'Alice trouva de l'autre côté.* Traduction de Laurent Bury. (*NdT*)

focalisés sur notre connexion, insista Trent en lui faisant emprunter l'escalier. Ainsi, nous serons forcés de penser à autre chose. Entre la pièce et les Hamilton, aucun risque qu'on se soucie de notre connexion.

Et que j'aie l'occasion de te parler des voix. Qui pouvaient la harceler de nouveau d'une minute à l'autre. Briddey devait le convaincre que c'était une mauvaise idée, que, patron ou pas, il fallait qu'ils se rendent dans un endroit calme pour discuter.

Mais où ? L'escalier était encore plus bondé que le hall. Il s'y pressait les uns contre les autres des couples en pleine discussion. Aux toilettes pour dames, des femmes tout aussi bavardes faisaient la queue. La file se prolongeait jusqu'au milieu du palier.

— C'est ridicule, se plaignit une voix, se détachant du brouhaha ambiant. Ils devraient ouvrir davantage de toilettes !

Moi aussi, je vais devoir crier, songea Briddey.

— Trent ! appela-t-elle.

— Et merde ! jura une voix pratiquement dans l'oreille de Briddey. (Elle se retourna et vit une femme aux cheveux blancs et à la coiffure impeccable quitter la file d'attente et descendre l'escalier.) J'ai soixante-dix ans. Je ne vais pas passer vingt minutes debout à poireauter.

La femme n'avait pas desserré les lèvres, mais elle affichait une moue désapprobatrice.

Je vous en supplie, pensa Briddey. *Faites que je ne sois pas la seule à l'avoir entendue.*

Une seconde plus tard, la voix ajouta tout aussi clairement : *Tant pis, je vais chez les hommes.* Là encore, Briddey fut la seule à le remarquer.

— Oh, non, murmura-t-elle.

— Quoi ? As-tu dit quelque chose, chérie ? demanda Trent, devant elle.

— Non.

Et cette dame non plus n'a pas parlé à voix haute.

— On y est presque, l'informa Trent. Désolé pour le monde. Encore quelques…

C'est de la discrimination sexuelle pure et simple, décréta une autre voix. *Chez les hommes, il n'y a jamais besoin de faire la queue !*

La blonde qui avait accepté un rendez-vous à l'aveugle intervint : *Je savais que j'aurais dû m'éclipser par une porte de service.*

Les voix arrivent de plus en plus vite, comme C.B. l'avait prédit, s'inquiéta Briddey. Elle pria pour que le bar en mezzanine soit plus calme, mais il était si bondé que Trent la saisit par le poignet et l'entraîna à travers la foule pour rejoindre les Hamilton, écrasés contre le mur du fond.

Ils n'en paraissaient pas incommodés pour autant.

—Bonsoir! lança Graham Hamilton d'un ton enjoué. Ou devrais-je dire... « meuh » ?

— Pas du tout, objecta son épouse en haussant la voix pour couvrir le vacarme. Tu devrais dire... (Elle s'interrompit, affichant un air perplexe comique.) Que disent les sardines, au fait ?

—Je pense qu'elles sont trop serrées dans leurs boîtes pour émettre le moindre son, plaisanta Hamilton. Je vous présente ma femme, Traci.

—Bonsoir! cria Traci pour se faire entendre. Ravie de vous connaître. J'ai beaucoup entendu parler de vous.

—Arrêtez de me marcher sur le pied! s'exclama une voix juste derrière Briddey.

Par réflexe, elle se retourna pour voir qui se plaignait.

—Un problème? lui demanda Graham Hamilton.

—Non, je... Désolée. J'ai cru entendre quelqu'un que je connaissais.

Tu ne peux pas regarder où tu mets les pieds? bougonna la voix. Une autre déclara : *Il y a beaucoup trop de monde, ici*, puis une troisième enchaîna avec aigreur : *Huit dollars le verre de vin!*

J'en entends de plus en plus, paniqua Briddey. *Je dois convaincre Trent de quitter cet endroit.*

—Si vous avez entendu quelqu'un que vous connaissez, vous vous débrouillez mieux que moi, fit remarquer Traci. Je n'entends rien du tout!

—Elle non plus, railla Trent. Briddey, Graham t'a demandé si tu voulais boire quelque chose.

—Oh, excusez-moi, dit Briddey en pensant : *Si les Hamilton vont au bar, j'en profiterai pour parler à Trent.* Oui, je veux bien un verre de vin.

—Rouge ou blanc? s'enquit Graham.

Ce vin blanc a le goût de pisse, éructa distinctement une nouvelle voix.

—Briddey, rouge ou blanc? répéta Trent, agacé.

—Rouge, s'il vous plaît.

—Va pour le rouge, répliqua Graham. On revient tout de suite.

Il s'avança de quelques pas dans la foule et se retourna pour ajouter :

—Si vous n'avez plus de nos nouvelles d'ici une semaine, lancez une expédition! Venez, Trent.

Les deux hommes furent engloutis par la foule.

—Ouf! ils sont partis, dit Traci en se rapprochant de Briddey. Nous allons pouvoir bavarder. Je meurs d'envie de savoir comment s'est passée votre AEC.

— Mon AEC ? s'étonna Briddey.

Je croyais que Trent voulait la garder secrète.

— Je sais qu'il faut rester discret à ce sujet et qu'on n'est pas censés en parler, disait Traci, mais je suis curieuse ! Comment avez-vous trouvé le docteur Verrick ? Il paraît qu'il est formidable.

— Oui, répondit distraitement Briddey en se demandant ce qu'elle voulait dire par « rester discret ».

— Était-ce une hospitalisation de jour ? l'interrogea Traci pendant qu'une voix à côté de Briddey dit : « Charise n'est toujours pas arrivée. »

Cette personne a-t-elle parlé tout haut, ou était-ce l'une des voix ? se demanda Briddey.

— Il faut que je le dise à Jason par texto, ajouta la voix.

Voilà ce que je peux faire, moi aussi, décréta Briddey. *Envoyer un texto à Trent pour lui dire qu'on doit partir.* Elle pourrait prétexter qu'il était arrivé quelque chose et qu'ils devaient s'en aller immédiatement. Il trouverait bien une excuse pour…

— Oh, vous devez me trouver impolie, à vous poser autant de questions personnelles, disait Traci Hamilton.

— Non, pas du tout, la rassura Briddey, même si elle n'avait aucune idée de ce qu'on venait de lui demander. C'est moi qui suis impolie. J'ai un problème d'ordre familial, et je n'arrive pas à penser à autre chose.

— Oh, ma pauvre ! Quelqu'un est malade ?

— Non, c'est ma nièce, Maeve. Elle a neuf ans. Elle a des difficultés à gérer ses émotions, et ma sœur se ronge d'inquiétude pour elle, expliqua Briddey. (Elle se sentait coupable d'utiliser Maeve, mais ce fut le seul prétexte qui lui vint à l'esprit.) Il faudrait vraiment que je l'appelle avant que la pièce commence.

— Mais bien sûr ! s'exclama Traci. Je comprends tout à fait. Allez-y, envoyez-lui un texto.

Pas ici, vous pourriez voir ce que j'écris, pensa Briddey.

— Il faut absolument que je lui parle. Je dois trouver un endroit où je peux entendre quelque chose.

Avant que Trent revienne.

— Essayez l'escalier, proposa Traci.

Même s'il y avait peu de chances que la foule s'y soit clairsemée, Briddey prit aussitôt cette direction, sans quitter des yeux Trent et Graham Hamilton.

Ils étaient toujours au milieu de l'attroupement agglutiné autour du bar. *Tant mieux.* Elle se faufila jusqu'à la porte et atteignit le palier, tout aussi bondé. Elle sortit son portable de sa pochette, le déverrouilla et se demanda ce qu'elle allait bien écrire. « Une urgence. Il faut que je te parle en privé » ?

Il risquait d'en déduire qu'elle avait réussi à se connecter à lui. Tant pis. Elle se mit à taper le message malgré les difficultés : chaque fois que les gens passaient près d'elle, ils s'ingéniaient à la bousculer. Si elle parvenait à envoyer ce texto, Trent entendrait-il son téléphone tinter ? Le volume sonore semblait augmenter sans cesse.

— Que fais-tu là ? s'enquit Trent en surgissant tout à coup de la foule. Tu es censée tenir compagnie à Traci.

— Oui, je sais, mais... Écoute, il faut que je te parle. Il est arrivé quelque chose.

— Traci m'en a parlé, l'interrompit-il. Maeve va bien. Ta sœur est toujours hystérique...

— Ça ne concerne pas Maeve, mais l'AEC. Je...

— Tu as commencé à percevoir mes émotions ? s'enthousiasma-t-il en la prenant par les bras. C'est génial ! Ça ne pouvait pas mieux tomber ! (Il jeta un coup d'œil en arrière vers le bar.) Je bous d'impatience de...

— Non, ce n'est pas ça ! Écoute, je ne peux pas t'en parler ici. Il faut se trouver un autre endroit.

— Un autre endroit ? Impossible. C'est notre boss ! Le planter là serait d'une grossièreté incroyable.

— J'en ai bien conscience, reconnut Briddey, mais...

— Ah, vous voilà ! s'exclama Graham Hamilton en fendant la foule avec son épouse et deux verres de vin. (Il en tendit un à Briddey.) Désolé, il n'y avait plus de rouge.

— Avez-vous réussi à joindre votre sœur ? demanda Traci.

— Non, répondit Briddey en glissant son portable dans sa pochette pour prendre le verre. Je lui ai laissé un message. Je réessaierai à l'entracte. (Elle jeta un coup d'œil à Trent, qui l'observait d'un regard noir.) Ou après la pièce.

Elle but une petite gorgée de vin. *Celui qui a dit que ça avait le goût de pisse ne s'est pas trompé*, pensa-t-elle en retenant une grimace. Elle se prépara à entendre une nouvelle voix, mais pour l'instant elle avait un répit. La pièce allait commencer dans quelques minutes, et on n'attendrait plus d'elle qu'elle fasse la conversation. Si elle arrivait à tenir jusque-là...

Les lumières se tamisèrent puis revinrent à la normale, signe qu'il était temps que chacun gagne sa place. Trent prit le verre de Briddey et celui de Traci puis retourna les rendre au bar, tandis que, mêlé au reste de la foule, Graham Hamilton entraînait les deux femmes vers la porte puis l'escalier.

— Ne devrions-nous pas attendre Trent ? s'inquiéta Briddey.

Il secoua la tête.

—Il nous rejoindra.

—J'imagine que Briddey et moi n'avons pas le temps de filer aux toilettes, n'est-ce pas ? l'interrogea Traci.

—Non, répondit son mari d'un ton ferme, alors même que la queue pour s'y rendre s'était considérablement réduite. Le lever de rideau a lieu dans cinq minutes. (Il les fit descendre au rez-de-chaussée.) On vous interdit d'entrer, une fois la pièce commencée.

—Il a raison, admit Traci. Tu te souviens quand on est allés voir *Kinky Boots*, Graham ?

—Ça oui !

—Il avait dû sortir dans le hall pour prendre un appel, et ils ont refusé de le laisser rentrer tant que la première partie n'était pas terminée, expliqua Traci. C'était très frustrant. Il a raté la moitié de la pièce !

—Nous y voilà, dit Hamilton. Sixième rang. Nos places sont au milieu. (Il se pencha vers l'homme assis en bout de rangée.) Excusez-moi, nous sommes placés là-bas.

—Pas de problème, répliqua l'homme qui se leva pour les laisser passer.

Si Briddey devait encore entendre des voix, le moment était propice : ils s'approchèrent d'autres spectateurs déjà installés, l'air visiblement agacés à la perspective de devoir se lever à nouveau.

Toutefois, la seule voix qu'elle entendit fut celle de Traci qui s'exclama :

—Ces places sont bien meilleures que celles de la dernière fois ! Je déteste être assise devant. On ne voit que les pieds des acteurs !

Elle entendit ensuite Trent qui s'installa à côté d'elle et lui raconta comment il s'était retrouvé ralenti par des lambins.

Les voix se sont tues, Dieu merci ! soupira Briddey. Elle se tourna vers les Hamilton.

—On a d'excellentes places, se réjouit-elle. Merci infiniment de nous avoir invités.

—Pas de quoi, répondit Graham.

Traci se pencha devant lui pour ajouter :

—C'est nous qui devrions vous remercier, avec tout ce que vous faites pour le… (Elle s'interrompit en voyant un homme en smoking apparaître sur scène.) Ah, ça commence, souffla-t-elle avant de reporter son attention sur le nouveau venu.

Celui-ci s'avança au milieu de la scène et leva la main. Le silence se fit.

—Bienvenue à la représentation de ce soir, déclara-t-il. Avant de commencer, nous vous prions de bien vouloir éteindre vos téléphones portables ou, si ce n'est déjà fait, de les mettre en mode silencieux.

— Fait chier, ces règles de merde ! protesta une voix dégoûtée, si fort et si proche de Briddey qu'elle jeta automatiquement un coup d'œil derrière elle pour voir qui était si grossier.

Elle se rendit compte, trop tard, que l'annonceur continuait son laïus sans s'interrompre. Elle regarda vers Trent, de crainte qu'il ait remarqué son embarras, mais les Hamilton et lui étaient occupés à éteindre leurs téléphones.

— Si vous avez un appel urgent à passer, reprit l'annonceur, nous vous invitons à vous rendre dans le hall.

Ouais, et à louper la moitié de la pièce ! Connard.

— Les photos avec flash et les enregistrements ne sont pas autorisés. Nous vous remercions de votre coopération.

Coopération, mon œil ! La voix intervint sèchement, couvrant celle de l'homme sur scène. *C'est une putain de dictature !*

— Que se passe-t-il ? souffla Trent en regardant Briddey d'un air anxieux.

— Rien, parvint-elle à articuler.

Elle tenta de sourire alors même que la voix hurlait : *Je n'ai pas lâché 200 dollars pour qu'un pédé me dise ce que je dois faire ou pas !*

Comment vais-je tenir toute la soirée ? s'affola Briddey. *Et comment me concentrer sur la pièce ?* Le public applaudissait l'annonceur. Il avait dû ajouter quelque chose, mais elle ne l'avait pas entendu.

Je m'en fous, je l'éteins pas, bougonnait le grossier personnage. Simultanément, une voix féminine s'extasia : *Qu'est-ce qu'il est beau ! Il ressemble à cet acteur... Comment s'appelle-t-il, déjà ?* et la blonde s'écria : *Je me fous de l'âge de ce théâtre ! Je voudrais juste que cette soirée soit finie.* Même si ces trois voix parlaient, elles ne se couvraient pas comme le feraient des propos tenus tout haut. Briddey entendait chacune d'elles distinctement.

C'était la première fois qu'elle entendait des voix s'exprimer en même temps. Quand C.B. avait parlé d'entendre d'autres voix, elle avait supposé qu'elles se succéderaient, pas qu'elles parleraient en même temps !

Je ne pensais pas que c'était possible d'être aussi assommant, se plaignit la blonde. *Allez, levez-moi ce fichu rideau, qu'il arrête de me soûler !* Au même instant, la première spectatrice fouillait dans sa mémoire : *Je l'ai vu dans le film* Avengers. *C'était quoi, son nom ? Alex ? Aaron ?*

D'autres voix lui parvinrent : *J'aurais dû faire pipi avant que ça commence... me demande si Marcia Bryant est là... j'espère que ça va être bien...*

Autant balancer mon fric par les fenêtres ! s'offusqua l'homme grossier, si fort qu'il aurait dû noyer les autres voix, mais Briddey les entendait toujours aussi clairement, les unes sur les autres. *Deux cents billets la place, et ils sont même pas foutus de commencer à l'heure... ! Ce ne serait pas les Young ?... aurais pas dû garer ma voiture là-bas... faut que je me débarrasse de ce boulet... peut-être que je pourrais prétexter un appel urgent et sortir dans le hall...*

— Briddey, l'appela Trent en lui secouant le bras. J'ai dit, il faut que tu éteignes ton téléphone.

— Quoi ? demanda-t-elle, perplexe. Oh. Désolée. J'ai oublié.

Elle lutta pour ouvrir le fermoir de sa pochette.

— Est-ce que tu te sens bien ? Je te l'ai dit deux fois, déjà, et tu ne m'as pas entendue.

— Ça va. Excuse-moi. J'avais la tête ailleurs.

C'était peu de le dire. Les voix avaient totalement occulté la réalité de Trent, des Hamilton, de sa présence dans ce théâtre. Elle n'entendait qu'elles. Elle se sentait menacée, même si seul l'homme grossier avait manifesté de la colère, et que celle-ci n'était pas dirigée contre elle. Cependant, toutes étaient là, s'imposant à elle.

— Ne te fais pas de souci pour Maeve, la rassura Trent. Elle va sûrement très bien, c'est juste ta folle de sœur qui...

Il s'interrompit pour applaudir tandis que le chef d'orchestre faisait son apparition et saluait le public.

Peut-être que Maeve va bien, songea Briddey, *mais pas moi. Je dois à tout prix sortir d'ici avant que les voix se multiplient davantage.* Et avant le début de la pièce, qui allait commencer d'une seconde à l'autre. Le chef d'orchestre rejoignait la fosse. Il n'allait pas tarder à brandir sa baguette et à lancer l'ouverture. Elle devait partir sur-le-champ. Mais comment faire ?

Son téléphone. La blonde avait parlé de sortir dans le hall pour prendre un appel urgent. Sauf que Briddey avait déjà éteint son appareil.

Trent ne le sait pas. Je pourrais l'avoir mis sur vibreur. Elle plaqua son portable sur son oreille.

— Oh, mon Dieu ! s'exclama-t-elle avant d'attraper sa pochette et de se lever.

— Mais qu'est-ce que tu fiches ? s'affola Trent, horrifié.

Elle lui montra son portable.

— Je dois téléphoner. Il est arrivé quelque chose. C'est Maeve.

— Mais tu ne vas pas... ? Ça ne peut pas attendre l'entracte ? Tu connais ta famille ! Au final, il n'y aura rien du tout, et tu auras gâché...

— J'en ai pour une minute, enchaîna Briddey. Non, ne m'accompagne pas. (Elle lui fit signe de rester assis.) J'irai plus vite toute seule.

Elle passa devant lui et se tourna vers le bout de la rangée avant qu'il ait eu le temps de se lever ou de la retenir.

— Mais la pièce va com…, objecta-t-il.

— Je sais, souffla-t-elle en se faufilant devant la personne assise à côté de lui. Si je ne suis pas revenue à temps, je resterai au fond de la salle jusqu'à l'entracte.

Il jeta un coup d'œil nerveux aux Hamilton puis revint à elle.

— Ne peux-tu pas… ?

— Non. Reste ici. Je t'envoie un texto.

Elle longea la rangée avant qu'il proteste, frôlant des genoux, marchant sur des orteils, murmurant des « Désolée ».

— Quelle grossièreté ! s'insurgea quelqu'un.

Pendant une seconde, Briddey craignit que les voix soient revenues, mais c'était une femme d'âge mûr qui avait exprimé tout haut sa colère au moment où Briddey passait devant elle.

— Excusez-moi, chuchota-t-elle en obstruant la vue de son mari, tout aussi courroucé.

Enfin, elle déboucha dans l'allée.

Les lumières s'éteignirent, la plongeant dans l'obscurité. Surprise, elle jeta un regard en arrière, comme si Trent avait éteint pour l'arrêter, puis elle comprit que ce devait être la pièce qui commençait. *Dépêchez-vous,* pensa-t-elle, *je n'y vois rien !* Heureusement, il y eut un rai de lumière suivi d'un tonnerre d'applaudissements quand le rideau s'ouvrit.

Elle remonta l'allée, le téléphone dans une main pour faire signe aux ouvreurs et sa pochette dans l'autre, marchant d'un pas aussi rapide que possible tout en espérant que les spectateurs ne croiraient pas qu'un incendie s'était déclaré. Il ne manquerait plus qu'elle provoque une vague de panique, même si c'était bien le sentiment qu'elle éprouvait.

Je dois sortir d'ici avant que les voix reprennent. Au même moment, elle entendit un homme appeler, quelque part derrière elle :

— Toi, là-bas, où crois-tu aller ?

Elle fit volte-face, comme prise la main dans le sac.

— Nulle part, Papa, répondit un garçon.

Ce n'est que la pièce, se rassura-t-elle.

Son soulagement fut tel qu'elle sentit ses jambes faiblir. Elle accéléra le pas, sans prêter attention aux voix sur scène :

— Miriam, je ne sais plus quoi faire. Je n'arrive pas à communiquer avec ce garçon.

— C'est parce que tu ne l'écoutes pas, Henry.

Briddey avait presque atteint le fond de la salle. Encore une dizaine de rangées, et elle n'aurait plus qu'à traverser l'allée centrale et franchir les doubles portes où étaient postés deux ouvreurs.

— C'est tellement excitant ! s'exclama une voix si proche que Briddey scruta la rangée de spectateurs qu'elle dépassait.

Pourtant, elle savait bien que personne ne se permettrait de parler aussi fort durant la scène d'ouverture. Ce devait être l'une des voix. *J'adore le théâtre !* poursuivit celle-ci. Quelqu'un d'autre ronchonna : *Je déteste ces fauteuils !*

Mais où va-t-elle, celle-là ? rugit l'homme grossier, et une nouvelle voix déclara : *Quelle impolitesse !*

Ne t'arrête pas, s'encouragea Briddey à travers la cacophonie des voix. *Plus que quelques mètres pour atteindre le fond.*

... aurais dû utiliser le service voiturier... vois rien du tout... nous emmène dîner ensuite..., disaient les voix, les pensées arrivant fragmentées à mesure qu'elles se multipliaient.

Le public applaudissait à nouveau, mais elle ne l'entendait pas.

Je n'arriverai jamais à parler aux ouvreurs, s'inquiéta-t-elle en regardant dans leur direction. *Et s'ils me demandent où je vais ?*

L'un d'eux l'avait déjà repérée. Il inclina la tête vers son collègue et pointa Briddey du doigt. *Je dois sortir d'ici,* se répéta Briddey. Elle jeta des regards frénétiques à la ronde, en quête d'une issue, et repéra à quelques mètres à peine une alcôve fermée d'un rideau, surmontée d'un panneau « SORTIE ».

... étonnée de les voir ici... paraît qu'ils divorcent... je ne sens plus ma jambe... espère que ça ne veut pas dire qu'il y a un problème avec... peut-être qu'il m'emmènera au Luminesce...

L'un des ouvreurs s'avança vers elle. Briddey plongea vers l'alcôve et se faufila entre les lourds rideaux, qui se rabattirent derrière elle. Aussitôt, les voix cessèrent, comme étouffées par l'épais velours.

Ouf, sauvée ! Maintenant, tout ce qu'il lui restait à faire, c'était trouver le moyen de rejoindre le hall. Elle se trouvait sur un palier faiblement éclairé, au bord d'un escalier qui descendait. *Aux toilettes des dames,* se dit-elle. Elle espéra que les ouvreurs concluraient qu'elle s'y rendait et ne la suivraient pas. *De là, je devrais pouvoir gagner le hall.*

Elle s'engagea sur les marches moquettées. *Pourvu qu'il n'y ait personne,* pensa-t-elle en se souvenant de la queue dans l'escalier, puis : *Oh, non ! Parfois, il y a une dame pipi.*

Si c'était le cas, cette personne avait dû prendre une pause au lever de rideau, car la salle aux parois de marbre, avec sa rangée de lavabos, ses longs miroirs et son espace retouche de maquillage, ne refléta que l'image de Briddey. Elle paraissait sur le point de s'évanouir. Pas étonnant que l'ouvreur ait semblé soucieux.

Je ferais mieux de me mettre un peu de rouge à lèvres avant de sortir dans le hall, songea-t-elle. Les mains tremblantes, elle ouvrit sa pochette. Après l'avoir fouillée pendant une minute, en vain, elle abandonna et s'appuya sur le comptoir de marbre, essayant de reprendre ses esprits.

C'est ridicule, se sermonna-t-elle. Ce n'étaient que des voix, et ce qu'elles disaient – sauf pour le grossier personnage – n'avait rien de si terrible. Toutefois, elles étaient nombreuses et Briddey n'avait aucun moyen de leur échapper. C'était comme se retrouver assaillie par des paparazzis hurlant des questions et se bousculant pour s'approcher et la mitrailler... la rudoyant, la compressant, l'aveuglant avec leurs flashs.

Jamais je n'ai ressenti de compassion pour les schizophrènes, constata-t-elle, *incapables de se soustraire aux voix dans leur tête et luttant pour rester sains d'esprit, sans cesse envahis par une cacophonie qui les empêche de penser.*

Pas étonnant que C.B. lui ait déconseillé les endroits fréquentés. Elle regretta de n'avoir pas pris ses avertissements au sérieux. Elle devait quitter ce théâtre avant que Trent s'inquiète et se mette à sa recherche, et avant que les voix l'assaillent de nouveau. Elle devait partir tout de suite, pendant que l'escalier et le hall étaient déserts, même si cela lui coûtait énormément de quitter le refuge des toilettes pour dames.

Elle rangea son portable puis se ravisa. Si elle croisait un ouvreur, elle en aurait peut-être besoin comme prétexte. Elle prit sa pochette, inspira à fond et entrouvrit à peine la porte des toilettes. Personne. Elle se hâta de traverser le couloir, à la recherche de l'escalier menant à la mezzanine. Elle le repéra et y monta, résistant à l'envie de courir.

Elle avait presque atteint le palier quand les voix reprirent. ... *je savais que j'aurais dû prétendre avoir un coup de téléphone à passer,* regretta la blonde. *Maintenant, c'est trop tard.*

Trop tard, répéta Briddey en s'accrochant à la rampe. Les autres voix déferlèrent : ... *véritable escroquerie... aurais dû m'échapper tant qu'il était temps... si en sortant je découvre le pare-chocs arrière défoncé... pourrait compromettre tout le projet... et maintenant je suis coincée avec ce type... veux rentrer chez moi...*

Moi aussi, songea Briddey. *Je vous en supplie, laissez-moi rentrer chez moi !* Mais les voix ne lui accordèrent aucun répit, l'agressant, la rendant sourde, l'empêchant d'avancer. Elle fit demi-tour et, désespérée, redescendit l'escalier d'un pas incertain, suivant à tâtons la rampe qu'elle ne voyait plus. *Tu avais raison, C.B. Je n'aurais jamais dû venir dans un lieu si bondé,* mais celui-ci ne répondit pas.

Il n'est pas là, conclut-elle, toujours accrochée à la rampe. *Il est parti pour de bon.*

— Excuse-moi de t'avoir dit de dégager et de me laisser tranquille ! lança-t-elle tout haut. Je ne le pensais pas !

Pourtant si, elle avait été sincère, et il n'était pas dupe. Il savait lire dans ses pensées.

Les voix s'amplifièrent et se firent plus insistantes. Elle plaqua les mains sur ses oreilles, ce qui ne servit à rien : les voix étaient tout aussi fortes. *C.B., s'il te plaît, tu dois m'expliquer comment faire pour que ça s'arrête.*

Déchire-le, bon sang, s'impatienta une voix masculine. Pendant une demi-seconde, croyant que c'était C.B., Briddey eut l'occasion de se réjouir : *Oh, Dieu merci !*

Je n'ai pas le temps de le déboutonner, poursuivit l'homme. *Je dois retourner sur scène dans deux minutes exactement.*

C'est un des acteurs, comprit Briddey. *J'entends de plus en plus de voix.* Ce fut comme si cette affirmation avait ouvert les vannes. Les voix se mirent à pleuvoir sur elle :

… qui a déplacé ces accessoires ? … lever ce rideau de gaze… pas étonnant qu'ils se séparent… la trompe depuis le jour de leur mariage… aurais dû aller voir L'Idéaliste… *c'est à ton tour pour la réplique, imbécile ! … ce nœud papillon m'étrangle… déteste les sushis… ne mets pas ton bras autour de moi ! … non, non, non, à droite !*

Briddey rebroussa chemin, abandonnant l'espoir de trouver une sortie. Elle ne pensait plus consciemment et se déplaçait d'instinct, à la recherche d'un endroit où se cacher, comme un renard fuyant sous les aboiements d'une meute de chiens.

Sauf que c'était pire encore. Aboiements et cris de la foule se mêlèrent pour devenir rugissement, et il lui fut impossible d'identifier chaque voix dans le vacarme général. Cependant, elle entendait chacune d'entre elles, même si elles étaient désormais des dizaines, se couvrant les unes les autres. Chaque mot était parfaitement distinct.

Et insoutenable. C'était comme recevoir des coups de gourdin ; ils s'abattaient sur elle jusqu'à ce qu'elle perde conscience de tout le reste hormis de la nécessité de tenter de leur échapper, de fuir. Mais elle n'avait nulle part où se réfugier. Elle était dos au mur, et, lorsqu'elle se tourna pour courir, elle se retrouva face à un autre mur.

Une fois de plus, elle pivota sur ses talons, terrifiée, se précipitant dans un coin, comme un animal acculé.

— Allez-vous-en ! hurla-t-elle en levant les mains pour maintenir les voix à distance.

Sauf qu'elles n'étaient pas là physiquement, mais dans sa tête, à proférer des insultes, radoter, critiquer, beugler, et il n'y avait aucun moyen de les faire taire, de les combattre. Elles se déversèrent sur elle, torrent d'émotions et de pensées fragmentées.

J'ai besoin d'aide! se dit Briddey. Elle voulut déverrouiller son portable pour appeler Trent. Mais il avait éteint le sien, et à cause des voix elle n'arrivait pas à trouver le numéro...

... à droite, bon sang! ... elle est aussi nulle que... couché avec son coach... c'est quand même pas difficile de retenir six lignes, bordel... Ôte ta main de mon genou! ... c'est de la merde... une vraie pute... loser... complètement démodé...

Briddey se recroquevilla dans le coin, mains sur la tête, essayant de se protéger contre la puissance des voix.

— C.B.! hurla-t-elle.

Trop tard. La vague la frappait de plein fouet et l'engloutissait.

Oh, par saint Patrick et tous les saints d'Irlande, au secours! pensa-t-elle. *C.B.!*

Suffoquant, elle s'effondra.

Chapitre 14

« Les cris, les rires [...] faisaient un grand bruit et une grande clameur. [...] Le courant qui poussait toute cette foule [...] rebroussait, se troublait, tourbillonnait. »

Victor Hugo, *Notre-Dame de Paris*

B*riddey*, appela C.B. Sa voix perça la cacophonie générale tel un rayon de lumière fendant les ténèbres. *Que se passe-t-il ? Briddey, parle-moi !*

Elle s'accrocha à sa voix comme à une bouée de sauvetage qui lui permettrait de garder la tête hors de l'eau. *Où es-tu ?* lança-t-elle.

Où je suis ? Où es-tu, toi ? Qu'est-il arrivé ?

Elles... J'ai essayé de sortir avant qu'elles... mais je n'ai pas pu. Les voix...

Elles ne la laissèrent pas aller plus loin. Elles se déversèrent de nouveau sur elle, la coupant de C.B., noyant sa voix, et la sienne. Il ne parviendrait pas non plus à l'entendre, à la retrouver. Il ne saurait pas ce qui s'était passé...

Si, je le sais, répliqua la voix du jeune homme, calme et rassurante. *Elles n'y sont pas allées de main morte, cette fois, c'est ça ? Bon sang, je suis désolé ! Je ne m'attendais pas à ce que ce soit si rapide. Quand ça m'est arrivé, ça a pris deux semaines pour atteindre un tel niveau, et quand...* Sa voix fut coupée.

Quand quoi ? demanda Briddey, mais elle n'entendit pas sa réponse à cause du rugissement. *... si jamais il s'avise de me toucher encore, je jure que je le tue... tellement de choses en jeu... révolutionner toute l'industrie... être remboursé, bordel de merde... dis ta réplique, putain !*

C.B. ! sanglota-t-elle. *Où es-tu ?*

Juste là, répondit-il. *Tu n'as rien pris, n'est-ce pas ? Pas de calmant, de Valium ou quoi que ce soit d'autre ?*

Non, mais j'ai bu quelques gorgées de vin.

Merde ! cracha-t-il. *Bon, ça ne fait rien*. Puis il ajouta, comme lorsqu'elle était à l'hôpital : *Il faut que tu me dises où tu es.*

Je ne sais pas ! J'ai voulu rejoindre le hall d'entrée du théâtre, mais...

Tu es allée au théâtre ? Je t'avais dit d'éviter les lieux fréquentés !

Elle ne l'avait pas écouté, et maintenant les voix allaient...

Non, elles ne vont rien te faire, l'interrompit C.B. *Désolé pour les reproches. Es-tu dans l'escalier ?*

Je n'en sais rien, dit-elle en pleurant. *Je n'arrive pas à...*

Tout va bien. C'est quel théâtre ? Le Civic Center *? Le* Broadhurst *?*

Non... Elle attendit qu'il en nomme d'autres, mais il ne le fit pas. Il était parti, et les voix autour d'elle tourbillonnaient, l'entraînant vers le centre du vortex. *C.B. !*

Je suis toujours là. Je regardais les théâtres sur Internet. Quelle pièce était-ce ? Le Bruit de la folie *?* Dames en mer *?* Appel manqué *?*

Elle dut penser *« Oui »*, car il enchaîna : *J'arrive tout de suite. Ne bouge pas*. Cela aurait été drôle si la situation n'avait pas été aussi grave, étant donné qu'elle était incapable d'aller où que ce soit. *Fais vite !* s'écria-t-elle, mais il ne répondit pas.

Il est déjà parti, songea-t-elle en luttant contre la panique.

— C.B. ! cria-t-elle à voix haute. Ne me laisse pas !

Je ne t'abandonnerai pas. Je suis là, et je vais rester à tes côtés durant tout le trajet. Concentre-toi sur moi. Ne pense pas aux autres voix. Ce n'est qu'un bruit de fond, comme la foule d'invités aux cocktails chics auxquels Trent a l'habitude de t'emmener. Tiens-les à distance comme tu le ferais si tu me parlais à cette fête. J'arrive dans quelques minutes. J'ai déjà quitté Commspan...

Commspan ! S'il était là-bas, il lui faudrait au moins vingt minutes pour rejoindre le théâtre, et les voix s'amplifiaient déjà, revenant en force. C.B. se trompait : ce n'était pas seulement un bruit de fond, et ils n'étaient pas à un cocktail. Dans ces soirées, les convives ne tenaient pas de propos aussi horribles : *... suis pas venue ici pour me faire peloter... ras-le-bol de te couvrir alors que tu ne connais pas ton texte... un vrai snob... mon chien serait meilleur acteur !* C'était comme se retrouver sous une pluie battante continue, dont le bruit serait assourdissant.

Pas la pluie, rectifia C.B., sa voix se détachant du déluge. *Les chutes du Niagara.*

Les chutes du Niagara ? répéta Briddey, perplexe.

Imagine que c'est ce que tu entends. Tu es aux chutes du Niagara, et le vacarme ambiant n'est que le rugissement de l'eau. Y es-tu déjà allée ?

Non…

Mais tu les as déjà vues, non ? Elles apparaissent dans de nombreux films. Bruce tout-puissant, Superman II. *L'épisode du mariage dans la série* The Office. *C'est un endroit génial. Une destination très prisée pour les lunes de miel. « Le Voile de la mariée », « le Fer à cheval »…* Tandis qu'il parlait, Briddey les visualisait presque, l'eau rugissant le long des falaises et se déversant sur les rochers en contrebas ; l'écume bouillonnante, les fines gouttelettes…

Elles font un boucan d'enfer, cria C.B. pour couvrir le vacarme des chutes. *On n'entend pas ce que disent les touristes, car il y a trop de bruit, et ce n'est que ça : du bruit. Ça ne peut pas te faire de mal.*

Si, objecta-t-elle. Elle eut soudain l'image des voix la poussant du haut des chutes et la précipitant dans le vide. Elle se noyait sous le déluge d'eau, dans l'écume, les rochers, elle coulait…

Briddey ! l'appela C.B. d'un ton sec. *Tu ne peux pas tomber dans les chutes. Il y a une rambarde de sécurité, en métal. La vois-tu ? La rambarde ?*

Non…

Elle est noire, à hauteur de poitrine. L'écartement entre les barres est trop étroit pour te laisser passer au travers. Le rail est juste à la bonne taille pour que tu puisses t'y accrocher fermement. Il est humide à cause des éclaboussures, mais pas glissant. Arrives-tu à le sentir ?

Ou… oui, balbutia-t-elle en s'imaginant s'y agripper.

C'est bien. Accroche-toi. Grâce à la rambarde, tu seras en sécurité.

Et si jamais elle cède ?

Non, ça n'arrivera pas. Elle est boulonnée au sol.

Et si le sol se détache ?

Impossible. C'est de la roche ultrasolide. Tout ce que tu as à faire, c'est t'accrocher quelques minutes de plus, et je serai là. En attendant, pense à la beauté des chutes.

Elles ne sont pas belles ! répliqua Briddey violemment. *Elles sont horribles !*

Alors, pense aux super parties de jambes en l'air qu'on va se payer quand je t'y emmènerai en lune de miel, plaisanta-t-il.

Une partie de son esprit qui n'était pas encore complètement traumatisée savait que ces provocations visaient à susciter de sa part une réaction indignée du genre : « On ne va pas se payer de parties de jambes en l'air aux chutes du Niagara, ni nulle part ailleurs ! C'est à Trent que je suis liée émotionnellement. » Mais cela n'eut pas d'effet. Les voix étaient trop fortes, trop puissantes.

OK, alors pense aux céréales Shredded Wheat, suggéra C.B.

Aux quoi ? demanda-t-elle. Elle constata avec étonnement que passer ainsi du coq à l'âne avait détourné son attention des voix. *Quel rapport entre les Shredded Wheat et les chutes du Niagara ?*

Eh bien, figure-toi qu'il y avait une image des chutes sur l'emballage des Shredded Wheat. Peut-être étaient-elles fabriquées là-bas. Cela dit, il y a un leprechaun *sur les boîtes de céréales Lucky Charms ; pourtant, elles ne viennent pas d'Irlande. Quoique, avec tout ce qu'on importe de nos jours, on ne sait jamais. Ce n'est pas impossible. Les Froot Loops, elles, sont fabriquées en Finlande.*

Il continua à deviser ainsi de céréales sucrées et de drôles d'anecdotes sur les importations. Bien que Briddey n'en crût pas un mot, elle s'accrocha à ses propos comme elle l'aurait fait avec la rambarde mouillée. Pendant qu'il parlait, les voix ne pouvaient pas la faire basculer dans le vide.

Et j'ai entendu de source sûre, poursuivait-il, *que les Cap'n Crunch sont fabriqués sur l'île de la Tortue, le repaire des pirates, avec...*

Sa voix s'interrompit brusquement.

C.B. ? appela Briddey. La panique la guettait de nouveau.

C'est bon, je suis là, répliqua-t-il. Toutefois, sa voix semblait différente, à la fois plus lointaine et plus proche.

Où ça ? Je ne t'entends plus !

Juste devant le théâtre. J'imagine qu'il n'y a pas moyen que tu sortes toute seule ?

Non ! Elle resserra sa prise sur la rambarde glacée. *Pourquoi ?*

Je ne suis pas sûr qu'on me laissera entrer. Je n'ai pas tout à fait la tenue adaptée pour une sortie au théâtre. Si tu pouvais juste rejoindre le hall d'entrée...

Il pourrait me sauver des voix, se raisonna-t-elle. Mais, à la perspective de lâcher prise, de monter l'escalier, les voix déferlaient déjà sur elle.

J'en suis incapable, geignit-elle.

Ça va aller, l'apaisa-t-il. *Je vais trouver une solution. Écoute, il faut que tu me dises où tu es.*

Aux chutes du Niagara, rétorqua-t-elle, perplexe. *Tu as dit...*

Non, où es-tu dans le théâtre ? Toujours dans l'escalier ?

Non.

Où es-tu allée, après l'escalier ? Essaie de te souvenir.

Je ne peux pas...

OK, alors ouvre les yeux, juste une seconde. Les voix ne t'emporteront pas, promis. Je te tiens. Je ne peux pas venir te chercher si tu ignores où tu es. Ouvre les yeux.

Je ne peux pas, insista-t-elle en s'accrochant désespérément à la rambarde. Toutefois, l'idée de rester seule avec les voix la terrifiait davantage que le risque de basculer dans les chutes. Elle ouvrit les yeux.

Elle n'eut qu'une image fugace de tuyaux métalliques et de carrelage noir et blanc, ce qui lui laissa le temps de penser avec étonnement : *Je suis assise par terre,* avant que les voix l'assaillent. Une fois de plus, elle serra fort les paupières.

Cela avait dû suffire à C.B., car il déclara : *Les toilettes. OK, j'arrive. En attendant, ne pense pas aux chutes du Niagara. Songe plutôt aux Lucky Charms. Tu te souviens, il y a des petites guimauves à l'intérieur, de formes et de couleurs différentes. Quelles sont-elles ? Il y a des cœurs roses, et quoi d'autre ?*

Je ne sais pas...

Allez, l'encouragea-t-il. *Maeve en mange, non ? Et tu es irlandaise. Ce sont tes céréales nationales. Tu sais forcément à quoi ressemblent les guimauves. Des cœurs roses, et...*

Des lunes jaunes ?

Oui, c'est bien. Ça nous en fait deux. Et les autres ? Réfléchis.

Elle obéit, paupières toujours closes pour se protéger des éclaboussures des eaux rugissantes, tenant la rambarde si fort que la bordure rectangulaire lui rentrait dans les paumes.

— Des cœurs roses, murmura-t-elle, des lunes jaunes, des trèfles verts...

Et quoi d'autre ? Des étoiles. Mais de quelle couleur ? Bleues ? Violettes ? Elle s'obligea à visualiser la boîte, les céréales.

Cela ne suffit pas. Les voix lui parvenaient malgré tout. Elles passaient par-dessus la rambarde, l'arrosaient, l'engourdissaient comme de l'eau glacée. Et C.B. lui avait menti. Ce n'étaient pas des chutes inoffensives, ni un site touristique prisé des jeunes mariés. Les voix étaient dangereuses, enragées, pleines de colère et de ressentiment. *Retenir six lignes, c'est vraiment pas compliqué, crétin !... on va voir si ça leur plairait d'être snobés... ordure... pervers... ivrogne... la déteste !*

Elles lui foncèrent dessus puis l'engloutirent. Briddey voulut attraper la rambarde, mais ne la trouva pas. *C.B. !* appela-t-elle, essayant de distinguer sa voix parmi les autres. En vain. Elles étaient trop nombreuses, et le courant l'emportait. Elle ne pouvait plus respirer.

C.B. ! pensa-t-elle, au désespoir, la main tendue vers lui.

Enfin, il était là. Pas dans sa tête, mais présent physiquement, accroupi auprès d'elle sur le sol carrelé, vêtu d'une veste en jean et d'une chemise de flanelle par-dessus un tee-shirt *Star Wars.* La main sur son bras, il ne cessait de chuchoter :

— C'est bon, je suis là, maintenant.

— Tu m'as menti, l'accusa-t-elle d'une voix tremblante. La rambarde a cédé. J'ai failli basculer dans les chutes.

Je sais. Excuse-moi. J'ai eu du mal à convaincre l'ouvreuse que je ne voulais pas voir la pièce en douce. Ensuite, il a fallu trouver les bonnes toilettes.

— Pardon de ne pas t'avoir cru, et pardon de…

Chut, pas à voix haute, recommanda-t-il. Il craignait qu'on les entende à l'extérieur.

Pardon de t'avoir dit que je ne voulais plus jamais te parler…

Et pardon de ne pas être arrivé plus tôt, s'excusa-t-il. *Tu sais combien il y a de toilettes, ici ? Il y en a sur chaque niveau. Ça doit être le rush aux entractes. D'ailleurs, quand a lieu le prochain ?*

Aucune idée, répondit-elle. Il n'avait pas dû l'entendre, car il demanda tout haut :

— Quand a lieu l'entracte ?

— Après le deuxième acte, dans environ trois quarts d'heure, répondit une voix féminine.

Choquée, Briddey se rendit compte qu'ils n'étaient pas seuls dans les toilettes.

C'est l'une des ouvreuses, expliqua C.B. *Alors fais ce que je te dis, d'accord ?*

D'accord.

— Est-ce qu'elle va bien ? demandait l'ouvreuse. Dois-je demander si un médecin est présent dans la salle ?

Surtout pas ! songea Briddey.

— Non, répondit C.B. avec calme. C'est juste une crise d'angoisse. Ça lui arrive dans les endroits où il y a trop de monde. (Il reporta son attention sur Briddey.) Je t'ai dit de ne pas aller au théâtre toute seule, Lucy.

Toute seule ? répéta Briddey, désorientée. *Lucy ?*

— Je craignais que ça se produise, dit-il.

Maintenant, tu réponds « Je sais, Charlie, désolée. »

Je ne compr…

Si Trent pose des questions, tu ne veux pas que l'ouvreuse connaisse ton vrai nom, j'imagine ? Et qu'elle raconte qu'elle t'a trouvée ici, dans cet état ?

Oh, mon Dieu, Trent ! On doit partir d'ici avant que…

Exactement. Donc, tu dis : « Je sais, Charlie. »

— Je sais, Charlie, récita-t-elle. Désolée.

Puis, à C.B. : *J'avais complètement oublié Trent.*

Lui as-tu parlé des voix ?

Non ! Il…

Et quand les voix t'ont assaillie, l'as-tu appelé à l'aide ?

« Assaillie », c'était le mot juste. Elles l'avaient littéralement assaillie, telles une meute de loups ou une foule assoiffée de sang…

Briddey ! la rappela à l'ordre C.B. *Tu l'as appelé, oui ou non ?*

Oui, mais il ne m'entendait pas.

Et ton téléphone ? As-tu essayé de le joindre avec ton portable ?

Non, je l'ai sorti, se souvint-elle, *mais je l'avais éteint. On te demande de l'éteindre quand la pièce commence.*

As-tu appelé quelqu'un d'autre ? Tes sœurs, ou un collègue de Commspan ?

Elle secoua la tête. *Les voix…*

Je sais, l'interrompit-il. *Tu ne lui as pas envoyé de texto ni composé son numéro, qu'il ne voie pas un appel manqué ?*

Non.

Tant mieux. Ça veut dire qu'on a jusqu'à l'entracte pour partir. Mais il faut le faire maintenant.

D'accord.

Tu dois donc lâcher le tuyau.

Le tuyau ? pensa-t-elle. *De quoi parle-t-il ?* Ce n'était pas un tuyau, mais une rambarde. Impossible de la lâcher, sans quoi elle basculerait dans les chutes.

Non, ça n'arrivera pas, affirma-t-il. *Je te tiens. Tu peux sortir de là ?*

Sortir de là ? répéta-t-elle, perplexe. Elle se rendit compte qu'elle s'était réfugiée sous la rangée de lavabos. Elle était blottie dans un coin, au fond, et s'accrochait des deux mains au tuyau d'évacuation coudé. *Comme un animal acculé,* songea-t-elle, honteuse.

C'est normal, la rassura C.B. *Tout le monde aurait la même réaction face aux voix.* Il tendit la main vers elle. *Peux-tu sortir ?*

Elle hocha la tête. *Je crois que oui.* Mais, lorsqu'elle voulut le faire, elle n'y parvint pas. Ses mains étaient pétrifiées autour du tuyau.

Ça va aller, dit C.B. Il rampa à ses côtés puis se cogna la tête au lavabo.

— Aïe !

— Que s'est-il passé ? s'enquit l'ouvreuse. Elle vous a frappé ?

— Non, je me suis juste cogné la tête.

L'ouvreuse ne semblait pas convaincue.

— Vous êtes sûr que vous ne voulez pas que j'appelle le 911 ? Ou une ambulance ?

— Certain, répliqua-t-il. J'ai déjà téléphoné à son psy. Elle ira bien une fois que je l'aurai ramenée chez elle.

Il tendit la main vers Briddey. *Je ne te laisserai pas basculer dans les chutes, promis. Mais il faut qu'on y aille, poupée, sinon elle va appeler les flics.*

Et Trent va tout découvrir, songea Briddey. Elle lâcha le tuyau.

Il recula et tira lentement la jeune femme des deux mains, puis il en posa une sur sa tête en l'avertissant : *Ne te fracasse pas le crâne.* Ils émergèrent de sous la rangée de lavabos. Il passa un bras autour de sa taille et, avec difficulté, l'aida à se mettre debout.

— Tu vas pouvoir marcher ?

Elle se tourna vers lui pour répondre « oui » et vit son reflet dans le miroir. Elle faisait peine à voir : son chignon retombait à moitié et sa jolie robe verte, toute froissée, ne ressemblait plus à rien. Elle avait le teint blême, l'air hagard et apeuré. *On dirait une folle*, pensa-t-elle. *Pas étonnant qu'elle veuille appeler le 911.*

Et elle peut encore le faire, prévint C.B., *c'est pourquoi tu dois dire : « Oui, Charlie, je peux marcher. Je veux juste rentrer chez moi. »*

— Oui, Charlie, je peux marcher, répéta-t-elle alors même qu'elle n'était pas sûre d'en être capable. Je veux juste rentrer chez moi.

— Elle va bien, dit C.B. à l'intention de l'ouvreuse, qui affichait toujours une moue sceptique.

Puis il demanda à Briddey :

— Prête ?

Elle acquiesça. Il ramassa sa pochette par terre et la fourra dans la poche de son jean.

As-tu ton téléphone ? demanda-t-il.

Oui. Elle glissa la main dans la poche de sa robe, mais son portable n'y était pas. *J'ai dû le faire tomber.*

Mais tu l'avais avec toi quand tu as quitté la salle. Tu as dit avoir voulu appeler Trent. Où étais-tu, à ce moment-là ?

Je ne sais pas, dit-elle en fouillant dans sa mémoire. Était-elle aux toilettes, ou dans l'escalier ?

C'est bon, la rassura-t-il. Puis, à l'ouvreuse :

— Pourriez-vous aller vérifier qu'il n'y a personne ? Nous devons passer par le hall, et croiser des gens pourrait lui déclencher une nouvelle crise.

L'ouvreuse hocha la tête et quitta les toilettes. Sitôt la porte fermée derrière elle, C.B. lâcha la taille de Briddey et plongea sous les lavabos.

Non, ne pars pas ! s'écria Briddey, cherchant à le retenir, mains tendues vers lui.

Je ne vais nulle part, répliqua-t-il en scrutant le sol. *Il faut juste que je trouve ton téléphone. J'en ai pour une seconde.*

Il cherche mon portable, voilà tout, se sermonna-t-elle. Il n'allait pas l'abandonner. Il n'était qu'à un mètre d'elle, et il devait retrouver l'appareil avant le retour de l'ouvreuse. En s'accrochant à son bras, Briddey ne ferait que le ralentir. Elle devait le laisser libre de ses mouvements, ne pas paniquer, mais c'était impossible : derrière elle, dans le miroir, le rugissement des chutes se scindait en une multitude de voix distinctes, par centaines, par milliers, un million de cris qui volaient droit sur elle…

Il n'y a pas de pirates, parmi elles ? l'interrogea C.B. en regardant sous les portes des cabines.

Quoi, parmi les voix ?

Non, je parle des céréales Lucky Charms. Il n'y a pas de guimauve en forme de pirate ? Il ouvrit la porte de la première cabine. *Ou je confonds avec les Cap'n Crunch ?*

Il n'y a pas de guimauves dans les Cap'n Crunch.

Oh. Il ouvrit la porte suivante. *Comment s'appellent celles avec un toucan sur l'emballage ?*

Les Froot Loops, répondit-elle. *Mais elles non plus ne contiennent pas de guimauves.*

Eh bien, il y a forcément une marque qui en a, insista-t-il en fouillant la cabine d'à côté. *Count Chocula, FrankenBerry, ou Zombie… Trouvé !* Il plongea dans l'avant-dernière cabine, ramassa le portable et le glissa dans sa poche. Au retour de l'ouvreuse, il avait replacé son bras autour de la taille de Briddey.

— Il n'y a personne, annonça la femme à C.B.

— Parfait. Pouvez-vous nous tenir la porte ? Merci.

OK, dit-il à Briddey. *Allez, on se bouge.*

Ils se dirigèrent vers la porte.

— Vous êtes sûre que vous allez bien ? demanda l'ouvreuse à Briddey d'un air anxieux.

— Oui, ça va, articula-t-elle.

Elle parvint à sourire et laissa C.B. l'aider à franchir la porte.

En parlant de bouger, comment es-tu venue ici ce soir ? l'interrogea-t-il en l'aidant à monter l'escalier.

J'ai pris un taxi. Les voix commençaient à arriver…

Bien. Ça nous fait un souci de moins à gérer. Tu te débrouilles comme un chef, l'encouragea-t-il. *On a presque atteint le palier…*

Je ne peux pas, dit soudain Briddey en s'écartant de lui. *C'est là que les voix…*

Je sais. Il resserra sa prise sur elle. *On ne s'approche pas des chutes. On va se concentrer sur les guimauves, et avant même que tu t'en rendes compte, on sera dehors, dans un endroit calme.*

Un endroit calme, pensa-t-elle. Le rêve. Mais, pour y parvenir, ils devaient traverser le palier…

N'y pense pas, lui ordonna C.B. en continuant à la guider le long des marches. *Concentre-toi sur un endroit calme. Et sec. L'Arizona. Ou la vallée de la Mort, tiens. Ça te dirait qu'on y aille pour notre lune de miel ?*

Elle ne répondit pas. Elle scrutait le palier. Les voix étaient juste après, elles commençaient déjà à se déverser dans l'escalier...

En parlant de lune et de miel, je crois me souvenir que la guimauve jaune était en forme d'étoile, ce qui veut dire que les lunes devaient être bleues, comme la chanson de Sinatra, Blue Moon. *Et le vert, c'était quoi ?*

Le trèfle.

Ah oui, le trèfle. Le symbole de l'Irlande. C'est bizarrement approprié, étant donné la situation.

Quelle situa... ?

Je t'en parlerai plus tard. Quelles sont les autres couleurs ? Orange ? Des citrouilles orange ?

Les citrouilles ne sont pas irlandaises.

C'est vrai. Alors, qu'est-ce qui est irlandais ? Le whisky ? Les sympathisants de l'IRA ?

Non. Plutôt les arcs-en-ciel. Ou un pot rempli d'or.

Encore une fois, c'est bizarrement approprié, puisque nous sommes au bout du trajet, déclara-t-il. Briddey leva les yeux : ils avaient presque entièrement traversé le hall désert. L'ouvreuse, sur le trottoir, leur tenait la porte.

—Vous êtes sûr que ça va aller, pour Lucy ? s'inquiéta cette dernière.

—Absolument, affirma C.B. en accompagnant Briddey jusqu'à la porte.

—Je me ferais un plaisir de vous rembourser, ou d'échanger votre billet pour une autre représentation.

Elle a peur que tu leur colles un procès et d'avoir des problèmes, commenta C.B. *Dis-lui que tout va bien, sinon elle risque d'appeler le 911 pour assurer ses arrières.*

—Inutile de me rembourser, répliqua Briddey. Tout est ma faute. Je n'aurais pas dû venir.

L'ouvreuse parut soulagée. *C'est bien, Briddey*, l'encouragea C.B. avant de lui faire franchir la porte. Ils se retrouvèrent dehors.

Loin des voix, songea la jeune femme, prête à défaillir de soulagement. Mais ils étaient toujours sur le trottoir, dans la rue sombre.

—Avez-vous besoin d'aide pour rejoindre votre voiture ? demanda l'ouvreuse d'un ton angoissé.

—Non, ça va aller, parvint à articuler Briddey. Je vous assure.

L'ouvreuse prit un air dubitatif puis finit par retourner à l'intérieur. *C'est parfait*, se félicita C.B. *Maintenant, il n'y a plus qu'à espérer que la fourrière n'ait pas embarqué ma voiture. Ouf! elle est toujours là.*

Il désigna son tas de ferraille, garé près du trottoir, à l'endroit où le taxi avait déposé Briddey, entre deux gros panneaux « STATIONNEMENT INTERDIT ».

— C'est mon jour de chance! s'exclama-t-il en menant la jeune femme jusqu'au côté passager de la Honda. (Il ouvrit la portière.) Ça doit être tous ces trèfles verts. Et voilà.

Il l'installa à l'intérieur.

— OK, reprit-il en essayant de se dégager du bras de Briddey, toujours autour de son cou, maintenant, il va falloir me lâcher pour que je puisse me mettre au volant.

— Non…

— Ça ne prendra qu'une seconde, promis, insista-t-il avec douceur. Ensuite, je t'emmène loin d'ici et des voix. D'accord?

Elle secoua la tête. Dès qu'il la lâcherait, les voix reviendraient.

— Écoute, on ne peut pas rester ici, expliqua-t-il. Si Trent arrive, nos projets de lune de miel vont tomber à l'eau.

Il essayait de la faire sortir de ses gonds pour qu'elle le libère, mais elle en était incapable. Les voix déferleraient sur elle, l'emporteraient…

— Non, je t'assure. Je vais tout de suite ouvrir la portière côté conducteur pour ne pas avoir à le faire quand j'aurai contourné la voiture.

Il tendit le bras devant Briddey, appuya sur la poignée de la portière et la poussa légèrement.

— Je vais me dépêcher, poursuivit-il, je te le jure. Concentre-toi sur la dernière guimauve, tu veux bien?

Non, murmura-t-elle. Mais il avait déjà presque atteint l'avant de la voiture.

— C.B.!

Je suis là, dit-il en courant devant le véhicule. *La cinquième sorte de guimauve, n'était-ce pas un haut-de-forme? Non, attends, je confonds avec le Monopoly. Un fer à repasser? Non, ça aussi, c'est le Monopoly. En plus, il me semble avoir lu qu'ils s'étaient débarrassés du fer, non?*

Il ouvrit la portière et se glissa à l'intérieur. Dès qu'il fut à côté d'elle, Briddey agrippa fermement son bras. *On dirait une héroïne idiote de romans victoriens*, se reprocha-t-elle. C'était plus fort qu'elle.

C.B. ne parut pas le remarquer. Il continuait à parler, tout simplement:

— Par quoi ont-ils remplacé le fer à repasser ? Quelque chose de plus moderne. Comme une liseuse. Ou un drone.

— Non, rectifia-t-elle. Un chat.

— Oui, tu as raison, confirma-t-il en claquant la portière. Un choix résolument ultramoderne.

La voyant sourire, il ajouta :

— Malheureusement, il va falloir que tu me lâches encore une seconde.

— Pourquoi ? demanda-t-elle en resserrant sa prise.

— Parce que je dois faire démarrer la voiture. Alors soit tu me libères, soit tu cherches ma clé dans la poche de mon jean.

— Oh !

Elle le lâcha d'un coup, comme si on venait de la mordre. L'humiliation aurait dû suffire à lui faire reprendre ses esprits, mais dès l'instant où il eut sorti son trousseau et mis la clé dans le contact, elle s'agrippa de nouveau à son bras.

— Désolée. J'ai conscience d'agir comme un bébé. C'est juste que...

— Je sais, l'interrompit-il. La première fois que ça m'est arrivé, je me suis accroché au pied du lit et on a dû m'en arracher en faisant levier.

— Ah bon ?

— Eh oui. (Il enclencha difficilement le levier de vitesse et s'engagea dans la rue.) Toutefois, je pense que mettre ta main sur ma cuisse plutôt que sur mon bras nous aiderait à sortir plus vite de cette circulation.

Elle acquiesça et saisit sa cuisse, juste au-dessus du genou. Elle dut lutter contre elle-même pour ne pas entourer sa jambe de ses deux bras, comme une fan déchaînée étreindrait une rock star.

— Tu t'en sors très bien, l'encouragea C.B. Je vais te tirer de là en un clin d'œil.

Me tirer de cette ville, pensa-t-elle en jetant un coup d'œil apeuré à travers la vitre, vers les lampadaires et les immeubles qui défilaient. *Loin de ces voix.*

— S'il te plaît, dépêche-toi, marmonna-t-elle. Elles me rattrapent.

Il hocha la tête, regarda sa montre et appuya sur l'accélérateur. *Ouf!* songea Briddey en scrutant le panneau indicateur qui se dessinait devant elle. *Encore une minute, et nous serons sur la voie rapide.*

Cependant, alors même qu'elle formulait cette pensée, C.B. ralentit. Il tourna à droite, dans une ruelle plongée dans l'obscurité, arrêta la voiture, et coupa le moteur.

Chapitre 15

« Par chance, le reste du monde considérait les Irlandais comme des fous, une opinion que les Irlandais eux-mêmes ne faisaient rien pour démentir. »

Eoin Colfer, *Artemis Fowl*[1]

— Qu'est-ce que tu fais ? demanda Briddey, nerveuse, en jetant des regards à la ronde dans la rue sombre. Pourquoi as-tu coupé le moteur ?

— Je gagne du temps, répondit C.B. en glissant vers l'avant pour récupérer le portable de Briddey dans la poche de son jean. C'est quoi, ton code PIN ? Dis-le-moi à haute voix, pas en pensée.

— C'est bon, je n'ai plus peur de renforcer notre chemin neuronal. À vrai dire, plus il sera solide, mieux ce sera. (Elle émit un rire de crécelle.) Je suis très heureuse que nous en ayons un.

— Moi aussi. Mais ce n'est pas pour cette raison que je veux que tu parles tout haut. Ça aide à garder les voix à distance. Alors, ton code PIN ?

Elle le lui transmit.

— Mais… ne devrais-tu pas t'occuper de ça quand nous serons éloignés des voix ?

C.B. secoua la tête.

— Il faut le faire avant l'entracte.

Durant lequel Trent se lancerait à la recherche de Briddey. Quand il ne la trouverait pas, il demanderait à l'ouvreuse : « Avez-vous vu une

1. *Artemis Fowl*, d'Eoin Colfer, Gallimard Jeunesse, collection « Folio Junior », 2007. Traduction de Jean-François Ménard. (*NdT*)

rousse en robe verte ? » Peu importait que C.B. l'ait appelée Lucy et raconté qu'elle s'était rendue seule au théâtre.

— Tout à fait, confirma C.B. Quel prétexte as-tu donné à Trent pour partir ?

— Maeve.

— Maeve ? répéta-t-il, horrifié, en levant les yeux du téléphone. Pourquoi as-tu fait ça ?

— Parce que, quand les voix ont commencé, au bar, j'ai dit à Traci Hamilton que je me faisais du mouron pour Maeve, qu'elle avait des problèmes, et que je devais appeler Mary Clare. C'est la seule excuse que j'aie trouvée pour m'éclipser et…

— Gérer les voix, finit-il pour elle. Lui as-tu dit – ou as-tu dit à Trent – quel genre de problème Maeve avait ?

— Non. Trent n'était pas là. Tout ce que j'ai dit à Traci, c'est que ma sœur s'inquiétait pour ma nièce. Donc, une fois dans la salle, j'ai prétexté que Mary Clare venait d'appeler. J'ai dit à Trent qu'il était arrivé quelque chose et que je devais rappeler ma sœur.

— Bon, ça devrait aller, décréta C.B.

Il se mit à taper rapidement un message.

— Que lui écris-tu ? s'enquit Briddey.

— Que Maeve a fugué.

— Fugué ? Ce n'est pas son genre !

— Et toi, tu n'aurais pas quitté le théâtre en quatrième vitesse pour foncer chez ta sœur pour un simple « B » dans le carnet de notes de Maeve. Le problème doit être suffisamment grave pour justifier le fait que tu les aies plantés, les Hamilton et lui. Donc soit Maeve a fugué, soit elle s'est cassé une jambe. La fugue est plus facile à simuler : pas besoin de plâtre.

— Mais si jamais Trent appelle ma famille…

— Il ne le fera pas. Je lui explique que vous avez retrouvé Maeve chez ta tante Oona et qu'elle va bien.

— Si tu lui dis ça, il va vouloir que je revienne au théâtre, objecta Briddey en resserrant malgré elle sa prise sur la cuisse de C.B.

— Ne t'en fais pas. Je lui dis que Mary Clare est en pleine crise et que tu dois rester pour la calmer.

— Et si Trent appelle pendant l'entracte et me demande d'oublier Mary Clare, parce que les Hamilton sont plus importants ?

— Il ne le pourra pas : j'éteins ton portable.

— Et s'il appelle chez Tante Oona ?

— Je m'en suis occupé, répliqua C.B. en continuant à écrire.

— Comment ça ? Tu n'as pas envoyé de texto à Maeve, si ?

S'il avait demandé à Maeve de fournir un alibi, elle voudrait absolument savoir pourquoi, et…

— Je n'ai pas envoyé de texto à Maeve, trancha-t-il en remettant le téléphone dans sa poche. (Il redémarra la voiture.) De toute façon, Trent n'appellera pas. Il sera trop occupé à convaincre Hamilton que ton départ précipité n'a rien à voir avec eux. Après l'entracte, j'enverrai un autre texto pour dire que calmer tout le monde prendra plus de temps que prévu, et que tu le contacteras demain.

Il sera dans tous ses états, songea Briddey.

— Tant pis, commenta C.B.

Il jeta un coup d'œil dans le rétroviseur intérieur et s'engagea sur la chaussée. Briddey se trouva grandement soulagée de rouler à nouveau, et ainsi de s'éloigner des voix.

— Tu n'as pas entendu Trent au théâtre, parmi les voix, n'est-ce pas ? demanda C.B.

— Non, bien sûr que non, répliqua Briddey. Celles que j'entendais étaient horribles !

— C'étaient celles des spectateurs lambda. Et de toute personne lambda en général : amis, parents, collègues…

— Mais elles étaient si…

— Vulgaires ? Vindicatives ? Rancunières ? Sournoises ? Hélas, c'est bien ce que sont les gens dans l'intimité de leurs pensées. (Il gratifia Briddey d'un sourire ironique.) Je t'ai prévenue que c'était une vraie fosse septique, là-dedans.

Il s'arrêta à un feu rouge.

— Il ne faut pas trop leur en vouloir, poursuivit-il. Ils sont autorisés à dire à voix haute leurs pensées sympas – « Waouh, tu es superbe ! », « Quelle belle journée ! » ou : « Je suis repue du nectar de la gentillesse humaine ! » –, mais pas : « Va te faire foutre ! » ou : « La vache, quelle paire de nibards ! » Il n'y a que dans leur tête qu'ils peuvent exprimer leur négativité, ce qui a tendance à rendre leurs pensées particulièrement désagréables. Mais il faut se rendre à l'évidence : les gens sont grossiers, odieux, cupides, méchants, manipulateurs et cruels.

— Tout le monde n'est pas aussi affreux.

— Tu ne les entends pas depuis aussi longtemps que moi.

— Soutiens-tu que personne n'est gentil ?

— Ce n'est pas ce que j'ai dit. Mais ce n'est pas un atout. Les mecs sympas ne sont jamais récompensés, c'est un fait. Les filles sympas non plus. On leur ment, on les trahit ; ils s'attachent à quelqu'un qui aime quelqu'un d'autre et se retrouvent avec le cœur brisé. Avoir accès à ça, c'est encore pire que d'écouter les pervers et les monstres. À ce propos, tu n'as toujours pas répondu à ma question. As-tu entendu Trent ?

— Je te l'ai dit, Trent ne pouvait pas faire partie…

— Des voix. Si, c'est possible. Toutefois, comme je te l'ai dit ce matin, si tu l'avais entendu, tu l'aurais reconnu. Tu as bien reconnu ma voix.

Celles de Jill et d'Art Sampson aussi, pensa Briddey.

— Exactement. Si tu as déjà entendu la personne s'exprimer à voix haute, ton cerveau l'associe automatiquement aux pensées que tu perçois. Dans le cas contraire, tu te fonderas sur le contenu des propos tenus pour définir le sexe ou l'âge du locuteur. Sinon, la voix est totalement désincarnée. C'est pour cette raison que tu n'as pas pu identifier celui ou celle qui a commandé un latte décaféiné.

Et cela expliquait pourquoi la voix de la blonde avait résonné comme une voix féminine la deuxième fois que Briddey l'avait entendue.

— Peuvent-elles m'entendre, elles aussi ? s'enquit-elle.

— Non.

— Tu en es sûr ?

Elle serra convulsivement la cuisse de C.B. Si les voix pouvaient l'entendre, elles sauraient où la trouver. Elles se lanceraient à sa poursuite.

— J'en suis absolument certain, affirma C.B. Ça fait quinze ans que je les entends, tu te souviens ? Elles ne se doutent pas du tout de ton aptitude.

— J'avais vraiment l'impression qu'elles criaient après moi, et…

— Qu'elles t'agressaient ? Qu'elles voulaient te nuire ? Oui, je vois. Mais il n'en est rien. Elles ne savent même pas que tu existes. Il se trouve que tu les entends, voilà tout. C'est comme être au restaurant et surprendre les propos de ton voisin de table.

Non, pensa Briddey. Il était possible de ne pas prêter attention aux conversations des gens autour de soi, tandis que les voix…

— C'est parce que l'esprit est programmé pour interpréter le sens des bruits, quelle que soit leur origine, expliqua C.B. Il traite les voix de la même façon, mais elles sont trop nombreuses et s'expriment toutes en même temps. Contrairement aux conversations que tu perçois avec l'ouïe, elles ne se couvrent pas les unes les autres ni ne s'entremêlent pour former un brouhaha ambiant. Dans ta tête, elles restent distinctes. Les sens surstimulés, l'esprit finit par céder à la panique.

Les sens surstimulés ? C'est ainsi que tu décrirais le phénomène ? songea Briddey en sentant les voix la menacer de nouveau.

— Alors, si elles ne m'entendent pas, quelle importance que Trent fasse partie de ces voix ?

— À cause de l'AEC. Si tu as entendu Trent, on peut supposer qu'il a commencé à percevoir tes émotions, et on n'a vraiment pas besoin qu'il sache que tu as des ennuis. Il va vouloir comprendre ce qui se passe. On a déjà trop de boulot en perspective. Mais tu ne l'as pas entendu, donc tout va bien.

Encore quelques minutes de route, et ils seraient en sécurité, loin du théâtre et des voix. Elle se demanda quelle distance il leur faudrait parcourir.

Pourvu qu'on ne soit pas obligés de rouler sur des kilomètres, espéra-t-elle en regardant défiler le paysage noir. *S'il pouvait accélérer ! Sans quoi, elles nous rattraperont, elles engloutiront la voiture…*

Arrête, s'ordonna-t-elle. *N'y pense plus.*

— Non, mauvaise idée, intervint C.B. Au contraire, vouloir de ne pas y penser te contraint à y penser encore plus. Un peu comme quand on te dit : « Quoi que tu fasses, ne pense pas à l'éléphant » et que tu n'as plus rien d'autre en tête. Non, tu dois penser à autre chose. Aux éléphants, par exemple. Ou aux céréales Lucky Charms. Mieux encore : à la destination de notre lune de miel. Tout pour créer un bruit blanc.

— Comme ces CD qui sont censés aider à l'endormissement ? Les enregistrements de ruisseaux qui s'écoulent et de vagues qui clapotent ?

Elle regretta immédiatement ces exemples qui lui rappelèrent les chutes rugissantes.

— C'est pourquoi tu ne peux pas te servir de ça, prévint C.B. En plus, ça ne marche pas. De même qu'écouter de la musique à fond, ou un livre audio. Ou porter un casque antibruit. Les voix sont dans ta tête.

— Mais tu as parlé de bruit blanc…

— Du bruit blanc mental. Inhiber un sens pour se concentrer sur un autre, comme quand tu étudies un compte-rendu et que tu n'entends pas le téléphone sonner. En te concentrant sur le document, ton cerveau augmente automatiquement les signaux que tu désires et baisse le volume des autres.

— Donc, en listant les différentes sortes de guimauves contenues dans les Lucky Charms, je peux faire pareil avec les voix…

Il acquiesça.

— Ça marche aussi avec les pions du Monopoly, les stars de cinéma ou les grandes marques de chaussures. Tu peux aussi réciter des dialogues des Monty Python, ou chanter des chansons, surtout celles qui contiennent de nombreux couplets, comme le générique du feuilleton *L'Île aux naufragés*. Tu connais ?

— Tout le monde le connaît.

—Bien, alors tu peux chanter ça, ou le générique des Pokémon, ou *When Irish Eyes are Smiling.*

—Chanter ces chansons arrêtera les voix?

—Non, rien ne les arrêtera. Mais chanter...

Briddey émit un hoquet de stupeur.

—Comment ça, rien ne les arrêtera?

—Désolé, je ne voulais pas t'effrayer. Il existe des moyens de les tenir à distance...

—À distance? s'écria-t-elle en pensant aux voix sans cesse présentes, repliées sur elles-mêmes, prêtes à bondir sur elle.

—Pardon, la métaphore est mal choisie. J'aurais dû dire qu'il existe des moyens de les contrôler. Ça ressemble assez aux acouphènes: tu sais, ce bruit continu que certaines personnes entendent? Il est impossible de s'en débarrasser.

Impossible?

—D'après Mary Clare, les effets de l'AEC s'estompent avec le temps, déclara Briddey.

—Oui, eh bien, ça fait quinze ans que j'entends les voix, et à ce jour elles ne montrent aucun signe de faiblesse. Je crains que ce soit permanent. Cela dit, je le répète, il existe des moyens de les contrôler. Je t'apprendrai...

Depuis qu'il avait prononcé le mot «permanent», Briddey ne l'écoutait plus. Les voix seraient toujours là, tapies, chaque fois qu'elle se rendrait à une pièce de théâtre, une réunion ou...

C'est pourquoi C.B. refuse d'y assister, comprit-elle. *Parce que les voix sont là, à le guetter. Et c'est ainsi depuis qu'il a treize ans. Elles ne partiront jamais. J'aurai beau chanter ou réciter des poèmes pour l'éternité...*

—Non, rien ne t'y oblige, la rassura C.B. Ce ne sont là que des mesures provisoires, avant qu'on érige tes défenses permanentes.

—Mes défenses permanentes?

—Oui. Je vais t'apprendre comment construire un abri antivoix, mais je ne pourrai le faire qu'une fois en un lieu sûr, et le plus tôt sera le mieux.

En un lieu sûr. En d'autres termes, même s'il n'y avait aucun moyen d'arrêter les voix, il existait des lieux où elles ne pourraient pas l'atteindre. Savoir qu'il y avait un moyen de se soustraire à elles l'apaisa aussitôt. En retrouvant son calme, elle prit également conscience de sa main agrippée à la cuisse de C.B.

—Désolée, s'excusa-t-elle en relâchant sa prise.

—Pas de souci. Ma circulation sanguine n'est pas encore totalement coupée. (Il la regarda en souriant puis revint à ce qu'il disait sur les textes.) Tu peux aussi déclamer de la poésie. Ce qui fonctionne le mieux, ce sont les poèmes narratifs. Tu connais *La Harpe de Tara* ? *L'Île du lac d'Innisfree* ?

— Non, avoua-t-elle. (*J'aurais dû aller aux réunions des Filles d'Irlande. Ce n'est pas faute d'avoir été harcelée par Tante Oona.*) Je connais à peu près *The Highwayman*. J'ai dû l'apprendre au lycée, mais je ne pense pas me souvenir de tout.

— Et les chants de Noël ? Les comédies musicales ? Certaines sont géniales. Stephen Sondheim. Rodgers et Hammerstein. *Wicked. Rent. The Music Man*. Presque toutes feraient l'affaire. Sauf *Cats*.

— Pourquoi ? *Cats* ne bloque pas les voix ?

— Non, ça marche, c'est juste que c'est pourri. Ça me rappelle que tu dois choisir tes chansons avec soin. Colle-toi un refrain pénible dans la tête, et tu regretteras de ne plus entendre les voix.

— Rien ne pourrait me le faire regretter, objecta Briddey avec ferveur.

— C'est ce que tu crois. À l'évidence, tu n'as jamais eu *I Got You Babe* coincé dans les neurones pendant des semaines ! Ni *Tie Me Kangaroo Down, Sport*, ou encore *Feelings*. (Il frissonna.) J'ai commis l'erreur de me dire que ce serait une bonne chanson pour me défendre, mais au bout de quinze jours je voulais me suicider et emporter avec moi Engelbert Humperdinck. C'est encore pire si c'est *leur* chanson.

— Que veux-tu dire ?

— Un air que les gens ont dans la tête. Les voix ne sont pas toujours là à jurer, hurler, râler et tempêter. Parfois, elles chantent. Dans une tonalité aussi fausse et nasillarde que tout haut. Cerise sur le gâteau, elles ont des goûts de chiottes. Elles n'optent jamais pour du Bob Dylan, du Cole Porter ou du Stevie Wonder. Non, c'est toujours *Achy Breaky Heart* ou *Shake Ya Ass*. Ou pire, l'horrible chanson de *Titanic*, de Céline Dion. Et, la plupart du temps, elles se trompent dans les paroles. Surtout en ce qui concerne les chants de Noël : « Le petit nain au nez rouge » et « Quand par l'hiver, bois et bérets ». Tu as beau leur hurler que c'est un renne et « bois et guérets », ça ne sert à rien.

Il essaie encore de me distraire, comprit Briddey. *Tout ce topo sur les chansons, c'est juste du bruit blanc pour m'empêcher d'entendre les voix, jusqu'à ce qu'on ait atteint notre destination… quelle qu'elle soit.*

Où était-ce, exactement ? Ils roulaient depuis un quart d'heure, sans pour autant quitter la ville.

— Tu connais la chanson *Molly Malone* ? demandait C.B. Bien sûr que oui, tu es irlandaise. Tu vois le passage où elle pousse sa charrette dans les rues larges et étroites, pour vendre ses coques et ses moules ? Eh bien, l'une de mes voix était convaincue qu'elle vendait « des phoques et puis des boules ». Non seulement c'est faux, mais en plus le nombre de syllabes n'est pas le bon. Ça a failli me rendre dingue. (Il se tourna pour la regarder.) Au fait, à quel degré es-tu irlandaise ?

— Comment ça ?

— Je veux dire : quel pourcentage de sang irlandais as-tu ? Avec un nom de famille comme Flannigan et cette chevelure rousse, je suppose que les trois quarts de tes ancêtres au moins doivent être irlandais. Je me trompe ?

— Non. Ils le sont tous. On est de purs Irlandais, dans la famille. Ça m'étonne que Tante Oona ne te l'ait pas dit. En général, c'est la première chose qui franchit ses lèvres.

— Nous avions d'autres sujets de conversation, se justifia C.B. De purs Irlandais, hein ? Et d'où venez-vous ? Du comté de Kerry ? Celui de Cork ?

— Du comté de Clare. Pourquoi ? Crois-tu que le fait que j'entende des voix ait un rapport avec mes origines ?

— Oui. C'est on ne peut plus avéré. Surtout avec l'haplogroupe R1b-L21, un amas de gènes qu'on retrouve chez les Irlandais.

— C'est pour ça que tu voulais m'empêcher de faire l'AEC, répliqua-t-elle. Parce que tu savais que j'étais irlandaise, et tu redoutais que ça arrive.

— Ça, en plus du fait que la chirurgie du cerveau est une idée extraordinairement mauvaise, comme tu l'as vu par toi-même.

— Mais, si c'est un gène qu'on trouve chez les Irlandais, alors pourquoi ne sont-ils pas tous télépathes ? J'en connais des dizaines, et aucun d'eux n'est capable de lire dans les pensées.

— Tu n'en sais rien. Peut-être n'en parlent-ils pas, comme moi. Pense à ce cobaye qui a participé à l'expérience du docteur Rhine. Le destin de ceux qui entendent des voix n'est pas très gai. Ils finissent…

— Par être diagnostiqués schizophrènes, ou brûlés vifs, je sais, finit Briddey. Tu affirmes que tous ces gens sont en réalité télépathes ?

— Non, à mon avis, il est plus probable qu'ils aient du sang irlandais. Les gènes de la plupart des « Irlandais », dit-il en lâchant le volant pour dessiner les guillemets avec les doigts, sont en grande partie vikings, germaniques ou anglo-saxons. S'ils vivent aux États-Unis depuis une ou deux générations, ils sont aussi porteurs de toutes sortes de gènes.

— Donc seuls ceux qui sont à cent pour cent irlandais sont porteurs de ce fameux gène ? demanda-t-elle. (*Si Tante Oona savait ça, elle serait moins encline à me caser avec un « brave gars irlandais ».*) Dans ce cas, pourquoi mes sœurs ne sont-elles pas télépathes ? Ne va pas me dire qu'elles le sont, sinon Mary Clare ne passerait pas autant de temps à s'inquiéter pour Maeve, et Kathleen ne se retrouverait pas à fréquenter des losers pareils. Toi-même, tu disais que les prémonitions de Tante Oona étaient infondées. Ou bien tu mentais ?

— Non. La voyance n'existe pas. La télékinésie non plus. Uniquement la télépathie.

— Si elles étaient télépathes, elles auraient su pour mon AEC, insista Briddey. Or, ce n'est pas le cas. Admettons que ta théorie soit juste. Pourquoi ma famille n'est-elle pas télépathe ? Et Jeanne d'Arc ? Pourquoi l'était-elle, alors qu'elle n'était pas irlandaise ? Toi non plus, d'ailleurs. Tu ne t'appelles pas Murphy ni O'Connell, mais…

— Schwartz, dit C.B.

— Quelle est donc ta théorie ? Qu'on ne trouve ce haplogroupe R1b que chez les Irlandais, les Français et les Juifs ?

— Non. Seulement chez les Irlandais, même s'il y a une infime possibilité que les Gitans soient également porteurs du gène. C'est de là que viendrait leur culture de diseurs de bonne aventure.

— Tu as du sang gitan, peut-être ?

Il secoua la tête.

— Pas une goutte.

— Alors, comment se fait-il que tu entendes les voix ? Manifestement, tu n'es pas irlandais.

— Justement, dit C.B. En fait, si.

Chapitre 16

« La bibliothèque, et vite ! »

David Foster Wallace, *L'Infinie Comédie*[1]

— Ah bon, tu es *irlandais* ? s'étonna Briddey.

— Eh oui. Depuis des générations, des deux côtés. Exactement comme toi.

— Mais…

— Schwartz est le nom de mon beau-père. Mon père s'appelait O'Hanlon. Et ma mère est une Gallagher.

— Mais tu…, commença Briddey, les sourcils froncés, observant les cheveux presque noirs de C.B. à la lueur des lampadaires.

— Je ne ressemble pas à un Irlandais ? En réalité, si. Les bruns sont communs en Irlande, surtout dans le comté de Clare, d'où vient ma famille maternelle.

Sitôt qu'il eut prononcé ces mots, Briddey songea : *J'aurais dû m'en douter.* Il avait les classiques cheveux bruns et yeux gris bordés de longs cils noirs qu'on aurait crus « placés avec des doigts pleins de suie », comme le disait l'expression locale décrivant les « Irlandais Noirs », dont les ancêtres venaient de la péninsule Ibérique.

— Mais… tu disais que ma chevelure rousse…

Il secoua la tête.

— Quand on a le gène des cheveux roux – qui est une mutation du gène MC1R –, et qu'on est irlandais, il y a également de fortes probabilités d'être porteur du gène de la télépathie. Toutefois, l'un ne dépend pas de l'autre.

1. *L'Infinie Comédie* (titre en anglais : *Infinite Jest*), de David Foster Wallace, Éditions de l'Olivier, 2015. Traduction de Francis Kerline. (*NdT*)

— Mais tu…, balbutia Briddey, incapable d'intégrer cette information. Je veux dire… Tout le monde à Commspan est persuadé que tu es juif !

— Je le suis. J'ai perdu mon père quand j'avais deux ans, et ma mère s'est remariée quand j'en avais quatre. Puis, à son décès, c'est mon beau-père qui m'a élevé, jusqu'à sa mort, expliqua C.B. J'avoue que ce nom me sert aussi de camouflage.

— Alors, si tu es irlandais, pourquoi ton prénom ne l'est-il pas ? demanda-t-elle.

Elle se rendit compte qu'elle ignorait de quels prénoms provenaient les initiales C.B. Cela pouvait dire n'importe quoi : Christian Bale, Charlotte Brontë, ou encore les fréquences radio *citizen band*.

— Comme dans « Chrome à Billy53, tu me reçois ? », demanda-t-il en quittant la route du regard pour sourire à Briddey. Non, en réalité, C.B. sont les initiales de Conlan Brenagh. Conlan Brenagh Patrick Michael O'Hanlon Schwartz.

— Alors, parce qu'on est tous les deux Irlandais, tu penses que ce gène haplogroupe est à l'origine de notre télépathie ?

— J'en ai peur.

— Mais deux personnes, c'est un peu juste pour prouver une théorie. Sommes-nous vraiment les seuls ? Tes parents étaient-ils télépathes, eux aussi ?

— Je ne sais pas. Ils sont morts avant que je me découvre cette aptitude, et ce n'est pas un sujet qu'on aborde avec n'importe qui, même son propre enfant, sauf en cas de nécessité absolue.

— Comment es-tu certain que c'en est la cause ? Pourquoi ne serait-ce pas l'AEC ?

— Parce que je n'en ai pas fait. Tu t'en souviens ?

— Ça n'explique toujours pas pourquoi tu penses que le fait d'être irlandais a provoqué ce phénomène… à moins que tu aies trouvé un autre télépathe porteur du gène. Est-ce le cas ?

Il tourna vivement la tête vers elle.

— Quoi ?

— C'est ça, hein ? Tu as trouvé un autre télépathe qui est également irlandais ! De qui s'agit-il ? L'un de ces médiums professionnels dont tu parlais ?

— Bien sûr que non. Je t'ai dit que c'étaient des charlatans.

— Tu as dit que la plupart d'entre eux l'étaient. Peut-être en as-tu découvert un qui ne l'est pas, et qu'il est irlandais.

— Non. Je le répète, ce qu'ils appellent lire dans les pensées n'est qu'un tour de passe-passe.

— Alors pourquoi… ?

— Parce que presque chaque cas de communication par télépathie répertorié et documenté de manière historique concerne quelqu'un d'origine irlandaise. C'est avéré pour le cobaye du docteur Rhine, et les passagers ayant envoyé des messages lors du naufrage du *Titanic*, dont l'entrepont regorgeait d'immigrants en provenance du comté de Clare. *Idem* pour le cas de la fille du Nebraska ayant entendu les appels au secours du marin torpillé. Elle s'appelait Donohue, et lui Sullivan. Sans compter que les Irlandais sont réputés depuis toujours pour entendre des voix, de saint Patrick à saint Kieran, en passant par…

— Bridey Murphy, qui est d'une fiabilité absolue, l'interrompit Briddey, sarcastique. Et ne parlons pas de tous ces Irlandais qui certifient avoir vu des *leprechauns*.

— Tu ne crois pas si bien dire. Si tu te penches sur ces histoires, tu verras que, pour la majorité, elles concernent des gens qui s'adressent à des personnes invisibles.

Il n'est pas sérieux, songea-t-elle. *Ce n'est rien que du bruit blanc pour tenir les voix à distance jusqu'à ce qu'on soit sortis de la ville.* Ce qui ne semblait toujours pas près d'arriver : les rues sombres qu'ils empruntaient étaient bordées d'immeubles de bureaux à perte de vue.

— On y est presque, la rassura C.B. Ce que je te raconte là, ce n'est pas du baratin. J'ai consacré beaucoup de temps à faire des recherches là-dessus.

— Et tu es parvenu à la conclusion que les premiers Irlandais ont développé une sorte de gène qui leur a donné – à eux seuls – la capacité de communiquer par télépathie ?

— Non, c'est tout le contraire. Tout le monde, ou du moins une bonne partie de nos ancêtres, disposait autrefois de ce don. En revanche, de nos jours, seuls les Irlandais l'ont encore. As-tu entendu parler de la théorie de Julian Jaynes sur l'esprit bicaméral ?

— Non, jamais.

— Selon cette théorie, durant presque toute l'histoire de l'humanité, entendre des voix était courant. Les gens les attribuaient aux dieux, alors qu'en réalité c'étaient les deux parties de leur cerveau qui communiquaient. Quand celui-ci a fusionné en une seule entité, les voix ont cessé. Ou plutôt les gens ont cessé de les considérer comme des voix, et ont compris qu'ils entendaient seulement un dialogue intérieur : leurs pensées.

— Donc… Tu n'es pas en train de me parler. Je me parle à moi-même ?

— À l'évidence, non. Jaynes s'est complètement planté dans sa conclusion. Toutefois, il avait raison en affirmant qu'entendre des voix était un phénomène répandu, qui a ensuite disparu. Je pense qu'à l'époque tout le monde était télépathe, mais, avec le temps et la sélection naturelle, cette capacité s'est éteinte. Moi, je pense que certains ont un gène, ou des gènes qui ont inhibé les récepteurs rendant possible la capacité d'entendre des voix. C'est sans doute l'équivalent neurologique d'un périmètre de sécurité.

— C'est-à-dire ?

— Une sorte de défense. Je vais t'apprendre comment en ériger un quand on sera arrivés. Quoi qu'il en soit, poursuivit-il, ce gène inhibiteur leur a donné un avantage au plan de l'évolution. La télépathie n'est pas vraiment un atout pour survivre, tu sais. Entendre des voix hurler dans ta tête quand tu es censé te concentrer pendant une bataille augmente les risques de te faire zigouiller avant d'avoir eu le temps de transmettre ton patrimoine génétique. Même chose pour ceux qui croyaient être possédés par le démon. Ça ne m'étonnerait pas non plus que plusieurs de ces personnes se soient précipitées du haut d'une falaise pour échapper aux voix. Ou du haut d'un pont. Comme Billie Joe McAllister.

— Qui ça ?

— Le type de la chouette chanson *Ode to Billie Joe*. De nombreux couplets et de belles paroles bien distrayantes, qui parlent de Tupelo, des haricots à œil noir et du pont sur la rivière Tallahatchie.

— Celui d'où il a sauté ?

— Oui, mais pas parce qu'il était télépathe. Même si à mon avis il l'était peut-être. Dans cette région du sud des États-Unis, beaucoup de gens descendent des Irlandais, et il s'appelait McAllister. Là où je veux en venir, c'est qu'au fil du temps les gènes inhibiteurs ont pris le pas sur les non inhibiteurs, et que la télépathie s'est éteinte.

— Mais pourquoi ce phénomène ne se serait-il pas produit chez les Irlandais ?

— Parce que, pendant les siècles où l'Europe se faisait envahir et envahissait les autres, ses habitants se sont mêlés à des peuples ayant des gènes inhibiteurs. Mais les Irlandais sont restés à l'écart de tout ça. Ainsi, les gènes d'origine de ses occupants, même les récessifs comme ceux des cheveux roux et de la télépathie, ont survécu.

— Pourtant, les Irlandais ne sont pas restés isolés dans leur coin, objecta Briddey. L'île a été envahie par les Anglais au XVIe siècle, et durant la Grande Famine des milliers d'Irlandais ont émigré aux États-Unis…

— C'est vrai, et ils se sont reproduits avec des gens porteurs d'au moins un gène inhibiteur, ce qui explique pourquoi, de nos jours, la plupart des Irlandais ne sont que partiellement télépathes, au mieux.

— Partiellement ?

— Oui. Ils entendent quelqu'un les appeler uniquement dans des circonstances où les émotions sont exacerbées, ou bien ils perçoivent vaguement qu'il y a un problème. Seuls quelques Irlandais disposent encore du patrimoine génétique les rendant totalement télépathes.

— Et toi et moi en faisons partie.

— Oui. Quelle veine, hein ?

— Si ta théorie est juste, ce sont mes parents qui m'ont transmis ces gènes. Dans ce cas, pourquoi Mary Clare et Kathleen ne sont-elles pas… ?

— Parce que c'est le genre de gène qui doit être activé, par une modification de la chimie du cerveau, ou un changement dans les circuits.

— Comme l'AEC, conclut Briddey d'un air lugubre.

— Tout à fait. Mais ça aurait aussi bien pu être dû à l'anesthésie. Tout ce qui affaiblit les défenses naturelles du cerveau ou provoque une augmentation de la réceptivité aux signaux télépathiques : médicaments, hypnose, manque de sommeil, traumatisme physique, stress. N'importe quel état d'émotion intense, en fait. La peur, la mélancolie, les angoisses existentielles de l'adolescence…

— Qui ont été ton facteur déclencheur.

— Et celui de Jeanne d'Arc. Elle aussi a entendu ses premières voix à treize ans.

— Mais elle n'était pas irlandaise.

— Non, mais elle a vécu il y a assez longtemps pour qu'on trouve encore les gènes dans d'autres régions d'Europe. Et, à l'échelle mondiale, Domrémy n'est pas si éloigné de Dublin. Jeanne essayait également de se connecter, ce qui semble être aussi un facteur déclencheur.

— Elle essayait de se connecter ? répéta Briddey, perplexe. À qui ?

— À Dieu. La première fois qu'elle a entendu saint Michel, elle priait. Elle tentait donc d'établir un contact. (C.B. se pencha pour mieux voir à travers le pare-brise.) Arrives-tu à lire le nom de la rue, là-bas ? Je voudrais savoir quelle distance il nous reste à parcourir.

— J'ai un GPS sur mon téléphone, dit Briddey avant de se rappeler qu'elle ne pouvait pas l'allumer. (Elle plissa les yeux en scrutant la plaque, à peine visible dans l'obscurité.) « Palmer Boulevard », parvint-elle à déchiffrer.

— Bien.

— On va bientôt quitter la ville ? demanda-t-elle en cherchant du regard les panneaux indiquant qu'ils atteignaient la périphérie.

— Non, répondit C.B. en s'arrêtant à un feu rouge. On y reste.

— Comment ça ? Pourquoi ?

—Parce que ça ne sert à rien d'aller trop loin. La distance n'a pas d'effet sur les voix. Enfin, si, mais pas au point de devoir rouler jusqu'à la campagne pour être tranquille. Et si tu t'éloignais assez pour ne plus entendre celles du théâtre, tu te mettrais à la portée d'autres voix, à proximité de ton nouvel emplacement.

Il n'y avait donc aucun moyen de s'éloigner suffisamment pour leur échapper, et il n'existait pas non plus de solution pour les arrêter! Par conséquent, elles allaient finir par la rattraper, engloutir la voiture, la submerger, et...

—Briddey! appelait C.B. Briddey, écoute-moi!

—Elles vont me noyer! s'affola-t-elle. Elles vont...

—Non! Je ne les laisserai pas faire. Je t'emmène en lieu sûr.

—Il n'y a pas de lieu sûr, tu l'as dit toi-même...

—Non, je n'ai pas dit ça. Il y en a un, et je t'y emmène tout de suite, mais tu dois me laisser conduire.

Elle se rendit compte qu'elle lui tenait le bras des deux mains. Le feu était passé au vert et un automobiliste klaxonnait derrière eux.

—Excuse-moi, gémit-elle en le lâchant.

Aussitôt, elle fut assaillie.

—Ça va aller, dit-il en prenant sa main dans la sienne, la tenant fermement.

Derrière eux, la voiture donna un nouveau coup d'avertisseur.

—Oh, la ferme, lança C.B. d'un ton las. (Il serra la main de Briddey contre sa poitrine une minute avant de la poser sur son genou.) Accroche-toi à moi et chante *When Irish Eyes Are Smiling*, ou une autre jolie chanson irlandaise, et on sera arrivés en moins de temps qu'il n'en faut pour dire « bêêê ». Même si, en vérité, *When Irish Eyes Are Smiling* n'est pas du tout une chanson irlandaise. Elle a été écrite par quelqu'un qui n'a jamais posé le pied sur l'île d'Émeraude. *Idem* pour *Too Ra Loo Ra Loo Ra* et *Christmas in Killarney*. Quant à *Danny Boy*, la chanson irlandaise par excellence, elle a été écrite par une grosse brute d'Anglais.

Il continue à faire du bruit blanc pour m'empêcher de m'effondrer jusqu'à ce qu'on y soit, se raisonna Briddey. Elle essaya de reprendre ses esprits, de ne pas tenir compte du glas effrayant qui avait commencé à sonner en elle quand elle comprit que, où qu'elle soit, les voix pourraient toujours l'atteindre.

—En parlant d'arriver à destination, dit C.B., tu voudras peut-être te rafraîchir avant. Pas pour moi, rassure-toi. Les cheveux en désordre, ça me plaît. (Il lui sourit.) Mais on va sortir en public...

—Quoi ? Où m'emmènes-tu ? l'interrogea-t-elle en regardant par la vitre pour voir où ils étaient.

C.B. avait pris la direction du sud, vers le centre technologique. *Il m'emmène dans son labo, à Commspan*, pensa-t-elle. *Bien sûr. C'est pour ça qu'il travaille en sous-sol : ainsi, il n'entend pas les voix.*

— Eh non, malheureusement, répliqua-t-il. Le béton et l'isolation phonique n'ont aucun effet sur elles, pas plus que les températures polaires. Par ailleurs, certaines personnes impliquées dans le projet Hermès travaillent tard à Commspan, et on ne peut pas prendre le risque d'être vus. Tu es censée être chez ta tante Oona avec Maeve, je te rappelle.

— Alors, où me conduis-tu ?

Au lieu de répondre, il glissa la main dans la poche de sa veste, en tira la pochette de soirée de Briddey et la lui tendit. Elle l'ouvrit et prit son miroir de poche. Dieu du ciel ! Elle faisait encore plus peur à voir, si c'était possible, que lorsqu'elle s'était entrevue dans le miroir des toilettes pour dames. Son mascara avait laissé des traînées sur ses joues, et ses cheveux étaient complètement emmêlés.

— Tu n'aurais pas un mouchoir ? demanda-t-elle.

C.B. en tira un paquet de sa poche et le lui donna. Elle en sortit un, posa le miroir de poche sur le tableau de bord et entreprit de réparer les dégâts. Elle essuya les coulures de mascara et mit du rouge à lèvres, le tout d'une main, l'autre toujours sur le genou de C.B. Avec ses doigts, elle arrangea ses cheveux en regrettant de ne pas avoir de quoi les attacher.

— Que dis-tu de ça ? proposa C.B. après avoir sorti de la boîte à gants un bout de câble informatique.

— Parfait, répliqua-t-elle.

Elle se mordit la lèvre : comment faire pour relever ses cheveux et les attacher sans lâcher le genou de C.B. ?

— Facile, dit-il sans la regarder. Je vais chanter *Ode to Bille Joe*.

Il entama la chanson : ça racontait l'histoire d'une famille qui, au cours d'un dîner, mentionne distraitement que Billie Joe McAllister s'est jeté du pont sur la Tallahatchie, sans remarquer que la narratrice est bouleversée par la nouvelle.

Briddey ne l'écoutait que d'une oreille, trop occupée à entortiller le câble dans ses cheveux. Avant même que C.B. ait terminé, elle était déjà de nouveau accrochée à son genou.

Elle avait réussi. De peu.

— Et personne ne sut qu'elle aimait Billie Joe, expliquait C.B., puisque apparemment ils n'étaient ni irlandais ni télépathes. Nous y voici, conclut-il en se garant au bord du trottoir.

Il coupa le moteur.

— Où ? demanda Briddey. (Ils étaient stationnés dans une rue bordée de résidences universitaires. Au-dessus des toits, on apercevait les bâtiments de la faculté.) Où donc m'emmènes-tu ? À une fête d'étudiants ?

— Non. (Il prit la clé sur le contact et déboucla sa ceinture de sécurité.) Si tu trouvais horribles les pensées des spectateurs au théâtre, tu devrais entendre celles d'une poignée d'étudiants bourrés.

Après avoir jeté un coup d'œil à sa montre, il tendit le bras devant Briddey pour ouvrir sa portière de quelques centimètres.

— Bon, dit-il, maintenant, il va falloir qu'on se désolidarise le temps que je vienne te chercher.

Elle hocha la tête puis se rendit compte qu'il attendait qu'elle le lâche. Elle inspira profondément, expira, le libéra et posa les deux mains sur ses genoux.

— À moins, bien entendu, que tu aies envie d'aller à une fête d'étudiants, plaisanta-t-il en sortant de la voiture.

Il contourna la Honda en continuant à parler.

En fait, écouter leurs pensées n'est pas tellement différent d'assister à leurs fêtes.

Enfin, il fut là, penché à sa portière. Il lui prit la main et l'aida à descendre, disant à haute voix :

— En plus, on évite ainsi de se faire arroser de bière et de vomi.

Il faisait froid, dehors. Briddey frissonna dans sa robe verte sans manches. Avant qu'elle comprenne que C.B. avait lâché sa main, il avait retiré sa veste en jean pour couvrir les épaules de la jeune femme.

— Je ne peux pas te priver de ta veste, protesta-t-elle.

— C'est du camouflage, se justifia-t-il, qu'on n'ait pas l'air trop mal assortis.

— Tu veux dire que je ne ressemble pas à une folle échappée de l'asile accompagnée de son tuteur ? demanda-t-elle en baissant les yeux sur sa robe complètement chiffonnée.

— Non, je pensais plutôt à la reine du bal de promo accompagnée du Bossu de Notre-Dame. Enfile-la, ordonna-t-il.

Elle s'exécuta. Pendant ce temps, il ouvrit la portière arrière et fouilla dans la voiture. Il se redressa et jaugea Briddey.

— Non, décréta-t-il en secouant la tête. Encore trop belle pour moi. Allez, viens donc, ma p'tite fée.

Ils remontèrent la rue. En marchant, il lui tendit ce qu'il avait pris sur la banquette arrière : une pile de livres.

— Tu m'emmènes à la bibliothèque ? s'étonna-t-elle.

— Non, j'avais des bouquins d'emprunt en retard, et je me suis dit, puisqu'on était dans le coin, autant aller les rendre, répondit-il d'un ton sarcastique. Oui, je t'emmène à la bibliothèque.

Tant mieux, pensa Briddey. Entre elle et les voix : le silence, la lumière, des rayonnages entiers de livres et des tiroirs remplis de fiches d'archivage. Si seulement C.B. et elle l'atteignaient avant que les voix la rattrapent…

— Désolé d'avoir dû me garer si loin, s'excusa C.B. qui avançait d'un pas rapide, mais ils vérifient les parkings du campus toutes les heures.

— Pas de problème, répliqua-t-elle en agrippant les livres aussi fermement qu'elle s'était accrochée au genou du jeune homme.

En réalité, ils se trouvaient à plusieurs centaines de mètres de la bibliothèque, et il faisait très sombre. Les lampadaires du pâté d'immeubles suivant ne fonctionnaient pas ; il y ferait donc encore plus noir. Briddey ne voyait pas comment une chanson sur un gamin qui s'était suicidé allait empêcher les voix de lui parvenir, et…

C.B. récupéra les livres, les passa sous son bras et prit la main de Briddey.

— Merci, souffla-t-elle.

— Pas de quoi. Ça peut être autre chose qu'*Ode to Billie Joe*, au fait. Du moment que la chanson a beaucoup de paroles… Country, rap, folk, ou, comme je l'ai dit, les comédies musicales. *Hamilton*. *Kinky Boots*. *Guys and Dolls*. Celle-là regorge de bonnes chansons. *Luck Be a Lady*, *Adelaide's Lament* et *Fugue for Tin Horns*. Tout bien réfléchi, oublie *Fugue for Tin Horns*, ça rappelle trop les voix. Contente-toi d'*Adelaide's Lament*. Huit couplets, avec plein de mots super pour les bruits blancs, comme « syndrome psychosomatique », « streptocoques » et « écoulement nasal postérieur ».

— « Écoulement nasal postérieur » ?

— C'est une chanson qui parle du rhume. Si ça ne te plaît pas, tu peux opter pour quelque chose tiré de *La Vallée du bonheur*. C'est une comédie musicale sur une jeune Irlandaise, un type débraillé et un *leprechaun*. À ce propos, j'ai réfléchi au sujet des guimauves de Lucky Charms. N'y en avait-il pas une en forme de pot rempli d'or ?

Il continua à bavarder. Même si elle savait qu'il le faisait uniquement pour la mener le long des rues plongées dans le noir, peu lui importait. Il maintint les voix à distance jusqu'à leur arrivée à la bibliothèque.

C.B. s'arrêta devant la porte.

— Ne panique pas, prévint-il, mais, une fois à l'intérieur, je vais lâcher ta main.

— Pourquoi ?

— Parce que je veux que la bibliothécaire pense que nous sommes là pour étudier, pas pour aller dans les réserves. À cette heure tardive, l'endroit est très prisé par les étudiants de premier cycle obsédés sexuels qui aiment fricoter.

— Fricoter ?

— Oui, ils se pelotent, ils se roulent des pelles. Je ne veux pas que la bibliothécaire nous ait à l'œil, même si je doute qu'elle croie qu'une fille canon comme toi puisse sortir avec un mec comme moi. En tout cas, ne t'inquiète pas. Ce n'est pas parce que je lâche ta main que je t'abandonne. Prête ?

Elle acquiesça. Il ôta sa main et la mit dans son dos. De l'autre, il tira la porte avant de s'immobiliser.

— Attends.

Il se pencha pour scruter les horaires d'ouverture : « SAMEDI DE 10 H À 22 H 30 ».

Merde, jura-t-il. *Ils ont dû avoir des restrictions budgétaires. Ils ont encore réduit leur amplitude horaire.*

— Ça veut dire qu'on ne peut pas rester ici ?

La perspective de devoir rebrousser chemin jusqu'à la voiture…

— Non, répliqua C.B. Chut.

Il pencha la tête pour regarder à l'intérieur.

Il ne lit pas les panneaux, songea-t-elle. *Il écoute pour déterminer combien ils sont à l'intérieur.* Il ne devait pas y avoir foule, car au bout d'une minute C.B. lui rendit la pile de livres en déclarant :

— Répète ce que je dis, et essaie de ne pas attirer l'attention.

Sur ce, il ouvrit complètement la porte.

— Oui, les examens d'Iverson sont hyper durs, lança-t-il à voix haute en introduisant Briddey à l'intérieur, la main toujours sur son coude.

Maintenant, tu dis : « Il faut que je décroche au moins un "B". »

Elle serra les livres contre sa poitrine, s'efforçant de ressembler à une étudiante.

— Il faut que je décroche au moins un « B ».

— Pour ça, je peux t'aider, proposa C.B.

La jeune femme à l'accueil leva les yeux de son écran d'ordinateur et les observa.

Je regrette d'avoir mis cette robe, pensa Briddey. *Trent avait raison. Elle est trop voyante. J'aurais dû me contenter de la noire…*

Trent est débile, intervint C.B. *Tu es très belle. Dis : « C'est la partie sur la communication non verbale que je n'ai pas comprise. » Et regarde-moi, pas elle.*

Docile, Briddey se tourna vers lui.

— C'est la partie sur la communication non verbale que je n'ai pas comprise.

La bibliothécaire focalisa de nouveau son attention sur son écran.

— Tu es bien tombée avec moi, répliqua C.B. Il se trouve que je suis un crac en matière de communication non verbale.

Ils passèrent devant le bureau d'accueil pour gagner la vaste salle.

Toutefois, celle-ci n'était pas déserte. Plusieurs dizaines de personnes l'occupaient, penchées sur des ouvrages, les yeux rivés sur leurs écrans d'ordinateur portable, chuchotant entre elles. Et en pleine réflexion. Briddey jeta un coup d'œil apeuré vers C.B. *Je croyais que, selon toi, je devais éviter les lieux fréquentés*, murmura-t-elle.

C'est ce que tu fais, rétorqua-t-il en la guidant dans la salle. *Tu n'es pas obligée de chuchoter, tu sais. Il n'y a que moi qui t'entende.* D'un bon pas, il l'escorta devant l'escalier marqué « VERS LES RÉSERVES » puis en choisit un autre.

Je croyais qu'on allait aux réserves, fit remarquer Briddey.

Non. Trop distrayant. (Il lui fit grimper les marches.) *À moins que tu aies envie de fricoter. Ce qui ne serait pas une mauvaise idée, en ce qui concerne les voix. Les rapports sexuels sont un excellent moyen de défense. Avec ça, on oublie à peu près tout le reste. Je m'apprêtais à t'enseigner une autre stratégie, mais si tu préfères…*

Je ne veux pas fricoter, et si c'est pour cette raison que tu m'as amenée ici…, s'offusqua-t-elle en libérant sa main d'un geste vif. Elle le regretta aussitôt : les voix allaient déferler sur elle.

Tout va bien, je suis là, la rassura C.B. avant de lui reprendre la main.

Merci, souffla-t-elle.

Pas de quoi.

Il reprit son ascension puis s'arrêta sur le palier.

— Attends une seconde. Je dois envoyer un autre texto à Trent.

Il alluma le téléphone de Briddey et fit défiler l'écran.

— A-t-il laissé un message ? s'enquit-elle.

— Je le crains.

Il lui tendit le portable ; Trent avait écrit cinq textos et laissé trois messages vocaux. « J'avais promis aux Hamilton qu'on irait avec eux à l'*Iridium* après la pièce. Je leur ai dit que tu nous y rejoindrais. Ne peux-tu pas laisser ta famille se débrouiller ? » ainsi que des variations de : « Pourquoi ne réponds-tu pas à ton téléphone ? » Et plus lancinant encore : « Toujours rien en matière de connexion ? »

Pas celle à laquelle tu penses, en tout cas, se dit Briddey en se demandant ce qu'elle allait bien lui répondre.

— Regarde, dit C.B. en reprenant le téléphone.

Il écrivit un texto rapide et appuya sur « ENVOYER ».

— Je lui ai dit que tu ne pouvais pas le rejoindre, que calmer tout le monde prenait plus de temps que prévu, et que tu l'appellerais demain matin.

Il éteignit le portable et le rangea dans sa poche.

— Tu vois ? demanda-t-il. C'est simple. Allez, viens.

Il la conduisit à l'étage supérieur et le long d'un couloir, vers une porte marquée « SALLE DE LECTURE ». Il s'arrêta devant, aux aguets, puis se réjouit : *On a du bol.*

Il ouvrit le battant sur une vaste pièce semblable à celle du rez-de-chaussée, sauf que le bureau d'accueil était vide. Les tables d'étude y étaient plus larges et plus longues. Des rangées de journaux bordaient chaque côté, et il y avait moins de monde qu'en bas. Cela dit, on ne pouvait pas qualifier l'endroit de désert : les tables étaient occupées par une bonne vingtaine d'étudiants plongés dans un journal, un livre ou sur un ordinateur portable. Tous en train de penser. Et ce n'était pas le pire.

Le pire, c'était la salle elle-même. Quand C.B. avait dit à Briddey qu'il l'emmenait dans une bibliothèque, elle avait imaginé des murs tapissés de livres offrant une sorte de rempart contre les voix, mais ici, aucun ouvrage n'était en vue à l'exception de ceux que lisaient les quelques visiteurs attablés. Quant aux murs, deux d'entre eux étaient des fenêtres aux vitres noires qui ne la protégeraient en rien.

Et maintenant, on fait quoi ? demanda-t-elle à C.B. en espérant qu'il avait un plan B, comme se rendre aux archives ou au pire retourner dans l'escalier ; n'importe où, du moment qu'il n'y avait ni gens ni fenêtres. Au lieu de quoi il répondit : *Tout va bien*, et l'entraîna vers la table la plus proche. *Va à l'autre bout.*

Elle se tourna pour le regarder d'un air suppliant. *Les voix...*

Ça va aller. Vas-y. Essaie de ne pas avoir l'air d'un otage. On est censés être venus pour étudier, tu te souviens ?

Briddey s'avança, les yeux baissés pour ne pas voir les fenêtres et l'obscurité au-delà. Les livres toujours serrés contre elle, elle alla vers la chaise que C.B. lui avait désignée. Il la tira pour elle en disant : *Pose les bouquins sur la table et ouvre le premier de la pile à la page six.* Puis il se dirigea vers la chaise en face d'elle.

Page six, songea-t-elle, concentrée sur le livre qu'elle feuilletait, essayant d'oublier que C.B. l'avait lâchée, qu'ils se tenaient à moins d'un mètre de la fenêtre, et que la table était trop large. Puisque C.B. allait s'asseoir en face d'elle, il ne pourrait pas lui tenir la main, et les voix allaient...

Je ne vais pas m'asseoir en face de toi, dit-il en prenant la chaise pour s'installer en bout de table, en diagonale par rapport à Briddey. Il tendit le bras non pour lui prendre la main, mais pour s'emparer du livre suivant sur la pile, qu'il ouvrit et regarda. *Je suis là. Et tu es en sécurité. Les voix ne peuvent pas venir ici. Écoute*, dit-il. C'était un ordre.

Elle contempla avec envie la main du jeune homme, qui reposait tranquillement à côté de son recueil. *Tu n'en as pas besoin*, tempéra-t-il. La voyant hésiter encore, il ajouta : *Fais-moi confiance. Écoute.*

Elle s'exécuta, agrippant le bord de la table des deux mains, prête à recevoir la déferlante de voix qui ne manquerait pas de s'abattre sur elle.

Il n'en fut rien. Les voix n'avaient pas disparu, mais elles ne rugissaient plus, ne l'engloutissaient plus. Elles étaient plus calmes, apaisées, comme un ruisseau inoffensif. Émerveillée, elle regarda C.B.

Comment as-tu fait ?

Je n'y suis pour rien, dit-il en indiquant les gens d'un signe de tête. *C'est eux.*

Mais comment… ?

Il sourit. *Ne jamais sous-estimer le pouvoir des livres.*

Chapitre 17

> « — Hum! reprit la Souris d'un air important. [...] Voici ce que je connais de plus sec. [...] Guillaume le Conquérant, dont la cause était soutenue par le pape, reçut bientôt la soumission des Anglais, qui avaient besoin de dirigeants et qui avaient pris l'habitude des usurpations et des conquêtes. Edwin et Morcar, comtes de Mercie et de Northumbrie... »
>
> Lewis Carroll, *Alice au Pays des merveilles*[1]

Je ne comprends pas, dit Briddey, perplexe, en balayant la salle de lecture du regard. Elle s'était trompée en comparant le ronronnement des voix en pleine lecture aux murmures d'un ruisseau. Le bruit était plus chaleureux, plus agréable, comme le bourdonnement des abeilles au jardin. *Comment les livres... ?*

Ce ne sont pas les livres, rectifia C.B. *Moi aussi, j'ai cru que c'était ça, la première fois. Ce sont les pensées des gens qui les lisent. La lecture est un processus complètement différent des pensées ordinaires. C'est plus rythmique, plus concentré. Toutes les idées parasites sont chassées.*

Mais comment... ?

J'ai découvert ça par hasard. J'étais venu ici pour faire des recherches sur le fait que j'entendais des voix. (Il adressa un sourire à Briddey.) *On dit toujours que les livres sont des refuges. Rien n'est plus vrai.*

Le terme « refuge » était bien choisi. Pour la première fois depuis qu'elle avait été assaillie par les voix au théâtre, Briddey sentit son pouls retrouver un rythme normal.

1. *Les Aventures d'Alice au Pays des merveilles* suivi de *La Traversée du Miroir et ce qu'Alice trouva de l'autre côté.* Traduction de Laurent Bury. (*NdT*)

C'est pourquoi je t'ai amenée ici, expliqua C.B. *Les lecteurs les empêcheront de t'atteindre le temps qu'on érige tes défenses.*

Mais je croyais que les lecteurs eux-mêmes étaient les défenses.

Ils en font partie. Heureusement, c'est un moyen de défense presque toujours disponible. À toute heure du jour ou de la nuit, il y a des gens qui lisent. Par conséquent, si tu commences à te sentir submergée par les voix, rien ne t'empêche de venir ici, de te rendre à la bibliothèque municipale, dans une librairie ou même au Starbucks. *Et, en cas d'impossibilité, tu peux toujours te plonger toi-même dans la lecture.*

Tu disais que les livres audio ne marchaient pas.

C'est vrai. Ce qui fait écran entre les voix et toi, c'est le schéma synaptique des lecteurs. Donc, soit tu dois lire toi-même, soit tu dois écouter une personne présente physiquement en train de lire. De préférence une œuvre de l'époque victorienne, avec de longues phrases alambiquées. Comme celle-là, par exemple. (Il lut l'ouvrage posé devant lui.) « *Mais une épreuve plus forte encore est celle qui consiste à être persuadé, par le témoignage des sens et du raisonnement, que l'on est absolument seul, puis de se découvrir soudain un compagnon*[1]. »

C'est du Thomas Hardy, précisa C.B., *dont les œuvres sont formidables, tout comme celles de Dickens, sans oublier Anthony Trollope et Wilkie Collins. Toutefois, il ne faut pas que ce soit ennuyeux. Si tu n'es pas concentrée, ça ne fonctionnera pas. Du coup, oublie Henry James. Et* Silas Marner. *Je te recommande* Barchester Towers, *ou* L'Ami commun. *Télécharge-les sur ton téléphone pour les avoir avec toi en toutes circonstances. Et révise* The Highwayman.

Ainsi que les chansons dont tu m'as parlé, ajouta Briddey.

Exactement. Mais, tout ça, ce n'est que des solutions de dépannage. Ce qu'il te faut absolument, ce sont des défenses permanentes. Il jeta un coup d'œil à sa montre.

Par réflexe, Briddey s'empara de son portable pour voir l'heure avant de se souvenir que C.B. l'avait toujours. Elle regarda l'horloge derrière le comptoir de l'accueil : 21 h 45. La bibliothèque fermant à 22 h 30, il leur restait moins d'une heure.

Il faut donc s'y mettre, dit C.B. *La première étape, c'est de construire ton périmètre de sécurité. Il aura le même effet que les voix des lecteurs en ce moment, mais de manière permanente. Tu vois les murs antibruit le long des grands axes routiers ? Ceux qui permettent de couper le bruit de la circulation pour les gens suffisamment idiots qui ont choisi de construire juste à côté d'une voie rapide ? Tu vas bâtir le même genre de structure, sauf que*

1. *Loin de la foule déchaînée* (titre en anglais : *Far from the Madding Crowd*), de Thomas Hardy, éditions Archipoche, 2015. Traduction de Mathilde Zeys. (*NdT*)

ce sera dans ta tête. Il observa les occupants de la salle. *Au fait, tu dois faire semblant de lire. On est censés étudier.*

Désolée, s'excusa Briddey. Elle pencha la tête sur son ouvrage.

C'est bon. Personne ne nous observe pour le moment. Cependant, la bibliothécaire ne va pas tarder à revenir, et mieux vaut éviter d'éveiller ses soupçons. Il posa le menton dans sa main et se concentra sur son propre livre. Il donnait véritablement l'impression d'être absorbé par sa lecture. *Tout d'abord, tu dois visualiser une barrière*, conseilla-t-il.

Comme les murs antibruit.

Pas forcément. Elle peut revêtir toute sorte d'apparences : un pare-feu comme en informatique, une clôture électronique pour chiens, invisible, ou même la Grande Muraille de Chine. Ce que tu veux, du moment que tu es persuadée de son efficacité contre les voix.

Que j'en suis persuadée ? répéta Briddey en levant les yeux vers lui. *Les voix sont réelles, je ne les ai pas imaginées ! Elles sont…*

Les barrières le sont aussi, l'interrompit C.B. sans jamais quitter son recueil des yeux. *Comme la rambarde de sécurité à laquelle tu t'accrochais, au théâtre. Et le sentier boisé que tu visualisais quand Verrick te parlait d'établir un chemin neuronal.*

Mais…

Les voix sont des signaux télépathiques envoyés au cerveau, qui déclenchent des connexions synaptiques, tout comme les signaux auditifs. Considère ces barrières également comme des connexions synaptiques, sauf que, dans ce cas précis, elles inhibent les capteurs.

Je croyais que nous n'étions pas porteurs du gène inhibiteur.

Je le confirme. Il nous faut créer nos inhibiteurs nous-mêmes. Ce n'est pas aussi efficace que les originaux, et ça exige plus d'énergie et de concentration, mais ça te protégera quand même.

En gros, je dois visualiser des capteurs inhibiteurs ?

Oui. En revanche, tu dois les voir sous forme d'images qui te parlent. Des images concrètes, du quotidien, comme la rambarde que tu avais visualisée au théâtre.

Briddey repensa à la barre métallique noire et mouillée qu'elle avait agrippée. *Mais elle n'était pas assez solide*, s'inquiéta-t-elle. Sans le secours de C.B., l'eau se serait déversée sur elle et l'aurait fait basculer…

Il faut donc que tu mettes en place quelque chose de très costaud, dit C.B. *Que dirais-tu d'un fossé ? Ou d'une digue ?*

Une digue, s'enthousiasma Briddey. *Comme celles qu'on trouve aux Pays-Bas.* Mais il y avait parfois des brèches dans les digues… Ce petit Hollandais avait essayé d'en boucher une avec son doigt pour empêcher l'eau de s'infiltrer…

Pardon, dit C.B. *J'aurais dû t'avertir : il faut que ce soit une structure que tu n'associes ni aux fissures ni aux effondrements. J'ai commis cette erreur, moi aussi, la première fois. J'avais visualisé les remparts d'une forteresse...*

D'une forteresse... ?

Oui, je sais, admit-il, gêné. *J'avais treize ans, OK ? Quoi qu'il en soit, mes remparts avaient la totale : créneaux, pont-levis et huile bouillante. Sécurisés à bloc. C'était compter sans les films que j'avais visionnés, avec des béliers, des trébuchets... et une foule de paysans en colère munis de torches.*

Alors, qu'as-tu choisi finalement pour la remplacer ?

Une clôture de jardin en bois blanc. On ne les voit jamais se faire détruire à coups de bélier.

Je ne plaisante pas, insista Briddey. *À quoi ressemble ta barrière, maintenant ?*

Il ne répondit pas.

C.B. ?

Toujours pas de réponse. Elle lui jeta un coup d'œil discret : le nez levé, il scrutait la fenêtre derrière elle.

C.B. ? l'appela-t-elle encore.

Il sembla revenir à lui.

Excuse-moi. Je me suis laissé distraire par le livre. Tu disais ?

Je te demandais à quoi ressemblait ta barrière, aujourd'hui.

Oh. Après la forteresse, j'ai opté pour ce qui me paraissait le meilleur : une prison haute sécurité. Je devais juste éviter de regarder des films d'évasion. Tu vois le topo : clôtures grillagées, barbelés, projecteurs, chiens de garde...

Mais les clôtures grillagées n'empêchent pas non plus l'eau d'entrer.

C'est vrai. Peut-être devrais-tu...

Il s'interrompit de nouveau. Quand Briddey le regarda en douce, il avait les yeux rivés sur les doubles portes. La bibliothécaire était-elle sur le point de revenir ?

Non, je ne crois pas, répliqua-t-il. *Attends. Je dois vérifier un truc. Continue à lire.*

Elle s'exécuta, baissant les yeux sur sa page. « Il n'eût pas été absurde de supposer que cette personne écoutait le vent[1] », lut-elle. Et C.B., qu'écoutait-il ? Les voix, bien sûr. Comment faisait-il pour y résister ? Leur volume sonore était si intense, une vraie clameur ! C'était comme marcher de son plein gré au cœur d'une tempête. À moins que le périmètre de sécurité qu'il lui demandait d'ériger ne les rende

1. *Le Retour au pays natal* (titre en anglais : *The Return of the Native*), de Thomas Hardy, éditions Archipoche, 2016. Traduction de Marie Canavaggia. (*NdT*)

plus dociles, car il n'avait l'air ni effrayé ni paré à les affronter. Il regardait seulement droit devant lui, comme il le faisait auparavant.

Que devait-il vérifier ?

C.B. ? appela-t-elle.

Pas de réaction. Il ne semblait même pas l'avoir entendue.

On le dirait totalement ailleurs, pensa-t-elle. *Ou alors il se concentre pour empêcher les voix de le submerger.* Elle ne tenait pas à le distraire. Il lui fallait se taire et poursuivre sa lecture.

« Vent qui semblait vraiment fait pour ce lieu, comme ce lieu semblait fait pour cette heure..., lut-elle. Une partie de sa mélopée était, en effet, absolument spéciale et ne se faisait entendre nulle part ailleurs[1]. »

C'est pourquoi elle devrait être à la bibliothèque au lieu de courir la lande, commenta C.B. Il regarda Briddey en souriant. *Excuse-moi. Pendant une minute, j'ai cru entendre la bibliothécaire revenir, mais je me trompais.*

Il le savait, car il parvenait à isoler les pensées de la bibliothécaire de celles des autres personnes, comme il l'avait fait avec Kathleen. *Idem* avec l'infirmière. Comment diable s'y prenait-il ? Les voix n'étaient qu'un maelström de mots et d'émotions. Comment était-il capable d'en distinguer une parmi les autres ?

Question d'entraînement, répondit C.B.

Tu pourras m'apprendre ? demanda Briddey.

Oui, mais seulement quand nous aurons mis tes défenses en place. Il nous reste peu de temps.

Elle examina l'horloge : 22 heures. Plus qu'une demi-heure avant la fermeture.

En effet, confirma C.B. *Donc, tu as besoin d'une barrière étanche. Que dirais-tu du barrage Hoover ?*

J'ignore à quoi ça ressemble, répliqua Briddey. *Je sais que c'est un énorme mur de béton, mais c'est tout.*

Alors, ça ne sera pas efficace. Tu dois pouvoir le visualiser dans les moindres détails. Et un brise-lames, comme on en trouve en bord de mer ?

Là encore, je ne vois pas trop comment c'est. Un mur en briques conviendrait-il ?

Comme dans le poème Ô fleur, trouvée dans un mur lézardé *de Tennyson, ou celui bâti par le méchant dans* La Barrique d'amontillado *de Poe ?* demanda C.B. avant de sourire tristement. *Désolé, je passe un temps fou à la bibliothèque. Va pour le mur de briques.*

---

1. *Ibid.* (*NdT*)

Après quoi il l'interrogea sur son apparence, de la couleur exacte des briques à l'épaisseur du mortier.

Plus il y aura de détails, plus ton mur te semblera réel, précisa C.B. *Et mieux il résistera aux...* Il s'interrompit au beau milieu de sa phrase pour tendre l'oreille une seconde. *La bibliothécaire arrive.*

Briddey réprima l'envie de lever les yeux. Elle entendit la porte s'ouvrir. *OK*, conseilla C.B. *Regarde vers la porte l'air de rien, puis reprends ta lecture.*

Briddey obéit, se demandant quelle aurait été sa réaction naturelle si elle avait vraiment été occupée à lire. La bibliothécaire n'y verrait-elle que du feu ?

Oui, la rassura C.B. *Même si elle pense que tu dois avoir sacrément peur de louper tes examens pour étudier un samedi soir en compagnie d'un geek comme moi. Faisons une petite pause. Continue à lire.*

D'accord, dit Briddey. *« Si bas était le son émis par une seule de ces clochettes momifiées, que le concours de plusieurs centaines d'entre elles arrivait à peine à rompre le silence*[1]*... »*

Espérons que les voix seront aussi silencieuses une fois que j'aurai construit mon mur, songea-t-elle, même si elle ne voyait pas comment un mur imaginaire pourrait la protéger de quoi que ce soit, et encore moins des voix.

Alors, tu n'as pas confiance en moi, ma p'tite fée ? demanda C.B. avec un accent irlandais presque aussi prononcé que celui de Tante Oona. Briddey lui jeta un coup d'œil puis s'empressa de baisser le nez.

Excuse-moi, dit-elle. *J'oublie tout le temps que je ne suis pas censée te regarder.*

C'est bon. La bibliothécaire ne s'intéresse plus à nous. C'est l'anniversaire d'un de ses collègues, et son esprit est occupé par la fête qui aura lieu après le travail. Elle se demande si le gâteau qu'elle a acheté est assez gros. Il tourna la page de son livre. *Décris-moi ton mur de briques.*

Briddey s'exécuta avec autant de précision que possible pour rendre son mur aussi réel que la salle dans laquelle ils se trouvaient, la table à laquelle ils étaient assis. Cependant, C.B. ne cessait de jeter des regards inquiets à sa montre.

La bibliothèque fermerait à 22 h 30. Il leur faudrait alors retourner dehors, dans l'obscurité, et ils devraient remonter quatre pâtés d'immeubles pour rejoindre la voiture. Si d'ici là Briddey n'avait pas établi son périmètre de sécurité, ou si celui-ci était inefficace... Visualiser un mur de briques dans le calme de la salle de lecture était une chose.

1. *Ibid.* (*NdT*)

Même si les voix des lecteurs se résumaient à un bourdonnement inoffensif, Briddey entendait celles qui l'attendaient derrière, telles des chutes en amont d'une rivière. Malgré elle, elle jeta un coup d'œil vers les fenêtres teintées de noir.

Mets ta main gauche sous la table, dit C.B. Lorsqu'elle l'eut fait, il la prit dans la sienne et la tint fermement sur son genou à lui. *C'est mieux ?*

Oui, répondit Briddey avec reconnaissance. *Mais je ne peux pas m'accrocher à toi éternellement.*

Bien sûr que si. Maintenant, redis-moi à quoi ressemble ton mur.

Elle le lui décrivit, comme s'il se dressait juste devant elle, rempart étanche, impénétrable pour les voix, d'une robustesse à toute épreuve.

Je pense que c'est bon, dit-elle après avoir terminé. Il secoua la tête.

Ce n'est pas la question. Tu dois être capable de le visualiser sans y penser. Comme quand tu apprends à taper à l'ordinateur ou à conduire. Ça doit devenir un automatisme.

Il lui fit répéter la description de son mur trois fois de plus, puis déclara : *OK, je vais te lâcher la main, et tu vas entendre les voix. À cet instant, je veux que tu penses à ton mur. Prête ?*

Non, pensa-t-elle.

Ça va aller. Tu as les lecteurs, et je suis juste là. En plus, tu as ton mur de briques. Il est infranchissable. Prête ? Ne hoche pas la tête. Tu es censée être plongée dans ta lecture. Garde les yeux rivés sur ton bouquin. Et pense à ton mur.

Je suis prête, affirma-t-elle en serrant le poing sous la table pour ne pas s'agripper à C.B. lorsqu'il la libéra.

Ne regarde pas vers la fenêtre, se sermonna-t-elle. *Occupe-toi de ton livre.* Le bourdonnement régulier des voix commença à enfler en une clameur assourdissante : *… faut que j'étudie… le Sud d'avant-guerre était gouverné par l'idée que… si je foire mes exams, mon père… mettons que x s'approche de plus ou moins l'infini… temps du subjonctif…*

Elles ne peuvent pas franchir le mur, se raisonna Briddey avec conviction, les yeux rivés sur le livre et les briques rouges qui se dressaient solidement entre elle et les voix.

C'est bien, approuva C.B. en lui prenant la main. *OK, on va réessayer. Cette fois, je te lâche sans te prévenir.*

D'accord, répliqua Briddey en inspirant profondément. Elle se mit à lire. *« Soudain, sur le tumulus, monta et s'éteignit un son qui s'harmonisait si naturellement avec les accents sauvages de la nuit*[1]*… »*

---

1. *Ibid.* (*NdT*)

Je ne suis pas sûre que ce soit une bonne lecture pour moi, songea-t-elle.

C.B. lui lâcha la main.

Les voix affluèrent : *… dynastie carolingienne… réduction de l'acide sulfurique… me souviendrai jamais de toute cette merde… la réforme des actes délictuels… ras le bol de ce cours, putain !*

Pense à ton mur, s'ordonna-t-elle en serrant les dents. Immédiatement, elle le visualisa, maintenant les voix à distance.

Ce fut encore plus facile la fois suivante. Au quatrième essai, Briddey ne laissa même pas le temps aux voix de parler avant d'ériger son mur.

Super ! la félicita C.B. Il regarda l'horloge puis referma son livre. *Bon, il est temps de partir.*

De partir ? s'inquiéta-t-elle en jetant un coup d'œil à l'heure : 22 h 10. *Je croyais que la bibliothèque restait ouverte encore vingt minutes.*

C'est ça, confirma-t-il en fermant le recueil devant elle.

Mais je ne suis pas prête. Imaginer les voix à l'abri derrière le mur de briques dans la salle de lecture bien éclairée était une chose ; à l'extérieur, dans le noir… *Ne peut-on pas rester ici jusqu'à la fermeture ?* supplia-t-elle.

Si, mais pas dans cette salle. Prends ton livre et range ta chaise. Il rassembla les autres livres.

— Ça te dirait d'aller manger des sushis ? demanda-t-il à voix haute.

La bibliothécaire leva les yeux pour l'observer.

— Pardon, articula-t-il en silence à son intention.

Il répéta la question à Briddey en chuchotant, avant d'ajouter en pensée : *Dis que tu ne peux pas, que tu dois retrouver ton copain.*

— Je ne peux pas, souffla-t-elle en se levant pour ranger sa chaise. Désolée, j'ai promis à mon copain…

C.B. la conduisit vers la porte. En passant devant la bibliothécaire, il déclara d'un ton déçu :

— Oui, je m'en doutais. (Il ouvrit les doubles portes pour elle.) Je me disais juste…

— Excuse-moi encore, répliqua Briddey en franchissant les portes.

— Où dois-tu le retrouver ? Tu veux que je te dépose ? s'enquit C.B. au moment où le battant se refermait derrière eux.

Dois-je répondre « oui » ? demanda Briddey.

Non, dit C.B. en la guidant dans la direction opposée à celle d'où ils étaient venus.

Où allons-nous ?

D'abord aux toilettes, répondit C.B. en s'arrêtant devant une porte marquée « Dames ». Il prit le livre qu'elle avait à la main. *L'occasion ne se représentera peut-être pas de sitôt. Je t'attends là.*

Pétrifiée, Briddey regarda le battant. Elle se remémorait les toilettes du théâtre, les miroirs, la rangée de lavabos et elle-même, ramassée sous l'un d'eux pour échapper aux voix. *Tu veux que j'y aille seule ?*

Tu n'es pas seule, objecta C.B. *Tu as un magnifique mur de briques pour te protéger. Et les naufragés de l'île, ainsi que Billie Joe.*

Je sais, mais…

De plus, nous ne sommes pas loin de la salle de lecture. Écoute, ordonna-t-il. Il avait raison : Briddey entendait toujours le bourdonnement des étudiants plongés dans leurs lectures. Toutefois, celui-ci pouvait s'interrompre à tout moment, à présent : ils allaient bientôt se préparer à partir.

Veux-tu que je vienne ? proposa C.B. *Mentalement, je veux dire. Ce ne serait pas la première fois que j'accompagnerais une femme aux toilettes. Ou dans sa chambre. Ou sur la banquette arrière. Tu n'imagines pas ce que j'ai été contraint d'entendre. Les toilettes, ce n'est rien par rapport à…*

Non, je te remercie, je vais me débrouiller, s'empressa-t-elle de dire.

Bien. Ça va aller. Je te retrouve ici dans une minute. Il s'engouffra dans les toilettes pour hommes.

Je peux y arriver, s'encouragea Briddey en ouvrant la porte. Elle n'avait pas le choix. C'était ça, ou subir l'humiliation de se faire accompagner.

Il a raison, songea-t-elle. *La télépathie, c'est vraiment une très mauvaise idée.* Elle fixa son esprit sur son mur de briques en récitant, pour faire bonne mesure : « Lunes jaunes, trèfle vert, pont sur la Tallahatchie… » jusqu'à être sortie des toilettes en toute sécurité.

C.B. l'attendait, les yeux sur sa montre. Aussitôt, il lui donna la pile de livres, la prit par le coude puis lui fit descendre l'escalier pour rejoindre le rez-de-chaussée.

Je croyais que tu avais dit qu'on restait à la bibliothèque, fit-elle remarquer, sentant la panique monter en elle en songeant à l'obscurité dehors et au long trajet à pied pour retourner à la voiture.

On reste, confirma C.B. en ouvrant la porte sur une cage d'escalier. Il l'y fit entrer.

Où allons-nous ?

Aux réserves, répondit-il avant de lui adresser un grand sourire.

Chapitre 18

« — Pour l'amour de moi, mon ami, placez-vous plus loin encore. »

William Shakespeare, *Le Songe d'une nuit d'été*[1]

Aux réserves ? répéta Briddey.

Oui. Une fois que je serai sûr que personne ne nous verra monter. C.B. pencha la tête et écouta.

— C'est bon, rien à signaler, déclara-t-il au bout de quelques secondes. Allez, dépêche-toi.

Il la fit sortir de la cage d'escalier pour retourner à la porte marquée « VERS LES RÉSERVES ».

Au-delà se trouvait un autre escalier métallique semblable à celui que Briddey avait emprunté pour fuir, à l'hôpital.

Ça te rappelle de bons souvenirs, hein ? commenta C.B. en le grimpant d'un pas vif. *C'était le bonheur, de n'être embêtée que par une seule voix.*

— Votre attention, s'il vous plaît, intervint une voix sortie de nulle part.

Briddey hoqueta de surprise et regarda partout autour d'elle.

Annonce par haut-parleur, expliqua C.B.

La voix poursuivit :

— La bibliothèque fermera ses portes à 22 h 30. Si vous souhaitez emprunter des livres ou des documents, veuillez les enregistrer à l'accueil dès maintenant.

---

1. Titre en anglais : *A Midsummer's Night Dream*. Acte II, scène II. Traduction de François Guizot. (*NdT*)

Désolé, j'aurais dû te prévenir, s'excusa C.B.

— C'est bon, dit Briddey. (Elle se hâta de monter les marches métalliques derrière lui, ses talons causant un vacarme épouvantable.) Dois-je ôter mes chaussures ?

Il vaut mieux, conseilla C.B.

Prenant appui sur lui, elle déboucla ses souliers. Il les ramassa, les tendit à Briddey, et tous deux se remirent à monter l'escalier. Ils passèrent les paliers avec les portes marquées « A-C » et « D-EM ».

— Fermeture de la bibliothèque dans quinze minutes, annonça la voix.

Et les étudiants de la salle de lecture cesseront de lire, songea Briddey en frissonnant. C.B. avait dû sentir ses craintes : il lui prit la main et l'invita à grimper l'escalier suivant, vers « EN-G ».

Une main sur la poignée, il tendit l'oreille un instant puis décréta : *Trop de monde*. Ils continuèrent à monter, passant devant « H-K » et « L-N ».

Devant la porte « O-R », il écouta avec attention pendant ce qui sembla une éternité, puis déclara : *Il y a un couple à ce niveau. Tout au bout, dans la section microbiologie. Bon choix. Viens*. Il s'apprêta à ouvrir le battant.

Ne vaut-il pas mieux un étage désert? s'enquit Briddey en chuchotant. Cette fois, C.B. ne lui fit pas remarquer que c'était inutile.

Il murmura à son tour : *Non*, avant de tendre de nouveau l'oreille. Il ouvrit la porte sur un vaste espace sombre tapissé, du sol au plafond, de rayonnages pleins de livres. Le seul éclairage, tamisé, venait du bout de chaque allée étroite. Une lampe plus forte brillait dans l'allée la plus éloignée. Les autres étaient plongées dans l'obscurité, les étagères disparaissant dans les ténèbres.

Pas étonnant que les étudiants viennent flirter ici, songea Briddey. *On se croirait dans le Trou Noir de Calcutta*. Comment était-ce possible de voir si on venait réellement y chercher un livre ?

Puisque le couple était tout au bout, elle avait supposé que C.B. la mènerait dans la première allée, mais il n'en fit rien : il l'entraîna sur une demi-douzaine de rayonnages. *Où m'emmènes-tu ?*

À la section communication, voyons, répondit-il. Il la conduisit dans l'allée marquée « P148-160 ». Tandis qu'ils s'y enfonçaient, de petites lampes s'allumèrent au-dessus d'eux, illuminant chaque étagère devant laquelle ils passaient.

Économie d'énergie, dit C.B. *Elles s'éteignent automatiquement au bout d'un quart d'heure, mais la bibliothécaire sera là dans moins longtemps.*

Voyant les lumières allumées, l'employée saurait que des gens se trouvaient à cet étage. C'est pourquoi ils avaient besoin du couple : pour qu'il justifie le fonctionnement de l'éclairage.

Tu as tout compris, déclara C.B.

Mais l'autre couple ne va-t-il pas nous remarquer ?

Il secoua la tête. *Ils n'ont pas trop la tête à remarquer quoi que ce soit, pour l'instant.* Il mena Briddey vers une allée perpendiculaire à la leur.

S'ils sont à l'autre bout, insista Briddey, *la bibliothécaire trouvera étrange le fait que les lampes soient allumées de ce...*

La voix dans les haut-parleurs l'interrompit :

— Fermeture de la bibliothèque dans dix minutes.

Viens, dit C.B. *Le temps presse.* Il lui fit emprunter l'allée à angle droit puis se dirigea vers une allée transversale.

Il s'immobilisa juste avant de s'y engager, prit les livres des mains de Briddey et posa les ouvrages sur l'étagère du bas, entre *La Communication de base* et *Savoir interpréter le langage corporel.*

Je croyais que ces livres t'appartenaient, constata Briddey.

En effet. Mais, si on se fait prendre, je ne veux pas qu'on m'envoie les enregistrer en bas. Il se redressa, écouta un moment puis regarda à droite et à gauche dans l'allée. *Personne. Allons-y.*

Elle s'empressa de le suivre dans les deux sections suivantes, essayant de longer les étagères pour ne pas déclencher l'éclairage automatique... en vain.

Les lumières vont trahir notre présence, se plaignit Briddey. *Comment sais-tu qu'il n'y a pas de caméras de surveillance ?*

Il y en avait, mais plus maintenant. (Il lui fit signe de le suivre dans l'allée transversale suivante.) *Restrictions budgétaires.*

Comment le sais-tu ?

Je lis dans les pensées, tu as oublié ? dit-il en continuant à avancer dans l'allée en direction du mur du fond.

On va être faits comme des rats, dit Briddey. *Avec un spot juste au-dessus de nous.*

Alors, tu ne me fais pas confiance, ma p'tite fée ? demanda C.B. sans ralentir l'allure. Tandis qu'elle approchait du bout du rayonnage, Briddey remarqua un petit espace entre l'étagère et le mur, qui courait tout le long de la pièce. C.B. recommença à regarder autour de lui et à tendre l'oreille, puis s'engagea dans l'espace étroit.

Celui-ci était juste assez large pour qu'on puisse y marcher, et aucune lumière ne se déclencha sur leur passage. C.B. s'arrêta au bout d'une allée plongée dans le noir, à deux rangées de la porte par laquelle ils étaient entrés, tout à fait hors des zones éclairées. Même s'ils étaient dans la pénombre, C.B. se plaqua au mur et fit signe à Briddey de se placer contre le bout de l'étagère en face de lui.

Tu vois ? Inutile de t'inquiéter, la rassura-t-il. *Nous sommes invisibles depuis l'entrée.* Il baissa les yeux. *Sauf ta robe.*

Il avait raison : la jupe verte évasée dépassait de part et d'autre de l'étagère. Briddey la rassembla devant elle d'une main, tenant ses chaussures contre sa poitrine de l'autre.

Bien, approuva C.B. *La bibliothécaire ne nous repérera jamais.*

Ne va-t-elle pas venir fouiner par ici ?

Non. Elle cherche les visiteurs qui n'auraient pas entendu l'annonce ou les retardataires. Elle ne s'attend pas à ce que des gens cherchent à rester enfermés dans le bâtiment.

Tu n'en sais rien. Tout compte fait, peut-être que si.

— Plus que cinq minutes avant la fermeture de la bibliothèque, déclara la voix dans le haut-parleur.

Et qu'est-ce qui empêchera le couple de se faufiler ici aussi, quand ils l'entendront arriver ? demanda Briddey.

Ils doivent d'abord se rhabiller. S'ils l'entendent, précisa C.B. en inclinant la tête pour écouter. *Ce qui, à mon avis, ne sera pas le cas.*

Tu les écoutes faire l'amour ?

Il fit la grimace. *Si seulement. Ça aurait pu être distrayant. Non, j'écoute leurs pensées pendant qu'ils couchent ensemble, ce qui est totalement différent.*

Tu disais que le sexe coupait de tout le reste. Enfin, p-pas de tout, apparemment, balbutia-t-elle. *Mais tu disais que ça faisait taire les voix.*

C'est valable quand on a soi-même un rapport sexuel, pas quand on écoute quelqu'un en avoir un. Et je parlais de le faire avec un partenaire dont on est fou, précisa-t-il.

Tout à coup, Briddey eut une conscience aiguë de leur proximité physique, dans cet espace restreint. C.B. en était venu à poser ses mains sur l'étagère, de chaque côté de la tête de la jeune femme, et se retrouvait désormais penché sur elle, le visage à quelques centimètres du sien. *Et il entend tout ce que je pense.*

J'en déduis que ceux de la section microbiologie ne sont pas fous l'un de l'autre ? s'empressa-t-elle de demander.

Gagné, répondit C.B. *Lui pense à ce qu'il va raconter à ses potes, et elle se demande si elle devrait changer son statut Facebook. Tous deux trouvent aussi le sol très inconfortable, et regrettent de ne pas être en train de le faire avec quelqu'un de plus mince ou de plus beau.*

C'est horrible.

Pas tant que ça, en fait. Au moins, elle n'est pas en train de se demander ce qu'elle va devoir faire pour qu'il lui refile ses notes sur les cours d'économie, et lui ne s'interroge pas sur le bon fonctionnement de sa caméra cachée. De plus, ni l'un ni l'autre ne cherche à savoir quoi faire du cadavre.

Il doit bien y avoir des gens qui…

… sont fous amoureux ? Oui, mais nombre d'entre eux se demandent aussi comment ils vont s'y prendre pour rentrer chez eux avant que leur conjoint se doute de quelque chose. Je te l'ai dit : c'est une vraie fosse septique, là-dedans.

Quand même, ce n'est pas une excuse pour les écouter en pleine action. C'est du voyeurisme ! lui reprocha-t-elle.

C.B. secoua la tête. *Un voyeur chercherait à les écouter délibérément. Dans mon cas, c'est involontaire. J'adorerais ne pas avoir à entendre de voix.*

Moi aussi, répliqua Briddey avec ferveur.

Eh bien, dès que tout le monde sera parti, on s'y mettra.

À quoi ? se demanda-t-elle, sentant son pouls s'accélérer. *Et il le sait.*

Ne t'en fais pas. Je parle de t'apprendre à te protéger. Ton périmètre de sécurité n'est que ta première ligne de défense. Il y en a d'autres.

J'espère que l'une d'elles est un mur qui empêche de lire en moi comme dans un livre ouvert, pensa-t-elle. *Je déteste vraiment la télépathie.*

J'ai essayé de t'avertir, dit C.B., avant d'ajouter, plus sérieusement : *Comment ça va, en attendant ?*

Elle avait été si occupée à se hâter, se cacher et essayer d'être discrète que, depuis leur arrivée ici, elle n'avait pas songé aux voix. Celles-ci étaient toujours présentes, mais semblables à un bruit de fond, comme dans la salle de lecture. Son périmètre de sécurité devait fonctionner. Ou bien elle s'était habituée aux voix. Ou à la présence de C.B., combinée à celle des dizaines de milliers d'ouvrages qui se trouvaient autour d'elle, formant une sorte de bouclier protecteur. Cela expliquait pourquoi C.B. avait choisi ce lieu pour y passer la nuit.

On ne va pas passer la nuit ici. Déjà, comme nos tourtereaux l'ont signalé à juste titre, le sol est dur. Et, avec les restrictions budgétaires, ils ont baissé le chauffage. C'est encore pire que dans mon labo. On mourrait de froid.

Le carrelage glacé sous ses pieds nus, Briddey était déjà frigorifiée. S'ils restaient là quelques minutes de plus, elle commencerait à claquer des dents.

Désolé, s'excusa C.B., *mais il va nous falloir patienter encore un peu. Des employés parcourent tout le bâtiment pour dire aux gens de sortir. On va devoir attendre jusqu'à…* Alerté, il leva la tête. *Chut. Quelqu'un arrive.*

Il posa un doigt sur ses lèvres, même si ni lui ni Briddey n'émettaient le moindre son. Il s'avança d'un demi-pas vers elle pour se cacher. Elle resserra sa prise sur sa jupe et écouta avec attention, guettant le bruit d'une porte qui s'ouvre.

Est-ce la bibliothécaire ?

Non. Un chargé de cours.

La porte s'ouvrit brutalement. Briddey retint son souffle, attendant que les lumières s'allument, mais rien ne se produisit.

Il se tient dans l'embrasure de la porte, l'informa C.B. *Il écoute s'il y a du bruit.*

Après un silence, une voix masculine lança :

— La bibliothèque ferme.

— Oh, merde ! s'exclama une voix de femme tout au bout de l'allée.

Des chuchotements frénétiques s'ensuivirent, ainsi que des bruissements et des rires étouffés. Les pas du chargé de cours résonnèrent ; il se dirigea vers la source des bruits en disant d'une voix forte :

— Si vous souhaitez emprunter des documents, veuillez descendre immédiatement les enregistrer à l'accueil.

Elle essaie de boutonner sa chemise, dit C.B. comme s'il commentait la scène, *et lui cherche ses chaussures. Il espère que ça ne va pas lui attirer d'ennuis vis-à-vis de son entraîneur.*

Et le chargé de cours ?

Il pense que c'est la quatrième fois cette semaine que ça arrive, et qu'ils feraient mieux de ne pas lui donner matière à rédiger un rapport, car… Oh, tant mieux, il a rendez-vous avec une bombe après le boulot. On peut espérer qu'il aura hâte de partir.

Ils entendirent quelques murmures et frottements, suivis d'un silence qui s'étira plusieurs secondes.

— Bonsoir, dit la fille. (Briddey l'imagina essayant de se recoiffer.) On n'avait pas vu qu'il était si…

Le chargé de cours l'interrompit :

— On ferme. Vous devez descendre.

— On se préparait à y aller, confirma le garçon.

— Y a-t-il d'autres personnes, à part vous ? demanda le chargé de cours.

C.B. posa la main sur l'épaule de Briddey, prêt à lui faire contourner l'angle de l'allée si nécessaire.

— Non, répondit l'étudiant. Écoutez, je fais partie de l'équipe de basket, et j'apprécierais beaucoup que vous ne signaliez pas cet incident.

— Ça dépend du temps que vous mettrez à débarrasser le plancher, rétorqua le chargé de cours. (On entendit alors les pas de deux personnes se diriger promptement vers la porte.) Et allez directement en bas ! lança-t-il après le couple.

— D'accord, répondit la fille.

— Merci, marmonna le type.

Le battant se referma sur eux dans un claquement sonore.

Le chargé de cours est-il parti, lui aussi? souffla Briddey.

Non.

Une lumière clignota tout au bout, puis dans les allées suivantes. *Il vient vers nous*, murmura Briddey.

Je sais, dit C.B. *Allez, mec, à l'évidence il n'y a personne. Et il me semblait que tu avais rendez-vous avec un canon.* Sur ce, comme si le chargé de cours l'avait entendu, il appela :

— Il y a quelqu'un ? La bibliothèque ferme.

Ses bruits de pas indiquèrent qu'il faisait des allées et venues.

— Dernier rappel…

La porte s'ouvrit et se referma.

Ça y est, il est parti? souffla Briddey.

C.B. acquiesça.

— La bibliothèque est désormais fermée, annonça la voix pratiquement dans l'oreille de Briddey.

Elle sursauta.

C'est encore le haut-parleur, la rassura C.B.

— Nous vous prions de vous rendre au rez-de-chaussée, déclara la voix. La bibliothèque rouvrira ses portes demain à 11 heures.

La voix se tut, mais C.B. resta immobile, ce qui ne surprit pas Briddey. Ils devaient rester dans les réserves tant que les employés étaient encore à leur poste et n'avaient pas fait un dernier tour des lieux. C.B. ne s'écartait pas pour autant : il se tenait toujours penché sur elle. Elle sentit son cœur s'affoler de nouveau.

C.B., je…, commença-t-elle. Elle comprit alors qu'il ne l'avait pas entendue.

La tête relevée, il écoutait. Qui? Le chargé de cours? Ou une bibliothécaire qui montait vérifier une dernière fois le bâtiment? Aucune idée. Malgré sa proximité, Briddey ne parvenait pas à saisir la moindre pensée venant de lui.

Il doit avoir établi des défenses qui m'empêchent de lire dans son esprit, conclut-elle. Hypothèse qu'il ne perçut pas non plus.

Qui donc écoutait-il? Son regard rivé sur l'extrémité de l'étagère paraissait trop vague et distant pour qu'il s'agisse d'un employé de la bibliothèque. Se pouvait-il que ce soit Trent? La pièce de théâtre était sûrement terminée, à cette heure. Trent songeait-il à l'appeler pour savoir ce qui se passait? Il fallait qu'elle envoie un texto à Maeve…

Ne t'inquiète pas, dit C.B. en revenant à lui. *Je m'en suis déjà occupé. Pendant que tu étais aux toilettes, j'ai écrit à Maeve pour lui expliquer la situation. Je lui ai dit que, si Trent appelait, elle devait lui dire que tu étais chez elle et que tu le rappellerais.*

Mais si jamais il appelait Mary Clare ou Tante Oona ? Dieu seul savait ce qu'elles lui raconteraient.

J'ai dit à Maeve de s'assurer que personne d'autre qu'elle ne réponde au téléphone. Elle a proposé de faire en sorte que tous les portables soient éteints.

Comment Maeve serait-elle capable d'un tel miracle ? Tante Oona…

C.B. posa sur elle un regard affûté pour dire : « Tu plaisantes, pas vrai ? »

Au cas où tu ne l'aurais pas remarqué, ta nièce est dotée d'une intelligence très supérieure. C'est un petit génie de l'informatique, surenchérit-il. *Lorsqu'elle est venue dans mon labo, elle m'a montré comment désactiver la puce antiviolence et le logiciel espion que sa mère avait installés sur son ordinateur portable. J'étais impressionné. Éteindre à distance le téléphone d'Oona sera pour elle un jeu d'enfant. Littéralement. Ne t'en fais pas, je suis certain qu'elle contrôle la situation.*

Facile à dire. Même si Maeve parvenait à empêcher Trent de joindre Mary Clare et Oona, restait le problème de justifier auprès de sa nièce la nécessité de mentir. Maeve la harcèlerait de questions, et…

On doit y aller, l'interrompit soudain C.B. Il lui prit la main et se hâta de rebrousser chemin le long du mur, pour rejoindre l'allée encore éclairée par laquelle ils étaient arrivés.

Et le chargé de cours ? demanda Briddey en le suivant jusqu'à la porte.

Il est là-haut, à W-Z, répondit C.B. Il ouvrit la porte et descendit les marches. *C'est fou la vitesse à laquelle on vérifie dix niveaux quand on a rendez-vous avec un canon.*

Et tes livres ?

Je les récupérerai plus tard. Il passa rapidement sur chaque palier, s'arrêtant sur le dernier avant de se tourner vers la jeune femme. *Remets tes chaussures avant qu'on sorte.*

Mais et… ? commença Briddey, nerveuse, en jetant un regard vers le haut des marches derrière eux.

C'est bon. Il a encore cinq couples à déloger. Malgré tout, il ne faisait aucun doute que C.B. voulait qu'elle se dépêche. La voyant lutter avec ses lanières, il s'agenouilla pour les attacher.

Ne serait-il pas moins risqué d'attendre dans les réserves que les employés soient partis ? demanda-t-elle.

Il secoua la tête. *Ils éteignent tout ici, y compris les éclairages détecteurs de mouvements. Il nous faudrait utiliser une lampe de poche pour nous diriger, et quelqu'un à l'extérieur pourrait nous repérer. C'est bon. Ils sont tous à la fête d'anniversaire, maintenant.*

Et les agents d'entretien ?

Ils ne travaillent pas le samedi soir. Il se hâta de descendre la dernière volée de marches qui menait au deuxième étage, posa la main sur la poignée de la porte et, aux aguets, attendit une longue minute. Satisfait, il porta un doigt à ses lèvres, dit en silence : *Avance sur la pointe des pieds*, puis ouvrit le battant.

Manifestement, ils se trouvaient dans un espace réservé au personnel. Le couloir qui s'étendait devant eux ressemblait en tout point à ceux de Commspan, bordé de portes donnant sur des bureaux dans lesquels elle supposa qu'ils allaient se cacher. Mais C.B. dit : *Non, ils sont fermés à clé.* D'un pas pressé, il se rendit vers la porte marquée « SALLE DE REPROGRAPHIE ».

Bien sûr, songea Briddey en se souvenant de la façon dont il l'avait emmenée dans celle de Commspan. Cependant, après avoir jeté un bref coup d'œil à l'intérieur, C.B. secoua la tête, ferma la porte et reprit sa marche dans le couloir.

Qu'est-ce qui nous empêche de rester là ? demanda Briddey en trottinant pour le rattraper.

Un portable était posé sur la table. Quelqu'un va donc revenir le chercher, ou emprunter un téléphone pour l'appeler et le localiser. Dans un cas comme dans l'autre, c'est mauvais pour nous. Il s'avança jusqu'à un angle de quatre-vingt-dix degrés, s'arrêta et tendit de nouveau l'oreille.

Je croyais que tu disais que tout le monde était à la fête d'anniversaire, fit remarquer Briddey.

Je crois que oui, mais les pensées n'ont pas de GPS intégré. À moins qu'ils pensent activement : « Me voici descendant Broadway en direction de la Quarante-deuxième Rue », il m'est impossible de les localiser ou de connaître leur destination. La première fois que ça m'est arrivé, je croyais que la télépathie pouvait être un superpouvoir, qu'elle me permettrait de combattre le crime. Je serais le nouveau Spiderman ; je résoudrais des énigmes et attraperais les méchants. Malheureusement…

Ça ne marche pas comme ça, finit-elle pour lui, songeant à l'anonymat et à la force des voix, digne d'un tsunami.

Non, confirma C.B. *Sans compter qu'il est impossible de déterminer, d'après ses pensées, où une personne se trouve et si elle est réellement en train de poignarder quelqu'un à mort, ou juste à l'épicerie, coincée dans une file d'attente derrière un client particulièrement lent.*

Il écouta une minute de plus et poursuivit : *Ils sont encore tous en bas, à la fête d'anniversaire. Sauf le chargé de cours, qui envoie un texto à son canon pour lui annoncer qu'il arrive.*

Ce qui signifiait qu'il allait peut-être descendre de leur côté.

Exactement, dit C.B. Il tourna à l'angle d'un autre couloir désert et le longea rapidement jusqu'à une porte marquée « DÉBARRAS ». Il ouvrit le battant, poussant Briddey devant lui.

Elle se retrouva face à une montagne de chaises, cartons, meubles de classement métalliques surmontés de vieux écrans d'ordinateur et d'imprimantes à marguerite. *Je doute qu'il y ait de la place...*, commença Briddey, mais C.B. était déjà entré derrière elle et avait refermé la porte aux trois-quarts, se cognant dans la jeune femme au passage.

Ne peux-tu pas reculer encore un peu ? s'enquit-il.

Non, protesta-t-elle en heurtant quelque chose qui vacilla. *Il n'y a nulle part où aller ! On n'était pas censés rejoindre un endroit plus confortable ?*

Si. Dès que... Merde ! Cette porte ne ferme pas à clé.

Dois-je comprendre qu'il faut trouver une autre cachette ?

Peut-être. Par-dessus l'épaule de Briddey, il observa le tas de matériel et de meubles à peine visibles dans la lumière provenant du couloir. *D'un autre côté, ça pourrait être la cachette idéale. On dirait que personne n'est venu là depuis des lustres. Si on pouvait juste...*

Il tendit le cou pour mieux voir ce qu'il y avait derrière les meubles métalliques et les cartons.

Échangeons nos places, ordonna-t-il. *Je veux voir ce qu'il y a derrière ce bordel.* Il se faufila maladroitement près d'elle et entreprit de déplacer les chaises.

Quoi ? Qu'est-ce qu'il y a derrière ? demanda Briddey.

— Encore du bazar, dit C.B. à voix haute. On se croirait dans un de ces documentaires sur les accumulateurs compulsifs. À mon avis, ils ne viendront pas vérifier cette pièce. Elle est trop encombrée pour qu'on s'y cache.

C'est normal que tu parles tout haut ? s'inquiéta Briddey en regardant la porte toujours entrouverte.

— C'est bon, le chargé de cours est encore dans les réserves, et Marian chante « Joyeux anniversaire ».

— Marian ?

— La bibliothécaire. Comme dans la comédie musicale *The Music Man*. Marian la Bibliothécaire : c'est ainsi que j'ai baptisé la femme que j'écoute. C'est elle qu'on a désignée pour faire la fermeture, ce soir. C'est aussi une chouette chanson, au fait. Avec plein de paroles. Je crois qu'il y a peut-être de la place derrière.

Il s'interrompit puis ajouta :

— Ferme la porte.

Briddey s'exécuta en pensant : *Oh, non, je suis seule dans le noir, et les voix...*

— Non, tu n'es pas seule, objecta C.B. Je suis là, et tu as ton mur de briques. Cerise sur le gâteau, j'ai apporté une lampe torche.

Il l'alluma. Même sans cet outil, un rai de lumière venant du couloir brillait sous la porte, évitant que le débarras soit complètement plongé dans le noir. De plus, le périmètre de sécurité de Briddey devait marcher, car les voix restaient au stade du murmure.

C.B. projeta le faisceau lumineux sur le matériel empilé, cherchant à accéder derrière. Il donna la lampe torche à Briddey pour, des deux mains, pousser un meuble métallique et les chaises empilées. Celles-ci crissèrent bruyamment. Briddey espéra qu'il ne se trompait pas en affirmant que les employés étaient trop éloignés pour les entendre.

Moi aussi, je l'espère, dit C.B. en se glissant entre deux rangées de cartons. Il récupéra la lampe torche et fit signe à la jeune femme de le suivre.

— Viens, il y a plein de place derrière.

« Plein », faut pas exagérer, pensa Briddey en se faufilant à son tour entre des tables et des chaises, ainsi qu'une grande pile d'ordinateurs. Dans le faisceau de la lampe, leurs câbles débranchés ressemblaient à des lianes.

C.B. navigua parmi eux pour atteindre le mur du fond. Là, un meuble de classement ancien côtoyait d'autres cartons et une table de bibliothèque sur laquelle étaient posés un vieux miméographe ainsi qu'un tas d'encyclopédies à la reliure noire. Tout ce bric-à-brac formait un petit espace clos depuis lequel Briddey ne voyait pas la porte. Autrement dit, quelqu'un qui jetterait un coup d'œil à l'intérieur ne les repérerait pas non plus.

Tout à fait, confirma C.B. en balayant du rayon de sa lampe un globe terrestre, une affiche en lambeaux « LIRE VOUS FERA DU BIEN », un palmier en plastique dans un pot, et un portrait de George Washington à l'air mécontent. *Pourquoi accroche-t-on toujours un portrait de George Washington dans les bibliothèques ?* demanda-t-il. *C'est Lincoln qui passait son temps à lire.*

Il posa sa lampe sur le meuble, ouvrit l'un des tiroirs et passa en revue les fiches cartonnées qu'il contenait. *C'est bien ce que je pensais. Ils ont l'Arche d'alliance.*

Il tendit l'oreille une minute, puis déclara à voix haute :

— Ils viennent de couper le gâteau. On va peut-être devoir rester ici un moment. Mets-toi à l'aise.

— Je doute que ce soit possible, contra Briddey. Il n'y a pas de place pour deux.

Et on est encore beaucoup trop proches. C.B. était même encore plus près d'elle que dans les réserves. Quand elle s'écarta de lui, les poignées en laiton du meuble de classement s'enfoncèrent dans son dos. Leurs visages n'étaient qu'à quelques centimètres l'un de l'autre.

— Et voilà, dit C.B. en poussant les encyclopédies au bout de la table. (Il prit Briddey par la taille puis la souleva pour l'asseoir sur le plateau de chêne.) C'est mieux ?

Non, songea-t-elle, la sensation toujours présente de ses mains sur elle.

— Oui, répondit-elle. Où est le chargé de cours ?

— Toujours là-haut, dans les réserves, l'informa C.B. Il envoie des textos coquins à sa copine. (Il tendit l'oreille un instant.) Ah, au temps pour moi. Il envoie des textos coquins à son autre copine. Je te l'ai dit, c'est…

— … « une vraie fosse septique, là-dedans », finit-elle. Je sais. Et le portable perdu ?

— Son propriétaire n'a pas encore remarqué sa disparition, donc tout va bien…

Tout à coup, il leva la tête, aux aguets.

— Quoi ? souffla Briddey. La fête d'anniversaire est terminée ?

Il ne réagit pas.

— C.B. ?

— Hein ? demanda-t-il, revenu à lui. Désolé, tu disais ?

— J'ai dit : la fête est terminée ?

— En quelque sorte, oui, marmonna-t-il. (Il attrapa sa lampe torche.) Ils sont toujours en bas, mais les bibliothécaires commencent à se dire qu'il serait temps de rentrer.

Il dut l'entendre formuler en pensée sa crainte qu'on repère le faisceau de la lampe, car il enchaîna :

— Il faut obstruer le jour sous la porte.

— D'accord, répliqua-t-elle en descendant de la table.

— Non, reste là. Il y a moins de risques de renverser des trucs si j'y vais seul.

— Tu veux récupérer ta veste ?

— Non, je vais retirer ça, dit-il en désignant la chemise de flanelle à carreaux qu'il portait par-dessus son tee-shirt. Je reviens tout de suite. *Et je resterai près de toi*, ajouta-t-il en silence.

Merci, répondit-elle. Ce n'était pas comme s'il l'abandonnait dans le noir. Elle voyait encore la lumière vacillante de sa torche tandis qu'il rejoignait la porte, grâce à laquelle elle distinguait les chaises empilées, les cartons et le regard sévère de George Washington.

Si toi, tu la vois, la bibliothécaire la verra aussi, nota C.B.

Elle entendit des bruits étouffés quand il ôta sa chemise pour occulter la fente sous la porte.

Et la fête ? Ça y est, les gens s'en vont ? demanda Briddey.

Il ne répondit pas pendant une longue minute, puis déclara : *Oui. Certains d'entre eux reviennent ici chercher leurs manteaux et leurs sacs à main.*

Et Marian ?

Non, elle nettoie derrière tout le monde. Et ça ne la réjouit pas des masses.

Tant mieux, pensa Briddey. C.B. avait le temps de cacher la fente avec sa chemise et de revenir vers elle. Toutefois, il ne le fit pas. Briddey n'osa pas l'appeler, de peur que la bibliothécaire ait achevé sa besogne. Peut-être essayait-il de savoir où elle en était.

C'était vrai : les gens ne pensaient pas forcément à l'endroit où ils se trouvaient ni à leur destination, surtout dans un lieu familier. Leurs déplacements étaient automatiques, comme le périmètre de sécurité que Briddey devait ériger. C.B. devait sûrement écouter avec attention pour essayer de localiser la bibliothécaire.

Cependant, plusieurs minutes s'écoulèrent sans qu'il prononce le moindre mot. Elle ne vit pas non plus le rayon de la lampe bouger. *C.B. ?* appela Briddey. *Tu entends où est la bibliothécaire ?*

Quoi ? demanda-t-il d'un ton perplexe, comme s'il ignorait totalement à quoi elle faisait référence. *Oh. Non, elle… Oh, merde. Elle arrive droit vers nous.* Il éteignit sa torche.

Les ténèbres les engloutirent aussitôt : un noir d'encre qui surprit Briddey. Elle hoqueta, cherchant par réflexe à se raccrocher à C.B., mais dans cette noirceur étouffante elle était bien incapable de s'orienter.

De plus, son esprit ne s'était pas habitué aux voix. Son périmètre, les livres de la bibliothèque, les discussions distrayantes de C.B. sur les romans victoriens, l'Arche d'alliance et le sexe l'en avaient protégée. Elles avaient simplement attendu le bon moment, que Briddey baisse la garde, qu'elle lâche C.B. et soit de nouveau seule. Dans le noir.

Chapitre 19

« Elles viennent souvent sans appeler, et, d'autres fois, si elles ne venaient bientôt, je requérais Notre-Seigneur de me les envoyer. »

Jeanne d'Arc[1]

Briddey revivait l'épreuve du théâtre, mais en dix fois pire, car elle n'y voyait rien. Et, cette fois, C.B. ne pouvait voler à son secours, à cause de l'obscurité. Il heurterait quelque chose en tentant de rebrousser chemin, la bibliothécaire l'entendrait et les surprendrait. Briddey non plus ne devait plus bouger ni faire le moindre bruit, même si les voix s'abattaient sur elle telles des vagues assourdissantes, exprimant rage, peur et frustration.

Elle plaqua une main sur sa bouche pour se retenir de crier et appela : *C.B. !* Impossible qu'il l'entende dans la cacophonie de voix. Elles étaient trop puissantes, trop violentes.

Tes défenses, se rappela-t-elle. C.B. avait dit que, si les voix revenaient, elle devait imaginer son mur. Elle essaya de visualiser les briques rouges, l'épais mortier gris, mais trop tard : les voix étaient déjà là.

C.B. ! Ça n'a pas marché ! Que suis-je censée faire, maintenant ? Même si, par quelque miracle, il l'entendait, elle ne le pourrait pas à cause du rugissement des voix qui la submergeaient…

Pense à autre chose, se sermonna-t-elle avec sévérité. *Aux guimauves. Trèfles verts, étoiles jaunes. Et aux chansons.* Mais les paroles du générique

1. Citation en français empruntée du *Procès de Jeanne d'Arc*, de Robert Brasillach, Gallimard, 1941. (*NdT*)

de *L'Île aux naufragés* ne lui revenaient pas, et les romans victoriens de C.B. étaient restés dans les réserves.

Elle était seule avec les voix qui l'entraînaient vers le fond, la noyant dans les ténèbres. Elle coulait. *C.B. !* pleura-t-elle, suffoquant. L'eau s'engouffrait dans sa bouche.

Tout à coup, il fut là. Il chercha à l'attraper, s'exclamant : *Merde, excuse-moi !* Il lui ordonna de lui donner la main. Mais elle avait déjà jeté les bras autour de son cou, comme une naufragée agrippée à un débris flottant.

Où étais-tu passé ? sanglota-t-elle. *Je ne t'entendais plus, la lumière s'est éteinte, et les voix…*

Je sais. Je suis sincèrement désolé. Marian la Bibliothécaire était juste là, presque devant la porte, et j'avais peur qu'elle voie la lumière dessous…

Ne me quitte plus jamais ! s'écria-t-elle en resserrant sa prise autour de son cou.

Promis. Il l'enveloppa de ses bras, la coupant des voix, du noir, de tout. Elle ne sentait que les lèvres du jeune homme sur ses cheveux, et sa voix dans sa tête qui disait : *Je suis là. Je suis là. Chut, tout va bien.*

Elle le serrait si fort qu'elle l'étouffait presque. Elle savait qu'elle devait le lâcher, mais impossible. Les voix reviendraient, elles…

Accroche-toi aussi longtemps que nécessaire, dit C.B. *De toute façon, on doit rester ici un moment. Marian n'a pas fini sa tournée. Elle vérifie les toilettes. Je t'épargne ses pensées sur celles des hommes. Maintenant, elle inspecte la salle de lecture. Elle est très contrariée d'être encore assignée à la fermeture. C'est la troisième fois cette semaine. Pourquoi ça tombe toujours sur elle ? Parce qu'elle se laisse marcher sur les pieds, voilà pourquoi…*

Briddey avait conscience que C.B. commentait la situation pour la distraire, comme il l'avait fait au théâtre avec les céréales Lucky Charms, mais elle s'en moquait, du moment qu'il continuait à la serrer dans ses bras et à lui parler.

Elle va chercher son manteau et son sac à main dans son bureau, poursuivit C.B. *Maintenant, elle descend… Elle ferme l'entrée principale à clé…* Une longue pause, puis il déclara à voix haute :

— Je crois qu'elle est dans sa voiture. Je viens d'entendre « gros bouchon sur l'autoroute sens sud », ce qui veut dire qu'elle écoute la radio. Et là, elle se demande pourquoi elle doit rester des heures à attendre au feu rouge alors qu'il n'y a pas un chat. Oui, c'est sûr, elle est sur le chemin du retour. La voie est libre.

Autrement dit, Briddey devait le libérer.

— Sauf si tu n'es pas encore prête, la rassura-t-il avec douceur.

Soudain, elle eut la conscience aiguë de leurs corps plaqués l'un contre l'autre.

— Ça va, répliqua-t-elle. (Elle ôta ses bras de son cou avant de s'écarter.) Merci.

— Tu es sûre ?

— Oui, dit-elle. *Non.*

Les voix…

Il lui saisit la main.

— Et maintenant ?

Elle acquiesça.

— Bien. Allons-y.

Il avança dans le noir à travers le labyrinthe de meubles pour rejoindre la porte. Il récupéra sa chemise à terre, s'empara de la lampe torche et ouvrit la porte.

Le couloir désert était plongé dans la pénombre. L'unique source de lumière provenait du panneau rouge « SORTIE », au bout. En dépit du silence rassurant qui régnait, Briddey resta en arrière.

Es-tu sûr qu'il n'y a pas d'agent de sécurité ? s'inquiéta-t-elle.

— À cent pour cent, répondit-il à haute voix. Restrictions budgétaires, tu te souviens ? En plus, je lis dans les pensées. Il n'y a plus personne.

Cependant, lui aussi devait être soucieux, car il referma la porte derrière eux sans un bruit et n'alluma pas sa lampe.

Le téléphone perdu, songea Briddey tandis qu'il lui faisait longer le couloir d'un pas pressé. *Il a peur que son propriétaire se souvienne de l'avoir laissé et vienne le chercher.*

Impossible, objecta-t-il, *à moins que ce soit celui de Marian. Elle est la seule ce soir à avoir la clé du bâtiment.* Il ne ralentit pas l'allure pour autant.

Où allons-nous ? l'interrogea-t-elle alors qu'il la guidait en silence dans un escalier pour descendre d'un étage. Il ne répondit pas. *La salle réservée au personnel*, pensa-t-elle. En effet, il s'arrêta devant une porte marquée « SALLE DE TRAVAIL », l'ouvrit et alluma.

La pièce n'était guère plus grande que le débarras, et tout aussi encombrée. On y avait entassé une demi-douzaine de chaises en plastique, un canapé vert vomi défoncé, un évier encastré dans un plan de travail, un placard, un réfrigérateur, ainsi qu'un four à micro-ondes. Une grande table trônait au milieu, sur laquelle était posé un gâteau rectangulaire à demi entamé, au glaçage rose et blanc. Sûrement les reliefs de la fête d'anniversaire. La bibliothécaire n'aurait pas dû s'inquiéter : il y en avait largement assez.

C.B. alla jusqu'au plan de travail, posa la lampe torche et enfila sa chemise. Après quoi il ouvrit le placard, souleva une boîte de café, prit la clé cachée dessous, referma le meuble, récupéra sa lampe et rejoignit Briddey.

— Viens, dit-il en éteignant la lumière.

Ils se remirent en route.

Pas la salle du personnel, donc. *La salle de lecture ?* se demanda-t-elle, mais ils n'allaient pas dans la bonne direction. Quant aux réserves, C.B. avait dit qu'il y faisait trop froid. Où, alors ?

C.B. ne répondait toujours pas. Il l'entraîna dans un autre couloir, s'immobilisant enfin devant une porte marquée « ACCÈS STRICTEMENT RÉSERVÉ AU PERSONNEL ». Celle-ci s'ouvrait sur un escalier qui montait, bien plus étroit que les précédents. C.B. ferma discrètement la porte derrière eux, alluma la torche et passa en premier.

En haut des marches se dressait une porte métallique marquée « ENTRÉE INTERDITE ». C.B. donna la lampe torche à Briddey. *Éclaire la serrure*, dit-il. Puis il déverrouilla la porte à l'aide de la clé qu'il avait trouvée sous la boîte de café.

La porte donnait sur un autre escalier, au sommet duquel se trouvait une autre porte. *Qu'y aura-t-il écrit sur celle-ci ?* se demanda Briddey. *« PRIVÉ. ÇA S'ADRESSE À VOUS. JE NE PLAISANTE PAS » ?*

Toutefois, elle ne comportait aucun écriteau et ne fermait pas à clé. C.B. la poussa. Au-delà, il faisait noir comme dans un four. Il attira Briddey à l'intérieur et ferma le battant derrière eux.

— Il faut juste que je trouve l'interrupteur, l'informa-t-il. Ça va aller si je te lâche une seconde ?

— Oui.

Il libéra sa main. Elle l'entendit chercher à tâtons un bouton sur le mur, puis il heurta quelque chose. *Merde !* jura-t-il. Un coup sec suivit quand il se cogna dans un autre objet.

Pourvu que ce ne soit pas encore un débarras, espéra-t-elle.

— Ce n'en est pas un, répondit-il d'un ton amusé.

Enfin, il trouva l'interrupteur. Les lieux s'illuminèrent.

Briddey resta bouche bée. Elle se tenait dans une pièce élégante au parquet ciré, agrémentée d'une cheminée ornée de carreaux de céramique. Devant, on avait installé un canapé douillet ainsi que deux bergères en cuir rouge. Elle vit également, comme dans le débarras, un meuble de classement sur lequel était posé un buste de Shakespeare, et une table de bibliothèque ancienne en chêne, entourée de chaises. Contre le mur du fond, de nombreux ouvrages étaient empilés sur une commode.

— Que… ? Comment… ? bégaya-t-elle en regardant autour d'elle les rangées de livres et les lampes en vitrail Tiffany. Où sommes-nous ?

— À la bibliothèque, répondit C.B. en allumant les lampes à côté du canapé et sur la table, entre les bergères.

— Mais… tu parlais de restrictions budgétaires, s'étonna-t-elle en contemplant la cheminée décorée, les tapis persans et la couverture en cachemire jetée sur le dossier du canapé.

— Il y en a eu, confirma C.B.

Il alla vers le comptoir derrière lequel il récupéra une clé en laiton à l'ancienne. Retournant à la porte, il donna un tour de clé dans la serrure de même style. Il éteignit ensuite le plafonnier, laissant la pièce dans la seule lumière des lampes Art nouveau.

— Mais pas en 1928, poursuivit-il. Voilà à quoi ressemblait la bibliothèque à l'époque, quand Arthur Tellman Ross était étudiant en première année.

— Qui ça ?

— Lui. (C.B. désigna le portrait d'un homme âgé à l'air austère.) Et voici la salle dédiée à sa mémoire, bien que les bibliothécaires la surnomment « le Jardin secret ». Moi, je l'ai baptisée la salle Carnegie, en hommage à Andrew Carnegie, l'homme d'affaires philanthrope qui a financé plus de deux mille cinq cents bibliothèques, et ça ressemble à une bibliothèque Carnegie. Ou à celle de la comédie musicale *The Music Man*.

— Mais… pourquoi l'a-t-on conservée ?

— C'est une longue histoire. Je te la raconterai plus tard.

Il alluma une liseuse à abat-jour vert et au pied en laiton, posée au milieu de la table. La lampe projeta un halo sur le plateau et les livres rangés au long des étagères, derrière, donnant aux dos bleus, verts et rouges les tons de pierres précieuses.

— C'est magnifique, commenta Briddey.

— Et très efficace contre les intrusions. Pas de fenêtres ; la porte en chêne massif ferme à clé de l'intérieur. On ne nous entend pas depuis l'extérieur. Et personne ne se doute que je connais cet endroit. De toute façon, ils sont tous rentrés chez eux.

Et nous sommes à l'abri des voix, ajouta Briddey en admirant les rangées de livres sur les murs. Même si elle avait conscience que les pensées des lecteurs et non les ouvrages faisaient écran, elle se sentait encore plus en sécurité ici que dans la salle de lecture.

Ce qui était ridicule. Ils n'avaient rien à faire là. On pouvait les arrêter à tout moment. Et si par chance on ne les attrapait pas, ce serait l'enfer le lendemain, quand Briddey affronterait la colère de Trent pour l'avoir laissé tomber au théâtre. Elle ignorait totalement ce qu'elle leur dirait, à lui et à Maeve, mais peu importait. Tant qu'elle restait ici, dans cet endroit charmant, rien ne l'atteindrait... pas même les voix.

—Malheureusement, on ne pourra pas camper ici éternellement, regretta C.B. C'est pourquoi il nous faut construire ta pièce secrète. (Il tira une chaise près de la table.) Assieds-toi.

Elle s'exécuta. C.B. s'installa sur la chaise en face.

—On va s'y prendre à peu près de la même manière que pour ton périmètre de sécurité, expliqua-t-il. Sauf que, cette fois, on ne bâtira pas de mur, mais une pièce. Tu connais le concept de la *panic room*?

—Oui, on s'y cache si des intrus pénètrent chez nous, comme dans le film avec Jodie Foster, sorti il y a quelques années.

—C'est ça. Mais elle va être encore plus sécurisée. Cependant, inutile qu'elle ressemble à un abri antiatomique. En fait, ça ne doit pas y ressembler. Je vois mal comment on pourrait se sentir protégé dans un abri antiatomique, puisque la seule raison pour qu'on s'y réfugie, c'est si une guerre nucléaire éclate. L'autre raison qui te pousserait à te rendre dans une *panic room*, c'est une intrusion chez toi. Là encore, ce ne sont pas les conditions idéales pour se sentir en sécurité. D'ailleurs, je n'aurais peut-être pas dû employer le terme «*panic room*». Pense plutôt à une pièce refuge, ou à un sanctuaire. Un endroit où tu te sens bien.

Comme ici, avec C.B., songea-t-elle.

—Oui, enfin, je ne serai peut-être pas toujours là, objecta-t-il. Tu l'as constaté dans le débarras.

—Ce n'était pas ta faute! Tu disais que tu ne savais pas forcément localiser les gens d'après leur voix. Si j'avais visualisé mon périmètre comme j'étais censée le faire, cela ne serait pas arrivé.

—Et si je... Enfin, laissons tomber. L'essentiel, c'est que ça ne se reproduise pas. C'est à ça que sert la pièce refuge. Non seulement tu y seras à l'abri des voix, mais ça empêchera aussi tes pensées d'être entendues.

C'est donc pour ça que je n'arrive pas à lire dans les pensées de C.B. comme lui lit dans les miennes, comprit Briddey. *Parce qu'il a une pièce refuge!*

—Oui, mais avant de monter sur tes grands chevaux et de m'accuser de bloquer Trent, se défendit C.B., je précise qu'une pièce refuge ne peut bloquer que tes propres pensées, pas celles des autres.

—Je n'allais pas t'accuser de quoi que ce soit. Quand tu m'as parlé du gène irlandais, j'ai compris pourquoi Trent et moi ne nous étions pas connectés. Ses ancêtres sont anglais. Il doit avoir le gène inhibiteur.

—C'est l'une des raisons, marmonna C.B.

—Que veux-tu dire?

— Rien. Tu as vu juste. Les Anglais ont reçu bien plus d'envahisseurs que les Irlandais au cours du Moyen Âge, et ont envahi à leur tour bon nombre de pays. Il n'y a quasiment aucun cas de télépathie répertorié dans leur histoire, même chez leurs saints. En revanche, toi, tu souffres d'un trop-plein de communication. Alors mettons-nous au travail. (Il se pencha en avant.) Tu dois penser à un endroit où tu te sentes à l'abri, protégée du monde extérieur.

Le débarras, songea-t-elle, *dans les bras de C.B.* Mais, à l'évidence, il parlait d'un autre genre d'endroit. Où s'était-elle sentie protégée ? Dans l'appartement imaginaire qu'elle partagerait avec Trent, avec un portier pour empêcher sa famille de monter. Mais C.B. ne parlait pas de ça non plus. De plus, la seule émotion qui l'habitait désormais quand elle y pensait était la crainte que Trent l'assaille de questions. À l'abri et protégée…

— Tu veux dire… comme dans une forteresse ? demanda-t-elle.

— Non, pas de batailles ni de sièges ici. Ça, c'est réservé à ton périmètre de sécurité. Il faut que ce soit un lieu associé au calme, à la sérénité. Pas un parc ni une forêt, cela dit. À l'intérieur. Comme ton appartement, peut-être, ou ta chambre d'enfant. Un endroit où nul ne peut pénétrer, à moins d'en avoir l'autorisation.

Dans ce cas, sûrement pas son appartement ni sa chambre d'enfant, qu'elle avait partagée avec Mary Clare et Kathleen. Ni son bureau. À Commspan, ses collègues surgissaient n'importe quand. Kathleen l'avait même traquée jusqu'au sous-sol. En plus, il y faisait beaucoup trop froid.

En y repensant, elle frissonna.

— Tu as froid ? demanda C.B.

— Non, je…

— Alors ça ne va pas tarder, l'interrompit-il en retournant vers le bureau. Rappelle-toi : ils baissent le chauffage après la fermeture de la bibliothèque.

Il disparut derrière le meuble et revint avec une télécommande, qu'il dirigea vers la cheminée. Des flammes y apparurent, projetant une lueur orangée chaleureuse sur le tapis persan et les fauteuils de cuir.

— Et cette salle ? s'enquit Briddey. Ne puis-je pas la prendre comme pièce refuge ?

— Pourquoi pas, mais ça marchera mieux si c'est un lieu qui t'est familier. Avais-tu une cachette favorite quand tu étais petite ? Un placard dans lequel tu aimais jouer ? Une cabane dans un arbre ?

— Non. Et toi, quelle est ta pièce refuge ?

— J'en ai eu plusieurs : un fort de cavalerie de style western ; un sous-marin ; le TARDIS…

Devant l'air perplexe de Briddey, il expliqua :

— C'est la cabine de police bleue dans la série *Doctor Who*, qui sert à voyager dans le temps.

— Je croyais que ça devait être un endroit réel.

— C'était réel. J'avais regardé environ un million d'épisodes. As-tu un lieu du même genre, datant de ton enfance ? La tour de Raiponce, par exemple ?

— Non, ça, c'est le territoire de Maeve.

— Et à la fac ? Tu vivais seule, à cette époque ?

— Non, répondit-elle.

Soudain, elle se remémora un voyage à Santa Fe avec l'une de ses colocataires, aux vacances de printemps. Les parents d'Allison y avaient une hacienda avec, en son centre, une cour entourée d'un mur. Chaque matin, Briddey s'était levée tôt pour y passer un moment.

— Seule ?

— Oui. Allison dormait tard, et ses parents séjournaient en Europe.

— Voilà qui est intéressant. Quel genre de murs cernaient ta cour ?

— Ils étaient en adobe. Mais il n'y avait pas de toit. Du coup, je ne peux pas m'en servir comme pièce refuge, si ?

— Si. On parle au plan métaphorique. Si tu trouves un endroit où personne ne peut entrer, c'est bon. Les murs, quelle hauteur ?

— Grands. Ils m'arrivaient au-dessus de la tête.

— La cour avait-elle un portail ?

— Non. Une porte. Bleue, ajouta-t-elle en se souvenant du bois massif à la peinture laquée.

— Le bois massif, c'est bien. Y avait-il une serrure ?

— N… non, balbutia Briddey en fouillant dans sa mémoire. Mais il y avait un loquet en fer, et une barre qu'on pouvait abaisser en travers de la porte pour s'enfermer.

— Encore mieux. Tu disais que la porte était en bois massif. Était-elle trop lourde pour que tu puisses l'ouvrir ?

— Non, pourquoi ?

— Parce que, dès que les voix commenceront à devenir insupportables, il te faudra soulever le loquet et te précipiter à l'intérieur de cette cour. Il faut donc que tu puisses ouvrir rapidement la porte.

— Mais, si je peux l'ouvrir, les voix y parviendront aussi, non ?

— Non. Sitôt à l'intérieur, tu mettras la barre en travers de la porte.

— Mais… si les voix ont un bélier ?

— Elles n'en ont pas. Ce n'est pas une forteresse, c'est une cour à Santa Fe. Il n'y a pas de béliers au Nouveau-Mexique. Et tes voix sont comme une inondation, tu te souviens ? Pas une armée. L'eau ne pourra pas y pénétrer, car les murs en adobe sont trop hauts et trop épais. Tout ce que tu auras à faire pour échapper au déluge, c'est te précipiter dans la cour et refermer la porte. Nous allons t'y entraîner dans une minute. (Il l'observa.) Te sentais-tu à l'abri, là-bas ? et heureuse ?

— Oui. J'adorais être seule. L'endroit était magnifique, ombragé, avec de la végétation. Il y avait un banc en bois sous un grand peuplier, sur lequel j'aimais beaucoup m'asseoir.

— Dis-moi à quoi ressemblait le reste de la cour, ordonna C.B.

Pendant la demi-heure suivante, il lui fit passer en revue le moindre détail dont Briddey se souvenait : les dalles au sol, le vieil abri de jardin adossé à l'un des murs, les roses trémières qui poussaient près de la porte.

— OK, déclara C.B. après qu'elle eut fini. Je veux que tu fermes les yeux et que tu t'imagines debout, dans cette cour.

— Attends, dit Briddey. Si je suis dans ma pièce refuge, comment suis-je censée te parler ? Et toi, comment m'entendras-tu ?

— Ça n'empêche pas de communiquer. Ça bloque seulement les pensées. C'est toi qui décides qui tu laisses entrer ou pas, donc tu m'entendras. À moins que tu n'en aies pas envie.

— Pourquoi n'en aurais-je pas… ? commença-t-elle. (Elle se rappela alors le nombre de fois où elle lui avait demandé de dégager.) Je ne t'empêcherai pas d'entrer, promis.

— Ravi de l'apprendre, plaisanta-t-il. Maintenant, imagine-toi dans ta cour.

Elle obéit, sentant les dalles sous ses pieds, visualisant les hauts murs en adobe ombragés, l'abri de jardin patiné, avec les pots en terre cuite posés dessus.

— Bien. Maintenant, je veux que tu ouvres la porte et que tu sortes, poursuivit C.B.

— Que j'ouvre la porte ? Pourquoi ne puis-je pas rester tout le temps à l'intérieur ?

— Parce que visualiser la cour en continu exige trop d'énergie et de concentration. Elle doit servir uniquement quand tu es au milieu de la foule, ou que les voix sont trop désagréables, trop menaçantes.

Ou quand je ne veux pas que tu entendes ce que je pense, ajouta-t-elle en silence en se remémorant sa réaction lorsqu'il avait dit : « Je ne suis pas complètement maso. »

— Tu t'en sers comme tu utiliserais une *panic room*, précisa C.B. Pour les situations d'urgence. Le reste du temps, tu t'appuies sur ton périmètre de sécurité. C'est ce que tu vas faire maintenant. Pense à ton mur de briques, ouvre la porte et sors.

À contrecœur, Briddey souleva la barre de bois puis le loquet, ouvrit la lourde porte et sortit.

— Et maintenant ?

— Dis-moi ce que tu vois.

— Mon périmètre, répliqua-t-elle en regardant le mur de briques au loin. (Elle tourna sur elle-même pour observer les murs d'adobe de la cour et la porte bleue.) La porte est décorée de panneaux ouvragés et des cordes de piments y sont suspendues.

Elle entendit un grondement sourd derrière elle. Les voix arrivaient.

— C.B..., gémit-elle.

D'un geste brusque, elle tira sur la porte. Elle se précipita à l'intérieur, referma le battant avec fracas, abattit la barre en travers et, hors d'haleine, se reposa contre elle.

— Excellent ! Est-ce que ça va ? demanda C.B.

Quand elle répondit par l'affirmative, il lui fit recommencer, encore et encore, gagnant quelques secondes chaque fois.

— Tu te débrouilles comme un chef, la félicita-t-il après le sixième essai. Faisons une pause. (Il alla jusqu'à l'une des bergères et s'y laissa choir.) C'est chouette, ici, n'est-ce pas ? Beaucoup plus sympa que les réserves.

Je ne suis pas de cet avis, songea-t-elle. Aussitôt, elle se jeta sur la porte bleue de la cour et se précipita à l'intérieur pour empêcher C.B. d'entendre cette pensée spontanée, inattendue. Elle venait de le revoir penché sur elle, leurs visages si proches l'un de l'autre. *Dieu merci ! j'ai maintenant une pièce refuge pour qu'il n'entende pas ce genre de pensées. Si ça marche.*

Apparemment, c'était le cas : C.B. ne la regardait pas. Il contemplait les flammes. Briddey se leva pour observer la pièce douillette et les murs couverts de livres à l'odeur poussiéreuse. Une échelle à l'ancienne était posée contre les étagères. Un tableau de George Washington – traversant le fleuve Delaware, cette fois – était accroché au-dessus du bureau d'accueil, et un gros dictionnaire à la reliure de cuir était ouvert sur un présentoir.

— Qu'est-ce que c'est que cet endroit, au juste ? demanda-t-elle en s'avançant vers le portrait que C.B. avait montré en arrivant. Et qui est cet Arthur je ne sais plus quoi ?

— Arthur Tellman Ross, répéta C.B. C'est le type qui a fait don de 86 millions de dollars pour construire cette bibliothèque, à condition qu'ils conservent le vieux meuble de classement. Et le buste de Shakespeare, le présentoir à dictionnaire, le bureau d'accueil... (il brandit un vieux tampon dateur en bois et en métal) ... et, bien entendu, les livres.

D'un geste large, il balaya les étagères qui montaient jusqu'au plafond.

— Dont *Ivanhoé*, poursuivit-il en penchant la tête pour lire les titres sur les dos, *Les Aventures de Robin des Bois*, *Robinson Crusoé*… (il se redressa) … ainsi que tous les ouvrages datant de ses années universitaires, parmi lesquels une charmante sélection de romans victoriens.

— Ça ne répond pas à ma première question, objecta Briddey.

— Cette salle a été aménagée parce que la bibliothèque n'avait pas l'intention de conserver des meubles classeurs ni des tampons dateurs obsolètes à l'ère de l'informatique, des catalogues en ligne et des liseuses électroniques. Afin de respecter les termes du legs, il a donc été décidé de créer cet endroit. De plus, pour le doyen de l'université, c'est le lieu idéal pour recevoir de potentiels mécènes. Et pour fricoter. Si lui veut s'envoyer en l'air, pas besoin de le faire dans les réserves, sur un sol dur comme du béton. C'est aussi l'endroit parfait pour que nous puissions travailler.

Sauf que l'accès y est interdit, songea Briddey. *Si on se fait pincer…*

— Ne t'en fais pas, la rassura C.B., confiant. La police du campus est occupée avec un type soûl évanoui sur la pelouse devant une maison de fraternité, et Marian est chez elle, au lit, en train de s'inquiéter des restrictions budgétaires. Même si on se faisait prendre, être ici est notre droit le plus strict. Apparemment, Arthur Tellman Ross doutait que l'université respecte ses volontés – il n'avait pas tort –, c'est pourquoi il a spécifié dans son testament que l'utilisation de son legs devait être accessible au public à toute heure du jour et de la nuit. Tu comprends pourquoi la porte n'était pas verrouillée, même s'il faut une clé pour accéder à la zone, et pourquoi ils ne tiennent pas à ce que les étudiants soient au courant de l'existence de ce lieu.

— Et toi, comment l'as-tu découvert ?

— Je cherchais *Histoire des expériences télépathiques*. Le livre figurait sur le catalogue en ligne de la bibliothèque, mais il n'était ni emprunté ni dans les réserves. L'un des chargés de cours a supposé : « Peut-être qu'il est dans le Jardin secret. »

— Et il t'a conduit ici ?

— Elle, la corrigea C.B. Non, elle s'est aussitôt fermée comme une huître. Mais, comme tu le sais, je lis dans les pensées.

— En effet, dit Briddey. À ce propos, comment se fait-il que toi tu entendes la police du campus et la bibliothécaire, et pas moi ?

— Toi aussi, tu en es capable, répliqua-t-il. Le problème, c'est que tu ne peux pas distinguer leurs voix parmi les autres.

— Et toi, tu y arrives ?

— Si c'est la voix de quelqu'un que j'ai déjà entendu, ou que je parvienne à deviner son identité à partir de ce qui est dit…

— Comme la police du campus.

— Non, en fait c'est un étudiant ayant composé le 911 qui a donné l'adresse de la fraternité. Je l'ai entendu penser : *« L'opérateur a dit qu'ils envoyaient tout de suite un agent de police. »* Ça n'arrive pas souvent.

— Que la police envoie tout de suite un agent, ou qu'un étudiant ivre s'évanouisse sur la pelouse ?

— Que quelqu'un songe à l'adresse, précisa C.B. Ou à son propre nom. Les gens pensent rarement : *« C'est moi, Jason P. Smythe, en train de penser que j'aimerais avoir une copine. »* Alors, à moins de les connaître – dans ce cas, on identifie leur voix –, c'est très difficile de les distinguer de la foule. Autant chercher une aiguille dans une botte de foin.

À l'évidence, il avait déjà entendu les voix de Marian la Bibliothécaire et du chargé de cours. Mais qu'en était-il de celles du couple dans les réserves ?

— La proximité. Avec de l'entraînement, il est possible de savoir qui est dans le coin, en se fondant sur les modulations du timbre de voix.

Ainsi, il avait su qu'il y avait quelqu'un dans sa chambre d'hôpital, et qu'aucun collègue de Commspan n'était dans les parages quand il l'avait déposée à l'hôtel *Marriott.*

— Vas-tu m'apprendre à le faire ? demanda-t-elle.

— Oui, quand tu seras prête. Mais tu en es encore loin. Ça exige de fouiller parmi les voix, ce qui veut dire…

— Circuler entre elles, comprit-elle, prise de panique à cette idée.

C.B. avait raison : elle n'était pas prête. D'ailleurs, le serait-elle un jour ? Jamais elle n'arriverait à localiser une voix en particulier, même celle de C.B., dans ce torrent déchaîné.

Comment s'y prend-il ? se demanda-t-elle.

— Au début, j'en étais incapable, dit-il. Tout ce que je voulais, c'était échapper aux voix, comme toi. À ce propos, on doit se remettre au boulot. Avant de partir, je veux que tu parviennes à t'abriter dans ta pièce refuge sans même y penser. Il faut donc s'entraîner.

Elle acquiesça et retourna vers la table.

— Non, non, assieds-toi ici, proposa C.B. On peut le faire là, plus près du feu. Il y fait meilleur.

Elle s'assit sur le canapé. C.B. rapprocha l'une des bergères et s'y installa, genoux écartés, mains jointes.

— Bon, reprit-il, on va faire pareil qu'avec ton périmètre de sécurité.

— Dois-je aller chercher un livre à lire ? s'enquit Briddey en regardant les étagères.

— Non. On peut discuter comme on le faisait jusque-là, et quand je dis « les voix », tu te précipites dans ta cour aussi vite que possible. D'accord ?

— D'accord, répondit-elle.

Elle s'agrippa à l'accoudoir, prête à bondir sur la porte bleue ornée de piments qu'elle visualisait.

— Non, tu ne dois pas être prête à t'enfuir. Je veux que tu sois détendue, concentrée sur autre chose. As-tu décidé de la destination de notre lune de miel ?

— Non, répliqua-t-elle avant de penser : *Un sujet de conversation moins dangereux serait préférable.* Donc, si tu entends les gens près de toi ou dont tu connais déjà les voix, tu dois entendre tout le monde à Commspan.

Et tu sais sur quoi porte le projet Hermès.

— Ce n'est pas parce que je les entends que je les écoute, modéra C.B. D'autant plus qu'ils ne pensent qu'à leur promotion, leur éventuel licenciement, et à ce qu'il va y avoir au menu de leur déjeuner. Je les écoute uniquement pour les localiser, afin d'éviter de... Les voix arrivent.

Briddey bondit vers la porte.

— Pas assez rapide, décréta C.B. On réessaie. Où en étions-nous ?

— On parlait des pensées ennuyeuses des collègues de Commspan.

— Oh, ça ne concerne pas que les collègues. C'est le cas de tout le monde. Écouter les vaches paître serait moins abrutissant.

— Tu es capable d'écouter les vaches ? hoqueta Briddey.

— Non, seulement les gens, ce qui est bien dommage. Tu imagines ? Ce serait sympa d'entendre ton chien te raconter l'amour inconditionnel qu'il a pour toi.

Au fond, Briddey s'en trouva soulagée. Elle n'avait pas à s'inquiéter d'entendre des lions, des tigres...

— Ou des ours, ajouta C.B. Ou des lombrics... même si, avec certaines personnes, ce n'est pas toujours facile de faire la différence. Sais-tu à quoi pensent les gens, la plupart du temps ?

— À fricoter, je suppose.

— Perdu, sauf chez les moins de vingt-cinq ans. Pour tous les autres, c'est à la météo. Va-t-il pleuvoir ? Va-t-il cesser de pleuvoir ? Va-t-il neiger ? Va-t-il faire plus chaud ? C'est une obsession. Il y a aussi l'argent, et leur boulot qu'ils détestent. Ah oui, et les mots de remerciements.

— Comment ça ?

— Je t'assure. Ou plutôt l'absence de mots de remerciements. « Comment se fait-il que je n'aie rien reçu de mon neveu ? Sa mère l'élève n'importe comment. Je ne lui enverrai plus de cadeau tant qu'il ne m'aura pas dit "merci". Et pas par mail ni par téléphone ; j'exige un vrai mot de remerciements ! » (C.B. prit sa tête entre ses mains.) C'est comme ça pendant des heures ! C'est pire que le sexe et les autres rouspétances. Il y a également les besoins physiologiques. Ça aussi, les gens y pensent énormément. Roter, pé…

— Oui, je vois très bien. Tu veux dire que personne n'est drôle à écouter ?

— Si. Les enfants sont super. Je suis dingue de…

Il s'interrompit.

— Dingue de quoi ? demanda-t-elle.

— Des gamins de trois, quatre ans. Leur mode de pensée est fantastique. Ça doit être le cas aussi pour les bébés, mais ils ne verbalisent pas leurs… Les voix arrivent.

Cette fois, Briddey fut plus rapide, mais pas assez au goût de C.B. Il lui fit répéter l'exercice à plusieurs reprises.

— Combien de fois vais-je devoir recommencer ? demanda-t-elle.

Elle avait l'impression qu'ils s'entraînaient depuis des heures.

— Jusqu'à ce que ce soit devenu un réflexe, répondit-il.

— OK, soupira-t-elle en étouffant un bâillement. Désolée, je…

— Tu as eu une bonne décharge d'adrénaline – et même deux, avec le débarras –, et maintenant tu es épuisée. En plus, il est… (il jeta un coup d'œil à l'horloge) … 3 heures du matin. Pas étonnant que tu bâilles. (Il désigna le canapé.) Pourquoi ne pas t'allonger ?

— Ça me tente bien, avoua-t-elle en regardant le sofa avec envie. Mais j'ai peur de m'endormir, et tu as dit qu'on devait continuer l'entraînement…

— C'est vrai, mais on a encore tout le temps. Le dimanche, la bibliothèque n'ouvre pas avant 11 heures. De plus, un somme te fera du bien. Ça donnera à ton cerveau l'occasion d'enregistrer ce que tu viens d'apprendre. Ces nouvelles informations seront stockées dans ta mémoire à long terme. Vas-y, allonge-toi.

Il se dirigea vers la table et éteignit la lampe.

— Merci, murmura-t-elle, tout à coup si fatiguée que ses paupières se fermèrent toutes seules.

Elle s'allongea… pour se redresser aussitôt. Elle avait oublié les voix. Ses barrières fonctionnaient parce qu'elle les visualisait, mais, si elle s'endormait…

— On ne les entend pas quand on dort, la rassura C.B.

— Comment ça se fait ?

— Je l'ignore. Peut-être parce que la chimie du cerveau se modifie pendant le sommeil, ou qu'on pense complètement différemment dans le sommeil paradoxal. Quoi qu'il en soit, tant qu'on dort, on ne peut ni envoyer ni recevoir de messages.

Quelle bonne nouvelle! se réjouit Briddey.

— Mais qu'en est-il de la phase d'endormissement ? et de mon premier réveil ? s'inquiéta-t-elle.

— Ce sont effectivement les moments où on est le plus vulnérable, avoua-t-il. Mais seulement jusqu'à ce que tes défenses deviennent parfaitement automatiques. Quand ce sera le cas, elles se mettront en place à la seconde où tu te réveilleras.

— Combien de temps ça prendra avant que mes défenses deviennent automatiques ?

— Quelques jours, répondit-il en éteignant les lampes Tiffany à chaque extrémité du canapé, ne laissant que celle entre les deux bergères. Mais ne t'en fais pas, je monterai la garde en attendant.

— Comment ?

— Avec ma fidèle épée victorienne, plaisanta-t-il. (Il alla vers les étagères pour prendre un épais recueil.) Que dirais-tu d'*Histoire de la décadence et de la chute de l'Empire romain* ?

— Ça a l'air d'un ennui mortel.

— Je suis d'accord. Toutefois, la partie sur la chute n'est pas si inintéressante. (Il posa le livre sur la table, près de la bergère, et s'approcha du canapé.) Allez, maintenant, allonge-toi, ordonna-t-il. (Il jeta sur Briddey la couverture en cachemire.) Ferme les yeux et oublie tout, sauf ta jolie pièce refuge aux murs d'adobe.

— Promis, soupira-t-elle. Mais s'il va falloir plusieurs jours pour automatiser mes défenses avant de dormir et à mon réveil, quand vas-tu te reposer ?

— Quand tu seras réveillée. Donc plus vite tu t'endormiras, plus vite tu te réveilleras, et je pourrai à mon tour piquer un roupillon. D'accord ?

— D'accord, répliqua-t-elle, dubitative.

— Ça va aller. Je reste juste à côté de toi. Enfin, pas juste à côté, à une distance respectueuse, se corrigea-t-il en allant vers la bergère la plus éloignée du feu pour s'y laisser tomber. Comme ça, tu n'auras pas peur que je t'agresse.

— Je n'ai pas…

— Oui, c'est juste au cas où. En plus, ici, je me concentrerai mieux sur *La Décadence et la chute*. (Il lui adressa un sourire.) Je ne laisserai personne entrer, promis. (Il ouvrit le livre.) Maintenant, dors.

C'était plus facile à dire qu'à faire. Briddey ne cessait de penser à ce qui arriverait si C.B…

— Je ne vais pas m'assoupir, l'interrompit-il. Ce fauteuil est trop inconfortable. Et une petite idiote ne cesse pas de parler.

— Désolée, murmura-t-elle.

Blottie sous la douce couverture, elle ferma les yeux et se concentra sur sa cour, dont elle tira la porte avant d'abaisser la barre et de pousser le loquet.

Toutefois, les voix n'étaient pas son unique sujet d'inquiétude. Comment allaient-ils quitter cette pièce sans être vus, le lendemain matin ? Que dirait-elle à Trent ? Et Maeve qui…

— Tu veux une histoire avant de dormir ? proposa C.B.

— Oui, s'il te plaît, répondit-elle en glissant sa main sous sa joue.

— « Septime Sévère commandait alors l'armée de Pannonie, lut C.B. à voix haute, jamais détourné ni par l'attrait du plaisir, ni par la crainte des dangers, ni par aucun sentiment d'humanité[1]. »

Mon sentiment à moi, songea Briddey, *c'est que cette couverture est vraiment chaude, presque autant que celle que C.B. m'avait apportée à l'hôpital.* Elle s'endormit.

À son réveil, la pièce était plongée dans la pénombre. Dans les vapes, elle se demanda où elle était, puis la mémoire lui revint. Une vague de panique l'envahit. *Le feu s'est éteint !*

Non, impossible, la raisonna une partie de son cerveau. *C'est un radiateur à gaz.* Elle sentait sa chaleur. Dans un instant, sa vision accoutumée à l'obscurité lui permettrait de distinguer la lueur rouge-orangé des flammes.

À moins que C.B. l'ait éteint, pensa-t-elle. *Dans ce cas, je suis dans le noir. Avec les voix. Et elles… C.B. !*

Soudain, elle fut rassurée de le sentir étendu à ses côtés, sa main serrée dans les siennes, doucement plaquée contre son torse.

Elle savait qu'elle devrait se fâcher contre lui pour n'avoir pas gardé ses distances, mais son soulagement était trop grand. Elle lui était très reconnaissante d'être présent, comme il l'avait promis, pour la protéger des voix. Sans compter qu'elle ne pouvait guère l'accuser de tentative de séduction : il dormait à poings fermés, la respiration régulière, la poitrine se soulevant et s'abaissant sous sa main prisonnière contre son cœur.

C.B., songea-t-elle avec tendresse.

---

1. *Histoire de la décadence et de la chute de l'Empire romain* (titre en anglais : *The History of the Decline and Fall of the Roman Empire*), d'Edward Gibbon, éditions Maradan, Paris, 1812. Traduction de François Guizot. (*NdT*)

Un murmure dans le noir, à l'autre bout de la pièce, la contraignit à se redresser. Elle ne s'était pas trompée à propos du feu : sa lueur chaleureuse éclairait C.B. endormi, affalé dans sa bergère, la tête posée contre le dossier, les mains pendant au-dessus des accoudoirs.

Surprise, Briddey regarda sa propre main, qu'elle avait crue dans celles du jeune homme. Elle dut faire du bruit, car il leva la tête et marmonna d'une voix pâteuse :

— Un problème ?

— Non, rien. J'ai dû rêver, chuchota-t-elle en s'allongeant. (Elle remit la main sous sa joue pour lui montrer que tout allait bien.) Rendors-toi.

Une injonction inutile, puisqu'il ne s'était même pas réveillé. C.B. pencha de nouveau la tête en arrière puis se mit aussitôt à ronfler.

Il avait l'air totalement épuisé. Rien d'étonnant à cela : il avait dû la secourir à deux reprises ce soir-là, et une fois – non deux – à l'hôpital. Entre-temps, il l'avait ramenée chez elle, conduite au *Marriott* récupérer sa voiture, et avait consacré beaucoup d'énergie à chercher des cachettes. Elle le soupçonnait de l'avoir écoutée entre deux sauvetages, guettant le signe qu'elle commençait à entendre les voix, la protégeant. Ce qu'il faisait encore, même endormi.

Elle sourit en le voyant si vulnérable, faire l'étoile de mer dans son fauteuil, les joues rougies par la lueur du feu. Il paraissait très jeune. Il avait dit avoir commencé à entendre les voix à treize ans, soit quatre ans à peine de plus que Maeve. Quel enfer il avait dû vivre…

Il avait parlé avec légèreté de ses tentatives pour les empêcher de l'atteindre, pour comprendre ce qui se passait, ériger des barricades, mais l'épreuve avait sans doute été terrible. L'école avait dû être un cauchemar, la fac inenvisageable. Comme la plupart des boulots. Il avait eu de la chance de décrocher un poste à Commspan, avec son sous-sol sans réseau.

Impossible également d'aller au cinéma, aux cérémonies de remises de diplômes, aux mariages, aux enterrements, aux matchs de foot et dans les centres commerciaux. Ce qui expliquait sûrement en grande partie ses tenues vestimentaires. Et le tas de boue dans lequel il roulait. En gros, chaque domaine de la vie courante était une lutte sans merci.

Ça, c'était après qu'il eut réussi à construire son périmètre de sécurité et sa pièce refuge. À l'apparition des premières voix, il avait dû être terrifié. Voir ce raz-de-marée de pensées et d'émotions déferler sur lui sans comprendre ce qui le provoquait, sans personne pour le secourir ni le rassurer, lui dire qu'il n'était pas fou, lui enseigner comment se défendre… Sans que quelqu'un tienne sa main contre son cœur pendant qu'il dormait…

Et si ça m'était arrivé ? Si je n'avais pas eu C.B. ? se demanda Briddey. Elle connaissait la réponse. Elle n'aurait pas survécu. Elle aurait sombré dans la folie. Ou elle se serait suicidée.

Il était incroyable que C.B. s'en soit sorti, alors qu'il avait été projeté de plein fouet dans un monde de fureur, de luxure et de malveillance avant d'être prêt à l'affronter, exposé sans aucun filtre à la vilenie et à la méchanceté, victime sans défense, témoin d'horreurs face auxquelles il n'avait aucune arme !

Sans personne à qui se confier, tout le monde le considérant comme une bête de foire. *Comme le Bossu de Notre-Dame*. C'était un miracle qu'il n'ait pas viré violeur ou tueur en série.

Non seulement il n'était pas devenu un monstre, mais il avait trouvé comment se défendre contre les attaques incessantes des voix. Et il avait aidé Briddey quand la même chose lui était arrivée. Il aurait pu se taire. Ce n'étaient pas les raisons qui manquaient, entre sa réaction de rejet quand il avait essayé de lui parler, ses accusations à propos de la mise sur écoute de sa chambre et le fait de bloquer Trent…

Malgré tout, il avait volé à son secours, prenant le risque de dévoiler ses secrets. C'était sans doute le plus remarquable, car tout ce qu'il avait dit sur ce qui pouvait se produire au cas où l'on découvrirait sa télépathie était vrai. Suki tweeterait immédiatement la nouvelle ; la presse serait au courant, Commspan le renverrait pour le punir d'avoir tourné l'entreprise en ridicule. Pis, on lui demanderait de jouer les espions pour récolter des informations sur le nouveau téléphone d'Apple. Il aurait beau affirmer que ça ne marchait pas comme ça, qu'on ne pouvait pas passer les voix en revue comme on le ferait avec une base de données, personne ne le croirait. Ils seraient convaincus que la télépathie représenterait un atout dans le milieu des affaires ; ils envahiraient son labo pour le presser de questions.

Non, il aurait mieux valu pour C.B. qu'il garde son secret et laisse Briddey se débrouiller avec ses voix. Mais elle lui était infiniment reconnaissante de ne pas l'avoir fait.

Elle le contempla encore un peu avant de refermer les yeux. Même si elle savait que sa main était glissée sous sa joue et que C.B. se trouvait à quelques mètres d'elle, sitôt ses paupières closes, elle le retrouva allongé à ses côtés, rassurant, les mains croisées sur son torse, celle de Briddey pressée contre son cœur.

Qui dit qu'on ne peut pas communiquer pendant le sommeil ? pensa-t-elle, le sourire aux lèvres. Elle se rendormit.

Chapitre 20

« — Jamais le cours d'un amour sincère ne fut paisible. »
William Shakespeare, *Le Songe d'une nuit d'été*[1]

À son second réveil, Briddey trouva les lampes rallumées. En revanche, le fauteuil – et la pièce – était désert.

C.B. ? appela-t-elle. *Où es-tu ?*

Je cherche vite fait de quoi nous préparer un petit festin de minuit, répondit-il.

Par réflexe, elle jeta un coup d'œil à l'horloge derrière le comptoir de l'accueil : 5 h 30.

Bon, d'accord, un petit déjeuner très matinal, disons. Ne t'en fais pas, je reviens dans une minute.

Je ne m'en fais pas, pensa-t-elle avec étonnement. Elle se rendit dans sa cour pour que C.B. n'entende pas ses pensées. Car il n'était pas parti. Même si la salle était éclairée et que Briddey avait les yeux ouverts, même en ayant rejeté la couverture et après s'être étirée dans un gros bâillement, C.B. continuait à tenir sa main contre son cœur.

Dépêche-toi, lança-t-elle. *Je meurs de faim !*

J'arrive, répliqua-t-il.

Un instant plus tard, il reparut avec un gros sac en plastique dans une main, une assiette en carton pleine de gâteau dans l'autre, et un paquet de chips sous le bras. *J'ai trouvé plein de trucs.*

Il posa le tout sur la table et vida le sac en nommant son contenu :

1. Acte I, scène I. Traduction de François Guizot. (*NdT*)

— Gâteau d'anniversaire, chips tortillas, sauce salsa, raisin, une demi-pizza au pepperoni, des biscuits salés au beurre de cacahouètes, une barre de Snickers entamée, des olives...

— Tu les as volés dans la salle du personnel ? l'interrogea Briddey.

— Juste la sauce salsa, les olives et le gâteau. J'ai entendu Marian se demander comment elle allait se débarrasser de tout ça. Le reste, c'est de la contrebande que j'ai trouvée dans les réserves. À l'exception des boissons, ajouta-t-il en sortant deux canettes de soda. Je les ai prises au distributeur. Il n'y avait pas de café latte. Tu vas devoir te contenter d'un Pepsi ou d'une limonade.

— Va pour le Pepsi, répliqua-t-elle.

Elle attrapa une part de pizza. C.B. lui tendit une serviette en papier qu'il avait sortie de sa poche de chemise. À l'évidence, elle provenait aussi de la fête : décorée d'oiseaux bleus, elle portait l'inscription : « UN PETIT OISEAU M'A DIT QUE C'ÉTAIT TON ANNIVERSAIRE. »

Tout était délicieux, même les chips tortillas, rassises, qui devaient moisir dans les réserves depuis des semaines.

— Très bonnes quand même, pas vrai ? demanda C.B. Oh, et tu ne croiras jamais ce que j'ai trouvé d'autre. Pendant que je farfouillais, j'en ai profité pour chercher ce que représentaient les guimauves...

— Comment ça ? Tu veux dire que tu as trouvé quelqu'un qui pensait justement aux céréales Lucky Charms ?

— Non, j'ai fait une recherche Internet sur l'ordinateur de Marian.

Je croyais que les bureaux étaient fermés à clé. De plus, l'ordinateur n'était-il pas protégé par un mot de passe ? songea Briddey.

— On avait raison concernant les cœurs roses, les lunes bleues et les trèfles verts, disait C.B. Mais ce sont des étoiles filantes, pas de simples étoiles. Il y a aussi des fers à cheval, des arcs-en-ciel, des ballons, et, pour une raison qui m'échappe, des sabliers. Enfin, à ton avis, qu'ai-je trouvé au dernier étage des réserves ? Ta-da !

Dans un geste théâtral, il sortit du fond du sac une boîte de céréales.

— Des Lucky Charms ! s'exclama-t-il avant d'en verser une poignée sur la table. Comme ça, on va pouvoir confirmer le résultat de mes recherches.

— Ou pas, objecta Briddey en examinant les petites formes multicolores. (Elle en prit une vert pâle au cœur d'un vert plus vif.) Ça ne ressemble pas à un trèfle. On dirait plutôt un chapeau avec un nœud.

— Quel Irlandais se trimballerait avec un nœud sur son chapeau ? protesta C.B. en lui prenant la guimauve. (Les yeux plissés, il la retourna entre ses doigts pour l'inspecter.) C'est peut-être un pot empli d'or.

— Pourquoi c'est vert, alors ? Et regarde celle-là, dit Briddey en choisissant une guimauve violette en forme de U. Et tiens, ça, qu'est-ce que c'est ? Un arc-en-ciel ?

— Non, le voilà, ton arc-en-ciel.

Il désigna un demi-cercle multicolore.

— Ou une tranche de pastèque, suggéra Briddey.

— Chaque guimauve est censée représenter un symbole irlandais. Je ne vois pas en quoi une tranche de pastèque en serait un.

— Ou un os pour chien ? proposa-t-elle en brandissant une guimauve d'un jaune sale.

— Au moins, on est sûrs que le machin rose est un cœur, affirma C.B. Et que cette chose bleue est une lune.

— Mais c'est quoi, ce truc ? demanda-t-elle en sélectionnant une guimauve blanche dans le tas.

De forme oblongue, une ligne orange la traversait, se terminant par une éclaboussure au bout.

— Alors là, aucune idée, avoua C.B. (Il lui prit la guimauve pour la scruter.) Une aubergine albinos ?

— Une aubergine albinos ? répéta Briddey en riant. Pourquoi mettre une chose pareille dans des céréales pour enfants ?

— Là, je sèche, répliqua-t-il en jetant la guimauve dans sa bouche. La vraie question, c'est pourquoi mettre des morceaux de craie dans les céréales pour enfants et les appeler guimauves ? À ce propos, la prochaine fois que les voix frapperont, à moins que tu aies envie de t'amuser à réciter « aubergine albinos, nonosse, bidule violet en forme de U… », il faut se remettre au travail. Ta pièce refuge doit devenir…

— Un automatisme. Je sais.

— Ensuite, je vais t'enseigner quelques défenses auxiliaires. Avoir des remparts est une bonne chose, ainsi qu'un saint des saints pour les urgences.

Malgré toutes ces défenses, il a quand même besoin de porter des oreillettes et de se cacher des voix en restant au sous-sol, pensa-t-elle, de nouveau envahie par la peur.

— En réalité, rien ne m'oblige à rester au sous-sol, rectifia C.B. Je le fais en partie parce que, quand on discute avec les gens, c'est facile de commettre des erreurs et de laisser échapper des éléments qu'ils n'ont jamais confiés à personne…

— Du coup, ils sauront que tu es télépathe.

— Exactement. Je préfère qu'on me prenne pour un cinglé. C'est aussi par choix que je reste en bas. Passer des années à écouter les secrets les plus intimes de tes congénères n'aide pas à avoir une opinion favorable d'eux. Ça ne donne pas très envie de les fréquenter, et ça n'a rien à voir avec l'efficacité de mes défenses. Ne t'inquiète pas, ta cour sera un abri parfait. À condition qu'on termine notre entraînement, précisa-t-il.

Par conséquent, il consacra l'heure suivante à faire parler Briddey tandis qu'elle restait calfeutrée dans sa cour, tout en se donnant l'air de ne pas y être.

Cette compétence était difficile à acquérir, mais Briddey finit par visualiser à la fois les murs d'adobe avec la porte bleue, et ceux bordés de livres de la salle Carnegie. Elle se tenait sous le peuplier et devant le feu de cheminée, tout en devisant d'*Ode to Billie Joe.*

— Cette chanson a été un gros succès, l'informa C.B. Les gens ont imaginé toutes sortes de théories sur les raisons qui ont poussé Billie Joe à se jeter du pont.

— Pourquoi, à ton avis ? demanda Briddey en essayant de rester concentrée à la fois sur C.B. et sur sa cour. Si la fille et lui s'aimaient, pourquoi se serait-il suicidé ?

— Peut-être qu'il ne s'est pas suicidé. Si ça se trouve, il voulait échapper aux voix.

— Ça t'est déjà arrivé ?

— De quoi ? De sauter d'un pont ou de tenter de me suicider ?

— L'un ou l'autre. Les deux. Alors ?

— Oui, une fois, quand mon moral était au plus bas. Mon beau-père était plutôt fâché contre moi. Comment lui en vouloir ? Je ne pouvais pas franchement lui expliquer pourquoi je refusais ma bar-mitsva, ou d'aller à la fac. Et les voix étaient... (Dégoûté, il secoua la tête.) En tout cas, j'ai pensé qu'avaler quelques cachets tranquillisants serait un bon moyen de m'en sortir. Au contraire, ça n'a fait qu'empirer la situation. Tu comprends pourquoi je t'ai déconseillé l'alcool et le Xanax. Les anxiolytiques rendent encore plus réceptif aux voix et empêchent de se défendre correctement.

Briddey songea à ce qu'il avait dû vivre : les voix, incontrôlables, hurlant après lui, et lui, presque inconscient, incapable de les combattre.

— Oui, mais ça a eu ses avantages, poursuivit-il d'un ton plus léger. D'une part, j'ai appris qu'il y avait pire que les voix : les lavages d'estomac, par exemple. D'autre part, ça m'a vacciné contre l'alcool ou la drogue. Ça prouve que les conséquences imprévisibles ne sont pas toujours négatives.

Il la regarda avec un sourire qu'elle ne lui rendit pas, trop préoccupée par un autre sujet de réflexion :

— Si les anxiolytiques empirent les voix, les stimulants ne... ?

— Non, aucun effet. Tous les médicaments les empirent. Seules les défenses sont efficaces sur le long terme.

— Mais, si tu visualises des défenses qui gardent les voix à distance, pourquoi ne pas imaginer quelque chose qui les ferait taire ? demanda Briddey, presque sûre qu'il lui répondrait : « Ça ne marche pas comme ça. »

— C'est possible, répliqua-t-il.

— Vraiment ? Alors pourquoi… ?

— Parce qu'on ne peut le faire que sur une courte durée, et ça demande un effort physique et mental intense. Dès l'instant où ton attention vacille, les voix reviennent en force.

— Pourtant, il doit bien exister un moyen de… Une opération, ou…

Il secoua la tête.

— Pas d'opération. Déjà, ce n'est pas comme un vaisseau sanguin qu'on pourrait clamper. C'est un réseau de chemins neuronaux. Rien ne garantit qu'une interférence ne provoquera pas de dommages permanents encore plus graves. En plus, pour qu'un chirurgien accepte de t'opérer, il faudrait lui révéler ta télépathie…

— Ce qui est hors de question, je sais. Ne pourrais-tu pas inventer une sorte d'appareil… ?

— J'ai essayé. C'est aussi pour ça que je passe beaucoup de temps au sous-sol : parce que je réfléchis à un brouilleur.

— Et tu as avancé ?

— Non. Je pensais que les interférences annuleraient les voix, mais ce n'est pas le cas. Créer l'équivalent mental d'un filtre antispam non plus. Ou une version électronique d'une pièce refuge.

— Donc, tu n'as rien trouvé d'efficace ?

— Si. Les romans victoriens. Et un système de saut de fréquence.

— L'invention d'Hedy Lamarr, se rappela Briddey. *D'où l'affiche de cette femme dans son labo.*

Il acquiesça.

— L'idée, c'était d'empêcher les voix de me trouver, au lieu de les bloquer directement. À court terme, ça fonctionne plutôt bien. Mais, à long terme, ça exige une très grosse énergie… bien plus que l'appareil ne pourra jamais en fournir. (Il lui adressa un sourire d'excuses.) Désolé, Briddey. Si j'avais la solution pour faire taire les voix une bonne fois pour toutes, je t'en ferais profiter.

Elle se rendit compte qu'elle avait dû sembler ingrate, même si le fait qu'il l'ait secourue, protégée et lui ait donné des moyens de se défendre ne suffisait pas.

— C.B., écoute…, commença-t-elle.

Mais il était absorbé par autre chose, la tête relevée, l'air absent. Il fronça les sourcils.

— Quoi, que se passe-t-il ? l'interrogea Briddey.

— Il est temps de partir, répondit-il en se levant.

Il rangea sa chaise et se mit à débarrasser la table.

— Mais je croyais que la bibliothèque n'ouvrait qu'à 11 heures !

— C'est bien ça, confirma-t-il, en ramassant les Lucky Charms avec la serviette aux oiseaux bleus pour les remettre dans le sac. Mais, plus l'heure tourne, plus il y aura de monde dans les parages. Je ne veux pas qu'on nous voie quitter le bâtiment.

Il mentait. Il avait entendu quelque chose et ne voulait pas lui dire quoi.

— Il y a quelqu'un ici, c'est ça ?

— Non, dit-il.

Puis, comme s'il comprenait que mentir était une mauvaise tactique, il ajouta :

— Du moins pas encore. La personne qui a oublié son portable vient de se rendre compte qu'elle ne l'avait pas en rentrant chez elle. Pas de chance, il s'agit de Marian la Bibliothécaire.

Marian, qui avait la clé du bâtiment. Nerveuse, Briddey jeta un coup d'œil vers la porte.

— Est-elle déjà en route ?

— Non, rien ne presse. (Il reboucha le pot de sauce salsa.) En fait, elle est toujours chez elle, au lit. Elle ne sait même pas où elle l'a laissé, mais elle retrace mentalement son parcours, donc elle ne va pas tarder à s'en souvenir. De plus, précisa-t-il en fermant la boîte de céréales, j'imagine que tu ne veux pas qu'on te voie rentrer chez toi un dimanche matin dans cette tenue. (Il désigna la robe verte de Briddey.) Surtout qu'un de tes voisins sera forcément sur Facebook.

Il a raison, songea la jeune femme en récupérant les emballages de biscuits salés. Les voisins n'étaient pas son seul sujet d'inquiétude : sa famille avait l'habitude des visites à l'improviste lorsqu'elle se rendait à la messe, et Maeve serait morte de curiosité après les mystérieux textos que C.B. lui avait envoyés.

— Tu disais avoir expliqué la situation à Maeve, dit Briddey. Que lui as-tu écrit, exactement ?

C.B. lécha le reste de sucre glace sur l'assiette jetable avant de la plier en deux et de la fourrer dans le carton à pizza.

— Que toi et moi avions une urgence.

— Rien d'autre ? insista Briddey.

— Seulement que c'était une question de vie ou de mort, précisa C.B. en bourrant le carton à pizza dans le sac, et qu'elle était la seule personne de confiance à garder notre secret. Elle a répondu que je pouvais compter sur elle.

Bien évidemment, songea Briddey en roulant les emballages en boule pour les mettre dans le sac. *Il ne fait aucun doute qu'elle en pince pour toi.*

— Oui, moi aussi je la trouve assez géniale, rétorqua C.B. Écoute, Briddey, à propos de Maeve, il faut que je…

Il s'interrompit.

Briddey leva les yeux vers lui. Il était de nouveau aux aguets.

— Que se passe-t-il ? demanda-t-elle. Marian arrive-t-elle ?

— Non, répondit-il après une longue minute. Mais elle vient de se souvenir qu'elle a laissé son portable dans le local des photocopieuses. Il faut qu'on y aille. Passe-moi les olives.

— Une minute, tu allais me dire quelque chose au sujet de Maeve.

— Ça attendra, enchaîna-t-il en lui prenant le pot d'olives des mains pour visser le couvercle. Éteins le feu.

Il lui tendit la télécommande et entreprit d'essuyer la table.

Briddey éteignit le feu et les lampes, reposa la télécommande derrière le bureau d'accueil, plia la couverture en cachemire et la posa à sa place initiale, sur le dossier du canapé. Le volume que C.B. lisait gisait par terre, à côté de la bergère.

— Et les livres que tu as laissés dans les réserves ? demanda-t-elle en ramassant l'ouvrage avant de le ranger sur l'étagère. Faut-il aller les récupérer ?

— C'est fait, répondit-il en les désignant, posés près de la porte. Je m'en suis occupé avant de partir en quête de nourriture. Oh, et avant que j'oublie, voilà ton téléphone.

Il le lui tendit.

Elle le glissa dans sa poche et prit la boîte de Lucky Charms. C.B. lui donna le sachet de chips tortillas et la sauce salsa, puis fourra le reste des déchets ainsi que les canettes vides dans le sac en plastique.

— On a tout ? demanda-t-il.

— Je crois, oui, dit Briddey en jetant un dernier regard sur la salle plongée dans la pénombre.

Le feu douillet ne brûlait plus dans l'âtre. Les livres sur les étagères étaient désormais plongés dans le noir, tout comme le fauteuil bergère dans lequel C.B. avait dormi, affalé. Tout à coup, Briddey éprouva une certaine nostalgie à la perspective de quitter cet endroit. *Dommage qu'on ne puisse pas rester ici pour toujours.*

— Oui, moi aussi, j'aurais bien aimé, commenta C.B. (Briddey le regarda. Il se détourna d'elle pour prendre le sac et les olives.) C'est le seul endroit où il fait chaud, dans ce bâtiment. On va cailler en sortant. (Il s'empara de la lampe torche et ouvrit la porte.) En plus, maintenant, je ne saurai jamais comment se termine *La Décadence et la chute de l'Empire romain*. Alors ? Il y a vraiment une chute à cette histoire ?

— Je suis sûre que Marian connaît la réponse, répliqua Briddey sur le ton de la plaisanterie. Et, si on traîne, tu pourras même lui poser la question.

Alors qu'elle le suivait hors de la pièce puis dans l'escalier, elle regretta plus que jamais qu'il ne lui ait pas encore appris comment se concentrer sur une voix en particulier, afin de savoir à quoi il pensait à cet instant.

Une fois en bas, C.B. s'arrêta pour écouter avant d'ouvrir la porte. Il avait raison : il faisait froid, ici. Briddey frissonna. C.B. dut croire qu'elle avait peur, car il la rassura :

— Si tu t'inquiètes pour les voix, ça va aller. Le jour sera levé quand nous serons sortis, et maintenant tu as tes défenses.

— Marian est-elle en chemin ? s'enquit-elle.

— Non, elle se demande encore si ça vaut le coup de se lever et de refaire tout le trajet jusqu'ici, répondit-il en ouvrant la porte donnant sur le couloir.

Il lui donna les livres et la lampe torche. Pour les prendre, elle cala la boîte de Lucky Charms et le pot de sauce salsa sous son autre bras.

— Éclaire la porte, que je puisse fermer, ordonna-t-il en insérant la clé dans la serrure. Être obligé d'écouter quelqu'un tourner dans sa roue, c'est l'un des autres aspects merveilleux de la télépathie.

— « Tourner dans sa roue » ? s'étonna Briddey en le regardant verrouiller la porte.

— Oui, comme un hamster. (Il récupéra la lampe puis ils se remirent en route dans le couloir, en direction de la salle du personnel.) Tu sais, quand tes pensées tournent en boucle, que tu te demandes si tu devrais retourner à la bibliothèque récupérer ton portable, ou attendre qu'il fasse complètement jour. Ou quand tu te demandes… Une seconde, s'interrompit-il pour mettre le sac en plastique dans une poubelle. Quand tu te demandes comment tu vas payer les factures, ou si cette douleur bizarre au flanc ne serait pas un cancer.

Ou si Commspan va procéder à des licenciements, songea Briddey en se souvenant d'Art Sampson. Elle se rappela aussi ses questionnements incessants sur son absence de connexion à Trent, et sur sa réaction s'il apprenait qu'elle communiquait avec quelqu'un d'autre. Autant de moments pénibles à endurer pour le pauvre C.B.

Il alluma dans la salle. Briddey constata avec soulagement que, malgré les morceaux qu'ils avaient avalés, le gâteau avait conservé le même aspect. C.B. replaça la clé sous la boîte de café puis rangea la sauce salsa et les olives dans le réfrigérateur.

— Ne vont-ils pas remarquer que le pot est à moitié vide ? souffla Briddey.

— Non, dit C.B. en prenant les Lucky Charms et les chips des mains de la jeune femme pour les mettre dans le placard. Ils supposeront que l'un des chargés de cours a eu une petite faim.

— On devrait au moins mettre un peu d'argent dans la cagnotte, suggéra-t-elle en désignant la canette sur laquelle était écrit : « COLLECTE POUR LE CAFÉ ».

— Impossible. Ils comprendraient que quelqu'un s'est introduit dans les locaux. À quand remonte la dernière fois qu'un collègue de Commspan a participé à la caisse commune du café ? La meilleure défense contre le risque de se faire attraper, c'est que notre présence reste insoupçonnable. En plus, les chips ne sont pas à eux, je les ai trouvées à la section S-V.

— Mais ne vont-ils pas se demander… ?

— Non. Tu veux une autre part de gâteau ? Ça ne leur manquera pas.

— Sans façon, répondit Briddey avec une grimace.

— Moi non plus. Il nous faut un aliment qui tienne mieux au corps. L'homme ne peut survivre avec un régime à base de Lucky Charms. (Il lui lança un regard hésitant.) Tu te souviens de ce traiteur dont je t'ai parlé, celui qui fait d'excellents bagels ? Il est tout près d'ici. On pourrait y prendre le petit déjeuner, et je t'apprendrais comment bâtir tes défenses auxiliaires.

— D'accord, ça m'a l'air super.

— Oui, ça l'est.

Il l'invita à quitter la pièce avant d'éteindre la lumière. Elle le suivit dans le couloir, refusant de comprendre pourquoi son cœur lui semblait soudain beaucoup plus léger. *Tu as plus faim que tu le pensais, voilà tout*, se raisonna-t-elle en passant devant le débarras dans lequel ils s'étaient cachés. Le bout du couloir atteint, ils s'engagèrent dans un autre escalier.

— On n'a pas pris ce chemin-là pour venir, fit-elle remarquer.

— C'est parce que la porte d'entrée est équipée d'une alarme, comme l'entrée réservée au personnel. Et toutes les issues de secours.

— Dans ce cas… comment allons-nous sortir d'ici ?

Par là, dit-il en montrant l'escalier.

Il communiquait de nouveau par la pensée. *Dois-je comprendre que Marian est ici ?* demanda-t-elle.

Non, elle n'a toujours pas décidé si elle venait récupérer son téléphone, mais mieux vaut être aussi discrets que possible. Ainsi, on sera sûrs d'entendre quelqu'un arriver. On ne sera pas surpris. C'est l'un des avantages de la télépathie : on peut discuter avec son complice tout en entendant les flics débouler.

Je croyais qu'il n'y avait aucun avantage à être télépathe, objecta Briddey en descendant l'escalier derrière lui, sur la pointe des pieds.

Oh, non, ils sont nombreux. Je ne me suis jamais fait brutaliser par les caïds du lycée, et j'étais un crac en interros-surprises.

Mais tu entendais également toutes les choses cruelles que les gens pensaient à ton sujet.

Il y avait des choses sympas, aussi, tempéra C.B. *Tout n'est pas si négatif.*

Hormis cet horrible déluge de voix.

Certes, reconnut C.B. *Mais qui sait ? ça pourrait se révéler pratique un jour. Dernière marche.*

Il attendit que Briddey soit en bas pour éteindre la lampe torche. Elle l'entendit ouvrir la porte et vérifier les environs. Il ralluma ensuite la lampe et mena la jeune femme dans le couloir bordé, cette fois, de murs en béton nu. Ils devaient se trouver dans le sous-sol de la bibliothèque. Il y faisait presque aussi froid que dans le labo de C.B.

Celui-ci s'immobilisa devant une porte sans écriteau et éteignit de nouveau la lampe. *Il y a des fenêtres*, se justifia-t-il. Il ouvrit le battant, fit signe à Briddey d'entrer, puis ferma derrière eux.

Il y avait peut-être des fenêtres, mais des rideaux devaient les obstruer, car il faisait presque aussi noir que dans le débarras. C.B. posa une main sur son bras. *Ça va ?* s'enquit-il.

Oui, sauf que je n'y vois rien. Elle avança d'un pas prudent.

Attends, dit-il en la retenant. *Cet endroit est une vraie course d'obstacles. Laisse à ta vue le temps de s'ajuster.* Il la retint près de la porte et ils attendirent.

Des formes se dessinèrent peu à peu. Les hauts rectangles sur les murs, sans doute les fenêtres, n'étaient guère qu'une teinte plus claire que le charbon. *Il me semblait que, d'après toi, il devait faire jour*, chuchota-t-elle.

Ça devrait être le cas. Quelle heure est-il ?

Elle alluma son téléphone avant de s'excuser : la lumière projetée par l'écran gâchait l'ajustement auquel leurs yeux venaient de procéder.

Pardon. Il est 6 h 45.

Hmm. Il paraissait perplexe. Après un instant de silence, il s'exclama : *Ah ! ça explique tout.*

Quoi ? On n'est pas au bon endroit ?

Si. Viens, c'est par là.

Il l'incita à avancer. Les yeux de Briddey s'accoutumèrent enfin à l'obscurité. Elle distingua les longs rayonnages d'une bibliothèque. C.B. n'exagérait pas : c'était une véritable course d'obstacles. Sur leur chemin se dressaient des poubelles en plastique, ainsi que des chariots sur lesquels étaient empilés livres et documents. C.B. la guida pour rejoindre le fond de la pièce, jetant de temps à autre un coup d'œil vers les grandes fenêtres.

Ne compte pas sur moi pour en escalader une, prévint-elle.

On le fera seulement si la porte est inaccessible. Il la mena tout au fond, où les étagères croulaient sous des cartons, des registres, des classeurs maintenus ensemble par des élastiques.

S'il y avait une porte par ici, Briddey ignorait où. Les étagères recouvraient presque tout le mur. Des cartons et des sacs remplis de paperasse étaient entassés presque jusqu'au plafond, mais C.B. se réjouit : *Cool, ça se présente plutôt bien.* Il se mit à tirer les cartons et les sacs.

Les archives d'Arthur Tellman Ross, expliqua-t-il en prenant un sac plein à craquer de papiers. *La bibliothèque a dû promettre de les conserver aussi. Tout, y compris ses listes de courses. Ainsi que des poèmes d'amour médiocres. Tu peux mettre ça là-bas ?* demanda-t-il, le doigt pointé.

OK, dit Briddey. Elle se sépara des livres de C.B., posa le sac à côté d'un meuble de classement métallique et en prit un autre qu'il lui tendait.

Il tira un carton supplémentaire. *On parlait de quoi, déjà ?*

Des joies de la télépathie.

Ah, oui. Il empila le carton sur le premier. *C'est génial. Ça te permet d'éviter les bouchons, les raseurs et de te retrouver coincée dans la file d'attente du supermarché derrière un client qui a six cents coupons et oublié le code de sa carte.* Il souleva un autre carton. *Et tu ne tombes pas de haut en constatant que telle personne est un connard ou un menteur.* Il posa le carton sur les autres et tira le dernier vers lui. *Inutile aussi de subir une opération du cerveau pour savoir si on t'aime. Tu le sais déjà.*

Donc pas de béguin sans espoir, conclut Briddey avec légèreté.

Je n'ai pas dit ça. Passe-moi la lampe torche.

Elle la lui donna. Il l'alluma. La porte apparut alors, encadrée par les étagères, peinte de la même couleur que le mur, ce qui expliquait pourquoi Briddey ne l'avait pas vue.

Est-elle fermée à clé ? s'enquit-elle.

Non, à moins que quelqu'un soit venu depuis que j'ai emprunté cette sortie. Apparemment ce n'est pas le cas, dit-il en l'entrebâillant vers l'extérieur. Il jeta un coup d'œil de l'autre côté. *Parfait. La voie est libre. Allons-y.*

Briddey récupéra les livres de C.B. Il l'aida à enjamber les cartons, prit les sacs et ouvrit le battant en grand. Elle comprit pourquoi il faisait si sombre dans la pièce : il pleuvait. Le ciel était chargé de nuages bas et gris. Devant la porte, les marches étaient mouillées. Le parking l'était encore plus.

Et tu disais que les gens pensaient tout le temps à la météo ? railla Briddey.

Oui, mais il faut croire que tout le monde dort encore. Tu n'as pas un parapluie sur toi, par hasard ? Ou un radeau ?

Non, répondit-elle en riant. *Ce n'est peut-être pas aussi méchant que ça en a l'air.* Comme en réaction à ce commentaire, la pluie redoubla, les gouttes rebondissant sur l'asphalte du parking déjà inondé.

On devrait peut-être attendre ici que ça se calme, proposa C.B., les sourcils froncés.

Je doute que ça s'arrange. Et, plus ils s'attardaient, plus grand était le risque de voir Marian se garer sur le parking. *On ferait mieux de partir.*

Oui, reconnut-il à contrecœur. *Tu es sûre que ça va aller ?*

Elle se rendit compte qu'il ne s'inquiétait pas de la pluie, mais du déluge de voix que pouvait déclencher la vue de l'eau chez Briddey. Elle prit aussi conscience de n'avoir pas pensé une seule fois à elles en descendant jusqu'ici, alors même qu'elle s'était retrouvée dans le noir la plupart du temps, et qu'elle percevait leur faible murmure au-delà de son périmètre de sécurité. Du moment que C.B. l'accompagnait, elle se sentait même prête à affronter les chutes du Niagara.

Vraiment ? s'étonna-t-il.

Oui, je t'assure. Ça va aller. Allons-y, dit-elle. Puis, à elle-même : *Avant que tu lises la suite de mes pensées.*

En avant pour les chutes du Niagara, alors ! s'exclama-t-il. *Tiens, passe-moi les livres.* Il les fourra sous sa chemise à carreaux, ferma la porte derrière eux et prit Briddey par la main. Tous deux se mirent à courir sur le parking.

Ils furent aussitôt trempés jusqu'aux os.

— Abribus ! cria C.B. en désignant une forme floue de l'autre côté de la chaussée, un peu plus loin dans la rue.

Elle hocha la tête. Ils s'élancèrent sur le trottoir mouillé.

L'eau se déversait en torrent dans la rue.

— C'est dingue ! dit C.B.

— Comme tu dis ! confirma Briddey.

Ils traversèrent les flots, les chaussures complètement trempées, pour se réfugier sous l'abribus en riant.

La structure ne les protégea guère. L'averse coulait du toit et le banc métallique vert était parsemé de gouttes. Ils se blottirent l'un contre l'autre au milieu de l'abri, essayant d'échapper au vent chargé de pluie qui les assaillait de trois côtés. C.B. repoussa ses cheveux de son front avant d'essorer ses manches, tandis que Briddey secouait sa robe.

— Ta robe va être fichue, déplora C.B.

La jeune femme observa le tissu maculé d'eau.

— Elle l'était déjà, j'en ai peur.

— Oui, eh bien, ce n'est pas une raison pour empirer les choses. Ou qu'on se fasse tous les deux saucer. Reste là, je vais chercher la voiture.

— Mais…

— Tout va bien se passer, la rassura-t-il. J'en ai pour deux minutes. Si les voix arrivent, tu as ton périmètre et ta pièce refuge.

Et sa main, protégeant la sienne, posée sur son cœur.

— Je ne serai pas vraiment parti, poursuivit-il. On peut continuer à discuter.

— Je sais. Tiens. (Elle secoua la veste en jean qu'elle portait pour la lui rendre.) Tu en auras plus besoin que moi.

— Merci. (Il lui donna les livres.) Si les voix reviennent, ou si tu as du mal à les garder à distance…

— Ça ira, l'interrompit-elle. Vas-y.

Il hocha la tête.

— Bon, quand faut y aller…

La veste au-dessus de la tête, il partit en courant. Briddey resta en arrière, les livres serrés contre elle, à le regarder descendre la rue à toute allure puis tourner à l'angle. Il régnait dans l'air une agréable odeur d'herbe et de terre mouillée.

Ça va toujours? demanda C.B.

Oui.

Pas moi. On se croirait dans le Déluge de l'Ancien Testament, ici. Je risque la noyade avant de… Merde.

Quoi? Un problème? demanda-t-elle avec angoisse.

Non, rien. Excuse-moi. Je ne voulais pas mentionner la noyade. Ni le Déluge.

Ça va, je t'assure. Mais dépêche-toi, je suis gelée!

Tu es gelée? Moi, je suis à deux doigts de mourir d'hypothermie!

N'importe quoi. Il suffit que tu penses à autre chose. Aux Lucky Charms, par exemple. Lèvres bleues, nez rouges, flocons de neige albinos…

Très drôle.

Ou à des chansons, poursuivit Briddey. *Celles qui ont plein de couplets. Comme* Raindrops Keep Falling on My Head. *Ou* A Little Fall of Rain, *dans* Les Misérables.

C'est comme ça que tu me remercies de t'avoir sauvée? s'offusqua-t-il. *La prochaine fois, je t'abandonne dans les toilettes pour dames.*

Sinon, Singin' in the Rain, *c'est pas mal aussi,* dit-elle. *Il y a plein de paroles, et tu peux faire des claquettes, comme Gene Kelly.*

Dommage, mes baskets sont trop gorgées d'eau, dit-il d'un ton faussement désolé. Il semblait d'une humeur aussi frivole qu'elle. *Et ne me dis pas de penser à* Let a Smile Be Your Umbrella *ou à* Rainy Days and Mon… *Bon sang!*

Que se passe-t-il? Tu as marché dans le caniveau?

Non, un arbre vient de déverser environ dix mille litres d'eau sur ma nuque. Arrête de rire!

Excuse-moi, répliqua-t-elle d'un ton contrit. *Es-tu à la voiture?*

Non, je suis encore à deux pâtés d'immeubles, mais je devrais la voir dans une ou deux minutes. Si le courant ne l'a pas emportée. J'espère qu'elle va démarrer. Elle n'aime pas plus que moi le froid et la pluie.

Le temps empirait. Les gouttes qui tombaient sur Briddey faisaient l'effet d'une pluie verglaçante. Elle recula vers le fond de la structure, culpabilisant d'être à peu près à l'abri tandis que C.B. courait sous les trombes d'eau. Elle pria pour qu'il n'ait pas de difficultés à faire démarrer la voiture.

Briddey? intervint la voix de C.B. *Ça va? Les voix n'ont pas…?*

Non, tout va bien. Es-tu arrivé à la voiture?

Encore un pâté d'immeubles. Continue à parler, mais de quelque chose de chaud. Plus de chansons sur la pluie.

Pense au petit déjeuner, proposa-t-elle. *Comme il fera bon chez le traiteur. Tu peux retirer ta veste et la mettre à sécher sur le radiateur. La serveuse t'apportera un mug de café brûlant…*

De thé, rectifia C.B. *N'oublie pas que j'suis un brave gars irlandais.*

C'est vrai, répliqua-t-elle d'un ton joyeux. *La serveuse t'apportera un mug de thé brûlant, puis tu mettras tes mains autour pour les réchauffer. Les fenêtres seront couvertes de buée…*

J'y suis, l'interrompit C.B. *Maintenant, si mes doigts ne sont pas trop congelés, je vais introduire la clé dans la serrure…*

Il y eut une pause. Profondément concentrée, Briddey se pencha vers l'avant, comme si elle voyait C.B. lutter avec la serrure de la portière de ses doigts engourdis, puis insérer la clé dans le contact. *Alors, elle a démarré?* demanda-t-elle. *C.B.?*

Oui. Ne t'en fais pas. Je suis toujours là, répondit-il.

Je sais, pensa-t-elle avec un sourire.

Ouf! s'écria-t-il.

Elle a démarré?

Je ne sais pas encore. Je viens seulement de réussir à ouvrir la portière. Mais je suis enfin à l'abri de la pluie. Une autre pause, un peu plus courte.

Allez, ma belle, tu peux y arriver! dit-il. Il encourageait la voiture comme il l'avait fait avec Briddey dans les toilettes du théâtre. *Allez.* Une autre pause. *Elle a démarré!* rugit-il. *Ne bouge pas, j'arrive dans deux minutes. Ensuite, on ira chez le traiteur aux vitres embuées. D'accord?*

D'accord, répondit Briddey, très soulagée de le savoir à plusieurs centaines de mètres de là et incapable de voir ses joues soudain enflammées.

Il arriverait dans quelques minutes. *Et on ira prendre le petit déjeuner tous les deux*, pensa-t-elle, les visualisant assis face à face, se tenant les mains sous la table, comme dans la salle de lecture.

Les minutes s'écoulèrent sans le moindre signe de C.B. Où donc était-il ? Briddey s'approcha du bord de l'abribus pour le voir arriver au coin de la rue, mais celle-ci restait déserte. *Où es-tu?* lança-t-elle. *Je suis morte de froid, moi.*

Il ne répondit pas. Le pare-brise avait dû se couvrir de buée lorsqu'il s'était installé au volant, et il devait être occupé à l'essuyer, le chauffage à fond, tout en conduisant. *Il n'a pas besoin que tu lui caquettes à l'oreille*, se sermonna-t-elle. Elle serra les livres contre elle pour se réchauffer. Elle attendit une minute supplémentaire afin de ne pas le distraire, puis, n'y tenant plus, elle s'impatienta : *Vite, C.B. Tu n'es pas le seul à souffrir d'hypothermie, tu sais!*

Toujours pas de réponse ni le moindre signe de sa voiture. Le mauvais temps empirait de seconde en seconde. Où diable était-il passé ? *Peut-être que la voiture a calé à un carrefour*, supposa-t-elle en se souvenant de la profondeur de l'eau à certains endroits. *Ou il a fait de l'aquaplaning et foncé dans un arbre.*

Tu vas bien? s'enquit-elle, inquiète. *Dis-moi quelque chose. Tu m'entends?*

Oui! répondit Trent. *Oh, mon Dieu! Briddey, c'est bien toi?*

Chapitre 21

« Il ne pleut jamais, sauf quand il tombe des cordes. »
Jonathan Swift[1]

Oh, non ! se lamenta Briddey. *C'est impossible !*

Mais si, elle ne rêvait pas.

Je n'y crois pas, Briddey ! s'exclamait la voix. Cette fois, le doute n'était plus permis : c'était Trent, à coup sûr.

Pas maintenant, pensa-t-elle.

Oh, mon Dieu, je t'entends réellement ! exulta Trent. *Je ne perçois pas tes émotions, mais ta voix ! On lit dans les pensées de l'autre ! Te rends-tu compte de ce que ça veut dire ?*

— Oui, gémit Briddey en serrant contre elle les livres de C.B. *Ça va tout bouleverser.*

Je dois prévenir C.B., songea-t-elle. Et si Trent les surprenait en pleine communication ? Il avait dit : « Je t'entends réellement. » Qu'avait-il entendu, exactement ? Son appel à C.B. ? Ses pensées ?

Comment était-ce possible ? Il était d'origine anglaise, porteur du gène inhibiteur ! C'était peut-être un hasard ; leur connexion devait être momentanée, comme pour ces gens qui avaient entendu leur fiancé les appeler…

Je n'arrive pas à y croire ! Je suis capable de lire dans tes pensées ! fanfaronna Trent.

La supposition de Briddey passa à la trappe.

Qu'as-tu dit ? demanda Trent. *J'ai du mal à t'entendre.*

---

1. Titre en anglais – *It Cannot Rain But It Pours* – d'un article publié par Swift en 1726. Notre traduction. (*NdT*)

Heureusement! se félicita Briddey. *Peut-être que, si je ne réponds pas, il va croire à une hallucination. Comme moi, la première nuit à l'hôpital, et...*

À l'hôpital? répéta Trent, inquiet. *Que s'est-il passé?*

Briddey se rappela trop tard qu'elle devait se précipiter dans sa cour. Elle ouvrit brusquement la porte bleue, la claqua et, pantelante, se laissa aller contre elle.

Il y a un problème avec ton AEC? l'interrogeait Trent avec angoisse. *C'est pour ça que tu es à l'hôpital?*

Je vais devoir le détromper, se raisonna Briddey en voyant devant elle sa cour et la pluie. *Sinon, il va appeler le docteur Verrick.*

Toutefois, si elle lui répondait, cela validerait la réalité de leur contact et n'inciterait pas Trent à se croire victime de son imagination.

C.B., appela-t-elle. *Que dois-je faire?*

Pas de réponse.

Il est occupé à conduire sous la saucée, se dit-elle.

Trent intervint à nouveau : *Briddey, réponds-moi!* s'écria-t-il. *Y a-t-il un problème avec ton AEC? Parle-moi! Il faut que tu me dises où tu es.*

Certainement pas. C.B.! Viens! J'ai besoin de toi.

Toujours pas de réponse. Et si son silence n'avait rien à voir avec la voiture ni la pluie? S'il ne la recevait plus? S'il y avait bel et bien eu croisement de synapses, que celles-ci se soient décroisées, et qu'à la place elle se retrouve connectée à Trent? *Mais je n'ai pas envie de...*

De quoi n'as-tu pas envie? l'interrogea Trent. *Je t'entends mal. Veux-tu que j'appelle le docteur Verrick? Je vais le faire tout de suite...*

Elle ne pouvait plus reculer : elle devait lui répondre et le convaincre que tout allait bien, qu'il était inutile d'appeler le docteur. *Trent?* lança-t-elle. *C'est toi?*

Briddey? Oh, quel soulagement! Je craignais que... Où es-tu?

Dans ma pièce refuge, se dit-elle. *Il ne peut pas entendre ce que je veux garder pour moi tant que je reste ici.* Malgré tout, mieux valait ne pas penser à l'abribus ni à la rue pluvieuse. Ni à C.B. *Et tu ne peux pas l'appeler ainsi. Appelle-le Conlan. Trent ne connaît pas son vrai prénom.*

Parle-moi, disait Trent. *Qu'est-il arrivé?*

Comment ça? demanda-t-elle d'une voix ensommeillée, comme si elle venait de se réveiller. *Rien. Que veux-tu dire?*

Es-tu à l'hôpital? Je t'ai entendue dire...

À l'hôpital? De quoi parles-tu? Je suis chez moi. Je dormais, et j'ai cru t'entendre prononcer mon nom. Je croyais rêver. Où es-tu?

Trent ne répondit pas.

C'était une connexion provisoire, pensa-t-elle, soulagée. *Je vais pouvoir le convaincre qu'il s'imaginait...*

... mieux que je l'espérais! s'exclama Trent. Une pause de plusieurs secondes suivit, puis Briddey entendit: *... hâte de raconter ça à...* Sa voix étouffée était moins distincte; des syllabes manquaient, comme dans une conversation téléphonique de mauvaise qualité. *Ça va être...* Sa voix se tut.

Trent? demanda Briddey, hésitante.

Pas de réponse.

Tant mieux. *Conlan?* appela-t-elle. *Night Fighter à Dawn Patrol. Vous me recevez, Dawn Patrol?*

Silence.

Il est parti, pensa-t-elle.

Non, je suis là, objecta Trent. *Je ne vais nulle part, maintenant qu'on est enfin connectés! Je commençais à me dire que ça n'allait jamais arriver, quand tout à coup, ça!*

J'aurais dû écouter C. – Conlan, regretta Briddey, lugubre. *Il m'avait prévenue que les effets secondaires seraient terribles.*

Qu'as-tu dit? demanda Trent. *Je ne t'entends pas. Ça n'arrête pas de couper. J'ai entendu « écouter », puis plus ri...*

Sa voix se tut de nouveau. Cette fois, il ne revint pas, même au bout de plusieurs minutes. Briddey patienta trente secondes de plus pour s'assurer de son absence, puis elle appela: *Dawn Patrol... Conlan?... C.B.?*

Rien, hormis la pluie martelant le toit de l'abribus.

Et si je l'avais perdu pour de bon? se demanda-t-elle, malade d'inquiétude. Dans ce cas, si sa connexion à C.B. avait dévié pour être reliée à Trent, C.B. l'appelait-il aussi de son côté, sans succès? Ou était-il trop concentré sur sa conduite sous la pluie pour avoir remarqué son silence?

Enfin, sa voiture arrivait, débouchant du coin de la rue. Dans un rugissement de moteur, le véhicule freina devant l'abribus. Briddey sortit sous la pluie, essayant de garder les livres au sec. Elle descendit du trottoir, les yeux rivés sur le pare-brise pour essayer de voir le visage de C.B. et déterminer, d'après son expression, s'il avait compris ce qui se passait. Mais la pluie tombait à verse, et les essuie-glaces balayaient la vitre trop rapidement.

En s'approchant du trottoir, C.B. projeta une gerbe d'eau qui contraignit Briddey à reculer pour l'éviter.

— Désolé d'avoir été si long, s'excusa-t-il en se penchant pour lui ouvrir la portière. J'ai réussi à faire démarrer la voiture, puis l'un des essuie-glaces ne marchait plus. J'ai dû le trafiquer pour qu'il se remette en route. Du coup, je suis encore plus mouillé.

Il était même complètement trempé. Son tee-shirt et son jean lui collaient à la peau; il avait les cheveux plaqués sur le front.

— Puis, quand j'ai enfin réussi à le réparer, poursuivit-il, le moteur a calé, et j'ai mis des lustres à repartir.

Il n'est pas encore au courant, pensa Briddey, le cœur lourd. *Je vais devoir le lui annoncer.*

M'annoncer quoi ? demanda C.B.

Briddey fut aussitôt envahie d'un immense sentiment de soulagement.

— Tu m'entends toujours ! s'exclama-t-elle, ravie. Conlan, écoute, je dois te dire quelque chose...

— Monte d'abord, l'interrompit-il d'un ton bougon. Toute la chaleur s'en va.

Briddey acquiesça et s'installa dans la voiture. Il ne semblait pas y faire moins froid que dehors, malgré l'air chaud soufflé par la ventilation. C.B. avait l'air frigorifié, et ses mains sur le volant étaient roses de froid.

— C.B..., commença-t-elle.

Il quittait déjà le trottoir en faisant hurler le moteur pour gagner la rue principale, concentré sur sa conduite.

Et sur la pluie qui, assourdissante, s'abattait sur eux avec la force d'un ouragan, tambourinant sur le toit. Les essuie-glaces, lancés à fond, ne servaient pas à grand-chose.

Bruit ou pas, conditions météo exécrables ou pas, Briddey devait l'informer sans tarder. Elle dégagea ses cheveux mouillés de son visage, inspira à fond et déclara :

— Écoute, il est arrivé quelque chose pendant que tu t'occupais de la voiture.

— Tu veux parler de l'affaire « mon petit copain a refait surface » ? Oui, je suis au courant. Je l'ai entendu pendant que je réparais mon essuie-glace, dit C.B. comme si c'était la chose la plus banale au monde.

— Mais... je croyais qu'il avait des gènes inhibiteurs, s'étonna Briddey.

— Apparemment, je me suis trompé. Il doit avoir un ancêtre irlandais. Une petite bonne de Dublin qui aura été séduite, ou quelque chose dans le genre.

— Ou peut-être que tu fais erreur à propos des causes de la télépathie. Ça n'a peut-être rien à voir avec l'Irlande.

— Je ne fais pas erreur, se défendit-il.

— Comment le sais-tu ?

— Parce que... je le sais, OK ? Et peu importent les causes. Ce qui compte, c'est que cette situation existe.

Il n'avait pas tort.

— Et maintenant, qu'est-ce qu'on fait ?

— Eh bien, j'espère que tu ne m'accuseras plus d'avoir bloqué ton petit ami…

— Ce n'est pas drôle.

— D'accord, convint C.B. d'un air sévère. Ce n'est pas drôle.

Il se pencha en avant pour essuyer d'une main la buée qui se formait sur le pare-brise.

— Alors, que dois-je… ? répéta Briddey.

— Allume le dégivrage. Je ne vois pas où je vais.

Elle scruta le tableau de bord, essayant de deviner quel bouton activait le dégivrage. Elle tourna celui qui, selon elle, y ressemblait le plus, et la radio s'alluma : « On a vraiment un temps pourri, ce matin, les amis », se lamentait un animateur.

— Pardon, s'excusa-t-elle.

Elle éteignit la radio, trouva le bouton du dégivrage, le tourna au maximum et regarda C.B., dans l'attente d'une réponse. Mais il ne dit rien.

— C.B. ? Que dois-je faire ?

— Je ne sais pas, répliqua-t-il. (Il se tourna vers elle.) S'il n'y avait que lui qui entendait ta voix, on aurait pu le convaincre qu'il s'agissait d'une de ces émotions extrêmes dont parlait Verrick, celles qu'on perçoit sous forme de mots. Mais, puisque tu lui as répondu…

— J'étais obligée ! Il allait appeler le docteur. Toutefois, j'ai été surprise de sa réaction. Je pensais qu'il n'y croirait pas, qu'il…

— Qu'il croirait à une sorte de tour de passe-passe, comme toi ?

— Oui, et qu'ensuite je pourrais le convaincre que ce n'était pas arrivé, qu'il l'avait imaginé. Mais il a tout de suite été persuadé que c'était de la télépathie. Il était fou de joie.

— J'imagine, marmonna C.B.

Que fallait-il comprendre ? C.B. pensait-il que ça faisait plaisir à Briddey ? Après tout, elle lui avait donné les arguments pour qu'il le croie. Depuis le début, se connecter à Trent était son seul objectif.

— C.B…, dit-elle.

Son portable sonna.

Comment ça se fait ? s'étonna-t-elle. *Je l'ai éteint.* Elle se souvint alors que C.B. lui avait demandé l'heure dans le sous-sol de la bibliothèque. Elle avait allumé son portable et oublié de le couper ensuite.

Je vous en supplie, faites que ce soit Kathleen, pria-t-elle en voyant le nom de Trent s'afficher sur l'écran. *Ou même Mary Clare.* Le seul moyen de savoir qui appelait, c'était de répondre. *Et si c'est bel et bien Trent…*

— Tu ferais mieux de décrocher, conseilla C.B., au cas où il voudrait te voir.

Elle n'y avait pas pensé. Peut-être était-il déjà en route pour lui rendre visite chez elle ? Mais qu'allait-elle lui dire ? *Je n'ai qu'à tout nier en bloc. Je peux prétexter que j'ignore de quoi il parle.* Elle appuya sur « DÉCROCHER ».

— Allô ? (Elle prit une voix pâteuse, comme ensommeillée.) Qui est-ce ?

— Trent ! répliqua-t-il.

— Oh. (Elle bâilla bruyamment.) Bonjour, Trent. Comment se fait-il que tu sois déjà levé ?

Il ne l'entendit même pas. Il criait :

— Mon Dieu, Briddey ! Je ne peux pas croire ce qui vient d'arriver !

— Quoi ? Comment ça, ce qui vient d'ar… ?

— Nous étions en train de nous parler ! Réellement ! hurla-t-il si fort que C.B. n'eut pas besoin de lire dans les pensées pour l'entendre. (La voix de Trent emplissait l'habitacle.) Jamais, même dans mes rêves… Je pensais que l'AEC nous permettrait de percevoir les émotions de l'autre, mais ça !

— Trent, attends. De quoi tu parles ?

— C'est formidable ! Une communication d'un tout nouveau genre… Plus de filtres ni de barrières ! Et dire que je doutais de toi ! Tant que nous n'étions pas connectés, j'ai imaginé toutes sortes de choses : que nous n'étions pas liés émotionnellement, ou même que tu étais amoureuse de quelqu'un d'autre, mais maintenant je me rends compte que c'était ridicule. Bien sûr que tu m'aimes !

On touche le fond, songea Briddey.

— Tout se passe encore mieux que je l'espérais. La télépathie ! J'ai hâte de te voir. J'arrive !

— Non, ce n'est pas une bonne idée, tempéra-t-elle. Pas avant que tu m'aies raconté ce qui s'est passé. Je ne comprends rien à ce que tu dis, Trent. Calme-toi et explique-moi ce…

— Je te dirai ça une fois chez toi. J'en ai pour quelques minutes.

Quinze minutes seulement séparaient l'immeuble de Trent et l'appartement de Briddey, tandis que C.B. et elle en avaient pour une demi-heure de trajet. Il fallait trouver le moyen de le retarder.

— Non ! s'écria la jeune femme. Je veux dire… Je suis encore au lit, je dois prendre une douche… (Elle jeta un coup d'œil vers C.B., espérant de l'aide de sa part, mais il avait les yeux rivés sur la route.) Écoute, si on se donnait rendez-vous au *Piazza Venetia* à 10 heures ? On y sert un brunch au champagne…

— Tu plaisantes ? Je veux te voir tout de suite ! Et dans un endroit où nous serons seuls.

Oh, bon sang ! Elle avait oublié qu'il avait promis de la demander en mariage sitôt leur connexion en place. Et s'il… ?

— Je ne peux pas te parler au *Piazza Venetia*, poursuivait Trent. Je doute que tu réalises l'importance de cette nouvelle !

Si, je me rends très bien compte, répliqua Briddey avec tristesse.

— Ne pouvons-nous pas d'abord nous retrouver pour un brunch et ensuite retourner chez m... ?

— Non, nous devons absolument discuter, et hors de question de le faire en public.

— Pourquoi ne viendrais-je pas chez toi, plutôt ? proposa Briddey. Tu sais que ma famille risque toujours de débarquer à l'improviste, et...

— Pas de si bonne heure, et ni avec ce temps. Habille-toi. Ou mieux, reste au lit...

Je me trompais, pensa Briddey. *On n'avait pas encore touché le fond.*

— ... toute chaude et sexy, et quand je serai là, je...

— Trent, arrête ! l'interrompit Briddey, au désespoir. Tu dis n'importe quoi. De la télépathie ? Je ne vois pas de quoi tu parles. L'AEC ne rend pas télépathe...

Il ne l'écoutait pas.

— J'arrive dès que possible, insista-t-il.

— Non, attends. Mon frigo est vide. Pourquoi n'irais-tu pas faire des courses pour le petit déjeuner en chemin ?

— Comment peux-tu penser à manger dans un moment pareil ? Bon, d'accord. À tout à l'heure, dit-il avant de raccrocher.

— Il va chez moi, soupira inutilement Briddey.

— Il faut donc que je te dépose chez toi pour que tu te changes avant qu'il arrive, conclut C.B. en appuyant sur l'accélérateur.

— Désolée de ne pas pouvoir t'accompagner chez le traiteur.

— Pas grave. Je t'ai enseigné les moyens de défense de base.

Je ne parlais pas de ça, pensa-t-elle.

Mais C.B. non plus ne l'écoutait pas.

— Tout ce dont tu as besoin pour ne pas être assaillie par les voix, c'est un périmètre de sécurité et une pièce refuge, reprit-il. Et tu as les deux.

— Et les paroles de *Teen Angel*, ajouta-t-elle.

— Oui, même si *Get Me to the Church on Time* me paraît plus approprié, étant donné la situation, marmonna-t-il en accélérant encore.

— Crois-tu pouvoir me déposer là-bas avant que Trent arrive ?

— Oui, avec un peu de chance, répondit-il.

Elle en déduisit qu'il écoutait Trent et suivait sa progression. Il devait déjà être en route, car C.B. ne cessait d'accélérer, tapotant son volant avec impatience dès qu'il s'arrêtait à un feu rouge. Ils risquaient d'arriver après Trent. Elle ferait mieux de réfléchir à un scénario expliquant pourquoi C.B. et elle avaient passé la nuit ensemble.

Ma voiture est tombée en panne alors que je rentrais de chez Tante Oona, et il a dû venir me chercher. Non : pourquoi n'aurait-elle pas appelé Trent ? ou ses sœurs ? De plus, ça n'expliquerait pas pourquoi ils étaient tous les deux trempés. Ni pourquoi la voiture de Briddey était garée juste devant son immeuble.

Elle regarda C.B., espérant qu'il lui proposerait une solution ou dirait au moins quelque chose à propos des règles du bien mentir. Mais il observait la chaussée devant lui, les mâchoires crispées. *Parce que ça va être trop juste ? Ou parce que lui aussi a conscience que tout va changer ?*

Elle regretta amèrement que sa connexion à Trent se soit produite à ce moment-là. Elle aurait tant aimé que C.B. l'emmène chez le traiteur et lui apprenne comment isoler une voix, de façon à pouvoir lire dans ses pensées.

Peut-être qu'après tout c'est mieux ainsi. Et si elle découvrait qu'elle n'était pour lui qu'une source d'ennuis, qu'il n'avait qu'une hâte : se débarrasser d'elle en la déposant chez elle ?

Il a raison. La télépathie est une très mauvaise idée. Malgré le chauffage, elle frissonna. À travers la vitre embuée, elle regarda sans les voir les rues détrempées. Tous les petits bonheurs que la matinée lui promettait venaient de s'évaporer. L'odeur de terre mouillée s'était muée en boue, sous un ciel gris déprimant. L'animateur radio avait raison aussi : c'était vraiment un matin pourri.

Je n'en voudrais pas à C.B. de vouloir se débarrasser de moi. Il avait consacré ces derniers jours à voler à son secours alors qu'elle était en pleine crise d'hystérie et l'accusait de bloquer Trent ; ce qui, à l'évidence, était complètement faux.

J'aurais préféré que ce soit ça, pensa-t-elle avec nostalgie. Mais non. Elle allait donc devoir mentir pour convaincre Trent qu'ils n'étaient pas télépathes, même si elle ne voyait pas du tout quoi inventer, qu'importe le nombre de règles du bien mentir qu'elle appliquerait.

Il faudrait lui dire la vérité. Tant pis pour les conséquences, cela vaudrait mieux que ces mensonges incessants…

— Non, pas du tout, intervint C.B. Ce serait pire. Bien pire. C'est pourquoi nous allons veiller à ce que ça n'arrive pas.

Il enfonça la pédale d'accélérateur à fond, projetant des gerbes d'eau sur son passage et jurant comme un charretier chaque fois qu'il devait s'arrêter.

On a tous les feux rouges, remarqua Briddey en observant C.B. Les mains agrippées fermement au volant, il paraissait encore plus sombre. Avait-il peur de ne pas la déposer chez elle à temps ? ou que Trent y soit déjà ?

—Non, il n'y est pas, dit C.B. en mettant le clignotant. (Ils tournèrent dans sa rue.) Il n'est pas encore à Broward.

Trent s'était donc bel et bien arrêté en chemin pour acheter de quoi petit-déjeuner. Quel soulagement ! Malgré tout, cela lui laissait peu de marge.

—Je sais, commenta C.B. en descendant sa rue. Je pense que je ferais mieux de te déposer juste devant ton immeuble.

Comme un type qui n'a qu'une hâte : larguer sa copine, pensa-t-elle.

Sitôt la voiture immobilisée, Briddey ouvrit la portière, très reconnaissante d'avoir une pièce refuge pour que C.B. ne soit pas témoin de son humiliation suprême.

—Attends, dit-il en la retenant par le bras. Avant que tu t'en ailles… (Pleine d'espoir, Briddey se pétrifia, la main sur la portière, attendant la suite.) Ne dis à Trent que le strict nécessaire sur la télépathie. Surtout, garde pour toi le fait que tu entendes d'autres voix. Pour l'instant, il ne perçoit que la tienne, et il croit que c'est grâce à votre lien affectif. Il ne lui viendra même pas à l'esprit que tu sois connectée à quelqu'un d'autre. Le seul moyen qu'il ait de l'apprendre, c'est que tu le lui dises. Et tu ne dois pas le faire. C'est très important. Ne lui dévoile pas non plus les causes de la télépathie, les gènes R1b irlandais…

Car, si Trent découvre que j'entends d'autres voix, il sera aussi au courant pour toi, songea-t-elle. *Et c'est ce qui compte réellement, n'est-ce pas ? Qu'il ne sache rien sur toi.*

Elle ne pouvait guère lui en vouloir. Il lui avait sauvé la vie, lui avait enseigné comment se défendre contre les voix. Et il lui avait promis de l'emmener aux chutes du Niagara pour leur lune de miel.

—Ne t'inquiète pas, le rassura-t-elle. Je ne dirai rien sur toi. (Elle sortit de la voiture.) Merci pour tout, reprit-elle avant de fermer la portière.

Elle rejoignit l'entrée de son immeuble en courant, impatiente de s'y engouffrer avant que C.B. puisse ajouter quoi que ce soit.

Quand se mettrait-elle en tête que ça ne marchait pas ainsi, qu'il n'y avait pas moyen d'échapper à sa voix ?

Ce n'est pas ça, la détrompa-t-il. *Briddey, écoute, tu n'as pas conscience des implications. Ce n'est pas pour mon secret que je m'inquiète, c'est pour… Merde, il a dû avoir tous les feux verts. Rentre vite !*

Surprise, elle se retourna : C.B. s'éloignait en vitesse en faisant hurler le moteur de sa Honda. La Porsche de Trent apparut un peu plus loin, au coin de la rue.

Chapitre 22

« — Hé, où allez-vous avec cet éléphant ?
— Quel éléphant ? »

Jumbo, la sensation du cirque

Briddey se précipita sur la porte d'entrée et monta jusqu'à son appartement, fouillant dans ses poches à la recherche de ses clés. Elle réussit à les faire tomber, puis à insérer la mauvaise dans la serrure. *Ça ne sert à rien de paniquer*, se raisonna-t-elle, cherchant la bonne.

Elle déverrouilla la porte, claqua le battant derrière elle et se rua dans sa chambre. Elle ôta ses boucles d'oreilles qu'elle jeta dans un tiroir puis se hâta de rejoindre son lit pour se déchausser.

Non, mieux valait ne pas s'y asseoir. Elle allait tout mouiller. Elle s'y appuya et défit les lanières de ses chaussures, luttant avec les attaches trempées. Elle les fourra ensuite sous le lit et s'apprêtait à faire de même avec sa pochette de soirée quand son téléphone sonna.

C'est peut-être C.B. qui veut me prévenir de quelque chose, pensa-t-elle. Elle décrocha.

C'était Kathleen.

— Je ne peux pas te parler maintenant, trancha Briddey.

Elle raccrocha, fila dans la salle de bains puis retourna dans le salon mettre le verrou pour obliger Trent à frapper. Cela lui permettrait de gagner deux ou trois minutes, ce qui hélas ne lui suffirait pas pour prendre une douche. Cela dit, elle avait déjà les cheveux trempés, Trent n'y verrait que du feu. Elle fit couler l'eau chaude afin de répandre de la vapeur dans la pièce, regrettant sincèrement de ne pas avoir le temps de se doucher. Elle était frigorifiée.

Son portable se remit à sonner.

—Écoute, Kathleen, dit-elle, je te jure que ce n'est pas le moment…

—Je sais, l'interrompit sa sœur. Trent est là, c'est ça ?

Non, mais il va débarquer d'une minute à l'autre, et…

—Je vais faire vite. J'ai un très gros problème, et je n'ai personne d'autre à qui me confier. Je suis chez Mary Clare. Elles se préparent à aller à la messe. Mary Clare n'a qu'une obsession : le fait que Maeve continue à l'exclure…

—Kathlee…

—Quant à Tante Oona, elle se contentera de me dire d'arrêter de rencontrer des mecs et de sortir avec Sean O'Reilly. Il faut que je parle à quelqu'un. Je me suis inscrite sur le site Lattes'n'Love, et j'étais censée boire un café avec un certain Landis. Il est gestionnaire d'un fonds de placement spéculatif, il est super beau et…

Si Briddey attendait que Kathleen fasse une pause, même pour reprendre sa respiration, ça ne risquait pas d'arriver.

—Ka…

—Ce que je veux dire, c'est que c'est exactement le genre d'homme que je recherche, mais, quand je suis allée le retrouver au *Starbucks*…

—Vraiment, je n'ai pas le temps de discuter. Je te rappelle dès que possible, d'accord ? dit Briddey alors que Kathleen parlait toujours.

Elle raccrocha, éteignit son téléphone et retourna vers la salle de bains tout en commençant à enlever sa robe.

Trop tard : Trent frappait déjà à la porte.

—J'arrive ! lança-t-elle.

Elle ferma le robinet de la douche et attrapa son peignoir, regrettant de ne pas pouvoir le boutonner jusqu'au menton. D'un geste ferme, elle noua la ceinture autour de sa taille avant de s'assurer que le décolleté de sa robe n'apparaissait pas. Une serviette enroulée autour de la tête, elle quitta la pièce d'un pas précipité.

—Briddey ! appela Trent dans le couloir.

Elle l'entendit secouer la poignée. Pieds nus, elle rejoignit la porte d'entrée – rebroussant chemin à la dernière seconde pour fermer la porte de la chambre –, inspira un grand coup pour reprendre ses esprits, et ouvrit.

Le poing levé, Trent s'apprêtait à frapper une nouvelle fois.

La pluie a dû se calmer, pensa Briddey. Sa chemise et son chino n'étaient même pas humides, et seules quelques gouttes parsemaient ses cheveux soigneusement peignés.

—Pourquoi avoir verrouillé la porte ? s'étonna-t-il.

—Chut, souffla-t-elle, contrariée de le voir si propre et net. Tu vas réveiller tout l'immeuble.

D'une main, elle ouvrit un peu plus la porte, l'autre serrant l'encolure de son peignoir.

Trent entra.

— Manifestement, tu ne m'as pas entendu t'appeler.

— J'étais sous la douche.

— Non, je veux dire mentalement. Tu ne m'as pas du tout entendu ?

— Non.

— Tu dois te concentrer davantage. Je n'ai pas cessé de t'appeler tout le temps que j'attendais devant la porte. Je n'arrive toujours pas à y croire ! La télépathie !

Il voulut la prendre dans ses bras, mais elle se déroba.

— Laisse-moi d'abord me sécher les cheveux et m'habiller, répliqua-t-elle en se dirigeant vers sa chambre. Va donc préparer le petit déjeuner… (Voyant ses mains vides, elle s'interrompit, sourcils froncés.) Je croyais que tu devais t'arrêter en chemin faire des courses ?

— J'allais le faire, mais j'ai décidé qu'il fallait absolument que je te voie !

Alors, si tu es venu directement, comment se fait-il que C.B. et moi soyons arrivés avant toi ?

— Je doute que tu saisisses l'ampleur du phénomène, ma chérie, dit-il avec enthousiasme. Au mieux, j'espérais qu'on pourrait se transmettre nos émotions. Jamais je n'aurais imaginé être capable de lire dans tes pensées !

Avec un peu de chance, tu n'y arrives pas encore, sinon tu saurais que je cherche désespérément à aller dans ma chambre pour enlever cette robe, avant que tu t'aperçoives que je la porte encore.

— La télépathie, tu te rends compte ? exulta Trent. Pas étonnant qu'il ait fallu du temps pour notre premier contact ! Je craignais qu'on échoue à se connecter, puis tu es partie au beau milieu de la pièce, sans explication… et devant les Hamilton ! Et enfin, ce matin, tu étais là, en train de me parler. C'est fantastique ! J'ai encore du mal à réaliser que ce soit vrai.

Tant mieux, pensa Briddey.

— Ça ne l'est peut-être pas, modéra Briddey. D'après le docteur Verrick, certaines émotions sont si puissantes que la personne qui les reçoit croit entendre des mots…

— Ce n'étaient pas des émotions. Tu m'as parlé. Je t'ai entendue, et tu m'as entendu. Nous étions liés par télépathie.

— Mais comment serait-ce possible ? La télépathie, ça n'existe pas. Comment aurions-nous pu entendre les pensées de l'autre ?

— Comment ça, entendre les pensées de l'autre ? demanda Trent d'un ton vif. Pas seulement communiquer l'un avec l'autre ? Qu'as-tu entendu ?

— Je… Euh…

— Dis-moi exactement. Mot pour mot.

C'était la dernière chose qu'elle souhaitait.

— J'ai cru t'entendre m'appeler…, commença-t-elle, hésitante. Puis j'ai senti que tu disais m'entendre.

— Et c'est tout ?

— Oui, répliqua-t-elle.

Trent sembla soulagé. Pourquoi ? Il s'était tellement réjoui à l'idée qu'ils communiquent par télépathie. Elle ne s'attendait pas à cette réaction.

— Et toi, qu'as-tu entendu ? demanda-t-elle à son tour.

— Tu disais « Où es-tu ? », et tu croyais que je ne t'entendais pas. Ensuite, tu avais peur de m'avoir perdu.

Je parlais de C.B., songea-t-elle. Aussitôt, elle pria pour que Trent ne l'ait pas entendue prononcer ce nom.

— Autre chose ? s'enquit-elle.

— Seulement des fragments.

Tant mieux. La situation était moins grave qu'elle le craignait. Au moins, elle n'avait rien dévoilé au sujet de C.B. ni de l'endroit où elle avait passé la nuit.

— Je t'ai entendue dire que tu avais froid, ajouta Trent. Il y avait aussi quelque chose à propos des essuie-glaces. Tu n'es pas sortie, ce matin ?

Elle résista à l'envie de resserrer davantage les pans de son peignoir.

— Non, je viens de me lever. Je me souviens d'avoir pensé que le sol était froid, mais rien à propos d'essuie-glaces. Tu es sûr que tu n'as pas imaginé… ?

— Certain. Peut-être qu'en voyant le temps qu'il faisait tu as pensé à moi en train de conduire sous la pluie. Je n'ai pas perçu la suite. Ta voix s'est éteinte, puis plus rien de tout le trajet. Mais je crois que c'est parce que je cherchais à te joindre. Je ne dois pas pouvoir à la fois émettre et recevoir.

Si seulement c'était vrai, regretta Briddey en silence. Mais elle devait conforter Trent dans cette croyance : cela le dissuaderait peut-être de l'écouter, du moins parfois.

— Ça me paraît logique, commenta-t-elle. Ou peut-être que c'était un coup de chance ; un phénomène qui s'est produit parce que nous étions dans un demi-sommeil.

— Non, car lorsque j'ai tourné dans ta rue, je t'ai à nouveau entendue. Tu disais « Dépêche-toi » et « écoute », puis il y a eu un mot que je n'ai pas compris.

Faites que ce ne soit pas « C.B. ».

— « Clochette », ou « pochette » ? Tu l'as répété une ou deux fois.

Ma pochette de soirée, pensa Briddey avec soulagement. Elle se souvint qu'elle s'apprêtait à la cacher sous le lit au moment où Kathleen lui avait téléphoné.

— Alors, qu'essayais-tu de me dire ? l'interrogea Trent.

— Que je culpabilisais à l'idée que tu sortes sous la pluie, improvisa-t-elle.

Avait-elle eu le temps de glisser la pochette sous le lit ? Elle avait pris son portable...

— Oh, disait Trent. Je n'ai rien reçu, ni les mots ni les émotions. En fait, je n'ai perçu aucune émotion venant de toi.

Ouf ! S'il avait ressenti à quel point leur connexion la contrariait, ou sa tristesse quand elle avait cru avoir perdu sa capacité à entendre C.B...

— Si ça se trouve, il est possible de percevoir des mots *ou* des émotions, pas les deux en même temps, supposa Trent. Il faut poser la question au docteur Verrick.

Il sortit son téléphone.

Non.

— Tu ne vas tout de même pas l'appeler maintenant ! On ne sait même pas ce qui s'est exactement passé, et il est absent. Qui sait l'heure qu'il est au Maroc !

— Peu importe. Il a dit de l'appeler si on établissait le contact, ou si quelque chose d'inhabituel se produisait. Les deux sont arrivés. J'ai déjà appelé avant de venir ici.

Oh, mon Dieu !

— Tu lui as raconté ce qui s'est passé ? s'affola Briddey.

— Non, juste qu'on devait discuter, répondit-il en faisant défiler ses messages. Je n'ai pas encore eu de retour. J'ai laissé des messages à son cabinet et sur sa boîte vocale. J'ignore pourquoi personne ne m'a encore recontacté.

Parce qu'on est dimanche matin. Comment empêcher Trent de tout dévoiler au docteur quand il réussirait à le joindre ?

— Tu ne crois pas qu'on devrait attendre d'en savoir plus sur le phénomène en question avant de le rappeler ? proposa-t-elle. Si ça se trouve, ça ne va pas durer. N'oublie pas qu'on parle de télépathie. Il va croire qu'on est devenus fous.

De manière étonnante, Trent répliqua :

— C'est vrai. On doit lui apporter une preuve.

— Une preuve ?

— Oui, comme les tests d'expériences extrasensorielles, où une personne pense à un objet et une autre doit dire ce que c'est. Tiens, je vais aller dans la chambre et toi, tu…

Non! pensa-t-elle, se retenant de se jeter sur la porte pour l'empêcher d'entrer.

— On le fera après le petit déjeuner. Je vais nous préparer une omelette…

— On mangera tout à l'heure, insista Trent en s'avançant vers la chambre. Je veux faire le test maintenant, au cas où le docteur Verrick rappellerait. Pense à un objet… (il allait poser la main sur la poignée) … et concentre-toi sur cette image pendant trente secondes.

— Mais, s'il faut des preuves, ne faut-il pas enregistrer des données? demanda Briddey. (À l'évidence, Trent ne captait aucune de ses émotions, sans quoi il aurait su qu'elle était au bord de la panique.) Il y a des stylos et du papier dans le tiroir de gauche de mon bureau, précisa-t-elle pour l'éloigner de la chambre.

Pendant qu'il fouillait le meuble, elle se posta devant la porte.

— Je vais dans la chambre, déclara-t-elle quand Trent revint. Toi, tu peux aller dans la cuisine préparer le petit déjeuner, puisque tu n'as rien apporté.

— On doit être concentrés, objecta-t-il.

— Je sais, mais je meurs de faim.

— Bon, très bien, même si je ne vois pas comment tu peux songer à manger dans un moment pareil. (Il lui tendit un papier et un stylo.) Je penserai à dix choses différentes, chaque fois pendant une minute entière.

— Ensuite, je t'en enverrai dix moi aussi, répliqua Briddey. (*Ça devrait me laisser le temps de quitter cette robe compromettante.*) D'accord?

Avant que Trent puisse protester, elle entrouvrit la porte de la chambre, se glissa à l'intérieur et referma derrière elle.

Elle avait bien fait: sa pochette de soirée trônait sur le lit, à la vue de tous. Briddey regarda avec envie le verrou de la porte, regrettant de ne pouvoir l'enclencher, mais elle craignait que Trent entende le cliquetis.

Elle colla l'oreille au battant pour s'assurer qu'il était bien parti dans la cuisine.

— Écris tous les mots ou les images que tu reçois, lança-t-il à travers la porte. Ou les émotions.

— OK! répliqua-t-elle.

L'oreille toujours sur le battant, elle attendit qu'il s'éloigne puis se jeta sur la pochette de soirée mouillée et la fourra sous le lit. L'eau avait taché le couvre-lit. Elle déroula la serviette autour de sa tête et la posa en tas à l'endroit humide avant de retourner précipitamment à la porte.

— Prête ? cria Trent.

— Attends, je dois sortir mon portable pour chronométrer le test.

Elle se rua pour le prendre sur sa commode et se hâta de retourner à la porte, contre laquelle elle s'appuya tandis qu'elle allumait son appareil, afin que Trent ne puisse pas ouvrir brusquement.

Kathleen avait laissé quatre messages. Elle mit le portable en mode silencieux, programma le chronomètre et glissa le téléphone dans la poche de son peignoir.

— OK, je suis prête !

Je pense à la cafetière, dit-il. *La cafetière.*

Il a raison, pensa-t-elle. *Notre connexion se renforce.* Mais, au moins, Trent était concentré sur l'envoi des messages et ne l'écoutait plus. Le fait qu'il ait pensé « cafetière » prouvait qu'il se trouvait dans la cuisine. Elle pouvait donc ôter sa robe en toute sécurité.

Elle verrouilla la porte de sa chambre, défit son peignoir, l'enleva d'un coup d'épaule, dézippa sa robe et la fit tomber à ses pieds.

La Joconde, pensa Trent.

Briddey ouvrit le placard et décrocha un cintre sur le portant, prenant soin de ne pas faire de bruit.

Du bacon.

Elle suspendit la robe puis drapa un imperméable dessus, pensant : *J'aurais dû le mettre hier soir.* Elle fourra le cintre tout au fond et referma discrètement le placard.

Du jasmin, dit Trent.

Du jasmin ? Il doit être en train de regarder les boîtes de thé, déduisit-elle. *Il est donc toujours dans la cuisine. J'ai le temps de m'habiller.*

Toutefois, elle était censée se concentrer sur les mots qu'il lui envoyait. Mieux valait remettre son peignoir. Elle enfila des sous-vêtements secs, brossa ses cheveux mouillés puis s'assit sur le lit, réfléchissant à ce qu'elle allait écrire sur sa liste.

Il en était déjà au numéro sept, et elle avait entendu chaque mot. De toute évidence, il ne fallait pas que Trent le sache, mais noter de mauvaises réponses ne suffirait pas à le persuader de l'absence de télépathie. Il penserait peut-être qu'il y avait un problème, et voudrait contacter le docteur Verrick sur-le-champ. Cependant, si elle écrivait les bonnes réponses…

Elle regretta de ne pas pouvoir demander conseil à C.B. Il était parti et l'avait abandonnée. D'ailleurs, si elle voulait garder leur relation secrète, elle ne devait même pas penser à lui.

— Ça fait dix ! lança Trent. Alors, tu les as eus ?

— Pas tous, répondit-elle.

Elle s'empressa de numéroter la feuille puis écrivit « réveil » à la place de « cafetière », « parfum » pour « jasmin », « bec » pour « bacon », suivi de mots au hasard pour trois autres – « chaton », « oreiller » et « bâtiment » –, et enfin des points d'interrogation pour les derniers.

— Fais voir, dit Trent à travers le battant.

— Attends que je t'aie envoyé les miens. Retourne dans la cuisine.

Elle posa la liste de Trent sur la commode avant d'aller dans sa pièce refuge pour penser à une liste de mots sans que Trent les entende. *Je n'enverrai rien*, pensa-t-elle, *et je lui dirai...*

— Tu envoies quelque chose ? demanda Trent, toujours à travers la porte. Je ne reçois rien.

Tant mieux... Au moins, ça veut dire que ma pièce refuge est efficace, se rassura-t-elle.

— Oui ! cria-t-elle.

— Eh bien, il n'y a rien du tout. Peut-être qu'on devrait laisser tomber et attendre de voir le docteur Verrick à l'hôpital...

Non.

— En fait, peut-être que je ne me concentre pas assez. Laisse-moi réessayer. Retourne dans la cuisine, je vais recommencer.

Elle allait devoir lui envoyer quelque chose. Mais quoi ? Pas les mots dont elle venait de faire la liste.

À la va-vite, elle en composa une deuxième, avec des mots aussi différents que possible de la première. Des mots auxquels il n'aurait jamais pensé, comme « gaz lacrymogène », « pétunia » et « Angkor Vat ».

Mais n'enverrait-elle que des mots ? D'après C.B., personne ne pouvait entendre ses pensées tant qu'elle restait dans sa pièce refuge. Toutefois, ça ne faisait que quelques heures qu'elle l'avait construite. Mieux valait protéger ses pensées, juste au cas où.

— Briddey ! appela Trent. Je ne reçois toujours rien.

— Je commence juste, rétorqua-t-elle.

Elle dit : *Pétunia. Je répète : pétunia.* Puis elle entonna le générique de *L'Île aux naufragés*. Malgré tout, son esprit ne cessait de revenir au moyen d'empêcher Trent d'appeler le docteur Verrick à la fin du test. Et de garder ses distances avec lui. Il avait dit qu'une fois qu'ils seraient connectés il la demanderait en mariage, et maintenant...

N'y pense pas, se sermonna-t-elle. Elle commença à réciter *The Highwayman*, mais elle avait oublié le texte, et ses pensées dérivèrent sur les propos de C.B. : « Ce n'est pas pour mon secret que je m'inquiète. » Qu'avait-il voulu dire ?

Son portable vibra.

Kathleen, bougonna-t-elle. *Comme si j'avais besoin de ça.* Puis elle se ravisa : *Et si je me servais d'elle pour faire écran ? Tout ce qu'elle dira n'aura aucun rapport avec tout ça. Donc peu importe si Trent m'entend.*

Elle décrocha.

— Kathleen ? Attends une seconde, souffla-t-elle.

Elle se dirigea à pas feutrés vers la salle de bains et referma la porte pour que Trent ne l'entende pas. Assise sur le bord de la baignoire, elle programma l'alarme de son téléphone pour dix minutes plus tard et reprit :

— OK, vas-y, je t'écoute. Tu avais un rencard avec le type parfait du site Lattes'n'Love...

— Oui, répliqua Kathleen d'une voix morne, mais il était en retard. Pendant que je poireautais, j'ai discuté avec le serveur. Il s'appelle Rich, et il est super sympa.

— Hmm..., dit Briddey.

Elle écoutait les bavardages de sa sœur tout en envoyant de temps à autre à Trent un mot de sa deuxième liste : « gaz lacrymogène », « endive », « course automobile ».

— Quoi qu'il en soit, conclut Kathleen, maintenant, je crois qu'il me plaît bien et l'autre, plus tellement...

Je n'aurais pas dû faire ça, regretta Briddey. *Parler à Kathleen était une erreur.*

— Je ne sais pas quoi faire, poursuivit sa sœur. C'est un tel bazar ! Je ne sais même pas si Rich m'apprécie. Si ça se trouve, il était juste gentil avec moi.

Ou il avait pitié d'une pauvre hystérique qu'il essayait de calmer. Et, quand j'ai dit : « Pas de béguin sans espoir », il a vu l'occasion de me laisser tomber en douceur...

— Peut-être que ça n'avait aucune importance, pour lui ? s'inquiétait Kathleen. Ce n'est pas comme s'il m'avait demandé mon numéro de portable.

Ou s'il était resté ici pour m'aider.

Si Trent l'entendait penser à ça...

— Il faut que j'y aille, l'interrompit Briddey.

— Mais dis-moi ce que je dois faire ! gémit Kathleen.

Je ne sais pas quoi faire, pensa Briddey. L'alarme de son portable se déclencha.

— Écoute, j'ai un autre appel auquel il faut que je réponde. Je te recontacte plus tard.

Elle raccrocha, déchira en petits morceaux la liste qu'elle venait d'envoyer à Trent et la fit disparaître dans le lavabo. Elle récupéra la première liste dans la chambre, déverrouilla la porte, s'assit sur le lit et attendit Trent, réfléchissant à ce qu'elle dirait s'il la demandait en mariage.

Je ne peux pas le laisser faire, se dit-elle. *Je dois trouver un moyen de le retarder…*

Formidable, entendit-elle Trent penser avec dégoût.

Elle se pétrifia. *Oh, non ! Il m'a entendue.*

Je n'arrive pas à croire que je sois obligé de l'écouter, lui aussi.

Il entend quelqu'un d'autre ! comprit Briddey.

Comment était-ce possible ? Il n'entendait Briddey que depuis ce matin ! Pour elle, il s'était écoulé plus de quarante-huit heures entre le moment où elle avait entendu C.B. pour la première fois et celui où elle avait commencé à percevoir d'autres voix. À l'évidence, d'après sa réaction, ce n'était pas la première fois que Trent entendait l'autre voix. Ça expliquait pourquoi il n'avait pas été surpris en percevant celle de Briddey : parce qu'elle n'était pas la première !

Alors pourquoi avoir dit que leur connexion prouvait qu'ils étaient liés émotionnellement ? S'il était capable d'entendre d'autres voix, il savait que ça ne marchait pas comme ça…

Non, je ne peux pas te retrouver, dit Trent. *Ça devra attendre demain.*

Il n'entend pas seulement une autre personne, réalisa Briddey, choquée. *Il discute avec elle ! Mais… comment ?*

Je n'arrive pas à croire que je sois en train de perdre mon temps là-dessus alors que je devrais communiquer avec Briddey. Comment a-t-il eu mon numéro, d'abord ?

Il n'est pas connecté à quelqu'un d'autre. Il discute au téléphone, et je lis dans ses pensées pendant ce temps ! comprit Briddey. Elle plaqua l'oreille à la porte pour s'en assurer.

En effet, elle l'entendait parler à voix haute, sans distinguer ses propos. Qui donc pouvait l'appeler à cette heure si matinale ?

Oh, pourvu que ce ne soit pas le docteur Verrick, espéra-t-elle, mais Trent voulait absolument lui parler. Était-ce quelqu'un de l'hôpital qui refusait de lui passer le numéro du chirurgien ?

Quoi qu'il en soit, dit Trent, *je n'en ai plus besoin, maintenant que j'ai…* Ses pensées se firent moins distinctes avant de redevenir claires. *J'imagine que je vais être obligé de le voir… Prends rendez-vous avec ma secrétaire…*

C'était un appel professionnel, voilà tout. Soulagée, Briddey se laissa tomber sur le lit. Son pied heurta quelque chose : l'une de ses chaussures, qu'elle n'avait pas assez poussée. Elle se mit à quatre pattes, récupéra le soulier et s'apprêtait à ramasser l'autre quand elle entendit Trent dire : *Je dois dire à Briddey que je n'ai pas entendu les deux derniers mots.*

Elle n'eut que quelques secondes, mais cela lui suffit pour se préparer. Quand Trent ouvrit la porte, les chaussures étaient sous le lit, la porte du placard fermée, le téléphone dans sa poche. Assise au bord du lit, Briddey s'empressa d'ajouter « rougeole » à la liste de mots qu'elle était censée envoyer.

Elle se leva et lui tendit le papier.

— Le petit déjeuner est prêt ? s'enquit-elle. J'ai une faim de loup.

Elle passa devant Trent pour sortir de la chambre et gagner la cuisine.

La table n'était pas mise, et il n'y avait aucun ustensile sur la gazinière.

— Je croyais que tu allais nous préparer le petit déjeuner, lui reprocha-t-elle.

— Je n'ai pas eu le temps, marmonna Trent en comparant les deux listes. J'ai bien reçu six des mots que tu as envoyés.

Six ? s'étonna Briddey. *Comment a-t-il fait ? Il n'a pas pu trouver « rougeole », c'est impossible. Ni « Angkor Vat ». Et il a dit qu'il avait manqué les deux derniers.*

— Tu vois ? dit-il en lui montrant sa propre liste. Le deuxième, c'était « couche », et j'ai écrit « personne ». Manifestement, je recevais l'image d'un bébé, et pour « rougeole », j'ai écrit « tomate ». Les deux sont rouges.

Sa définition d'une bonne réponse se rapprochait de l'interprétation fumeuse du docteur Rhine.

— Quelles autres images as-tu reçues ? demanda Briddey en lui prenant la liste des mains.

Il avait écrit « pétunia » et « course automobile ». Il avait donc reçu correctement deux des mots qu'elle avait envoyés. Il avait également noté « fonds », « star, *Starbucks* ? » et « abandonnée ». Ce qui signifiait qu'il avait perçu des fragments de sa conversation avec Kathleen.

— Tu es sûre que tu n'as pas envoyé ces mots ? demandait-il en désignant « cigarette » et « fonds » sur sa liste.

— Sûre et certaine, répondit-elle d'un ton ferme.

— Peut-être que tu y pensais en rapport à l'image que tu envoyais. Comme le bébé qui pouvait être au fond de son berceau ?

— Non.

— Oh, dit-il, déçu. Voyons la liste des mots que je t'ai envoyés.

Elle le regarda en pensant : *Dieu merci, j'ai eu la présence d'esprit de mettre des points d'interrogation pour certains d'entre eux, sinon, d'après son interprétation, j'aurais eu dix sur dix, même en écrivant n'importe quoi.*

Effectivement, il la félicita pour le mot « bâtiment ».

— Je t'envoyais *La Joconde*, se réjouit-il, et il ne fait aucun doute que tu as reçu une image du Louvre. (Il fronça les sourcils.) Tu n'as pas du tout reçu « spaghettis » ?

— Non.

— Et les émotions ? J'ai essayé de t'en envoyer avec les images.

— Non, je n'en ai reçu aucune. Mais, quand j'émettais des mots, j'ai entendu un téléphone sonner. Y pensais-tu, ou quelqu'un t'a-t-il réellement appelé ?

— On m'a appelé, répondit Trent d'un air dégoûté. C'était ce crétin de C.B. Schwartz. Il voulait que j'aille voir une de ses applications débiles.

Non, songea Briddey. *Il tentait de me venir en aide.* Aussitôt, son moral remonta en flèche. *Je croyais qu'il m'avait abandonnée, mais pas du tout. Il était tout le temps à mes côtés, à nous écouter.*

Trent la regardait, bouche bée. Oh, non ! L'avait-il entendue ?

— Je retire ce que j'ai dit quand j'affirmais n'avoir reçu aucune émotion de ta part, balbutia-t-il. Je viens de recevoir à l'instant… Je ne sais même pas comment le nommer… Un sentiment d'amour hyper puissant venant de toi. (Il la prit dans ses bras.) Comprends-tu ce que ça signifie, chérie ?

Oui, pensa Briddey. *Que je suis encore plus dans la panade que je le croyais.* Sur ce, elle s'enfuit dans sa pièce refuge. Trop tard : si Trent avait été capable de percevoir son émotion, C.B. aussi.

— Ça veut dire que l'AEC est encore mieux que ce que je pensais ! s'exclamait Trent. Les pensées *et* les émotions !

— Trent…

— Ça va tout changer ! On va pouvoir… (Il s'interrompit.) C'est-à-dire que… Savoir que tu m'aimes changera notre relation ! On…

Il marqua une nouvelle pause.

— Que se passe-t-il, trésor ? demanda-t-il.

Avant que Briddey ait ouvert la bouche, il ajouta :

— Rien ne t'oblige à répondre. Je perçois ce que tu ressens. Tu t'inquiètes de ne pas recevoir d'émotions venant de moi, et de constater que je t'entends mieux que toi. Ne t'en fais pas. Rappelle-toi ce qu'a dit le docteur Verrick : certains sont plus sensibles que d'autres, voilà tout. Je suis sûr que tu vas me rattraper.

Il l'attira contre lui.

— De plus, poursuivit-il, il existe d'autres moyens de communiquer. (Il fourra son nez dans le cou de Briddey.) Je parie que tu sais à quoi je pense, en ce moment. Car moi, je te garantis que je sais à quoi tu penses.

Tu as tout faux, songea-t-elle. *À cet instant, je pense que ce serait le moment idéal pour que C.B. rappelle.*

— Tu penses, dit Trent : « Allons nous mettre au lit, et… »

On frappa à la porte.

Merci ! soupira Briddey en silence avant de s'écarter de Trent pour aller ouvrir.

— Laisse tomber, on s'en fiche, murmura-t-il en l'attirant de nouveau dans ses bras.

— Non, protesta-t-elle, c'est peut-être quelqu'un de ma famille.

— Ne sont-elles pas à l'église ?

— Ça leur arrive de s'arrêter chez moi en rentrant de la messe, répondit Briddey en ôtant la main de Trent de sa manche. En plus, elles ont la clé, tu te souviens ?

— Oh, quelle barbe, bougonna-t-il.

Il la libéra.

— Je reviens dans une seconde ! lança-t-elle d'un ton jovial.

Resserrant sa ceinture et les pans de son peignoir, elle s'élança vers la porte d'entrée, se demandant comment C.B. comptait expliquer sa venue.

Il trouvera sûrement un prétexte, pensa-t-elle, confiante. Elle ouvrit la porte.

— Salut, dit Maeve. Comment se fait-il que tu ne sois pas encore habillée ?

Chapitre 23

« Faites-la à la radio. »

L'Éducation de Rita

Il s'en est fallu de peu, pensa Briddey, reconnaissante, en voyant Maeve dans l'embrasure de la porte, avec son parapluie rose et ses bottes de pluie à petits cœurs.

— Tu as oublié que tu étais censée m'emmener prendre un brunch ce matin, c'est ça, Tante Briddey ? dit Maeve en jetant un regard noir à Trent. J'avais dit à Maman que tu oublierais.

— Mais non, bien sûr que je n'ai pas oublié, mentit Briddey en se demandant à quel moment elle avait formulé cette promesse.

Peu importait : c'était là l'occasion rêvée pour échapper à Trent.

— J'ai oublié que j'avais promis à Mary Clare de l'emmener, souffla Briddey à l'intention de Trent en l'entraînant dans la cuisine. Je compte en profiter pour découvrir pourquoi elle s'est enfuie hier soir. De plus, je me disais qu'être séparée de toi m'aiderait peut-être à mieux t'entendre. Tu te souviens des propos de l'infirmière ? Il faut éviter de retourner à des modes de communication plus faciles.

— Tu as raison, concéda Trent. Ça me laissera aussi le temps de chercher un numéro où joindre le docteur Verrick. À quel restaurant l'emmènes-tu ?

Mince, elle n'avait même pas réfléchi à ce détail. Elle n'était pas sûre que ses défenses soient assez solides pour la protéger dans les lieux fréquentés, et le *Carnaval Pizza* se trouvait au centre commercial, qui serait bondé. Il lui faudrait convaincre Maeve de choisir une autre adresse, plus calme, si un tel exploit était possible un dimanche matin.

— Je ne sais pas encore, répondit Briddey. Je t'enverrai un texto.

Trent rit.

— Tu ne comprends pas, trésor ? Ce sera inutile. On peut communiquer directement, désormais. Envoie-moi des mots et des émotions comme tu l'as fait, et je le ferai aussi. Note tout ce que tu m'entendras dire.

Il lui planta un baiser sur la joue.

— Salut, mon petit sucre d'orge, dit-il à Maeve. Amuse-toi bien avec Tata.

Il sortit. Briddey dut filer dans sa cour pour s'assurer qu'il ne perçoive pas l'immense soulagement provoqué par son départ.

Maeve regardait la porte avec dégoût.

— Il me prend pour un bébé ou quoi ? La communication ne doit pas être son fort, hein, Tante Briddey ?

En effet, songea Briddey, *mais espérons qu'il ne va pas progresser trop vite.*

— Hélas, non, convint-elle en se demandant comment persuader Maeve de ne pas aller au centre commercial.

— Maman a dit que tu comptais m'emmener au *Carnaval Pizza*, mais on ne pourrait pas aller ailleurs ? s'enquit Maeve. C'est vraiment pour les gamins.

Quelle merveilleuse enfant !

— Il y a un restaurant dans le parc, suggéra Maeve. Près du lac. On peut aller là, plutôt ?

— Au parc ? Mais... il pleut.

Et il fait un froid de canard, ajouta Briddey en pensée en se remémorant son attente sous l'abribus.

— Il ne pleut presque plus, insista Maeve. En plus, on peut manger à l'intérieur.

Et l'endroit serait désert, avec ce temps.

— Tu es sûre que ce sera ouvert ? demanda Briddey.

— Oui, Danika y est allée un jour alors qu'il pleuvait des cordes, et c'était ouvert. On y mange très bien. En plus, on peut nourrir les canards.

Une activité qui n'était pas réservée aux « gamins », apparemment, mais Briddey n'allait pas chipoter. Le parc était un bien meilleur endroit que le centre commercial, et si Trent parvenait à contacter le docteur Verrick, jamais il n'aurait l'idée de la chercher là-bas. De plus, si Maeve donnait à manger aux canards, cela laisserait à Briddey le loisir de réfléchir à la suite des opérations.

D'après C.B., Trent ne devait surtout pas découvrir leur connexion, mais Briddey doutait que ce soit possible de la garder secrète. Il entendait déjà certaines de ses pensées, et à présent, s'il commençait à capter également ses émotions, il se rendrait compte qu'elle lui cachait quelque chose et lui poserait des questions. Elle ignorait si sa pièce refuge marchait aussi pour les émotions.

Il faut que je demande à C.B., pensa-t-elle. Maeve serait-elle d'accord pour qu'elles s'arrêtent au labo au passage ?

— OK pour le parc, déclara Briddey. Va chercher de quoi nourrir les canards pendant que je m'habille.

Quand Maeve se dirigea vers la cuisine, elle ajouta :

— Ça ne te dérange pas que je prenne une douche ?

— Pas de problème, répliqua Maeve. Ça mange des glaces, les canards ?

— Non, ils aiment le pain, répondit Briddey avant d'aller dans sa chambre.

Elle récupéra ses chaussures trempées et sa pochette de soirée sous le lit, les essuya avec la serviette de toilette, les emballa dedans et cacha le paquet dans le dernier tiroir de la commode.

Quand elle se retourna, Maeve était à la porte, un filet d'oignons dans une main et un pot de câpres dans l'autre.

— Est-ce que les canards mangent un de ces trucs-là ? s'enquit-elle.

— Non. Je t'ai dit qu'ils aimaient le pain.

— Mais tu n'en as pas.

— Des crackers, alors.

— OK, concéda Maeve.

Toutefois, elle ne broncha pas.

Briddey s'attendait à ce qu'elle demande : « Pourquoi as-tu caché tes chaussures ? », mais elle n'en fit rien. Au lieu de quoi Maeve constata :

— Tu n'en as pas non plus.

— Des céréales, alors, proposa Briddey.

Maeve retourna à la cuisine pour revenir aussitôt.

— Tu n'en as aucune qui soit bonne.

Par là, Maeve parlait sûrement de Trix ou de Cap'n Crunch. Ou de Lucky Charms. *Je parie qu'elle sait ce que représentent les guimauves*, songea Briddey.

Elle demanda :

— Tu peux me dire quelles formes ont les guimauves dans les Lucky Charms ?

— Pourquoi ça ? s'étonna Maeve d'un ton si suspicieux que Briddey se demanda si les Lucky Charms étaient bannis de chez elle, au même titre que les Disney.

— Je me posais seulement la question, improvisa Briddey. On en parlait avec un ami, l'autre jour, et on ne se rappelait pas s'il y avait cinq ou six sortes de guimauve.

— Il y en a huit, la corrigea promptement Maeve. Cœurs roses, fers à cheval violets, trèfles verts, lunes bleues, sabliers jaunes…

C'était donc ça, le nonosse, pensa Briddey. *Un sablier.*

— Ballons rouges, étoiles filantes orange et arcs-en-ciel multicolores. Mais on trouve la liste partout. Sur Internet, par exemple. Est-ce que les bagels, c'est comme du pain ?

— Oui, confirma Briddey, les sourcils froncés devant ce brusque changement de sujet.

— Même ceux qui ont des pépites de chocolat ?

— Où en as-tu trouvé ?

— Je n'en ai pas trouvé. Je me demandais, c'est tout. Les canards ont le droit de manger du chocolat ? Pour les chiens, c'est du poison. Une fois, Danika a laissé un Twix sur son lit, et Tootsie – c'est son chien – l'a mangé. Ils ont dû l'emmener chez le vétérinaire.

— Dans ce cas, le chocolat ne doit pas être bon pour les canards non plus, conclut Briddey. Ni le sucre. On leur donnera du muesli.

Elle poussa Maeve hors de la chambre pour enfin se doucher et chercher un prétexte expliquant ce qu'elle trafiquait avec ses chaussures et sa pochette. Connaissant sa nièce, celle-ci ne manquerait pas de l'interroger à ce sujet.

Pourtant, sa nièce n'avait pas dit un mot à propos de l'appel de C.B. la veille lui demandant de les couvrir. C'était étrange. D'habitude, elle était aussi indiscrète que Suki.

Peut-être qu'elle attend qu'on soit au parc pour me faire subir un interrogatoire en règle, supposa Briddey. Dans ce cas, il fallait échafauder un scénario plausible. Ou changer de sujet, comme Maeve venait de le faire. En espérant que Trent ne l'avait pas entendue penser « parc ».

Apparemment, non, car tandis qu'elle se lavait les cheveux, Trent demanda : *Es-tu toujours dans la voiture, en route pour le brunch ?* Suivi un instant plus tard de : *Où emmènes-tu Maeve, finalement ?*

Au Carnaval Pizza, répondit Briddey. Il ne voudrait jamais aller manger dans un endroit pareil.

Toujours pas de nouvelles du docteur Verrick, enchaîna-t-il. *Je vais à Commspan voir si le service informatique peut me trouver le numéro de sa secrétaire.*

Faire un crochet par le labo de C.B. était donc exclu. Il lui faudrait trouver autre chose. Elle finit de se doucher, se sécha les cheveux puis enfila un pull chaud, un jean et des chaussettes de laine. Elle mit également ses bottes de pluie.

— Tu as trouvé de quoi nourrir les canards ? lança-t-elle à Maeve.

— Oui, répondit la fillette.

Elle apparut dans l'encadrement de la porte avec le muesli, un sachet de bagels, une boîte de Special K, une autre de Raisin Bran, un paquet de galettes de riz soufflé et une miche entière de pain.

— J'ai aussi mis du pop-corn au micro-ondes. Tu crois que ça suffira ?

— Je pense, répondit sèchement Briddey.

Sitôt le pop-corn prêt, elles se mirent en route pour le parc.

Il pleuvait toujours autant. Seules quelques âmes courageuses bravaient le mauvais temps pour promener leur chien. Maeve ne s'était pas trompée en affirmant que le restaurant serait ouvert, mais elle avait exagéré en ajoutant qu'il serait possible de manger « à l'intérieur » : des tables et chaises métalliques étaient installées sur un patio couvert d'un auvent, d'où la pluie gouttait.

Point positif, elles étaient les seules clientes. Après les avoir assises à une table près d'un chauffage d'appoint, le serveur leur tendit des menus très humides, disparut dans la cuisine et les laissa seules en compagnie d'une nichée de moineaux frigorifiés sautillant sur le patio, à la recherche de miettes de pain.

Briddey avait convaincu Maeve de laisser dans la voiture les provisions destinées aux canards, en attendant qu'elles aient fini de manger, mais Maeve la supplia :

— Je peux prendre juste le pop-corn ? Ils meurent de faim !

— Moi aussi. Tu iras le chercher quand nous aurons commandé, trancha Briddey avant d'examiner le menu.

La « bonne nourriture » vantée par Maeve se résumait à des hot dogs, des saucisses sur bâtonnet ou des saucisses au chili, avec un large choix de glaces en dessert. Briddey commanda un hot dog avec un grand thé bien chaud.

— Dans un mug, précisa-t-elle. *Pour que je puisse mettre mes mains glacées autour.*

Maeve prit un milk-shake mangue-framboise à la crème fouettée, parsemé de vermicelles en chocolat. Briddey se demanda une fois de plus pourquoi Mary Clare s'inquiétait au sujet de sa fille. Cette dernière paraissait tout à fait normale.

— Je voudrais aussi un hot dog, dit Maeve au serveur. Maintenant, c'est bon, Tante Briddey, je peux aller chercher le pop-corn ?

La jeune femme acquiesça et lui donna la clé de la voiture. Maeve partit comme une flèche. *Tant mieux*, pensa Briddey. *Pendant qu'elle est occupée, je vais réfléchir à un moyen de contacter C.B.*

Ou pas. Il n'y avait pas de réseau dans son labo, donc impossible de le joindre là-bas, et elle ne connaissait pas le numéro de téléphone de son domicile. S'il en avait un. Avait-il un domicile, d'ailleurs ? Il alternait peut-être entre le labo, la bibliothèque et le traiteur dont il avait parlé, et dont elle ignorait l'adresse.

Son portable tinta : Trent lui avait envoyé un texto. « Pas de bol avec la secrétaire. J'ai dégotté son numéro mais elle n'est pas là. Lui ai laissé un message pour qu'elle me rappelle. Je téléphone à l'hôpital. »

Il n'évoqua pas d'éventuels mots pensés par Briddey. Peut-être était-il si concentré sur le docteur Verrick qu'il en avait oublié leur connexion. Même quand il l'avait perçue, il n'avait entendu que des fragments. Après tout, Briddey pouvait peut-être parler à C.B. par la pensée, du moment qu'elle ne prononçait pas son nom et le faisait tout de suite, avant que Trent arrive à joindre le chirurgien.

Son portable tinta à nouveau : « Je viens de recevoir un message mental de toi, écrivait Trent. J'ai entendu "appeler", "ne prononce pas son nom" et "tout de suite". Pas entendu le reste. »

Dieu merci ! pensa-t-elle. Nouveau tintement : « J'ai aussi entendu un truc à propos de "parc". Je croyais que vous alliez au *Carnaval Pizza* ? »

Oh, non. Elle s'empressa de lui répondre : « On y est. C'est bondé. On a un mal fou à se garer sur le parking. C'est ce que tu as dû entendre. » Puis elle éteignit son téléphone.

Dommage que je ne puisse pas éteindre Trent, regretta-t-elle. Donc impossible de contacter C.B. par la pensée. Il ne restait plus qu'à espérer qu'il la joindrait par ses propres moyens après avoir saisi le problème, et que Trent n'améliore pas sa capacité à entendre Briddey. Et qu'il n'arrive pas non plus à localiser le docteur Verrick. Ou elle.

Le serveur apporta leur commande, le milk-shake mangue-framboise présenté dans un récipient de la taille d'un vase.

Maeve ne mangera jamais tout ça, prédit Briddey. Elle se tourna sur sa chaise pour voir ce qui retenait sa nièce.

Celle-ci traversait la pelouse d'un pas lent, les bras chargés.

— J'ai aussi pris le muesli, et les bagels, déclara-t-elle, au cas où les moineaux n'aimeraient pas le pop-corn.

— À mon avis, ils aiment tout. Tu t'occuperas d'eux après avoir mangé, dit Briddey.

Mais Maeve s'accroupissait déjà pour tendre un pop-corn à un moineau.

Briddey la laissa faire, réfléchissant toujours au moyen de contacter C.B. S'il avait une ligne fixe chez lui, il figurerait peut-être dans l'annuaire. Elle ralluma son portable pour appeler les renseignements. L'appareil sonna aussitôt.

C'était Kathleen.

— Tu ne m'as jamais rappelée, geignit sa sœur.

— Désolée, s'excusa Briddey. La matinée a été assez chargée.

Maeve, qui essayait d'attirer l'oiseau, leva les yeux :

— C'est qui ?

— Ta tante Kathleen.

— Oh, dit Maeve, perdant aussitôt tout intérêt pour l'appel.

— As-tu pris une décision ? demanda Briddey à sa sœur.

— Non. Je ne veux pas passer pour une idiote en faisant le premier pas, si Rich me trouvait juste sympa. Il risque de me prendre pour une folle en manque. D'un autre côté, peut-être qu'il reste en retrait parce qu'il m'a vue avec Landis et qu'il pense que c'est lui qui me plaît. C'est aussi ça, le problème : je crois que Landis m'apprécie beaucoup, et je me sens bête d'avoir craqué pour un autre pendant que je sors avec lui, tu vois ?

Oui, songea Briddey. *Je vois.*

— J'aimerais tellement savoir ce que Rich pense ! Ça faciliterait énormément les choses. Tu n'avais peut-être pas tort à propos de l'AEC : ça pourrait être la solution.

Non, certainement pas. Mais Kathleen avait raison sur un point : Briddey aurait bien aimé savoir ce que Trent pensait, et plus précisément dans quelle mesure il était capable d'entendre ses pensées à elle. S'il ne la recevait que par intermittence, si le phénomène se limitait à des mots ou expressions grappillés çà et là, elle pouvait contacter C.B. sans risque. Sinon…

— Je pense chercher le nom de Rich sur Internet et voir ce qui sort, poursuivait Kathleen. Ça m'aidera peut-être à y voir plus clair. J'ai besoin de plus de renseignements.

Moi aussi, songea Briddey.

Ayant éteint son portable après sa conversation avec Kathleen, Briddey resta assise devant le spectacle de Maeve nourrissant les moineaux. *Dommage que C.B. n'ait pas eu le temps de m'expliquer comment isoler une voix en particulier*, pensa-t-elle. Impossible de le faire à présent que Trent l'écoutait. Elle allait devoir se débrouiller seule.

Maeve lança une poignée de pop-corn aux oiseaux qui se précipitèrent dessus, tels de minuscules vautours. *C'est ce qui arrivera si tu ouvres la porte de ta cour*, s'inquiéta Briddey, le cœur battant à l'idée que les voix la submergent comme un tsunami.

Malgré tout, elle devait savoir exactement dans quelle mesure Trent l'entendait. Elle insista pour que Maeve se dépêche de manger, et quand la fillette demanda si elle pouvait prendre du dessert, Briddey répliqua :

— On dirait qu'il ne pleut plus. Ça te dirait de donner à manger aux canards et de revenir ensuite pour le dessert ?

— Super ! se réjouit Maeve.

Elle retourna en courant à la voiture pendant que Briddey payait l'addition, demandait à quelle heure le restaurant fermait – « On est toujours ouvert », l'informa le serveur, d'un ton las – puis récupérait le reste de pop-corn, les bagels et le parapluie que Maeve avait laissés derrière elle.

— Tu peux le garder, dit sa nièce en revenant les bras chargés de nourriture. Je ne peux pas le tenir et en même temps nourrir les canards.

— Merci, répliqua Briddey. Ça t'ennuie d'y aller seule ? Je dois appeler Trent.

Elle le regretta aussitôt : Maeve n'aimait pas Trent.

Contre toute attente, la fillette répondit gaiement :

— Bien sûr ! Je ne tomberai pas dans l'eau, promis.

Elle partit en courant rejoindre le bord de l'étang.

— Méfie-toi des oies ! l'avertit Briddey. Elles ne sont pas toujours commodes.

— Je sais, lança Maeve d'un ton exaspéré. On dirait Maman !

— Excuse-moi, dit Briddey avant de s'asseoir sur un banc trempé.

Elle se félicita d'avoir gardé le parapluie : de grosses gouttes de pluie tombaient des arbres.

Je m'en fiche, pensa-t-elle. *Je suis dans une cour ensoleillée à Santa Fe.*

Elle prit son portable éteint et le porta à son oreille pour faire croire à Maeve qu'elle parlait à quelqu'un, puis elle traversa sa cour dallée pour rejoindre le banc sous le peuplier. Elle contempla longuement la robuste porte bleue, se demandant si elle serait capable de l'ouvrir assez pour distinguer la voix de Trent parmi les milliers d'autres. Mais, rien qu'à l'envisager, les voix à l'extérieur enflèrent telle une énorme vague prête à se fracasser sur elle. Briddey plongea sur la porte avant d'abaisser la barre transversale.

Je ne peux pas, pensa-t-elle en s'agrippant à l'accoudoir mouillé du banc métallique, dans le parc. *Je n'y arriverai pas.*

Elle observa avec envie le bord de l'étang. Maeve était cernée par les canards, un couple d'oies imposantes et un cygne furieux qui battait des ailes. Malgré tout, elle ne semblait pas du tout effrayée, ni même inquiète. Joyeuse, elle semait son muesli autour d'elle.

Si elle peut le faire, alors toi aussi, se raisonna Briddey. Cependant, même la honte d'être moins courageuse qu'une enfant de neuf ans ne l'incita pas à soulever le loquet pour entrouvrir la porte.

Il devait bien exister un autre moyen d'isoler une voix. Avec plus de contrôle. Selon C.B., c'était encore une question de visualisation. Très bien. Dans ce cas, il fallait qu'elle se représente une grande quantité de quelque chose qu'elle puisse passer au peigne fin, à la recherche d'un seul élément.

Le meuble de classement du débarras de la bibliothèque, avec ses tiroirs dans l'ordre alphabétique. Peut-être qu'en feuilletant les fiches, comme C.B. l'avait fait la nuit précédente… mais les voix n'étaient pas des mots écrits. C'étaient des sons. Il lui fallait quelque chose qui lui permettrait d'entendre les voix une à une et de changer si ce n'était pas la bonne.

Une radio, pensa Briddey en revoyant C.B. tourner le bouton de son autoradio pour changer de fréquence, à la recherche d'une chanson qui protège des voix. *Je peux imaginer que les voix sont des stations et leur rugissement des parasites.*

Cela dit, un autoradio ne conviendrait pas. Il fallait pouvoir emporter l'appareil dans la cour, comme la radio portable dans le labo de C.B.

Il y en a une dans l'abri de jardin, se dit Briddey en ouvrant les portes abîmées. Elle espérait s'en sortir sans les conseils de C.B. Qu'avait Tante Oona dans sa remise ? Des outils de jardin, des sachets de graines et des pots de fleurs.

Elle trouva des pots recouverts de toiles d'araignées empilés sur l'étagère la plus haute. Derrière, elle récupéra la radio en plastique rose. Elle souffla dessus pour en chasser la poussière et retourna avec sur le banc. Une fois assise, elle la posa sur ses genoux. Elle essuya la façade, observa le curseur rouge, les lignes noires et les numéros – 550, 710, 850 –, puis alluma l'appareil.

Le curseur s'illumina. Des voix braillèrent, aboyèrent, hurlèrent. Avec un mouvement de recul, Briddey, effrayée, faillit laisser tomber le poste par terre. Le bruit était assourdissant. Avec des gestes maladroits, elle lutta pour l'éteindre.

Aussitôt, les voix se turent. *Ce n'est que du bruit,* s'encouragea Briddey, le cœur battant la chamade. *Il suffit de baisser le volume, c'est tout.* Mais elle doutait d'avoir le cran de recommencer.

Elle regarda en direction de l'étang. Maeve poursuivait joyeusement sa distribution au milieu des oies et des canards. Pour combien de temps encore ?

Briddey inspira à fond et ralluma la radio, baissant d'abord le volume au minimum. Les voix émergèrent de l'enceinte en un faible murmure, comme celles qui se trouvaient au-delà de son périmètre de sécurité.

Ce ne sont pas des voix, mais des parasites, se rappela-t-elle avec fermeté. Elle bougea le curseur, à la recherche de la voix de Trent : … *une circulation monstrueuse… j'aurais dû prendre… si grognon… doit percer une autre dent… fuite au sous-sol… jamais eu une gueule de bois pareille ! Il me faut une bière… Merde, qui a bu toute la Budweiser… ?*

À ce rythme, elle en avait pour l'éternité. Il lui fallait procéder de manière scientifique, pour éliminer certaines fréquences et en affiner d'autres. Elle plaça le curseur tout au début puis tourna le bouton, lentement, notant au fur et à mesure le numéro des stations. Elle attendait juste d'être sûre que ce ne soit pas Trent avant de passer à la suivante. 550 : … *sculpture de marbre…* ; 575 : … *pleurnichard et lèche-bottes ! J'espère qu'il…* ; 610 : … *pas normal de s'absenter sans laisser un numéro où ses patients puissent le joindre…* ; 650 : …

Une seconde, c'était Trent ! pensa-t-elle en reconnaissant sa voix après coup. *Il parle du docteur Verrick.* Mais trop tard, elle était déjà passée à la station suivante. … *je dois couver une grippe*, disait une voix.

Elle retourna sur 610. *Je ne veux pas. Tu ne peux pas me forcer*, protestait une voix d'enfant en colère.

Elle avait dû le passer. Elle tourna légèrement le bouton en arrière. … *la gorge qui me gratte…*, constata la personne grippée. Non, trop loin.

Il doit bien être là, quelque part, pensa Briddey en revenant en arrière. *Oh, pourquoi je dois me lever ? On est dimanche*, puis, enfin, faiblement : … *dire à Briddey…*

C'était Trent, mais au moment où elle l'entendit prononcer son nom, la fréquence se brouilla, comme une station qu'on capte mal. Briddey tourna avec précaution le bouton dans un sens puis dans l'autre pour affiner la réception, mais elle ne le retrouva pas, ni la femme grippée. Elle allait abandonner quand elle entendit : … *mal au crâne…* et, avant de revenir un cran en arrière, la voix de Trent.

Elle lui parvenait ténue et brouillée tandis que d'autres voix interféraient, mais Briddey n'osa pas ajuster ni même toucher le bouton, de peur de le perdre à nouveau.

Apparemment, Trent pensait au projet Hermès, car elle capta : … *adapter… signal sans fil… Ils ne comprendront pas ce qui leur arrive, chez Apple… que vais-je dire à … ?* Puis, très distinctement : *Où est le docteur Verrick, merde ?* suivi de parasites. Et enfin, fragmenté : … *ne peux pas me permettre de laisser… Si Briddey l'apprend, elle refusera de…*

Puis elle le perdit pour de bon.

Chapitre 24

« Les grandes personnes ne comprennent jamais rien toutes seules, et c'est fatigant, pour les enfants, de toujours leur donner des explications. »

Antoine de Saint-Exupéry, *Le Petit Prince*

Si je l'apprends, je refuserai quoi? pensa Briddey en essayant de retrouver la fréquence de Trent. Mais elle ne captait que des parasites. *Qu'a-t-il peur que je découvre?* se demanda-t-elle en tournant lentement le bouton pour le retrouver, ou à défaut une voix qu'elle reconnaissait. Toutes avaient la même tessiture plate, anonyme : *... ne remettrai jamais les pieds dans cette église... pourquoi dois-je toujours sortir ce maudit clébard ?... pleut toujours...*

C'est pour ça qu'il s'inquiétait de savoir si j'entendais ses pensées et qu'il voulait que je lui dise précisément ce que j'avais perçu, déduisit-elle. *Parce qu'il me cache quelque chose.*

... le présentateur météo a dit... aller faire le plein... Je ne vais pas rester ici toute la journée ! Puis la voix d'une fillette disant faiblement : *... sais qu'il a dit qu'on devait... mais je...*

Cette voix-là ressemblait à celle de Maeve. Briddey ajusta le bouton pour mieux la capter, mais finit par la perdre elle aussi.

C'est sans espoir, soupira Briddey.

La voix de Maeve lui parvint alors distinctement :

— Je gèle, se plaignit-elle.

Ce n'est pas la radio, pensa la jeune femme. Levant les yeux, elle vit Maeve plantée devant elle.

— Qu'y a-t-il ? demanda Briddey en pensant : *Et voilà, elle va me demander ce que je fabrique*, mais sa nièce n'en fit rien.

—J'ai dit : est-ce qu'on peut y aller, maintenant ? répéta Maeve d'un ton suppliant.

—Je croyais que tu voulais nourrir les canards.

—Je n'ai plus rien à leur donner. Tu es au téléphone depuis des heures.

Quand Briddey regarda l'heure, elle constata, stupéfaite, qu'il était presque 13 heures. Elle était assise là depuis une éternité.

—En plus, fit remarquer Maeve, il s'est remis à pleuvoir.

Effectivement : la fillette avait les cheveux trempés et le visage rose de froid. *Oh, mon Dieu ! elle va attraper une pneumonie, et Mary Clare ne me le pardonnera jamais*, s'inquiéta Briddey. Elle s'empressa de rendre son parapluie à Maeve.

—On va t'acheter un bon chocolat chaud, promit-elle en se hâtant de retourner au restaurant. Ça va te réchauffer.

—Tu as dit qu'on pourrait prendre le dessert plus tard. On est plus tard, non ?

—Oui, répondit Briddey en culpabilisant d'avoir laissé Maeve dans le froid si longtemps.

La fillette en profita pour commander un énorme sundae au chocolat.

—Ça ne va pas te donner froid ? s'étonna Briddey.

—Non, parce que je vais le manger d'abord et ensuite je boirai mon chocolat chaud. Et toi, Tante Briddey, tu ne veux rien ?

Si, songea Briddey. *Je veux savoir pourquoi Trent a dit : « Si Briddey l'apprend, elle refusera de… », et je ne peux rien faire tant que tu es là, alors s'il te plaît, dépêche-toi d'avaler ton sundae pour que je te ramène chez toi.*

Si surprenant que cela puisse paraître, Maeve s'exécuta, mangeant de grosses cuillerées de glace et engloutissant son chocolat chaud en un temps record.

Je vais pouvoir dire à Mary Clare que sa fille n'a rien d'une anorexique. Elle se souvint alors de l'objectif de cette sortie : soutirer des informations à Maeve. *Je le ferai sur le chemin du retour*, pensa Briddey en pressant sa nièce de retourner à la voiture avant de mettre le chauffage à fond.

Mais elle n'eut pas à le faire. Quand son portable tinta, signalant un texto de Trent : il n'avait toujours pas réussi à localiser le docteur Verrick, Maeve déclara d'un ton dégoûté :

—Je parie que c'est ma mère et qu'elle veut savoir ce que tu as découvert sur moi.

—À quel sujet ? demanda Briddey en prenant soin de continuer à regarder la route pour ne pas trop montrer son intérêt.

— Je n'en sais rien. Elle se fait toujours un sang d'encre pour moi. C'est complètement idiot.

— Elle veut juste te protéger.

— Je sais, mais je vais bien. Du moins, j'irais bien si tout le monde cessait de me poser des questions.

Je comprends tout à fait ce que tu ressens, compatit Briddey. *Parce que j'ai des secrets.* Maeve en avait-elle, elle aussi ?

Elle jeta un coup d'œil à sa nièce. Comment aborder le sujet sans qu'elle sorte aussitôt ses griffes ? Alors qu'elle réfléchissait, Maeve lui tendit la perche :

— Si je te confie quelque chose, Tante Briddey, tu me promets de ne rien dire à Maman ? Il y a… Il y a un garçon que j'aime bien…

— Il est dans ta classe ? s'enquit Briddey avec prudence.

— Non ! répondit Maeve d'un ton qui voulait dire : « Comment peux-tu envisager une ineptie pareille ? » Il joue dans *Journal d'une princesse zombie*, et il est super mignon. Je voudrais mettre sa photo en fond d'écran, mais j'ai peur que Maman découvre…

— Que tu regardes des films de zombies ? Il joue l'un des zombies ?

— Pas du tout ! Tu veux voir comment il est ? (Elle sortit son téléphone et fit défiler les écrans. Au feu rouge suivant, elle montra une photo à Briddey.) Il s'appelle Xander.

Il avait les yeux gris et les cheveux encore plus en bataille que ceux de C.B. Maeve contempla l'image d'un air rêveur.

— Alors, que dois-je faire, à ton avis ?

— A-t-il eu d'autres rôles ? Tu n'as qu'à dire à ta mère que tu l'as vu jouer dans un autre film.

— Tu ne comprends pas, bougonna Maeve. Peu importe dans quoi il joue. Si elle découvre que je le trouve mignon, elle va se demander si je commence à m'intéresser aux garçons. Ça va l'inquiéter, elle va encore me sermonner et vouloir me montrer des vidéos éducatives sur le sexe, ce genre de trucs.

Maeve avait raison. Connaissant Mary Clare, elle serait même capable d'obtenir une ordonnance restrictive contre ce pauvre Xander. D'un autre côté, Briddey pouvait difficilement encourager Maeve à mentir, même si elle-même le faisait de manière plus ou moins continue depuis deux jours.

— Mieux vaut éviter d'avoir des secrets pour ta mère, conseilla-t-elle.

— Ce n'est pas comme si c'était quelque chose de grave, objecta Maeve. Tout le monde a des secrets, non ? Il y a des choses que tu ne veux pas que les autres sachent, toi non plus.

Nous y voilà, pensa Briddey. *Elle va me demander pourquoi je fourrais mes chaussures trempées dans le tiroir de ma commode.* Ou pis : elle allait l'interroger sur le coup de fil de C.B. la veille.

— Que veux-tu dire ?

— L'AEC, répondit Maeve. J'ai vu ton bandage pendant que tu te séchais les cheveux. Tu n'en as parlé ni à Maman, ni à Tante Oona, ni à Tante Kathleen. Mais ne t'en fais pas, je ne le dirai à personne. Si tu promets de ne rien dire à Maman à propos de Xander.

Une espionne et une maître chanteuse ! s'exclama Briddey. *Ce n'est pas pour ta fille que tu devrais te faire du souci, Mary Clare, mais plutôt pour le reste de l'humanité.* Elle ne devrait pas laisser sa nièce s'en tirer à si bon compte, mais elle n'avait pas le temps de gérer cette affaire maintenant.

Une fois arrivée devant chez Maeve, Briddey se contenta de décréter d'un ton sévère :

— Je vais garder ton secret pour l'instant, parce qu'il faut que j'y aille, mais on en reparlera.

— Je sais, rétorqua Maeve, le regard pétillant.

— Qu'est-ce qu'il y a de drôle ?

Maeve se rembrunit aussitôt.

— Rien. Je pensais à un truc marrant que Danika a dit l'autre jour.

Ce qui, à l'évidence, était un mensonge. Briddey n'avait pas le temps de s'en préoccuper non plus. Elle salua sa nièce, s'assura qu'elle rentre bien chez elle et partit à la recherche d'un endroit où essayer de capter de nouveau les pensées de Trent.

Une bibliothèque serait l'endroit idéal : les voix des gens occupés à lire feraient barrage, évitant beaucoup de parasites, et faciliteraient les recherches. Mais on était dimanche, jour de fermeture des bibliothèques municipales. Celle de la fac, où C.B. et elle s'étaient rendus la nuit précédente, était à l'autre bout de la ville. Selon lui, le *Starbucks* constituait un bon endroit, mais il y avait des risques que Kathleen y soit avec ses deux prétendants. Briddey opta pour le *Peaberry* le plus proche, où elle commanda un café latte avant de s'asseoir à côté d'une femme d'âge moyen plongée dans la lecture de *Comment savoir si c'est l'amour véritable ?* Pas vraiment du Dickens, mais tous les autres clients avaient le nez sur leur téléphone ou regardaient des vidéos de chats sur leur ordinateur portable.

Briddey s'enferma dans sa cour, alluma la radio, mit le curseur sur 650 et, de crainte de manquer Trent, tourna le bouton très lentement, quitte à être obligée d'écouter des dizaines d'autres voix.

Il lui fallut une éternité. Malgré le soin qu'elle y mettait, elle passa trop vite sur la femme grippée deux fois et dut reprendre depuis le début.

À 15 heures, elle avait consommé deux latte, parcouru des centaines de stations et s'apprêtait à abandonner, pensant ne jamais trouver Trent, quand : *Pourquoi faut-il toujours qu'il pleuve, le week-end ? … pire boulot que j'ai jamais…*, puis faiblement : *… jamais cru que ça existait…*

Trent. Elle se pencha en avant pour mieux l'entendre. *… toujours cru… canulars… n'arrive pas à croire… ce soit réel…*

Elle ajusta le bouton d'un micromètre.

… ça a l'air dingue… quand j'ai appelé Hamilton ce matin…

Ça explique pourquoi C.B. et moi sommes arrivés à l'appartement avant lui, songea Briddey. Toutefois, Trent venait de découvrir qu'il était télépathe… et sa première réaction avait été d'appeler son patron ?

… docteur Ver…, dit Trent. *… faut que… faites-le venir immédiatement… pense qu'ils ont un moyen de le contacter… si c'était une urgence ? … essayez…*

Puis plus rien que des parasites. Elle perdait la fréquence.

Elle tourna un tout petit peu le bouton. La voix de Trent lui parvint très distinctement. Il parlait des nouveaux téléphones d'Apple et de Commspan : *… faudra analyser le système de circuits… écrire un code…*

Allez, dis-moi ce que tu ne veux pas que je découvre, ordonna-t-elle. C.B. avait dit que les gens se méprenaient sur la télépathie en croyant que c'était l'aptitude à entendre les pensées des autres sur commande. Il avait raison : Briddey aurait pu rester assise là tout l'après-midi, à espionner Trent, sans jamais connaître le fin mot de l'histoire.

Ni même savoir si c'est l'amour véritable, se dit-elle. Elle entendit Trent demander : *Comment vais-je lui dire ? … dois trouver un moyen de la convaincre…* Elle tendit l'oreille pour capter la suite, mais perçut seulement : *… révolutionnaire… j'ai hâte… Apple va peut-être trouver…*

Non, laisse tomber Apple, s'impatienta-t-elle. *Dis-moi ce que tu crains que je découvre. Et pourquoi tu as appelé Hamilton.*

… croyais que je pourrais me contenter de faire les tests et de récolter les données, et elle n'aurait jamais été au courant…

Quoi ?

… croit que je l'ai fait pour faciliter la communication entre nous… mais ça ne concernait que les émotions… maintenant que c'est carrément de la télépathie… dois lui dire… mais quand elle comprendra que je devais faire une AEC pour qu'on… téléphone… elle va être furieuse…

Ça oui, tu peux me croire, s'offusqua Briddey. Il lui avait demandé de faire une AEC pour récolter des données qui serviraient au nouveau téléphone ?

Évidemment ! Hamilton avait déclaré : « La communication instantanée ne suffit plus. On doit pouvoir proposer autre chose. »

Cette « autre chose », c'était une communication où les émotions seraient améliorées. Quel était leur projet ? Une application qui identifiait les émotions et les ajoutait aux textos sous forme d'émoticônes ?

Quel que soit l'objectif, Trent avait été trop heureux de se porter volontaire comme cobaye. *Et de m'embarquer dans l'expérience. Parce qu'il faut être deux pour faire une AEC. Quelle vipère !*

Il ne l'avait jamais aimée, malgré tous les bouquets de fleurs qu'il lui avait envoyés, tous ces dîners au *Luminesce*, ces mails et ces petits noms affectueux. Tout ce qui comptait pour lui, c'était la persuader de faire cette AEC avec lui pour obtenir des informations qui serviraient à concevoir un téléphone doté d'une intelligence émotionnelle.

Ça explique pourquoi il était dans tous ses états quand on ne s'est pas connectés tout de suite, pensa Briddey, *et si contrarié quand le docteur Verrick a voulu me garder à l'hôpital pour des examens complémentaires.* Ce n'était pas pour elle qu'il s'inquiétait, mais pour son projet. Voilà pourquoi il avait insisté pour qu'elle voie le chirurgien, même s'il était à l'étranger et qu'ils étaient au beau milieu de la nuit. Trent avait promis des résultats à son patron, et Briddey ne réagissait pas de la manière attendue. Elle se rappela les propos de Traci Hamilton : « Je sais qu'il faut rester discret à ce sujet et qu'on n'est pas censés en parler. » et : « C'est nous qui devrions vous remercier, avec tout ce que vous faites pour le… »

Trent continuait à parler. … *trouver une solution… me fiancer s'il le faut…*

Je ne veux pas en entendre davantage, s'insurgea Briddey. Elle s'apprêtait à éteindre sa radio mentale, quand…

… *suis sûr que je peux la convaincre de l'importance de… une fois qu'elle sera au courant… se concentrer sur le fonctionnement de la télépathie… traduire le système de circuits en logiciel.*

Oh, mon Dieu, il ne parlait pas d'émoticônes ! s'exclama Briddey. *Il veut transformer la télépathie en code pour le nouveau téléphone ! Je dois prévenir C.B.*

Elle se leva si brusquement qu'elle renversa son café latte. La femme qui lisait *Comment savoir si c'est l'amour véritable ?* leva les yeux, agacée.

— Excusez-moi, souffla Briddey.

Elle essuya la table, prit son téléphone, jeta sa serviette en papier souillée et son gobelet à la poubelle et courut jusqu'à sa voiture, se demandant comment joindre C.B. Impossible de le faire par télépathie puisque Trent l'écoutait, et après la nuit que C.B. avait passée, ce dernier dormait peut-être. Dans ce cas, l'appeler mentalement ne servirait à rien. Et si Trent était à Commspan, elle ne pouvait prendre le risque de s'y rendre et de tomber sur lui. Elle allait devoir téléphoner à C.B. Mais pas avec son appareil, de peur qu'on remonte la piste jusqu'à lui. Il fallait en trouver un autre.

Hors de question d'emprunter celui de Charla. Plus que jamais, il était crucial que personne à Commspan ne soit au courant du lien qui les unissait, C.B. et elle. Quant à Kathleen, elle poserait trop de questions.

Maeve, pensa Briddey.

Elle retourna chez Mary Clare. Elle prendrait sa nièce à part, prétexterait avoir perdu son portable et lui demanderait si elle se souvenait de l'avoir vu dans la voiture, à leur retour du parc. Quand Maeve dirait « non », elle lui demanderait la permission d'emprunter son téléphone pour passer un ou deux coups de fil puis essaierait le numéro du labo, ou appellerait les renseignements pour avoir le numéro du domicile de C.B.

Si elle parvenait à franchir la barrière Mary Clare qui, dès le premier coup d'œil, se lamenta :

— Oh, non ! Tu as découvert quelque chose au sujet de Maeve, et c'est tellement grave que tu n'as pas pu te résoudre à m'en parler au téléphone.

C'est vrai, pensa Briddey. *D'ailleurs, c'est si grave que je ne peux pas non plus t'en parler de vive voix.*

— Maeve a des problèmes, j'en étais sûre !

— Elle n'a aucun problème, la rassura Briddey. Je ne trouve plus mon téléphone, c'est tout. Je me disais que Maeve se rappellerait peut-être m'avoir vue avec.

— Oh, dit Mary Clare. Elle fait ses devoirs chez Danika. Je vais l'appeler pour lui poser la question, ensuite tu resteras boire un thé.

Pour que tu me harcèles de questions à propos de ta fille, répliqua Briddey en pensée, mais Mary Clare avait à peine sorti son téléphone que Maeve surgit dans la pièce en s'écriant :

— J'ai oublié mon livre de maths ! (Les joues rouges, elle était hors d'haleine.) J'ai couru tout du long, expliqua-t-elle en regardant la bouilloire sur la gazinière et les tasses dans la main de sa mère.

Elle va croire que je suis revenue raconter des choses sur elle. Elle refusera tout net de m'aider, s'inquiéta Briddey.

Au lieu de quoi sa nièce s'exclama d'un ton joyeux :

— Salut, Tante Briddey, qu'est-ce que tu fais là ?

— Elle a perdu son téléphone, répondit Mary Clare. Tu te souviens l'avoir vu au restaurant ?

Évidemment, songea Briddey. *Maintenant, elle va dire : « Elle a passé son temps pendue à son portable pendant que je donnais à manger aux canards », et Mary Clare va me faire un discours sur les dangers de la grippe aviaire.*

— Je ne sais plus, mentit Maeve en fronçant les sourcils comme pour se concentrer. Je crois que oui. Tu l'as posé sur la table, puis le serveur a apporté notre pizza. (Elle se tourna vers sa mère.) On est allées au *Carnaval Pizza*, au centre commercial. C'était super !

Puis elle s'adressa de nouveau à Briddey :

— Je parie qu'il a posé la pizza dessus, c'est pour ça qu'on l'a oublié.

— Ça doit être ça, répliqua Briddey.

Tout espoir d'avoir accès au téléphone de Maeve envolé, la jeune femme se leva pour remettre son manteau.

— Je ferais mieux d'aller voir s'ils l'ont retrouvé, ajouta-t-elle.

— Pourquoi tu ne les appellerais pas pour leur dire de le mettre de côté ? demanda Maeve. Tu n'as qu'à utiliser le mien. Il est dans ma chambre. Viens.

Elle prit Briddey par la main et l'entraîna.

Sois bénie, mon petit faon ! se réjouit Briddey en suivant Maeve dans sa chambre, dont la porte était barrée du ruban jaune des scènes de crime, en plus du panneau : « PRIVÉ – ÇA S'ADRESSE À TOI, MAMAN. »

Maeve ôta le ruban, fit entrer Briddey, replaça le ruban et ferma la porte à clé.

— Pour empêcher Maman de débouler, précisa-t-elle sans que ce soit nécessaire.

Briddey balaya la pièce du regard. Une grande affiche de *Raiponce* était accrochée au-dessus du lit, à côté de plusieurs photos de très jeunes stars masculines découpées dans un magazine pour préados, mais aucune de Xander aux cheveux ébouriffés. Posée contre un oreiller, une peluche Olaf de *La Reine des neiges*, et, sur l'ordinateur, un écran de veille du *Bal des douze princesses*. Pas tout à fait le laboratoire de méthamphétamines ni l'opération internationale de blanchiment d'argent que Mary Clare soupçonnait.

— Tu devrais vraiment autoriser ta mère à entrer, décréta Briddey. Elle serait très rassurée.

— Non, pas du tout, objecta Maeve en s'asseyant sur son lit. (Elle prit Olaf sur ses genoux.) Je n'ai aucune envie qu'elle répare la caméra-espion. (Elle la désigna. Briddey se rappela que, d'après Mary Clare, Maeve l'avait désactivée.) Ni qu'elle tripote mon ordinateur.

— Qu'y a-t-il, sur ton ordinateur ? s'enquit Briddey.

— Rien du tout, mais elle trouverait le moyen de m'accuser d'avoir tout effacé.

Maeve n'avait pas tort. Elle sortit son smartphone de sa poche et le tendit à Briddey.

— Tu n'as pas réellement perdu ton téléphone, hein ?

— Non. J'ai menti parce que j'ai besoin d'appeler quelqu'un, et je ne peux pas le faire avec mon portable.

La fillette hocha la tête avec sagesse.

— Comme dans *Zombienado*. Les zombies ont mis le portable du héros sur écoute… (*Ce qui me paraît tout à fait improbable*, commenta Briddey intérieurement) … et il doit se servir de celui d'un mort, sauf que le téléphone est toujours collé à sa main parce que les zombies ont tout dévoré, à part son bras…

— Dès que vous aurez fini, toutes les deux, dit la voix de Mary Clare à travers la porte, venez dans la cuisine. Je fais du *soda bread*.

— OK ! répondit Maeve avant de se tourner vers Briddey. Tu ne diras pas à Maman que j'ai vu *Zombienado*, hein ?

Je ne suis pas vraiment en position de le faire, songea Briddey.

— Non, répondit-elle en voulant prendre le téléphone.

D'un geste vif, Maeve le mit hors de portée de sa tante.

— D'abord, tu dois me dire qui tu vas appeler, car si tu commets un crime je serai complice, comme dans *Zombie Cop*. Ce zombie-là…

— Je ne suis pas en train de commettre un crime.

— Comment en être sûre, si tu ne me dis pas qui tu appelles ?

— Très bien. C'est un collègue de Commspan. C.B. Schwartz. Je dois lui transmettre un message…

— C.B. ? répéta Maeve, les sourcils froncés. Mais, si c'est lui que tu dois joindre, inutile de…

Elle s'interrompit brusquement.

— Inutile de quoi ?

— De chercher son numéro de téléphone. Je l'ai dans mes contacts. Lequel tu veux, celui de son labo ou de chez lui ? J'ai les deux. Il me les a donnés la fois où il m'a aidée avec mon devoir de sciences, au cas où j'aurais besoin de lui. Attends, je te les cherche.

Elle tourna le dos à Briddey, courbée sur son smartphone, à l'évidence pour que sa tante ne la voie pas. Pourtant, elle semblait ne rien faire de particulier : elle restait là, les yeux rivés sur son téléphone comme sur une boule de cristal. Avait-elle oublié son code PIN ?

Au bout d'une longue minute, elle fit défiler les écrans et tapa avec frénésie, ce qui signifiait que les numéros de C.B. n'étaient sans doute pas enregistrés dans sa liste de contacts. *Elle les a sûrement cachés à sa mère*, pensa Briddey, compréhensive.

Ou alors elle ne les avait pas et essayait de les trouver. Briddey ouvrit la bouche quand Maeve colla le téléphone à son oreille en affirmant :

— Ça sonne.

Briddey voulut prendre le portable, mais Maeve secoua la tête.

— Salut, C.B., c'est Maeve. Tu te souviens de moi ? Tu m'as aidée pour mon devoir de sciences.

— Maeve, siffla Briddey en lui faisant signe de lui donner l'appareil.

— Oui, ça va, enchaîna la fillette. Non, pas du tout.

— Passe-moi le téléphone, insista Briddey, la main tendue.

« OK », articula Maeve en silence avant de dire dans l'appareil :

— Ma tante Briddey veut te parler.

Elle lui donna le smartphone.

— C.B. ? C'est Briddey Flannigan, votre collègue. Je vous appelle pour quelque chose dont il faut qu'on discute, dit-elle d'un ton aussi froid et professionnel que possible, puisque Maeve – et peut-être Trent – l'écoutaient.

L'objectif dut être atteint, car Maeve s'installa devant son ordinateur, mit ses écouteurs et joua aux *Aventures au château de Cendrillon.*

— Je suppose que Maeve est à côté de toi ? s'enquit C.B.

— Oui, et je n'ai pas de solution à ce problème.

— Tu as raison, la taquina C.B.

— Ce n'est pas drôle…

— Désolé. Pourquoi m'appelles-tu ?

Elle murmura :

— Trent est…

— Oui, je sais, l'interrompit C.B.

Elle ne sut dire d'après son ton s'il était réellement au courant, s'il savait pourquoi Trent avait voulu faire l'AEC et comment il comptait se servir des résultats.

C.B. est au courant depuis le début, comprit Briddey. *C'est pourquoi il ne voulait pas que je fasse l'AEC ni que je me confie à Trent quand on s'est connectés : il savait ce que Trent ferait de la télépathie une fois qu'il la maîtriserait.*

Pourquoi ne m'avoir rien dit ? demanda-t-elle à C.B. Elle connaissait déjà la réponse : elle ne l'aurait pas cru. *Tu dois me trouver complètement idiote.*

— Non, je pense que c'est Trent, l'idiot, incapable d'apprécier ce qu'il a. Et je suis vraiment désolé que tu…

— Peu importe. Ce qui compte, c'est qu'il essaie de… (anxieuse, Briddey jeta un coup d'œil à Maeve, toujours absorbée par son jeu vidéo) … de joindre le docteur Verrick, chuchota-t-elle, pour lui parler de… du projet. S'il procède à des examens, des passages au scanner…

— Encore faudrait-il que le docteur croie Trent. Ce n'est pas comme si Trent avait des preuves tangibles à lui apporter.

— Si, il en a. Ce matin, il…

— Je sais. Ne t'inquiète pas pour les tests qu'il t'a fait passer. Au fait, tu t'en es très bien sortie. J'ai adoré le coup d'Angkor Vat et des pétunias. Même si tu avais écrit les mots qu'il t'a réellement envoyés, ça ne prouverait rien. Écoute, on ne devrait pas parler de ça maintenant.

— À cause de…

Briddey observa Maeve, occupée à chasser les souris.

— De Miss Curieuse ? Non, à cause de ton petit ami.

— Ce n'est *pas* mon…

— Oui, eh bien, mieux vaut qu'il ne le sache pas. Il doit continuer à croire que tu n'es au courant de rien. Pour le moment, il t'entend de manière sporadique, mais toi aussi, et pourtant regarde ce que tu viens de découvrir. Tu dois à tout prix éviter de penser à tout ça : à moi, à la télépathie, ou à cette grosse enflure. Pense à des choses qu'il peut entendre : tu es folle amoureuse de lui, ravie que vous soyez connectés, et tu as hâte de voir le docteur Verrick pour lui raconter ce qui s'est passé.

— Mais…

— Je sais. On doit mettre au point un plan d'attaque. On va s'y atteler. Mais pas tant qu'il continuera à nous entendre.

Avait-elle commis une erreur en appelant C.B. ? Prenaient-ils des risques en discutant ainsi ?

— Non, tout va bien. Trent est au téléphone avec la secrétaire de Verrick. Il tente de savoir où le docteur se trouve, et parler à voix haute permet de faire écran. De toute façon, mes défenses sont en place. Cela dit, je préfère ne prendre aucun risque. Je veux que tu rentres chez toi lire un bon livre bien ennuyeux. *La Décadence et la chute de l'Empire romain*, par exemple. Tu me diras comment ça finit.

Et si Trent décidait de repasser chez elle ?

— J'appelle de chez ma sœur, et je suis sûre qu'elle accepterait que je reste dîner.

Ou bien elle pourrait assister à la réunion des Filles d'Irlande avec Tante Oona. Il y en aurait forcément une. Trent ne penserait jamais à la chercher là-bas.

— Non, trancha C.B. Il ne faut surtout pas que Trent fasse le rapprochement entre l'Irlande et la télépathie, même s'il n'entend parler que de « brave gars irlandais ».

Ou de petits amis à la gomme, dit Briddey en pensant à Kathleen.

— Ne t'en fais pas, Trent n'ira pas chez toi. Il est trop occupé à essayer de joindre Verrick. Si toutefois il lui prenait l'envie de passer, je te préviendrais pour que tu aies le temps de partir. Va lire. Ou mieux : fais une sieste. Si tu dors, Trent ne captera rien du tout.

— Mais si je… (Elle jeta un coup d'œil à Maeve, toujours accaparée par son jeu.) Si j'applique ces consignes, comment me prévenir que… ?

— Ne te bile pas pour ça. Ni pour Trent ou Verrick. Tout va bien se passer. Va dormir, conclut-il avant de raccrocher.

— Vous m'enverrez le rapport par mail, alors ? demanda Briddey dans le vide. Parfait. Je vous recontacte quand j'aurai les chiffres. Au revoir.

Elle rendit le portable à Maeve, s'attendant à une avalanche de questions, mais la fillette leva à peine les yeux de l'écran, même quand Briddey resta debout une minute pour mémoriser le numéro de téléphone de C.B., au cas où elle aurait besoin de le rappeler.

— Merci, dit-elle à sa nièce.

— Qu'est-ce que vous faites, toutes les deux, là-dedans ? les interrogea Mary Clare d'un ton angoissé.

— Rien ! cria Maeve. (Elle leva les yeux au ciel.) Bon sang, Maman…

— Alors venez boire le thé, proposa Mary Clare. Tante Oona est là.

Évidemment, pensa Briddey. *Comment vais-je m'échapper, maintenant ? Une fois de plus, Tante Oona va me lister toutes les bonnes raisons du monde pour que je ne fasse pas l'AEC avant de chercher à convaincre Kathleen de sortir avec Sean O'Reilly.*

— Je file, déclara Briddey sans grand espoir. Le restaurant a mon téléphone, je dois y aller avant que ça ferme.

— Oh, tu peux bien rester cinq minutes ! commença Mary Clare.

— Non, elle ne peut pas, intervint Maeve. Le *Carnaval Pizza* ferme à 17 heures.

— Tante Oona, fais-lui comprendre qu'elle n'est pas à une seconde près, insista Mary Clare.

Briddey se prépara à l'assaut, mais Tante Oona se contenta de répliquer :

— Ce serait dommage de rater la fermeture. Mieux vaut qu'elle se dépêche. Maeve, va chercher le manteau de ta tante, veux-tu ?

Maeve se hâta d'obéir. Briddey l'enfila, toujours ahurie que Tante Oona n'ait pas cherché à la retenir.

— Allez, vas-y, dit Tante Oona. Et que saint Patrick et tous les saints d'Irlande te protègent durant le trajet.

— Merci, balbutia Briddey, reconnaissante.

Elle planta un baiser sur sa joue puis serra Maeve dans ses bras en chuchotant :

— Un grand merci à toi.

Elle dit ensuite à Mary Clare que non, elle n'avait pas le temps d'attendre que celle-ci lui emballe du *soda bread*. Elle s'empressa de sortir avant que sa sœur se mette en quête du papier d'aluminium.

Elle aurait pu s'enfuir sans problème si Kathleen ne s'était pas garée juste devant sa voiture, laissant le temps à Mary Clare de la rattraper et de lui demander ce que Maeve et elle avaient fabriqué pendant qu'elles étaient restées enfermées dans la chambre.

— Elle voulait me montrer quelque chose sur son ordinateur, après mon coup de fil, expliqua Briddey. Non, Mary Clare, ce n'était pas du porno, mais une vidéo de chatons sur YouTube.

— Elle n'avait pas de vidéos YouTube dans son historique quand j'ai vérifié, ce matin. Il était totalement vide.

Je viens d'avoir une image de chaton venant de toi, l'interpella tout à coup Trent. *Tu es toujours au centre commercial?*

— J'ai essayé de te joindre, Briddey, lança Kathleen en arrivant. Il faut absolument que je te raconte ce que j'ai découvert sur Rich…

Briddey, tu es là? demanda Trent. *Si tu m'entends, allume ton portable.*

Je ne le pourrais pas, même si je le voulais. Mon téléphone est censé être au Carnaval Pizza, pensa Briddey. Elle voulut se barricader dans sa cour, mais Kathleen lui disait:

— J'ai fait des recherches sur Internet, comme je te l'ai dit, et tu ne devineras jamais sur quoi je suis tombée…

— Il faut d'abord que tu déplaces ta voiture, l'interrompit Briddey.

Docile, Kathleen s'éloigna en trottinant pour s'exécuter.

Si seulement je pouvais me débarrasser de Trent et de Mary Clare aussi facilement.

Je ne t'entends pas, se plaignit Trent.

— Comment se fait-il que son historique soit vide? demanda Mary Clare. On dirait qu'elle n'est pas allée sur Internet du tout.

— Il y a quelques jours, tu te plaignais qu'elle y passait trop de temps, rétorqua Briddey.

— Je sais, mais elle est y est forcément allée! Pourquoi effacer une vidéo de chatons?

— Je n'ai pas le temps de discuter de ça maintenant, soupira Briddey.

— Tu ne peux pas partir tout de suite! s'exclama Kathleen en revenant. Je dois d'abord te parler de Rich. Et de Landis. Tu te souviens, je t'avais dit qu'il était gestionnaire d'un fonds spéculatif. Eh bien, en fait, pas du tout! Il travaille pour une entreprise de jardinage, le gros menteur…

C'est exactement le genre de conversation que C.B. m'a déconseillé, songea Briddey. *Si Trent entend ce que je pense…*

Qu'as-tu dit? demanda Trent. *J'ai entendu «pense» puis plus rien.*

— Mais ça, ce n'est rien comparé à ce que j'ai trouvé sur Rich, poursuivait Kathleen. Il est encore plus menteur que Landis !

— Pourquoi ne pas me téléphoner plus tard ? Il faut vraiment que j'y aille, supplia Briddey, au désespoir.

Elle voulut monter dans sa voiture, mais Mary Clare bloquait la portière.

J'ai essayé de t'appeler cet après-midi, dit Trent.

— Ça fait deux semaines qu'il n'y a strictement rien dans l'historique de Maeve, l'informa Mary Clare.

— Rich est fiancé ! s'offusqua Kathleen. Pourtant, il avait l'air si gentil !

— Que cache Maeve ? s'interrogea Mary Clare.

On se croirait en plein Zombienado, pensa Briddey.

Tu dois te concentrer, exigea Trent.

Non, je dois me tirer d'ici.

— Maman ! Téléphone ! appela Maeve depuis la maison.

— Qui est-ce ? demanda Mary Clare en s'écartant de la voiture.

Briddey en profita pour y monter et se précipiter dans sa cour.

— On s'appelle, lança-t-elle avant de claquer la portière et de démarrer.

— Mais je croyais que tu avais perdu ton téléphone… (*Exactement,* pensa Briddey, *et je ne compte pas le récupérer de sitôt.*) C'est pour ça que je file. Il faut que j'aille le chercher. Salut !

Elle s'éloigna au volant de sa voiture, remerciant mentalement Maeve d'être une fois de plus venue à sa rescousse. Sitôt hors de vue, elle se gara pour enregistrer sur son portable le numéro de téléphone de C.B. avant de l'oublier, puis elle se ravisa. Finalement, elle le griffonna sur un morceau de la boîte de muesli vide qu'elle glissa ensuite dans sa poche.

Je dois dire à Maeve de l'effacer de son smartphone, songea-t-elle en conduisant, même si c'était sans doute inutile. À l'évidence, Maeve cachait déjà à sa mère les films qu'elle regardait et les livres qu'elle lisait, ainsi que les sites Internet sur lesquels elle surfait. C'était pourquoi elle lui avait tourné le dos en cherchant le numéro de C.B. : elle ne voulait pas que Briddey voie comment elle l'avait codé.

Toutefois, Maeve n'avait rien tapé pendant un certain temps. Elle s'était juste tenue là, immobile, comme si…

Impossible, se raisonna Briddey. Et si l'historique de Maeve était vide non pas parce qu'elle l'avait effacé, mais parce qu'elle n'était pas du tout allée sur son ordinateur ? Et si elle ne lisait pas non plus ? Si elle se servait des films et des livres comme prétextes pour dissimuler ce qu'elle faisait réellement ?

Elle a eu des ennuis à l'école pour manque de concentration, se souvint tout à coup Briddey. *Et, quand Mary Clare lui a demandé pourquoi, elle a répondu : « Je pensais à autre chose. »*

Arrête ton délire, se réprimanda Briddey. Elle pensait sûrement à Xander, voilà tout. Pourtant, la photo de l'acteur ne figurait nulle part dans la chambre, et la fillette avait révélé elle-même son béguin pour lui après que Briddey se fut demandé si sa nièce avait des secrets. *En plus, je me suis posé la question intérieurement, pas à voix haute.*

Maeve avait accepté d'aller au parc plutôt qu'au centre commercial. Quand Briddey était retournée chez elle, elle était revenue immédiatement de chez Danika, essoufflée après avoir couru. Enfin, elle était apparue sur le seuil de sa porte juste à temps pour la sauver de Trent.

Mais c'est impossible ! Elle n'a que neuf ans. Briddey se remémora les propos de C.B. qui s'émerveillait de sa précocité, et les certitudes de Mary Clare, convaincue que sa fille avait des secrets.

Et si elle était comme nous ? se demanda la jeune femme en revoyant sa nièce sur la défensive quand Briddey l'avait interrogée sur les guimauves des Lucky Charms. Pourquoi cette réaction ? Parce que c'était elle qui avait donné la liste à C.B. Il avait affirmé l'avoir trouvée sur Internet, mais les bureaux de la bibliothèque étaient fermés à clé. *Il ne lui a pas envoyé de texto pour lui demander de nous couvrir*, comprit-elle. *C'était inutile.*

Un coup de klaxon furieux la fit sursauter, la ramenant à la réalité. Elle s'était arrêtée à un feu rouge devenu vert depuis un temps indéterminé. Elle traversa le carrefour, roula sur quelques centaines de mètres et se gara avant de retourner dans sa cour pour que Trent ne l'entende pas… ni C.B.

C.B., qui avait dit : « Écoute, à propos de Maeve, il faut que je… » Qui était persuadé qu'il arriverait quelque chose de grave à Briddey si elle faisait l'AEC. Et qui était convaincu à cent pour cent que la télépathie était génétique, mais qui avait aussitôt qualifié le don de « clairvoyance » de Tante Oona de bidon : parce qu'il ne voulait pas que Briddey s'imagine qu'une autre personne de sa famille pouvait être télépathe.

C.B. qui se taisait régulièrement, comme s'il écoutait quelqu'un d'autre, qui s'était mentalement absenté quand les voix avaient assailli Briddey au théâtre et dans le débarras. C.B. qui avait dit : « Désolé, j'étais… » avant de s'interrompre en plein milieu de la phrase.

Exactement comme Maeve quand Briddey avait dit avoir besoin de contacter C.B. « Si c'est lui que tu dois joindre, inutile de… », avait déclaré la fillette sans finir sa phrase.

— Inutile de l'appeler, car je peux le lui demander moi-même, compléta Briddey à voix haute.

Elle devait à tout prix parler à Maeve. Elle fit démarrer la voiture et reprit le chemin de chez Mary Clare.

Ne te fatigue pas, dit Maeve. *On peut discuter n'importe où.*

Chapitre 25

« Cherchez-moi au clair de lune. »
Alfred Noyes, *The Highwayman*

C'*est ce qui est génial avec la télépathie*, poursuivit Maeve. *On peut discuter n'importe où, n'importe quand.*

Mais pas quand on conduit dans une circulation dense, modéra Briddey.

Si, insista Maeve. *Je suis en train de te parler alors que je fais mes devoirs de maths.*

C'est différent, objecta Briddey. *Ne dis plus rien jusqu'à ce que j'aie trouvé une place pour me garer.* Et qu'elle ait réfléchi à la suite. Trent risquant de l'écouter, C.B. avait recommandé à Briddey de ne pas communiquer avec lui par télépathie. Par conséquent, il en allait de même pour Maeve.

C'est bon, la rassura la fillette. *Trent ne nous entend pas. Je le sais parce que je l'écoute. Il se demande pourquoi il ne te reçoit pas. Il croit que tu ne te donnes pas assez de mal. Quel gros nul !*

On est bien d'accord, confirma Briddey en quittant Linden pour s'engager dans une contre-allée. *Mais ce n'est pas parce qu'il ne m'entend pas en ce moment qu'il ne le pourra pas dans une seconde.*

Si, martela Maeve avec assurance, *parce que…*

Chut, l'interrompit Briddey d'un ton ferme. Elle se gara sur une place de stationnement près du trottoir. Le moteur éteint, elle se rendit dans sa cour et dit : *D'après C.B., je ne suis pas censée discuter de tu-sais-quoi…*

C.B. non plus ne nous entend pas. Il est occupé à espionner Trent, et maintenant Trent est occupé à passer un savon à quelqu'un parce que le docteur Verrick est introuvable, alors tout va bien. Il faut que je te parle. C'est important!

Je m'en fiche. Si tu veux discuter, appelle-moi sur mon portable.

Je ne peux pas. Je suis chez Danika, et sa mère est presque aussi grave que la mienne. C'est pour ça que je dois te parler tout de suite, pour te faire promettre de ne rien dire à ce sujet à Maman!

Maeve..., commença Briddey en regrettant profondément de n'avoir aucun moyen de lui raccrocher au nez. D'ici une minute, sa nièce allait mentionner le mot « télépathie », et Trent...

Non, je te le redis, il ne nous entend pas! On est sur une fréquence sûre. Mes portes antizombies sont fermées, il ne peut pas entrer. Les douves sont remplies.

Des douves et des portes antizombies? À quoi donc ressemblait la pièce refuge de Maeve?

Les douves et les portes antizombies ne sont pas ma pièce refuge, précisa Maeve comme si c'était une évidence. *Elles sont dans mon château, qui est dans mon jardin secret, auquel personne ne peut accéder sans avoir la clé. La clé est suspendue à une chaîne autour de mon cou. Dans l'enceinte du château, il y a la tour de Raiponce; ma pièce refuge est à l'intérieur. Mais pas la peine d'y aller. On est à l'abri, ici. De toute façon, Trent n'entend pas grand-chose, même quand il se concentre.*

Ce qui était une bonne nouvelle, mais...

Alors, promets-tu de ne rien dire à Maman? Il le faut. Si elle découvre de quoi je suis capable, elle va trouver le moyen de s'y mettre, elle aussi. Je parie qu'elle irait jusqu'à faire une AEC juste pour pouvoir m'espionner vingt-quatre heures sur vingt-quatre.

Elle n'aura pas à aller jusque-là, pensa Briddey. *Si Trent parvient à ses fins, Mary Clare pourra le faire avec son téléphone.* Sa sœur ne manquerait pas de sauter sur l'occasion de connaître les pensées les plus secrètes de Maeve. Toutes les douves et portes antizombies du monde seraient insuffisantes à l'empêcher d'entrer. La fillette avait raison. Elle n'aurait plus aucune intimité.

Oui, je sais! soupira Maeve. *Les parents seraient encore pires que les zombies. C'est pourquoi il ne faut rien dire à personne.*

Les zombies? Briddey avait supposé que, d'après C.B., les voix prenaient toujours la forme d'un déluge.

Un déluge? s'étonna Maeve. *Ça n'a rien de très effrayant. Pour moi, ce sont des zombies. Ceux qui sont super rapides et font super peur, comme dans* World War Z.

Où as-tu vu ce film? commença à demander Briddey. Mais la réponse était évidente. Peut-être ne serait-ce pas une si mauvaise idée que Mary Clare soit capable de lire dans les pensées de Maeve.

Non, ce serait horrible! s'offusqua cette dernière. *C.B. m'a sauvée des zombies et m'a appris comment bâtir mon château et ma pièce refuge. Ils n'entreront plus.*

Elle paraissait totalement sûre d'elle, pas du tout traumatisée par les voix. Ou, si c'était le cas, elle s'en était remise.

Depuis quand es-tu … tu-sais-quoi? osa demander Briddey.

Environ un mois. Je croyais que c'étaient des prémonitions, comme Tante Oona, mais elle était capable de prédire des choses tandis que moi, non. Ce n'étaient que des voix, alors j'ai fait des recherches sur Internet…

Ce qui explique pourquoi elle a changé le mot de passe de son ordinateur et effacé son historique, pensa Briddey. *Elle ne voulait pas que Mary Clare connaisse l'objet de ses recherches.*

Oui. Maman aurait pété un plomb, dit Maeve, *et je ne pouvais rien demander à Tante Oona, parce qu'elle l'aurait dit à Maman. Je n'ai rien trouvé sur Internet, à part des trucs sur des cinglés. Je ne savais pas quoi faire. C'est alors que C.B. a commencé à me parler. Il m'a prévenue de ce qui allait arriver: les voix allaient me faire vraiment très peur et il fallait que je me défende contre elles. Quand c'est devenu insupportable, il est venu à mon secours.*

Comme il l'a fait pour moi, pensa Briddey. Elle lui fut infiniment reconnaissante d'avoir été présent pour Maeve.

Il a promis de ne rien dire à Maman. Toi aussi, tu dois jurer. Je t'en supplie! Attends… Oups, Trent pense à t'appeler. Salut, dit-elle avant de partir.

À m'appeler par téléphone ou mentalement? se demanda Briddey.

Un instant plus tard, elle eut la réponse:

Briddey? l'entendit-elle dire. *Tu m'entends?*

Oui, songea-t-elle. *Malheureusement.*

Je ne reçois rien de toi. Si tu m'entends, appelle-moi avec ton portable.

Hors de question, répondit Briddey.

Elle remit le contact puis quitta sa place de stationnement pour reprendre la direction de Linden et rentrer chez elle.

Je vais t'envoyer une série de mots, comme ce matin, dit Trent. *Si tu les entends, écris-les.* Pendant une quinzaine de pâtés d'immeubles, Briddey dut l'écouter réciter d'un ton monocorde: *Je pense à une Porsche Cayman GT4. Je répète, une Porsche Cayman GT4*, suivi de «smart-montre», «smart-bracelet», «Bali», «martini-gin» et «introduction en Bourse».

Quand elle ne fut plus qu'à six rues de chez elle, Trent enchaîna avec: *Magazine* Forbes, *je répète, magazine* Forbes, avant de s'interrompre brusquement. Elle espérait qu'il avait abandonné, et souhaita qu'il n'ait pas réussi à joindre le docteur Verrick. Et qu'il ne soit pas en route pour chez elle.

Non, intervint Maeve. *Il est à Commspan. Il doit rester là-bas, au cas où le docteur appellerait à son bureau plutôt que sur son portable.*

Tant mieux, se félicita Briddey. *Je croyais t'avoir dit de ne communiquer avec moi que par téléphone, Maeve.*

Je ne peux pas. Je suis toujours chez Danika. J'essaie seulement de t'aider, dit-elle, apparemment vexée. Elle partit.

Briddey arriva près de son immeuble et s'apprêtait à se garer devant quand elle eut une meilleure idée : elle stationna sa voiture à l'angle pour que Trent ne la remarque pas s'il parvenait à joindre le chirurgien et décidait de venir la voir. D'un autre côté, si C.B. lui rendait visite, il la croirait peut-être ailleurs…

Non, intervint Maeve. *Il sait lire dans tes pensées, tu te souviens ?*

Maeve ? Je croyais t'avoir dit…

De toute façon, il est beaucoup plus malin que Trent. Il est aussi très gentil, hein oui ?

Oui. Briddey sortit de la voiture. *Maintenant, va-t'en. Je suis sérieuse, Maeve !* lança-t-elle en claquant la portière pour appuyer son propos.

Il te plaît ?

Maeve…

Ne me dis pas que tu aimes toujours Trent, insista la fillette. *C'est un loser. Tu n'es rien, pour lui, à côté de son stupide boulot. C'est pas comme C.B. Tu lui plais beaucoup, mais il ne doit pas savoir que je te l'ai dit. Selon lui, je ne suis pas censée t'en parler.*

Maeve, va-t'en, sinon j'appelle ta mère pour tout lui raconter.

Sa nièce semblait partie. Mais pour combien de temps ? Briddey monta chez elle. Qu'allait-elle dire au sujet de la télépathie ou de C.B., la fois suivante ?

Son téléphone sonna. Trent.

— As-tu le numéro du domicile de C.B. ? demanda-t-il.

Oh, mon Dieu, il m'a entendue penser à C.B. !

— C.B. ? répéta-t-elle, comme si elle ne voyait pas de qui il parlait.

— Oui, tu sais, C.B., répliqua Trent avec impatience. Le type qui m'a appelé ce matin. Le dingue qui travaille en sous-sol dans son freezer et qui a mis au point l'appli TchatPlus.

— Oh, tu veux parler de C.B. Schwartz. Non, pourquoi ?

— Je n'ai toujours pas réussi à joindre le docteur Verrick. Où qu'il soit, il a éteint son portable. Je me disais que C.B. trouverait peut-être un moyen de le contacter, en forçant un appel d'urgence, que sais-je. Mais je n'arrive pas à le joindre non plus, et il n'est pas dans son labo. Tu ne saurais pas comment le contacter, par hasard ?

— Non, répondit-elle. Je suis sûre que le docteur Verrick sera rentré demain matin. Sinon, quelqu'un dans son bureau saura certainement comment le joindre.

— On ne peut pas attendre aussi longtemps. Je ne crois pas que tu mesures l'importance de ce que ça implique pour nous, chérie.

Chérie, pensa-t-elle avec dégoût. Elle fronça les sourcils. Si Trent ne l'aimait pas – et elle n'en doutait plus, même si c'était douloureux –, pourquoi avait-il cru que l'AEC marcherait ? Seuls les couples liés émotionnellement parvenaient à se connecter. Dans ce cas, pourquoi avoir fait l'opération avec elle ?

— As-tu reçu les mots que je t'ai envoyés ? s'enquit-il.

— Les mots ?

— Oui. Je t'ai envoyé une nouvelle liste. Dois-je comprendre que tu n'en as capté aucun ? Moi, j'en ai reçu plein de toi.

— Ah bon ? s'étonna-t-elle. (Son cœur commença à s'affoler.) Comme quoi ?

— Je t'ai entendue dire « glace » et « canard ». J'imagine que ça venait du menu, au restaurant. Il y a eu aussi « vipère » et « zombies ».

— « Zombies » ? Pourquoi est-ce que j'aurais dit ça ? Ou « vipère » ? Tu as dû mal interpréter.

— Au moins, je t'entends. Tu dois cesser de te faire du souci pour ta nièce et te concentrer davantage, lui reprocha Trent. Tu ne sais pas où C.B. a l'habitude d'aller quand il n'est pas au travail ?

Si, pensa-t-elle. *Dans les toilettes pour dames, les bibliothèques, les débarras.*

— Non.

— Merde ! jura Trent. Écoute, il faut que j'y aille. Ma secrétaire m'appelle... pour me dire qu'elle a trouvé le numéro de C.B., j'espère. Focalise-toi sur notre connexion, conclut-il avant de raccrocher.

Je dois prévenir C.B. que Trent le cherche, pensa-t-elle. Dans ce cas, qu'entendrait Trent ? Il lui suffisait de capter le nom de C.B. Briddey devrait attendre que Trent s'endorme et que C.B. la contacte, en espérant que Trent ne le trouverait pas entre-temps.

Que faire d'ici là ? C.B. lui avait conseillé de dormir, ce qui était une bonne idée. Ainsi, Trent n'entendrait plus rien. Toutefois, elle avait peur de laisser ses idées dériver en s'assoupissant et de se mettre à penser à lui... ou à Maeve. Comme elle le faisait en ce moment.

Pense à autre chose, se dit-elle avant de télécharger *Ode to Billie Joe*.

Mauvais choix. Il y avait trop de similitudes entre C.B. et la fille de la chanson : contrainte de garder des secrets, dans l'incapacité de partager ce qui lui arrivait, même avec sa famille. Tout en écoutant attentivement les paroles, Briddey repensa à l'hypothèse de C.B. : Billie Joe aurait sauté du pont peut-être pour échapper aux voix. Était-ce la véritable raison ? Billie Joe avait-il voulu protéger quelqu'un, comme C.B. l'avait fait pour Maeve ? À présent, elle comprenait pourquoi il avait dit que ce n'était pas pour son secret qu'il s'inquiétait…

Ça suffit, se sermonna-t-elle. *Trent va t'entendre*. Elle changea pour *Teen Angel*. Pourquoi les amoureux connaissaient-ils toujours un destin si tragique dans les chansons ? Et dans les poèmes ? Dans *The Highwayman*, les soldats du roi attachent Bess, la fille de l'aubergiste, et pointent un mousquet piégé sur son cœur. Elle est obligée de se tuer pour prévenir le bandit de grand chemin. S'ils avaient été télépathes, Bess n'aurait pas eu à se sacrifier pour l'avertir. Quant à la fille de la chanson, elle aurait su que Billie Joe allait sauter et l'en aurait empêché.

Par conséquent, les deux chansons auraient été beaucoup plus courtes, conclut Briddey. Il lui fallait quelque chose de long, un roman, qui ne lui rappellerait ni C.B. ni la télépathie. Éliminant donc *Notre-Dame de Paris* et *Loin de la foule déchaînée*, elle téléchargea *Le Jardin mystérieux* puis se blottit dans un coin du canapé pour lire.

Erreur. L'oncle de Mary Lennox, l'héroïne, entendait une « voix lointaine, et pourtant si claire », parlait de pensées « aussi puissantes que des batteries électriques », et se demandait s'il « perdait la raison », « croyant entendre des choses qui n'étaient pas destinées à des oreilles humaines ». *Pas étonnant que Maeve se soit fait happer par cette histoire*, songea Briddey. Elle préféra retourner à la mémorisation des paroles de chansons.

À minuit, Trent la rappela.

— As-tu trouvé le numéro de C.B. Schwartz ? demanda-t-elle.

— Non, mais j'ai trouvé le docteur Verrick. Du moins la ville où il séjourne. Apparemment, il ne serait pas au Maroc, mais à Hong Kong.

Il lui faudrait donc deux jours pour rentrer. Son soulagement fut tel que Briddey se rendormit aussitôt après ce coup de fil. Elle se réveilla seulement quand son téléphone sonna de nouveau. Elle le chercha à tâtons, fit tomber sa tablette du canapé et entendit C.B. appeler : *Dawn Patrol à Night Fighter, vous me recevez, Night Fighter ?*

Chut ! ordonna-t-elle. *Trent pourrait t'entendre. Je crois qu'il m'appelle sur mon portable en ce moment même.*

Non, rétorqua C.B. *C'est moi. Ou plutôt c'était moi*. La sonnerie cessa. *Ne t'en fais pas, Trent ne nous entend pas : il dort.*

Il te cherchait, l'informa-t-elle.

Je sais. Il ne m'a pas trouvé.

Ouf ! se réjouit-elle, vaseuse. *Quelle heure est-il ?*

Bientôt 3 heures.

Du matin ?

Je le crains. Je n'attendais qu'une chose : que Trent abandonne et aille se coucher, mais il parlait encore avec le service informatique il y a une demi-heure, pour essayer de localiser Verrick.

Il serait à Hong Kong.

Je sais. Le service informatique appelle tous les hôtels ; ce n'est qu'une question de temps avant qu'ils le trouvent. Ensuite, ils rappelleront Trent, ce qui le réveillera. Il faut donc profiter de ce délai.

Bien sûr. *Désolée,* s'excusa-t-elle en s'asseyant. *Je suis réveillée, maintenant.*

Ce sera mieux de parler à voix haute, au cas où Trent se réveillerait. Alors, si tu t'habilles…

Je suis déjà habillée, l'interrompit-elle en mettant ses chaussures. *Où veux-tu qu'on se rejoigne ?*

En bas.

Quoi, tu es là ? Tu veux monter ?

Non, toi, descends. Je voudrais te montrer quelque chose.

J'arrive, dit-elle. Elle enfila un sweat-shirt, hésita devant son manteau puis décida qu'elle n'en aurait pas besoin pour le court trajet jusqu'à la voiture de C.B. Attrapant ses clés, elle éteignit les lumières et descendit l'escalier d'un pas pressé mais léger pour sortir dans la nuit.

La Honda de C.B. nulle part en vue, Briddey s'avança sur le trottoir et scruta la rue dans les deux sens, se demandant si Trent s'était réveillé et C.B. ravisé.

— Non, il dort toujours, déclara le jeune homme en émergeant de l'ombre. Il y a des centaines d'hôtels à Hong Kong, alors j'ai pensé qu'on serait tranquilles une heure ou deux. Viens.

Ils se mirent en route dans la rue obscure.

— Écoute, dit C.B. en marchant. Je suis sincèrement désolé pour Trent et le télépathie-phone. J'aurais dû t'en parler avant, mais je ne voulais pas…

— … que je monte encore sur mes grands chevaux et t'accuse d'essayer de nous séparer, comme je l'ai fait quand tu as voulu m'avertir pour la télépathie ?

— Non, ce n'est pas…

— C'est bon. Je ne t'en veux pas. De toute façon, je ne t'aurais sans doute pas cru si je ne l'avais pas entendu de la bouche de Trent. Je veux dire : dans ses pensées.

— Quand même, c'est dur de l'apprendre comme ça. (Il se tourna pour lui faire face.) Ça va ?

—Je croyais que tu lisais dans mes pensées.

—C'est vrai.

—Alors tu sais que je suis furieuse qu'il m'ait menti et qu'il se soit servi de moi. Je suis aussi très en colère contre moi-même d'avoir été niaise à ce point. Toutefois, il y a quelque chose que je ne comprends pas. Pourquoi pensait-il que l'AEC marcherait?

—En fait, tu n'as pas besoin d'être liée émotionnellement pour…

—Oui, je sais, et tu le sais aussi, mais Trent, lui, l'ignorait. Il croyait que c'était une obligation, et il savait qu'il ne…

—Ça, je n'en jurerais pas, répliqua C.B. D'après ce que j'ai entendu, il se croit amoureux.

—Il ne reconnaîtrait pas l'amour s'il le prenait en pleine figure.

—C'est juste, mais il ne serait pas le premier à confondre amour et idylle.

Tu parles de moi, songea Briddey.

—En plus, il fallait que l'AEC marche pour son téléphone. Pour ça, il devait avoir un lien affectif. Il avait donc toutes les raisons de se convaincre qu'il en avait un avec toi. Je te l'ai dit: les gens sont experts en aveuglement.

—Oui, c'est vrai que tu me l'avais dit.

Elle comprit alors que leurs discussions sur les gens incapables d'identifier leurs sentiments et le chic type qu'était Hitler n'avaient pas uniquement pour but de la dissuader de faire l'AEC. C.B. avait voulu la mettre en garde contre Trent. Elle ne s'était pas montrée assez maligne pour voir plus loin que les bouquets de camélias, les dîners aux chandelles et les cheveux bien peignés de Trent.

—Ne sois pas si dure envers toi-même, modéra C.B. Jeanne d'Arc avait foi dans le Dauphin, qui lui aussi n'était qu'un sale traître, lâche et menteur. Comment aurait-elle pu le savoir? De plus, sauver la France était plutôt une bonne idée. (Il la regarda.) Elle a juste accordé sa confiance à la mauvaise personne.

Tout à coup, Briddey eut une conscience aiguë de leur proximité et de la pénombre ambiante.

Il est temps de changer de sujet, songea-t-elle.

—Je ne comprends toujours pas comment on a pu se connecter, lui et moi, alors qu'il n'est pas irlandais. Je sais que tu as parlé d'une petite bonne irlandaise parmi ses ancêtres…

—Plus d'une, je dirais, et un ou deux garçons d'écurie.

—Mais n'est-ce pas plutôt parce que tu t'es trompé dans ta théorie sur les gènes irlandais à l'origine de la télépathie?

—Non.

Elle attendit qu'il étaye son propos, mais il n'en fit rien. Il se remit à marcher.

Il n'y a pas que moi qui change de sujet, pensa-t-elle. Elle décida de revenir à la charge.

— Tu disais que les Anglais étaient porteurs des gènes inhibiteurs, insista-t-elle en accélérant le pas pour ne pas se laisser distancer. Alors comment… ?

— Peut-être que quelque chose a rendu Trent plus réceptif. Sais-tu s'il a pris les anxiolytiques prescrits par Verrick ?

— Non. Tu crois que… ?

— Combinés à une agitation émotionnelle intense, et avec la pression engendrée par les comptes à rendre à son patron, oui, ça pourrait être un facteur déclencheur.

— N'oublions pas que j'ai demandé : « Où es-tu ? », précisa Briddey avec morosité, se souvenant du moment où elle avait appelé C.B. sous l'abribus. Si je t'avais appelé par ton nom…

— Trent aurait découvert notre connexion, et nous serions encore plus dans la panade.

Il s'immobilisa de nouveau. Elle regarda autour d'elle, surprise de la distance qu'ils avaient parcourue. Ils se trouvaient à trois pâtés d'immeubles du sien, et toujours aucun signe de la Honda de C.B.

— Où es-tu garé ?

— À côté de ta voiture, répondit-il en indiquant la direction opposée.

— Alors où allons-nous ? Je croyais que tu voulais me montrer quelque chose.

— En effet. Ça. (D'un ample geste du bras, il désigna la rue déserte et les immeubles plongés dans le noir.) Écoute comme c'est calme.

C'était calme. Il n'y avait ni brise soufflant dans les cheveux en bataille du jeune homme, ni bruit de circulation, ni même un véhicule roulant dans la rue principale, à une centaine de mètres de là.

— Je ne parle pas de ça, rectifia C.B., mais des voix. Écoute.

Il avait raison. Le rugissement lointain au-delà du mur de briques s'était mué en un murmure à peine audible.

— Est-ce que tout le monde dort ? s'étonna Briddey, émerveillée.

— Non. Hélas, ça n'arrive jamais. Il y a toujours les chauffeurs routiers longue distance, les insomniaques et les travailleurs de nuit, mais 3 heures du matin, c'est la meilleure heure. Les bars sont fermés depuis une heure, les mères ont recouché leur bébé, ceux qui battent leur femme sont ivres morts, et les livreurs et infirmières qui commencent leur tournée à 5 heures ne sont pas encore levés.

— Mais n'y a-t-il pas des gens réveillés qui tournent comme des hamsters dans leur roue ? s'enquit Briddey en se revoyant elle-même à 3 heures du matin ces derniers jours.

— Si, ils s'inquiètent pour leurs traites, le grain de beauté qu'ils ont dans le dos et tout ce qu'ils regrettent d'avoir fait ou dit. Trois heures du matin, c'est vraiment l'heure où le subconscient fait remonter doutes, remords et culpabilité. « La nuit noire de l'âme », disait F. Scott Fitzgerald.

Pourtant, ce n'était pas ce que Briddey entendait : ces voix-là s'apparentaient à un murmure paisible.

— C'est parce que, à cette heure-ci, ces mêmes insomniaques lisent, comptent les moutons ou regardent un vieux film à la télé pour se rendormir, transformant ainsi le monde entier en une immense salle de lecture. C'est le moment de la nuit que je préfère.

Elle comprenait pourquoi. C.B. devait passer ses journées à tenter de faire taire les voix. C'était le seul moment où il pouvait relâcher son attention, être presque comme les autres.

— Exactement, confirma-t-il en jetant un rapide regard alentour. C'est *My Time of Day*, comme dirait Sky Masterson.

— Sky Masterson ?

— Le héros de la comédie musicale *Guys and Dolls*. Tu te souviens du film dont je t'ai parlé, avec toutes les chansons super pour se protéger contre les voix ? *Luck Be a Lady* et *Adelaide's Lament*...

— La chanson sur le rhume ? demanda Briddey en pensant : *Adelaide a sûrement pris froid parce qu'elle n'avait pas mis de manteau.*

Elle regrettait de ne pas porter le sien : il faisait un froid polaire.

— Oui, celle-là, dit C.B. en ôtant sa veste pour la draper sur les épaules de Briddey.

— Tu me prêtes toujours ta veste, fit-elle remarquer. Merci.

— Avec plaisir. Pour en revenir à Sky Masterson, c'est un amateur de jeux de hasard. Il ramène sœur Sarah...

— Sœur Sarah ?

— Oui, une missionnaire de l'Armée du salut. Encore un exemple de fille beaucoup trop bien pour le type avec lequel elle se retrouve coincée. Bref. Sky et sœur Sarah reviennent de La Havane juste avant l'aube, et Sky lui dit que c'est son moment préféré de la journée, sans circulation, sans personne autour, et...

Il s'arrêta, et resta immobile pour tendre l'oreille.

— Quoi ? s'inquiéta Briddey. Trent est réveillé ?

— Non. C'est Darrell, du service informatique. Ils ont une piste pour Verrick. Ils pensent qu'il est à Hong Kong pour faire une AEC sur un haut dignitaire chinois et sa maîtresse, ce qui est une excellente nouvelle.

L'endroit où il se trouve devra rester secret, et Trent va avoir du mal à le joindre. Même s'il y parvient, Verrick aura une excuse toute trouvée pour ne pas rentrer.

— Pourquoi ne voudrait-il pas rentrer ?

— Parce que Trent va lui dire qu'à cause de l'AEC lui et toi entendez des voix. Comme je te l'ai dit, Verrick ne peut pas se permettre d'être mêlé à quelque chose qui paraisse dingue et mette un terme à sa carrière, comme le docteur Rhine ou l'hypnotiseur de Bridey Murphy.

— Et s'il est déjà mêlé à la télépathie ? S'il est complice de Trent ?

— Ils ne le sont pas. Je n'ai rien entendu qui prouve que Trent ait parlé à Verrick de son idée de téléphone. Il attendait que vous soyez tous les deux connectés pour aborder la question des scanners, et il était réellement surpris d'apprendre que Verrick avait avancé la date de votre opération.

— Oh, tant mieux. Ça me tracassait. Mais, si le docteur Verrick a la preuve que la télépathie existe…

— Il ne l'aura pas. Tout ce qu'a Trent, c'est toi, et si Verrick vous demande de lui faire une démonstration, tu peux faire comme ce matin et écrire des mots différents de ceux qu'il t'envoie. Verrick en conclura qu'il est face à un cas d'imagination débordante.

— Et Trent ? Il m'a parlé. Il a entendu ma voix. Il le dira au docteur Verrick.

— Tu n'auras qu'à lui dire que tu ne vois pas du tout à quoi il fait allusion. Ce sera sa parole contre la tienne.

J'aimerais croire que ce sera aussi simple, songea Briddey en ramenant les pans de la veste de C.B. sur elle.

— Et si Trent progresse et arrive à lire dans mes pensées comme tu le fais, qu'il sache que je l'ai entendu, et donc que je mens ?

— Ce serait toujours sa parole contre la tienne. De toute façon, il n'ira pas jusque-là, même si ça me perturbe un peu que tu l'aies entendu par hasard penser au téléphone…

— Ce n'était pas un hasard, précisa Briddey. Je l'écoutais volontairement.

C.B. s'immobilisa pour la dévisager.

— Pourtant, je ne t'ai pas appris comment…

— Je sais. J'ai trouvé toute seule.

— Mais les voix… Comment les as-tu empêchées de te submerger quand tu as… ?

— … ouvert la porte ? Je ne l'ai pas fait. J'avais trop peur. J'ai trouvé un moyen de les écouter depuis la cour. À la radio.

— La radio ? s'étonna-t-il.

— Oui, comme celle de ton labo.

Elle lui expliqua comment elle avait procédé.

— Waouh ! s'exclama-t-il. Très impressionnant ! Tu es presque…

Il s'interrompit brusquement.

Trent doit être réveillé, pensa Briddey. Son cœur se serra à la perspective que ce moment doive prendre fin. C'était si agréable d'être ensemble, dehors.

— Ils ont trouvé le docteur ?

— Le docteur ? répéta C.B. Oh, non. Je vérifiais juste que Trent dormait toujours.

Bien, se félicita Briddey. *Ainsi, rien ne nous oblige à écourter ce moment.*

Heureuse, elle regarda les immeubles autour d'elle et la rue déserte. Il flottait dans l'air un parfum de lilas et de terre mouillée. Dans les espaces entre deux lampadaires, le ciel noir était parsemé d'étoiles.

Toutefois, C.B. ne prêtait pas attention à leur environnement.

— Les types du service informatique ne vont pas tarder à localiser Verrick. Ils vont appeler Trent d'une minute à l'autre. Avant qu'ils le fassent, je voudrais te parler de certaines choses. (Il prit une profonde inspiration.) Tout d'abord, c'est ma faute si tu es dans un tel pétrin.

— Quoi ? C'est Trent qui…

— Non. Il y a deux mois, il est venu me voir au labo pour que je fasse des recherches sur le fonctionnement de l'AEC. Après quoi il m'a demandé si je croyais possible d'établir un système de circuits électroniques émulant les chemins neuronaux produits par l'AEC. Je lui ai répondu que non, pas sans un scanner cérébral des patients qui auraient subi l'opération.

Il regarda Briddey d'un air désolé.

— J'ai dit ça parce que je savais qu'il n'avait aucune chance d'accéder aux dossiers des patients, à cause de la charte de confidentialité, poursuivit C.B. Évidemment, je ne voulais pas que Commspan commence à fourrer son nez dans la communication mentale, même si ça se limitait aux émotions. Mais, en deux temps trois mouvements, Trent sortait avec toi, et vous alliez faire une AEC ! Avec tes cheveux roux et ton nom, j'ai supposé que tu avais le gène. C'est pourquoi j'ai voulu t'avertir. J'avais peur qu'à la suite de l'opération tu entendes des voix, que tu l'annonces à Trent et qu'il découvre l'existence de la télépathie.

— Tu mens, objecta-t-elle. Ce n'est pas à cause de mes cheveux roux ni de mon nom que tu craignais que je devienne télépathe. C'était à cause de Maeve.

C.B. jeta sur elle un regard effaré.

— Tu sais pour Maeve ?

Briddey acquiesça.

— Comment ? s'enquit C.B. Ne me dis pas que c'est elle qui a avoué. Elle était terrorisée à l'idée que tu l'apprennes et préviennes sa mère. Elle m'a fait jurer de garder le secret. J'imagine que tu l'as entendue sur ta radio ?

— Non, et non plus. Elle ne m'a rien dit. C'est moi qui ai fait le rapprochement.

— Avec les Lucky Charms, hein ?

— En partie. Tu lui as aussi donné le truc des guimauves pour la distraire des voix, c'est ça ?

— Oui.

— Je me demandais pourquoi tu parlais de céréales pour enfants, dit Briddey. J'ai aussi compris que c'était à Maeve que tu t'adressais quand je ne parvenais pas à te contacter. Comme la première fois où j'ai commencé à entendre d'autres voix à Commspan et que tu t'es absenté brusquement, au beau milieu de notre dispute.

Il hocha la tête.

— Je pensais lui avoir enseigné comment maintenir les voix à distance, expliqua-t-il, mais je n'avais encore jamais eu à le faire pour autrui, alors ce n'était pas parfait. Il fallait sans cesse que je vole à son secours pour renforcer ses défenses, et toujours au moment le moins opportun. La dernière fois, il m'a fallu une éternité pour la calmer et l'aider à rebâtir ses défenses… surtout que je le faisais à distance. Le temps qu'on finisse, tu avais déjà des problèmes au théâtre. Puis, quand on était dans le débarras, elle a réussi à se mettre encore dans le pétrin. C'est pourquoi je suis retourné à la porte, pour me concentrer et lui parler, et que je n'ai pas entendu la bibliothécaire arriver jusqu'à ce qu'elle soit à quelques mètres de nous. J'ai à peine eu le temps d'éteindre la lampe torche, et après ça…

— C'est moi qui me suis effondrée, se souvint Briddey. Ça aussi, je l'avais compris. Et tu ne lui as pas envoyé de texto pour lui dire quoi répondre si Trent appelait. Tu l'as fait par télépathie.

— Ça alors ! Tu es presque aussi bonne détective que ta nièce. Sait-elle que tu es au courant ?

Briddey hocha la tête.

— Elle était branchée en douce quand j'ai compris.

— Et elle nous écoute sûrement en ce moment, supposa C.B. Encore que, dans ce cas, elle n'aurait pas manqué de mettre son grain de sel. (Il inclina la tête sur le côté un instant.) C'est bien ce que je pensais : elle dort à poings fermés.

Ouf, quel soulagement! se réjouit Briddey. Qui sait ce que Maeve aurait dit si elle avait été là !

— Tu disais qu'elle avait paniqué quand les voix l'ont assaillie. Est-ce qu'elle va bien ?

— J'ai réussi à bloquer le plus gros temporairement, le temps qu'elle érige ses défenses. Chez elle, les voix ne sont pas apparues aussi vite que chez toi. Les deux premières semaines, elle n'en entendait qu'une ou deux à la fois.

C'est pourquoi elle lisait Les Chroniques des voix obscures, pensa Briddey. *Elle avait peur d'être schizophrène, elle aussi.*

— Oui, confirma C.B. Je l'ai entendue s'inquiéter à ce sujet. Je l'avais vue une fois ou deux alors qu'elle était venue te rendre visite à Commspan, alors j'ai reconnu sa voix. J'avais peur que ses craintes à propos de la schizophrénie soient provoquées par des voix, malgré son très jeune âge.

— Alors tu as communiqué avec elle, et vous avez mis au point cette histoire de devoir de sciences pour dissimuler que tu lui enseignais comment se protéger.

— C'est à peu près ça.

— Je te remercie du fond du cœur. Je n'ose imaginer ce qui aurait pu lui arriver si tu n'avais pas été là pour l'aider.

— Je ne voulais pas qu'elle vive ce que j'ai vécu, même si elle aurait pu s'en sortir toute seule. C'est vrai qu'elle a tendance à surestimer ses capacités et à sous-estimer les voix, mais elle a un réel talent pour empêcher les intrus d'entrer.

— C'est parce qu'elle a bénéficié d'un excellent entraînement avec sa famille.

C.B. sourit.

— Oui, elle m'a parlé d'Oona et de sa mère. Maeve la surnomme la Stasi, mais si tu veux mon avis elle n'arrive pas à la cheville de sa fille dans le domaine de l'informatique. Maeve est un prodige pour ce qui est de créer des codes de sécurité. Maintenant qu'elle sait comment écouter Mary Clare, ta pauvre sœur n'a plus aucune chance. Inutile de t'en faire pour les voix de Maeve, désormais. En plus d'un périmètre de sécurité et d'une pièce refuge, elle a un pare-feu crypté !

— Et un château avec des douves et une tour. Et des portes antizombies, ajouta Briddey.

C.B. rit.

— Tu vois ? Elle se débrouille très bien toute seule.

— Sauf si Trent se rend compte de ses aptitudes.

— Oui, répliqua C.B., tout à coup sérieux. C'est pourquoi on doit veiller à ce que ça n'arrive pas.

— Et à ce qu'il n'apprenne pas pour toi, ajouta Briddey.

C.B. hocha la tête.

— Jusque-là, ça va. Il ne t'a pas entendue mentionner mon nom ni ce qui s'est passé la nuit précédente. Il croit toujours que tu as quitté le théâtre pour aller chez ta tante. Personne de Commspan ne nous a vus récupérer ta voiture à l'hôtel, et il n'y a aucun indice qui puisse lui faire deviner notre lien.

— Hormis ton coup de fil à l'hôpital, quand tu as prévenu que j'étais sortie de ma chambre pour aller dans l'escalier.

— Mais je n'ai pas donné mon nom, alors, à moins que l'hôpital retrace l'origine de l'appel, tout va bien. Il n'y a aucune raison qu'ils le fassent, car Verrick ne croira pas Trent.

Briddey pria pour que ce soit vrai. S'ils apprenaient, pour C.B. et toutes ses connaissances sur le sujet, ils le traqueraient à mort. Et, lorsqu'ils découvriraient qu'en réalité il était irlandais…

— Trent n'a pas encore fait le rapprochement avec l'Irlande. Il n'a même pas encore compris ton rapport avec la télépathie. Il croit juste à un heureux hasard grâce auquel il concevra un téléphone encore plus performant qu'avec une simple connexion empathique. Il est totalement absorbé par ce projet, à tel point qu'il n'imagine pas une seconde que Verrick puisse le prendre pour un fou.

— Quand même, je ferais mieux de recommander à Maeve de me contacter uniquement par téléphone.

— Bonne idée, commenta C.B. D'ailleurs, ce serait bien qu'on ait un nom de code quand on parle d'elle. Il ne faudrait surtout pas que Trent se rende compte qu'elle fait partie du lot.

— Que dirais-tu de Raiponce ? Ou de Cendrillon ?

— Non, trop évident. On va dire Cendrine. Et assure-toi de penser Cendrine, pas seulement de le dire, sans quoi son vrai prénom transparaîtra.

— Je ferai attention. Pour en revenir au docteur Verrick, tu disais n'avoir aucune preuve de sa duplicité. Tu doutes encore de lui ?

— Autrement dit : tu veux savoir si je suis capable de lire dans ses pensées ? Hélas, non. Je n'ai jamais entendu le son de sa voix. La nuit où il est venu te rendre visite dans ta chambre d'hôpital, j'étais chez moi. Je prévoyais d'aller le voir à son cabinet la nuit où on t'avait fixé rendez-vous à minuit, mais il n'y était pas présent physiquement, et Hong Kong n'est pas la porte à côté. Cependant, je suis capable d'entendre Trent. Si Verrick était dans le coup, j'en aurais certainement eu la preuve. Ce n'est pas le cas. Il…

Il s'interrompit, le menton levé, de nouveau en alerte.

Briddey le regarda prêter l'oreille. Il avait l'air épuisé. *C'est bien normal*, songea-t-elle. *Il a encore moins dormi que moi.* Elle culpabilisa de s'être assoupie ce soir-là pendant que C.B. montait la garde, attendant que Trent sombre dans le sommeil. Protéger Maeve et Briddey occupait C.B. depuis des jours, à présent.

Quand il revint à lui, Briddey demanda :

— C'était Trent ?

— Non, toujours Darrell du service informatique. Apparemment, notre bon docteur n'est pas à Hong Kong, mais en Arizona.

— Oh, non ! Ça veut dire qu'il pourrait revenir dès demain. Enfin, aujourd'hui. Cet après-midi.

C.B. secoua la tête.

— Ils ne l'ont pas encore trouvé. Il a pris un vol pour Phoenix, mais il n'a pas réservé de chambre d'hôtel et il a loué une voiture. Il avait donc sans doute l'intention d'aller ailleurs : à Palm Springs, au Grand Canyon ou à Mexico. De plus, il est dans une des zones du pays les moins bien couvertes par le réseau. S'il est en plein désert, ils pourraient mettre des jours à le localiser. Ce qui me laisse le temps de te dire…

— … la suite à propos de Sky Masterson et sœur Sarah.

Après un silence, C.B. répliqua :

— Oui, Sarah et Sky. (Briddey eut l'impression qu'il avait l'intention de parler d'autre chose.) Où en étais-je ?

Nous étions tous les deux au beau milieu de la nuit, pensa Briddey, *dans l'obscurité au délicieux parfum de lilas.*

— Tu disais qu'ils revenaient de La Havane.

— Oui. (Il la regarda.) Sky l'avait emmenée à Cuba pour…

— Empêcher son petit ami de découvrir sa télépathie ?

— Non, gagner un pari. Et la mettre dans son lit. Il l'a fait boire, manger, l'a enivrée, mais ensuite…

Il est tombé amoureux d'elle.

— C'est ça, dit C.B. d'une voix rauque. Il l'a ramenée à New York, a évoqué le meilleur moment de sa journée et s'apprêtait à lui parler de quelque chose, exactement comme moi… Merde.

— Quoi, un problème ? demanda-t-elle.

Mais elle savait déjà. Trent était réveillé.

— Non, pas encore, rectifia C.B. d'un air dégoûté, mais je viens d'entendre Darrell penser qu'il allait appeler Trent pour lui demander s'il a une idée de l'endroit où pourrait se trouver Verrick. Désolé. Je n'imaginais pas qu'ils l'appelleraient avant d'avoir localisé le docteur. Viens, il faut que tu rentres. (D'un pas rapide, il prit la direction de son immeuble.) Il se peut que Trent t'appelle, et je ne voudrais pas qu'il capte quoi que ce soit lui indiquant que tu étais dehors à une heure pareille.

— Mais tu disais qu'il entendait mes pensées de manière sporadique.

— Certes, mais je ne le croyais même pas capable de se connecter à toi, alors mieux vaut éviter de prendre des risques, d'autant plus que Maeve est aussi concernée. Toi et moi, c'est une chose, mais elle, ce n'est qu'une gosse. Des douves et une tour ne résisteraient pas aux attaques dont sont capables la presse et l'armée. À ce propos, ajouta-t-il en accélérant l'allure sur le trottoir, à partir de maintenant, on doit s'en tenir aux moyens de communication traditionnels. Et pas ceux en lien avec Commspan. Dès que tu iras au boulot, viens me voir au labo. Je te donnerai un portable jetable pour que tu puisses m'appeler en cas de pépin.

— Et s'il arrive quelque chose avant ?

— Ne t'en fais pas, la rassura-t-il. Il est… (il jeta un coup d'œil à sa montre) … presque trois heures et demie du matin. On se revoit dans cinq heures et demie à Commspan. Je doute que Trent réussisse à localiser Verrick d'ici là. Même s'il y parvenait, le portable de notre bon docteur est sûrement en mode silencieux ; il n'aura son appel que le matin. Sinon, il sera agacé d'être réveillé, surtout si c'est Trent qui lui annonce qu'il veut installer la perception extrasensorielle sur un smartphone.

— C'est possible ? demanda Briddey en courant presque pour ne pas se laisser distancer. De créer un appareil capable de traduire la télépathie en outil technologique, qu'on pourrait mettre sur un téléphone ?

— Pas si c'est moi qui en suis chargé.

— Je ne plaisante pas. Est-ce possible ?

— Pas tant qu'ils ignorent comment ça marche et ce qui la provoque. C'est pourquoi il est essentiel que Trent continue à croire que seule l'AEC est en cause, et que vous êtes les seuls à avoir expérimenté le phénomène.

— Et que nous nous sommes connectés uniquement grâce à notre lien affectif.

— C'est ça, confirma C.B. Désolé.

Ils venaient d'arriver devant l'immeuble de Briddey. Après avoir penché la tête une seconde, il poursuivit :

— Darrell cherche le numéro de Trent. Tu ferais mieux de rentrer.

— Mais tu avais autre chose à me dire, non ?

— Oui. Ça devra attendre.

— Tu es sûr qu'il n'y a pas moyen de bloquer Trent quelques minutes ? Tu pourrais monter me dire ce que c'est, et finir l'histoire de Sky Masterson et sœur Sarah…

Il secoua la tête.

— Ça ne marche pas comme ça. Écoute, il faut que tu rentres et que j'aille me mettre au lit. Toi et moi nous aurons besoin d'avoir l'esprit clair, demain. Bonne nuit, la salua-t-il.

Il disparut si vite qu'elle n'eut même pas le temps de lui rendre sa veste.

C.B. ! Attends ! lança-t-elle avant de courir après lui. Elle lui tendit le vêtement.

— Merci de me l'avoir prêtée, souffla-t-elle.

— Pas de souci, répliqua-t-il d'un air grave.

Pendant le long moment durant lequel elle retint sa respiration, elle crut qu'il allait l'embrasser, mais il ne le fit pas. À regret, il secoua la tête et répéta :

— À demain.

Il s'éloigna pour rejoindre sa voiture.

Briddey resta là à l'observer puis rebroussa chemin précipitamment. Une fois chez elle, elle se jeta sur son portable.

Trent n'avait pas appelé. Malgré les propos de C.B., elle doutait qu'il le fasse. Il était trop occupé à téléphoner aux hôtels de Flagstaff et de Yuma pour retrouver la trace du docteur Verrick. Et trop concentré pour écouter Briddey à son insu.

Mais, au cas où il le ferait, il fallait qu'elle se rendorme. Elle se déshabilla, se mit au lit, éteignit la lumière et essaya de ne plus penser à rien. En vain. Elle ne cessait de se demander ce que C.B. avait voulu ajouter. Était-ce quelque chose d'encore plus grave au sujet de la télépathie ? Ou pire : ça concernait la manière dont les gens tenteraient d'en faire usage ? La CIA voudrait localiser les terroristes et les bases militaires secrètes, découvrir les plans des ennemis, les codes de l'arme nucléaire ; peu importaient les moyens de pression employés pour obtenir ces informations de C.B., de Maeve ou d'elle. Ils se moqueraient bien de lâcher sur eux une horde de zombies, un déluge ou…

Ou quoi ? Quelle forme prenaient les voix, chez C.B. ? Il ne le lui avait jamais dit. Si elle lui posait la question, elle doutait qu'il réponde. Il lui faudrait demander à Maeve.

Selon C.B., ils devaient faire silence radio. Trent avait probablement déjà été réveillé par Darrell du service informatique, et à cette heure Maeve dormait sans doute encore. Mais, si Briddey attendait, l'occasion ne se présenterait peut-être plus.

Elle se rendit dans sa cour et alluma sa radio sur la fréquence de Trent. Rien, pas même des parasites. Par sécurité, elle tourna légèrement le bouton d'un côté puis de l'autre, avant de se mettre à la recherche de la voix de Darrell.

Elle le trouva presque aussitôt. *… ne sais pas… ferais peut-être mieux d'attendre d'avoir une piste plus sûre…*

Il n'avait donc pas encore appelé Trent. Elle revint à la fréquence de Trent. Toujours rien.

Maeve! appela-t-elle.

Salut, Tante Briddey, répondit Maeve presque tout de suite. *Un problème?*

Non. Je voulais juste te poser une question. Tu disais que tes voix étaient des zombies?

Oui, du genre à faire très peur et increvables, même quand tu leur coupes la tête. Ils essaient de te mordre, et…

Et les voix de C.B., ce sont aussi des zombies?

Bien sûr que non, rétorqua Maeve de son ton le plus condescendant. *Les voix sont différentes pour chacun. Ça dépend de quoi tu as peur et à quoi tu penses.*

C.B. t'a-t-il dit quelle forme elles prenaient chez lui?

Non. Il ne voulait pas me donner d'idées. Mais j'ai trouvé. Le feu.

Chapitre 26

« — Bon. Le plan A, c'est de la merde. C'est quoi, le plan B ?
— On y réfléchit. »

Primeval

— Le feu ? répéta Briddey, horrifiée.

Ça expliquait l'obsession de C.B. pour Jeanne d'Arc. Qui avait été brûlée vive.

Il ne doit pas savoir que je te l'ai dit, la prévint Maeve. *Il ne sait pas que j'ai compris toute seule.*

Ne t'en fais pas, la rassura Briddey. *Merci, Maeve. Rendors-toi.* Elle se rendit compte que sa nièce devait être réveillée si elle avait entendu son appel. *Que faisais-tu debout à cette heure, d'ailleurs ?*

J'ai fait un cauchemar.

C'est ce qui arrive quand on regarde des films de zombies.

Ce n'est pas ça, rétorqua Maeve, indignée. *Je regardais* La Belle et la Bête, *le moment super flippant où les villageois prennent d'assaut le château pour traquer la Bête.*

Comme le feraient Trent et le docteur Verrick s'ils apprenaient que la télépathie existe, songea Briddey. Pour éviter que Maeve l'entende, elle enchaîna : *Il faut voir la suite, où Belle sauve la Bête puis ils vivent heureux jusqu'à la fin de leurs jours. Après, au lit. Tu as école demain.*

C'est ta faute si je ne dors pas, protesta Maeve.

Il fallut à Briddey cinq minutes de plus pour mettre un terme à la conversation, après quoi elle éteignit la lumière et resta allongée dans le noir, à penser aux voix de C.B.

Elle trouvait l'idée de déluge terrifiante, mais le feu était encore pire. Même Jeanne d'Arc avait dû être ligotée au poteau lors de son exécution. Pourtant, C.B. avait plongé dans les flammes volontairement pour les secourir, Maeve et elle. À plusieurs reprises. *En plus, il le referait si j'avais des ennuis*, s'émerveilla-t-elle.

Tu ne dois pas y penser, se réprimanda-t-elle. *Trent pourrait se réveiller à tout moment.* Comme si exprimer cette pensée l'avait déclenché, son téléphone sonna.

— Ça fait dix minutes que j'essaie de te joindre mentalement, lui reprocha Trent. Tu ne m'as pas entendu t'appeler ?

— Non. Je dormais. Quelle heure est-il ?

— 3 h 50, répondit-il. Bonne nouvelle : j'ai réussi à contacter le docteur Verrick. Il rentre immédiatement.

— Il rentre ?

— Oui. J'ai bien senti que tu étais inquiète, et je me suis dit que tu serais soulagée de savoir que je l'avais trouvé. Je n'ai pas encore de rendez-vous, mais je te le dirai dès que j'en saurai plus. Rejoins-moi dans mon bureau quand tu seras arrivée au boulot. On s'entraînera à échanger des messages. Je me suis exercé toute la soirée, et je te reçois beaucoup mieux ! Je suis sûr que toi aussi, tu peux y arriver. Il faut juste te concentrer.

Non, il faut surtout que je contacte C.B., pensa la jeune femme après que Trent eut raccroché. Mais comment ? Il avait dit qu'il rentrait se coucher. S'il dormait, il n'entendrait pas Briddey l'appeler. En revanche, Trent l'entendrait peut-être. Elle ne pouvait donc pas non plus contacter Maeve par télépathie pour lui demander d'appeler C.B.

Elle devrait s'en charger elle-même. Toutefois, C.B. lui avait donné pour consigne de ne pas utiliser son portable, et réveiller les voisins pour emprunter le leur à 4 heures du matin était inenvisageable.

C'est absurde, pesta-t-elle. L'AEC était censée ouvrir de nouvelles voies de communication ; au lieu de quoi elle avait coupé Briddey de toutes celles dont elle disposait jusque-là. *C'est un changement de paradigme, certes. Mais dans le mauvais sens.*

Il ne lui restait plus qu'à trouver un pigeon voyageur, un téléphone public, ou à attendre que Trent se rendorme pour appeler C.B. Cependant, Trent semblait avoir l'intention de rester éveillé toute la nuit pour « s'entraîner », et elle devait parler à C.B. du docteur Verrick tout de suite.

Elle opta pour le téléphone public. Si elle en trouvait un. D'après Kathleen, il en restait encore dans certaines stations-service et supérettes, mais sa sœur avait aussi mentionné le fait de manquer de monnaie quand son petit ami du moment l'avait abandonnée en pleine rue. Fallait-il comprendre que ces appareils n'acceptaient que les pièces ?

Dans son portefeuille, Briddey disposait en tout et pour tout de 13 cents. Elle n'avait aucune idée du coût d'un appel local, ces jours-ci : 25 cents, 50 cents ? Non, mieux valait avoir l'équivalent d'un dollar, juste au cas où.

Elle passa les dix minutes suivantes à retourner ses sacs à main et à fouiller ses poches de manteaux ainsi que les tiroirs de la cuisine. Enfin, elle parvint à réunir la somme nécessaire. Après avoir enfilé un jean et un pull, elle glissa la monnaie dans sa poche, attrapa ses clés, le numéro de C.B. griffonné sur le bout de carton, la veste qu'elle n'avait pas voulu prendre auparavant puis descendit l'escalier sur la pointe des pieds pour sortir de l'immeuble.

Trois heures du matin, c'était peut-être romantique, mais 4 h 15, ça ne l'était plus du tout. Il faisait froid et noir. Quand enfin elle trouva une supérette *7-Eleven*, celle-ci était fermée. Évidemment. Comme son nom l'indiquait, la chaîne était ouverte de 7 heures à 23 heures. Et le téléphone se trouvait à l'intérieur. Elle le voyait à travers la vitrine.

La station-service *Exxon* deux rues plus bas était fermée elle aussi, mais le téléphone public était à l'extérieur. Sauf qu'il n'y avait plus de téléphone. La station *Conoco* – également fermée – en avait un, mais il manquait le combiné. Briddey s'apprêtait à faire demi-tour pour rentrer quand elle repéra une épicerie devant elle : *BizziMart*.

Pas de téléphone public, mais sur la vitrine un écriteau disait : « DISTRIBUTEUR DE BILLETS, TÉLÉPHONE, MUNITIONS », et c'était ouvert. Le parking devant était rempli de motos.

Elle contourna le pâté d'immeubles, se gara sur le côté et entra. Elle le regretta aussitôt. Comparée à *BizziMart*, la *7-Eleven* ressemblait à la Rolls des supérettes. Lorsqu'elle arriva, l'employé la lorgna avec intérêt, tout comme le sans-abri près de la machine à café et les deux durs qui s'attardaient au rayon chips, faisant sans aucun doute partie du groupe de bikers stationné dehors. Elle souhaita brièvement pouvoir percevoir à quoi ils pensaient pour évaluer le degré de menace qu'ils représentaient, puis elle décida finalement qu'il ne valait mieux pas.

Le type au téléphone avait l'air encore plus dur que les deux autres. À sa manière de s'appuyer au mur au-dessous de l'appareil, la jeune femme déduisit qu'il y était depuis un moment. Elle songeait à partir quand l'homme hurla tout à coup :

— J'emmerde cette histoire et je t'emmerde toi aussi !

Il raccrocha violemment puis, suivi de ses compagnons, se dirigea droit vers Briddey.

Lorsqu'ils arrivèrent à sa hauteur, elle se hâta de battre en retraite au rayon sucreries avant de se précipiter sur le téléphone, sortant sa monnaie et le numéro de C.B.

Elle n'aurait pas dû perdre autant de temps à chercher des pièces : le téléphone acceptait les cartes de crédit. Elle glissa la sienne dans la fente, essayant de ne pas prêter attention aux taches poisseuses de Coca – ou de sang – séché sur le combiné, et composa le numéro de C.B.

La sonnerie retentit. Longuement. *Debout!* cria-t-elle en pensée, même si elle savait que, si C.B. dormait, il ne l'entendrait pas. Ou peut-être ne répondrait-il pas, si son appareil indiquait « numéro inconnu ». Son téléphone était-il seulement assez récent pour afficher l'origine de l'appel ? Connaissant C.B., il…

— Briddey ? demanda la voix de C.B. à l'autre bout du fil.

— Oui, répliqua-t-elle avec soulagement. Je te réveille ?

— Non, je planchais sur un truc. Que se passe-t-il ? Tu n'appelles pas de ton portable, au moins ?

— Non, le rassura-t-elle en jetant un coup d'œil au sans-abri.

Désormais dans le rayon sucreries, celui-ci la matait ouvertement, de même que l'employé penché sur le comptoir, qui scrutait alternativement Briddey et les bikers. Ils étaient toujours dehors, à parler avec animation, pouvant à tout moment revenir lui arracher le combiné des mains.

— Je t'appelle depuis le téléphone public d'une supérette de Linden, expliqua-t-elle en baissant la voix. Il faut que je te parle.

— Je suppose qu'on t'écoute, dit C.B.

— C'est ça.

Il avait dû lire dans ses pensées, car il enchaîna :

— Ça craint un peu, moyen, beaucoup, cet endroit ?

— Pas mal, souffla-t-elle.

— Tu veux que je vienne te chercher ?

— Non, répliqua-t-elle en jetant un coup d'œil à l'employé qui l'écoutait avec attention. Tu peux parler, ou je te dérange ?

— Je vérifie, répliqua C.B.

Puis, après un court silence :

— C'est bon, on peut parler. Trent s'est rendormi.

Tant mieux, se félicita Briddey. *Comme ça, je n'ai pas à rester là*. Elle s'apprêtait à raccrocher quand elle entendit à l'extérieur un : « Ouais, eh ben, toi aussi, va te faire foutre ! » Deux des bikers se disputaient tandis qu'une dizaine d'autres avaient surgi de nulle part. *Tout bien pesé, je crois que je ferais mieux de rester où je suis*. Cependant, elle ne pouvait pas se contenter de rester plantée là sans rien dire, sans quoi l'employé deviendrait suspicieux.

— Pas de problème, dit C.B. Répète après moi : « Du coup, j'ai répondu : "Je ne veux plus jamais te revoir", et je suis sortie de la voiture. » Après quoi, je te confirmerai que ton petit ami est un être répugnant…

Ce qui est tout à fait vrai, pensa Briddey.

— … et qu'en premier lieu tu n'aurais jamais dû sortir avec lui, etc. Tout ce que tu auras à faire, c'est placer à intervalles réguliers un : « Je sais » et un : « Tu as raison. » Entre-temps, on pourra discuter.

— Du coup, enchaîna Briddey en élevant la voix pour que l'employé l'entende, j'ai répondu que je ne voulais plus jamais le revoir, puis je suis sortie de la voiture.

Elle ajouta en silence : *Trent m'a appelée. Il a réussi à joindre le docteur Verrick, qui a décidé de rentrer immédiatement.*

— A-t-il précisé où il se trouvait ?

Non. Peu importe. S'il rentre, c'est qu'il a cru Trent.

— Pas forcément, rétorqua C.B. avec calme. S'il était en réunion à Scottsdale avec un riche client qui comptait faire une AEC, il serait peut-être rentré de toute façon.

Pourtant, d'après Trent, on aurait dit qu'il changeait de programme. Tu as dit toi-même qu'il ne reviendrait pas, parce qu'il ne voudrait pas être mêlé à ça.

— Oui, eh bien, peut-être qu'il s'est rendu compte que c'était trop tard, et qu'il revient contrôler les dégâts.

Mais Trent veut garder le secret, pour qu'Apple ne…

— OK, mais pas sûr que Verrick le sache. Il a peut-être supposé que Trent voulait rendre la chose publique, et il rentre afin de le convaincre du contraire. Comme moi quand je voulais te dissuader de faire l'AEC. Attends une minute, je vais chercher mon ordinateur portable.

Briddey profita de cette pause pour jeter un coup d'œil aux bikers : ils ne criaient plus. Au lieu de quoi ils se toisaient d'un air menaçant.

Je préfère ne pas entendre à quoi ils pensent, se dit Briddey.

L'employé la regardait avec attention.

— Tu m'avais pourtant prévenue à son sujet, énonça-t-elle clairement dans le combiné. J'aurais dû t'écouter.

— Et comment, confirma C.B. Je regarde les vols au départ de la région où se situe Verrick. Peu importe où il se trouve exactement, il devra décoller de Phoenix ou de Tucson. Même avec le premier vol demain matin – ce matin, plutôt –, il n'arriverait pas avant 10 h 15, et le premier vol en partance de Tucson atterrit quarante minutes plus tard. Donc il ne serait pas à son cabinet avant 11 h 30 au plus tôt, s'il est sur ce premier vol. Ce qui ne sera pas le cas : il est complet. Quant aux trois vols suivants, il n'y a plus de place en première ni en classe affaires depuis une semaine. Verrick ne me paraît pas être du genre à voyager entassé avec le commun des mortels…

Tu ne comprends toujours pas, intervint Briddey. *Et s'il revenait parce que Trent lui a avoué qu'on était télépathes, et qu'il le croie ?*

— Verrick ne me paraît pas être ce genre non plus. Quand tu étais à l'hôpital ou à son cabinet, il n'a jamais parlé de pouvoirs psychiques ni de dons de voyance, pas vrai ?

Non, répondit Briddey, sourcils froncés. Toutefois, un vague souvenir lui était revenu quand C.B. avait dit « pouvoirs psychiques ». Ce n'étaient pas les mots exacts, mais il avait été question de quelque chose de psychique. Des capacités psychiques ? Un don psychique ?

— Que disais-tu à propos de don psychique ? demanda C.B., alerté.

Rien, répliqua Briddey. Plus elle y pensait, plus elle était certaine que ce souvenir était sans rapport avec le docteur Verrick. C'était Kathleen qui lui en avait parlé, ou qui lui avait envoyé un texto à ce propos… Non, rien à faire, ça ne lui revenait pas.

— Et la divination, ou la télékinésie ? s'enquit C.B. Les a-t-il évoquées ?

Non.

— Dans ce cas, je pense qu'il y a de grandes chances qu'il rentre de peur que Trent ait des hallucinations auditives et lui colle un procès pour faute professionnelle.

Peu importe la raison, le fait est qu'il rentre, insista Briddey. *Il va me poser des questions. Je n'ai aucune envie de faire des examens…*

— Qui ne lui apprendront rien du tout. Je te l'ai dit, les scanners ne peuvent pas révéler à quoi tu penses, à moins que tu coopères.

Toujours d'après toi, le docteur Verrick ne chercherait pas de signes de télépathie, car il ignore que ça existe. Mais si Trent lui en parle, il le saura. Et, si Trent m'envoie un mot, et que la même zone du cerveau s'éclaire chez nous deux…

— Ça n'arrivera pas. Même si c'était le seul message que tu recevais à cet instant, ce qui ne peut pas être le cas : ton cerveau est sans cesse bombardé de visions, de sons, d'émotions, d'impulsions nerveuses, de pensées parasites… Je t'assure. Ton cerveau n'est pas une bibliothèque. L'endroit où tu ranges une pensée en particulier ne sera pas le même chez Trent, ou chez moi. Nous avons chacun un système d'archivage qui nous est propre. Ça s'apparente plus au Cloud qu'à des fiches d'archivage. Les pensées sont stockées dans des dizaines de zones différentes, avec des centaines de liens et de références croisées. Prends les céréales Lucky Charms. Tu as l'orthographe dans un coin, la prononciation dans un autre, l'aspect de l'emballage dans un troisième, plus le goût, le souvenir de les avoir mangées et achetées, d'en manquer…

De toi qui me demandais au théâtre ce que les guimauves représentaient…

—Exactement, confirma C.B. Ça rejoint aussi quelques autres trucs : tout ce qui a trait au petit déjeuner, les symboles irlandais, ce qui a le goût de craie… Sans compter les milliers d'interconnexions que ton esprit fait entre les mots « chance » et « enchantements ». Un bracelet magique, une patte de lapin porte-bonheur, *Luck Be a Lady*, un type que tu as entendu s'exclamer : « Peut-être que la chance va me sourire, ce soir ! » Tout ça se trouve dans différentes zones, avec des connexions qui varient. Toutes ces pensées sont reliées les unes aux autres pour former une sorte de gigantesque toile d'araignée, comme la toile d'Internet. La seule personne capable de s'y retrouver, qui puisse traduire une pensée pour les autres, c'est toi. Crois-moi, Verrick ne saura pas plus à quoi tu penses que l'employé de ta supérette. À ce propos, il serait peut-être temps de glisser un : « Tu as raison. »

Non, pas la peine, répondit Briddey en regardant l'employé, absorbé par un magazine. Dans le rayon le plus éloigné, le sans-abri fourrait un article sous son manteau. Les bikers semblaient s'être calmés : ils avaient enfourché leurs motos dont ils faisaient rugir les moteurs avant de reprendre la route, l'un après l'autre.

—Tu ferais quand même mieux de le dire, juste au cas où.

—Tu as raison, répéta-t-elle. Puis, en silence : *Tu te trompes. Tu as dit que la seule manière pour eux de savoir ce que je pense, c'est que je le leur dise. Et Trent ? Lui pourrait leur dire…*

—Encore une fois, ce serait ta parole contre la sienne, insista C.B. Trent ne peut leur dire que ce qu'il croit t'avoir entendue penser. Il n'a aucun moyen de le prouver.

À moins qu'il en sache plus que ce qu'il m'a dit – comme le nom de C.B. – et qu'on le presse de questions, pensa Briddey. Elle se souvint de Jeanne d'Arc, interrogée et torturée par les Anglais qui l'avaient capturée.

—Trent n'a pas entendu mon nom. Il ignore totalement que je suis télépathe, et encore plus que je communique avec toi. Je sais lire dans les pensées, rappelle-toi.

—Mais pas dans celles du docteur Verrick.

—Certes, répliqua C.B. D'ailleurs, la première chose que je dois faire à son retour, c'est entendre sa voix dès que possible.

Tu n'envisages tout de même pas d'aller le voir ?

—Non, la rassura-t-il. Je ne tiens pas à attirer son attention. De plus, je n'ai aucune raison d'aller le voir en personne. Tu lui téléphoneras du labo à son arrivée en mettant le haut-parleur pour que je puisse l'entendre et savoir à quoi il pense pendant votre rendez-vous.

Sinon, j'inventerai un prétexte pour ne pas y aller...

— Non, ça inciterait Trent à croire que tu as découvert son manège. Il doit penser que tu es toujours convaincue d'avoir fait cette AEC uniquement pour renforcer votre lien affectif, et que tu n'as rien entendu jusqu'à... Ça alors, c'était seulement hier matin ? J'ai l'impression que ça fait des années !

Moi aussi, pensa-t-elle en se rappelant la pluie torrentielle et l'abribus. La salle Carnegie, les réserves, la salle de lecture, le trajet dans sa voiture...

— Oui, dit C.B. Et se planquer sous les lavabos pour échapper aux voix, tout ça pour que je t'abandonne dans un débarras tout noir. Tu parles d'un week-end romantique...

Oh, si, pensa-t-elle.

— Pour Trent et Verrick, il n'est rien arrivé. Tu as quitté le théâtre pour aider ta famille à surmonter une crise. Quand enfin tu es rentrée chez toi, tu t'es mise au lit. Le lendemain matin, tu as appelé Trent mentalement dans l'espoir que vous soyez connectés au plan émotionnel. Lorsqu'il t'a répondu avec des mots, tu étais sous le choc. Tu ignorais qu'une telle chose était possible. Aujourd'hui, tu veux des réponses, tout comme Trent.

C.B. avait raison. Elle devrait exiger de savoir pourquoi cela lui était arrivé, et non chercher à éviter le docteur Verrick. Cela ne signifiait pas pour autant qu'elle avait envie de le voir.

— Ne t'inquiète pas, dit C.B. On a encore le temps de te préparer. Viens au labo, comme prévu. On passera tout en revue. En attendant...

Je sais : ne pas penser à toi ni à Mae... à Cendrine, je veux dire.

— C'est ça. Tu te souviens, à la bibliothèque ? J'ai dit que la meilleure défense pour ne pas se faire prendre, c'était que personne ne sache qu'on est là. Dans le cas présent, notre meilleure défense, c'est qu'ils ignorent complètement que tu as discuté avec quelqu'un d'autre que Trent. Ils ne peuvent pas savoir qui nous sommes, Cendrine et moi, s'ils ne sont même pas au courant de notre existence. À ce propos, je ferais peut-être mieux de me trouver un nom de code, moi aussi.

Je pourrais t'appeler Conlan. Trent ne sait pas que c'est ton...

— Non, rien en rapport avec l'Irlande. On ne va pas l'orienter vers les causes de la télépathie.

Que dirais-tu d'Ismaël ?

— Trop juif.

Bandit de grand chemin ?

— Non, trop évident qu'il s'agit d'un nom de code. Comme Cendrillon. Il faut que ce soit quelque chose de discret, qui pourrait être un nom commun, comme…

Sky.

Un silence s'installa au bout du fil.

Tu sais, comme dans Guys and Dolls, précisa Briddey. *Sky Masterson.*

— En êtes-vous sûre, sœur Sarah ? Je te rappelle qu'elle finit à La Havane avec lui.

Je suis prête à prendre le risque, répliqua la jeune femme en détournant la tête pour que l'employé ne la voie pas. Après tout, elle était censée se plaindre à un ami d'avoir été plaquée. Sourire semblerait inapproprié.

— Super, se réjouit C.B. J'espère que tu aimes les daïquiris.

L'alcool est interdit, tu te souviens ? lui rappela-t-elle. *Mis à part les voix, je ne veux pas risquer de dire quelque chose de compromettant à Trent. D'ailleurs, il faut prévenir Cendrine qu'elle ne doit pas me parler. Si jamais Trent découvre sa télépathie…*

— Ne t'en fais pas. Je lui dirai de se réfugier dans son château et de relever le pont-levis après avoir verrouillé ses portes antizombies. Pendant ce temps, sœur Sarah, je vous conseille de rentrer chez vous et de dire à votre assistante de reporter tous vos rendez-vous à cet après-midi, pour disposer de votre matinée, et essayer de vous empêcher d'avoir des pensées que Trent ne doit pas entendre.

— Il est réveillé ? demanda Briddey, nerveuse.

— Non, pas encore, mais à partir de maintenant, tu vas te comporter comme s'il l'était, et comme s'il pouvait entendre tout ce que tu dis ou penses. Autrement dit, on ferait mieux de se mettre en silence radio. (Il hésita.) J'imagine qu'il est inutile de te rappeler d'aller essayer de dormir.

Oui.

— OK, dans ce cas, apprends les paroles de *Marian the Librarian*. Au labo, je t'enseignerai d'autres techniques pour faire écran. Quand tu ne lis pas, pense à ce que tu vas manger au petit déjeuner ou à la tenue que tu vas porter pour aller travailler. Ou au moyen que vont trouver les naufragés pour quitter l'île dans *L'Île aux naufragés*. Tout sauf Maeve, moi, la télépathie ou l'Irlande. Je vais fouiller dans le passé de Verrick pour m'assurer qu'il n'a aucun lien de près ou de loin avec le paranormal – ce dont je suis quasi sûr –, et voir si je peux trouver à quelle célébrité il a rendu visite. Tout va bien se passer, promis. Maintenant, dis : « Merci de venir me chercher. À tout de suite. » Puis raccroche pour que je puisse parler à Maeve.

— Merci de venir me chercher, répéta Briddey. À tout de suite.

— C'est bien. À demain matin, la salua-t-il avant de raccrocher.

Elle aussi aurait dû le faire, mais vu que l'employé derrière son comptoir avait recommencé à la reluquer, alors même que C.B. n'était plus en ligne, elle ajouta :

— Je te remercie vraiment de tout ce que tu fais pour moi. J'ai été stupide de croire que j'ai pu être amoureuse de lui un jour. Je ne savais même pas ce qu'était l'amour.

L'employé, moqueur, ricana.

— Je t'attends dehors, conclut Briddey à l'intention de la tonalité. Je t'aime.

Puis elle raccrocha.

Elle se hâta de quitter le magasin pour se poster sur le trottoir, de manière à voir la rue et à garder un œil sur l'employé. Sitôt qu'il eut le dos tourné, elle retourna en courant à sa voiture et rentra chez elle, se demandant si elle arriverait à trouver le docteur Verrick sur sa radio pour être sûre qu'il n'était pas le complice de Trent, et savoir pourquoi il revenait. Et pourquoi il avait raconté à sa secrétaire qu'il était à Hong Kong alors qu'il était en réalité en Arizona.

Elle se mit à l'ouvrage dès qu'elle fut à l'appartement. Apparemment, le docteur dormait, ou il était hors de portée. Elle ne trouva sa voix sur aucune fréquence.

Je réessaierai plus tard.

Elle trouva *The Highwayman* sur son ordinateur portable et passa l'heure suivante à apprendre le texte par cœur, regrettant de ne pas avoir choisi un poème plus joyeux, surtout en arrivant au passage où le bandit de grand chemin apprend la mort de Bess, revient se venger et se fait abattre par les soldats en embuscade.

Elle dut se forcer pour la dernière strophe, où le bandit gît sur la route, baignant dans son sang, « un morceau de dentelle autour du cou ». *Il me faut quelque chose qui finisse mieux*, pensa-t-elle. Elle commanda *Adelaide's Lament* sur iTunes.

Rien qu'au titre, elle aurait dû savoir que le thème n'allait pas être gai, mais au moins personne ne se faisait tuer. De plus, il y avait de nombreux couplets. *Parfait,* se dit-elle, *ça me prendra des heures à mémoriser*. Après avoir terminé, elle regarda l'horloge : il était à peine 5 heures.

Je vais devoir apprendre le reste de Guys and Dolls. *Et* The Music Man.

Après avoir téléchargé musique et paroles, elle se mit au travail. C.B. avait raison : *Fugue for Tin Horns* rappelait beaucoup trop les voix, et *The Sadder but Wiser Girl* n'était peut-être pas une bonne idée. Le titre était trop proche de ce qu'elle vivait pour qu'elle y trouve du réconfort. Toutefois, le laïus du professeur Harold Hill sur les problèmes de River City convenait tout à fait. Elle le mémorisa, puis s'attela de nouveau à la recherche de la fréquence du docteur Verrick.

Rien, ce qui était bon signe. Il était toujours hors de portée. Elle prit sa douche, se souvenant avec ironie que récemment encore sa plus grande inquiétude était de savoir si C.B. l'espionnait. *Je me demande quelle heure il est, maintenant*, se dit-elle en se séchant. *Pas loin de 7 heures, je suppose.*

Il n'était que 5 h 45. À quelle heure pouvait-elle se présenter au bureau sans que cela paraisse suspect ? Huit heures ? 7 h 45 ? Plus vite Sky lui enseignerait ses techniques pour faire écran, mieux elle se sentirait.

Elle chanta *Luck Be a Lady* dans sa tête tout en se séchant les cheveux, s'habilla et se plongea dans la lecture de *La Décadence et la chute*, ce qu'elle regretta immédiatement. Beaucoup trop ennuyeux.

À 6 h 45, elle décida qu'elle se moquait bien du sort de Rome ou d'attirer les soupçons puis attrapa son sac et ses clés.

On frappa à la porte. Ça ne pouvait être Sky : il avait insisté sur le fait qu'on ne devait pas les voir ensemble. Ce devait être Kathleen. Ou Mary Clare.

Mais c'était Trent.

— Oh, super, dit-il en la regardant avec approbation. Tu as eu mon message.

— Ton message ?

— Oui. Ça fait une demi-heure que je te dis par la pensée que je viens te chercher. Tu ne m'as pas entendu ?

Elle secoua la tête.

— Alors pourquoi es-tu prête à partir ?

— Je comptais aller au travail plus tôt. J'ai un retard monstre…

— Ou bien tu recevais inconsciemment mon message, et tu savais qu'il fallait te tenir prête.

— Prête pour quoi ? demanda-t-elle, en craignant de savoir déjà ce qu'il allait répondre.

— Le docteur Verrick est rentré. Il veut nous voir tout de suite.

Chapitre 27

« Rien n'est si grave qui ne puisse être pire. »

Proverbe irlandais

— Le… Le docteur Verrick est rentré ? balbutia Briddey. Mais, Trent…

— Il a sauté dans son jet juste après mon coup de fil.

Évidemment. C.B. – non, *Sky* – et elle auraient dû envisager la possibilité qu'il ait un avion privé.

— Je t'ai dit qu'il revenait dans mon message mental, poursuivit Trent. Je n'arrive pas à croire que tu ne m'aies pas entendu ! Moi, je t'entends de mieux en mieux. Tu es certaine que tu te concentres ?

Elle vérifia la solidité de la barre abaissée sur la porte de sa cour.

— Bien sûr, affirma-t-elle. Qu'as-tu entendu ?

— Oh, plein de choses. Que tu avais besoin de moi, « je me demande si Trent dort », quelques trucs sur un coup de fil à passer. Tu n'as pas l'air de comprendre qu'on n'a plus besoin de ça, maintenant.

— Et c'est tout ?

— Non. J'ai aussi entendu deux ou trois autres choses qui n'avaient aucun sens. Un truc sur un grand chemin, sur le fait que tu cherchais de la monnaie, et le ciel. À quoi donc pensais-tu ?

— Aucune idée, s'empressa-t-elle de dire. Je devais rêver.

— C'est ce que j'ai pensé. Il faudra demander au docteur pourquoi je t'entends beaucoup mieux que tu ne m'entends. Alors, es-tu prête à aller le voir ?

— Non, enfin, je dois d'abord passer à Commspan. Vas-y avant moi, je te rejoindrai là-bas. J'ai une réunion avec Art Sampson, ce matin. Je vais devoir décaler…

— Tu le feras dans la voiture. Où est ton portable ?

— Je vais le chercher, répliqua la jeune femme.

Elle se précipita dans sa chambre. Elle regretta que C. – que *Sky* – n'ait pas la clé de chez elle pour qu'il découvre le message « À l'aide ! » qu'elle aurait écrit au rouge à lèvres sur son miroir, quand elle ne se présenterait pas au travail.

Elle prit son téléphone, en vérifia l'historique pour s'assurer que le nom de Sky n'y figurait pas, effaça les appels et messages de Cendrine puis s'immobilisa, regardant sans le voir le miroir sur lequel elle ne pouvait pas écrire, à la recherche d'un moyen de convaincre Trent de la laisser prendre sa voiture. Ainsi, elle pourrait au moins s'arrêter à la supérette prévenir Sky de ce qui se passait.

— Tu en mets, un temps ! s'impatienta Trent en apparaissant sur le seuil. J'ai dit au docteur qu'on y serait pour 8 heures. On ne va pas le faire attendre alors qu'il sort d'un long vol. Même s'il ne nous en voudra pas, quand il aura entendu ce qu'on a à lui dire.

Il entraîna Briddey hors de l'appartement, dans l'escalier, puis vers sa Porsche.

— Je crois vraiment que je ferais mieux de te retrouver là-bas, répéta-t-elle lorsqu'il lui ouvrit la portière. Ça fait déjà deux fois que je reporte ce rendez-vous avec Art Sampson, et il va être furieux si j'annule encore, à moins que je lui explique...

— Envoie-lui un texto, l'interrompit Trent.

Elle n'eut pas d'autre choix que de monter dans la voiture.

Alors qu'il quittait sa place de stationnement, Briddey observa le tableau de bord et l'autoradio ultramoderne avec options streaming, lecteur CD et radio par satellite intégrées. Serait-il difficile de trouver *Ode to Billie Joe* ? Elle voulut appuyer sur le bouton « MENU ».

— Pas de musique, trancha Trent en éteignant l'appareil. Si on veut convaincre le docteur Verrick qu'on communique par télépathie, on doit se concentrer à fond sur l'envoi et la réception de mots.

Il prit la direction du centre-ville.

— Ce que je ne comprends pas, déclara Briddey, c'est pourquoi nous devons le convaincre, et en quoi ça le regarde.

— Parce que nous ne sommes plus les seuls concernés. Le fait que la télépathie existe a un impact sur tout le monde. Les gens n'auront plus besoin des smartphones, des mails ou des réseaux sociaux pour communiquer, tu vois ? Ils le feront directement. Ce sera une toute nouvelle forme de messagerie instantanée. La MIM : messagerie instantanée mentale.

— Mais comment ? insista Briddey en posant sur lui de grands yeux innocents. Ne faut-il pas que les gens soient liés émotionnellement ?

— Non. Si on parvient à trouver ce qui provoque la télépathie et comment ça fonctionne, alors on pourra en faire profiter tout le monde.

C'est là que le docteur Verrick entre en jeu. Il nous prescrira des examens qui nous renseigneront sur les circuits du cerveau. Nous utiliserons les données pour concevoir un appareil permettant à chacun de communiquer par télépathie, avec n'importe qui.

—En as-tu parlé au docteur ?

—Pas encore. Je lui ai juste dit qu'il s'était produit quelque chose d'extraordinaire, que toi et moi captions bien plus que des émotions. Je n'ai pas parlé de télépathie. Je ne voulais pas l'effrayer. Je lui ai seulement demandé de rentrer.

Ainsi, Sky avait raison : le chirurgien n'était pas complice.

—Mais, s'il n'est au courant de rien, qu'est-ce qui te fait dire qu'il acceptera de nous prescrire des examens ? demanda Briddey.

Trent détacha son regard de la route pour la dévisager, l'air incrédule.

—Pourquoi refuserait-il ? C'est la découverte scientifique du siècle ! Pense aux conséquences : les gens seront capables de se comprendre réellement. Plus de secrets, de méprises ni de conflits.

Ça ne marche pas comme ça, pensa Briddey.

—Songe à tous les problèmes qui seront résolus, et pas seulement les soucis personnels. Je parle de ce qui est important. Prends les terroristes, par exemple. On pourra les arrêter avant qu'ils tuent des innocents. On saura exactement où se trouvent nos ennemis et ce qu'ils projettent de faire. La télépathie nous donnera un avantage considérable en matière de politique étrangère. Ainsi que dans le domaine des affaires et de la finance. Les possibilités sont infinies.

Ça, c'est bien vrai, ironisa Briddey. *L'espionnage industriel, le délit d'initié, l'État policier… Et, pour les télépathes comme Sky, Mae… Cendrine et moi, des tests, des expériences, des séances de torture, et pour finir, le bûcher.* Des voix horribles, des torrents de voix horribles se déchaînant sur eux, sans aucun contrôle possible.

—Tu verras, affirma Trent avec assurance. Le docteur Verrick sera aussi enthousiaste que nous sur les possibilités que ça ouvre.

Il tourna sur le parking de l'hôpital.

—Je croyais qu'on allait à son cabinet.

—Non, il nous a donné rendez-vous ici.

Où ils risquaient de tomber sur l'un des membres du personnel qui avaient retrouvé Briddey dans l'escalier. Ou sur l'infirmière qui l'avait accompagnée jusqu'à la voiture de Sky.

Cependant, le cabinet vers lequel on les dirigea à l'accueil se trouvait à un autre étage, tout au bout de l'hôpital. Briddey ne reconnut aucun des employés qu'elle croisa en chemin.

Le docteur Verrick en personne vint à leur rencontre.

—Bonjour, mademoiselle Flannigan, monsieur Worth. Je vais vous recevoir juste à côté, les informa-t-il en désignant le bout du couloir.

Il n'avait pas du tout l'air fâché d'avoir été contraint de rentrer d'Arizona en pleine nuit, même quand un médecin l'interpella à mi-chemin :

—Je vous croyais à Sedona.

—J'y étais, répliqua le docteur d'un ton jovial.

Sedona. Pourquoi le nom de cette ville était-il familier à Briddey ? Elle l'avait entendu quelque part...

—Nous vous sommes très reconnaissants d'avoir abrégé votre séjour, disait Trent.

—Pas de problème, déclara le chirurgien. Nous y voilà. (Il les fit entrer dans une petite salle de consultation meublée d'un bureau et de deux fauteuils tapissés.) Asseyez-vous. Je suis à vous tout de suite. Je dois juste dire un mot à ma secrétaire.

Il sortit par la porte située derrière le bureau. Briddey l'entendit dire : « ... devrait arriver très bientôt... faites-moi savoir quand elle sera là », puis « ... aéroport... ». Fallait-il comprendre qu'il comptait repartir pour l'Arizona dès qu'il en aurait fini avec eux et avec cette patiente qui allait arriver par avion ?

Je l'espère bien, songea Briddey.

Une fois de retour, le docteur s'assit et se pencha sur le bureau.

—À présent, expliquez-moi précisément ce qui se passe. Vous vous êtes connectés, apparemment ?

—Plus que ça, répliqua Trent avec enthousiasme. Ça ne se limite pas aux émotions. Nous parlons !

—Vous parlez ? (Le chirurgien les observa tour à tour.) Vous voulez dire que désormais, vous êtes plus réceptifs aux sentiments de l'autre, que vous communiquez mieux ?

—Non. Je veux dire qu'on peut se parler, comme vous et moi parlons en ce moment, mais... dans notre tête.

Briddey ne se rendait pas compte à quel point cela semblait fou jusqu'à ce que Trent le formule à voix haute. *Sky avait raison. S'il m'en avait parlé avant que ça m'arrive, jamais je ne l'aurais cru.*

—Tenez ! s'exclama Trent en pointant un doigt sur la jeune femme. Je viens juste de l'entendre dire : « Il ne va jamais nous croire ! » N'est-ce pas Briddey que tu pensais ça ? Dis-lui.

—Euh, oui, mais...

—Ce serait facile de le deviner à son expression, suggéra le chirurgien. Et à son langage corporel. Êtes-vous sûr que ce n'est pas ce que vous faites ? Vous fonder sur ses émotions et les signaux non verbaux pour… ?

— Pas du tout, se défendit Trent. Je l'entends même si elle est à des kilomètres. Elle aussi est capable de m'entendre penser.

— Est-ce vrai, mademoiselle Flannigan ? demanda le docteur Verrick en se tournant vers elle.

— Non.

— Non ? s'offusqua Trent. Comment peux-tu dire ça ? On parlait ! Je peux le prouver. Regardez. (Il sortit les listes de mots qu'ils avaient écrits et, d'un geste sec, les plaqua côte à côte sur le bureau du docteur.) Nous sommes allés chacun dans une pièce pour penser à dix choses, que l'autre a écrites. J'ai trouvé les trois quarts de ce qu'elle a envoyé, et elle presque autant. On aurait des résultats encore meilleurs, maintenant. Je ne cesse de progresser. Faites-nous passer un scanner cérébral, et vous verrez que nous sommes capables d'entendre ce que l'autre…

— Commençons par le commencement, l'interrompit le médecin en regardant les listes.

Pourvu qu'il soit aussi peu impressionné par le pourcentage de bonnes réponses chez Trent que je l'étais, pria Briddey en essayant de deviner la réaction du chirurgien alors qu'il parcourait les feuilles. Mais il restait de marbre. Enfin, il les reposa et, mains jointes, se pencha en avant :

— Je pense que vous feriez mieux de tout reprendre depuis le début, monsieur Worth.

Trent hocha la tête.

— Avant-hier soir, nous avons suivi votre conseil nous incitant à ne plus penser à notre connexion. Nous sommes allés au théâtre.

— Et c'est là que vous avez eu… votre premier épisode de communication mentale ?

— Non. Briddey a eu un problème d'ordre familial. Nous avons passé le reste de la soirée chacun de notre côté. Mais, le lendemain matin, je l'ai entendue demander : « Où es-tu ? » J'ai répondu : « Briddey, c'est toi ? »

— L'avez-vous entendu dire cela ? s'enquit le docteur Verrick en se tournant vers Briddey.

— Ou… oui, répondit-elle avec autant d'hésitation que possible. Du moins, je le pense.

— Si, tu m'as entendu, insista Trent, parce que tu as répondu : « Oui », puis j'ai dit : « Je n'arrive pas à croire que nous soyons connectés. » Je lui ai alors demandé où elle se trouvait, à quoi elle a répondu qu'elle était chez elle, au lit.

Briddey regardait le chirurgien avec attention pendant que Trent lui faisait ces révélations. Il gardait un air sceptique et posait toutes les bonnes questions, pour quelqu'un qui venait juste d'entendre un patient énoncer un fait totalement ridicule, et perturbant.

Pourtant, quelque chose clochait dans ses réactions. Il ne semblait pas réellement surpris, ni agacé d'avoir fait tout ce trajet pour s'entendre débiter cette histoire sans queue ni tête. Mais il y avait autre chose. Son comportement était étrange, d'une manière que Briddey n'aurait su définir.

Il est dans le coup avec Trent, et ils jouent la comédie devant moi, pensa-t-elle. Cependant, en le voyant continuer à poser des questions tandis que Trent paraissait de plus en plus frustré dans ses tentatives d'explications, elle conclut qu'elle faisait fausse route. *Alors, quel est le problème?* se demanda-t-elle en l'observant. *Pourquoi est-ce que je le trouve bizarre?*

La réponse la frappa: *Non seulement il n'est pas surpris, mais en plus il n'a pas du tout l'air concerné.* Il était distrait, comme quelqu'un qui participerait à une conversation tout en pensant à autre chose. Elle se demanda un instant s'il songeait à la patiente dont il avait parlé à sa secrétaire, celle dont il voulait qu'on le prévienne immédiatement de l'arrivée.

À moins que la matière grise de cette femme ait commencé à fuir par l'incision due à l'AEC, son problème ne pouvait pas lui paraître aussi grave que celui que Trent lui exposait, surtout s'il songeait aux risques potentiels pour sa réputation, si cela venait à se savoir. Briddey comprit que c'était un sujet de préoccupation pour lui quand il finit par demander d'un ton vif:

—À qui en avez-vous parlé?

—À personne, répondit Trent. C'est pourquoi nous étions si impatients que vous rentriez, pour pouvoir vous en parler en premier.

—Vous m'en voyez ravi, dit le docteur Verrick avec un soulagement perceptible.

Ce qui ne collait pas avec son indifférence. À moins que ce soit de l'ennui? du détachement? de l'attente?

J'y suis, se dit Briddey. *Il attend quelque chose et il passe le temps en nous posant des questions.* Mais qu'attendait-il? Un aide-soignant de l'aile psychiatrique muni d'une paire de camisoles de force? Ou un nouveau scanner que Sky ne connaissait pas et qui pourrait montrer ce que pense le patient?

Je dois en avoir le cœur net, songea Briddey avant de se rendre dans sa cour. Jusqu'à présent, elle n'avait pas réussi à capter la voix du docteur Verrick sur sa radio, mais elle espérait que c'était dû à son éloignement géographique. Désormais, il était juste là, et…

Une infirmière passa la tête par la porte.

—Docteur ? Désolée de vous déranger, mais vous m'avez demandé de vous prévenir de l'arrivée de Mme Walenski.

—Oui, répliqua le chirurgien avant de se diriger vers la porte.

L'infirmière et lui s'entretinrent un moment à voix basse puis elle se retira. Le docteur Verrick revint vers eux.

—Je suis sincèrement navré. J'ai un problème avec une patiente qu'il faut que je traite. Je ne devrais pas en avoir pour longtemps. Je vous en prie, prenez donc un café.

D'un geste, il désigna la machine à café et sortit.

Aussitôt, Trent dégaina son portable pour consulter ses messages. Il appela sa secrétaire. *Tant mieux*, songea Briddey. Elle se dirigea prudemment vers le peuplier de sa cour, s'assit sur le banc et, avec sa radio, chercha la fréquence de la voix du médecin.

—Quand a-t-il appelé ? demandait Trent. J'ai dit : quand a-t-il appelé ? ... Quoi ? Je ne vous entends pas. Attendez, je cherche un endroit où on capte mieux. (Il plaqua l'appareil contre son torse.) Dis au docteur Verrick que je reviens tout de suite.

Briddey acquiesça et retourna à sa radio avant de penser : *Oublions le docteur. C'est l'occasion de parler à Sky, pendant que Trent est concentré sur son appel.* Dès que la porte fut refermée derrière lui, Briddey appela : *Sky ?*

Je suis là. Que se passe-t-il ? Où es-tu ?

Avec Trent et le docteur Verrick.

Il est rentré ? Ils sont avec toi ?

Non. Le médecin est allé voir une patiente et Trent est sorti téléphoner.

C'est quand même risqué, prévint C.B. *Va à Santa Fe.*

J'y suis déjà, fit-elle remarquer. Mais Sky était parti. *Il doit penser que Trent peut m'entendre même quand il discute avec quelqu'un d'autre*, supposa-t-elle en rangeant sa radio dans l'abri de jardin. Elle fit les cent pas sur les dalles de pierre, se demandant ce que Sky comptait faire. Allait-il se rendre dans sa pièce refuge et lui parler de là-bas ?

—Non, on va dans la tienne, dit-il.

Elle leva les yeux : il avait passé une jambe par-dessus le mur d'adobe.

—Tu n'étais pas obligée de créer des murs si hauts ! Tu n'aurais pas une échelle, par hasard ? Ou une corde ?

—Si tu me donnes une minute, je vais en visualiser une, répliqua-t-elle, prête à retourner dans l'abri de jardin.

—Laisse tomber, dit C.B. (Il sauta avec légèreté sur les dalles et la rejoignit.) Sympa, comme endroit, commenta-t-il en contemplant les fleurs et le peuplier.

— Comment as-tu fait ? demanda-t-elle.

— C'est l'une des défenses auxiliaires que j'ai promis de t'enseigner, répondit-il en se dirigeant vers le banc. Alors, que voulais-tu me dire ? Et comment notre bon docteur a-t-il fait pour revenir si vite ?

— Il a un jet privé.

— Mince. J'aurais dû y penser. Alors, tu sais où il était ?

— Oui, affirma Briddey en s'asseyant à côté de lui. À Sedona. Ça te dit quelque chose ?

— Non. Je sais que c'est un repaire de riches, comme Aspen ou les Hamptons ; ça veut dire qu'il y était sans doute pour pratiquer une AEC. Dans ce cas, pourquoi avoir raconté qu'il était à Hong Kong ? (Il fronça les sourcils.) Je vais voir ce que je trouve. Verrick a-t-il cru à l'histoire de Trent ?

— Non. Du moins… je ne crois pas. Mais ses réactions sont étranges. Tu disais qu'il rejetterait tout de suite l'idée même de télépathie, pourtant ce n'est pas le cas. Il…

— Tu es sûre qu'il ne joue pas le jeu de Trent ? Les médecins sont redoutables pour dire « Hmm » alors qu'en fait ils pensent : « Vite, qu'on aille me chercher le gardien de l'asile de fous. »

Elle secoua la tête.

— C'était plus comme s'il avait la tête ailleurs. Comme s'il attendait quelque chose.

— Et tu ignores quoi ?

— Oui. Es-tu certain qu'il n'existe pas un nouveau scanner révolutionnaire capable de détecter si on lit dans les pensées de l'autre ?

— Pas sans la coopération du patient. De toute façon, je crois que je ferais mieux de venir écouter la voix de Verrick pour savoir exactement ce qu'il pense et s'il y a lieu de s'inquiéter. Es-tu à son cabinet ?

— Non, à l'hôpital, mais venir ici n'est pas une bonne idée. Jusque-là, ils n'ont aucune preuve que nous sommes connectés…

— On trouvera un prétexte pour justifier ma présence. On pourrait dire que je dois te parler d'une appli, par exemple. Où es-tu précisément, à l'hôpital ?

— Dans l'aile est, au rez-de-chaussée, l'informa-t-elle. Malgré tout, je crois… Ne puis-je pas écouter sa voix et te la relayer ?

— Non. Déjà, je ne veux pas que tu écoutes Verrick. Trent a raison : il t'entend de mieux en mieux. Il pourrait surprendre tes pensées. En plus, relayer la voix de Verrick ne marcherait pas. Je l'entendrais avec le son de ta voix, pas la sienne.

— Pas si tu l'écoutes sur la radio, objecta-t-elle en retournant vers l'abri.

Il secoua la tête.

— Elle serait tout de même relayée par toi. Peu importe que ta visualisation soit convaincante, je ne suis pas réellement là. Nous sommes juste en train d'échanger des pensées.

— Et sur Internet ? Il y a peut-être une interview de lui en vidéo.

— Pas bête. Je vais chercher sur YouTube et sur son site, répliqua C.B.

À l'évidence, il lisait toujours dans les pensées de Briddey puisqu'il ajouta :

— Ne t'en fais pas. Je ne viendrai pas à l'hôpital sauf si j'y suis obligé.

— Tant mieux, dit-elle. Et Cendrine ? As-tu réussi à la persuader de rester discrète et de ne pas me parler ?

— Oui. Je lui ai dit de remonter son pont-levis et de s'enfermer dans son jardin secret. Montre-moi ta radio.

— Je croyais que selon toi ça ne marcherait pas.

— Je confirme. Mais montre-la-moi quand même.

Elle s'exécuta, tournant le bouton pour capter la fréquence de Trent.

— Hamilton, c'est Trent Worth, dit sa voix dans l'appareil. Oui, je suis actuellement en rendez-vous avec le médecin qui nous a opérés pour l'AEC. (Une pause.) Non, monsieur, on n'en est pas encore là.

C.B. l'écouta un moment puis bougea le bouton sur plusieurs fréquences, les voix alternant avec les parasites.

— Après tout, tu penses pouvoir entendre le docteur Verrick ? s'enquit Briddey.

Il nia de la tête.

— Non, mais ça m'a donné une idée pour…

— Moi, j'ai une bien meilleure idée pour les écouter, intervint Maeve.

Briddey et C.B. levèrent les yeux vers la porte barrée puis le mur d'adobe, s'attendant à voir la fillette l'escalader, mais apparemment c'était juste sa voix qui disait :

Pas de bouton à tourner ni rien de ce genre.

— Je croyais t'avoir dit de rester dans ta pièce refuge et de ne pas parler à ta tante Briddey ! s'énerva C.B.

J'y suis, je te signale, protesta Maeve, *et je ne m'adressais pas à Briddey mais à toi. Tu ne m'as pas interdit de te parler, que je sache.*

— Oui, eh bien, je te l'interdis maintenant.

Personne ne nous entend, insista Maeve. *J'ai érigé tout un tas de défenses. En plus, Trent discute avec M. Hamilton, et le docteur Verrick…*

— Je m'en fiche, l'interrompit C.B. Je ne veux ni que tu parles à quelqu'un ni que tu écoutes.

Avec toi, je n'ai jamais le droit de rien faire, se plaignit la fillette. Mais elle partit.

— Oh, mon Dieu ! s'exclama Briddey. Si elle avait dit ce genre de choses pendant que Trent écoutait...

— Je sais, dit C.B. avec gravité. Je dois lui parler pour m'assurer que ça ne se reproduira pas.

— ... et ne me prévoyez aucun rendez-vous pour cet après-midi..., annonça la voix du docteur Verrick.

Par réflexe, Briddey regarda la radio, se demandant comment elle avait trouvé la fréquence. Puis elle comprit que la voix provenait de l'extérieur de sa pièce refuge.

— Je dois y aller, souffla-t-elle. Le docteur revient.

— OK, répliqua C.B. Je vais voir si je trouve sa voix sur Internet. Si c'est le cas, je l'écouterai et je te dirai ensuite ce qu'il pense. Je vais également chercher ce qu'il faisait à Sedona.

— D'accord.

— En attendant, si tu as des ennuis, viens ici et appelle-moi. Ne t'inquiète pas, tu te débrouilles comme un chef.

Il l'embrassa sur la joue et disparut en enjambant le mur.

— Désolé d'avoir été si long, s'excusa le docteur en revenant dans le bureau.

Il observa le fauteuil vide d'un air interrogateur.

— Trent avait un coup de fil à passer, expliqua Briddey. Il revient tout de suite.

— En fait, c'était avec vous que je souhaitais m'entretenir, déclara-t-il en s'asseyant. (Il lui adressa un sourire.) M. Worth m'a fait part de son expérience. À présent, j'aimerais connaître la vôtre. Avez-vous entendu les messages dont il parlait ?

— Euh, oui, répondit-elle d'un ton hésitant. Du moins, je le pense. Quand nous nous sommes connectés, je sentais très bien sa présence et son enthousiasme...

— Mais pas sous forme de voix ?

— Non... Enfin... Deux ou trois fois, quand Trent m'envoyait des messages, j'ai cru l'entendre, mais... (Elle fronça les sourcils, comme si elle voulait décrire précisément ce qui s'était passé.) Vous souvenez-vous de m'avoir dit que, parfois, les émotions pouvaient être si intenses qu'on avait l'impression d'entendre une voix ? Eh bien, c'est l'effet que ça m'a fait.

— Mais, en réalité, vous n'entendiez pas de mots comme M. Worth ?

—Non. Voyons, comment serait-ce possible ? Il est impossible d'entendre les pensées des autres. C'est complètement fou ! (Elle se pencha vers lui.) Je ne suis pas en train de perdre la boule, rassurez-moi, docteur ?

—Pas du tout.

Quand Trent revint, le médecin ajouta :

—Ah, monsieur Worth, nous parlions justement de votre expérience « hors du commun ». Vous disiez avoir fait tous les deux un test en vous envoyant des messages…

—Oui, trancha Trent avec impatience. On peut recommencer devant vous tout de suite. Notez juste une liste de mots de votre choix, et nous…

Le docteur Verrick secoua la tête.

—Ce genre de test ne prouverait rien, hélas. Il serait bien trop subjectif. Il faudrait le réaliser dans des conditions de laboratoire.

—Nous le ferons volontiers, n'est-ce pas, Briddey ? (Trent la regarda avec avidité.) Nous serions ravis de nous soumettre à tous les examens que vous voulez.

—Parfait, se félicita le chirurgien. Vous devez comprendre, monsieur Worth, que vous affirmez là quelque chose d'extraordinaire. Par conséquent, qui dit affirmation extraordinaire dit preuve extraordinaire. Ce que vous percevez comme de la transmission de pensée pourrait être une simple communication non verbale renforcée par le rapprochement émotionnel de votre connexion.

Il ne nous croit pas, pensa Briddey. Tout son corps se relâcha tant elle était soulagée. Le docteur Verrick se lança alors dans un discours sur les échanges d'informations inconscients, les signaux de tonalité et le biais de confirmation. Sky avait vu juste. Il se prêtait au jeu, rien de plus. *J'ai mal interprété ce que je prenais pour de la distraction et un manque de curiosité.*

—Le test auquel je vais vous soumettre permettra de déterminer si ce que vous avez expérimenté était une véritable communication par la pensée, ou autre chose. Vous serez chacun placé dans une pièce séparée et insonorisée. Les informations envoyées seront codifiées et randomisées, pour que nous comparions les résultats aux statistiques obtenues par hasard.

Le hasard : ce que je m'efforcerai de faire croire, songea Briddey. *Le docteur nous dira que, victimes de nos émotions, nous avons pris nos désirs pour des réalités. Et il nous renverra chez nous.*

—Nous pourrons également comparer ces résultats à ceux des précédentes recherches qui ont eu lieu dans ce domaine, poursuivit le chirurgien.

— Des recherches ? s'étonna Briddey, soudain sur le qui-vive.

— Oui. Le docteur Rhine de l'université Duke a beaucoup travaillé sur la communication mentale. Connaissez-vous les cartes de Zener ?

Chapitre 28

« — Êtes-vous en train d'inventer quelque histoire, mademoiselle ? »

Frances Hodgson Burnett, *La Petite Princesse*[1]

Les cartes de Zener? pensa Briddey. *Oh, non! Sky se trompait. Le docteur Verrick y croit à fond. Je vais avoir du mal à le convaincre qu'il ne se passe rien.*

Ou peut-être pas.

— Les cartes de Zener ont été utilisées à l'université Duke pour des expériences dans les années 1930, précisa le chirurgien. Si l'on s'en sert correctement, elles sont un excellent moyen de déterminer en toute objectivité si la communication a bien lieu ou si le sujet croit simplement qu'elle a lieu. Il y a cinq symboles différents.

Après en avoir dressé la liste, il leur expliqua le déroulement du test, puis les fit passer par la porte intérieure pour les mener dans un petit couloir jusqu'à une pièce exiguë meublée seulement d'une chaise et d'une table, dont les murs et le plafond étaient tapissés de panneaux en mousse.

— Mademoiselle Flannigan, nous vous installons ici. Une infirmière va arriver dans un instant.

Quand il eut fermé la porte, la jeune femme se dirigea vers la table sur laquelle étaient posés un casque audio, un micro, un crayon et une feuille de papier numérotée d'un côté.

Espérons que cette infirmière ne sera pas l'une de celles que j'ai rencontrées lors de mon séjour à l'hôpital, s'inquiéta Briddey.

1. *La Petite Princesse* (titre en anglais : *The Little Princess*) de Frances Hodgson Burnett, Librairie Delagrave, Paris, 1934. Traduction non attribuée. (*NdT*)

Ce n'était pas le cas. La jeune blonde à queue-de-cheval qui arriva se présenta comme l'assistante du docteur Verrick. Vêtue d'une blouse de laboratoire, elle tenait un porte-documents et un sac en plastique identique à celui dans lequel Briddey avait dû fourrer ses vêtements avant l'opération.

— Les sacs à main, téléphones et bijoux sont interdits dans la zone de test, déclara-t-elle d'un air désolé en tendant le sac à Briddey. Mettez-les là-dedans. Vous les récupérerez tout à l'heure.

Elle ouvrit un paquet de cartes de Zener qu'elle plaça devant Briddey, face retournée.

— Au signal sonore, prenez la première carte, dit-elle en lui faisant une démonstration. Regardez-la et concentrez-vous sur l'image. Ne dites pas ce que c'est à haute voix. Ne formulez aucun mot. Focalisez-vous uniquement sur l'image et essayez de l'envoyer à M. Worth. Avez-vous compris ?

Oui, songea Briddey en hochant la tête. *Ça signifie que vous ignorez que nous pouvons tout simplement nous dire l'un à l'autre ce qui figure sur ces cartes.*

— Au signal sonore suivant, reposez la carte sur la table, face retournée. Prenez celle d'à côté, et faites de même jusqu'à la fin du paquet. Quand ce sera votre tour de recevoir, il y aura un signal, et vous vous concentrerez sur l'image que M. Worth vous envoie. Ensuite, vous l'écrirez sur la feuille. Si vous ne recevez rien, notez « R ». Si vous hésitez, notez « H » puis ce que vous pensez être la bonne réponse. Ne devinez pas. (Elle montra le casque audio.) C'est un casque antibruit, pour vous couper des bruits ambiants qui pourraient vous distraire.

Et pour empêcher Trent de me signaler les bonnes réponses depuis la pièce voisine, pensa-t-elle, se remémorant les anecdotes de Sky à propos des tricheries pendant les expériences de Duke.

— Le casque est également connecté au docteur Verrick pour qu'il puisse vous donner des consignes complémentaires, reprit l'assistante. Vous pourrez lui parler par l'intermédiaire de cet appareil. (Elle accrocha le micro au col de Briddey.) Bien sûr, il sera éteint pendant la durée du test.

— Et si j'ai une question ?

— Vous le lui signalerez avec ça. (Elle lui montra ce qui ressemblait à une télécommande.) Le docteur activera alors votre micro. Mais, s'il vous plaît, dans la mesure du possible, ne l'utilisez pas. Il y aura une pause après chaque exercice. Vous pourrez poser vos questions à ce moment-là.

— Vous ne restez pas pendant les exercices ?

— Non, répondit l'assistante en jetant un coup d'œil vers le plafond.

Il doit y avoir une caméra cachée, conclut Briddey.

—Autre chose ?

Oui : c'est par où, la sortie ?

—Non, je ne crois pas, répliqua Briddey.

—Nous allons commencer dans quelques minutes.

L'assistante ramassa les cartes, les glissa dans la poche de sa blouse et sortit de son autre poche un paquet neuf.

—C'est vous qui allez commencer à envoyer les images. Le docteur Verrick vous dira quand ouvrir le paquet, précisa-t-elle.

Elle posa les cartes sur la table, plaça le casque sur les oreilles de Briddey puis sortit.

Ne panique pas, se raisonna la jeune femme. *Ils ne peuvent rien savoir à moins que tu coopères.* Il suffisait qu'elle lui envoie les mauvaises réponses et qu'elle écrive des symboles différents de ceux que Trent lui enverrait au tour suivant.

Mais ça ne marcherait pas. Un score très inférieur à celui du hasard serait aussi suspect que s'il était excellent. Cela était aussi valable pour les réponses qu'elle noterait. Elle devait en donner quelques bonnes, au moins. Combien, exactement ?

La logique lui soufflait une sur cinq, ce qui par conséquent devait être faux, mais contacter Sky pour en savoir plus serait encore plus risqué que d'obtenir un résultat encourageant aux yeux du docteur Verrick. Ils ne devaient rien savoir à son sujet.

Pas d'échappatoire : elle était obligée de se débrouiller seule. Et de se dépêcher. Le test allait commencer d'une minute à l'autre. À cause de la caméra cachée, jouer à pile ou face était exclu, et jeter les dés mentalement inutile. *Alors, que vas-tu faire ?*

Ce que font les gens qui ne sont pas télépathes quand ils passent un test de Zener. Ils répondent au hasard. Elle penserait à un symbole avant de retourner la carte puis se concentrerait dessus, qu'il corresponde à la carte ou pas. Enfin, quand viendrait le tour de Trent, elle ferait une supposition avant qu'il ait eu le temps d'envoyer une image.

Avec un peu de chance, après le premier exercice, le docteur Verrick décréterait que Trent souffrait d'un excès d'imagination et le renverrait chez lui.

En attendant, elle devait se tenir tranquille, rester dans sa cour et avoir l'air concentrée. Surtout ne pas donner d'indice par rapport à ce qu'elle pensait réellement. *Impassible comme au poker*, songea-t-elle. *Allez, tu peux y arriver.*

—Mademoiselle Flannigan, m'entendez-vous ? demanda la voix du docteur Verrick dans le casque audio.

Il avait dû brancher le micro, car, quand elle répondit par l'affirmative, il enchaîna :

— Parfait. Vous avez compris le déroulement du test ?

— Oui.

— Alors ouvrez le paquet de cartes, placez-les sur la table devant vous face retournée, et commencez au signal sonore. Vous aurez trente secondes par carte.

Ce qui lui laisserait tout le temps nécessaire, entre les « carré », « cercle », « cercle », « vagues » qu'elle enverrait à Trent, de chercher pourquoi la ville de Sedona lui rappelait quelque chose. Mary Clare en avait-elle parlé ? Était-ce l'un de ses mille sujets d'inquiétude ? L'organisation criminelle de blanchiment d'argent en ligne, peut-être ? Ou un hantavirus ? Un collègue de bureau avait-il dit qu'il y passerait des vacances ?

Non, parce que Briddey ignorait que Sedona se trouvait en Arizona jusqu'à ce que le docteur mentionne où il était. En plus, elle avait l'impression d'avoir lu ce nom quelque part, et non entendu. Où ? Sur Internet ? Dans un mail ?

Fouillant dans sa mémoire, elle fronça les sourcils puis se souvint qu'elle devait rester impassible. Avec un peu de chance, le médecin croirait qu'elle se concentrait.

Encore fallait-il qu'il l'observe. Il lui avait donné les consignes avec un certain détachement, semblant s'ennuyer toujours aussi ferme, et son impatience était encore perceptible. *Comme s'il attendait quelque chose, et que ce test ne serve qu'à passer le temps.* Dans ce cas, pourquoi prendre la peine de le faire ?

Peut-être qu'il attend un signe prouvant notre télépathie. Dans ce cas, il est vital qu'il ne l'obtienne pas, pensa Briddey avant de regarder la suite étoile, vagues, carré et de dire à Trent : *Croix, cercle, croix.*

Quand le signal sonore retentit pour la dernière carte, l'assistante à queue-de-cheval réapparut pour prendre le paquet. Sitôt qu'elle fut partie, la voix du médecin résonna dans le casque :

— Cette fois, vous allez recevoir des images de M. Worth. Savez-vous quoi faire ?

— Oui, répondit Briddey en prenant le crayon.

— Bien. Quand la lumière rouge apparaîtra, M. Worth commencera à envoyer les images.

L'ampoule s'alluma. *Carré,* pensa la jeune femme. *Étoile,* envoya Trent. Briddey commença à écrire « carré » puis hésita. Si elle devait se tromper la plupart du temps, il fallait qu'elle se donne l'air d'avoir du mal à recevoir les images. Elle se lança dans un calcul.

Vingt secondes, ça devrait suffire. Elle commença à compter, puis commenta : *Trente secondes, c'est bien trop long pour envoyer ces images.* Surtout avec ce casque qui la coupait de tout bruit extérieur, la laissant seule face aux pensées de Trent : *Dès que cet exercice sera fini, je lui dirai que nous devons passer tous les deux un fCAT pendant que nous émettons, pour qu'il localise la zone d'activité télépathique. Étoile. C'est une étoile, Briddey. Dis-moi si tu m'entends. Est-ce que tu me reçois ? Étoile.*

« Vagues », nota Briddey d'une écriture assurée. Elle attendit l'image suivante, regrettant qu'il ne soit pas possible de bloquer Trent, comme elle avait accusé Sky de le faire.

Elle pouvait au moins faire baisser son volume. Après qu'il lui eut envoyé le symbole suivant, « cercle », elle se rendit dans sa cour, prit sa radio, s'installa sur le banc et tourna le bouton sur les parasites.

Erreur. Sans les pensées de Trent pour faire écran, elle entendait les voix. Son périmètre de sécurité aurait dû les maintenir au niveau d'un murmure, mais ce n'était pas le cas. Elles étaient trop furieuses, trop effrayées, hurlant : *Ça fait mal… n'ai pas les moyens de… pas d'assurance… overdose… essaies-tu de me perforer, connasse ?… dégâts considérables… si peur… et si c'était un cancer ?… crains qu'elle soit maligne… de service depuis minuit… caillot sanguin… ne peut pas m'arriver à moi !* Des propos remplis d'angoisse, de terreur et de désespoir.

Voilà pourquoi Sky déteste les hôpitaux, déduisit Briddey. Elle pensa à lui bravant les voix pour venir la chercher. Deux fois. À travers les flammes et la fumée suffocante. Elle s'était montrée grossière à son égard, lui demandant de dégager…

Arrête, se réprimanda-t-elle. *Tu n'es pas censée penser à lui. Tu as d'autres chats à fouetter, comme écrire une réponse toutes les trente secondes – « croix » – et empêcher les voix d'entrer. Et garder tes pensées pour toi.*

C'était le moment idéal pour mettre en place des défenses auxiliaires, mais puisque Sky n'avait pas eu le temps de les lui enseigner, elle allait devoir se débrouiller avec celles dont elle disposait déjà. *Peut-être pourrais-je ajouter des barricades*, songea-t-elle en se rappelant les jardins entourés de murs de Cendrine, ses ponts-levis et ses douves.

Non, pas de douves. Ajouter de l'eau au torrent de voix qui affluait déjà derrière la porte affaiblirait ses défenses, et un jardin ceint de murs était hors de question : Briddey devrait s'aventurer à l'extérieur de la cour pour le mettre en place, et les voix se fracassaient déjà contre les murs d'adobe : *… inopérable… si fatiguée… suis debout depuis une éternité… six mois à vivre… non !* Les voix s'amplifiaient, les vagues grossissaient de minute en minute. Pourquoi ?

Ce n'est pas seulement l'hôpital, comprit la jeune femme. *C'est parce que, en concentrant toute mon énergie sur le fait d'empêcher Trent et le docteur Verrick d'entendre mes pensées, je néglige mon périmètre.*

Elle devait le consolider, mais ça impliquait de sortir, et les voix pouvaient la submerger d'un instant à l'autre. Quelle que soit la solution pour laquelle elle opterait, il lui faudrait le faire de l'intérieur. Mais il n'y avait pas la place de bâtir un château, et Briddey ne savait pas trop à quoi ressemblait une porte antizombies, ni si c'était efficace contre l'eau. Qu'est-ce qui était efficace contre l'eau ?

Des sacs de sable ? C'était une possibilité. Elle pouvait les empiler contre la porte…

Mais pas maintenant. Ce n'était pas le moment. Encore deux réponses, et elle allait devoir recommencer à envoyer des symboles. Ou peut-être que le docteur Verrick, après avoir conclu qu'il n'y avait rien à voir, les renverrait chez eux.

Il ne le fit pas. Une autre de ses assistantes – cette fois-ci une femme châtaine d'âge mûr en blouse et chaussures à talon Prada, un porte-documents serré contre la poitrine – entra pour prendre la feuille de réponses de Briddey, disant quelque chose qu'elle n'entendit pas à cause du casque.

Elle le retira.

— Pardon ?

— J'ai dit que le docteur voulait recommencer. Je m'appelle Liz, au fait. Et vous êtes mademoiselle Flannigan, c'est bien ça ?

Briddey acquiesça.

— Voulez-vous boire quelque chose ? De l'eau, du café, un jus de fruit ?

— Non, merci, ça va.

Oserait-elle demander à aller aux toilettes pour voir si Sky avait trouvé un enregistrement de la voix du médecin sur Internet ? Mieux valait s'abstenir tant qu'elle ignorait ce que Trent était capable d'entendre.

— Vous avez compris comment procéder pour envoyer les images ?

Briddey hocha de nouveau la tête.

— Pouvez-vous me répéter la consigne, juste par sécurité ?

— Bien sûr, répliqua Briddey.

Elle s'exécuta.

— Oui, c'est bien ça, dit Liz avant de lui donner un paquet de cartes neuf.

Elle lui demanda d'attendre qu'elle ait quitté la pièce pour le déballer, puis sortit.

Briddey remit le casque et tira sur la languette du film en plastique.

— Êtes-vous prête, mademoiselle Flannigan ? s'enquit le docteur Verrick.

Briddey leva les mains à son casque. La voix du docteur était différente à présent. Elle y décelait une pointe d'excitation, et son air distrait, comme s'il attendait encore quelque chose, avait disparu. *On vient de lui livrer un scanner capable de détecter la télépathie sans la coopération du sujet*, se dit-elle.

Sky lui avait assuré pourtant qu'une telle technologie n'existait pas, et le seul autre fait nouveau qui aurait pu enthousiasmer le docteur Verrick à ce point était les résultats de leurs tests. Est-ce que Trent avait pu deviner les vrais symboles sur les cartes, en dépit des défenses érigées par Briddey et des fausses réponses qu'elle lui avait fournies, de façon suffisamment précise pour persuader le docteur qu'ils *étaient* en communication télépathique ?

— Mademoiselle Flannigan, demanda le docteur Verrick, est-ce que vous m'entendez ?

— Oui, répondit-elle. Désolée. J'ai un peu de mal à ouvrir le paquet. (Espérant avoir l'air convaincante, elle attrapa un coin du film en plastique, arracha l'emballage complètement, puis disposa les cartes devant elle.) Voilà, c'est bon.

— Bien. Commencez au signal sonore.

Ce qu'elle fit, songeant à un symbole, retournant la carte et envoyant à Trent celui auquel elle avait pensé tandis qu'elle réfléchissait à ce qu'il convenait de faire. C.B. lui avait déconseillé d'écouter le docteur Verrick, mais elle devait savoir à quoi il pensait.

D'abord, il lui fallait barricader la porte pour s'assurer que Trent ne l'entende pas. *Je vais visualiser des sacs de sable entassés contre elle*, décida-t-elle. Elle se souvint alors que, d'après C.B., plus son image mentale serait détaillée, plus elle serait efficace. Elle visualisa les sacs à côté de l'abri de jardin.

Elle en prit un qu'elle traîna jusqu'à la porte, puis retourna en chercher un autre, disant à haute voix lors de chaque voyage : *Trent, je t'envoie l'image d'un cercle (ou d'une étoile, ou de vagues). La vois-tu ?*

Une fois le tas assez imposant, elle ajouta : *Je t'envoie... image de... Trent.*

Après quoi elle retourna à sa radio se brancher sur la fréquence de Trent.

Sa voix dit : *Je n'ai pas entendu la dernière.*

J'ai dit : c'est un cercle. Je répète : une croix. Elle se mit ensuite à chercher la fréquence du médecin.

Tu as dit « cercle » ou « croix » ? demanda Trent.

J'ai dit « socle », répondit-elle pour le troubler encore plus pendant qu'elle tournait légèrement le bouton. *Je répète : « s... »* Elle n'acheva pas sa phrase et se mit à fredonner.

Quoi ? Je ne t'entends pas, s'inquiéta Trent. *Il faut te concentrer.*

C'est ce que je fais, protesta-t-elle en se penchant sur la radio pour essayer de capter la voix du docteur Verrick, malgré les bavardages de Trent. Elle tourna le bouton une nouvelle fois.

—Arrivez-vous à recevoir les images qu'elle envoie ? s'enquit le chirurgien, sa voix sortant de la radio.

Malgré ce que Trent venait de dire, il avait dû répondre par l'affirmative, car le médecin enchaîna :

—Parfait. Les avez-vous écrites ?

Bien sûr qu'il les a écrites, songea Briddey. *N'est-ce pas le but ?*

—Et ses réponses à elle aux images qu'on lui envoie ? s'enquit le docteur Verrick.

Trent dut une fois de plus répondre « oui », car le médecin lut :

—« Cercle, étoile, vagues, étoile... » (Apparemment, il comparait les listes.) Exactement ce que je pensais. Cent pour cent de réponses correctes.

Quoi ? s'affola Briddey. Trent venait de dire qu'il ne l'entendait pas !

Elle se brancha aussitôt sur la fréquence de Trent, mais trop tard. Il disait :

—... signal a retenti. Envoyez la suivante.

Elle retourna sur celle du docteur.

—... ne fait aucun doute qu'elle essaie de nous cacher ses dons de télépathe. Avez-vous saisi autre chose ?

Elle voulut revenir à Trent, trop vite, car elle loupa sa fréquence et dut tripoter le bouton pour la retrouver. Trop tard.

Il faudrait que j'arrive à les écouter tous les deux en même temps. Peut-être que si elle visualisait deux radios...

—Pas la peine, intervint Maeve. (Elle apparut à côté d'elle, coiffée d'une tiare, dans sa robe de Raiponce.) Il suffit de...

—Que fais-tu ici ? s'étrangla Briddey. Sky t'a dit de rester dans ta pièce refuge. Trent va t'entendre !

—Mais non. Je te l'ai dit : j'ai des tonnes de défenses. Si tu veux entendre la personne avec laquelle il parle, il suffit de te brancher sur sa fréquence et de tapoter sur ça. (Par « ça », elle voulait dire le bouton du volume.) Ainsi, tu les entendras tous les deux. Je ne sais pas pourquoi tu as imaginé une radio, d'ailleurs. Ça aurait été beaucoup plus simple de prendre un smartphone, d'appuyer sur l'icone « DISCUSSION GROUPÉE », puis de...

— Rentre chez toi ! la supplia Briddey, au désespoir. S'ils sont au courant pour toi...

— Ils ne sauront rien. J'ai genre seize couches de défenses. Pas comme cet endroit. (Elle balaya la cour d'un œil sceptique.) Je pourrais t'aider à visualiser une forêt de ronces, par exemple.

— Non ! Va-t'en. Tout de suite. Avant que Trent t'entende.

— Je peux t'aider, tu sais. Je connais plein de trucs que C.B. m'a enseignés...

— Je m'en fiche ! Tu dois retourner dans ton château et y rester, quoi qu'il arrive !

— Même si...

— Aucune exception. Maintenant, pars, ou je préviens Sky.

— C'est qui, Sky ? C'est le nom de code de... ?

— Oui, l'interrompit Briddey. Allez, pars.

— Et moi, c'est quoi mon nom de code ? Je propose...

— Fiche le camp !

— OK, c'est bon, dit Maeve d'un ton dégoûté. Je voulais juste t'aider. (Elle disparut avant de resurgir un instant plus tard.) J'oubliais : ça ne marche que si tu connais la voix de la personne.

Sur ce, elle se volatilisa.

Je vous en supplie, faites que Trent n'ait rien entendu de tout ça, songea Briddey. Elle tourna de nouveau le bouton sur la fréquence de Trent.

— Que se passe-t-il ? demanda sa voix dans la radio. Pourquoi n'envoie-t-elle rien ? Ça fait deux minutes que c'est silence radio.

Briddey s'empressa de retourner la carte suivante. Une croix. *Vagues*, lui envoya-t-elle.

— Vagues, répéta Trent. Enfin !

Il se demanda ensuite si c'était le dixième ou le onzième symbole.

Dieu merci ! Cendrine devait avoir raison quand elle affirmait qu'il ne pourrait pas l'entendre. Mais, juste au cas où, Briddey se brancha sur la fréquence du médecin.

— Qu'avez-vous entendu d'autre ? s'enquit-il.

Il y eut une pause, durant laquelle Briddey s'en voulut de ne pas avoir touché le bouton du volume comme Maeve le lui avait conseillé.

— Vous n'avez pas entendu quelqu'un d'autre ? l'interrogea-t-il.

Briddey tapota alors frénétiquement le bouton, craignant d'avoir manqué une information capitale, puis elle pensa s'être trompée de méthode, car il y eut un silence.

— Maudite Cend..., commença-t-elle en s'apprêtant à régler le bouton des fréquences.

Elle entendit alors une voix féminine déclarer :

— Non, mais il est sûr et certain qu'elle lui envoie les mauvaises réponses.

Liz, l'assistante. Mais comment était-ce… ?

Elle a les cheveux auburn, songea Briddey. *C'est pour ça qu'elle m'a fait répéter les consignes du test : parce qu'elle avait besoin d'entendre ma voix, afin de l'isoler des autres.*

Ce devait être l'une des patientes du docteur Verrick, également devenue télépathe après avoir fait une AEC. Cela expliquait pourquoi le médecin avait déjà fait préparer les salles de test et les cartes de Zener, pourquoi il était rentré dès que Trent lui avait téléphoné, et pourquoi ses révélations ne semblaient pas l'intéresser plus que ça. Liz était capable de lui dire directement s'ils étaient télépathes ou non.

Trent avait cru pouvoir se servir du docteur Verrick pour concevoir son nouveau téléphone, mais la réciproque était vraie aussi. Le docteur s'était servi de Trent pour mettre la main sur Briddey. *C'est pour ça qu'il m'a parlé de la possibilité d'entendre des voix l'autre jour, à son cabinet, et qu'il a avancé la date de l'opération. Car je suis rousse, et il pense que c'est ce qui provoque la télépathie.* Avec un peu de chance, le fait que Liz soit aussi une de ses patientes signifiait que, selon lui, l'AEC faisait partie des facteurs déclencheurs.

— Croyez-vous qu'elle envoie sciemment les mauvaises réponses ? demanda le chirurgien dans la radio. Ou y aurait-il un problème avec sa connexion ?

— Je dois entendre d'autres réponses pour en être sûre, répliqua Liz, mais à mon avis elle le fait exprès.

— Pourquoi donc ? s'étonna le docteur Verrick. M. Worth et elle m'ont contacté pour me dire qu'ils communiquaient.

— Peut-être que son don psychique l'effraie, suggéra Liz, ou peut-être… Pourrait-elle avoir établi un contact mental avec quelqu'un d'autre ?

— C'est possible, j'imagine, supposa le médecin. Mais…

— Si la personne avec qui elle communique est un homme, elle craint peut-être la jalousie de M. Worth. Ne dites-vous pas à vos patients qu'ils doivent être liés émotionnellement pour se connecter ?

Vos patients ? Fallait-il comprendre que Liz n'en était pas une ? *Dans ce cas, qui est-elle ?*

— Je sens une détresse spirituelle en elle, affirma Liz. Ses chakras sont fermés, et un conflit émotionnel émane de son aura.

Mon aura ? pensa Briddey. *Mes chakras ? Mais qui donc est cette femme ?*

C'est alors que le souvenir qui lui échappait jusque-là lui revint en mémoire. La publicité que Kathleen lui avait envoyée par mail, pour la voyante se disant capable de mettre les âmes en relation dans un couple. Lyzandra. De Sedona, en Arizona.

Chapitre 29

« Il faut que ceux qui ont le courage d'aimer aient le courage de souffrir. »

Anthony Trollope, *Les Bertram*[1]

C.B. *disait pourtant que les médiums n'étaient pas télépathes*, songea Briddey. *Selon lui, ce sont des charlatans qui utilisent des trucs de parapsychologie et la lecture à froid pour donner l'impression qu'ils savent lire dans les pensées.*

Malgré tout, la voix de Lyzandra déclarait dans la radio, d'un ton assuré :

— Je n'ai entendu personne d'autre pour le moment, mais tout à l'heure j'ai perdu la connexion pendant près de cinq minutes. Après cette interruption, je l'ai entendue penser : « Je vous en supplie, faites que Trent n'ait rien entendu de tout ça. »

Briddey se pencha sur la radio.

— Ensuite, ajouta Liz, elle s'est demandé si elle oserait appeler quelqu'un.

Oh, mon Dieu ! s'écria Briddey, essayant de ne pas céder à la panique. *Ma pièce refuge n'est pas assez solide pour l'empêcher d'entrer. Je dois prévenir Sky.*

Ce qui serait la pire des choses à faire. Si Lyzandra les surprenait en train de communiquer…

Briddey, appela C.B. *Je dois te parler. C'est urg…*

Non ! La jeune femme se jeta sur la porte bleue de sa cour et s'y appuya de toutes ses forces. *Night Fighter à Dawn Patrol : maintenez le silence radio !* répliqua-t-elle, mais il ne l'écoutait pas.

1. *Les Bertram* (titre en anglais : *The Bertrams*), d'Anthony Trollope, Charpentier, Paris, 1866. Traduit de l'anglais par l'un des rédacteurs de la *Revue nationale*. (*NdT*)

J'ai fait des recherches sur Sedona, poursuivait C.B. *C'est là que se rassemblent...*

Dawn Patrol, nous sommes attaqués! Je répète, nous sommes attaqués! s'affola Briddey. Comment le prévenir que Lyzandra écoutait sans le mettre à découvert?

J'ai mon poème, The Highwayman, pensa-t-elle. Elle récita le passage où Bess, la fille de l'aubergiste, se tirait dessus pour avertir son amant, priant pour que C.B. comprenne le message.

Soit il comprit, soit il abandonna l'idée qu'elle réponde, car il battit en retraite. Briddey vérifia la barre dans son support, s'assura que le loquet était bien tiré puis, continuant à réciter le poème, elle courut vers les sacs de sable. Elle devait renforcer sa cour pour empêcher Lyzandra d'y accéder. Il fallait ajouter des sacs devant la porte.

—Elle a cessé d'envoyer des images, constata Lyzandra dans la radio. On dirait qu'elle récite quelque chose.

Briddey se rappela qu'elle était censée transmettre les symboles des cartes de Zener.

Cercle, pensa-t-elle en soulevant un sac. *Carré. Vagues. Croix.*

Les sacs étaient affreusement lourds et difficiles à manipuler. *J'aurais dû laisser Maeve imaginer pour moi cette forêt de ronces*, regretta-t-elle avant de se réprimander pour avoir pensé à son nom et à cette idée. Si seulement Sky avait eu le temps de lui enseigner ses autres techniques de protection!

J'en ai quand même appris quelques-unes, s'encouragea-t-elle. Elle se lança dans *Ode to Billie Joe* puis dans le générique de *L'Île aux naufragés*, qu'elle saupoudra ponctuellement d'étoiles, de vagues, de lunes bleues et d'arcs-en-ciel. *Night Fighter à Dawn Patrol. Maintenez le silence radio. Je répète: maintenez le silence radio.*

—Recevez-vous quelque chose? demanda le docteur Verrick.

—Non. Ses chakras sont fermés; tout ce que j'entends est très flou.

—Vous ne distinguez rien du tout?

—Si. Quelque chose à propos du ciel, des étoiles, de pont et de pilotes de guerre. Rien de significatif.

Ouf! ça marche, se réjouit Briddey en traînant encore un sac de sable vers la porte. Elle chercha un autre texte à réciter. Pas *My Time of Day*, qui lui rappelait sa sortie nocturne avec Sky, ni *Molly Malone*, ni une des chansons de *La Vallée du bonheur*. Autant ne pas penser aux Lucky Charms non plus.

Les pions du Monopoly. *Le chien, la brouette, la voiture, le chapeau haut de forme, le fer à repasser...* Mais il n'y en avait que huit, avec la chaussure, le dé à coudre et le bateau. Quant à *Teen Angel*, elle ne comptait que quatre couplets. Il lui fallait des chansons ou des listes plus longues.

Les romans victoriens, se rappela-t-elle. Le Maître de Ballentrae, La Pierre de lune, Le Magasin d'antiquités, Loin de la foule déchaînée…

— Sa voix spirituelle est toujours aussi confuse, déplora Lyzandra dans la radio. Je reçois des vibrations négatives. Je crois qu'elle nous cache volontairement ses pensées. Vous devriez l'interroger directement.

— Mais, intervint le docteur Verrick, si elle fait exprès de nous donner de mauvaises réponses, pourquoi croyez-vous qu'elle nous dirait la vérité ?

— Elle ne le fera pas. Toutefois, quand vous interrogez quelqu'un, la vérité apparaît à l'esprit de la personne, quelle que soit sa réponse. Parfois, il est possible de lire cette vérité.

Elle a raison, admit Briddey. *C'est le coup du : « Ne pense surtout pas à un éléphant. »* De même, il lui était impossible de faire le vide dans sa tête.

Je pourrais m'enfuir, pensa-t-elle en se remémorant sa première nuit à l'hôpital. Ce qui ne ferait que les conforter dans leur conviction qu'elle cachait quelque chose. Son plus gros avantage à présent était le fait qu'ils ignoraient qu'elle les entendait. Elle devait le conserver et par conséquent rester là, l'air de rien, à alimenter des pensées sans aucun rapport avec la télépathie : comme songer à des stars de cinéma, des fleurs ou des chaussures de marque.

— Mademoiselle Flannigan ? l'appela le docteur Verrick dans le casque. Nous avons quelques questions à vous poser.

— Sur les cartes de Zener ? demanda Briddey en pensant *Gucci, Manolo Blahnik, Ferragamo, Christian Louboutin, Christian Bale.* Je me suis trompée quelque part ?

— Non, non, pas du tout. Cependant, M. Worth a perçu des éléments intéressants dans vos réponses, sur lesquels nous devons vous interroger. Il affirme vous avoir entendue communiquer mentalement avec quelqu'un d'autre.

Vous mentez, s'offusqua-t-elle avant de réprimer cette pensée. *Sandra Bullock, Brad Pitt, Johnny Depp, Emily Blunt…*

— À qui appartient cette voix ? Est-ce quelqu'un que vous connaissez ?

Oui, pensa-t-elle à leur intention. *Le bandit de grand chemin, le professeur Harold Hill et F. Scott Fitzgerald.*

— Je ne sais pas à quoi Trent fait référence, répondit-elle. La seule voix que j'ai entendue, c'est la sienne.

—Continuez à l'interroger, dit Lyzandra, après quoi le docteur Verrick lui demanda promptement :

—En êtes-vous sûre ? Il arrive qu'on confonde une voix avec une autre.

—Comment aurais-je pu entendre quelqu'un d'autre ? s'enquit Briddey en s'efforçant de prendre un ton perplexe. (*Anthony Trollope, Thurston Howell III, Jimmy Choo…*) Je suis liée affectivement à Trent.

—Posez-lui une question plus générale, ordonna Lyzandra.

—Avez-vous déjà eu le sentiment que quelqu'un avait des problèmes ? demanda le docteur Verrick.

À part moi, vous voulez dire ? pensa-t-elle. Elle s'empressa de modifier sa réponse : *Les naufragés ont des problèmes. Comme la fille aux yeux noirs de l'aubergiste. Et Adelaide. Elle a attrapé un gros rhume.*

—Avez-vous déjà eu un sentiment de mort imminente ? l'interrogea le médecin. Une forte impression de déjà-vu ? Avez-vous déjà pressenti un danger ? Avez-vous expérimenté le voyage astral ?

Briddey répondit à cette avalanche de questions du mieux qu'elle put, chantant des extraits de *Luck Be a Lady* et *I Wish I Were an Oscar Mayer Weiner*, puis faisant la liste de toutes les fleurs qu'elle connaissait. Mais il lui était difficile de se concentrer sans rien laisser filtrer.

Quand le chirurgien lui demanda : « Avez-vous déjà eu des prémonitions ? », Briddey eut soudain l'image de Tante Oona décrétant : « C'est Mary Clare au téléphone. Je le sens. » Elle dut la chasser de son esprit, la piétinant comme un départ de feu, avant de réciter d'une voix forte : *Feu de forêt, feu de camp,* Les Chariots de feu.

Ce qui n'était pas sans risque. En pensant *feu de joie*, elle eut soudain le souvenir de Sky et elle en voiture, lui parlant de Jeanne d'Arc. Elle choisit de penser à la malbouffe, mais cela lui rappela les chips tortillas rassises de leur festin de minuit, et le pop-corn que Cendrine avait distribué aux canards. Avec les chaussures, elle repensait à ses sandales trempées fourrées sans cérémonie sous son lit. Quant aux stars de cinéma, cela lui évoquait Hedy Lamarr.

Sky avait raison. Chaque pensée était connectée aux autres, formant une sorte de labyrinthe complexe de souvenirs et d'associations cognitives, de sorte que peu importe à quoi elle pensait ou le chemin neuronal emprunté, elle en revenait toujours à ce traître d'éléphant.

Eh bien, OK, vas-y, pense à ton éléphant, songea-t-elle. Elle passa les cinq minutes suivantes à citer tous les noms qui lui venaient à l'esprit : éléphants d'Asie, d'Afrique, de cirque ; Babar, Jumbo et Dumbo… Non, ce dernier venait d'un film de Disney, trop proche des princesses Disney. *Pense à leurs défenses, leur trompe, leur peur des souris. Et des serpents, que saint Patrick a jetés de…*

Non, interdiction de penser à l'Irlande. Ça les mènerait droit à Cendrine. Pense à un autre endroit. Angkor Vat. Le mont Fuji, le mont Rushmore, les chutes du Niagara... Non, ça non plus. Sky avait promis de l'y emmener pour leur lune de...

— Elle est en contact avec un autre esprit, affirma Lyzandra dans la radio. Celui d'un homme. Quelqu'un de beaucoup plus avancé dans la communication mentale. Un voyant, peut-être, qui lui a enseigné comment résister.

— Savez-vous de qui il s'agit ?

— Non. Je perçois l'image de son nom, mais elle le dissimule. Ça commence par un S.

Je n'aurais pas dû prendre Sky comme nom de code, regretta Briddey, écœurée. *C'est trop proche de* – elle écarta aussitôt le nom de C.B. – *de saint. Vous m'avez entendue penser « saint ». Sainte Marguerite, saint Michel, sainte Catherine.* Étaient-ce réellement ces voix-là que Jeanne d'Arc avait perçues ? Ou avait-elle donné ces noms aux inquisiteurs pour les empêcher de découvrir à qui elle parlait vraiment ?

— Monsieur Worth, y a-t-il quelqu'un à Commspan dont le nom commence par un S ? demandait le docteur Verrick.

— Il y a Suki Parker, répondit Trent. Et Art Sampson. Briddey avait rendez-vous avec lui, ce matin. Ça l'ennuyait beaucoup de devoir annuler.

— Sampson pourrait-il être le nom que l'on cherche ? demanda le médecin à Lyzandra.

À partir de maintenant, oui, pensa Briddey. Au lieu de faire écran avec des pensées aléatoires, elle aurait dû créer de fausses pistes pour les égarer. *Quoi qu'il arrive, je ne veux pas qu'ils apprennent que je parle avec Art Sampson*, pensa-t-elle à leur intention.

— Il se pourrait que Sampson soit le nom, déclara Lyzandra, hésitante. Je n'en suis pas certaine.

S'ils découvrent qu'Art Sampson est télépathe..., enchaîna Briddey. Elle s'imagina aller dans le bureau de son collègue. Mais, lorsqu'elle se vit sortir de l'ascenseur et traverser le couloir, le souvenir de Sky l'attrapant par surprise pour l'entraîner dans le local des photocopieuses refit brusquement surface.

C'était comme marcher dans un champ de mines. Partout où on posait le pied, le danger couvait. Et les questions affluaient dans le casque :

— Entendez-vous une autre voix que celle de M. Worth ? L'avez-vous identifiée ? Est-ce celle d'un inconnu, ou d'une personne de votre entourage ? À quelle fréquence l'avez-vous entendue ? Quand était-ce la première fois ?

Ce déferlement était proche des voix : un flot de mots arrivant trop vite, sans interruption. Briddey ne put que mettre les bras sur sa tête pour tenter de se protéger. Elle était épuisée par les efforts fournis pour donner de mauvaises réponses, faire du bruit blanc, empêcher le docteur Verrick et le médium de lire dans ses pensées, maintenir Sky et Cendrine à l'écart. Elle était à bout de forces, comme durant cette fameuse nuit dans l'escalier à l'hôpital…

Non, tu ne peux pas penser à l'hôpital non plus, se sermonna-t-elle. *Pense à des chansons que tu ne voudrais pas avoir dans la tête :* Itsy Bitsy Teenie Weenie Yellow Polkadot Bikini, The Little Drummer Boy, Tell Laura I Love Her, *Laura Linney, Laura Bush, Laura Ingalls Wilder…*

Après dix minutes, elle sut qu'elle ne pourrait plus les repousser. Elle aurait beau résister aux questions, masquer ses réponses avec les Froot Loops, des chansons et *La Maison d'Âpre-Vent*, une partie de son esprit enregistrait les questions et y répondait automatiquement. Plus les minutes s'écouleraient, plus elle commettrait d'erreurs, et plus il lui faudrait de temps pour se rendre compte que le fil de ses pensées prenait une tournure risquée.

Tout à coup, elle songea au cobaye de l'université Duke dont les scores s'étaient effondrés au fil du test. Peut-être fallait-il interpréter les résultats à l'envers : les scores bas correspondaient à la période où le sujet cachait son don, tandis que, plus il fatiguait, plus il donnait de bonnes réponses.

Comme je m'épuise moi-même en ce moment. Ce n'était qu'une question de temps avant qu'elle laisse échapper l'indice qu'ils attendaient et qu'elle abandonne, éreintée, leur disant ce qu'ils voulaient entendre. *Non*, se ressaisit-elle. *Tu dois protéger Sky et Cendrine, même si tu en baves.* Comme Jeanne d'Arc, qui avait préféré mourir sur le bûcher plutôt que de trahir ses voix.

Mais je ne suis pas Jeanne d'Arc. Je craquerai sous la torture. Elle craquait déjà. Quand elle regarda la porte, l'eau s'infiltrait malgré les sacs de sable, ruisselant entre les dalles et le long des murs d'adobe. Au-delà résonnait le grondement aqueux des voix.

Elles vont entrer ! s'inquiéta-t-elle. Elle les revit envahir les toilettes des dames, blottie sous le lavabo, agrippée au tuyau d'évacuation, assise recroquevillée dans l'escalier, vêtue de sa blouse d'hôpital tachée de sang, et C.B. arrivant pour…

Ça suffit ! Arrête. Pense à autre chose, n'importe quoi : Charles Dickens, Cap'n Crunch, les Monty Python, McCook dans le Nebraska, Oliver Twist, les orphelins, les greffes d'organe…

Trop tard. Lyzandra disait :

— Plus de doute : c'est quelqu'un qu'elle connaît, avec qui elle a un lien affectif.

— Avez-vous réussi à saisir son nom ? s'enquit Trent.

— Non, mais je perçois une image d'hôpital. Lui a-t-on rendu visite la nuit qui a suivi son AEC ?

— Je peux demander au personnel, proposa le médecin.

Personne ne l'a vu, se rassura Briddey, désespérée.

— Est-on venu vous voir après votre AEC ? demanda le docteur Verrick à Briddey dans le casque.

Oh, zut, l'appel téléphonique, pensa la jeune femme. *Ils vont… Non ! Pense aux céréales Trix ! Tulipes, Choctaw Ridge, Trou Noir de Calcutta, symptômes psychosomatiques, aubergines albinos, soldats qui tirent de sang-froid sur le bandit de grand chemin…*

— Je n'entends pas sa réponse, se plaignit Lyzandra. Elle résiste, c'est sûr. C'était une série de mots sans queue ni tête sur les pirates, la dentelle et les légumes. Y aurait-il un moyen de la rendre moins résistante ? Pourriez-vous l'hypnotiser, lui administrer un tranquillisant ? Du Valium, du Xanax ou que sais-je ?

Surtout pas ! Avec un calmant, ses défenses céderaient. Les voix déferleraient.

— Êtes-vous sûre que cela n'affaiblirait pas ses aptitudes ou ne lui nuirait pas d'une manière ou d'une autre ? l'interrogea le médecin.

— Certaine, affirma Lyzandra. J'ai pris plusieurs fois du Valium pour ouvrir mes chakras et me rendre plus réceptive.

Plus réceptive ? s'étonna Briddey, au bord de la panique. *Plus réceptive, vraiment ?*

— Et vous m'assurez qu'il n'y aura pas d'effets secondaires négatifs ? s'enquit le docteur Verrick.

Vous n'allez tout de même pas prendre l'avis médical d'une voyante ? s'indigna Briddey, mais apparemment si, car elle l'entendit ajouter :

— Reste le problème d'obtenir son consentement. Il faudra lui faire signer une décharge.

— Je suis certain de pouvoir la convaincre de signer, déclara Trent. On est presque fiancés.

Et si je ne parviens pas à la faire coopérer, ajouta-t-il en pensée, *je lui dirai que son travail en dépend.*

Non mais, quelle sale vipère ! s'offusqua Briddey.

— Je crains que demander son consentement la rende méfiante et qu'elle soit encore plus résistante, prévint Lyzandra. Je n'ai qu'à prendre le calmant moi-même. Cela améliorera mes capacités d'écoute…

Et je ne pourrai plus l'arrêter, songea Briddey, car elle devait aussi lutter contre les voix. Celles-ci se fracassaient avec une violence croissante contre la porte bleue, bien décidées à entrer coûte que coûte. Pendant que la jeune femme tentait de les maintenir à distance, le docteur Verrick la harcèlerait de questions jusqu'à ce qu'elle mentionne par accident le nom de Sky et celui de Cendrine, les livrant aux mains de Trent.

Il n'y a rien que je puisse faire pour la maintenir à distance, se désola-t-elle. Elle pensa à Bess, la fille de l'aubergiste, impuissante, bâillonnée et ligotée, une arme à feu pointée sur le cœur. Et à Billie Joe McAllister. Et s'il avait sauté du pont sur la Tallahatchie pour garder un secret, ou protéger quelqu'un ? Et qu'il n'ait pas pu se confier à la fille, sans quoi elle l'aurait dissuadé ? *Je dois me battre.*

— Je vous administre le médicament, dit le docteur Verrick.

— Combien de temps avant qu'il fasse effet ? s'enquit Trent.

— Quelques minutes.

C'est suffisant, pensa Briddey. Elle posa sa radio sur l'étagère du haut, dans l'abri de jardin, puis se dirigea vers la porte pour enlever les sacs de sable, chantant *Teen Angel* afin que C.B. n'entende pas ce qu'elle faisait.

Mouillés, les sacs de sable pesaient très lourd. Les entreposer sur le côté exigea d'elle beaucoup d'énergie. L'eau se mit à couler sur les dalles.

— Vous devriez commencer à ressentir les effets du médicament, déclara le docteur Verrick.

Briddey entendit Trent demander d'une voix pleine d'excitation :

— Alors, vous entendez quelque chose ?

— Oui, répondit Lyzandra d'un ton rêveur. À propos d'eau et d'une porte. Apparemment, elle a l'intention de faire quelque chose à notre insu.

Briddey leur lança, ainsi qu'à C.B., tout ce qui lui venait à l'esprit : des poèmes, des chaussures, des paroles de chansons, tout le bataclan… Et, spécialement pour Trent, toutes les espèces de serpent qu'elle connaissait.

Carré, croix, vagues, pensa-t-elle en tirant les sacs. *Interférences, Cap'n Crunch, espionnage industriel, le docteur Black est demandé au poste des infirmières, nous vous prions d'éteindre vos téléphones portables, ça ferme dans dix minutes, tous les membres du personnel doivent être présents au travail le samedi à cause du changement de paradigme et de la chute de l'Empire romain. On a un temps pourri ce matin, les gars. Bien reçu. Arcs-en-ciel, roses, Rice Krispies…*

Mais ça ne servait à rien.

— Je l'ai presque, dit Lyzandra. Demandez-lui encore une fois avec qui elle parle.

Les ruisselets qui s'écoulaient le long des dalles grossissaient à vue d'œil. Quand Briddey eut ôté le dernier sac, elle dut patauger dans l'eau pour ouvrir la porte.

— Ils sont deux, j'en suis sûre. Demandez-lui comment ils s'appellent.

Sainte Catherine, répondit Briddey. *Sainte Marguerite, saint Michel, Thomas Hardy, Tobias Marshall, Patience Lovelace, Ethel Godwin, Bridey Murphy, Adelaide…*

Les mains sur la barre, elle s'apprêtait à la soulever quand elle s'immobilisa. Au-delà de la porte et des murs, les voix rugissaient, de plus en plus fortes, prêtes à envahir la cour pour les noyer, les questions du médecin, les réponses… et elle.

Je n'y arrive pas, se dit-elle en se remémorant les toilettes pour dames et le débarras. *Elles vont me faire basculer dans le vide, je m'écraserai sur les rochers…*

— Savez-vous qui sont ces personnes ? demandait le docteur Verrick à Lyzandra.

— Elles sont de sexe masculin et féminin, répliqua la voyante. Elle appelle la fille Cendrine, mais ce n'est pas son vrai prénom. Ça commence par un M. Mary, je pense, ou Ma…

— McAllister, dit Briddey en soulevant la barre. Billie Joe McAllister.

Elle ouvrit la porte.

Chapitre 30

« — Bon Dieu, vite ! Les vannes vont céder ! »
Dorothy L. Sayers, *Les Neuf Tailleurs*

Pendant un moment interminable, rien ne se produisit.

Briddey pensa : *Le déluge ne va pas arriver à temps. Ils vont entendre le nom de Maeve avant que...* Puis les voix la frappèrent de plein fouet, comme un bélier plutôt qu'une vague, si violemment que ce devait être celles de toutes les personnes présentes à l'hôpital : *Ça fait mal, oh, qu'est-ce que ça fait mal ! ... comment ça, vous ne pouvez rien faire ? ... ma faute... jamais dû le laisser prendre le volant... lacérations multiples... crise cardiaque... mauvaise nouvelle... métastases...*

Elle fut projetée contre le peuplier auquel elle s'accrocha, hoquetant. Les voix avaient déjà été horribles, mais cette fois c'était pire : un mélange de panique, de fureur et de souffrance. *Je ne serai jamais de taille à lutter contre elles.*

Il n'y avait aucun garde-fou pour la retenir, pas de C.B., juste le tronc du peuplier, trop gros pour qu'elle puisse s'y accrocher correctement. L'écorce dure lui érafla les paumes lorsqu'elle tenta de resserrer sa prise. Les voix l'assaillaient : *... aucune chance de guérison... hémorragie... tumeur... inopérable... mais elle n'a que six ans... brûlures au troisième degré sur quatre-vingts pour cent du... où est donc ce fichu chariot ?*

Dominant ce vacarme, Lyzandra énonça distinctement :

— J'entends d'autres voix.

Puis elle s'écria :

— Oh, mon Dieu ! mais que se passe-t-il ?

Briddey jeta un coup d'œil vers la radio posée sur l'étagère, dans l'abri de jardin. L'eau l'avait presque atteinte.

— Dites-moi ce qui ne va pas, Lyzandra, s'inquiéta le docteur Verrick. Parlez-moi.

— Elles sont des milliers ! hurla Lyzandra, puis Briddey entendit Trent s'exclamer :

— Enlevez-moi ça !

Oh, non. Eux aussi sont assaillis ! Briddey regarda en direction de la porte, se demandant si elle pouvait l'atteindre pour la refermer, mais les voix s'y déversaient en un torrent bouillonnant dont le niveau montait à vue d'œil.

— Infirmière ! appela le docteur Verrick.

La radio fut alors avalée par les eaux qui passèrent par-dessus les murs d'adobe, emportant tout sur leur passage.

— Elle fait une crise ! cria un homme dans l'appareil qui passa à côté de Briddey. Allez chercher une infirmière ! Tout de suite !

Elle ne sut dire si c'était le docteur Verrick ou l'une des voix, car toutes appelaient à l'aide. *Infirmière !... Enlevez-moi ça !... Ne me laissez pas mourir...*

Briddey aussi devait appeler au secours, ou les voix la précipiteraient dans le vide. *Non, il ne faut pas*, se raisonna-t-elle en s'accrochant désespérément au tronc d'arbre. *Sinon, ils vont connaître son nom et le condamner au bûcher !*

Les voix et l'eau montaient de plus en plus vite à présent. *Jamais repris connaissance... terminal... n'a pas pu sauver... rien à faire... sauver...* Ses doigts glissaient. Elle lâchait prise. Elle allait malgré elle appeler au secours, trahir C.B. Elle n'y pourrait rien.

Si, j'ai le choix, pensa-t-elle. Alors, elle serra fort les paupières et lâcha l'arbre. Elle se retrouva aussitôt dans les eaux tumultueuses, battant des bras et des jambes, puis sous la surface, la bouche pleine de liquide.

Dieu merci ! pensa-t-elle en avalant et en suffoquant. *Maintenant, je ne peux plus le trahir.* Ses poumons se remplirent. Elle commença à tousser, à étouffer.

Mais pas à cause de l'eau qu'elle avait avalée. À cause de la fumée.

Non, pensa-t-elle, paniquée. *C'est impossible.* Mais elle sentait bien une âcre odeur de brûlé. Quand elle ouvrit les yeux, la fumée avait envahi les lieux, si épaisse que Briddey ne voyait plus ni les murs ni la porte. C.B. l'entourait de son bras, lui maintenant la tête hors de l'eau.

— Non ! sanglota-t-elle en se débattant. Va-t'en ! Si tu restes, ils vont t'entendre.

— Pas avec tout ce raffut, crois-moi, rétorqua-t-il en avançant vers la cour enfumée, de l'eau jusqu'à la poitrine.

— Tu ne comprends pas ! Le docteur Verrick est avec un médium, Lyzandra, qui entend tout ce que je pense, même quand je suis dans ma pièce refuge ! Ils vont savoir, pour toi ! (Elle le frappa violemment.) Tu dois partir !

— Mais que… ? Aïe ! Bon sang, Briddey, c'était mon nez ! (Il la saisit par les poignets et les plaqua contre son torse afin de l'immobiliser.) Tu veux ma peau, ou quoi ?

— Non, je veux que tu t'en ailles ! cria-t-elle.

Elle se débattit pour se libérer, s'écarter de lui.

— Eh bien, cesse de te battre contre moi, dans ce cas ! ordonna-t-il.

Il la tira hors de l'eau pour la ramener sur des dalles sèches couvertes de braises, la fumée masquant les murs d'adobe. Briddey s'affala en toussant.

C.B. aussi toussait. Trempé, le visage maculé de suie, il se pencha, les mains sur les genoux. De l'eau gouttait de ses vêtements et le long de sa nuque.

— Tu vas bien ? demanda-t-il à la jeune femme entre deux quintes.

— Non, répondit-elle. Pourquoi es-tu venu ?

— Tu plaisantes, j'espère ? Quand ne suis-je pas venu alors que tu avais besoin d'aide ?

Jamais, pensa-t-elle. *Mais, cette fois, tu n'étais pas censé venir.*

— Je suis désolée, s'excusa-t-elle. Je ne voulais pas t'appeler.

— Tu ne l'as pas fait. J'étais déjà là. Dès que j'ai su que la ville de Sedona était connue pour ses médiums, et que le plus célèbre d'entre eux était une rousse, j'ai compris pourquoi Verrick s'y était rendu en toute discrétion, et j'ai essayé de te prévenir. Quand tu m'as interdit d'entrer, je me suis dit qu'il devait y avoir un problème, alors je suis venu directement à l'hôpital pour voir ce qui se passait.

— Tu es venu à *l'hôpital*? répéta Briddey, horrifiée, en regardant la salle de tests par-delà les murs d'adobe.

Elle espérait malgré tout que C.B. était ailleurs dans le bâtiment – à l'étage où elle se trouvait après l'opération, ou dans l'escalier par lequel elle avait voulu s'enfuir – et qu'il l'aidait à distance.

Mais non. Il était agenouillé à ses côtés tandis qu'elle était par terre, roulée en boule contre un mur recouvert de panneaux de mousse. Le casque gisait sur le sol, non loin. La jeune femme constata avec étonnement que rien n'était mouillé, pas même eux. Elle tâta ses vêtements, qu'elle pensait trouver trempés. Eux aussi étaient secs.

La chaise sur laquelle elle était assise : renversée. Les cartes de Zener : éparpillées partout. La porte : entrouverte, comme si on l'avait poussée d'un coup de pied. Dans une minute, après avoir vu C.B. sur la caméra, le docteur Verrick entrerait…

—Non, il ne viendra pas, la rassura C.B. Mais je ferais mieux de fermer la porte de toute façon. Ou plutôt *les* portes.

Il se leva avec difficulté.

—Reste là, ordonna-t-il.

Briddey le regarda zigzaguer entre les cartes pour rejoindre la porte de la salle. Il la referma puis revint patauger dans l'eau, désormais à hauteur de genoux. L'eau reculait rapidement. Il se dirigea alors vers la porte bleue grande ouverte.

Lorsqu'il l'eut fermée, le gros des voix se tut, même si Briddey entendait toujours leur murmure rageur derrière le battant. C.B. récupéra la barre qui flottait non loin et la cala dans son support en travers de la porte. Il tira le loquet de fer puis revint s'installer aux côtés de la jeune femme. Il avait l'air épuisé, les traits tirés, le teint livide sous les traces de suie. Ses mains étaient tachées, elles aussi. Des ampoules commençaient à se former. À cause de l'incendie. Celui qu'il avait bravé pour la secourir.

Les larmes lui piquèrent les yeux. *C.B., je suis tellement désolée.*

—Ce n'était pas ta faute, répliqua-t-il d'un ton las.

Il posa la tête contre le mur d'adobe, paupières closes.

—Non, tu ne peux pas rester, protesta-t-elle en se mettant à genoux. Il y a une caméra, il faut que tu partes...

—C'est bon, je l'ai désactivée.

—Mais il faut quand même que tu t'en ailles. Avant que le docteur Verrick te trouve ici, avant qu'elle lui dise que...

—Elle ne va rien lui dire pour le moment. Ni ton petit ami. Quant à Verrick, il a d'autres chats à fouetter que s'inquiéter de notre sort.

—Tu n'en sais rien.

—Si, je le sais. J'étais dans le couloir de son cabinet quand tu as déclenché le déluge. Je les ai entendus crier, lui et le médium. Du coup, je peux désormais lire dans leurs pensées de comploteurs à tous les trois. Crois-moi, nous écouter est actuellement le cadet de leurs soucis. Tu n'as pas lâché les voix uniquement sur toi, tu sais. Le médium et Trent t'écoutaient tous les deux, et les voix qui rugissaient à travers toi les ont frappés de plein fouet. Ils sont trop traumatisés pour parler. Surtout Lyzandra. Verrick lui a-t-il donné quelque chose ?

—Oui, un calmant. Du Valium ou du Xanax, pour améliorer sa réceptivité.

—Eh bien, vu tout le personnel médical qui s'agite actuellement dans le cabinet, on peut dire que ça a marché ! Un calmant, souffla-t-il en secouant la tête. N'importe quoi.

—Elle va s'en sortir ? Je ne voulais pas lui nuire. J'essayais seulement de l'empêcher de m'entendre. Ils me posaient toutes ces questions, j'avais peur de vous trahir, Maeve et toi. Je pensais qu'en laissant entrer les voix…

— Je sais, l'interrompit-il. Tu ne pouvais pas deviner ce qui allait se passer.

— Mais ça va aller pour eux, n'est-ce pas ?

— Oui, la rassura C.B. Trent va bien. Il n'est que partiellement télépathe. Je crois avoir fermé la porte avant que Lyzandra souffre de blessures irrémédiables. Mais, si Verrick lui avait administré un produit plus fort… (Furieux, il secoua la tête.) On devrait l'abattre.

— Je suis d'accord, mais notre priorité pour l'instant, c'est de te sortir d'ici pendant qu'elle est encore sous le choc et ne remarquera rien.

— Tu as raison, admit C.B.

Pourtant, il ne bougea pas d'un pouce.

— Si tu t'inquiètes à mon sujet, déclara Briddey, je vais bien. C'est toi qu'on doit protéger.

Il reposa la tête contre le mur derrière lui et avoua :

— Je ne t'ai pas tout dit.

Quelle que soit la suite, ça s'annonçait mal.

— Ils m'ont entendue prononcer ton nom ? demanda la jeune femme, effrayée. Ou celui de Maeve ?

— Non.

— Alors, qu'est-ce qui te retient ici ?

— Ils entendent encore les voix.

— Mais je croyais que tu…

Par réflexe, elle regarda la porte bleue de sa cour : fermée, la barre abaissée, le loquet tiré, pas d'eau qui s'infiltrait…

— J'ai stoppé tes voix en utilisant les défenses que tu avais déjà mises en place, expliqua C.B. Mais ni Trent ni Lyzandra n'en ont. Si on ne leur enseigne pas comment les construire…

Ils vont continuer à entendre les voix, et ça va les rendre fous, comprit-elle. *Ou les tuer.*

— Si tu leur enseignes comment garder les voix à distance, ils sauront que tu es télépathe. Ne peux-tu pas construire une barricade pour eux, comme tu l'as fait pour Maeve ? Et pour moi, dans la salle Carnegie ?

— Non, répondit-il. Je n'avais pas autant de voix à bloquer, et c'était pour un temps limité…

— Il faudrait que tu le fasses juste le temps que les effets du calmant se dissipent.

Il nia de la tête.

— On ne peut pas espérer que les voix se tairont à ce moment-là. À l'évidence, le déluge n'a pas seulement déclenché leur réceptivité. Il a pulvérisé leurs gènes inhibiteurs.

— Trent et Lyzandra vont donc continuer à entendre les voix pour toujours, comme nous.

C.B. acquiesça.

— Il faudrait que je les bloque indéfiniment, et pas seulement en les réduisant à un murmure. Je devrais les faire taire complètement, ce qui prend beaucoup plus d'énergie et de concentration.

Briddey pensa aux efforts énormes qu'elle avait dû fournir juste pour les empêcher d'entendre les noms de C.B. et de Maeve. Elle se sentait totalement épuisée. Et C.B. devrait lui aussi masquer ses pensées, sans quoi ils comprendraient ce qu'il faisait.

— Il est plus difficile, de manière exponentielle, de bloquer deux personnes, précisa-t-il.

Il était déjà lessivé après avoir sauvé Briddey de l'inondation.

Et du feu, ajouta-t-elle. Et après l'avoir déjà secourue à l'hôpital, au théâtre et dans le débarras. Et après n'avoir presque pas dormi pour la ramener de l'hôpital, et ensuite l'accompagner récupérer sa voiture, et porter secours à Maeve.

Et veiller sur moi, songea-t-elle en le regardant alors qu'il était avachi contre le mur, l'air abattu. Il avait raison : il n'aurait jamais la force et l'endurance nécessaires pour bloquer Trent et Lyzandra assez longtemps.

— On ne peut pas les laisser à la merci des voix, soupira C.B., même si ça ne me déplairait pas. Tu remarqueras qu'ils n'ont pas envoyé d'infirmière ici pour voir comment tu allais. Tu pourrais aussi bien être en pleine crise. Ils s'en fichent royalement.

D'ailleurs, si Lyzandra ne s'était pas proposée pour prendre le tranquillisant, c'est à moi qu'on l'aurait administré. Mais...

— Tout à fait, approuva C.B. On ne peut pas se contenter de rester là à les regarder faire leur crise psychotique alors que c'est nous qui l'avons provoquée.

Tu veux dire « moi », rectifia Briddey en silence. *Cette merveilleuse idée venait de moi.* Elle s'était totalement retournée contre la jeune femme. Non seulement Briddey avait failli tuer Trent et Lyzandra, mais, au lieu de protéger C.B., elle le leur avait livré sur un plateau.

— Je suis sincèrement désolée de t'avoir embarqué dans cette galère, s'excusa-t-elle.

— Tu ne pouvais pas savoir qu'en ouvrant la porte...

— Non, je parlais de manière générale. Si je t'avais écouté quand tu voulais me dissuader de faire l'AEC, rien de tout cela ne serait jamais arrivé. Ton secret serait bien gardé…

— Oui, et quant à moi, si je t'avais dit dès le départ ce que manigançait Trent, rien de tout cela ne serait arrivé non plus. On ne va pas réécrire l'histoire. On doit essayer de contrôler les voix. Viens, lève-toi, dit-il alors qu'il restait assis.

— Ne pourrais-je pas y aller, moi ? Je sais comment bâtir des défenses et une pièce refuge. Je pourrais le leur enseigner…

Il secoua la tête.

— Un périmètre de sécurité et une pièce refuge ne suffiront pas à protéger Lyzandra. Elle a besoin de…

— Je pourrais suivre tes consignes. Tu resterais ici pour me dire ce que je dois faire, pendant que…

— Ça prendrait trop de temps. Ils savent déjà que tu communiques avec quelqu'un d'autre. Ils ne lâcheront pas avant de savoir de qui il s'agit, et je ne compte pas t'envoyer affronter seule une nouvelle inquisition.

— Mais…

— En plus, on ne sera pas trop de deux. Viens, répéta-t-il en tendant les bras pour qu'elle l'aide à se lever.

Elle lui saisit les mains. Tous deux se retrouvèrent aussitôt dans la salle de tests, où elle-même était assise par terre. C'était lui qui l'aidait à se mettre debout. Ses mains étaient intactes : il n'y avait ni taches de suie ni ampoules.

Dieu merci ! pensa Briddey en les serrant fort.

Il tira sur ses bras.

S'ils apprennent que C.B. est télépathe, ils ne verront aucun inconvénient à le renvoyer affronter le feu, songea-t-elle. *Ils l'interrogeront, lui donneront des médicaments pour améliorer sa réceptivité, et il sera incapable de maintenir les voix à distance. Il se consumera sur place…*

— Prête ? demandait C.B.

— Non. Il doit y avoir une autre solution. À la bibliothèque, tu as dit que tu travaillais sur un brouilleur. Pourrais-tu… ?

— Inventer quelque chose en cinq minutes pour bloquer les voix ? Hélas, non. (Il lui sourit tendrement.) Ça sera peut-être moins terrible qu'on ne le pense. Peut-être qu'après ce qui s'est passé ils préféreront laisser tomber tout ce qui a un rapport avec la télépathie. D'après ce que je perçois chez Trent, ses voix prennent la forme de cafards qui rampent sur lui, et la réaction du médium a flanqué une sacrée frousse à Verrick. Si ça se trouve, ils sont déjà parvenus à la conclusion que la télépathie était une très mauvaise idée…

Tu es fou! intervint la voix de Maeve, sortie de nulle part. *Tu sais bien qu'ils ne penseront jamais ça. Tante Briddey, dis-lui qu'on ne peut pas le laisser révéler son don!*

— Que fais-tu ici? demanda C.B. d'un ton autoritaire. Je croyais t'avoir dit de rester dans ta pièce refuge!

Je vous écoutais, rétorqua Maeve avec défi, *et heureusement. Les aider serait une catastrophe!*

— Ce serait aussi une catastrophe s'ils découvraient tes aptitudes. Rentre, ordonna C.B.

Ils se retrouvèrent brusquement de nouveau dans la cour, Maeve coiffée de sa tiare, vêtue de sa robe Raiponce, les mains sur les hanches.

— Tu ne peux rien leur dire sur la télépathie, insista-t-elle. Une fois qu'ils seront au courant, ils ne te laisseront plus en paix. Ils te harcèleront jusqu'à ce que tu leur aies tout dit!

— Je suis d'accord avec elle, déclara Briddey. Ce sont de vrais requins...

— Ils te forceront à tout avouer, enchaîna Maeve. Et Trent mettra ça dans son nouveau téléphone, que toutes les mères achèteront. Elles sauront tout sur leurs enfants alors que ça ne les regarde pas; plus personne ne pourra rien faire ni aller nulle part! La mère de Danika est très sévère. Si elle apprend que Danika regarde des films de zombies, mon amie sera punie pour l'éternité. Il y a des enfants qui ont des parents vraiment méchants! Ce sera même pire que d'entendre les voix. Ils ne doivent rien savoir!

— J'en ai conscience, répliqua C.B. C'est pourquoi tu dois rentrer chez toi. Ils ne savent rien à ton sujet, et il faut que ça reste ainsi. Tu dois partir...

— Pas tant que tu n'as pas juré de ne rien leur dire! Souviens-toi du séminaire pour les mères étouffantes auquel Maman avait assisté, Tante Briddey, dit Maeve. Elle avait promis d'arrêter de lire ma page Facebook, mes textos, et d'être tout le temps sur mon dos. Mais elle ne l'a pas fait. On ne peut pas leur faire confiance.

— On ne leur fait pas confiance, la rassura C.B. Tout va bien se passer.

— Tu te trompes! (La fillette était au bord des larmes.) Ils sont comme des zombies. Leur tirer dessus ne suffit pas: il faut les faire exploser, sinon ils reviendront toujours. Pourquoi veux-tu les sauver, d'ailleurs? Ce sont de sales traîtres!

— Parce que nous n'en sommes pas, tempéra C.B.

— Tu ne dois pas leur dévoiler ton secret pour autant! Je sais que tu ne peux pas bloquer les voix à leur place mais, à nous trois, ce serait possible. Je peux vous aider, et...

— Pas question, trancha C.B.

— On ne peut pas prendre le risque qu'ils découvrent tes capacités, expliqua Briddey à Maeve.

— Ils ne sauront rien, affirma la fillette avec assurance. J'ai des tonnes de barricades, et C.B. m'a appris le saut de fréquence. Jamais ils ne me trouveront. En plus, je connais plein de trucs pour contourner les défenses des autres…

Apparemment, songea Briddey.

— … et j'ai aussi des moyens de les bloquer. On pourrait se relayer…

C.B. secouait la tête.

— Ça ne serait pas tenable. Leur apprendre comment construire des défenses, il n'y a que ça qui marche. Viens, Briddey.

Il lui tendit la main.

— Il doit y avoir une autre solution ! gémit Maeve. C'est obligé ! Et si on leur tendait un piège, comme dans le film *Zombiegeddon* ? Les héros font croire aux zombies qu'ils se cachent dans un centre commercial. Les zombies y vont tous, alors ils les enferment et leur donnent ce médicament qui leur fait oublier qu'ils en ont après eux…

— Aucun médicament ne leur fera oublier notre existence, objecta C.B.

— Non ! s'écria Maeve, pleine de frustration. Je parlais de l'idée du piège. D'après toi, les gens ne croient pas à l'existence de la télépathie, et les médiums font semblant de savoir lire dans les pensées. Briddey et toi, vous pourriez les aider à bâtir leurs défenses. De mon côté, je dirais à Maman que je suis malade. Elle me conduirait à l'hôpital, puis…

— Non. Certainement pas.

— Mais écoute-moi ! J'emporterai la caméra-espion pour la cacher ici. Quand tu auras fini, tu demanderas à Tante Briddey : « Tu crois qu'on les a eus ? » À quoi elle répondra : « Oui, ils sont persuadés que c'est de la télépathie. J'espère qu'ils ne fouilleront pas la salle de tests. » Ce qu'ils feront forcément. Ils trouveront alors la caméra-espion. Ils en déduiront que c'était une grosse entourloupe et que vous aviez des micros, comme quand Tante Briddey t'accusait d'en avoir mis partout dans sa chambre d'hôpital.

— Non, dit C.B. Déjà, ils ne se laisseront pas berner par une caméra-espion…

— Mais je pourrais…

— Ensuite, hors de question que tu t'approches de l'hôpital. Tu vas rentrer dans ton château et relever ton pont-levis, pour y rester jusqu'à ce que je t'autorise à sortir.

Je sais très bien comment marchent les interdictions avec elle, songea Briddey. Sitôt qu'ils auraient le dos tourné, Maeve ferait le mur pour se lancer dans un plan encore plus risqué, qu'elle aurait élaboré à partir de *Zombiegeddon* ou de *La Belle et la Bête*. Le seul moyen de la dissuader d'intervenir, c'était de lui faire prendre conscience de l'ampleur du désastre si sa télépathie venait à être connue.

— Viens là, Maeve, dit Briddey en se dirigeant vers le peuplier. (Elle redressa le banc renversé avant de s'y asseoir, puis tapota la place vide à côté d'elle pour inviter sa nièce à la rejoindre.) Assieds-toi.

— Non.

Maeve croisa les bras, le menton relevé.

— C.B. ne fait pas ça pour te protéger. Il sait que tu es très maligne et que tu n'as pas peur. S'il le fait, c'est parce qu'il est vital qu'ils ne découvrent pas l'origine de la télépathie.

— Je ne leur dirais p…

— Je sais bien. Mais rien qu'en apprenant ton existence, le docteur Verrick et Lyzandra seraient sur la piste.

— C'est pareil pour C.B., s'il les laisse en savoir plus sur lui !

— Non, c'est différent, objecta Briddey. Pour le moment, ils pensent que c'est l'AEC qui a provoqué la télépathie, et non mes origines irlandaises. Ils ignorent aussi que C.B. est irlandais. Ils le croient juif. Mais, s'ils sont au courant pour toi, ils auront l'élément qui leur manque pour…

— C'est comme quand la sorcière voit le cheval, l'interrompit Maeve.

— La sorcière ? répéta Briddey, perdue. Dans *Zombiegeddon* ?

— Mais non. Dans *Raiponce*. C'est en voyant le cheval qu'elle comprend qu'il y a un cavalier et elle se dit : « Peut-être qu'il a trouvé la tour. » Alors elle retourne sur place et découvre que Raiponce a disparu…

— Tout à fait. Chaque indice mènera à un autre indice, et nous ne pourrons plus les arrêter. Ce sera comme… (Elle allait dire « un effet boule de neige » puis se ravisa. Ils n'avaient pas le temps d'écouter le résumé complet de *La Reine des neiges*.) Comme une boucle de rétroaction, dit-elle à la place. Tu vois de quoi je parle ?

— Bien sûr, répondit Maeve avec dédain.

— Une boucle de rétroaction, répéta C.B. dans un murmure.

— Quoi ? demanda Briddey.

— Rien, répliqua-t-il en lui faisant signe de poursuivre.

— Donc, Maeve, tu sais que, lorsqu'une boucle s'autoalimente, elle se renforce sans cesse, jusqu'à ce qu'on ne puisse plus l'arrêter. Hein, C.B. ?

Mais il ne répondit pas.

— C'est comme les dominos, dit la fillette. Quand l'un bascule, il fait tomber le suivant, etc.

— Jusqu'à ce qu'ils soient tous tombés. Oui, c'est ça, confirma Briddey. S'ils apprennent ta télépathie, ils vont se rendre compte que c'est génétique, et ils découvriront l'amas de gènes R1b, grâce auquel ils comprendront le fonctionnement de la télépathie…

— Ensuite, ils seront capables d'en faire une réplique électronique, compléta C.B. après être sorti de sa rêverie. Une fois qu'ils disposeront de ces informations, il n'y aura plus aucun moyen de les arrêter.

— Il est donc primordial qu'ils ne sachent rien à ton sujet.

Maeve hocha la tête.

— Comme dans *Le Silence des zombies*. Les héros se cachent des zombies, et il faut qu'ils évitent de faire le moindre bruit…

— Exactement, dit C.B. Ta tante Briddey et moi allons nous en occuper. Il faut que tu retournes dans ton château, pont-levis relevé, et que tu te barricades dans l'endroit le plus sûr…

— Ma tour, déclara Maeve. Elle est ultra-sécurisée. Personne ne peut y entrer.

— Parfait, l'encouragea C.B. Je veux que tu t'y enfermes et que tu y restes jusqu'à ce que je te dise qu'il n'y a plus de danger. Tu ne dois parler à personne, ni écouter personne, y compris Briddey et moi.

— Comment je saurais que je peux sortir, alors, si je ne dois pas t'écouter ? demanda Maeve avec pertinence.

— Je t'enverrai un texto, répondit C.B.

— Comment ça ? Tu n'as pas de portable.

— J'emprunterai celui de ta tante Briddey. Ne t'en fais pas. Tout va bien se passer. J'ai un plan.

— Lequel ? demanda Maeve avec enthousiasme. Dis-moi !

— Je ne peux pas. Peut-être qu'ils nous écoutent. Tout ce que je peux te dire, c'est que ça ne marchera pas si tu ne respectes pas les consignes.

— OK, soupira Maeve à contrecœur. Mais j'espère pour toi que c'est un plan en béton.

Sur ce, elle disparut.

— Alors ? s'enquit Briddey. Il est en béton, ton plan ?

Il fit mine de ne pas entendre sa question.

— Quand Verrick t'a parlé de connexion, il t'a dit que le chemin neuronal fonctionnait comme une boucle de rétroaction, c'est bien ça ? Que chaque signal entre vous le renforçait, de manière exponentielle ?

— Oui. Mais toi, tu m'as dit que ça ne marchait pas comme ça.

— En effet.

— En quoi est-ce utile pour ton plan ? demanda la jeune femme.

Puis, quand il ne répondit pas, elle ajouta :

— Tu n'as pas de plan, en fait ?

— Non, pas encore. Mais ne t'inquiète pas. Je vais trouver une solution. Si tout le reste foire, on leur jettera des bras, des jambes et des mains à la figure au moment de s'enfuir, comme dans *Zombienado*. (Il lui adressa un sourire.) En attendant, il va falloir qu'on aide ton petit ami et Lyzandra à bâtir leurs défenses.

— Ce n'est pas mon petit ami, rétorqua Briddey.

— On en reparlera. (C.B. lui prit la main et l'entraîna hors de la cour pour retourner dans la salle de tests.) Pour le moment, nous devons y aller avant qu'ils nous cherchent. S'ils ne sont pas déjà en train de le faire.

Devant son hésitation, il ajouta :

— Je t'ai tirée d'affaire quand tu étais au théâtre, non ? Et à la bibliothèque ? Je te tirerai d'affaire ici aussi.

Je l'espère, pensa-t-elle avec ferveur.

— Viens, dit-il en lui souriant. Allons sauver la France.

Chapitre 31

« — Tu me fais confiance ?
— Totalement.
— Bien. Suis-moi. Je vais nous sortir de là. »
Alice (mini-série télévisée, créée par Nick Willing, 2009)

Inquiet, C.B. s'était demandé si on les cherchait, Briddey et lui, mais tout le monde était rassemblé dans l'autre salle de tests. Une infirmière agenouillée prenait la tension de Lyzandra. Celle-ci, recroquevillée sur une chaise, une couverture autour des épaules, respirait avec difficulté dans un masque à oxygène. Elle tressaillait chaque fois qu'on la touchait. Assis en face d'elle, Trent époussetait d'un geste compulsif ses bras et ses jambes.

Le docteur Verrick leva les yeux. À l'arrivée de C.B. et Briddey, il demanda avec agressivité :

— Pourquoi n'êtes-vous pas dans la salle de tests ?

Au même instant, Trent s'exclama :

— Que faites-vous là, Schwartz ? C'est Commspan qui vous envoie ?

Lyzandra recula contre le mur, un doigt accusateur pointé sur Briddey, puis cria d'une voix aiguë :

— Ne la laissez pas s'approcher ! Elle va recommencer !

Personne ne vous fera de mal, la rassura C.B. *Je suis là pour vous aider.*

À l'évidence, Lyzandra l'avait entendu : sans cesser de désigner Briddey, elle tourna la tête pour le regarder, perplexe. Il était tout aussi manifeste que Trent, lui, ne l'avait pas perçu, car il déclara avec angoisse :

— Je préférerais que vous ne racontiez rien de tout ça à Commspan, Schwartz.

Le médecin se dirigea à grands pas vers C.B. :

— Vous n'avez pas le droit d'être ici. Mademoiselle Flannigan, qui est-ce ? demanda-t-il à la jeune femme d'un ton impérieux. Et que fait-il ici ?

— C'est C.B. Schwartz, répondit Trent à sa place. Il travaille à Commspan. Je suppose qu'il est là pour raisons professionnelles. (Il se tourna vers C.B.) N'est-ce pas ?

— Non, répliqua le jeune homme.

— Il est…, commença Lyzandra.

C.B. l'interrompit. *Dites au docteur Verrick que l'infirmière doit partir*, ordonna-t-il. *Mieux vaut éviter la publicité, pas vrai ?*

Lyzandra acquiesça et demanda à l'infirmière de sortir.

— Il faut l'hospitaliser, protesta cette dernière en regardant le docteur Verrick. Elle est bouleversée, et son rythme cardiaque est…

— Je veux qu'elle s'en aille tout de suite, insista Lyzandra.

Briddey ne l'écoutait que d'une oreille. Elle se demandait pourquoi elle entendait les pensées de C.B., mais pas celles du médium ni du médecin.

La radio, pensa-t-elle. *Elle s'est éteinte pendant l'inondation.* Tandis que l'infirmière continuait à argumenter pour rester, Briddey retourna dans sa cour chercher l'appareil qui gisait dans une flaque d'eau. Le curseur avait à moitié fondu, mais elle réussit à le mettre en marche. En revanche, elle ne trouva ni la fréquence du docteur Verrick ni celle de Lyzandra. Elle dut se brancher sur Trent.

Erreur. Ses pensées n'étaient qu'un maelström confus de peur et de dégoût pour les insectes imaginaires qui rampaient sur lui, auquel se mêlait une angoisse causée par la présence de C.B. et ce qu'il risquait de raconter à Commspan. Briddey tapota le bouton du volume. Les pensées de Lyzandra se déversèrent, plus hystériques et incohérentes encore que celles de Trent.

L'infirmière essayait toujours de convaincre le docteur Verrick.

— Soit elle part, soit c'est moi qui pars, affirma Lyzandra.

Toujours enveloppée dans sa couverture, elle voulut se lever de sa chaise.

— Non, restez tranquille, s'empressa de dire le médecin. Infirmière, vous pouvez disposer.

D'un signe, il l'invita à sortir.

— Mais…

— Ma patiente ne supporte pas votre présence. Je vous appellerai en cas de besoin.

L'infirmière partit. Sitôt la porte fermée derrière elle, le docteur Verrick s'adressa à Briddey :

— Maintenant, vous allez m'expliquer ce qui se passe et ce que fait cet homme ici.

— C'est le télépathe à qui elle parlait, l'informa Lyzandra. La personne dont elle voulait taire le nom.

C.B. ? pensa Trent, incrédule.

— Est-ce la vérité, mademoiselle Flannigan ? demanda le médecin.

C'est bon, Briddey, la rassura C.B. *Dis-lui.*

— Oui, avoua-t-elle à contrecœur.

— Pourquoi refusiez-vous de nous dire que c'était avec lui que vous communiquiez ? l'interrogea le docteur Verrick.

Parce que je savais ce qui se passerait, songea la jeune femme avec amertume. *Précisément ce qui se passe maintenant : une séance d'interrogatoire.*

— D'après vous, il fallait un lien affectif entre les deux personnes pour qu'elles se connectent, déclara-t-elle. Je craignais que…

— … je pense que C.B. Schwartz et toi aviez ce lien ? railla Trent. Tu plaisantes, j'espère ?

Briddey grimaça.

Le médecin se tourna vers C.B.

— Depuis quand communiquez-vous, tous les deux ?

— Ça s'est produit juste après l'opération de Mlle Flannigan.

— Juste après… ? répéta Trent.

Le chirurgien le fit taire d'un regard.

— C'est pourquoi vous avez voulu fuir l'hôpital cette nuit-là, dit-il à l'intention de Briddey, comme si cela confirmait les soupçons qu'il nourrissait depuis le début. Parce que vous avez entendu sa voix, et que cela vous a effrayée.

— Oui, répondit C.B. à la place de la jeune femme.

— Êtes-vous à l'origine du trouble provoqué chez mes patients ? lui demanda le médecin.

— Non, répondit Briddey. C'est ma faute.

— Quoi, c'est toi la responsable ? s'écria Trent.

— Peu importe qui est responsable, intervint C.B. Ce qui compte, c'est de s'assurer que ça ne se reproduise pas. (Il s'avança vers Lyzandra.) Je dois leur parler. Il faut que…

Le docteur Verrick s'interposa.

— Je vous interdis de vous approcher de mes patients tant que je ne saurai pas comment vous vous êtes connecté avec Mlle Flannigan. Qui a fait votre AEC ?

— On n'a pas de temps à perdre, rétorqua C.B. Vous avez entendu l'infirmière : la tension de Lyzandra est anormalement élevée. Laissez-moi…

— Pas tant que vous n'aurez pas répondu à mes questions. Qui a vous a opéré ?

— Personne.

Oh, ne dis pas ça, songea Briddey.

— Il y a quelques jours, j'ai trébuché sur des câbles au labo et je me suis cogné la tête, expliqua C.B. en désignant sa nuque, à l'endroit même où Briddey avait ses points. J'ai perdu connaissance. Quand je suis revenu à moi, j'entendais la voix de Mlle Flannigan. Ainsi que celles de tous ces inconnus, que ces deux-là viennent d'entendre. (Il pointa un doigt vers Trent puis Lyzandra.) Les voix les assailliront de nouveau si on ne leur montre pas comment se défendre contre elles.

— Se défendre ? s'étonna le docteur Verrick. Comment ça ? Et comment être sûr que vous n'allez pas aggraver la situation ? ou que vous êtes bien télépathe ? Vous ne m'avez fourni aucune preuve !

— C'est moi qui ai passé le coup de fil à l'hôpital, cette nuit-là, dit C.B., pour signaler que Mlle Flannigan avait quitté sa chambre et se trouvait dans l'escalier. Vous pourrez vérifier le cahier d'appels de l'hôpital et celui de Commspan, d'où j'ai téléphoné.

— Ce n'est pas vraiment une preuve.

— Écoutez, je vous donnerai toutes les preuves que vous voulez une fois que je...

— Je vous interdis de faire quoi que ce soit tant que...

— OK, l'interrompit C.B. (Il prit le paquet de cartes de Zener qui était sur la table.) Briddey, va dans le cabinet du docteur Verrick et écris ce que je t'envoie. (Il tendit le paquet au médecin.) Mélangez-les.

Tu es certain de ce que tu fais ? s'enquit Briddey.

Oui. Vas-y.

Elle hocha la tête puis emprunta le couloir intérieur menant au cabinet où ils avaient été reçus avant la séance de tests, espérant ne pas y trouver l'infirmière bannie. Par chance, il n'y avait personne. Briddey prit un stylo sur le bureau avant d'ouvrir les tiroirs, à la recherche d'un bout de papier. Dans celui du bas, elle trouva le sac en plastique contenant ses effets personnels.

Prête ? demanda C.B.

Presque, répondit-elle en sortant son portable du sac pour le glisser dans sa poche. *OK. Dois-je... ?*

Contente-toi de noter ce que je t'envoie, dit-il. Après quoi il cita une suite de symboles : *étoile, étoile, croix, vagues, cercle...*

OK, tu peux revenir, enchaîna-t-il.

Sitôt qu'elle fut de retour, C.B. lui prit la liste des mains pour la fourrer dans celles du médecin.

— Voilà votre preuve. Maintenant, laissez-nous les aider.

Le docteur ne l'écoutait pas. Son regard allait de la liste au paquet de cartes retournées.

— C'est un sans-faute, constata-t-il, stupéfait.

Tu ne m'as donné que des réponses justes ? demanda Briddey, horrifiée. Dévoiler au docteur Verrick l'étendue de sa télépathie était du suicide. Il allait…

Je n'ai pas pu faire autrement, se justifia C.B. *C'était le seul moyen de le convaincre.*

Mais le chirurgien n'était pas entièrement satisfait.

— C'est impossible, se méfia-t-il. Est-ce là un tour de passe-passe ?

— Non, intervint Lyzandra d'une voix tremblante. C'est la réalité. Je l'ai entendu envoyer les symboles. Je vous en supplie, laissez-les nous aider.

Le docteur Verrick la fusilla du regard.

— Ce serait complètement contraire au règlement…

— Écoutez, insista C.B., j'accepte de me soumettre à tous les examens et scanners que vous voudrez…

Non ! protesta Briddey.

— …. mais il faut m'autoriser à les aider, tout de suite.

— S'il vous plaît ! l'implora la voyante, secouée de tremblements. Laissez-le faire. Avant que les voix reviennent !

— Bon, entendu, concéda le docteur Verrick. Mais ensuite, j'exige des réponses.

— Marché conclu, répliqua C.B. avant de se précipiter vers Lyzandra.

Toi, occupe-toi de Trent, dit-il à Briddey. *Et fais en sorte que Verrick ne soit pas dans mes pattes.*

Il s'accroupit aux côtés du médium et déclara : *Tout va bien. Je suis là. Je vous tiens.*

— Qu'allez-vous faire ? s'enquit le chirurgien en les regardant.

— Réparer les dégâts que vous avez provoqués en lui administrant un calmant, rétorqua Briddey. S'il y arrive. Lui avez-vous donné autre chose ?

— Les informations concernant le traitement du patient sont protégées par la clause de confidentialité médecin-patient, récita le docteur Verrick d'un ton guindé. Nul ne peut divulguer…

— C'est trop tard, que ça vous plaise ou non. Maintenant, répondez : lui avez-vous donné autre chose ? L'avez-vous hypnotisée ?

Le docteur Verrick regarda Lyzandra qui convulsait toujours, même si les spasmes étaient moins violents à présent que C.B. lui parlait.

— Non, elle n'a eu qu'un calmant, répondit le chirurgien. Elle m'a assuré qu'elle en avait déjà pris sans avoir d'effets secondaires.

Il confia à Briddey le nom du médicament et le dosage, les yeux rivés sur Lyzandra. Cette dernière observait C.B. avec une attention soutenue tandis qu'il répétait sans cesse : *Tout va bien. Elles ne peuvent pas vous attraper.*

Elles étaient partout! sanglota Lyzandra. *Absolument partout!*

Je sais, dit C.B. d'un ton réconfortant. *Mais c'est fini. Elles...*

— Où êtes-vous ? s'écria Lyzandra en cherchant à s'accrocher à lui. Je ne vous entends pas !

Briddey regarda C.B. d'un air interrogateur. Le jeune homme continuait à dire : *Elles ne peuvent pas vous attraper.*

— Je ne vous entends plus ! geignit Lyzandra.

Puis, quand C.B. répéta : *Je suis juste là*, elle se détendit brusquement.

Oh, Dieu merci! soupira-t-elle. *Pendant un instant, j'ai cru que...*

Que s'est-il passé? demanda Briddey à C.B. *Pourquoi ne t'entendait-elle plus?*

Je ne sais pas, répondit C.B., les sourcils froncés. *Les autres voix ont dû noyer la mienne quelques secondes.*

Non, objecta Lyzandra. *Je n'entendais plus rien du tout!*

— Pourquoi ma patiente a-t-elle affirmé qu'elle ne vous entendait plus ? demanda le docteur Verrick.

— Parce que vous l'avez distraite, répliqua Briddey. Asseyez-vous et ne dites rien pour ne pas troubler sa concentration. Sinon, elle pourrait entrer en état de choc. Ou pire.

— Pire ?

— Le calmant que vous lui avez donné a augmenté sa sensibilité aux signaux télépathiques, provoquant une surcharge sensorielle qui pourrait déboucher sur une rupture psychotique. Ce qui ferait tache dans votre dossier.

Soudain blême, le docteur Verrick acquiesça et s'assit.

Bravo, la félicita C.B. *Grâce à toi, il a peur qu'on lui colle un procès, ce qui devrait l'occuper un moment. Maintenant, va aider ton petit ami avant qu'il ait une nouvelle crise de panique.*

Briddey regarda Trent. D'un geste nerveux, il balayait ses jambes de pantalon.

Par quoi commencer? demanda-t-elle à C.B.

Fais ce que j'ai fait avec toi à la bibliothèque, dit-il. *Non, laisse tomber. Contente-toi de lui expliquer comment construire un périmètre de sécurité.*

Bien reçu, Dawn Patrol.

Elle s'installa face à Trent.

— Pourquoi tu souris ? s'enquit ce dernier. Tu n'imagines pas l'épreuve que j'ai endurée. Il devait y avoir au moins une dizaine de voix qui rampaient sur moi !

Une dizaine, pensa Briddey en se souvenant des milliers de voix qui avaient déferlé sur elle et sur les mains brûlées du pauvre C.B.

Trent frissonna.

— Elles se faufilaient sous mes vêtements, dans mes oreilles… C'était horrible !

— Je sais, souffla-t-elle avec compassion. (Elle remarqua que le docteur Verrick avait pris un carnet et en déduisit qu'il n'avait pas eu si peur que ça.) Je peux faire en sorte que ça ne se reproduise pas.

Mais il faut qu'on communique par la pensée, ajouta-t-elle afin que le médecin en sache le moins possible.

Très bien, accepta Trent en plaquant une main sur sa nuque. *Tu aurais dû me prévenir. Tu imagines, si on avait lancé ce projet de téléphone et que quelque chose d'aussi grave soit arrivé !*

Au moins, il reconnaît les dangers de la télépathie, se consola Briddey. Elle commença à lui expliquer comment ériger un périmètre de sécurité. *Tu dois imaginer un mur, ou un…*

Imaginer ? répéta Trent avec dédain. *Tu vas m'enseigner comment repousser ces choses par l'imagination ?*

Non, ton cerveau va mettre en place des défenses électrochimiques. Pour ce faire, il faut visualiser un mur ou un…

C'est Schwartz qui t'a appris ça ? demanda Trent en regardant C.B.

Lyzandra s'agrippait de toutes ses forces au genou de celui-ci, exactement comme Briddey l'avait fait cette nuit-là, dans sa voiture.

C'était plus sympa quand c'était toi, commenta C.B., faisant naître un autre sourire sur les lèvres de la jeune femme. Elle décida qu'il valait mieux éviter que Trent le voie.

Toutefois, ce n'était pas elle qu'il observait. Son regard était rivé sur C.B.

Je n'arrive pas à croire que tu aies pu penser que je serais jaloux de lui. Je sais que, d'après le docteur Verrick, il est indispensable d'avoir un lien affectif pour que la connexion soit établie entre deux personnes, mais n'exagérons pas ! Le Bossu de Notre-Dame ?

Tu ne sais pas à quel point j'ai envie d'ouvrir la porte pour laisser les insectes te dévorer, songea Briddey. Malgré tout, C.B. lui avait demandé de l'aider, aussi expliqua-t-elle à Trent les étapes nécessaires à la construction d'un périmètre de sécurité. Puis elle ajouta : *Si tu entends les voix, concentre-toi dessus et pense : « Vous ne pouvez pas entrer. »*

Trent acquiesça.

Je me concentre sur...

Sa voix fut coupée net.

Briddey fronça les sourcils.

Rien. Elle ne l'entendait plus du tout. Et la voix de Trent n'était pas la seule à avoir disparu. Celles de C.B. et de Lyzandra, qu'elle entendait en continu quand elle s'occupait de Trent, s'étaient également tues, tout comme le murmure incessant des autres voix, au-delà de son périmètre.

Elle jeta un coup d'œil vers C.B. et Lyzandra. Manifestement, ils communiquaient toujours. Lui était profondément concentré sur le médium, qui ne lui lâchait pas le genou. Alors que se passait-il ?

Malgré la difficulté de la chose, C.B. a décidé de couper complètement les voix, conclut Briddey. *Il a pensé que bloquer Lyzandra puis moi était le seul moyen de les empêcher d'agir.*

Dans ce cas, il aurait bloqué Trent, et non elle. Peut-être que, parce qu'elle lui parlait, il avait dû les bloquer tous les deux.

C.B., c'est toi qui as fait ça ? lança-t-elle.

Rien. Non seulement il ne répondit pas, mais il ne quittait pas Lyzandra des yeux.

Il ne m'entend pas, comprit-elle. Et elle-même n'entendait absolument rien.

Puis la voix de Trent résonna de nouveau.

D'un ton accusateur, il demandait : *Pourquoi ne m'as-tu pas répondu ? Je t'ai demandé si tu voulais que je me concentre sur le mur.* Il s'interrompit pour essuyer, par réflexe, le devant de sa chemise. *Et les insectes...*

En d'autres termes, elle avait été la seule à avoir été bloquée.

Désolée, s'excusa Briddey. *Oui, concentre-toi sur ton mur en répétant : « Il est imprenable. »* Dès que Trent s'y mit, elle retourna à ses réflexions sur l'interruption. Ce devait être une réaction au déluge. Son esprit n'avait pas pu gérer toutes ces voix. Elle avait dû expérimenter l'équivalent neural d'une perte de connaissance.

Devait-elle en informer C.B. ? Non, il avait déjà assez matière à s'inquiéter. De plus, selon lui, ils n'avaient pas beaucoup de temps pour ériger les défenses des autres, et elle n'avait même pas abordé l'étape de la pièce refuge de Trent.

Trent qui répétait en boucle : *Il est imprenable.*

Très bien, l'encouragea Briddey. *Maintenant, tu vas construire une pièce refuge à l'intérieur de ton périmètre.* Elle lui expliqua les caractéristiques que celle-ci devait avoir, puis guetta une nouvelle coupure, qui ne se produisit pas.

Tant mieux, parce qu'elle avait d'autres sujets de préoccupation. Ni la crise de Lyzandra, ni les tics nerveux de Trent, ni les avertissements pressants de C.B. ne semblaient avoir eu un quelconque effet dissuasif sur le docteur Verrick : il prenait des notes avec ferveur. Briddey l'entendit penser : *Si Lyzandra est trop traumatisée pour continuer à superviser les tests, je devrai faire appel à Michael Jacobson et aux Dowd.*

Oh, non ! s'affola Briddey. *Il connaît d'autres télépathes !* Même si C.B. et elle arrivaient à convaincre Trent et Lyzandra de la dangerosité de la télépathie, le médecin aurait la possibilité de poursuivre ses recherches. Il fallait prévenir C.B.

Je ne comprends pas ce que tu veux dire quand tu parles d'association agréable, se plaignait Trent.

Ce doit être un endroit où tu te sentes à la fois heureux et protégé, précisa Briddey d'un ton absent, *comme...*

Une suite de fonction, comme celle d'Hamilton.

Bien sûr, songea Briddey. *J'aurais dû m'y attendre.* Elle se félicita que C.B. soit trop accaparé par Lyzandra pour l'entendre.

Parfait, dit-elle à Trent. Elle l'incita à visualiser en détail les murs et les meubles de sa suite pour cadre sup' avant de lancer à C.B. : *Je dois te parler. Peux-tu me retrouver à Santa Fe ?*

Et comment, répliqua ce dernier. Après avoir conseillé à Lyzandra de se concentrer sur son périmètre de sécurité, il rejoignit Briddey dans la cour.

Mais, quand Briddey lui signala les autres télépathes, il était déjà au courant.

— Ce sont des patients de Verrick. Je l'ai entendu penser à eux tout à l'heure. Michael Jacobson a été le premier à annoncer avoir entendu la voix de sa fiancée après son opération. Cela dit, elle ne l'entendait pas. Quant aux Dowd, ils ne sont que partiellement télépathes. Verrick plaçait plus d'espoirs en toi.

— Parce que je suis rousse.

— Oui. Jacobson a les cheveux blond vénitien, et les Dowd sont tous les deux châtains.

— Au moins, il n'a pas encore fait le lien avec l'Irlande.

— Non, mais ce n'est qu'une question de temps. Parce que les cheveux roux sont une caractéristique génétique, il est sur la bonne voie... sans oublier que le nom Dowd est irlandais.

— Mais pas Schwartz ni Jacobson. Ce dernier est scandinave. Le nom de famille de Lyzandra est Walenski.

— Certes, mais il va falloir lui fournir une autre explication, et vite. Il se demande déjà pourquoi je ne suis pas roux. En plus, si Lyzandra est suffisamment remise pour être interrogée, il apprendra que sa famille maternelle vient du comté de Mayo.

— Quel genre d'explication veux-tu lui donner ? s'enquit Briddey.

— De préférence quelque chose qui l'éloigne de la piste génétique, comme un dysfonctionnement cérébral ou des effets médicamenteux. Renseigne-toi pour savoir si Trent a pris le tranquillisant prescrit par Verrick, et s'il a déjà eu un traumatisme crânien, en jouant au football ou en se plantant avec sa Porsche, par exemple. Certes, à la façon dont il t'a traitée, il ne fait aucun doute qu'il a été bercé trop près du mur étant petit, mais vois si tu trouves autre chose qui puisse nous être utile. Cela dit, occupe-toi d'abord de l'aider à terminer sa pièce refuge. J'ignore combien de temps encore je vais réussir à les protéger du plus gros des voix.

Sur ce, il partit avant que Briddey ait mentionné les coupures qui, selon elle, s'apparentaient à des pertes de connaissance neurales.

Elle retourna guider Trent dans la visualisation de sa suite pour jeune cadre dynamique. À l'évidence, il la convoitait depuis des mois, voire des années : il savait exactement ce qu'il voulait, jusqu'aux tableaux qui ornaient les murs. *Hamilton a un Modigliani, mais je verrais plutôt un Andreas Gursky ou un Orozco.*

Briddey se demanda si la pièce refuge de Lyzandra était aussi élaborée que celle de Trent. D'après les conseils que C.B. lui donnait, elle semblait davantage se focaliser sur sa solidité. *Et si elles parvenaient à franchir la porte ?* s'inquiétait le médium.

Elles n'y arriveront pas, la rassura C.B. *Mais vous pouvez ajouter un autre cadenas, si ça vous réconforte.*

Cela peut-il être un verrou… ?

Sa voix fut interrompue.

Lyzandra ? appela C.B.

— Où êtes-vous ? gémit Lyzandra. Pourquoi est-ce que je ne vous entends plus ?

Briddey ne captait plus ses pensées non plus, pourtant elle entendait celles de C.B.

Je suis juste là, Lyzandra, disait-il. *Ne paniquez pas. Les voix ne peuvent pas entrer.*

— Je ne vous entends pas, se plaignit le médium d'une voix de plus en plus forte.

— Quel est le problème ? s'enquit le docteur Verrick d'un ton autoritaire.

Il se leva.

Parlez-moi, Lyzandra, insista C.B. *Racontez-moi ce qui se passe.*

Elle le regarda, ses yeux écarquillés emplis d'effroi.

— Lyzandra. (Il la secoua légèrement.) Lyzandra ?

— Je n'entends pas votre voix, expliqua-t-elle. Enfin, celle de votre esprit. Je vous entends quand vous parlez à voix haute.

C.B. fronça les sourcils.

— Et les autres voix ? Les entendez-vous ?

— Non.

Briddey, dis-lui quelque chose.

Lyzandra, m'entendez-vous ? demanda la jeune femme.

— L'avez-vous entendue ? demanda C.B. à Lyzandra.

— Entendu quoi ? Je ne... Oh, c'est revenu.

— J'ai dit : quel est le problème ? demanda le docteur Verrick en s'avançant vers eux.

— Chut, souffla C.B., avant de s'adresser au médium par la pensée :

Lyzandra, dites-moi ce qui s'est passé.

Tout est devenu silencieux d'un coup, comme tout à l'heure, et je ne vous entendais plus. Je n'entendais plus rien.

Le bruit a-t-il cessé progressivement ? s'enquit Briddey. *Ou la coupure était-elle brutale ?*

Ça a été coupé net. Comme si on avait appuyé sur un interrupteur.

Et c'est revenu de la même manière ?

Lyzandra hocha la tête.

C.B. demanda : *Briddey, pourquoi... ?*

Elle le regarda. Cette fois, inutile de lui proposer de la retrouver dans la cour. Il s'y retrouva instantanément, disant :

— Pourquoi lui as-tu posé cette question ?

— Parce qu'il m'est arrivé la même chose.

— Quand ?

— Il y a quelques minutes.

— C'était pareil quand tu as commencé à entendre Trent, et que tu le recevais par intermittence ?

— Non, dit Briddey. C'était beaucoup plus soudain, comme lorsqu'on raccroche au téléphone. Je n'entendais plus rien, pas même les voix au-delà de mon périmètre. Et à mon avis, Trent ne m'entendait pas non plus. Il a demandé où j'étais passée.

— Lyzandra m'a posé la même question, constata C.B., l'air songeur. Pendant qu'elle parlait, à l'instant, je ne percevais pas ses pensées sous-jacentes. Quand ça lui est arrivé la première fois, j'ai cru qu'elle était trop hystérique pour m'écouter, mais si toi aussi, tu as vécu ça... Combien de temps cela a-t-il duré ?

— Une minute, peut-être. Tu as une idée de ce qui a provoqué ces coupures ?

— Pas plus que toi, répliqua-t-il. Écoute, préviens-moi si ça se reproduit, d'accord ?

— Comment ? Tu ne m'entendras pas. La dernière fois, je t'ai appelé, mais je ne pouvais ni recevoir ni envoyer quoi que ce soit.

— OK, dans ce cas dis-le-moi à voix haute. Et fais en sorte que Trent se dépêche de bâtir sa pièce refuge. Si c'est un effet secondaire du déluge, qui sait ce qui nous attend…

Il retourna aussitôt auprès de Lyzandra pour lui donner ses consignes.

Briddey reporta son attention sur Trent. *Décris-moi précisément ta suite.*

Elle n'est pas encore finie, objecta-t-il. *Je suis en train de voir quel bureau je vais mettre. Celui de Hamilton est en acajou, mais selon moi le teck fait plus pro…*

Aucune importance, l'interrompit Briddey. *Ce qui compte, c'est…*

Mais tu as dit que je devais visualiser chaque détail. Comment faire si j… ?

Sa voix fut coupée.

Trent ? appela Briddey.

— Trent ?

— Quoi ? demanda-t-il à voix haute. Je croyais qu'on devait se parler mentalement ?

Oui, confirma-t-elle. *Tu m'entends ?*

Il ne répondit pas.

— As-tu entendu ce que je viens de te dire ? l'interrogea-t-elle à voix haute. Quand nous communiquions par la pensée ?

— Non, répliqua-t-il.

Elle vit à son expression qu'il lui disait quelque chose et attendait une réponse qui ne venait pas.

C.B., appela-t-elle, mais celui-ci lui demandait déjà :

Que se passe-t-il ? C'est Trent qui est touché, maintenant ?

Je crois bien que oui. Sa voix s'est interrompue au milieu d'un mot.

— Quel est le problème ? insista le docteur Verrick.

Ni Briddey ni C.B. ne lui prêtèrent attention.

Trent ? appela C.B. *Vous m'entendez ?*

Il n'y a que moi qu'il puisse entendre, lui rappela Briddey.

Dans ce cas, appelle-le, dit C.B.

Il observa Trent de près quand la jeune femme se mit à répéter : *Briddey à Trent, tu me reçois, Trent ?*

Il ne répondit pas, mais prit un air soupçonneux.

—Si c'est vous qui faites ça…, dit-il à l'adresse de C.B.

—Qui fait quoi ? s'enquit ce dernier. Dites-nous ce qui se passe.

—Est-ce M. Worth qui est perturbé, maintenant ? demanda le médecin.

—Chut, dit C.B. Trent, entendez-vous la voix de Briddey ?

—Non, répondit Trent en jetant un regard accusateur à la jeune femme. Je lui demandais son avis pour le bureau de ma suite pour cadre…

—Votre suite pour cadre ? s'étonna le docteur Verrick. Mais de quoi diable parlez-vous ? Monsieur Schwartz, vous disiez que…

—Chut, souffla C.B. Que s'est-il passé ensuite, Trent ?

—Elle m'a tout à coup demandé à voix haute si je l'entendais. J'ai répondu « oui », mais elle ne m'a pas entendu. Si elle communique avec moi par télépathie, alors je ne l'entends pas non plus. Je n'entends plus rien.

—Y compris les voix ?

—Oui, il n'y a plus aucun bruit. Une seconde auparavant, j'entendais…

Briddey l'entendit brusquement penser : … *et la suivante, plus rien.*

Ça y est, c'est revenu, dit-elle à C.B.

Oui, je l'entends moi aussi, l'informa-t-il.

—Trent, entendez-vous Briddey ?

—Oui.

—J'exige de savoir ce qui se passe, tonna le docteur Verrick.

—On n'en sait rien ! répondit C.B.

Menteur, songea Trent. *Schwartz est sûrement derrière tout ça. Comment savoir si la construction de ces prétendues défenses ne provoque pas… Oh, non, les revoilà !* Il se mit à épousseter ses jambes comme un fou.

Tant mieux, pensa Briddey, *ainsi, les voix l'empêcheront de faire part de ses accusations au docteur Verrick.* Puis elle s'adressa à Trent : *Trent, c'est pour ça que tu as besoin d'une pièce refuge. Laisse tomber les tableaux et termine de visualiser tes murs.*

—Comment ça, vous n'en savez rien ? s'offusqua le docteur Verrick.

—On n'en sait rien, répéta C.B. On a perdu le contact télépathique avec Trent un instant, mais c'est revenu.

Il fallait donc minimiser l'importance du phénomène. *Et je devrais y contribuer*, pensa Briddey.

—Ça n'a rien d'exceptionnel, précisa-t-elle. Il nous est déjà arrivé, à Trent et à moi, que la communication soit coupée. Durant les premières heures qui ont suivi notre connexion, on saisissait juste des mots ou des bribes de phrases par-ci par-là. N'est-ce pas, Trent ?

—Oui, mais..., commença Trent.

Briddey l'interrompit :

—D'après vous, le stress peut interférer sur la connexion, dit-elle au chirurgien. Trent et Lyzandra viennent de vivre une expérience hautement stressante. *Le stress peut aussi faire revenir les voix*, ajouta-t-elle à l'intention de Trent. *Il faut donc que tu mettes un verrou sur la porte de ta pièce refuge. Tout de suite.*

Je vais le faire, promit-il. Il se hâta aussitôt de visualiser un gros verrou tandis que Briddey se retirait dans sa cour pour réfléchir aux accusations de Trent envers C.B.

Étaient-elles fondées ? On aurait vraiment dit qu'une barrière antibruit avait été placée entre les voix et elle. Comme son périmètre, en bien plus efficace. Toutefois, C.B. avait affirmé n'avoir pas assez de forces pour bloquer les voix, et il ne mentait pas au sujet de son épuisement. Alors qu'il soutenait Lyzandra, Briddey remarqua des rides de fatigue sur son visage et des cernes sous ses yeux. Ça, il ne pouvait pas le simuler.

Elle l'avait cru lorsqu'il avait certifié être incapable de bloquer les voix plus de quelques minutes d'affilée. Pourtant, c'était exactement ce qui se produisait. Il aurait donc pu le faire. Seulement, quel intérêt ? Cela ne suffirait pas à convaincre le docteur Verrick que la télépathie ne marchait plus. Si C.B. était bien à l'origine des coupures, il ne minimiserait pas leur portée.

À moins qu'il essaie de convaincre les autres qu'il n'y est pour rien, que c'est un phénomène naturel, pour feindre de ne plus rien entendre quand le docteur Verrick voudra faire un scanner. Cela expliquerait pourquoi elle aussi s'était retrouvée plongée dans le silence. Il devait la bloquer au moins une fois pour donner l'impression qu'ils étaient tous atteints. Briddey comprenait mieux pourquoi il avait si volontiers accepté de passer un scanner : en réalité, il n'avait jamais eu l'intention de se plier à l'examen.

Tu en es où avec la pièce refuge de Trent ? demanda-t-il. *Peut-elle supporter l'assaut des voix ?*

Je crois que oui.

Bien, répliqua-t-il, *parce que je ne peux...*

Sa voix fut coupée net. Briddey conclut : *Il me bloque de nouveau.* Mais pourquoi ? Il suffisait de l'avoir fait une fois pour convaincre les autres !

Maintenant que j'ai ma suite pour cadre, je fais quoi ? entendit-elle Trent demander.

Donc ce n'est pas moi qui suis bloquée, conclut Briddey en jetant un coup d'œil vers C.B.

La tête levée, comme s'il prêtait l'oreille, celui-ci affichait un air totalement perplexe.

C.B., l'appela-t-elle. *Que se passe-t-il?*

Il ne lui répondit pas.

Parce que c'est lui qui n'entend plus rien. Je ne l'entendais plus parce que sa voix ne me parvenait pas. C'était du moins ce qu'il voulait faire croire. Personne ne le soupçonnerait d'être à l'origine de ces perturbations s'il en était lui-même victime.

Mais, si c'était du bluff, pourquoi ne s'exclamait-il pas à haute voix: «Je viens d'être coupé»? Il raconterait au médecin qu'il y avait un problème avec la télépathie, qu'elle paraissait disparaître. Au contraire: immobile, il se taisait, l'air stupéfait.

Il ne joue pas la comédie, songea-t-elle.

Une minute plus tard, la communication fut rétablie.

C.B. déclara: *Briddey, je crois que ce qui t'est arrivé vient juste de m'arriver aussi.*

Elle lui demanda ce qui l'avait provoqué.

Il répondit: *Aucune idée.*

À ce stade, elle le crut.

Quand ça a commencé pour toi, demanda-t-il, *est-ce que...?*

Briddey se retrouva brusquement plongée dans le silence. C.B. avait-il de nouveau été bloqué? Non: manifestement, cette fois, c'était elle. Elle n'entendait plus ni Trent ni les voix.

C.B.? appela-t-elle, même s'il ne faisait aucun doute qu'elle ne pouvait plus communiquer mentalement. Elle dit alors à voix haute:

—Ça vient de recommencer pour moi.

—Vraiment? s'étonna C.B.

Impossible de simuler l'angoisse mêlée de confusion que sa voix et son expression traduisaient.

Ce n'est pas lui qui provoque ces coupures, pensa Briddey. *J'en suis persuadée.* Mais alors qui?

Maeve, songea-t-elle avant de se réjouir de n'être entendue ni de Trent ni de Lyzandra. *C'est Maeve, à tous les coups.*

La fillette avait promis de rester calfeutrée dans son château, mais elle était également convaincue que ses défenses la protégeraient. Une simple promesse ne l'empêcherait pas d'agir. Maintes fois, elle n'avait pas tenu celles faites à sa mère sitôt que celle-ci avait eu le dos tourné.

Je dois lui parler, décréta Briddey. Toutefois, impossible tant qu'elle était bloquée et, quand la coupure prendrait fin, Trent et Lyzandra l'entendraient. Qu'ils continuent à ignorer l'existence de Maeve restait sa priorité.

Je dois attendre qu'ils n'entendent plus rien tous les deux en même temps, comprit-elle. *Si tant est que ça se produise.* Jusque-là, les perturbations n'avaient duré qu'une ou deux minutes, même si celle-là semblait se prolonger.

Peut-être que, si ça dure, les épisodes de coupure vont se chevaucher, et je pourrais alors…

Tout à coup, elle entendit de nouveau.

Lyzandra disait à C.B. : *Je crois que ma porte n'est pas assez robuste pour les retenir.* À l'évidence, le médium n'était pas bloqué.

Trent ? appela Briddey.

Il est injoignable, l'informa C.B. *Je suppose que toi aussi, tu l'étais ?*

Jusqu'à présent, oui. Étions-nous tous les deux bloqués ?

Je n'en suis pas sûr. J'ai l'impression que ça dure de plus en plus longtemps.

Il me faut une serrure plus solide, dit Lyzandra. *Et pas seulement un verrou, j'ai bes…*

— Et voilà, ça recommence !

— Oui, moi aussi, intervint Trent.

— Que… ? demanda le docteur Verrick en avançant vers C.B.

Je devrais rester pour l'aider, songea Briddey. Mais c'était là l'unique occasion de contacter Maeve, pendant que personne ne l'écoutait. Elle se précipita dans sa cour, s'y enferma et appela sa nièce.

Cendrine, je veux te parler. Tout de suite !

Pas de réponse.

Évidemment. Parce qu'elle sait que je vais la cuisiner. Cendrine ! appela-t-elle de nouveau. *Raiponce ! Maeve ! Réponds-moi immédiatement !*

Toujours rien. Le temps pressait. Lyzandra ou Trent allaient recouvrer leurs capacités d'un instant à l'autre, ou C.B. remarquerait qu'elle s'était réfugiée à Santa Fe et…

Je n'arrive pas à croire que vous m'ayez fait un coup pareil ! s'écria Maeve, indignée. *Je suis restée dans mon château, comme C.B. l'avait ordonné, et je n'ai parlé à personne. Alors pourquoi m'avez-vous bloquée comme ça ?*

Chapitre 32

« Cette fois, le Chat se volatilisa très lentement,
en commençant par le bout de la queue. »
Lewis Carroll, *Alice au Pays des merveilles*[1]

C*hut, Maeve*, souffla Briddey par réflexe en regardant Lyzandra, Trent et le docteur Verrick. *Pas si fort. Ils vont t'entendre!*

Mais non, objecta sa nièce. *Je suis entourée de quinze pare-feu et murs encodés. Vous n'étiez pas obligés de me bloquer, moi aussi! Je n'en reviens toujours pas.*

Dis-moi exactement ce qui s'est passé.

Pff, comme si tu ne le savais pas!

Je ne le sais pas, rétorqua Briddey. *Je te le jure. Dis-moi.*

J'écoutais C.B. – il n'a pas dit que je n'avais pas le droit, seulement que je ne pouvais pas parler – quand tout à coup, je n'ai plus rien entendu. Comme quand un ordinateur plante et que l'écran devient tout bleu, tu vois? Je n'entendais strictement rien, pas même les zombies.

Et ensuite?

Ensuite, j'ai râlé après vous parce que je n'arrivais pas à croire que vous aviez fait ça. C'est tellement injuste!

Qu'as-tu fait après t'être rendu compte que tu n'entendais plus rien? demanda Briddey.

J'ai essayé de redémarrer le système, en vain. J'ai appuyé sur toutes les touches possibles et imaginables...

Les touches?

1. *Les Aventures d'Alice au Pays des merveilles* suivi de *La Traversée du Miroir et ce qu'Alice trouva de l'autre côté*. Traduction de Laurent Bury. (*NdT*)

Oui, tu sais, comme sur un clavier. Ce ne sont pas vraiment des touches, je ne fais que les visualiser, comme la pièce refuge et ta radio. Quoi qu'il en soit, j'ai visualisé mon ordinateur portable, j'ai fait tout ce qu'on est censé faire quand ça plante – éteindre et rallumer par exemple –, puis j'ai relancé les codes défaut, au cas où ça viendrait de la puce antiviolence ou que sais-je. Mais rien ne fonctionnait. Alors le son est revenu d'un coup, comme ça.

Combien de temps la coupure a-t-elle duré ?

Très longtemps, genre un quart d'heure. Vous n'étiez pas obligés d'en arriver là, quand même ! J'ai obéi à C.B. J'ai relevé mon pont-levis, abaissé la herse, je suis montée dans ma tour et je n'ai plus bougé. Tout ce que je voulais, c'était savoir ce qui se passait.

Et à part écouter, tu n'as rien fait d'autre ?

Non ! répliqua Maeve avec véhémence. *Je te l'ai dit, j…*

Sa voix fut coupée au milieu du mot.

Oh, non, voilà que c'est mon tour, songea Briddey. Maeve serait furieuse : elle se croirait bloquée de nouveau. Puis, elle entendait Lyzandra dire : *Ça a recommencé. Pourquoi ça n'arrête pas ?* Et la jeune femme comprit que c'était Maeve qui avait été bloquée.

Elle va péter un câble, pensa Briddey. *Je dois prévenir C.B.*

Mais comment ? Elle ne pouvait pas prendre le risque d'être entendue. Il fallait donc attendre de nouveau que Lyzandra et Trent soient coupés, ce qui apparemment n'était pas le cas : tous deux exigeaient de connaître les raisons de ces perturbations.

—Je n'en sais pas plus que vous, leur dit C.B.

—Ça m'étonnerait, objecta Trent. Comment être sûr que vous n'y êtes pour rien ? (Il se tourna vers le docteur Verrick.) Schwartz pourrait être à l'origine de ces perturbations, pour nous empêcher de récolter les données dont nous avons besoin. L'aide qu'il a prétendu nous apporter n'est peut-être qu'une ruse pour saboter nos… Tenez, vous voyez ? Il vient de recommencer !

Tant mieux, pensa Briddey. *Ça en fait un de moins.*

—Si vous interférez avec les aptitudes télépathiques de mes patients, monsieur Schwartz…, fulmina le médecin, l'air menaçant.

—Il n'y est pour rien, le défendit Briddey en s'interposant entre les deux hommes. Ça nous arrive, à nous aussi. On ignore ce qui provoque ces coupures.

—Vraiment ? demanda le docteur Verrick.

—Oui, répondit C.B. Mais… je me disais, Lyzandra a été la première à qui c'est arrivé, n'est-ce pas Briddey ?

—Oui, confirma la jeune femme en espérant que c'était la réponse attendue.

— OK. Lyzandra a été la première, puis Briddey, enchaîna C.B. en les désignant tour à tour, ensuite encore Lyzandra, puis Trent…

— Quelle différence cela fait-il, l'ordre dans lequel ça s'est produit ? s'enquit le chirurgien avec impatience.

— Je me demande si ce n'est pas Lyzandra qui en est à l'origine.

— Moi ? s'offusqua la voyante. Mes pouvoirs psychiques sont ce que j'ai de plus précieux ! Pourquoi est-ce que je… ?

— De manière involontaire, précisa C.B. Docteur Verrick, quand vous tentiez d'obtenir des informations de Mlle Flannigan, vous avez administré un calmant à Lyzandra. Cela a diminué sa capacité à limiter le nombre de voix qu'elle entendait. Elle a commencé à en percevoir de plus en plus, par centaines…

— Par milliers, rectifia le médium. Par millions.

— Tout à fait, dit C.B. Elle entendait bien plus de voix que son esprit ne pouvait en gérer. Son don télépathique s'est éteint, comme un système électrique surchargé dont les plombs sauteraient.

Ainsi, Maeve avait raison, pensa Briddey. *C'est bien le système qui a planté.*

— Mais on ne m'a pas donné de calmant, à moi, et à eux non plus, objecta Trent en désignant C.B. et Briddey. Alors pourquoi cela nous est-il arrivé, à nous aussi ?

— Parce que nous étions tous les trois liés mentalement à Lyzandra, expliqua C.B. Ainsi, les voix et sa réaction se sont répercutées sur nous, tour à tour. Quand son esprit s'est fermé, les nôtres aussi, comme des disjoncteurs qui se couperaient en cascade.

Je croyais que c'étaient des plombs, pas des disjoncteurs, songea Briddey. *Dans ce cas, si c'était une réaction au déluge, pourquoi cela ne s'est-il pas produit tout de suite, mais une demi-heure plus tard ?*

Malgré tout, cette théorie semblait avoir l'agrément du docteur Verrick.

— Alors, à mesure que les effets du tranquillisant vont se dissiper, déclara ce dernier, ces coupures devraient durer de moins en moins longtemps, puis cesser complètement. (C.B. hocha la tête.) Je veux savoir exactement quand chacune d'entre elles commence.

Ainsi, pendant que C.B. et Briddey entraînaient Trent et Lyzandra à se précipiter dans leur pièce refuge dès qu'ils entendraient les voix, le médecin nota la fréquence et la durée des perturbations.

Elles ne se prolongeaient pas, sans pour autant être plus courtes. Celles de Trent et de Lyzandra ne se chevauchèrent pas, aussi Briddey n'eut-elle pas l'occasion de prévenir C.B. que Maeve y était sujette également.

Si la fillette avait dit la vérité. *Ce n'est pas parce qu'elle te l'a dit que c'est vrai*, songea Briddey. Sa nièce était parfaitement capable de mentir. Elle se révélait même très douée. Forcément, avec une mère comme Mary Clare… Elle aurait pu avoir inventé cette histoire de toutes pièces pour écarter les soupçons de Briddey.

Car dans ce cas elle sait que je lui demanderais d'arrêter, c'est trop risqué. C'était aussi impossible, quel que soit son niveau d'expertise. Pour que cela fonctionne, il lui faudrait bloquer à la fois Trent et Lyzandra assez longtemps pour convaincre le docteur Verrick et Trent que la télépathie avait disparu pour de bon. Ce qui pourrait prendre des jours, voire des semaines, et Maeve serait bien obligée de dormir à un moment ou à un autre.

Même si, par miracle, elle y parvenait, le médecin resterait sceptique. Il avait d'autres patients télépathes, que Maeve ne pouvait pas bloquer. Elle ignorait leur existence. Même si elle les avait espionnés quand Briddey et C.B. en avaient discuté, la fillette n'avait pas entendu leurs voix et n'aurait donc aucun moyen de les identifier parmi les milliers de voix qu'elle percevrait. Elle avait déjà du mal à bloquer Trent et Lyzandra à la fois plus de deux ou trois minutes consécutives…

Ou pas. Quand la perturbation de Briddey prit fin, le docteur Verrick l'informa qu'elle avait duré près de six minutes et que la fréquence des coupures ne cessait d'augmenter.

— Je veux vous faire passer un fCAT à tous les quatre pour comprendre ce qui se passe exactement.

Par réflexe, Briddey jeta un coup d'œil à C.B., s'attendant à l'entendre dire au docteur que c'était une mauvaise idée. Au lieu de quoi il déclara :

— OK. Peut-être que ça nous permettra d'en savoir plus.

Tu vois le résultat, Maeve? pensa Briddey tout en essayant de trouver comment signaler à C.B. qu'il devait refuser.

Mais le médecin disait déjà :

— Monsieur Schwartz, je vous emmène d'abord avec Lyzandra. Par ici.

Il les guida dans le couloir.

Je t'en prie, C.B., va dans ta pièce refuge, le supplia Briddey.

OK, j'y suis, répliqua-t-il.

Tu ne peux pas accepter de faire ça !

J'y suis obligé. Je dois savoir ce qui se passe.

Tu ne comprends pas, objecta Briddey. *Je crois que…*

Les voix se turent de nouveau.

Maeve, pensa-t-elle, furieuse, *si c'est toi la responsable…* Mais sa nièce ne l'entendait pas. Personne ne l'entendait. Briddey était prisonnière d'un dôme de silence.

Elle m'empêche de prévenir C.B., conclut la jeune femme. Avec un peu de chance, ça signifiait que Maeve veillerait à ce que l'examen ne donne rien. Et si, d'une manière ou d'une autre, il était quand même possible de repérer des signes de son ingérence ? Briddey devait lui parler. Mais, piégée dans le silence, elle ne le pouvait pas.

Appelle-la sur son portable, se dit-elle... si elle parvenait à s'absenter sans éveiller les soupçons de Trent.

Celui-ci s'était rué sur son téléphone sitôt les autres sortis. Briddey attendit qu'il ait fini d'envoyer un texto pour dire :

— Je dois aller aux toilettes. Préviens le docteur.

Il acquiesça vaguement. Elle quitta la pièce en catimini, longea le couloir intérieur, traversa le cabinet du docteur Verrick puis sortit dans le couloir principal. Elle s'élança vers l'escalier comme lors de sa fuite la première nuit ici, à l'hôpital. Une fois la porte fermée derrière elle, elle prit son téléphone, tendit l'oreille un instant pour s'assurer qu'elle était toujours bloquée, puis composa le numéro de Maeve.

Mary Clare répondit :

— Désolée, Briddey, s'excusa-t-elle d'un ton brusque. Tu ne peux pas parler à Maeve, car je l'ai privée de portable. Elle est punie, figure-toi.

— Punie ?

— Oui. Je l'ai surprise devant *Brains, Brains, Brains* ! Elle sait très bien qu'elle n'a pas le droit de regarder des films de zombies, et elle m'a volontairement désobéi. Tu savais qu'elle en regardait ?

— Non, mentit Briddey. Comment l'as-tu appris ?

— Je suis entrée dans sa chambre pour lui demander d'apporter de la soupe à Tante Oona ; j'ai peur qu'elle fasse une nouvelle crise de rhumatismes : ce matin, elle ne voulait pas me parler quand je l'ai appelée, et voilà qu'elle ne répond pas au téléphone. Je me suis dit qu'on ferait mieux de vérifier si tout allait bien, mais Kathleen aussi est injoignable. Donc, quand je suis allée voir Maeve dans sa chambre pour lui demander de passer chez Tante Oona, elle était là, en train de regarder cet horrible film de zombies sur son ordinateur portable ! Elle a essayé d'éteindre l'écran, mais elle n'a pas été assez rapide. Heureusement, elle n'en était qu'au début. Si elle avait tout regardé, elle aurait fait des cauchemars pendant des semaines ! Qu'est-ce que tu lui voulais ?

— Rien d'important, répliqua Briddey en pensant : *Ce n'est pas elle.*

Si Maeve avait coupé les voix et prétendu être elle-même bloquée, sa mère n'aurait jamais pu la surprendre en plein visionnage de *Brains, Brains, Brains.*

Conclusion : ce devait être une histoire de fusible ou de disjoncteur qui avait sauté, comme l'avait supposé C.B.

Le docteur Verrick et lui étaient d'accord sur le fait que les perturbations dureraient moins longtemps à mesure que les effets du médicament se dissiperaient, pourtant ça ne se produisit pas. Briddey était toujours bloquée lorsqu'elle revint dans la salle de tests. Désormais au téléphone avec Ethel Godwin, Trent interrompit sa conversation le temps de l'informer que lui aussi était bloqué. Quand le médecin revint avec C.B. et Lyzandra, elle apprit que les perturbations, d'abord chez C.B. puis chez Lyzandra, n'avaient pas permis d'aboutir à des résultats concluants.

Pis : la coupure de C.B. avait duré douze minutes ; celle de Lyzandra près de dix-huit, et visiblement elle n'en était toujours pas sortie.

— Elles ne diminuent pas, constata le docteur Verrick. Elles se prolongent ! Comment l'expliquez-vous, monsieur Schwartz ?

— Je ne l'explique pas, rétorqua C.B. Sauf que... (Il prit une feuille de papier et y dessina un diagramme.) Écoutez, c'est arrivé à Lyzandra puis à Mlle Flannigan, puis de nouveau à Lyzandra...

— Vous vous répétez, fit remarquer le chirurgien.

— ... puis à M. Worth et à moi, poursuivit C.B. en ajoutant des liens à son schéma. Enfin, à Mlle Flannigan, et à Lyzandra.

— Oui, oui, on le sait, s'impatienta le docteur Verrick.

— OK, mais regardez le motif obtenu. (C.B. lui montra le diagramme.) On part de Lyzandra et on revient sans cesse à elle. Il semblerait que ce ne soit pas un événement en cascade, mais une sorte de boucle de rétroaction...

Une boucle de rétroaction ? s'étonna Briddey.

— ... ce qui voudrait dire que, chaque fois que la perturbation passe par une personne, l'effet se renforce.

— L'effet de quoi ? La surcharge sensorielle ?

— Ou la réaction de Lyzandra par rapport à ce phénomène, proposa C.B. Et si l'émission de signaux télépathiques ne faisait pas sauter un disjoncteur, mais déclenchait un gène inhibiteur quelconque ? À cause de notre lien, l'effet se communique à chacun, déclenchant ainsi nos propres gènes inhibiteurs.

— Mais si ça concernait un gène inhibiteur, les voix se seraient tues complètement. Les perturbations ne seraient pas intermittentes.

— Ce serait le cas s'il fallait plusieurs gènes pour annuler les signaux, dit C.B., ou si le mécanisme de l'inhibition était trop faible pour maintenir cette annulation longtemps. Mais avec une boucle de rétroaction... (il dessina sur le diagramme une boucle continue, entourant le nom de chacun et revenant à Lyzandra) ... non seulement les informations venant de Lyzandra se répercutent sur nous trois, mais aussi nos réactions. À chaque circuit, les répercussions s'amplifient, augmentant le nombre de gènes inhibiteurs ou renforçant la réponse du gène… voire les deux.

Ainsi, la fréquence des coupures augmenterait, et leur durée aussi. Ce qui était précisément le cas.

— Mais cela risque-t-il d'affecter quelqu'un d'autre ? demanda le docteur Verrick.

Il s'inquiète pour ses autres patients, déduisit Briddey.

— Il faudrait qu'ils aient un lien télépathique avec vous pour être touchés, n'est-ce pas ? insista-t-il.

— Ou bien qu'ils nous écoutent, suggéra C.B.

Voilà pourquoi Maeve les avait subies, elle aussi. Elle les espionnait, faisant ainsi partie de la boucle.

Maeve aussi a été coupée ? s'enquit C.B. Quand Briddey lui demanda aussitôt de se taire, il répondit : *C'est bon, Lyzandra et Trent sont tous les deux hors circuit en ce moment. Quand a eu lieu la coupure de Maeve, et combien de temps a-t-elle duré ?*

Briddey le lui dit puis lui annonça que Mary Clare avait surpris sa fille en plein visionnage de *Brains, Brains, Brains.*

Alors elle dit sûrement la vérité, conclut C.B. Briddey comprit que lui aussi la soupçonnait d'être à l'origine des blocages.

Oui, avoua-t-il, *ça m'a traversé l'esprit, même si je ne l'en croyais pas réellement capable… malgré ses douves, ses ronces et ses pare-feu.*

Mais toi, tu en es capable, fit remarquer Briddey.

De ça ? Non. D'ailleurs, je ne connais personne qui le soit.

Et Lyzandra ? On ne sait rien d'elle. Peut-être que ses pouvoirs sont plus étendus que tu le penses, et qu'elle ne veut pas de concurrence. Alors elle nous court-circuite…

Non. Je lis dans ses pensées, souviens-toi. Elle est totalement perplexe face à ce phénomène, et terrifiée à l'idée de perdre son « don psychique paranormal », comme elle dit. Si elle possédait ne serait-ce que des capacités rudimentaires à bloquer les voix, elle ne les aurait jamais laissées l'assaillir si violemment. Crois-moi, ce n'est pas elle.

Ce n'était donc pas Lyzandra, ni Trent, évidemment. Il n'était même pas capable d'entendre C.B. et la voyante, encore moins de les bloquer. De plus, agir ainsi irait à l'encontre de ses intérêts. Seule demeurait la théorie de la boucle exposée par C.B.

Pourtant, lui et moi n'avons pas de…, songea-t-elle avant d'étouffer le reste de sa pensée jusqu'à ce que C.B. soit de nouveau bloqué.

Dès que ce fut le cas, Briddey vérifia où en étaient Lyzandra et Trent : le médium n'entendait rien, et Trent s'inquiétait de savoir comment annoncer la mauvaise nouvelle à Hamilton. La jeune femme se rendit dans sa pièce refuge, dont elle barra la porte. Alors seulement elle reprit le fil de son raisonnement, réfléchissant à ses implications.

D'après C.B., l'effet en cascade avait déclenché des inhibiteurs, mais C.B. et elle n'en avaient pas. Il leur manquait ces gènes. Sans compter que C.B. l'avait interrogée longuement sur les propos du docteur Verrick, qui présentait le chemin neuronal comme une boucle de rétroaction. Ces questions, suivies de ces explications, ne pouvaient être une coïncidence. C.B. mentait en affirmant que leurs gènes inhibiteurs provoquaient les perturbations. Pour une raison : c'était lui le responsable.

Les coupures étaient intermittentes parce qu'il n'était pas capable d'en faire plus pour le moment. Il était trop épuisé pour les bloquer tous les trois en permanence, alors il avait inventé cette histoire de boucle. Le lendemain matin, après une bonne nuit de sommeil, il bloquerait tout le monde, à l'exception des autres patients du docteur Verrick, dont il ne connaissait pas les voix.

Bloquer Trent et Lyzandra ne résoudrait rien. Et, si C.B. avait cette capacité, pourquoi n'avait-il pas bloqué Trent la veille, avant que celui-ci entende Briddey ? Alors ils ne seraient pas dans une telle situation.

Si c'était lui, pourquoi avait-il paru si surpris la première fois que ça lui était arrivé ? *Il n'a pas pu feindre à ce moment-là*, pensa la jeune femme, se rappelant la perplexité mais aussi la peur qu'elle avait vues se peindre sur son visage. *Peu importe son degré d'expertise en mensonge.*

Dans ce cas, si ce n'était pas lui, pourquoi avoir menti à propos des inhibiteurs ? Et pourquoi le *timing* des coupures et des passages au scanner était-il si parfait ? Quand le docteur Verrick les avait emmenés faire les examens, Trent et elle, Briddey avait été bloquée avant même d'arriver dans la salle, et le médecin n'avait rien pu obtenir d'eux.

C'est forcément C.B. Peut-être a-t-il un plan pour que le docteur Verrick fasse venir les autres télépathes à l'hôpital afin d'entendre leurs voix, et qu'il espère avoir assez d'énergie pour continuer. À son retour d'une deuxième tentative de fCAT tout aussi infructueuse, il avait l'air complètement épuisé. Briddey s'était presque attendue à voir les perturbations raccourcir parce qu'il faiblissait.

Mais ça n'avait pas été le cas. Au fil de la journée, elles s'étaient renforcées et rapprochées. En fin d'après-midi, ils étaient tous les quatre touchés en même temps.

— C'est terrible, se lamenta Trent. Schwartz ne peut-il pas faire quelque chose pour empêcher ça ? Lancer une deuxième boucle pour inhiber les inhibiteurs, ou que sais-je ?

Briddey le regarda, incrédule :

— Tu veux vraiment que les voix reviennent ?

— Non, bien sûr que non. Mais le projet ? Que vais-je dire à Hamilton ? (Il agita son portable devant elle.) Il vient de m'envoyer un texto pour savoir comment s'est passée la journée.

Briddey regarda C.B. qui, l'air tendu et épuisé, passait en revue les résultats de son examen avec le docteur Verrick.

— Dis-lui que ça ne s'est pas très bien passé, proposa-t-elle.

— Super, répliqua Trent, sarcastique. Je lui ai déjà dit qu'on était sur le point de faire une découverte extraordinaire, et voilà que je n'ai plus rien à lui montrer. Tout – mon avenir, ma carrière, mon boulot, même – dépend de ce truc, et toi, tu crois que je devrais dire à Hamilton que « ça ne s'est pas très bien passé » ? Comment crois-tu qu'il va réagir ?

— Mieux que si tu avais continué sur ta lancée avec ce nouveau téléphone, et que ce que nous avons vécu se soit produit ensuite, se défendit Briddey. Pense aux pubs qu'Apple et Samsung auraient faites : « Au moins, avec nos téléphones, vous ne deviendrez pas fous. Vous ne vous suiciderez pas non plus. »

— Oh, la vache, tu as raison, je n'y avais pas pensé. (Il baissa de nouveau les yeux vers son portable.) Ça ne m'aide pas à savoir comment gérer Hamilton. Je dois bien lui répondre quelque chose.

— Dis-lui la vérité : que la télépathie s'avère beaucoup trop dangereuse, qu'il y a eu des conséquences imprévisibles excluant la possibilité de l'appliquer à un téléphone.

— Je ne peux pas lui dire ça ! Je lui ai promis que c'était viable, et parfaitement inoffensif. Quant aux « conséquences imprévisibles », ça donne l'impression que je n'ai pas étudié le sujet à fond.

Ce qui est vrai, pensa Briddey.

— Dans ce cas, dis-lui qu'il y a eu des complications, proposa-t-elle.

Il grimaça.

— Tout le monde sait que « complications » est synonyme de « catastrophe absolue ».

Ça m'a l'air d'être les mots justes pour la situation qui nous occupe, pensa Briddey.

— Tu n'aurais pas une tournure qui paraisse moins négative ?

— Que dirais-tu de « faits nouveaux intéressants qui méritent d'être explorés davantage » ?

— Ah oui, pas mal. Des faits nouveaux intéressants. Dis au docteur Verrick que j'ai des coups de fil à passer. Je reviens dans une minute.

Il sortit.

De son côté, les traits tirés, C.B. s'entretenait toujours avec le médecin.

On frappa à la porte. Une infirmière se pencha dans l'entrebâillement :

— Excusez-moi de vous déranger, docteur, mais l'un de vos patients est en ligne. Il dit que c'est urgent.

Le docteur Verrick acquiesça.

— J'en ai pour une minute, déclara-t-il avant de sortir à son tour.

Il referma la porte derrière lui, sans doute pour pouvoir parler à l'infirmière en privé.

Autrement dit, soit il nous croit tous bloqués, soit il n'a pas encore complètement saisi le concept de télépathie, déduisit Briddey. Elle ne serait peut-être pas capable d'entendre la personne à l'autre bout du fil, mais le docteur Verrick, si. Ainsi que son infirmière.

Elle se rendit dans sa cour pour trouver la fréquence du médecin sur sa radio, puis elle tapota le bouton du volume.

— C'est Michael Jacobson, dit l'infirmière. Il affirme avoir perdu tout contact mental avec sa fiancée. Il y a une demi-heure, il a complètement cessé d'entendre sa voix, et ce n'est pas revenu depuis.

Chapitre 33

« Être irlandais, c'est savoir que le monde finira par vous briser le cœur. »

Daniel Patrick Moynihan

Le docteur Verrick téléphona aussitôt à ses deux autres patients, les Dowd, pour leur demander s'ils avaient remarqué des changements dans leur aptitude à communiquer. Apparemment non, mais une demi-heure plus tard l'infirmière vint le voir pour lui signaler qu'un dénommé Paul Northrup venait de vivre une « perturbation momentanée ».

À ce moment-là, Trent et Lyzandra étaient tous deux bloqués, et ce depuis une demi-heure. Briddey quant à elle venait juste de sortir d'un silence de vingt-quatre minutes, qu'elle pensait éternel.

Tu as entendu, C.B. ? demanda-t-elle.

Oui, répondit celui-ci d'un ton lugubre. *Au cas où tu croirais toujours que c'est moi le responsable, j'ignorais jusqu'à l'existence de ce Paul Northrup.*

Dans ce cas, comment… ?

Je ne sais pas. Peut-être qu'eux aussi nous écoutaient quand le déluge s'est produit.

Ou c'était un effet en cascade, et les perturbations se sont répercutées d'un télépathe à l'autre, déclenchant des coupures en chaîne. Avant que la boucle reprenne, toujours plus consolidée.

Lorsqu'ils quittèrent l'hôpital, les périodes où Briddey était plongée dans le silence excédaient de loin celles où elle entendait. Elle n'eut pas à s'inquiéter des fCAT exigés par le docteur Verrick, ni à mentir à propos des mauvais résultats qu'elle avait obtenus au test de Zener.

Exactement comme le cobaye de l'expérience menée à l'université Duke, commenta C.B. après le deuxième examen. *Tu te souviens, le sujet dont je t'avais parlé, celui dont le docteur Rhine était convaincu de la télépathie? Il avait eu des résultats exceptionnels puis, tout à coup, ils avaient considérablement chuté.*

D'après toi, il avait cessé de coopérer, dit Briddey.

Oui, mais je me suis peut-être trompé. Et s'il avait vécu la même chose que nous? Et si Rhine lui avait administré un calmant pour « améliorer sa réceptivité » et que ça ait provoqué un déluge qui aurait court-circuité la télépathie?

Y a-t-il un moyen de le vérifier? demanda la jeune femme, mais si C.B. lui répondit elle ne l'entendit pas. Elle était encore bloquée.

Apparemment, il l'était aussi, car il annonça au docteur Verrick:

— Écoutez, je viens encore de perdre la connexion, et Briddey et moi sommes épuisés. Peut-être que si nous rentrons nous reposer, nous pourrons communiquer de nouveau demain.

— Non, trancha Trent. D'ici à demain, il n'y aura peut-être plus rien du tout, et nous devons récolter autant de données que possible avant que ça se produise.

— Laissez tomber les données, intervint Lyzandra. Vous devez trouver le moyen d'empêcher ça.

Aussi le docteur Verrick leur prescrivit-il à chacun un imCAT.

Mais Trent était toujours bloqué; Briddey et C.B. expérimentèrent tous les deux des perturbations moins d'une minute après s'être allongés sous le scanner. Lyzandra, elle, fut plongée dans le silence avant même que le technicien l'ait installée sur la table. Le docteur Verrick finit donc par tous les renvoyer chez eux.

— Rendez-vous demain à 9 heures, ordonna-t-il. Entre-temps, je veux que vous notiez la durée des périodes durant lesquelles vous pouvez émettre et recevoir. Appelez-moi si ces périodes se prolongent.

— Et moi? demanda Lyzandra. Suis-je censée rentrer chez moi? C'est vous qui m'avez fait venir; vous avez détruit mon don psychique paranormal, et maintenant vous voudriez que je retourne à Sedona? Et si ça ne revenait jamais comme avant? Que suis-je censée faire? Je serai ruinée!

Le docteur Verrick se retourna pour lui répondre. Trent portait déjà son portable à son oreille avant de dire:

— Je dois retourner à Commspan. Hamilton veut me voir.

Sur ce, il s'en alla.

Tant mieux, songea Briddey. *Ça me donnera l'occasion de parler à C.B. en privé.*

Cependant, une fois qu'ils parvinrent à s'échapper du cabinet du docteur Verrick, C.B. déclara :

— Je dois absolument retourner au labo pour essayer de comprendre ce qui se passe. Ça ne t'ennuie pas si… ?

— Je rentre toute seule ? finit-elle pour lui. Pas du tout. Crois-tu que ce soit une boucle de rétroaction, comme tu l'as dit au médecin ?

— Possible. Je suppose. Je ne sais pas.

— Mais tu disais que les chemins neuronaux ne marchaient pas comme ça.

— En temps normal, non, mais…

— Même avec un déluge, un effet en cascade ou une boucle, peu importe, comment cela peut-il déclencher des gènes inhibiteurs que nous n'avons pas ? l'interrogea Briddey.

— Je n'en sais rien, répondit C.B. avec agacement. Peut-être que je me trompais, qu'on est porteurs de ces gènes et qu'ils n'avaient jamais été activés auparavant. Ou que l'enchaînement ne transmet pas seulement l'ordre de déclencher les inhibiteurs, mais aussi le signal pour les mettre en place. (Il se frotta le front.) Ou peut-être bien qu'il s'agit de tout à fait autre chose.

Après quoi il la laissa seule dans le hall de l'hôpital.

Elle téléphona à Kathleen pour qu'elle vienne la chercher – peu importait à présent que sa famille soit au courant pour l'AEC ou pas –, mais elle ne réussit pas à la joindre. Devait-elle appeler Tante Oona ? Si celle-ci souffrait d'une crise de rhumatismes, mieux valait la laisser tranquille. En revanche, elle n'était pas en état d'affronter Mary Clare, surtout après avoir pris connaissance de ses messages, dans lesquels elle exigeait de savoir si Briddey avait autorisé Maeve à regarder *Brains, Brains, Brains* sur son téléphone portable lors de leur sortie au parc.

Elle appela un taxi et essaya de ne pas penser à la première fois qu'elle avait quitté l'hôpital, avec C.B. qui l'attendait tout sourires et plaisantant : « Madame, votre carrosse est avancé. »

Elle craignait à moitié de trouver Mary Clare en train de l'attendre chez elle, mais non. Et elle n'eut pas d'autres messages de sa part. Ni de la part de Maeve. Pas même un contact mental. *Chez elle aussi, les perturbations durent*, pensa la jeune femme en regardant son portable d'un air absent.

Elle vérifia ses autres messages, espérant presque en trouver un de Kathleen pour pouvoir la rappeler et entendre une voix amicale. Mais elle n'avait qu'un texto de Trent lui enjoignant de ne rien dire de ce qui était arrivé au bureau. Quand elle voulut rappeler Kathleen, celle-ci était toujours injoignable.

Briddey supposa qu'il valait mieux se reposer, mais elle doutait d'y parvenir. Elle était rincée et avait l'estomac vide. Elle n'avait rien avalé de la journée.

Ça fait peut-être partie du problème, pensa-t-elle. *D'après C.B., une grande agitation émotionnelle peut affecter la télépathie. Il se pourrait que la faim ait le même effet.*

Elle se rendit dans la cuisine examiner le contenu de son réfrigérateur.

Rien de comestible, et elle ne trouva pas mieux dans le placard. Après le raid de Maeve pour nourrir les canards, il ne restait plus qu'une boîte de betteraves et un paquet de céréales bio presque vide.

Au moins, ce ne sont pas des Lucky Charms, se consola-t-elle en remplissant un bol qu'elle emporta sur le canapé. Mais les carrés aux multicéréales étaient tout aussi fades et informes que les guimauves. Elle repensa à C.B. assis en face d'elle dans la salle Carnegie, essayant de se rappeler : chapeaux verts, os pour chien jaunes, aubergines albinos…

Tu es là ? lança-t-elle au jeune homme. Mais il était soit déconnecté, soit trop absorbé par ses recherches pour l'entendre.

Ou alors il ne veut pas me parler, pensa-t-elle, l'appétit soudain coupé. *Parce que c'est moi qui suis responsable de tout ça. Les gènes inhibiteurs de Lyzandra ont peut-être provoqué l'effet en cascade, mais c'est moi qui ai ouvert les vannes. C'est moi qui ai laissé les voix entrer.*

Elle rapporta son bol encore plein à la cuisine, jeta son contenu et retourna dans le salon.

Va te coucher, se sermonna-t-elle. Mais elle resta assise là, à espérer que C.B. ou Maeve la contactent pour lui annoncer que les coupures se raréfiaient. Hélas, la seule voix qu'elle entendit fut celle de Trent, désespéré : *Qu'est-ce que je vais bien pouvoir raconter à Hamilton ? Peut-être que je ne dois rien dire du tout. Si ça se trouve, c'est momentané, et je peux gagner du temps jusqu'à…*

Sa voix se tut sans que Briddey le remarque. Quand tout le monde voulait la dissuader de faire l'AEC, Kathleen lui avait envoyé quelque chose sur les effets temporaires de l'opération. Était-ce la réponse ? Les effets de l'AEC s'étaient-ils dissipés, et, puisqu'ils étaient tous liés, cela avait-il affecté les autres ? Dans ce cas, il serait possible de refaire une opération…

— J'y ai pensé, déclara C.B. lorsqu'ils se retrouvèrent le lendemain matin, à l'hôpital, mais ça aurait pris des mois, pas des jours. Et tu aurais été la première à connaître ces perturbations, pas Lyzandra.

D'un air las, il passa la main dans ses cheveux. Il semblait encore plus fatigué que la veille.

— Tu as quand même dormi un peu ? demanda-t-elle.

— Pas beaucoup, avoua-t-il, mais suffisamment pour être sûr que je ne bloque pas les voix inconsciemment. Au fond, j'espérais que c'était le cas. Et toi, tu t'es reposée ?

— Un peu.

— Tu es toujours déconnectée ?

— Non, mais les perturbations sont de plus en plus longues. (Elle lui montra les horaires qu'elle avait notés.) Elles excèdent désormais de soixante pour cent les périodes où j'entends.

— Oui, pareil pour moi.

— C.B., je suis désolée. Quand j'ai ouvert cette porte, je ne me suis pas rendu compte que...

— Je sais. Ne culpabilise pas. Ce n'est peut-être même pas le déclencheur. On ne connaîtra pas les causes tant que Verrick n'aura pas procédé à des examens complémentaires. Il voudrait faire un imCAT pendant que deux sujets sont en état d'émettre et de recevoir, même si réussir à obtenir cette fenêtre me paraît compromis.

Ce fut en effet impossible. Trent et Lyzandra n'entendaient plus rien la plupart du temps et, bien que le médecin attendît que Briddey sorte d'une coupure pour lancer le scanner, elle fut replongée dans le silence presque aussitôt. Il en fut de même pour C.B. trois minutes plus tard. Le docteur Verrick leur annonça qu'il attendrait que « la situation s'améliore » pour faire d'autres examens et les autorisa à partir.

C.B. resta pour se pencher avec lui sur les résultats donnés par le scanner.

— Je t'appelle dès que j'aurai un semblant d'interprétation, dit-il à Briddey, mais plus ça va, plus on dirait que le coupable est bien le déluge. J'ai fait des recherches sur les saints et j'en ai trouvé deux qui ont entendu plusieurs fois des voix avant de vivre une expérience religieuse intense au cours de laquelle ils ont perdu connaissance. Après quoi, ils n'ont plus rien entendu. Ça ressemble beaucoup à un déluge suivi d'une coupure du système.

— Et Jeanne d'Arc ? s'enquit Briddey. Ça lui est arrivé, à elle aussi ?

— Je ne sais pas. Écoute, on en rediscute plus tard.

Il retourna dans la salle de tests.

Sitôt Briddey sortie de sa voiture, elle fit une recherche sur Jeanne d'Arc avec son téléphone. Soulagée, elle apprit que la Pucelle avait entendu des voix jusqu'à la fin. Toutefois, elle constituait une exception. C.B. avait sous-estimé le nombre de saints ayant brusquement perdu leur capacité à entendre des voix après avoir eu une « vision », et ce définitivement. Ça concernait au moins une bonne dizaine d'entre eux. Sainte Brigide

« n'avait plus jamais rien entendu par la suite ». *Idem* pour sainte Bega de Turann, même si elle avait « supplié avec ferveur que les voix reviennent, à coups de pénitences, de prières et de larmes abondantes », persuadée d'avoir perdu son pouvoir à cause d'un péché qu'elle avait commis.

Comme moi, pensa Briddey.

Elle se rendit à Commspan. Enfermée dans son bureau, elle tenta de finir sa contribution au rapport sur la communication interservices en s'efforçant d'oublier que Maeve ne l'avait toujours pas contactée.

Peut-être qu'elle est bloquée en continu, comme Trent et Lyzandra, supposa Briddey. Mais Maeve pouvait toujours lui téléphoner. Ce n'était pas la punition de Mary Clare qui l'en empêcherait, et il lui serait facile d'emprunter le portable de Danika à l'école.

Briddey appela sa sœur.

— Oh, c'est toi ! s'exclama Mary Clare. Justement j'allais t'appeler. As-tu eu des nouvelles de Kathleen, aujourd'hui ?

— Non.

— Moi non plus. J'essaie de la joindre depuis dimanche soir, elle ne répond pas.

Parce qu'elle sait que tu veux lui faire subir un interrogatoire en règle pour savoir si c'est elle qui a autorisé Maeve à regarder des films de zombies.

— Elle a sûrement oublié d'allumer son portable. Comment va Maeve ?

— Elle boude parce que j'ai appelé la mère de Danika pour la prévenir que Maeve n'avait pas le droit d'utiliser le portable ni l'ordinateur de sa copine, l'informa sa sœur.

Ce qui explique pourquoi elle n'a pas appelé. Peut-être.

— Et Tante Oona ? As-tu des nouvelles ? s'enquit Mary Clare. Elle non plus, je n'arrive pas à la joindre.

— Tu t'inquiètes toujours pour ses rhumatismes ?

— Non, elle a dit sur Facebook qu'elle avait une réunion avec les Filles d'Irlande, mais ça n'explique pas pourquoi elle ne répond pas au téléphone.

Peut-être qu'elle non plus n'a pas envie de te parler.

— Tu ne crois pas que Kathleen ferait quelque chose d'aussi bête que se marier en secret avec ce type du *Starbucks*, non ? demanda Mary Clare.

— D'où sors-tu cette idée ?

— Dimanche soir, tard, elle a posté qu'elle avait trouvé le bonheur là où elle s'y attendait le moins. Tu sais qu'elle a toujours le béguin dès le premier rendez-vous, même si je lui ai dit que c'était ridicule : quelques jours ne suffisent pas pour connaître une personne et en tomber amoureuse. N'ai-je pas raison ?

— Je dois te laisser, mentit Briddey. J'ai un appel sur l'autre ligne.

Elle raccrocha puis vérifia si C.B. avait appelé pendant sa conversation avec Mary Clare, mais non. Même si, d'après le docteur Verrick, C.B. avait quitté l'hôpital à 13 heures, elle n'eut aucune nouvelle de tout l'après-midi.

À 16 h 30, elle n'y tint plus. Après avoir rassemblé ses affaires, elle dit à Charla qu'elle rentrait chez elle à cause d'un mal de crâne. Elle s'apprêtait à descendre au labo de C.B. lorsqu'elle le trouva dans le couloir, en pleine discussion avec Suki. Dès qu'elle vit Briddey, celle-ci se précipita sur elle :

— Qu'est-ce qui est arrivé à C.B. ? souffla Suki en jetant un coup d'œil au jeune homme. Il est presque présentable !

C'était vrai. Vêtu d'une chemise boutonnée, il n'avait pas ses écouteurs. Il s'était également rasé et semblait plus reposé, moins las que le matin.

Il a trouvé ce qui provoque les perturbations, conclut Briddey, sentant l'espoir renaître.

— Il était absolument charmant, s'étonnait Suki. On lui a fait une greffe de cerveau, ou quoi ? (Elle l'observa, perplexe.) En fait, il est même plutôt mignon, si on aime le côté geek. Tu ne trouves pas ? En tout cas, il le serait s'il faisait l'effort de se coiffer. Bon, il n'est pas aussi beau que Trent, bien sûr. À ce propos, que lui arrive-t-il ? Je l'ai croisé hier, il avait une mine affreuse ! Il y a un problème avec le projet Hermès ?

Prudence, songea Briddey. *N'oublie pas que c'est à la centrale des ragots que tu t'adresses.*

— Non, pas du tout. Selon Trent, ça avance très bien. Il est sûrement stressé parce qu'il a une tonne de choses à faire, c'est tout. D'ailleurs, je dois rattraper C.B., il faut que je lui parle d'une appli.

Sur ce, elle s'élança derrière lui.

— C.B. ! appela-t-elle. *C.B. !*

Mais il ne ralentit même pas l'allure.

Elle le rattrapa devant le local des photocopieuses et l'attira à l'intérieur.

— As-tu trouvé ce qui provoque les perturbations ? demanda-t-elle après avoir fermé la porte.

— Oui et non, répondit-il.

Ce qui veut dire « non », pensa-t-elle. En l'observant, elle se rendit compte qu'elle s'était trompée à propos de son air reposé : en réalité, il semblait résigné.

— Je suis tombé sur une étude portant sur des patients souffrant d'acouphènes qui avaient guéri spontanément, annonça-t-il. Le principe est le même : un choc émotionnel, suivi de la disparition progressive des acouphènes, sur des périodes de plus en plus longues. Puis, au bout d'un certain temps, plus rien.

— Les acouphènes ne sont jamais revenus ?

— Non. Verrick a appelé il y a cinq minutes pour dire que les Dowd sont bloqués depuis hier soir. Quand j'ai fait le graphique de la durée des perturbations vécues par chacun d'entre nous, ça collait avec l'augmentation de l'intensité d'une boucle de rétroaction. On est donc sûrs que c'est l'effet en cascade qui a provoqué ces coupures.

— Et, on ne sait comment, ça a permis la mise en place de gènes inhibiteurs ?

— Oui. Ou alors, notre cerveau a trouvé tout seul le moyen de contourner le problème.

— De le contourner ?

C.B. hocha la tête.

— Un cerveau endommagé trouve très souvent le moyen de contourner les obstacles, en établissant de nouveaux chemins neuronaux et connexions pour remplacer ceux qui ont été détruits. Peut-être que, pour survivre, nos cerveaux ont créé quelque chose pour compenser les inhibiteurs manquants.

— Tu as dit que les acouphènes avaient cessé « au bout d'un certain temps ». Quelle durée, exactement ?

— Quelques jours.

Quelques jours.

— C.B., je suis tellement désolée d'avoir…

— Désolée ? Tu plaisantes ? Tu m'as rendu service. Les voix disparues, je vais pouvoir aller au stade voir des matchs de baseball, au cinéma, au restaurant… Et aux réunions interservices, ajouta-t-il en la regardant avec un sourire.

— Je ne suis pas désolée que les voix aient disparu, mais de t'avoir fait perdre ton don de télépathe.

— Ce qui compte, c'est que tu aies empêché Verrick et ton petit ami de mettre leurs sales pattes dessus… et sur Maeve. De plus, ne plus être télépathe a ses avantages. Ça me permet de sortir de mon cachot. (Il écarta les bras pour désigner le local des photocopieuses.) Je peux manger à la cantine, par exemple. Je vais peut-être même pouvoir aller chez le coiffeur, maintenant que je peux me rendre dans les lieux publics, comme quelqu'un de normal.

Oh, non, pensa-t-elle. *J'aime tes cheveux tels qu'ils sont.*

Mais il ne l'entendait plus.

— Et je vais enfin pouvoir acheter des fringues potables, poursuivit-il. J'en aurai besoin, si je veux passer des entretiens d'embauche.

Le pouls de Briddey accéléra douloureusement.

— Quoi ? Tu quittes Commspan ?

— Possible. J'hésite encore. Mais je me disais que ce serait sympa de bosser dans un endroit où je pourrais me concentrer sur les limites de la communication, au lieu d'essayer d'y noyer les gens… Oh ! pardon pour la métaphore maladroite. Et ce serait agréable de travailler dans un lieu chauffé, pas vrai ?

Elle acquiesça tristement.

— Eh, ne fais pas cette tête. Tu disais vouloir que les choses redeviennent comme avant, non ?

J'ai dit beaucoup de choses, songea-t-elle. *Que je ne voulais plus jamais te parler. Que nous n'étions pas liés émotionnellement. Que je voulais que tu t'en ailles et me laisses tranquille. Rien de tout ça n'était vrai. Rien.*

— Quand on y réfléchit, poursuivit C.B. d'un ton léger, tu n'auras plus à t'inquiéter de savoir si je t'espionne sous la douche, ou de me voir débarquer en pleine nuit. Quant à moi, je n'aurai plus à écouter les psychopathes, les pervers et les gens qui ne connaissent pas les paroles de *The Age of Aquarius* et passer ma vie à leur hurler : « C'est Aquarius, pas Octavius ! »

— Mais tu ne sauras pas ce que les gens pensent…

— Je pourrai toujours demander à Suki, plaisanta-t-il, avant de redevenir sérieux. Le principal, c'est qu'en grandissant Maeve ne vive pas ce que j'ai vécu, avec la peur constante que quelqu'un la perce au jour et se serve de son secret pour la détruire. Ou détruire le monde. Elle pourra mener une existence normale ; du moins aussi normale que possible, avec une mère pareille.

Il sourit.

Briddey hocha la tête.

— Mary Clare mène actuellement une enquête pour savoir qui a laissé Maeve regarder des films de zombies.

— Je sais, dit-il, Maeve m'a raconté. Elle m'a appelé hier soir.

Pas moi, pensa la jeune femme.

— Je lui ai expliqué ce qui se passait, précisa C.B.

— Elle l'a mal pris ?

— Oui, on peut dire ça. (Il grimaça.) J'ai quand même réussi à la convaincre que c'était mieux ainsi. En revanche, Lyzandra menace de porter plainte contre Verrick s'il ne parvient pas à lui rendre son don psychique paranormal. D'ailleurs, j'ai promis d'appeler le docteur pour lui faire part de ce que j'ai trouvé sur les acouphènes.

Il entrouvrit la porte pour regarder au-dehors ; un geste qui acheva de convaincre Briddey qu'il n'entendait plus rien.

— Rien à signaler, déclara-t-il avant de se diriger vers l'ascenseur. Il lança par-dessus son épaule :

— On se parle demain.

Hélas non, pensa-t-elle en rejoignant sa voiture. *Tu ne me parleras plus jamais.*

Et il se trompait quand il parlait de quelques jours de répit. À ce train-là, les périodes où Briddey entendait auraient totalement disparu le temps qu'elle rentre chez elle.

Ou pas. Dans l'escalier de son immeuble, elle perçut une voix, trop faible pour être identifiée, disant : « … n'arrive pas à la joindre ».

C.B. ? lança-t-elle, pleine d'espoir.

— J'ai essayé de lui faire comprendre, reprit la voix.

Finalement, ce n'était pas C.B., ni même une des voix, juste un type qui descendait l'escalier.

— Mais elle n'accepte pas que ce soit fini entre nous. Je ne peux pas lui pardonner ce qu'elle a fait, tu comprends ?

Il y eut une pause, puis l'inconnu déclara :

— Je ne sais pas quoi faire.

Moi non plus, songea Briddey en se demandant ce que serait le programme de sa soirée. *Tu ne vas pas perdre ton temps à guetter l'ultime moment où tu pourras entendre.* À cet instant, si elle se concentrait, elle était encore capable de percevoir les voix : un faible murmure, comme celles qui se trouvaient au-delà de son périmètre de sécurité, dont elle n'avait plus besoin.

C.B. ? appela-t-elle. *Maeve ?*

Mais personne ne répondit.

Il était trop tôt pour aller se coucher, aussi se rendit-elle dans la cuisine pour verser dans un bol le reste de céréales, arrosées d'un peu de lait. Elle l'emporta devant l'ordinateur.

Elle trouva un mail de Mary Clare. Finalement, Kathleen ne s'était pas enfuie pour se marier en secret. Tante Oona et elle avaient participé à la réunion des Filles d'Irlande.

« Apparemment, elles préparent un gros truc en rapport avec l'héritage hibernien, et c'est pour ça que je n'arrivais pas à les joindre. Elles y ont passé toute leur journée hier, plus la soirée, et elles y étaient encore aujourd'hui. »

Je croyais que Tante Oona était en pleine crise de rhumatismes, pensa Briddey en regrettant qu'elles ne soient pas chez elles pour les appeler.

Il était toujours trop tôt pour aller au lit. Elle se connecta à Internet pour chercher « acouphènes », en espérant trouver le cas d'un patient dont les symptômes auraient réapparu, qui aurait échappé à C.B. Mais ce ne fut pas le cas. Au bout d'une heure, elle abandonna et décida de se préparer à dormir.

Le téléphone sonna.

— J'essaie de te joindre depuis un moment, l'informa Trent, impatient. As-tu reçu un de mes messages mentaux depuis que tu es rentrée chez toi ?

— Non, pourquoi ? demanda-t-elle, sur le qui-vive. (S'il entendait de nouveau, peut-être C.B. s'était-il trompé en affirmant que les effets de la réaction en cascade étaient permanents.) Tu reçois quelque chose, toi ?

— Non, répondit Trent. Merde ! J'espérais que tu entendrais encore suffisamment pour que le docteur Verrick fasse un autre imCAT. Les précédents ne sont pas assez précis pour identifier les synapses télépathiques. Sans un document qui prouve l'existence de la télépathie, Hamilton refusera de financer nos recherches dans ce domaine.

Leurs recherches ?

— Trent, ne me dis pas que tu envisages toujours de concevoir un téléphone avec communication directe ! Tu as bien vu ce qui s'est passé quand les voix…

— Je sais. (Elle perçut un frisson de dégoût dans sa voix à l'évocation de ce souvenir.) Mais, maintenant qu'on connaît un moyen de les faire taire, logiquement on doit aussi pouvoir les contrôler…

Maeve avait raison, pensa Briddey avec amertume en voyant les murs de sa cour ravagés par le feu, et la peinture cloquée sur la porte. *Une fois qu'ils ont mis la main dessus, impossible de les convaincre d'arrêter.*

— Mais on est coincés tant qu'on ne trouve pas comment réactiver la télépathie, poursuivait Trent. On n'arrivera à rien sans des résultats au scanner qui montrent ce qui se passe dans le cerveau pendant la communication. Êtes-vous encore en contact, Schwartz et toi ?

— Non.

— Merde ! Et il n'aurait pas cité quelqu'un d'autre qui serait télépathe, par hasard ?

— Non. Même si c'était le cas, leur connexion serait aussi coupée, comme celle des autres patients du docteur Verrick.

— Oui, eh bien, il doit forcément y avoir quelqu'un sur qui on peut pratiquer des tests.

Comme Maeve ? pensa Briddey. Heureusement que l'effet en cascade avait aussi effacé ses dons de télépathe, sinon Trent n'aurait eu aucun scrupule à se servir de la fillette, malgré ses neuf ans.

— Il faut qu'on trouve quelqu'un, et vite, reprit Trent. Je ne sais pas combien de temps encore je vais pouvoir faire patienter Hamilton. Appelle Schwartz pour lui dire à quel point la situation est critique, qu'il nous faut absolument un télépathe. Bon sang, je n'arrive pas à croire qu'on en soit arrivés là ! On était à deux doigts d'avoir la preuve dont on avait besoin.

À deux doigts, oui. Dieu merci ! on l'a évité de justesse. Briddey se félicita que tout le monde ait été affecté. Sinon, ils seraient tous occupés à administrer des calmants aux autres patients du docteur Verrick, se moquant bien de savoir s'ils risquaient de les tuer. Quant à Trent, il serait plongé dans les circuits de son nouveau téléphone.

On a eu de la veine, pensa-t-elle. Elle se souvint alors de Maeve apparaissant sur le pas de sa porte dimanche matin, juste à temps pour lui permettre d'échapper à Trent. Une coïncidence tout à fait bienvenue, elle aussi.

— Tu m'as entendu ? demanda Trent. Je t'ai dit de m'envoyer un texto dès que C.B. t'aura transmis du nouveau. C'est notre avenir à tous les deux qui en dépend, j'espère que tu en as conscience.

— Oui, rétorqua-t-elle.

Après qu'elle eut raccroché, elle pensa : *Ce n'était pas une coïncidence. Ni de la chance. Le* timing *était trop parfait.* Et pas du tout logique. Si la coupure avait été réellement provoquée par la réaction de Lyzandra aux voix, elle se serait produite à la seconde où le médium avait été submergé, et non une demi-heure plus tard.

Et pourquoi C.B. avait-il été touché ? Les voix l'avaient frappé de plein fouet lorsqu'il avait treize ans. À l'époque, il ne possédait aucune défense. Pourtant, son cerveau n'avait créé aucun inhibiteur sur le moment. Alors pourquoi maintenant ?

Il t'a menti, pensa-t-elle. *C'est lui qui bloque les voix, même s'il affirme que c'est impossible.* Peut-être que Maeve l'aidait, et qu'ils se relayaient pour dormir. Ou peut-être que C.B. mentait en affirmant que c'était impossible, et qu'en réalité il était capable de bloquer n'importe qui, n'importe quand.

Dans ce cas, pourquoi n'avait-il pas empêché Lyzandra de percevoir les pensées de Briddey pendant le test des cartes ? Ou mieux, pourquoi n'avait-il pas bloqué Trent quand elle avait demandé à C.B. : « Où es-tu ? » ? ou empêché Maeve d'entendre des voix dès le début ?

Croire que C.B. bloquait les voix à volonté, ça signifiait qu'il l'avait presque laissée se noyer délibérément, et n'avait rien fait pour empêcher les zombies de terroriser Maeve. Impossible. *Il n'est pas comme ça*, se borna-t-elle à penser.

Il y avait aussi la tête qu'il avait faite, la première fois qu'il s'était retrouvé bloqué. Il avait l'air si choqué et si… affligé. Briddey était alors certaine, comme elle l'était à présent, qu'il ignorait totalement ce qui se passait.

Il ne restait donc que Maeve. *Mais, si c'était elle la responsable et qu'elle se sente soupçonnée, elle se manifesterait pour m'entraîner sur une fausse piste.*

Sa nièce ne la contacta pas. Seul Trent le fit en lui envoyant un texto à 23 heures pour lui demander si elle avait eu C.B. Quand elle lui répondit que non, il écrivit : « Il est sûrement dans son labo. On ne capte rien, là-bas. »

Ni nulle part, pensa-t-elle, écoutant le silence. Plus la nuit avançait, plus il lui semblait qu'il s'épaississait, emportant avec lui le reste des voix au-delà de son périmètre, et tout espoir que ce soit Maeve – ou C.B. – qui provoque les coupures.

À 23 h 30, son portable sonna. *Encore Trent*, se dit-elle. Puis, en voyant le numéro : *C'est Mary Clare.* Mais ce n'était ni l'un ni l'autre : c'était Maeve.

— Il faut que je te parle, déclara la fillette.

— Je croyais que ta mère t'avait privée de portable.

— Oui.

— Alors avec quoi tu m'appelles ?

— Cette saleté de téléphone fixe. J'ai dû attendre qu'elle ronfle pour t'appeler. Ça me rend dingue de ne pas pouvoir te parler quand j'en ai envie ! Je n'ai le droit de rien faire.

— Tu es toujours punie ?

— Oui, répondit Maeve d'un ton dégoûté. Par ta faute. Si tu n'avais pas lâché les voix, rien de tout ça ne serait arrivé. Il n'y aurait pas eu ce stupide effet en cascade, je n'aurais pas été bloquée, et j'aurais entendu Maman entrer dans ma chambre. Elle n'aurait rien vu. Et voilà que maintenant je n'ai plus le droit de regarder quoi que ce soit sur mon ordinateur. Elle a tout bloqué, même Hulu et YouTube, pour qu'aucune vidéo ne soit accessible. Tu as tout gâché !

Je sais, pensa Briddey. Elle savait aussi que ça ne servait à rien de leur dire, à Maeve ou à C.B., que ce n'était pas son intention. Cela ne changerait rien au fait qu'elle était responsable. C.B. avait voulu l'avertir des conséquences imprévisibles, mais elle ne l'avait pas écouté.

— Ça craint vraiment ! gémit Maeve. C'est vrai, les zombies faisaient hyper peur et je suis contente de ne plus les entendre, ni d'avoir à me cacher tout le temps ou à m'inquiéter dès que je vais au centre commercial ou à l'école. Mais il n'y avait pas que des inconvénients. J'adorais avoir un château et pouvoir parler avec vous deux…

— Tu peux toujours le faire…

— C'est pas pareil ! l'interrompit Maeve en geignant. Là, je pouvais vous parler n'importe où ! Je suis dégoûtée que ce soit devenu impossible.

Tout comme C.B., pensa Briddey, *malgré ce qu'il a dit.*

Lui aussi détestait se cacher, entendre rugir les voix, être sans cesse témoin du côté le plus sombre de l'humanité, être exclu de la société et pris pour un fou. Mais c'était sa vie, la seule qu'il ait jamais connue. Son don – car c'en était un, malgré les inconvénients qui allaient avec – l'avait façonné, faisant de lui quelqu'un de gentil, drôle, altruiste, pourvu d'un courage incroyable.

Et il avait adoré certains côtés : le silence au cœur de la nuit, la salle Carnegie, les conversations qu'ils avaient eues.

— Ne plus avoir tout ça, c'est carrément pire qu'avant, déplorait Maeve. Parce qu'avant, j'ignorais comment c'était, mais maintenant je le sais, et je sais que c'était cool, et ça me manque vraiment. Tu comprends ?

— Oui, répliqua Briddey en songeant à C.B. assis dans la voiture avec elle, penché sur elle dans les réserves de la bibliothèque, lui parlant de *Guys and Dolls*, de Bridey Murphy et de la destination de leur lune de miel.

— Selon toi, il n'y a aucune chance que ça revienne, pas vrai ? demanda la fillette d'un ton mélancolique.

— C.B. dit que non.

— C'est bien ce que je pensais. (Maeve soupira.) Je l'aime vraiment beaucoup. Tu ne vas pas épouser Trent, hein ?

— Non.

— Ouf, tant mieux ! Tu es sûre que ça ne reviendra pas ? Je regardais *Raiponce* avant de t'appeler. La sorcière tue le petit ami de Raiponce, c'est horrible. On croit vraiment qu'il n'y a aucun moyen de le sauver, mais quand Raiponce se met à pleurer, et que l'une de ses larmes tombe sur la joue de son amoureux, ça devient un gros feu d'artifice doré et il ressuscite. À la fin, ils vivent heureux pour toujours.

Je doute que les larmes ressuscitent la télépathie, commenta Briddey en pensée. Puis, craignant de se mettre à pleurer elle aussi, elle demanda :

— Comment se fait-il que tu regardais *Raiponce* ? Je croyais que ta mère avait mis un bloqueur sur ton ordinateur.

— Oui, mais j'ai trouvé comment le contourner. Ne le lui dis pas. Si elle l'apprend, elle va me punir pour l'éternité !

Et ce serait mérité, pensa Briddey. Au lieu de quoi elle répondit :

— Je ne dirai rien, promis.

— Tu dois aussi jurer de ne pas lui dire que je regarde *Zombiegeddon*, sinon… (Elle baissa la voix.) Je dois te laisser. Maman est réveillée. Ça me soûle !

Sur ce, la fillette raccrocha.

Moi aussi, ça me soûle, comme tu dis, songea Briddey. *Et ça me soûle d'être responsable de tout ça.*

S'il lui fallait une preuve supplémentaire que sa théorie revenait à prendre ses désirs pour la réalité, ce coup de fil en était une : Maeve n'aurait jamais pu simuler la frustration et la déception qui avaient percé dans ses intonations.

Pourtant, sa nièce était encore meilleure comédienne que C.B., et elle avait réussi à transgresser tous les interdits, bloqueurs et autres puces antiviolence de Mary Clare pour regarder le film qu'elle voulait. Un film dans lequel quelque chose de mort revenait à la vie. Était-il possible que Maeve, ayant juré à C.B. de garder le secret et incapable de communiquer autrement, ait voulu lui faire comprendre que tout n'était pas perdu ?

Je l'espère, pria Briddey. *Sinon, je dois assumer le fait que j'ai détruit le don de C.B. Et gâché sa vie.*

Jamais plus il ne pourrait retourner dans la salle Carnegie. Sans la télépathie, les bibliothécaires ne manqueraient pas de l'attraper. Trois heures du matin ne serait plus ce moment enchanté de la nuit, parsemé d'étoiles. Ce serait comme pour F. Scott Fitzgerald et le commun des mortels : l'heure des insomnies dans le noir, où l'on pensait en boucle à toutes les choses horribles qui risquaient de se produire. Et à toutes les choses horribles qu'on avait faites.

— À moins qu'une autre pièce du puzzle explique tout, murmura-t-elle.

Elle finit par s'endormir peu après 1 heure du matin.

Elle se réveilla plongée dans les ténèbres, persuadée d'avoir entendu quelque chose. Pourtant, un profond silence régnait dans la chambre. *Un silence de milieu de nuit*, pensa-t-elle. Elle tendit la main vers le réveil : 3 heures. Le meilleur moment de la « journée » pour C.B.

C.B. ? appela-t-elle, pleine d'espoir. *Tu es là ?*

Rien.

En plus, ce n'était pas une voix, songea-t-elle en scrutant l'obscurité, essayant de recréer le son dans son esprit. *Ni un bruit*. C'était un silence soudain, comme un réfrigérateur qui aurait brusquement cessé de ronronner. Ou une voiture, dehors, dont on aurait coupé le moteur.

Sauf que ce n'était pas dehors, pensa-t-elle.

Elle comprit alors avec une certitude déchirante ce qui venait de s'arrêter : la sensation des mains de C.B. sur la sienne, la tenant contre son cœur.

La première fois qu'elle les avait senties, c'était à son réveil dans la salle Carnegie, tandis que lui dormait. Depuis, elle avait gardé cette sensation, même inconsciemment. Même lorsque la communication était coupée. C'était pourquoi, malgré les nombreuses preuves du contraire, Briddey avait cru que la télépathie n'avait pas totalement cessé, que Maeve la bloquait, d'une manière ou d'une autre. Elle savait que c'était impossible, mais elle y croyait, car elle sentait toujours cette pression sur sa main, plaquée sur le torse de C.B. Du moins l'avait-elle sentie jusque-là.

L'idée que ce soit la toute dernière chose à disparaître lui procura un léger réconfort. C.B. ne devait pas la haïr si fort pour avoir tout gâché, même si elle ne voyait pas comment c'était possible. Il l'avait sauvée, protégée ; il avait bravé l'eau et les flammes pour elle, comme Jeanne d'Arc. Ou comme le Bossu de Notre-Dame. Et elle, comment l'avait-elle remercié ? En brûlant la cathédrale. Et la bibliothèque.

Tu te trompais à propos de 3 heures du matin, C.B., dit-elle, tout en sachant qu'il ne l'entendait pas. Qu'il ne l'entendrait plus jamais. *C'est Fitzgerald qui avait raison. Ce n'est pas le meilleur moment de la journée. C'est le pire. C'est bel et bien la nuit noire de l'âme.*

Chapitre 34

« — Qu'est-ce qui se passe après, quand il a grimpé dans la tour et qu'il l'a délivrée ?
— Elle le délivre aussi et ils partent. »

Pretty Woman[1]

Le positif, quand on touche le fond, c'est que ça ne peut pas être pire, se rassura Briddey, allongée dans le noir, écoutant le silence. Mais elle se trompait. Elle ne réussit même pas à donner le change à Suki le lendemain matin, lorsqu'elle tomba sur elle dans le parking souterrain.

— Tu as une mine épouvantable, fit remarquer sa collègue. Trent et toi avez rompu ?

Au moins, elle n'avait pas demandé s'il était vrai que le projet Hermès était tombé à l'eau. Briddey en déduisit que Trent avait dû présenter quelque chose à Hamilton, et que tous deux avaient conservé leur poste. Pour l'instant.

— C'est ça, hein ? C'est terminé ? insista Suki, les yeux brillants de curiosité.

— Mais non, évidemment. J'ai juste veillé tard hier à cause d'un problème familial. Pourquoi cette question ? Tu l'espérais ?

— Bien sûr que non, se défendit Suki, même si j'adore sa voiture. Et les fleurs qu'il envoie. Mais, en ce moment, j'ai des vues sur quelqu'un d'autre. Sais-tu si C.B. Schwartz est pris ?

Plus maintenant, pensa Briddey. *Depuis que j'ai gâché sa vie…*

— Je n'en sais rien, répliqua-t-elle.

1. Transcription du dialogue de la version française du film. (*NdT*)

— Il n'est pas homo, rassure-moi ? Les plus mignons sont toujours gays.

Briddey le revit penché sur elle dans les réserves, si proche qu'elle entendait battre son cœur.

— Non, affirma-t-elle.

— Ouf, tant mieux ! couina Suki. Il est juif, non ? Sais-tu s'il est réformé ?

— Pourquoi ne le lui demandes-tu pas directement ?

— Je voulais faire une recherche Internet sur lui, mais j'ai perdu mon téléphone hier. Il est introuvable, expliqua Suki avant de se lancer dans la liste de tous les endroits qu'elle avait fouillés. J'ai emprunté un portable pour le faire sonner et essayer de le localiser, en vain…

— Ce qui me rappelle que j'ai des coups de fil à passer, l'interrompit Briddey en se dirigeant vers son bureau.

— Fais-moi signe si tu le trouves ! lança Suki derrière elle. À ton avis, dois-je m'arranger pour que C.B. me demande de sortir avec lui, ou dois-je prendre les devants ?

Comme si cela ne suffisait pas, lorsque Briddey arriva à son bureau, Charla déclara :

— Trent Worth vient d'appeler. Il veut te voir tout de suite. Ça doit concerner l'AEC.

— M-mon AEC ? balbutia la jeune femme.

— Oui. Il avait l'air tout excité. Je parie qu'il a réussi à avancer la date de l'opération.

Ou qu'il a trouvé un télépathe qui n'a pas été touché par l'effet en cascade, ajouta Briddey en pensée. Elle se hâta de rejoindre le bureau de Trent. Cependant, une fois qu'elle fut sur place, la première chose qu'il lui demanda après avoir envoyé Ethel Godwin faire des photocopies fut :

— Alors, Schwartz connaît-il d'autres télépathes ?

— Non, répondit Briddey.

— Et je suppose que tu n'as rien entendu hier soir, après notre conversation, sinon tu m'aurais téléphoné ?

— Non, ça a disparu complètement. Et toi ?

— Rien entendu non plus. Tout comme Lyzandra et les autres patients du docteur Verrick. Je viens de lui parler. Selon lui, aucun d'entre eux n'a entendu quoi que ce soit depuis hier. On dirait bien que Schwartz a raison : le choc des voix a provoqué une réaction en cascade qui a mis fin pour de bon à la télépathie.

Alors pourquoi as-tu l'air si calme ? se demanda Briddey. La veille, il était au bord du suicide à la perspective de devoir annoncer à Hamilton la disparition de la télépathie. Et voilà que non seulement il ne semblait pas contrarié, mais il paraissait excité, comme Charla l'avait dit. Pour quelle raison ? Le docteur Verrick avait-il finalement récolté assez de données grâce aux scanners pour établir un circuit électronique ?

—Je vais avoir besoin de ton aide, disait Trent. Il faut que tu répandes la nouvelle qu'on a fait l'AEC.

Que je répande la nouvelle ? s'étonna Briddey.

—Je croyais que tu voulais que ça reste secret.

—Ça, c'était avant la coupure définitive. Maintenant, il faut que les gens soient au courant.

—Pourquoi ?

—Dis-leur qu'on l'a faite la semaine dernière, mais qu'on voulait attendre d'être connectés avant de l'annoncer, enchaîna-t-il sans répondre à sa question. Et laisse entendre que la connexion est encore meilleure que ce que tu imaginais.

—Je ne comprends pas. Pourquoi voudrais-tu que les gens sachent... ?

—Ça fait partie du plan que je viens d'élaborer. On raconte qu'on a fait l'AEC discrètement, que c'était en rapport avec le projet Hermès – sans entrer dans les détails –, mais que ça va révolutionner l'industrie de la communication. Ensuite, on leur fait comprendre qu'il s'agit de télépathie.

Oh, mon Dieu! Ils avaient bel et bien obtenu assez de données. *Je dois avertir C.B.*, pensa la jeune femme.

—On leur fait comprendre qu'on peut se parler par la pensée et qu'on a trouvé comment reproduire ce mode de communication dans un téléphone.

—Mais rien de tout ça n'est vrai, objecta Briddey.

Je l'espère.

—Non, mais ils n'ont pas à le savoir, ni qu'on a informé la direction que toute cette histoire est une ruse.

—Une ruse ? répéta Briddey, complètement perdue.

—Oui, on dit à la direction que c'était une entourloupe, qu'on a tout inventé parce qu'on est convaincus qu'Apple a placé un espion à Commspan afin d'en savoir plus sur notre nouveau téléphone, et que toute l'affaire – l'AEC, la télépathie, les scanners – n'est qu'une diversion dont l'objectif est de démasquer l'espion. Et d'empêcher Apple de découvrir sur quoi on travaille réellement, conclut Trent d'un ton triomphant. Pas bête, hein ?

En effet, pensa Briddey. Avec un tel subterfuge, ils seraient assurés de conserver leur poste. De plus, si l'espion potentiel informait Apple de l'existence de la télépathie et qu'Apple tombe dans le panneau,

Commspan aurait la preuve qu'ils avaient utilisé l'espionnage industriel. Trent deviendrait alors le héros de la boîte, se voyant sûrement attribuer la suite pour cadre sup' dont il rêvait.

À condition que son plan marche. Pour que l'AEC et la télépathie ne soient qu'une diversion, il fallait un autre projet sur lequel on travaillait dans l'ombre. Un projet qui, pour l'heure, n'existait pas. Briddey le lui fit aussitôt remarquer.

— Si, on en a un, rectifia Trent. (Il lui montra un schéma.) Je te présente le nouveau téléphone de Commspan : le Refuge. Conçu pour te protéger de l'avalanche quotidienne de messages et coups de fil non sollicités. Il rejette les gens à qui tu n'as pas envie de parler en mettant leur appel « en attente » de manière permanente. Ou bien, si tu ne veux pas leur parler momentanément, il leur dit que « leur appel ne peut aboutir ». Si tu es déjà en communication et que tu veuilles raccrocher, tu appuies sur un bouton qui parasitera automatiquement la ligne, comme si tu captais mal.

Ce sont les idées de C.B. ! s'offusqua Briddey. *C'est son téléphone : le Sanctuaire.*

— L'idée m'est venue quand je me suis fait attaquer par les voix, se justifiait Trent. On doit se protéger des intrusions. Il nous faut un refuge pour éviter d'être sans cesse sollicités ou bombardés d'informations. Qu'en dis-tu ?

Que tu as tout piqué à C.B. et que tu n'as même pas l'intention de rendre à César ce qui est à César, sale vipère !

— Si tu viens d'y penser, ça ne sera jamais prêt à temps pour concurrencer le lancement du nouveau téléphone d'Apple, non ? demanda-t-elle.

— C'est inutile. Tu ne comprends pas ? On veut qu'Apple soit le premier à sortir son portable. Ainsi, ils mettront l'accent sur le fait que leur appareil améliore la communication, tandis que nous, nous proclamerons : « Ne vous en faites pas ! Nous sommes là pour vous en protéger. »

Et qui est là pour nous protéger de toi ? pensa Briddey avec amertume. Avoir détruit les aptitudes télépathiques de C.B. était déjà grave ; voilà que Trent projetait de voler son concept, et pire : d'entraîner Apple sur la piste de la télépathie ! Même si le déluge y avait mis fin, ils trouveraient peut-être quelqu'un qui n'avait pas été atteint, ou les scanners du docteur Verrick pourraient contenir assez de données pour en faire une réplique électronique. Et Apple disposait de ressources illimitées…

Je dois absolument prévenir C.B., s'affola-t-elle. *Tout de suite.*

Mais Trent n'avait pas l'intention de la laisser partir avant d'avoir passé chaque détail en revue.

— Mon téléphone peut aussi simuler un appel entrant, de sorte que tu peux prétexter : « Il faut que je réponde. » J'ai appelé cette fonction « Issue de secours ». Qu'en penses-tu ?

Que c'est l'appli SOS de C.B., et que ça aussi, tu le lui as piqué.

— C'est une idée intéressante. Écoute, Trent, il faut que j'y aille…

— Non, pas tout de suite, objecta-t-il. Je n'ai pas fini. (Il lui prit les mains.) Pour que tout fonctionne, on va devoir annoncer à la direction que notre relation faisait partie de la ruse. Que, comme l'AEC ne marche que pour les couples ayant un lien affectif, tu t'es proposée de sortir avec moi pour rendre le plan plus crédible.

— Plus crédible ? demanda distraitement la jeune femme.

Elle cherchait une excuse qui lui permettrait d'aller trouver C.B, pour lui faire part de ce que Trent mijotait. Une issue de secours lui aurait été bien utile, qu'elle soit véritable ou sous forme d'application.

— Bien sûr, poursuivit Trent, toi et moi savons que le lien affectif n'a rien à voir là-dedans, sinon jamais Schwartz et toi n'auriez été connectés, mais les autres l'ignorent. Et s'ils pensent qu'on formait réellement un couple, ils ne croiront peut-être pas que l'AEC n'était qu'une couverture.

Il est en train de me larguer, réalisa Briddey après coup.

Supposant qu'elle devait donner l'impression d'être chamboulée, elle demanda :

— Dois-je comprendre que nous devons cesser de nous voir ?

— J'en ai peur, chérie. Il faut qu'ils croient que ce n'était qu'un coup monté, sinon ils vont mettre leur nez dans nos dossiers médicaux et poser des questions au docteur Verrick, et notre plan tomberait à l'eau. Tu comprends pourquoi il est primordial que tout le monde croie…

— Que c'était pour le projet, qu'en réalité tu ne m'aimais pas. Oui, c'est limpide.

— Tant mieux, soupira Trent. Ça me tue d'avoir à en arriver là, trésor, mais l'enjeu est trop important pour qu'on tienne compte de nos sentiments.

Tu as raison, l'enjeu est énorme, pensa Briddey. *C'est pourquoi je dois à tout prix sortir d'ici pour avertir C.B.*

— Évidemment, durant les deux prochains jours, on devra se comporter comme si on était ensemble, ajouta Trent. Commence à semer quelques indices subtils concernant l'AEC, par exemple une précision comme « quand j'étais à l'hôpital ». Demain matin, je te ferai livrer des fleurs et j'appellerai à ton bureau. Charla sera là ?

— Oui, répondit Briddey en pensant : *Si la télépathie existait encore, je pourrais demander à Maeve de m'appeler maintenant, pour avoir un prétexte pour partir.*

— Je t'enverrai un texto pour te demander si tu as senti une connexion… (Le portable de la jeune femme sonna. *Dieu merci!* songea-t-elle en le sortant de sa poche.) … Tu veilleras à ce que ton assistante le voie, et…

— Excuse-moi, il faut que je réponde. C'est Art Sampson, dit Briddey en citant le premier nom qui lui vint à l'esprit.

Elle plaqua le téléphone sur son oreille. Trent acquiesça.

— Donne-lui quelques indices à lui aussi, insista-t-il. Plus vite la nouvelle se répandra, mieux ce sera.

— Compte sur moi, promit Briddey.

Elle quitta le bureau d'un pas rapide pour s'enfoncer dans le couloir, rejetant l'appel tout en marchant. Après s'être précipitée dans l'ascenseur, elle avait presque atteint le sous-sol quand l'idée lui vint que C.B. n'y était peut-être pas. Il pouvait être partout ailleurs : dans le local, à photocopier son C.V., ou dans les couloirs, à flirter avec Suki.

Par chance, il était dans son laboratoire, accroupi à côté du radiateur d'appoint. Vu le froid ambiant, l'appareil ne fonctionnait toujours pas. Pourtant, C.B. ne portait pas de parka, seulement une chemise de flanelle sur son tee-shirt *Doctor Who*. Il avait de nouveau ôté l'arrière du radiateur et tripotait les fils.

— Que fais-tu ici ? demanda-t-il en levant les yeux brièvement.

— Il faut que je te parle.

— Tu me passes les pinces ?

Il pointa un doigt vers la paillasse fort encombrée.

— Oui. Non. C'est important.

— Ça aussi, rétorqua-t-il. On risque de mourir gelés si je ne le répare pas.

Il avait raison : il faisait encore plus froid que d'habitude.

— Lesquelles veux-tu ? demanda-t-elle, penchée sur le fatras d'outils, de câbles, de compteurs et autres circuits électroniques.

— Les pinces à bec qui sont là-bas.

Elle les lui tendit. Il vissa quelque chose dans l'appareil de chauffage puis se leva, s'essuyant les mains sur les pans de sa chemise.

— Alors, qu'y a-t-il de si urgent ? Je t'écoute.

Si tu pouvais lire dans mes pensées, comme avant, tu n'aurais pas besoin de me poser la question, regretta-t-elle.

— Trent prévoit de récupérer tes idées d'applis ZoneMorte et SOS et de dire à la direction que ce sont les siennes.

— Techniquement, ce sont les siennes, répliqua C.B. avec calme. (Il s'agenouilla pour prendre le capot du radiateur.) Ou du moins celles de Commspan. Tous les employés doivent signer un accord de propriété intellectuelle concernant les idées qui leur viennent en travaillant ici.

— Mais tu mérites au moins d'être cité ! Et il y a pire. Il va mettre toute la boîte au courant pour l'AEC, la télépathie et les scanners.

— Je sais, dit C.B. sans lever les yeux. C'est mon idée.

— Ton idée ? Mais… je ne comprends pas. S'il y a un espion dans l'entreprise…

— Il y en a un, l'interrompit-il en plaçant le capot.

— Ah bon ? Qui ?

Il ne répondit pas, occupé à emboîter le capot.

— L'espion informera Apple, enchaîna Briddey. Si Apple se lance dans des recherches et que la nouvelle qu'ils travaillent sur la télépathie se répande, alors peu importe que ça existe ou pas. Tout le monde…

— Non, trancha C.B. en réussissant enfin à mettre le capot. Parce qu'on ne laissera à Apple qu'une semaine pour mordre à l'hameçon. Ensuite, on publiera sur Twitter que tout ça n'était qu'une ruse de Commspan, qu'Apple est tombé dans le panneau et a vraiment cru à la télépathie. Et ensuite, ce sera quoi : les fantômes ? le channeling ? les enlèvements par les extraterrestres ?

Apple sera humilié, ce qui les poussera – ainsi que toutes les autres entreprises de smartphones – à éviter comme la peste les recherches sur la télépathie, pensa Briddey. La communauté scientifique avait réagi exactement de la même façon après l'affaire Bridey Murphy et la débâcle du docteur Rhine, reléguant la télépathie au rang de pseudo-science pour les cinquante années à venir.

C.B. poursuivit :

— Nous dirons aux gens que c'était juste…

— … une diversion pour empêcher Apple de savoir sur quoi on travaillait réellement, récita Briddey. Je suis au courant. Et ce sur quoi on travaille, c'est ton Sanctuaire.

— Ouaip, répliqua C.B. en glissant des vis dans le capot du chauffage. Je me suis dit qu'après avoir subi une attaque de bestioles à l'hôpital, Trent trouverait que tout bloquer, même les appels téléphoniques non désirés, serait une bonne idée. Je ne m'étais pas trompé.

— Mais lui donner tes idées…

— Il fallait bien que je lui fournisse de quoi concurrencer le nouveau téléphone d'Apple. Le lancement a lieu dans moins de deux mois. Tout ce qu'il a, c'est une histoire à dormir debout dans laquelle il entend des voix, sauf qu'il ne les entend plus. Il risquait de perdre son poste. Son seul argument pour le garder consistait à prouver que la télépathie était réelle. En d'autres termes, il aurait continué à creuser cette piste, et je ne voulais pas qu'il apprenne quoi que ce soit au sujet de Maeve. Tu me passes le tournevis ? demanda-t-il, un doigt pointé vers l'outil.

Elle le lui donna.

—Merci, reprit-il. Lui donner mon projet du Sanctuaire lui permettait de conserver son poste et de faire en sorte qu'il soit focalisé sur son appareil pour les mois à venir. Par la suite, il sera trop occupé à donner des interviews à *Wired* et au *Wall Street Journal* sur : « Comment Commspan a changé la communication, passant du toujours plus à la protection du consommateur » et à répondre aux propositions d'embauche de Samsung et de Motorola. Il n'aura pas une seconde de libre pour penser à la télépathie. Crois-moi, lui donner le Sanctuaire n'était pas un gros sacrifice pour détourner l'attention.

—Si c'est le but recherché, alors révéler l'histoire de l'AEC est la dernière chose à faire ! Pourquoi… ?

—C'était nécessaire. Trent avait déjà parlé de l'opération à Hamilton, et je n'étais pas sûr que celui-ci accepterait de laisser tomber la télépathie. Il pensait bientôt détenir de nouvelles règles du jeu. Risquer de passer pour un idiot, voilà ce qui pouvait le convaincre de se rabattre sur le Sanctuaire.

Il avait raison. Si Trent leur avait annoncé tout de go avoir expérimenté personnellement la télépathie, puis que celle-ci avait disparu, Hamilton aurait refusé d'en rester là. Il aurait insisté pour poursuivre les recherches. Mais, si on lui disait que ça n'avait jamais existé, que ça faisait partie d'un coup monté pour duper la concurrence, il n'oserait pas avouer qu'il avait été assez naïf pour y croire, lui aussi.

—Et si Apple a mis au point un truc énorme, que le Sanctuaire n'est pas assez révolutionnaire pour contrer ?

—Ce n'est pas le cas.

—Comment le sais-tu ?

—Je sais… ou plutôt je *savais* lire dans les pensées. Tout ce qu'ils proposent avec ce nouvel iPhone, c'est de protéger son Cloud des pirates. Ironique, hein ? À part ça, la batterie tient plus longtemps et l'écran est un peu plus grand.

—Mais Apple devra trouver un produit pour concurrencer le Sanctuaire. Et pour se venger de Commspan qui les aura fait passer pour des imbéciles. Et s'ils décident d'approfondir leurs recherches et qu'ils découvrent que Trent et moi avons réellement eu une AEC ? Lyzandra menace de faire un procès au docteur Verrick. Si elle…

—Elle ne le fera pas, affirma C.B. avec assurance. Un procès impliquerait qu'elle admette publiquement avoir perdu son « don psychique paranormal ». Elle ne peut pas se permettre de mettre ses clients au courant. Ils la fuiraient en masse.

—Ne risquent-ils pas de fuir de toute façon quand ils se rendront compte qu'elle ne peut plus lire dans les pensées ?

— Ils n'en sauront rien. Elle pratiquait essentiellement la lecture à froid et leur disait ce qu'ils avaient envie d'entendre. Quant à Verrick, j'allais justement m'occuper du problème, ajouta-t-il en appuyant sur un interrupteur du radiateur.

Ses réparations devaient être vaines : l'appareil n'émit aucun ronronnement et les serpentins ne rougeoyèrent pas. C.B. ne sembla toutefois pas le remarquer, trop occupé à composer un numéro sur le smartphone qu'il avait sorti de sa poche arrière. Il le porta à son oreille.

— Bonjour, c'est C.B. Schwartz. Je voulais parler au docteur Verrick. Vous pouvez me joindre à ce numéro.

Il l'énuméra puis raccrocha avant de taper un message, penché sur l'écran.

Briddey l'observa, les sourcils froncés.

— Tu envoies un texto ?

— Non, un tweet, rectifia-t-il sans cesser de taper. Je parie que tu vas me demander : « Depuis quand as-tu un compte Twitter ? »

— Non, j'allais demander depuis quand tu as un smartphone.

— Ce n'est pas le mien. Je l'ai emprunté à Suki. Plutôt volé, en fait.

Ou bien Suki a fait exprès de le laisser en bas pour avoir un prétexte pour venir lui parler, pensa Briddey. *En appelant, elle savait qu'elle n'aurait pas de réponse puisque ça ne capte pas ici. Il faudra donc qu'elle vienne le récupérer. Dans ce cas, comment… ?*

— Comment vas-tu envoyer un tweet ? s'enquit la jeune femme. Il n'y a pas de réseau.

C.B. appuya sur « ENVOYER » puis leva les yeux vers elle.

— Ah oui, à ce propos : l'absence de réseau n'est pas un phénomène totalement naturel, annonça-t-il.

Briddey examina le radiateur.

— C'est toi qui as fait en sorte que la réception soit mauvaise, comprit-elle.

Pas étonnant que ce radiateur n'ait jamais chauffé.

— Oui, je l'avoue. Je viens de le désactiver, alors si tu espérais ne recevoir aucun appel en descendant ici, mieux vaut éteindre ton portable. (Celui de Suki sonna.) Désolé, il faut que je réponde.

Briddey acquiesça et s'empressa d'éteindre son téléphone avant qu'il se mette aussi à sonner.

— Docteur Verrick, dit C.B. Quoi ? … Doucement, je ne peux pas… Allez moins vite… Excusez-moi, je n'ai pas entendu la fin. Pouvez-vous répéter ?

Il ôta le téléphone de son oreille, le mit sur haut-parleur et le posa sur la paillasse.

—J'ai *dit*, martela la voix agitée du médecin : quelqu'un est au courant !

Au courant ? Comment ça ?

Inquiète, Briddey jeta un coup d'œil à C.B. qui regardait calmement le téléphone.

—Comment le savez-vous ? demanda-t-il.

—Je viens de recevoir un tweet, répondit le docteur Verrick. Ça disait : « Alerte info : l'AEC rend les patients télépathes », avec un lien vers mon site Internet !

Oh, non, se lamenta Briddey. *Voilà ce que Trent entendait par des « indices subtils » ?*

— Avez-vous conscience des dégâts qu'une telle information peut provoquer chez ma clientèle ? brailla le chirurgien. La télépathie ? Je compte des membres de la famille royale anglaise parmi mes clients ! Si jamais la nouvelle se répand…

—Savez-vous qui est l'auteur du tweet ? l'interrompit C.B.

—Une certaine Gossip Girl, mais je sais que ça vient de Lyzandra. C'est sa manière à elle de se venger de la perte de ses pouvoirs psychiques.

—Et quel est le hashtag ? demanda C.B.

—AEC égale PES point d'interrogation.

—Quand avez-vous… ?

—Une seconde, je vous mets en attente, l'interrompit le docteur Verrick.

Un bref silence suivit, puis il reprit la ligne, encore plus agité :

—Je viens de recevoir deux autres tweets ! Même auteur, même hashtag. Le premier dit : « On dit qu'un docteur célèbre pour ses AEC fait des expériences de perception extrasensorielle sur patients comme ceux de l'université Duke », avec un lien vers la page Wikipédia du docteur Rhine. (Le médecin semblait complètement affolé.) Le deuxième dit : « Briddey Flannigan serait-elle la nouvelle Bridey Murphy ? »

Briddey eut un hoquet de stupeur.

—Savez-vous qui était Bridey Murphy ? s'époumona le docteur Verrick.

—Oui, répondit C.B. Vous avez raison, c'est très grave. Si votre nom est associé à ce cas de charlatanisme, votre réputation est fichue. Je me souviens de ce qui est arrivé au docteur Rhine. Et à Shirley MacLaine quand elle…

—C'est précisément pour ça qu'il faut agir ! s'écria le docteur Verrick. Vous devez empêcher la publication de ces tweets !

Mais c'est impossible, pensa Briddey. *Ils ont sûrement déjà été retweetés des centaines de fois*. Les journalistes devaient déjà être en train de chercher à la joindre pour savoir si elle avait vécu des vies antérieures. Elle se félicita d'avoir éteint son téléphone. Toutefois, sitôt qu'elle remonterait, elle serait assaillie par un déluge d'un autre ordre. Avec cette référence à Bridey Murphy, la presse ferait forcément le lien avec l'Irlande et insisterait pour interviewer sa famille. Dont Maeve. *Je ne devrais pas être ici avec C.B.*, pensa-t-elle. *S'ils nous trouvent ensemble…*

Elle se dirigea vers la porte. C.B. la retint par le bras.

— Reste, articula-t-il en silence.

Puis il ajouta à voix haute :

— Quand avez-vous reçu les tweets, docteur Verrick ?

— À l'instant, juste avant de vous appeler.

— Tant mieux. Il est parfois possible de les effacer juste après qu'ils ont été postés.

Briddey objecta :

— Non, c'est imp…

— Chut, souffla discrètement C.B. en enlevant le haut-parleur pour remettre le portable contre son oreille. Je pense pouvoir arrêter ça, docteur, mais il va falloir faire vite. Au cas où je n'y arriverais pas, qui d'autre est au courant pour la télépathie ? (Une pause.) Bien. Et qui a accès aux dossiers des tests de Zener et des scanners que vous avez effectués ?

Les sourcils froncés, Briddey l'observa tandis qu'il parlait. Quelque chose lui échappait. Cette conversation ne tenait pas debout. Pourquoi C.B. n'avait-il pas paniqué au sujet des tweets ? Il aurait dû, à moins que…

Évidemment, pensa-t-elle. *Ce n'est pas Gossip Girl l'auteur des tweets. C'est lui.*

— Et vos autres patients ? poursuivit C.B. Ceux qui ont montré des signes de télépathie ? Que savent-ils exactement ? (Une pause.) OK. Je vais voir ce que je peux faire. Non, ne m'envoyez pas les tweets, je n'en ai pas besoin. Contentez-vous de les effacer. Je vous appelle pour vous dire si c'est réglé ou pas. En attendant, ne passez aucun coup de fil et n'envoyez aucun texto ni aucun tweet.

Il raccrocha.

— Bonne nouvelle, déclara-t-il à l'intention de Briddey. Il n'a parlé à personne de la télépathie. Il voulait attendre d'avoir le résultat définitif des tests. Il a donc raconté à tout le monde – y compris à son infirmière – qu'il faisait des tests sur l'amélioration des neurones miroirs. De plus, la clause de confidentialité médecin-patient empêchera quiconque de mettre la main sur les résultats des scanners et des tests de Zener, même si selon moi il est très probable que le docteur soit en train d'en faire des confettis en ce moment même.

—Grâce à l'énorme frayeur que tu lui as causée en envoyant ces tweets.

—Je savais que tu comprendrais, dit C.B. Je craignais qu'il ait parlé à d'autres patients ayant eu une AEC de ce qu'il préparait, ou qu'il se soit adressé à d'autres médiums, mais non. Apparemment, Lyzandra est la seule rousse qu'il ait trouvée. Il a dit aux autres patients la même chose que ce qu'il t'a dit : que les émotions ressenties étaient parfois si fortes qu'elles pouvaient prendre la forme de mots. Aucune allusion à la télépathie. En d'autres termes, il n'y a rien à craindre de leur côté. On devrait s'en sortir.

—S'il n'y avait pas ces tweets balancés et retweetés en ce moment même.

—Mais non, la rassura C.B. en se penchant sur le téléphone. Je ne les ai envoyés qu'à Verrick, et je viens de les effacer de son téléphone. (Il tapota le smartphone.) Et de celui de Suki, dans l'intervalle de sûreté de dix minutes qui empêche de les envoyer à quelqu'un d'autre. Je t'avais dit que l'appli ToutBienPesé était une bonne idée.

Il lui montra l'écran du portable, sur lequel on lisait « tweets supprimés », puis il fit défiler les écrans.

—Il ne reste plus qu'à rappeler Verrick pour lui dire que j'ai réussi. Attends. (Il remit le téléphone contre son oreille.) Docteur Verrick ? J'ai une bonne nouvelle. Je crois avoir réussi à tout effacer avant que les tweets soient publiés.

Briddey le regarda parler, pensant à la duplicité dont il venait de faire preuve non seulement avec le docteur Verrick, mais aussi avec Trent. Mais à quelle fin ? Pourquoi toutes ces manigances ? Elle comprenait qu'il ne souhaite pas dévoiler ses liens avec cette affaire et veuille protéger Maeve, mais Trent ignorait que la fillette était télépathe, et le docteur Verrick ne savait même pas qu'elle existait. Même si Trent approfondissait ses recherches, il ne représentait pas une menace. La télépathie disparue, il devenait inutile que le docteur Verrick détruise les résultats des scanners et des tests de Zener.

Alors pourquoi C.B. tenait-il à s'assurer qu'il le fasse ? Et pourquoi avoir donné à Trent ses idées pour le Sanctuaire et un alibi qui, en plus de tirer Trent d'affaire, ferait aussi de lui un héros aux yeux de tout Commspan ?

Il ne cherche pas seulement à brouiller les pistes jusqu'à Maeve et lui, conclut-elle, les yeux rivés sur lui. *Il y a autre chose.* Même si C.B. ne pouvait plus lire dans ses pensées, elle jugea bon de se rendre dans sa pièce refuge.

Au-delà de la porte bleue, les murs de la cour étaient encore maculés de suie et les dalles de pierre parsemées de flaques d'eau, mais Briddey ne les remarqua pas. Elle barra la porte puis resta là, à regarder sans la voir la peinture bleue cloquée, essayant de comprendre ce que C.B. avait en tête, et ce que lui rappelait la conversation avec le docteur Verrick.

Le soir où j'étais au théâtre, pensa-t-elle, *il me parlait des chutes du Niagara, des Lucky Charms et de la vallée de la Mort comme destination de notre lune de miel... Il essayait de me distraire des voix.* Cette fois aussi, il cherchait à détourner Trent et le docteur Verrick de la télépathie. Voilà l'objectif de toutes ces manœuvres: le Sanctuaire, les rumeurs, l'espionnage industriel, les tweets. Pas étonnant que ce ne soit pas logique. Ce n'étaient que des bavardages destinés à les empêcher de penser à autre chose. Mais à quoi?

—Je suis sûr à quatre-vingt-dix pour cent que tous les tweets ont été supprimés, affirmait C.B., mais juste au cas où, il serait plus prudent de vous tenir à l'écart des journalistes quelques jours. Vous opérez partout dans le monde, n'est-ce pas? Oh, vous me devancez, à ce que je vois. Les grands esprits se rencontrent, comme on dit!

Je me trompais, rectifia Briddey en l'écoutant. *Il ne veut pas seulement les distraire. Il veut que le docteur Verrick quitte le pays et que Trent soit occupé à concevoir son téléphone et à répandre des rumeurs. Ça ne me rappelle pas le théâtre.* Elle plissa les yeux, concentrée sur la porte barrée, essayant de mettre le doigt sur le bon souvenir, comme si la peinture cloquée pouvait lui apporter la réponse. *C'était ailleurs.*

Dans la voiture. Après qu'il l'avait secourue au théâtre, quand il l'emmenait à la bibliothèque. Il lui conseillait de réciter des poèmes, de chanter *Ode to Billie Joe* et le générique de *L'Île aux naufragés* pour maîtriser les voix.

«Je ne pourrais pas le faire éternellement», avait-elle protesté, à quoi il avait répondu que c'étaient des mesures provisoires, en attendant qu'il lui ait appris comment bâtir ses défenses.

Des mesures provisoires. Distraire Trent, inciter le docteur Verrick à quitter le pays, donner à Commspan et à Apple un tout nouveau téléphone sur lequel se concentrer. Tout cela constituait des mesures provisoires, destinées à les tenir à distance, comme il l'avait fait pour les voix. *Jusqu'à ce qu'il ait érigé des défenses permanentes.* Et il n'y avait qu'une chose pour laquelle il avait besoin de défenses.

La télépathie n'a pas disparu, comprit Briddey. *Il bloque les voix. Il m'a menti quand il disait en être incapable. C'est lui le responsable, depuis le début.*

Toutefois, s'il pouvait bloquer les voix, il l'aurait fait avant que le docteur Verrick fasse les tests et les scanners, et ce dernier n'aurait pas à les réduire en confettis. Il aurait pu le faire depuis la salle de tests, et personne n'aurait jamais été au courant de rien. S'il était capable de bloquer les voix, alors pourquoi aurait-il besoin de défenses permanentes ? Cela n'avait pas de sens. Non, ça ne pouvait pas être lui.

Pourtant, si, pensa-t-elle. *Et s'il affirme avec autant de certitude que la télépathie ne reviendra pas, c'est qu'elle n'a jamais disparu. Je ne bougerai pas d'ici tant qu'il ne m'aura pas dit ce qui se passe.*

Cependant, s'il ne lui avait rien avoué auparavant, il ne lui en dirait pas davantage maintenant, même si elle le mettait au pied du mur. Elle devait trouver une autre manière de lui tirer les vers du nez.

— Comptez sur nous, docteur, disait C.B. Nous voulons autant que vous oublier toute cette histoire. Au revoir, bon voyage.

Il raccrocha.

— Notre bon docteur part opérer le roi du Tupanga et son épouse favorite dans les petites îles de la Sonde, annonça-t-il à Briddey, une région où apparemment la réception est très limitée. (Il tapa quelque chose sur son smartphone.) On dirait bien que Lyzandra s'est remise au travail à Sedona. (Il montra l'appareil à Briddey.) Regarde.

L'écran affichait une publicité pour un séminaire d'été animé par Lyzandra, « fraîchement revenue de l'Himalaya où elle faisait une retraite purifiante durant laquelle elle a étudié les techniques ancestrales pour accéder aux recoins les plus profonds de l'esprit ».

Une retraite purifiante, railla Briddey. *Je crois qu'on peut appeler ça comme ça.*

— Tu vois ? dit C.B. Je t'avais dit qu'on n'avait pas à s'en faire à son sujet.

— Il ne reste plus que Trent, constata la jeune femme avant de se diriger vers la porte du labo. Il m'a demandé de commencer à lancer des rumeurs sur notre AEC. Je ferais mieux de m'y mettre.

— Bonne idée, l'encouragea C.B. en rejoignant son ordinateur portable. De mon côté, je vais prévenir Suki que j'ai retrouvé son téléphone.

— OK. (Briddey s'arrêta devant la porte.) Sans lui, le téléphone arabe de Commspan est en dérangement.

Les yeux sur l'écran, C.B. tapa son mail. Après avoir entrouvert la porte, Briddey proposa : *Si tu veux, je peux rapporter son portable à Suki, ça t'évitera de te déplacer.*

— Non, c'est bon. Ça ne me déplaît pas de monter l'escalier maintenant que…

Il s'interrompit brusquement.

Leurs regards se croisèrent.

Briddey lui adressa un sourire lugubre.

— Maintenant que quoi ? Que tu n'entends plus les voix ? demanda-t-elle.

Chapitre 35

« — Oui, les choses sont décevantes, désespérantes… mais rien n'est sérieux. »

La Vallée du bonheur[1]

Ils restèrent une longue minute face à face, séparés par le radiateur. Enfin, C.B. prit la parole :

— J'avais peur que tu comprennes.

Il ne dit pas : « J'allais te le dire. » Ni même : « Écoute, je peux tout t'expliquer. » Et certainement pas : « Je suis content que tu aies compris. Ça m'ennuyait de devoir te mentir. » Tout simplement : « J'avais peur que tu comprennes. »

Tu m'as menti, pensa-t-elle, sonnée. *Exactement comme Trent.*

Mais c'était différent. Être trahie par Trent était une chose. Là, c'était dix fois pire. C'était C.B., celui en qui elle avait une confiance absolue, celui qui…

— Je ne l'ai pas « compris », précisa-t-elle, se félicitant que sa main repose toujours sur la poignée. (Ainsi, elle avait quelque chose à quoi se raccrocher.) Je m'en suis rendu compte à l'instant. Ce n'est pas le déluge qui a fait taire les voix, n'est-ce pas ? C'est toi. Tu bloques…

— Chut, souffla-t-il en se précipitant sur le battant pour le fermer à clé.

As-tu dit à quelqu'un que tu descendais ?

Elle nia de la tête.

Est-ce qu'on t'a vue ?

1. Comédie musicale américaine réalisée par Francis Ford Coppola en 1968 (titre en anglais : *Finian's Rainbow*). Transcription du dialogue de la version française du film. (*NdT*)

— Je ne crois pas…

Chut, pas si fort, dit-il avec force. Il colla l'oreille à la porte. Au bout d'une longue minute, il souffla : *C'est bon. Personne ne t'a suivie.* Malgré tout, il entrouvrit le battant pour jeter un coup d'œil au-dehors, à droite et à gauche.

Il referma, donna un tour de clé, placarda sur la vitre un deuxième écriteau « DANGER – ACCÈS INTERDIT – EXPÉRIENCE EN COURS » et se dirigea à grands pas vers sa radio, dont il tourna le volume à fond. Puis il fit signe à Briddey de se placer au centre de la pièce.

— Tu ne dois pas souffler le moindre mot à quiconque, chuchota-t-il. Surtout pas à Trent.

— Tu crois vraiment que je lui en parlerais, à lui ? s'offusqua la jeune femme, incrédule. Je n'arrive pas à croire que tu…

— Non, évidemment que non. Mais tu ne comprends pas. Tu ne dois même pas y *penser*. C'est pourquoi je…

— Pourquoi ne m'as-tu rien dit ? l'interrompit-elle, furieuse. Parce que tu pensais que je vendrais la mèche si j'étais au courant ? Tu m'as donc laissée croire que j'étais responsable de l'arrêt de la télépathie, que j'avais gâché ta vie !

— Écoute, je suis désolé, s'excusa C.B. C'était la seule solution. L'enjeu était trop important. Je ne pouvais pas prendre le risque que Trent apprenne pour Maeve, ou… (Il s'interrompit et reprit depuis le début.) Tu as vu de quoi il est capable. L'attaque des insectes ne l'a même pas fait reculer ! Il est toujours persuadé que la télépathie serait un phénomène exploitable, et s'il avait le moindre indice prouvant qu'elle existe bel et bien, il ne lâcherait rien tant qu'il ne l'aurait pas adaptée à son maudit téléphone pour envahir le monde entier. Il était primordial de le convaincre que la télépathie avait cessé, et tu étais notre meilleur atout. Si tu y croyais, toi aussi, tu ne risquais pas…

— De trahir le secret, finit-elle pour lui.

— Oui, et il est toujours vital que tu ne le trahisses pas, maintenant que tu es au courant. Tu vas devoir fuir Trent comme la peste.

— Comment ? Grâce à ton petit plan de diversion, lui et moi sommes censés raconter à tout le monde que nous formons un couple heureux, connecté par l'AEC ! En plus, je ne peux pas l'éviter indéfiniment.

— Juste quelques jours.

— Et ensuite, que se passera-t-il ?

C.B. hésita, comme pris entre deux feux.

— Maintenant que je suis au courant, autant me dire le reste, insista Briddey. Que se passera-t-il, dans quelques jours ?

— J'aurai fini de programmer le brouilleur.

Par réflexe, elle regarda le radiateur. Pas étonnant qu'il fasse toujours si froid, ici. En réalité, c'était un brouilleur de signal !

— Non, rectifia C.B., juste un brouilleur de téléphones portables. C'est ça… (il prit un smartphone dans le fouillis qui jonchait la paillasse) … qui brouille les voix.

— Un smartphone ? s'étrangla Briddey.

— Non, ça ressemble à un smartphone. En fait, c'est un brouilleur. Il émet un signal qui bloque les voix. Du moins, il le fera bientôt, dès que j'aurai fini d'écrire le code.

— Donc tu mentais, quand tu disais que le brouilleur ne fonctionnait pas ?

— Non. Il ne pouvait réellement pas fournir assez d'énergie pour bloquer la télépathie de façon permanente pour tous ces gens.

— Mais tu viens de trouver un moyen de le faire ?

— Non. C'est toi qui l'as trouvé.

— Moi ?

— Oui. C'est l'une des nombreuses conséquences imprévisibles de ton AEC, sauf que celle-ci est très positive.

— Je ne te suis pas. Comment… ?

— Après ton opération, tu m'as dit que nous devions parler à voix haute, car le chemin neuronal marchait comme une boucle de rétroaction.

— Selon toi, c'était faux, fit remarquer Briddey.

— Je n'ai pas changé d'avis. Mais, après l'inondation, quand tu disais à Maeve qu'elle ne devait pas quitter son château, tu as de nouveau mentionné cette histoire de boucle. C'est là que j'ai compris que je prenais le problème à l'envers.

Je savais bien que ses questions sur la boucle de rétroaction puis sa conclusion que le déluge l'avait créée ne pouvaient être qu'une simple coïncidence, pensa Briddey.

— Tu avais raison, ce n'était pas une, poursuivit C.B. Une boucle de rétroaction expliquait parfaitement les perturbations… mis à part la question du déclenchement des gènes inhibiteurs, dont nous sommes privés, et que tu as pointée du doigt. Moi, je te parle du blocage des voix. J'ai compris qu'en parvenant à créer une boucle de rétroaction, je n'aurais pas à fournir une grosse quantité d'énergie. Il me suffirait d'activer le brouilleur, et la boucle se chargerait du reste.

C'est pourquoi il peut le faire avec un appareil guère plus gros qu'un smartphone, comprit Briddey en observant le dispositif sur la paillasse.

— Ça fonctionne comme le machin du saut de fréquence de Hedy Lamarr ?

— En partie. Il y a aussi les douves, la forêt de ronces et les portes antizombies de Maeve, ainsi que le schéma synaptique produit à la lecture de *La Petite Dorrit* et du *Moulin sur la Floss*, combiné à un mécanisme destiné à renforcer continuellement les défenses, qui fonctionnera comme celui dont j'ai dit à Verrick qu'il avait mis un terme à la télépathie. Sauf que celui-là le fera pour de bon. (Il tint le brouilleur devant lui.) Tu as devant toi le véritable Sanctuaire.

Les effets du brouilleur s'intensifieraient chaque fois qu'un auditeur recevrait les ondes, chaque fois que le circuit effectuerait une boucle, jusqu'à faire taire complètement les voix. Le résultat serait le même que si la théorie de C.B. de réaction en cascade provoquée par le déluge était vraie : la télépathie aurait bel et bien disparu.

— Voilà, c'est ça, commenta le jeune homme. Si ça peut empêcher Verrick, Trent et tous les exploiteurs potentiels de mettre leurs sales pattes dessus ou sur Maeve, alors ça vaudra le coup.

— Mais…

— Si tu t'inquiètes à propos de nous, on pourra toujours communiquer. Il faudra juste qu'on s'inscrive sur Calin.com et qu'on fasse défiler nos photos respectives, comme les gens normaux.

Je t'ai quand même privé de ton don, regretta Briddey.

— Oui, mais on pourra aller au *Carnaval Pizza*. Et au théâtre.

Mais pas à la bibliothèque.

— Peut-être pas dans la salle Carnegie, mais on pourra toujours fréquenter la salle de lecture. Et se faufiler dans les réserves. (Il lui sourit.) Fini les déluges et les zombies.

Et les incendies, ajouta-t-elle en observant les mains de C.B.

— Et les incendies, confirma-t-il. Ce sera super. De toute façon, c'est mieux ainsi. Je ne t'ai pas tout dit au sujet de la télépathie et de certaines conséquences imprévisibles. Crois-moi, on est plus tranquilles sans.

Il posa le brouilleur puis se dirigea vers son ordinateur portable.

— Ça veut dire qu'il faut que cet outil marche, et que je dois me remettre au travail. Quant à toi, tu ferais mieux de lancer la rumeur que Trent et toi avez eu une AEC. Je te conseille de commencer par Jill Quincy. (Il se mit à taper sur son clavier.) Tu n'as qu'à lui dire : « Je ne suis pas censée le répéter, mais il fallait absolument que je le dise à quelqu'un. » Et tu lui fais jurer de garder le secret.

— Je croyais que tu voulais que tout le monde soit au courant…

— Oui. Le meilleur moyen de répandre une nouvelle, c'est de demander aux gens de ne rien dire. Surtout à ceux malintentionnés. Veille à ce que personne ne te voie quand tu remonteras. Oh, et au passage, pourras-tu mettre un panneau « DANGER : RADIATIONS » en face de l'ascenseur, pour que je ne sois pas dérangé ?

Il se concentra de nouveau sur son ordinateur.

Le signe évident qu'il la congédiait. Il avait raison : plus vite le brouilleur serait au point, plus vite ils seraient en sécurité. Toutefois, il y avait autre chose. On aurait dit que C.B. avait hâte de se débarrasser d'elle, comme s'il craignait de laisser échapper une information si la visite de Briddey se prolongeait.

Tout compte fait, il n'avait pas expliqué comment il s'y prenait pour bloquer les voix en ce moment même. Ni ce qu'étaient les « conséquences imprévisibles » qui lui faisaient penser que ce serait « mieux ainsi » si on supprimait la télépathie. Ni comment il bloquait tout le monde alors qu'il travaillait toujours sur son brouilleur.

Il me cache encore quelque chose. Je ne partirai pas tant que je ne saurai pas de quoi il s'agit.

Elle retourna auprès de lui.

— Comment fais-tu ? demanda-t-elle.

C.B. leva brièvement les yeux de son écran.

— Comment je fais quoi ?

— Le blocage. Si tu n'as pas fini de mettre au point ton brouilleur, comment… ?

Le portable de Suki sonna.

— Excuse-moi, l'interrompit C.B. avant de répondre. Salut, Suki. Oui, j'ai trouvé ton portable dans le local à photocopieuses. J'allais justement t'appeler. Je te le monte tout de suite. (Il raccrocha.) Apparemment, elle ne peut pas survivre plus de cinq minutes sans son téléphone. (Il le tendit à Briddey.) Ça ne t'ennuie pas de le lui rendre, puisque tu montes ? Tu pourras en profiter pour lui parler de ton AEC. Mais il va falloir te dépêcher : elle a dit qu'elle en avait besoin tout de suite.

— Non, tu mens. C'était ton appli SOS. Tu m'as déjà montré comment ça marchait, tu te souviens ? C'est très utile pour échapper à une conversation. Comme tu cherches à le faire maintenant, dit-elle d'un ton lugubre. En plus, tu as rallumé ton brouilleur de portables. Il n'y a donc pas de réseau, ici.

D'un geste excédé, elle posa le portable de Suki entre eux, sur la paillasse.

— Il faut bien que tu dormes de temps à autre, reprit-elle. Alors, comment fais-tu pour les bloquer ? Et comment fais-tu pour bloquer tant de gens à la fois ? Tu disais que chaque personne bloquée rendait la chose plus difficile de manière exponentielle. Comment peux-tu les bloquer tout en travaillant sur ton brouilleur ?

Ce n'est pas lui qui le fait, pensa-t-elle tout à coup, sûre de son fait. *C'est quelqu'un d'autre, c'est pourquoi il ne veut pas me le dire.*

—C'est Maeve, c'est ça ? demanda-t-elle. Je n'arrive pas à croire que tu l'aies laissée faire !

—Tu plaisantes ? Elle a neuf ans ! Jamais je ne la laisserais prendre un tel risque ! En plus, tu l'as entendue après l'incendie. Je savais que, si je l'autorisais à nous aider, elle se jetterait dans la mêlée sans aucune préparation et orienterait Verrick vers le lien avec l'Irlande. (Il secoua la tête.) Pour couronner le tout, elle avait école.

—Tu espères me convaincre que tu as tout fait tout seul ?

Il ne répondit pas. Il se contenta de rester là, à la regarder, pendant un long moment. *Pendant ce temps, il se demande si je vais gober le mensonge qu'il s'apprête à me sortir.*

Non, lui dit-elle. *Je ne le goberai pas. Tu m'as enseigné les règles du bien mentir, au cas où tu aurais oublié.*

—Je ne peux pas te le dire, lâcha-t-il enfin.

Le cœur lourd, Briddey comprit que rien n'obligeait C.B. à lui révéler la vérité. Elle la connaissait déjà. Pas étonnant qu'il ait cherché à l'éviter, à lui dire qu'elle n'aurait plus à le supporter. Il s'était connecté avec quelqu'un d'autre, qui n'avait pas besoin d'être en permanence secouru, formé ou apaisé. Quelqu'un qui maîtrisait la télépathie aussi naturellement que lui. Ce quelqu'un ne pouvait être que…

J'aurais dû m'en rendre compte, pensa Briddey. *C'est pour ça qu'elle sait tout ce qui se passe à Commspan. Parce qu'elle est capable de lire dans les pensées de tout le monde.* Il ne lui avait pas volé son portable. Elle le lui avait donné.

—C'est Suki, n'est-ce pas ? demanda Briddey.

C.B. la regarda d'un air incrédule.

—Suki ? Le téléphone arabe ? Tu veux rire ou quoi ?

—Ce n'est pas une réponse, souffla la jeune femme.

—Non, ce n'est pas Suki. Elle n'est pas télépathe, que ce soit inné ou pas. Elle fourre juste son nez partout. Et non, elle n'est pas non plus l'espion d'Apple. Tu ne devineras jamais qui c'est.

—Qui est-ce ?

—Ethel Godwin.

—Ethel Godwin ? La secrétaire de Trent ?

—Celle-là même.

—Mais, d'après Trent, c'est la discrétion incarnée ! Elle est d'une loyauté à toute épreuve…

—C'est vrai. Envers Apple. Elle leur a déjà tout raconté au sujet de votre AEC, du projet Hermès et de la découverte révolutionnaire annoncée par Trent à Hamilton. Il sera donc facile de les convaincre que la communication directe par téléphone est bien réelle.

— Mais comment… ? commença Briddey avant de comprendre que C.B. faisait une fois de plus diversion pour ne pas lui dire qui l'avait aidé. Si ce n'est pas Suki, alors qui est-ce ? demanda-t-elle. Tu as intérêt à me le dire, je ne partirai pas avant de le savoir.

— Très bien, répliqua-t-il en levant les mains en signe de reddition. Mais pas ici.

— Comment ça, pas ici ? La porte est fermée à clé, il n'y a pas de réseau, personne ne nous entend…

— Ça, c'est ce que tu crois. Allons dans ta pièce refuge. De là, elle ne pourra pas nous espionner.

— Si c'est encore une de tes diversions…

— Non, promis. Vas-y.

Briddey s'exécuta, barrant la porte bleue derrière elle. Elle embrassa la cour du regard. Par quelque miracle, celle-ci était exactement comme avant. L'eau et les traces de suie avaient disparu, la porte luisait d'une couche de peinture bleue toute fraîche et les fleurs s'épanouissaient de nouveau.

Elle se hâta de rejoindre le mur d'adobe que C.B. avait escaladé auparavant. Elle observa le sommet, attendant de le voir apparaître pour lui révéler qui l'aidait à bloquer les voix. « Elle », avait-il dit.

C'est Suki, à tous les coups, pensa la jeune femme. Ou une petite amie qui ne devait pas être au courant que C.B. parlait avec Briddey…

— Tu ne crois pas si bien dire, dit C.B. dans son dos. En fait, elle me fera la peau si elle apprend que je te l'ai dit.

Briddey se retourna. C.B. se tenait près du banc.

— Elle m'a fait jurer de ne rien révéler, poursuivit-il. Sur le sang sacré de saint Patrick et de tous les saints d'Irlande.

— Tous les… ? répéta Briddey avant de se laisser choir de tout son poids sur le banc. Tu veux dire que c'est… Tante Oona ?

— Eh oui.

Briddey savait qu'elle aurait dû être frappée de stupeur en apprenant que sa grand-tante était télépathe, bouleversée de savoir qu'elle les avait espionnés depuis Dieu sait quand. Et furieuse que C.B. ne lui ait rien dit à ce sujet. Pis, qu'il lui ait fait vivre un enfer en la convainquant qu'elle était responsable de l'arrêt de la télépathie et d'avoir gâché sa vie. Pourtant, elle ne ressentait que du soulagement : C.B. n'avait pas de petite amie.

— Évidemment que non. Comment as-tu pu croire ça ? (Il fronça les sourcils.) Peut-être que Maeve avait raison et que j'aurais dû…

Il s'interrompit.

—Que tu aurais dû quoi ? s'enquit Briddey.

—Rien. Oui, c'est Oona. Elle m'a fait jurer que je ne devais rien te dire, alors tu ne dois pas le répéter. Ni même y penser.

—Je ne comprends pas. Comment… ?

—Quoi, comment ? Il ne fait aucun doute que la télépathie est génétique, dans ta famille.

—Mais alors, ça veut dire que Mary Clare et Kathleen le sont aussi ?

—Mary Clare l'est, oui. Depuis le jour de la naissance de Maeve. Oona la bloque pour protéger ta nièce, ou comme elle le dit : « Pour empêcher ce pauvre petit faon d'être étouffé dans son berceau. »

— Et Kathleen ?

—Elle l'est devenue sur le tard, apparemment, comme ta grand-tante et toi. Oona a commencé à entendre des voix à l'âge de quarante ans, et ta mère, pas avant…

—Ma mère ?

—Oui. Sa télépathie a été déclenchée quand elle avait trente ans. Et aucun de vos ancêtres ne développait un « don psychique paranormal » avant d'être adulte. C'est pourquoi Oona n'en a pas reconnu les signes quand ça s'est manifesté chez Maeve. Le temps qu'elle comprenne, j'étais déjà intervenu.

—Mais…, balbutia Briddey, toujours sous le choc, pourquoi ne me l'ont-elles jamais… ?

—Pour la même raison que moi.

Par peur de finir sur le bûcher, pensa la jeune femme.

—Exactement, répliqua C.B. Souviens-toi qu'Oona avait déjà quarante ans quand ça a commencé. Elle avait eu le temps de voir l'espèce humaine à l'œuvre. Elle en a une opinion encore pire que la mienne. (Il adressa un sourire à Briddey.) Elle était aussi assez âgée pour se rappeler le cas de Bridey Murphy et savait donc précisément ce qui lui arriverait si on découvrait sa télépathie.

—Elle a gardé le secret comme tu l'as fait, commenta Briddey avant de se rendre compte que ce n'était pas totalement vrai. Dois-je comprendre que ses prémonitions sont réelles ?

—Non, je te l'ai dit : la voyance n'existe pas. Mais il est beaucoup moins risqué de parler de « seconde vue » que de voix qu'on entend, surtout si l'on est, comme Oona le dit elle-même, « une vieille fille que les autres ont tendance à trouver un peu fêlée ». Encore plus si on vient d'Irlande, où les habitants sont réputés pour croire au don de la divination et aux pressentiments.

— Tu veux dire que tout son cinéma avait pour but de cacher sa télépathie ? Les châles, les *crubeens* et cet horrible accent à la Maureen O'Hara ?

— C'est cela même, ma p'tite fée. Tout ça n'est qu'une diversion. Et cette tactique marche du tonnerre. Moi aussi, je me suis fait avoir. Jamais je n'aurais soupçonné sa télépathie si elle ne m'en avait pas parlé. Je devais te le cacher parce qu'elle…

— … t'a fait jurer de garder le secret.

— Oui, et parce que Trent et Lyzandra étaient capables d'entendre tes pensées. On n'était pas certains d'arriver à les bloquer complètement ; il fallait donc à tout prix te persuader que l'effet en cascade avait provoqué l'arrêt de la télépathie.

Ce que Briddey comprenait : le moindre indice prouvant qu'ils étaient temporairement bloqués, ou que la télépathie existait toujours, aurait fait capoter toute l'affaire.

— Si elle n'y avait pas été contrainte, Oona ne m'aurait jamais avoué être télépathe. Quand elle m'a entendu parler à Maeve, elle a vu que je l'aidais à comprendre ce qui lui arrivait, mais elle n'était pas sûre que je sache bâtir des défenses.

C'était à Commspan, pensa Briddey, *le jour où Tante Oona avait prétexté descendre au labo pour remercier C.B. d'avoir aidé Maeve pour son devoir de sciences.*

— Elle devait s'assurer que j'étais digne de confiance, expliqua C.B., capable de protéger Maeve des voix. Ou s'il lui fallait intervenir elle-même.

Dans ce cas, Maeve aurait su que Tante Oona était télépathe.

— Oui, et Oona craignait sa réaction. Tu connais ta nièce, elle qui déteste qu'on l'espionne… Oona pensait que Maeve risquait de refuser son aide, et qu'elle serait submergée par les voix. On est donc convenus que je m'occuperais d'elle, et Oona viendrait en renfort en cas de besoin.

— C'est ce qu'elle a fait, dit Briddey. Tu lui as demandé son soutien quand il a fallu bloquer Lyzandra et Trent.

— Non. Je ne voulais pas non plus que Verrick et Trent découvrent quoi que ce soit à son sujet. Je ne voyais pas comment une personne de plus pouvait être utile. Je ne mentais pas en affirmant qu'il fallait une grosse quantité d'énergie pour bloquer en continu plusieurs personnes à la fois. Oona était déjà accaparée par Mary Clare.

— Dans ce cas, si tu n'as pas réclamé son aide, comment… ?

— Elle en a pris l'initiative. Sans m'en informer.

— C'est pourquoi tu avais l'air si surpris, comprit tout à coup Briddey. Tu semblais perplexe face aux coupures.

— Oui. Je n'avais aucune idée de ce qui se passait. L'avantage, c'est que tu n'as pas été la seule à être convaincue par ma réaction : Lyzandra l'était aussi. Et Verrick.

— Et donc… vous alternez, Tante Oona et toi ?

— Avec les Filles d'Irlande.

— Les Filles d… ?

C.B. hocha la tête.

— « Détail » qu'elle n'a pas daigné me révéler non plus. Raison de plus pour que je croie que la disparition de la télépathie résultait du déluge. Selon moi, c'était la seule explication possible. Or il s'avère que les Filles d'Irlande sont une sorte de groupe de soutien secret pour les télépathes comme Oona…

— Toutes ces lectures de poèmes, ces gigues irlandaises et ces entremises ne sont qu'une diversion ? s'étonna Briddey.

— En partie, oui. C'était aussi un mode de recrutement. Si ma mère n'avait pas pris le nom de mon beau-père, il ne fait aucun doute qu'elles m'auraient trouvé depuis belle lurette pour me convier à leurs réunions. Certaines de leurs activités – la plupart d'entre elles – sont en réalité la version irlandaise de la salle de lecture. Elles récitent *La Harpe de Tara*, *L'Île du lac d'Innisfree* et lisent *Finnegans Wake* : probablement le meilleur livre jamais écrit pour faire écran aux voix.

— Et c'est elles qui bloquent les voix ? Les Filles d'Irlande ?

— Ainsi que leur descendance. Filles et fils. Y compris mon concurrent principal, Sean O'Reilly, qui, en plus de perdre ses cheveux et d'habiter chez sa mère, est capable de bloquer six personnes en même temps.

— Et tous sont sur la même longueur d'onde, prêts à laisser tomber la télépathie, eux aussi ?

C.B. acquiesça.

— Ils savent qu'il n'y a pas d'autre solution Tous pratiquent le blocage vingt-quatre heures sur vingt-quatre, sept jours sur sept, avec une grande maîtrise. Mais, même avec du renfort, ils ont conscience qu'ils ne pourront pas bloquer les voix éternellement. Et ils savent ce qui se passera, s'ils ne le font pas.

— Mais, pour l'instant, ils le font à tour de rôle, avec toi ? demanda Briddey, essayant de comprendre comment ils s'y prenaient concrètement.

— Oui, même s'il faut avouer qu'ils font le plus gros du boulot pour me permettre de travailler sur mon brouilleur. C'est Oona qui vous bloque, Maeve et toi. Elle craignait que je craque et te raconte tout, surtout si je devais assurer la permanence à 3 heures du matin. (Il lui adressa un sourire triste.) Elle avait sûrement raison.

Ainsi, il ne l'écoutait pas quand elle avait déversé ce qu'elle avait sur le cœur. Ouf! D'un autre côté – *Oh, mon Dieu!* – Tante Oona, elle, avait tout entendu.

— C'est aussi pour cette raison qu'elle m'a fait jurer de garder le secret, avoua C.B. Elle sait que tu ne supportes pas que ta famille surgisse à tout moment et ne respecte pas ta vie privée. Elle ne voulait pas que tu saches qu'en plus elle lisait dans tes pensées.

Ce qu'elle fait depuis des années. Ça expliquait ses réticences à propos de sa relation avec Trent. Comme C.B., Tante Oona l'avait espionné et savait ce qu'il mijotait. Elle cherchait seulement à la protéger.

— Elle ne veut pas non plus que les autres membres de ta famille soient au courant de ses capacités, poursuivit C.B. Elles risqueraient de croire qu'elle se mêlait de ce qui ne la regardait pas.

— Tu veux dire qu'elle ne veut pas qu'on *sache* qu'elle s'en mêlait, rectifia Briddey.

— Soit. Il n'empêche qu'il ne faut rien leur dire. Surtout pas à Maeve.

Qu'est-ce qu'il ne faut pas me dire? intervint la voix de la fillette. *Que vous avez menti en affirmant que la télépathie avait disparu?* s'indigna-t-elle. Briddey la voyait presque, les poings sur les hanches, les yeux lançant des éclairs. *Vous me bloquiez depuis le début, c'est ça? J'en étais sûre!*

— Depuis combien de temps nous espionnes-tu? demanda C.B. avec sévérité.

Oh, ne lui pose pas cette question, le supplia Briddey. *Ça ne fera que l'inciter à insister pour savoir de quoi on parlait.*

— Ce que moi je voudrais savoir, dit-elle à haute voix, c'est ce que tu fais ici, Maeve. Nous sommes dans ma pièce refuge, pour discuter en privé.

Je ne savais pas que c'était privé, OK? Vous auriez dû le signaler sur la porte. En plus, je ne savais même pas que vous pouviez discuter. Vous m'avez raconté que le déluge de voix avait détruit la télépathie. Mais c'est faux! Vous avez seulement mis en place une barricade très solide.

— Oui, convint C.B. Comment as-tu réussi à la franchir?

Maeve ne répondit pas. *Je veux savoir pourquoi vous m'avez bloquée.*

— Parce que C.B. devait convaincre le docteur Verrick et Trent que la télépathie avait disparu pour de bon, répliqua Briddey.

Dans ce cas, pourquoi ne pas avoir fait appel à moi? s'enquit la fillette. *Je suis bien meilleure que Tante Briddey pour ce qui est de bloquer les voix. Je connais tous les trucs que nous...*

— Non, trancha C.B. Pas question. Je le répète: on ne peut pas prendre le risque de t'exposer. Tu ne vas rien faire du tout, y compris t'adresser à nous par ce biais. Si certains de nos propos venaient à être entendus…

Ça n'arrivera pas, affirma Maeve avec assurance. *On est dans la pièce refuge de Tante Briddey, j'ai relevé mon pont-levis et dressé une quinzaine de pare-feu. Sans compter la horde de zombies sous mon commandement. Vous savez, comme celle de* Zombiegeddon.

— Peu importe, dit C.B. Je ne veux pas que tu nous écoutes ni que tu nous parles. Tu dois agir comme si les voix avaient disparu, jusqu'à ce que je dispose de ma propre horde de zombies.

Comment ça ? demanda Maeve. *Oh, tu veux parler du brouilleur ? Je suis au courant.*

— Hein ? s'étonnèrent C.B. et Briddey à l'unisson.

Je sais lire dans les pensées, vous vous souvenez ?

Briddey songea : *Et là, elle va entendre C.B. se dire « Mince, elle va être au courant pour Tante Oona ! »*

— Je suis contente que tu saches, pour le brouilleur, s'empressa-t-elle de dire pour empêcher sa nièce d'écouter C.B. Ainsi, il n'aura pas d'explications à te fournir.

Si. Pourquoi vous voulez mettre un terme à la télépathie ? Plus personne ne pourra se parler.

— C'était la seule solution pour que les gens ne fassent pas n'importe quoi avec, déclara C.B.

Non, c'est faux.

Et maintenant, elle va nous raconter comment s'y prennent les héros de Guys and Zombies *ou de* La Belle et la Bête *pour sauver le monde*, soupira Briddey.

— On en discutera plus tard, dit-elle à haute voix. Allez, va-t'en.

Pourquoi ? demanda la fillette, suspicieuse. *Pour que vous puissiez continuer à parler de vos petits secrets ?*

— Exactement, répondit C.B.

Genre quoi ?

— Ce ne sont pas tes oignons, rétorqua-t-il. C'est entre ta tante Briddey et moi.

Oh, j'ai compris. Vous allez parler de sexe.

— Non, pas de…, objecta Briddey.

Je parie que si. Vous croyez que je n'y connais rien, mais avec Danika on a regardé Les Zombie Girls se lâchent, *hier soir.*

— Je croyais que tu étais punie, fit remarquer la jeune femme.

Oui, mais je te l'ai dit : je sais comment contourner le bloqueur que ma mère a mis sur mon ordinateur. Et celui du compte Netflix de la mère de Danika. Ce qui expliquait comment sa nièce avait eu accès au film, mais pas comment elle s'était débrouillée pour faire entrer en douce sa copine dans sa chambre.

Elle n'y était pas, protesta Maeve. *On était ensemble sur FaceTime. Si ça ne concerne pas le sexe, pourquoi est-ce que je ne peux pas vous écouter ?*

— Parce que c'est comme ça, décréta C.B.

Ça ne marchera pas, pensa Briddey.

— Je sais, dit-il avant de prendre la main de la jeune femme. Mais j'ai une idée. Viens, souffla-t-il.

Vous savez que chuchoter ne sert à rien, avec la télépathie, railla Maeve.

— C'est vrai, reconnut-il.

Puis il s'adressa à Briddey, qu'il entraîna vers l'abri de jardin :

— C'est pourquoi nous devons aller ailleurs.

Il ouvrit la porte de l'abri et se dirigea vers un petit placard qu'il débarrassa des pots en argile, les empilant en hauteur à côté de la radio. Puis il ôta les étagères, qu'il laissa tomber sur les dalles de pierre.

Qu'est-ce que tu fabriques ? demanda Maeve.

C.B. ne répondit pas. Il s'enfonça dans le placard et reprit la main de Briddey.

Eh ! protesta Maeve. *Où vous allez ?*

— À Narnia, répondit C.B. Baisse la tête, dit-il à Briddey avant de l'attirer dans le placard.

Chapitre 36

« Il y a quelqu'un à la porte. »

Rien ne sert de courir

Derrière le placard, il aurait dû y avoir un fond en bois puis le mur d'adobe de la cour, mais ce ne fut pas le cas. À la place se dressait une paroi en plastique blanc avec un tableau de commandes à hauteur de la taille. C.B. appuya sur un bouton, déclenchant l'ouverture en iris d'une porte.

— Porte antiexplosion, expliqua-t-il en reculant pour que Briddey le précède. Désolé. Un vestige de ma phase *Star Wars*.

Il la franchit derrière elle. La porte se referma dans un chuintement. Ils se retrouvèrent dans un passage en pierre, éclairé par des torches, qui se terminait sur une porte voûtée, en bois.

— Et de ma phase « Bossu de Notre-Dame », ajouta-t-il.

— Je croyais que c'était une prison haute sécurité, fit remarquer Briddey tandis qu'ils s'engageaient dans le passage.

— Mon périmètre de sécurité en est une, oui.

Ça ne sert à rien de vous enfuir, insista Maeve. *Je vous retrouverai.*

— Tu avais raison, commenta Briddey. La télépathie est vraiment une très mauvaise idée.

C.B. sourit, déverrouilla la porte de bois à l'aide d'une énorme clé en fer et poussa Briddey pour la lui faire franchir. Une fois de l'autre côté, il referma à clé et entraîna la jeune femme le long d'un couloir au sol carrelé. Briddey remarqua aussi un fauteuil roulant et une potence à perfusion.

— On est à l'hôpital ? s'enquit-elle.

— Eh oui.

— Mais tu détestes les hôpitaux.

— On n'y restera pas longtemps, répliqua-t-il en marchant d'un pas pressé.

Ils passèrent devant la chambre où avait séjourné Briddey.

Dites, où est-ce que vous allez, comme ça ? appela Maeve.

— Dans la vallée de la Mort, répondit C.B.

— Mais où allons-nous, exactement ? chuchota Briddey.

— Dans *ma* pièce refuge, déclara-t-il en poussant la porte donnant sur la cage d'escalier, où Briddey avait fui lors de la première nuit.

— C'est ça, ta pièce refuge ? s'étonna-t-elle alors qu'ils descendaient les marches dans un bruit de ferraille.

— Non, dit-il en traversant à la hâte le palier où elle s'était assise, avant de descendre les marches jusqu'à une porte marquée « 2e ÉTAGE ».

Celle-ci s'ouvrit non pas sur un couloir de l'hôpital, mais sur un autre escalier.

— Tu as construit toutes ces défenses successives pour empêcher les voix d'entrer ? demanda Briddey en suivant C.B.

— Non. Souviens-toi que je découvrais tout ça au fur et à mesure. Certaines zones sont juste un premier essai. Et nombre d'entre elles, précisa-t-il en indiquant la cage d'escalier où ils se trouvaient – celle qui, à présent, menait à son labo de Commspan –, servent à brouiller les fréquences et empêcher les voix de nous localiser. Je comptais t'apprendre comment faire en prenant le petit déjeuner chez le traiteur, mais nous avons été interrompus plutôt brutalement.

Après avoir descendu les dernières marches, ils franchirent la porte du sous-sol et se dirigèrent vers l'ascenseur.

— En ce moment, reprit C.B. en appuyant sur la flèche du haut, on s'en sert pour échapper à une certaine petite fille.

Ça devait être efficace, car ils n'entendirent aucune protestation de la part de Maeve du genre : *Je ne suis pas une petite fille !*

L'ascenseur tinta. Quand les portes s'ouvrirent en coulissant, ils débouchèrent dans le couloir par lequel ils s'étaient faufilés après la fermeture de la bibliothèque. À mi-chemin, il dit « Attends », puis plongea dans la salle du personnel. Le gâteau d'anniversaire entamé et la cagnotte étaient toujours sur la table. C.B. fouilla dans des tiroirs.

— Qu'est-ce que tu cherches ? souffla Briddey.

— Ça, répondit-il en montrant un rouleau de ruban adhésif et une lampe torche.

Il les fourra dans sa poche, attrapa une feuille de papier sur le comptoir, y gribouilla quelque chose avec un marqueur, glissa la clé en fer dans la cagnotte, prit la clé de la salle Carnegie et la main de Briddey, éteignit la lumière et, d'un pas vif, longea le couloir sombre jusqu'à l'escalier qui aurait dû les mener au Jardin secret de la bibliothèque. Sauf qu'il déboucha dans le parking chez Commspan. Pas étonnant que Briddey ait été incapable de lire dans ses pensées : personne n'aurait su retrouver son chemin dans ce labyrinthe de défenses.

— Oui, enfin, ce n'est pas la seule raison, rectifia C.B.

Il incita Briddey à se presser entre des rangées de voitures vers l'issue, leurs pas résonnant dans le grand espace.

— Quelle est l'autre raison ?

— Je te la dirai quand nous y serons.

— Quand nous serons où ? demanda-t-elle tandis que C.B. poussait la porte.

Ils se retrouvèrent dans les réserves. Apparemment, elle s'était trompée en pensant que personne ne serait capable de les suivre, car avant d'arriver à mi-chemin d'une allée de livres, Maeve lança : *Soyez sympa, vous deux ! Dites-moi où vous allez.*

— À La Havane, répondit C.B. en ouvrant la porte donnant sur l'escalier.

Il y poussa Briddey, la suivit et referma derrière lui.

Ils étaient à présent dans le hall du théâtre.

C'est pas juste ! geignit Maeve pendant que C.B. faisait traverser le hall à Briddey au pas de course. À ses oreilles, il semblait que la voix de la fillette faiblissait à mesure qu'ils s'éloignaient.

Ils grimpèrent les marches recouvertes de moquette pour rejoindre les portes du théâtre, les franchirent et tombèrent sur l'escalier montant à la salle Carnegie. Une fois en haut, C.B. se pencha pour déverrouiller la porte.

La salle Carnegie est sa pièce refuge, pensa Briddey avec émotion. *Si c'est bien cette salle.*

C'était bien elle. Après avoir passé la porte en chêne, la jeune femme avisa la cheminée, les étagères pleines de livres et la table, sur laquelle une boîte de Lucky Char…

Autant capituler tout de suite, trancha Maeve. *Vous ne pourrez pas m'échapper.*

— Oh, pour l'amour du ciel ! s'écria C.B. en poussant Briddey à l'intérieur de la salle.

Il se laissa tomber à genoux devant le meuble de classement.

— Je n'y crois pas, poursuivit-il. Personne n'a jamais pu trouver ma pièce refuge, pas même ton intrépide tante. « Pauvre petit faon », mon œil !

Il écarta le tapis persan qui ornait le parquet lustré.

— Viens.

Il tira sur une trappe, s'engouffra dans le trou noir ainsi révélé et tendit la main à Briddey, qui descendit pour le suivre. Il referma la trappe, puis ils coururent dans une rue qui ressemblait à celle de son immeuble, bien qu'il fasse trop noir pour qu'elle puisse s'en assurer.

— Où allons-nous ? demanda-t-elle.

— Dans mon saint des saints, souffla-t-il. Où même Maeve ne nous trouvera pas… du moins je l'espère.

Ils tournèrent au coin de la rue et en remontèrent une autre, plongée dans l'obscurité, pour se retrouver devant l'entrée de la bibliothèque.

— Dépêchons-nous. Tiens, dit-il en tendant à Briddey la lampe torche.

Il scotcha la feuille qu'il avait prise dans la salle du personnel. On y lisait : « PRIVÉ – ÇA S'ADRESSE À TOI, MAEVE ! JE NE PLAISANTE PAS ! »

Il reprit la lampe des mains de Briddey puis ouvrit la porte. Sur le noir complet.

— Entre. Vite, chuchota-t-il. (Il entra à sa suite et ferma la porte.) Viens.

Il lui prit la main à tâtons pour la guider dans ce noir impénétrable.

— Où sommes-nous ? demanda Briddey. Dans le Trou Noir de Calcutta ?

— Non, répondit-il en s'arrêtant enfin.

— Et la lampe torche, que lui est-il arrivé ?

— Elle est juste là. Mais, avant de l'allumer, je dois t'avouer quelque chose.

— Tu es doté d'une vision aux rayons X ?

— Non, je suis sérieux, Briddey. Si j'étais capable de lire dans tes pensées sans que ce soit réciproque, ce n'était pas seulement à cause de ma pièce refuge. Je te bloquais intentionnellement, car…

— Tu avais peur que j'entende ce que tu pensais de ce loser de Trent, et tu ne voulais pas me blesser. Je sais.

— En partie, oui…

— En plus, j'entendais les voix, et tu ne me croyais pas capable de gérer plus de pensées que je le faisais déjà. Puis Trent est arrivé, et tu n'osais plus rien m'envoyer de crainte qu'il le perçoive.

— C'est vrai, mais ce n'est pas seulement pour ça que je t'ai bloquée. Tu te souviens, quand je disais que ce n'était pas une mauvaise chose que la télépathie ait disparu ? J'étais sincère.

Il s'interrompit et inspira un grand coup avant de reprendre :

— Rappelle-toi, j'ai affirmé que beaucoup de choses avaient des conséquences imprévisibles. Eh bien, la télépathie ne fait pas exception. Tu sais, lors de cette première nuit à l'hôpital, tu…

Vous voilà! triompha la voix de Maeve dans les ténèbres, à côté d'eux. *Je vous avais dit que je vous trouverais! Je n'arrive pas à croire que vous ayez tenté de me semer.*

— « Tenté » étant le mot-clé, commenta C.B., agacé. Comment as-tu réussi à entrer?

Tu veux rire? C'était simple comme bonjour.

— Alors dans ce cas, il devrait être tout aussi simple de rebrousser chemin, enchaîna C.B. Je t'ai dit qu'il fallait que je parle à ta tante Briddey en privé.

Quoi? Vous n'avez toujours pas couché ensemble? Est-ce que tu l'as embrassée, au moins?

— Ça ne te regarde pas, voyons! s'offusqua Briddey. Les baisers sont une affaire pers…

Mais non, objecta Maeve. *Même dans les films tous publics, on voit des gens s'embrasser. Par exemple, dans* Le Bal des douze princesses, La Reine des neiges *et dans…*

— Je ne veux pas le savoir! cria C.B. Va-t'en!

— Je m'en charge, intervint Briddey. Va-t'en, répéta-t-elle à voix basse, sinon je dis à ta mère que tu as regardé *Les Zombie Girls se lâchent.*

Tu n'oserais pas!

— Et aussi *Zombie Terror* et *World War Z*, ajouta Briddey, impitoyable. Et *Saw Renaissance: la vengeance des zombies tortionnaires.*

C'est même pas vrai! s'indigna la fillette.

— Oui, toi et moi, nous le savons, rétorqua Briddey, mais ta mère l'ignore. À ton avis, qui va-t-elle croire? Alors, tu te décides à partir, oui ou non?

OK, c'est bon, répondit Maeve à contrecœur. *Je déteste les adultes!*

Puis ils entendirent la porte claquer.

— Ça y est, elle est part…? commença Briddey avant d'entendre la porte s'ouvrir.

Au cas où ça vous intéresserait, j'ai réparé ce fichu brouilleur! s'écria Maeve. Elle claqua la porte une seconde fois.

— Comment ça, tu l'as réparé? s'écria C.B. Maeve! Reviens ici tout de suite!

Je croyais que je devais partir. Il faut vous décider.

— Que veux-tu dire par « je l'ai réparé » ? répéta C.B.

Que je l'ai réparé. J'ai fait en sorte qu'on puisse continuer à se parler.

— Tu as fait *quoi*? couina C.B. (À l'entendre, il aurait pu l'étrangler.) Maeve, je te jure que si tu as mis en péril…

Mais non. La boucle de rétroaction continuera à bloquer Trent et Lyzandra, ainsi que tous les autres, pour qu'ils croient que la télépathie a disparu. Comme ça, ils ne pourront rien faire de mal avec. Il n'y a que nous qui pouvons rester en contact.

— « Nous » ? répéta C.B. Tu veux parler des télépathes complets ?

Briddey se rappela que Maeve n'était pas au courant pour Tante Oona et les Filles d'Irlande : pensée qu'elle s'empressa aussitôt d'étouffer pour que sa nièce ne l'entende pas.

Apparemment, elle réussit puisque celle-ci confirma : *Oui. Briddey, toi et moi. Ne t'en fais pas. Je me suis débarrassée de ce qui posait problème. Je n'ai gardé que le meilleur.*

— Comment : « ce qui posait problème » ? dit C.B. avec méfiance.

Tu sais, les voix terrifiantes. Je les ai bloquées et j'ai fait en sorte qu'elles ne reviennent pas, mais j'ai gardé tout le reste. C'est bon. Personne ne sera au courant à part nous. Personne ne soupçonnera même son existence.

— Et comment tu t'y es prise, exactement ?

J'ai commencé par ce que tu avais mis au point. Je l'ai placé derrière un pare-feu puis j'ai désactivé… Je ne sais pas si je peux t'expliquer, c'est assez compliqué. Mais ne t'inquiète pas, ça marche super bien, conclut-elle.

Sur ce, elle partit.

C.B. n'essaya pas de la rappeler.

— Oh, bon sang ! soupira-t-il. Si elle a bidouillé le programme et tout fait capoter… Allez, viens !

Il prit Briddey par la main et, dans le noir, continua à se diriger vers la porte.

— Inutile qu'on fasse tout le labyrinthe en sens inverse, hein ? demanda Briddey en s'efforçant de ne pas se laisser distancer.

— Non, bien sûr que non. Tu as bien conscience qu'on est dans mon labo depuis le début, n'est-ce pas ?

— Oui, répondit-elle, même si ce n'était pas tout à fait vrai.

L'illusion était si parfaite ! Elle l'était toujours. Quand C.B. ouvrit la porte sur le labo, la jeune femme cligna des yeux face à la lumière soudaine. Il lui fallut une minute pour se faire à l'idée qu'elle se tenait réellement à côté de la paillasse, les yeux baissés sur le smartphone-brouilleur, et qu'elle ne venait pas de franchir la porte, de retour de la pièce refuge de C.B.

Cette minute lui coûta. Pendant ce temps, C.B. avait refermé le battant derrière eux, et Hedy Lamarr la pin-up apparaissait de nouveau sur le mur. Briddey avait donc manqué l'occasion de découvrir le saint des saints de C.B.

Celui-ci s'était rué sur son ordinateur portable et, très concentré sur l'écran, tapait avec frénésie sur le clavier. Des lignes codées défilèrent, qu'il vérifia de l'index, les sourcils froncés, avant de se remettre à taper.

—Alors, elle a fait des bêtises ? s'enquit Briddey avec angoisse.

—Je ne sais pas, répliqua C.B. en suivant du doigt une suite de chiffres. Je ne comprends pas ce qu'elle a fabriqué. Elle a modifié le code… (À côté de Briddey, sur la paillasse, le portable qu'il avait volé à Suki sonna.) Tu veux bien répondre ? demanda-t-il sans quitter l'écran des yeux.

Briddey acquiesça et prit l'appareil en pensant : *Je croyais qu'il avait rallumé le bloqueur de réception.*

—C'est ce qu'il a fait, confirma la voix de Maeve dans le portable. J'ai trouvé comment passer au travers.

Apparemment, elle avait aussi réussi à se procurer le numéro de Suki.

—Maeve, dit Briddey d'un ton lourd de reproches, je t'ai demandé…

—Tu m'as demandé de partir. Tu n'as pas dit que je n'avais pas le droit de te téléphoner, contra sa nièce avec une logique implacable. Il faut que je dise à C.B. que je n'ai pas mis le bazar dans son fichu code. Je l'ai réparé. Vu comment il s'y prenait, il aurait fallu une éternité pour que ça marche, et on n'aurait plus été capables de se parler, alors j'ai…

C.B. prit le téléphone de la main de Briddey.

—Dis-moi exactement ce que tu as fait à ce logiciel, exigea-t-il en calant le portable avec son épaule pour se remettre à taper sur son clavier. Hmm… Hmm… Comment as-tu… ? Waouh ! Je n'y aurais jamais pensé. Et pour le… ? Hmm… OK.

Il mit fin à l'appel, regarda l'écran avec intensité encore plusieurs minutes, puis se raidit.

—Alors ? demanda Briddey. Elle a réparé le code ?

—Non. Elle a écrit un tout nouveau programme, répondit-il, l'air songeur. *A priori* bien meilleur que celui que j'avais conçu. Il semble faire exactement ce qu'elle dit : il élimine les voix, mais permet aux télépathes complets de continuer à communiquer, bloquant totalement le signal pour tous les autres.

Il fronça les sourcils.

—C'est plutôt bien, non ? l'interrogea Briddey. Ça veut dire que tu seras toujours télépathe ?

Et que je n'aurai pas gâché ta vie.

—Oui, c'est bien. C'est super, ajouta-t-il sans enthousiasme.

—Quel est le problème ? Est-ce qu'à cause de ces changements il te faudra plus de deux jours pour finir le brouilleur ?

—Non. Elle l'a déjà mis en marche. Il s'est activé cinq minutes après qu'on est partis pour ma pièce refuge.

— Mais comment… ? Elle n'était même pas là !

— Elle l'a fait depuis son ordinateur portable et l'a envoyé vers le mien. C'est du moins ce qu'elle dit. Espérons que ce soit la vérité, sinon je me trompais en affirmant que la télékinésie n'existait pas.

Ce qui était une idée terrifiante, surtout entre les mains de Maeve, mais il était impossible de s'inquiéter à ce sujet, et même de s'inquiéter tout court : le brouilleur marchait, et la télépathie avait officiellement disparu des radars. Ni elle, ni Maeve, ni les clients de Commspan ne couraient le risque d'entendre de nouveau les voix. La télépathie serait une fois de plus reléguée au royaume des films de science-fiction et des théories farfelues en circulation sur Internet. Libérés des voix, les télépathes pourraient retourner au cinéma, dans les centres commerciaux et chez les traiteurs, même en cas de grosse fréquentation. Quant à Tante Oona et aux autres membres des Filles d'Irlande, elles pourraient lever les blocages et reprendre leurs entremises, redoublant leurs efforts pour contraindre les nièces des unes et des autres à prendre des leçons de danse irlandaise.

C.B. ne craindra plus d'être interrogé, soumis à des tests, obligé de fournir des informations à quiconque, pensa Briddey, heureuse. *Ou d'être condamné au bûcher. Il est en sécurité. Fini les problèmes.*

— Si seulement, répliqua C.B. Il y a toujours Maeve. Et…

— Tôt ou tard, elle comprendra comment tu t'y es pris pour le blocage. Alors, ça ne sera plus qu'une question de temps avant qu'elle se rende compte que Tante Oona est télépathe, ou pire, que Mary Clare l'est aussi. Et elle piquera une sacrée crise.

— Elle ne sera peut-être pas la seule à piquer une crise, marmonna C.B. (Il regarda Briddey d'un air grave.) Tu te souviens, à l'hôpital, quand tu te demandais pourquoi on s'était connectés ? Selon toi, ce n'était qu'une interférence.

— Tu disais que ce n'était pas ça.

— Je le confirme. Mais…

Le portable de Suki sonna. D'un geste vif, Briddey prit l'appel.

— Maeve, je croyais t'avoir demandé de ne plus téléphoner !

— Je sais, mais j'ai un truc à te dire.

— Quoi ? demanda sèchement Briddey. Sois brève.

— OK, ne te fâche pas ! Je pensais que vous vous étiez déjà embrassés, depuis tout ce temps.

Grâce à toi, on en est encore loin, pensa la jeune femme, *merci beaucoup.*

— Alors, je t'écoute ?

— Ça concerne Tante Oona.

Oh, non. Ne me dites pas que Maeve est au courant.

— Elle veut savoir si tu peux venir dîner demain soir. Pour fêter les fiançailles de Kathleen.

— Ses fiançailles ? répéta Briddey, perplexe. Elle s'est fiancée au gars de Lattes'n'Love ? Je croyais qu'il l'était déjà.

— Non, pas lui, la corrigea Maeve. Avec Sean O'Reilly.

— Sean O'Reilly ? s'étonna Briddey. (Stupéfaite, elle se tourna vers C.B.) Le brave gars irlandais avec lequel Tante Oona essayait de me maquer ?

— Oui. Il est un peu vieux, et chauve. Tante Oona et Kathleen sont allées à ce truc sur l'héritage hibernien, sur lequel elles travaillaient, et il était là. Je ne sais pas ce qui s'est passé…

Moi, je le sais, intervint C.B. *Et je parie que Maeve et toi n'êtes pas les seules Flannigan dont les capacités télépathiques aient été activées récemment.*

Si c'était le cas pour Kathleen, et que Sean O'Reilly ait dû lui porter secours et lui enseigner comment mettre en place ses défenses…

— Quoi qu'il en soit, ils sont fiancés, reprit Maeve. Maman fait une crise. Elle dit que personne ne peut tomber amoureux si vite, mais moi je crois que c'est possible.

Moi aussi, songea Briddey en gratifiant C.B. d'un sourire.

— Par exemple, Raiponce et Flynn tombent amoureux en deux jours, et dans *Journal d'une princesse zombie*, Xander craque pour Allison au bout de cinq minutes à peine, mais ça, c'est parce qu'on n'a pas beaucoup de temps quand on a une horde de zombies à ses trousses.

Non, en effet.

— C'est pour ça que Tante Oona invite tout le monde, expliqua Maeve. Elle va faire du *corned-beef* et du chou, et elle m'a dit de t'en parler. Elle a dit que tu n'étais pas obligée de venir si tu n'en avais pas envie.

— Bien sûr que je viendrai, répliqua Briddey. Dis-lui que j'apporterai une miche de *soda bread*. Et des *crubeens*.

— Tu peux venir avec C.B., si tu veux, proposa Maeve. J'ai déjà demandé à Tante Oona.

— Je ne sais pas, dit Briddey en regardant le jeune homme d'un air incertain.

— Ça me ferait très plaisir, déclara-t-il.

Tu en es sûr ? Tu as déjà subi un interrogatoire…

— Non, j'ai arrangé les choses pour qu'on lui fiche la paix, la rassura Maeve. Quand Tante Oona m'a demandé de t'appeler, j'ai dit : « Je peux aussi inviter C.B. puisqu'il m'a aidée pour mon devoir de sciences ? » et elle a dit « oui ». Donc, pour elle, il viendra pour ça. Comme ça, personne ne vous demandera depuis combien de temps vous sortez ensemble, ce qui est arrivé à Trent et pour quand est prévu le mariage.

— Et que veux-tu, en échange de ce service ?

— Que ma punition soit levée.

— OK, accepta Briddey. Je parlerai à ta mère ce soir. Salut. Et ne m'appelle plus. (Elle raccrocha.) Tu es certain de vouloir aller dîner avec ma famille ? demanda-t-elle à C.B.

— Tout à fait. Enfin, si tu veux toujours que je vienne quand tu auras entendu ce que je m'apprête à te dire. (Il inspira profondément.) Maeve a dit qu'elle s'était débarrassée de ce qui posait problème pour ne garder que le meilleur, mais ce n'est pas l'exacte vérité. Certaines choses, intrinsèques à la télépathie, ne peuvent être éliminées sans aussi faire disparaître la télépathie.

— Alors finalement on ne pourra plus communiquer par la pensée ?

— Non, on pourra parler. Mais, quand les signaux télépathiques sont trop rapprochés, ça crée des perturbations, en particulier des interférences.

— Je ne comprends pas, dit Briddey en sentant la peur s'immiscer en elle. Veux-tu dire que les voix ne sont pas bloquées ? qu'elles vont revenir pour de bon si nous… ?

— Non, s'empressa-t-il de la rassurer. Non, le brouilleur les a bloquées pour de bon. Mais… tu disais que l'une des raisons pour lesquelles je t'avais bloquée, c'était que je ne te croyais pas capable de gérer plus de pensées que tu le faisais déjà. Tu as raison. Je ne t'en croyais pas capable. Toutefois, ce n'était pas au sujet des pensées ordinaires, du quotidien, que je m'inquiétais. C'était…

— Quoi ? demanda Briddey.

— Les interférences. Le problème, c'est qu'on ne peut pas les corriger ou les filtrer comme des interférences électroniques. Ça fait partie de la télépathie. Même si les deux partenaires sont fous amoureux l'un de l'autre, l'honnêteté et l'ouverture dont ils font preuve ont des limites, car l'être humain n'est pas équipé pour y faire face. Ça explique peut-être pourquoi nos ancêtres ont développé des gènes inhibiteurs : parce que sinon c'était insupportable. Ils ont conclu que la seule issue était de s'en débarrasser. Je ne plaisantais pas quand j'affirmais que la télépathie n'était pas un atout pour survivre.

— C.B., l'interrompit Briddey, j'ignore où tu veux en venir, et quel rapport ça a avec les interférences…

— Je sais, excuse-moi. Ce que j'essaie de te dire, c'est que… Tu te souviens, à la bibliothèque, quand je te parlais des relations sexuelles ? Eh bien…

Le portable sonna.

Briddey répondit.
— Maeve, je t'avais prévenue…
— Je sais, mais j'ai oublié de dire un truc à C.B.
— Quoi ?
— C'est à C.B. que je dois le dire.
Briddey lui tendit l'appareil.
— C'est pour toi.
Après l'avoir écoutée une minute, il demanda :
— Tu crois vraiment que je devrais ? Mais si jamais elle…
Il marqua une pause, puis déclara :
— Oui, tu as sans doute raison.
Il rendit le téléphone à Briddey. Maeve dit :
— Ce serait beaucoup plus facile si tu m'autorisais à te parler par la pensée plutôt qu'au téléphone.
— Non, répondit Briddey d'un ton ferme. Maintenant, va-t'en. Et cesse de m'appeler. Ou de nous espionner. Je suis sérieuse.

Elle raccrocha.

C.B. la regarda, les yeux plissés, comme prêt à prendre une décision.

— Qu'est-ce que Maeve t'a dit de faire, à l'instant ? demanda Briddey.

— Ça, répondit-il.

Il l'embrassa.

Le monde bascula. Pas seulement à cause du baiser, dont Briddey comprit qu'elle avait très envie depuis la fois où elle l'avait vu à l'hôpital, quand il attendait de la raccompagner chez elle, mais aussi à cause de ce qui se passait dans sa tête. Elle sentait les émotions de C.B., elle percevait ses pensées. Elle faisait ce qu'elle croyait ne jamais pouvoir faire : elle lisait dans ses pensées. Et lui dans les siennes.

J'ai envie de faire ça depuis…, disait-il. … *n'osais pas… avais peur que tu… comment ça aurait été possible ?… trop belle et intelligente pour poser les yeux sur moi, alors encore moins…*

Et elle disait : … *croyais t'avoir perdu… croyais qu'on ne pourrait plus jamais se parler…*

Tous deux parlaient en même temps, leurs pensées et émotions entremêlées jusqu'à ce qu'il soit impossible de savoir qui disait quoi : … *pensais avoir tout gâché et que tu ne m'aimais plus… comment as-tu pu croire ça ?… croyais que c'était pour ça que tu me bloquais, parce que tu ne me pardonnais pas… te bloquais parce que j'avais peur que tu saches ce que je ressentais pour toi… dans les réserves… si proches… si belle… et toi si beau… oui, oui, je sais ce que tu penses de mes cheveux en bataille… j'adore tes cheveux !*

Leurs pensées déferlèrent en même temps, formant un torrent incohérent où se mêlaient soulagement, joie, plaisir ; une cascade de désir, d'envie et d'explications aussi écrasante que le déluge de voix pour Briddey, mais merveilleuse, absolument merveilleuse. La jeune femme coulait, entraînée sous la surface, elle allait se noyer…

Elle interrompit le baiser comme un nageur fendant la surface des flots et recula, chancelante, vers la paillasse, à la recherche d'un support.

— C'était quoi, ça ? demanda-t-elle d'une voix tremblante.

— Je te l'ai dit, quand les signaux sont trop rapprochés, ça provoque des interférences…

— Des interférences ? répéta-t-elle, pantelante. Je croyais que tu parlais de quelques mots ou phrases qu'on saisissait, mais ça, c'était…

— Un déluge. Je sais. Je suis désolé, j'aurais dû…

— Est-ce que ça va se produire chaque fois ? demanda Briddey, toujours essoufflée.

Parce que dans ce cas…

— Non, seulement quand il y a un contact sexuel. Tu sais, quand on s'embrasse, qu'on flirte ou…

— Mais tu me disais à la bibliothèque que les relations sexuelles étaient un bon moyen de bloquer les voix.

— Celles des autres, oui, confirma-t-il. Pas celles des parties concernées. Ça a un peu l'effet inverse, en fait.

C'est le moins qu'on puisse dire, pensa Briddey.

C.B. l'observait avec angoisse.

— Ça va ?

— Je ne sais pas trop, répondit-elle avec sincérité. Je n'ai jamais… (Elle porta une main à sa poitrine.) C'était tellement…

— Oui, je sais. C'est… bouleversant. Encore plus que je le croyais, même. Je comprendrais tout à fait que tu veuilles rester à l'écart de tout ça. Et de moi. Après les épreuves que tu as traversées, être frappée par un autre déluge de pensées et d'émotions est sûrement la dernière chose que tu souhaites. Je ne t'en voudrais pas du tout si tu préférais qu'on en reste là.

— Qu'on en reste là ? C.B…

— Non, c'est bon, pas de problème. À ta place, je ressentirais sûrement la même chose. Écoute, oublions La Havane. Je peux te ramener à New York, comme Sky l'a fait avec sœur Sarah, et ne pas… On peut vivre un amour platonique.

— Platonique ? s'étrangla Briddey.

— Ou, si tu préfères, je peux faire en sorte que le brouilleur te bloque entièrement, et tout redeviendra comme avant ton AEC.

— Quoi ? dit Briddey. Je ne peux pas y croire. Tu m'as menti depuis le début ?

— Menti ? répéta C.B., déconcerté. Non. Je t'ai seulement caché une partie de la v…

— Je ne parle pas des interférences, mais du fait que tu me répétais sans cesse que tu pouvais lire dans mes pensées.

— Comment ça ? demanda-t-il, perplexe. Je…

— Parce que, si c'était vrai, tu ne me tiendrais pas ce discours ridicule.

— Ridicule ? Tu veux dire que tu veux toujours… ?

Elle n'eut pas besoin de pouvoir lire dans ses pensées pour savoir ce qu'il ressentait : son visage était comme un livre ouvert.

— Oui, confirma-t-elle. Je le veux toujours.

Il voulut l'étreindre de nouveau.

— Pas si vite, dit-elle en levant une main pour le retenir. D'abord, nous devons établir quelques règles.

— Lesquelles ?

— Plus de blocages. Si tu comptes lire dans mes pensées, je dois pouvoir lire dans les tiennes, que j'aie au moins une chance de me défendre.

— OK. Mais je te préviens : c'est une vraie fosse septique, là-dedans. En ce moment, par exemple, tout ce à quoi je pense, c'est…

— Je sais, murmura-t-elle. Moi aussi.

Il tendit les bras vers elle.

— Ensuite, ajouta-t-elle en le tenant fermement à bout de bras, tu dois me promettre que tu m'apprendras à bâtir ces défenses auxiliaires.

— Pour me tenir à distance ?

— Peut-être. Parfois. Comme tu l'as dit toi-même, il arrive qu'on puisse se sentir trop connectés. Mais ce sera surtout pour empêcher Maeve d'entrer, et avoir un peu d'intimité.

— Je ne sais pas si ce sera possible. On dirait qu'elle est capable de franchir n'importe quel pare-feu ou barricade, et c'est la reine du décryptage. En plus, elle n'a que neuf ans. Imagine ce qu'elle nous réserve quand elle aura treize ans !

— Elle sauvera la France, plaisanta Briddey.

— Tu as raison. C'est une gamine super. Peut-être même qu'elle découvrira un moyen pour que tout le monde fasse l'expérience de la télépathie – uniquement les bons côtés – sans détruire la planète au passage. Mais en attendant…

Il secoua la tête.

— Ne t'en fais pas, le rassura Briddey. Il existe d'autres sortes de défenses auxiliaires.

— Lesquelles ?

— Celles-ci, par exemple, répondit-elle en élevant légèrement la voix pour que sa nièce l'entende, même si c'était sûrement inutile. La menacer de révéler sa télépathie à sa mère. Lui dire que, si elle ne nous laisse pas tranquilles quand on le lui demande, je dirai à Mary Clare qu'elle regarde non seulement des films de zombies, mais aussi *Cendrillon* et *Raiponce*. Et que son souhait le plus cher est d'avoir une tiare Raiponce.

Sur ce, elle entendit un *« C'est bon ! »* dégoûté, suivi d'un claquement de porte sonore qui semblait bel et bien définitif.

— Tu vois ? s'amusa Briddey. Problème résolu.

— Tant mieux, soupira C.B. en attirant la jeune femme contre lui. Elle le repoussa.

— Je n'ai pas encore fini. Apparemment, tu as oublié de me préciser un certain nombre de choses à propos de la télépathie. Alors, quelles autres informations as-tu « omis » de mentionner ?

— Rien du tout, se défendit-il avec un sourire. Tu peux lire en moi comme dans un livre ouvert.

— C'est ça. Si ça se trouve, tu es réellement doté d'une vision aux rayons X.

— Non, mais si je demande à Maeve le petit génie de se pencher sur la question, je suis quasiment sûr qu'elle réussira à créer une application.

— Ne t'avise même pas d'y penser, le prévint Briddey. En plus… (Des deux mains, elle empoigna les pans de sa chemise en flanelle et l'entraîna vers le canapé.) Tu n'en auras pas besoin.

— Attends. (Il se libéra de sa prise.) Pas ici. Viens, dit-il.

Ils se retrouvèrent une fois de plus dans la cour de Briddey.

— Pourquoi ne pas rester au labo ? demanda-t-elle. Si tu as peur que Maeve nous interrompe, ne t'inquiète pas. *Raiponce* est son film préféré entre tous.

— Tout à fait, confirma-t-il. Elle est momentanément court-circuitée. Comme Oona ignore encore que le brouilleur fonctionne, elle est occupée à bloquer les voix, et ta sœur Kathleen s'affaire à se désinscrire de ses sites de rencontre. Quant à Suki, elle est trop concentrée sur la recherche de son portable pour répandre des cancans. Autrement dit, c'est peut-être notre ultime chance d'avoir une paix totale, et je compte bien en profiter au maximum.

Il prit la main de Briddey et se dirigea vers la porte bleue, qui n'était plus verrouillée. Ni barrée. Ce n'était plus la peine : il n'y avait plus de voix rugissantes à l'extérieur, pas même un murmure.

— Alors, où allons-nous ? demanda Briddey. Aux chutes du Niagara ?

— Pas le temps, répliqua C.B. en ouvrant la porte sur le noir d'encre de sa pièce refuge. Je t'y emmènerai pour notre lune de miel.

Il lui fit franchir la porte, la referma et lâcha sa main. Elle l'entendit ôter sa chemise et se pencher pour obstruer le jour sous la porte. Elle sentit son pouls accélérer.

Je sais où nous sommes, pensa-t-elle.

— Ouaip, confirma C.B. avant d'allumer.

Ils se trouvaient dans le débarras. C.B. se tenait devant elle, en jean et tee-shirt *Doctor Who*. Derrière elle se dressaient le meuble de classement et la table en chêne sur laquelle étaient empilés les nombreux volumes de l'*Encyclopædia Britannica*. Derrière C.B., posé contre la pile de chaises, George Washington les observait d'un œil toujours aussi désapprobateur.

— Toi, dégage, lui dit C.B. d'un ton cordial.

Après avoir grimpé sur les chaises, il tourna le tableau face au mur et, d'un bond, revint se poster devant Briddey.

— J'aurais cru que les réserves étaient ta pièce refuge, dit-elle avec légèreté pour l'empêcher d'entendre les battements sonores de son cœur et cacher l'avalanche de pensées peu catholiques qui l'assaillait. Puisque c'est là que certains fricotaient.

— Pas du tout, répliqua-t-il. En plus, dans les réserves, tu n'avais pas les bras autour de mon cou.

Sur ce, il prit sa main dans les siennes et la plaqua contre son torse.

— Oh, souffla Briddey avant de poser sa main libre sur sa nuque pour attirer son visage vers elle. *J'aurais dû le faire la première fois qu'on est venus ici*, pensa-t-elle.

Et comment, dit C.B.

Il l'embrassa.

C'était encore plus étourdissant, plus irrésistible que la première fois, mais le courant profond n'était que bonheur, parsemé d'éclaboussures de joie : … *croyais que la connexion n'avait rien à voir avec les liens affectifs… jamais dit ça, dit que ce n'était pas obligatoire… c'était toi qui n'arrêtais pas de dire qu'on n'était pas… je sais… si idiot…*

J'aurais dû le savoir à la seconde où tu m'as prise dans tes bras, déclara Briddey. *Je me sentais tellement en sécurité.*

Ça n'aurait peut-être pas été le cas si tu avais pu lire dans mes pensées, plaisanta C.B.

Tout à coup, ils furent cernés non pas d'eau, mais de feux d'artifice dorés, rapidement suivis d'un incendie. Des flammes crépitèrent autour d'eux, à travers eux, si brûlantes qu'ils ne purent même plus formuler de pensées cohérentes : … *ignorais à quel point… moi aussi… veux… t'aime… oh, moi aussi, moi aussi…*

Cette fois, ce fut C.B. qui interrompit leur baiser. Il s'écarta de Briddey, heurtant la pile de chaises.

— Que se passe-t-il ? s'inquiéta la jeune femme.

— Ce qui se passe ? répéta-t-il. On était près de la combustion spontanée rien qu'en s'embrassant ! Tu imagines, si on va plus loin ? Ça pourrait…

— … nous tuer ? finit Briddey à sa place. (Elle secoua la tête.) Ça ne marche pas comme ça.

— Mais si jamais… ?

— On s'en souciera le moment venu, le rassura-t-elle en remettant ses bras autour du cou de C.B.

Des coups violents furent frappés à la porte.

Tante Briddey ! appela Maeve. *C.B. ! Laissez-moi entrer. Je sais que vous êtes là. Je n'arrive pas à croire que vous ne m'ayez rien dit pour Tante Oona !*

Remerciements

À tous ceux qui m'ont aidée pour ce livre, un immense merci, et en particulier :
à ma fille Cordelia, qui m'a été d'une aide précieuse pour l'intrigue ;
à mon amie Melinda Snodgrass pour ses encouragements et son soutien moral infinis ;
et au public de ma séance de lecture à COSine, qui a trouvé le titre.

Aubin
IMPRIMEUR

IMPRIM'VERT
Votre imprimeur agit pour l'environnement

Achevé d'imprimer en septembre 2017
N° d'impression 1707.0037
Dépôt légal, octobre 2017
Imprimé en France
2811039-1